मानसरोवर

भाग-5

प्रेमचंद

टू साइन

प्रकाशक : ट्रू साइन पब्लिशिंग हाउस
पता : SY.N0.21/2 & 21/3, सोननहल्ली,
कृष्णराजपुरल, बेंगलुरु, कर्नाटक – 560049, भारत

ईमेल: books@truesign.in

वेबसाइट: www.truesign.in

मानसरोवर भाग-5
प्रेमचंद

ISBN: 978-93-90852-85-7

संस्करण: 2022

प्रेमचंद जी का जीवन परिचय

प्रेमचंद का जन्म ३१ जुलाई १८८० को वाराणसी के निकट लमही गाँव में हुआ था। उनकी माता का नाम आनन्दी देवी था तथा पिता मुंशी अजायबराय लमही में डाकमुंशी थे। उनकी शिक्षा का आरंभ उर्दू, फारसी से हुआ और जीवनयापन का अध्यापन से पढ़ने का शौक उन्हें बचपन से ही लग गया। 13 साल की उम्र में ही उन्होंने तिलिस्म-ए-होशरुबा को पढ़ लिया और उन्होंने उर्दू के मशहूर रचनाकार रतननाथ 'शरसार', मिर्ज़ा हादी रुस्वा और मौलाना शरर के उपन्यासों से परिचय प्राप्त कर लिया था। १८९८ में मैट्रिक की परीक्षा उत्तीर्ण करने के बाद वे एक स्थानीय विद्यालय में शिक्षक के रूप में नियुक्त हो गए। नौकरी के साथ ही उन्होंने अपनी पढ़ाई जारी रखी। १९१० में उन्होंने अंग्रेजी, दर्शन, फारसी और इतिहास से इंटर पास किया और १९१९ में बी.ए. पास करने के बाद शिक्षा विभाग के इंस्पेक्टर पद पर नियुक्त हो गए थे। सात वर्ष की अवस्था में उनकी माता तथा चौदह वर्ष की अवस्था में पिता का देहान्त हो जाने के कारण उनका प्रारंभिक जीवन संघर्षमय रहा। उनका पहला विवाह उन दिनों की परंपरा के अनुसार पंद्रह साल की उम्र में हुआ जो सफल नहीं रहा। १९०६ में उनका दूसरा विवाह शिवरानी देवी से हुआ जो बाल-विधवा थीं। वे सुशिक्षित महिला थीं जिन्होंने कुछ कहानियाँ और प्रेमचंद घर में शीर्षक पुस्तक भी लिखी। उनकी तीन संताने हुईं-श्रीपत राय, अमृत राय और कमला देवी श्रीवास्तव। १८९८ में मैट्रिक की परीक्षा उत्तीर्ण करने के बाद वे एक स्थानीय विद्यालय में शिक्षक नियुक्त हो गए। नौकरी के साथ ही उन्होंने पढ़ाई जारी रखी। १९१० में उन्होंने अंग्रेजी, दर्शन, फारसी और इतिहास विषयसहित इंटर पास किया। १९१९ में बी.ए पास करने के बाद वे शिक्षा विभाग के इंस्पेक्टर पद पर नियुक्त हुए।

१९२१ ई. में असहयोग आंदोलन के दौरान महात्मा गाँधी के सरकारी नौकरी छोड़ने के आह्वान पर स्कूल इंस्पेक्टर पद से त्यागपत्र दे दिया। इसके बाद उन्होंने लेखन को अपना व्यवसाय बना लिया। मर्यादा, माधुरी आदि पत्रिकाओं में वे संपादक पद पर कार्यरत रहे। इसी दौरान उन्होंने प्रवासीलाल के साथ मिलकर सरस्वती प्रेस भी खरीदा तथा हंस और जागरण निकाला। प्रेस उनके लिए व्यावसायिक रूप से लाभप्रद सिद्ध नहीं हुआ। १९३३ ई. में अपने ऋण को पटाने के लिए उन्होंने मोहनलाल भवनानी के सिनेटोन कंपनी में कहानी लेखक के रूप में काम करने का प्रस्ताव स्वीकार कर लिया। फिल्म नगरी प्रेमचंद को रास नहीं आई। वे एक वर्ष का अनुबंध भी पूरा नहीं कर सके और दो महीने का वेतन छोड़कर बनारस लौट आए। उनका स्वास्थ्य निरंतर बिगड़ता गया। लम्बी बीमारी के बाद ८ अक्टूबर १९३६ को उनका निधन हो गया। वे आर्य समाज से प्रभावित रहे जो उस समय का बहुत बड़ा धार्मिक और सामाजिक आंदोलन हुआ करता था। उन्होंने विधवा-विवाह का समर्थन किया और १९०६ में

दूसरा विवाह अपनी प्रगतिशील परंपरा के अनुरूप बाल-विधवा शिवरानी देवी से किया। उनकी तीन संताने हुईं- श्रीपत राय, अमृत राय और कमला देवी श्रीवास्तव। १९१० में उनकी रचना सोज़े-वतन (राष्ट्र का विलाप) के लिए हमीरपुर के जिला कलेक्टर ने तलब किया और उन पर जनता को भड़काने का आरोप लगाया। सोजे-वतन की सभी प्रतियाँ जब्त कर नष्ट कर दी गईं। कलेक्टर ने नवाबराय को हिदायत दी कि अब वे कुछ भी नहीं लिखेंगे, यदि लिखा तो जेल भेज दिया जाएगा। इस समय तक प्रेमचंद, धनपत राय नाम से लिखते थे। उर्दू में प्रकाशित होने वाली ज़माना पत्रिका के सम्पादक और उनके अजीज दोस्त मुंशी दयानारायण निगम ने उन्हें प्रेमचंद नाम से लिखने की सलाह दी। इसके बाद वे प्रेमचन्द के नाम से लिखने लगे। उन्होंने आरंभिक लेखन ज़माना पत्रिका में ही किया। जीवन के अंतिम दिनों में वे गंभीर रूप से बीमार पड़े। उनका उपन्यास मंगलसूत्र पूरा नहीं हो सका और लम्बी बीमारी के बाद ८ अक्टूबर १९३६ को उनका निधन हो गया। उनका अंतिम उपन्यास मंगल सूत्र था जो उनके पुत्र अमृत ने पूरा किया था।

साहित्यिक जीवन

प्रेमचंद के साहित्यिक जीवन का आरंभ १९०१ से हुआ थ | आरंभ में वे नवाब राय के नाम से उर्दू में लिखते थे। प्रेमचंद के लेख पहली रचना के अनुसार उनकी पहली रचना अपने मामा पर लिखा व्यंग्य थी, जो अब अनुपलब्ध है। उनका पहला उपलब्ध लेखन उर्दू उपन्यास 'असरारे मआबिद' है जो धारावाहिक रूप में प्रकाशित हुआ। इसका हिंदी रूपांतरण देवस्थान रहस्य नाम से हुआ। प्रेमचंद का दूसरा उपन्यास 'हमखुर्मा व हमसवाब' है जिसका हिंदी रूपांतरण 'प्रेमा' नाम से १९०७ में प्रकाशित हुआ। १९०८ ई. में उनका पहला कहानी संग्रह सोज़े-वतन प्रकाशित हुआ। देशभक्ति की भावना से ओतप्रोत इस संग्रह को अंग्रेज़ सरकार ने प्रतिबंधित कर दिया और इसकी सभी प्रतियाँ जब्त कर लीं और इसके लेखक नवाब राय को भविष्य में लेखन न करने की चेतावनी दी। इसके कारण उन्हें नाम बदलकर लिखना पड़ा। 'प्रेमचंद' नाम से उनकी पहली कहानी बड़े घर की बेटी ज़माना पत्रिका के दिसम्बर १९१० के अंक में प्रकाशित हुई।

१९१५ ई. में उस समय की प्रसिद्ध हिंदी मासिक पत्रिका सरस्वती के दिसम्बर अंक में पहली बार उनकी कहानी सौत नाम से प्रकाशित हुई। १९१८ ई. में उनका पहला हिंदी उपन्यास सेवासदन प्रकाशित हुआ। इसकी अत्यधिक लोकप्रियता ने प्रेमचंद को उर्दू से हिंदी का कथाकार बना दिया। हालाँकि उनकी लगभग सभी रचनाएँ हिंदी और उर्दू दोनों भाषाओं में प्रकाशित होती रहीं। उन्होंने लगभग ३०० कहानियाँ तथा डेढ़ दर्जन उपन्यास लिखे।

१९२१ में असहयोग आंदोलन के दौरान सरकारी नौकरी से त्यागपत्र देने के बाद वे पूरी तरह साहित्य सृजन में लग गए। उन्होंने कुछ महीने मर्यादा नामक पत्रिका का संपादन किया। इसके बाद उन्होंने लगभग छह वर्षों तक हिंदी पत्रिका माधुरी का संपादन किया। उन्होंने १९३० में बनारस से अपना मासिक पत्र हंस का प्रकाशन शुरू किया। १९३२ ई. में उन्होंने हिंदी साप्ताहिक पत्र जागरण का प्रकाशन आरंभ किया। उन्होंने लखनऊ में १९३६ में अखिल

भारतीय प्रगतिशील लेखक संघ के सम्मेलन की अध्यक्षता की। उन्होंने मोहन दयाराम भवनानी की अजंता सिनेटोन कंपनी में कथा-लेखक की नौकरी भी की। १९३४ में प्रदर्शित फिल्म मजदूर की कहानी उन्होंने ही लिखी थी।

मरणोपरांत उनकी कहानियाँ "मानसरोवर" नाम से ८ खंडों में प्रकाशित हुईं।

रचनाएँ

बहुमुखी प्रतिभासंपन्न प्रेमचंद ने उपन्यास, कहानी, नाटक, समीक्षा, लेख, सम्पादकीय, संस्मरण आदि अनेक विधाओं में साहित्य की सृष्टि की। उनकी ख्याति कथाकार के तौर पर हुई और अपने जीवन काल में ही वे 'उपन्यास सम्राट' की उपाधि से सम्मानित हुए।

-प्रकाशक

अनुक्रमणिका

मंदिर

मातृ प्रेम, तुझे धन्य है! संसार में और जो कुछ है, मिथ्या है, निस्सार है। मातृ-प्रेम ही सत्य है, अक्षय है, अनश्वर है। तीन दिन से सुखिया के मुंह में न अन्न का एक दाना गया था, न पानी की एक बूंद। सामने पुआल पर माता का नन्हा-सा लाल पड़ा कराह रहा था। आज तीन दिन से उसने आंखें न खोली थी। कभी उसे गोद में उठा लेती, कभी पुआल पर सुला देती। हंसते-खेलते बालक को अचानक क्या हो गया, यह कोई नहीं बताता। ऐसी दशा में माता को भूख और प्यास कहां? एक बार पानी का एक घूंट मुंह में लिया था, पर कंठ के नीचे न ले जा सकी। इस दुखिया की विपत्ति का वार-पार न था। साल भर के भीतर दो बालक गंगा की गोद में सौंप चुकी थी। पतिदेव पहले ही सिधार चुके थे। अब उस अभागिनी के जीवन का आधार, अवलम्ब, जो कुछ था, यही था। हाय! क्या ईश्वर इसे भी उसकी गोद से छीन लेना चाहते हैं? - यह कल्पना करते ही माता की आंखों से झर-झर आंसू बहने लगते थे। इस बालक को वह क्षण भर के लिए अकेला न छोड़ती थी। उसे साथ लेकर घास छीलने जाती। घास बेचने बाजार जाती, तो बालक गोद में होता। उसके लिए उसने नन्ही-सी खुरपी और नन्ही खांची बनवा दी थी। जियावन माता के साथ घास छीलता और गर्व से कहता - अम्मा, हमें भी बड़ी-सी खुरपी बनवा दो, हम बहुत-सी घास छीलेंगे, तुम द्वारे माची पर बैठी रहना अम्मा, मैं घास बेच लाऊंगा। मां पूछती - हमारे लिए क्या-क्या लाओगे, बेटा? जियावन लाल-लाल साड़ियों का वादा करता। अपने लिए बहुत-सा गुड़ लाना चाहता था। ये ही भोली-भाली बातें इस समय आ-आकर माता के हृदय को शूल के समान बेध रही थी। जो बालक को देखता, वही कहता कि किसी की डीठ है, पर किसकी डीठ है? इस विधवा का भी संसार में कोई बैरी है? अगर उसका नाम मालूम हो जाता, तो सुखिया जाकर उसके चरणों पर गिर पड़ती और बालक को उसकी गोद में रख देती। क्या उसका हृदय दया से न पिघल जाता? पर नाम कोई नहीं बताता। हाय! किससे पूछे? क्या करे?

2

तीन पहर रात बीत चुकी थी। सुखिया का चिंता-व्यथित चंचल मन कोठे-कोठे दौड़ रहा था। किस देवी की शरण जाय, किस देवता की मनौती करे, इसी सोच में पड़े-पड़े उसे एक झपकी आ गई। क्या देखती है कि उसका स्वामी आकर बालक के सिरहाने खड़ा हो जाता है और बालक के सिर पर हाथ फेरकर कहता है - रो मत, सुखिया! तेरा बालक अच्छा हो जायेगा। कल ठाकुरजी की पूजा कर दे, वही तेरे सहायक होंगे। यह कहकर वह चला गया। सुखिया की आंखें खुल गई। अवश्य ही उनके पतिदेव आये थे। इसमें सुखिया को जरा भी सन्देह नहीं हुआ।

उन्हें अब भी मेरी सुधि है, यह सोचकर उसका हृदय आशा से परिप्लावित हो उठा। पति के प्रति श्रद्धा और प्रेम से उसकी आंखें सजल हो गई। उसने बालक को गोद में उठा लिया और आकाश की ओर ताकती हुई बोली - भगवान्! मेरा बालक अच्छा हो जाय, तो मैं तुम्हारी पूजा करूंगी। अनाथ विधवा पर दया करो।

उसी समय जियावन की आंखें खुल गई। उससे पानी मांगा। माता ने दौड़कर कटोरे में पानी लिया और बच्चे को पिला दिया।

जियावन ने पानी पीकर कहा - अम्मा, रात है कि दिन?

सुखिया - अभी तो रात है बेटा, तुम्हारा जी कैसा है?

जियावन - अच्छा है अम्मा! अब मैं अच्छा हो गया।

सुखिया - तुम्हारे मुंह में घी-शक्कर, बेटा! भगवान् करे तुम जल्द अच्छे हो जाओ! कुछ खाने को जी चाहता है?

जियावन - हां, अम्मा, थोड़ा-सा गुड़ दे दो।

सुखिया - गुड मत खाओ भैया, अवगुन करेगा। कहो तो खिचड़ी बना दूं?

जियावन - नहीं मेरी अम्मा, जरा-सा गुड़ दे दो, तेरे पैरों पड़ू।

माता इस आग्रह को न टाल सकी। उसने थोड़ा-सा गुड निकालकर जियावन के हाथ में रख दिया। हांडी वहीं छोड़कर वह किवाड़ खोलने चली गई। जियावन ने गुड की दो पिंड़ियां निकाल ली और जल्दी-जल्दी चट कर गया।

3

दिन भर जियावन की तबीयत भली रही। उसने थोड़ी-सी खिचड़ी खायी, दो-एक बार धीरे-धीरे द्वार पर भी आया और हमजोलियों के साथ खेल न सकने पर भी उन्हें खेलते देखकर उसका जी बहल गया। सुखिया ने समझा, बच्चा अच्छा हो गया। दो-एक दिन में जब पैसे हाथ में आ जायेंगे, तो वह एक दिन ठाकुरजी की पूजा करने चली जायेगी। जाड़े के दिन झाड़ू-बुहारी, नहाने-धोने ओर खाने-पीने में कट गए, मगर जब संध्या समय फिर जियावन का जी भारी हो गया, तब सुखिया घबरा उठी। तुरंत मन में शंका उत्पन्न हुई कि पूजा में विलम्ब करने से ही बालक फिर मुरझा गया है। अभी थोड़ा-सा दिन बाकी था। बच्चे को लिटाकर वह पूजा का सामान तैयार करने लगी। फूल तो जमींदार के बगीचे में मिल गए। तुलसीदल द्वार पर ही था, पर ठाकुर के भोग के लिए कुछ मिष्ठान्न तो चाहिए, नहीं तो गांव को बांटेगी क्या! चढ़ाने के लिए कम-से-कम एक आना तो चाहिए ही। सारा गांव घूम आई, कहीं पैसे उधार न मिले। तब वह हताश हो गई। हाय रे अदिन! कोई चार आने पैसे भी नहीं देता। आखिर उसने अपने हाथों के चांदी के कड़े उतारे और दौड़ी हुई बनिये की दुकान पर गयी, कड़े गिरों रखे, बताशे लिये और दौड़ी हुई घर आयी। पूजा का सामान तैयार हो गया, तो उसने बालक को गोद में उठाया

और दूसरे हाथ में पूजा की थाली लिये मंदिर की ओर चली। मंदिर में आरती का घंटा बज रहा था। दस-पांच भक्तजन खड़े स्तुति कर रहे थे। इतने में सुखिया जाकर मंदिर के सामने खड़ी हो गई।

पुजारी ने पूछा - क्या है रे? क्या करने आयी है?

सुखिया चबूतरे पर आकर बोली - ठाकुरजी की मनौती की थी, महाराज, पूजा करने आयी हूं।

पुजारी जी दिन भर जमींदार के असामियों की पूजा किया करते थे, और शाम-सबेरे ठाकुरजी की। रात को मंदिर ही में सोते थे, मंदिर ही में आपका भोजन भी बनता था, जिससे ठाकुर द्वारे की सारी दस्तकारी काली पड़ गई थी। स्वभाव के बड़े दयालु थे, निष्ठावान ऐसे कि चाहे कितनी ठंड पड़े, कितनी ही ठंडी हवा चले, बिना - स्नान किए मुंह में पानी तक न डालते थे। मगर इस पर भी उनके हाथों और पैरों में मैल की मोटी तह जमी हुई थी, तो इसमें उनका कोई दोष नहीं था! बोले - तो क्या भीतर चली आएगी? हो तो चुकी पूजा। यहां आकर भरभष्ट करेगी?

एक भक्तजन ने कहा - ठाकुरजी को पवित्र करने आयी है?

सुखिया ने बड़ी दीनता से कहा - ठाकुरजी के चरण छूने आयी हूं सरकार! पूजा की सब सामग्री लायी हूं।

पुजारी - कैसी बेसमझी की बात करती है रे, कुछ पगली तो नहीं हो गई है? भला तू ठाकुरजी को कैसे छुएगी।

सुखिया को अब तक कभी ठाकुरद्वारे में आने का अवसर न मिला था। आश्चर्य से बोली - सरकार, वह तो संसार के मालिक है। उनके दर्शन से तो पापी भी तर जाता है, मेरे छूने से उन्हें कैसे छूत लग जायेगी?

पुजारी - अरे, तू चमारिन है कि नहीं रे?

सुखिया - तो क्या भगवान ने चमारों को नहीं सिरजा है? चमारों का भगवान् कोई और है? इस बच्चे की मनौती है, सरकार।

इस पर वही भक्त महोदय, जो अब स्तुति कर चुके थे, डपटकर बोले - मार के भगा दो चुड़ैल को। भरभ्रष्ट करने आयी है। फेंक दो थाली-वाली। संसार में तो आप ही आग लगी हुई है, चमार भी ठाकुरजी की पूजा करने लगेंगे, तो पिरथी रहेगी कि रसातल को चली जायेगी?

दूसरे भक्त महाशय बोले - अब बेचारे ठाकुरजी को भी चमारों के हाथ का भोजन करना पड़ेगा। अब प्रलय होने में कुछ कसर नहीं है।

ठंड पड़ रही थी सुखिया खड़ी कांप रही थी और यह धर्म के ठेकेदार लोग समय की गति पर आलोचनाएं कर रहे थे। बच्चा मारे ठंड के उसकी छाती में घुसा जाता था, किंतु सुखिया वहां से हटने का नाम न लेती थी। ऐसा मालूम होता था कि उसके दोनों पांव भूमि में गड़ गए हैं। रह-रहकर उसके हृदय में ऐसा उद्गार उठता था कि जाकर ठाकुरजी के चरणों पर गिर पड़े।

ठाकुरजी क्या इन्हीं के हैं, हम गरीबों का उनसे कोई नाता नहीं है? ये लोग होते कौन हैं रोकने वाले? पर यह भय होता था कि इन लोगों ने कहीं सचमुच थाली-वाली फेंक दी तो क्या करूंगी? दिल में ऐंठ कर रह जाती थी। सहसा उसे एक बात सूझी। वह वहां से कुछ दूर जाकर एक वृक्ष के नीचे अंधेरे में छिपकर इन भक्तजनों के जाने की राह देखने लगी।

4

आरती और स्तुति के पश्चात् भक्तजन बड़ी देर तक श्रीमाद्भागवत का पाठ करते रहे। उधर पुजारी ने चूल्हा जलाया और खाना पकाने लगे। चूल्हे के सामने बैठे हुए 'हूं-हूं' करते जाते थे और बीच-बीच में टिप्पणियां भी करते जाते थे। दस बजे रात तक कथा-वार्ता होती रही और सुखिया वृक्ष के नीचे ध्यानावस्था में खड़ी रही।

सारे भक्त लोगों ने एक-एक करके घर की राह ली। पुजारी जी अकेले रह गए। अब सुखिया आकर मंदिर के बरामदे के सामने खड़ी हो गई, जहां पुजारी जी आसन जमाए बटलोई का क्षुधावर्धक मधुर संगीत सुनने में मग्न थे। पुजारी ने आहट पाकर गर्दन उठायी, तो सुखिया को खड़ी देखा। चिढ़ कर बोले - क्यों रे, तू अभी तक खड़ी है।

सुखिया ने थाली जमीन पर रख दी और एक हाथ फैलाकर भिक्षा-प्रार्थना करती हुई बोली - महाराजजी, मैं अभागिनी हूं। यही बालक मेरे जीवन का आधार है, मुझ पर दया करो। तीन दिन से इसने सिर नहीं उठाया। तुम्हें बड़ा जस होगा महाराजजी।

यह कहते-कहते सुखिया रोने लगी। पुजारी जी दयालु तो थे, पर चमारिन को ठाकुरजी के समीप जाने देने का अश्रुतपूर्व घोर पातक वह कैसे कर सकते थे? न जाने ठाकुरजी इसका क्या दंड दें, आखिर उनके भी बाल-बच्चे थे। कहीं ठाकुरजी कुपित होकर गांव का सर्वनाश कर दें, तो? बोले - घर जाकर भगवान् का नाम ले, तेरा बालक अच्छा हो जायेगा। मैं यह तुलसीदल देता हूं बच्चे को खिला दे, उसकी आंखों में लगा दे। भगवान् चाहेंगे तो सब अच्छा ही होगा।

सुखिया - ठाकुरजी के चरणों पर गिरने न दोगे महाराजजी? बड़ी दुखिया दूं उधार काढ़कर पूजा की सामग्री जुटायी है। मैंने कल सपना देखा था, महाराजजी कि ठाकुरजी की पूजा कर, तेरा बालक अच्छा हो जायेगा। तभी दौड़ी आयी हूं। मेरे पास एक रुपया है। वह मुझसे ले लो, पर मुझे एक छन भर ठाकुरजी के चरनों पर गिर लेने दो।

इस प्रलोभन ने पंडितजी को क्षण भर के लिए विचलित कर दिया किंतु मूर्खता के कारण ईश्वर का भय उनके मन में कुछ-कुछ बाकी था। संभल कर बोले - अरी पगली, ठाकुरजी भक्तों के मन का भाव देखते हैं कि चरन पर गिरना देखते हैं। सुना नहीं है - 'मन चंगा, कठौती में गंगा।' मन में भक्ति न हो तो लाख कोई भगवान के चरणों पर गिरे, कुछ न होगा। मेरे पास एक जंतर है। दाम तो उसका बहुत है, पर तुझे एक ही रुपये में दे दूंगा। उसे बच्चे के गले में बांध देना। बस, कल बच्चा खेलने लगेगा।

सुखिया - ठाकुरजी की पूजा न करने दोगे?

पुजारी - तेरे लिए इतनी ही पूजा बहुत है। जो बात कभी नहीं हुई, वह आज मैं कर दूं और गांव पर कोई आफत-विपत्ति आ पड़े, तो क्या हो, इसे भी तो सोच! तू यह जंतर ले जा, भगवान चाहेंगे, तो रात ही भर में बच्चे का क्लेश कट जायेगा। किसी की दीठ पड़ गई है। है भी तो चोंचाल। मालूम होता है, छतरी बंस है।

सुखिया - जब से इसे ज्वर है, मेरे प्रान नहों में समाए हुए हैं।

पुजारी - बड़ा होनहार बालक है। भगवान जिला दें तो तेरे सारे संकट हर लेगा। यहां तो बहुत खेलने आया करता था। इधर दो-तीन दिन से नहीं देखा था।

सुखिया - तो जंतर को कैसे बांधूंगी, महाराज?

पुजारी - मैं कपड़े में बांधकर देता हूं। बस, गले में पहना देना। अब तू इस बेला नवीन बस्तर कहां खोजने जायेगी।

सुखिया ने दो रुपये पर कड़े गिरो रखे थे। एक पहले ही भंज चुका था। दूसरा पुजारी जी को भेंट किया और जंतर लेकर मन को समझाती हुई घर लौट आयी।

5

सुखिया ने घर पहुंचकर बालक के गले में जंतर बांध दिया, पर ज्यों-ज्यों राज गुजरती थी, उसका ज्वर भी बढ़ता जाता था, यहां तक कि तीन बजते-बजते उसके हाथ-पांव शीतल होने लगे। तब वह घबड़ा उठी और सोचने लगी - हाय! मैं व्यर्थ ही संकोच में पड़ी रही और भगवान् के चरणों पर गिर पड़ती, तो कोई मेरा क्या कर लेता? यही न होता कि लोग मुझे धक्के देकर निकाल देते, शायद मारते भी, पर मेरा मनोरथ तो पूरा हो जाता। यदि मैं ठाकुरजी के चरणों को अपने आंसुओं से भिगो देती और बच्चे को उनके चरणों में सुला देती, तो क्या उन्हें दया न आती? वह तो दयामय भगवान- हैं, दीनों की रक्षा करते है, क्या मुझ पर दया न करते? यह सोचकर सुखिया का मन अधीर हो उठा। नहीं, अब विलम्ब करने का समय न था। वह अवश्य जायेगी और ठाकुरजी के चरणों पर ठिठक रोएगी। उस अबला के आशंकित हृदय को अब इसके सिवा कोई अवलम्ब, कोई आसरा न था। मन्दिर के द्वार बंद होंगे, तो वह ताले तोड़ डालेगी। ठाकुरजी क्या किसी के हाथों बिक गए हैं कि कोई उन्हें बंद कर रखे।

रात के तीन बज गए थे। सुखिया ने बालक को कम्बल से ढांपकर गोद में उठाया, एक हाथ में थाली उठाई और मंदिर की ओर चली। घर से बाहर निकलते ही शीतल वायु के झोंके से उसका कलेजा कांपने लगा। शीत से पांव शिथिल हुए जाते थे। उस पर चारों ओर अंधकार छाया हुआ था। रास्ता दो फ्लांग से कम न था। पगडंडी वृक्षों के नीचे-नीचे गई थी। कुछ दूर दाहिनी ओर एक पोखरा था, कुछ दूर बांस की कोठियां पोखरे में एक धोबी मर गया था और बांस की कोठियों में चुड़ैलों का अड्डा था। बाईं ओर हरे-हरे खेत थे। चारों ओर सन्न-सन्न हो रहा

था, अंधकार सांय-सांय कर रहा था। सहसा गीदड़ों ने कर्कश स्वर में हुआं-हुआं करना शुरू कर दिया। हाय! अगर कोई उसे एक लाख रुपये देता, तो भी इस समय वह यहां न आती, पर बालक की ममता सारी शंकाओं को दबाए हुए थी। 'हे भगवान! अब तुम्हारा ही आसरा है' - यही जपती वह मंदिर की ओर चली जा रही थी।

मंदिर के द्वार पर पहुंचकर सुखिया ने जंजीर टटोल कर देखी। ताला पड़ा हुआ था। पुजारी जी बरामदे से मिली एक कोठरी में किवाड़ बंद किए सो रहे थे। चारों ओर अंधेरा छाया हुआ था। सुखिया चबूतरे के नीचे से एक ईंट उठा लाई और जोर-जोर से ताले पर पटकने लगी। उसके हाथों में न जाने इतनी शक्ति कहां से आ गई थी। दो-ही तीन चोटों में ताला और ईंट दोनों छूटकर चौखट पर गिर पड़े। सुखिया ने द्वार खोल दिया और अन्दर जाना ही चाहती थी कि पुजारी किवाड़ खोलकर हड़बड़ाये हुए बाहर निकल आये और चोर-चोर! का शोर मचाते गांव की ओर दौड़े। जाड़ों में प्राय: पहर रात रहे ही लोगों की नींद खुल जाती है। यह शोर सुनते ही कई आदमी इधर-उधर लालटेन लिये हुए निकल पड़े और पूछने लगे। कहां है? कहां है? किधर गया?

पुजारी - मंदिर का द्वार खुला पड़ा है। मैंने खट-खट की आवाज सुनी।

सहसा सुखिया बरामदे से निकलकर चबूतरे पर आयी और बोली - चोर नहीं है, मैं हूं ठाकुरजी की पूजा करने आई थी। अभी तो अंदर गयी भी नहीं, मार हल्ला मचा दिया।

पुजारी ने कहा - अब अनर्थ हो गया। सुखिया मंदिर में जाकर ठाकुरजी को भ्रष्ट कर आयी।

फिर क्या था, कई आदमी झल्लाए हुए लपके और सुखिया पर लातों और मुक्कों की मार पड़ने लगी। सुखिया एक हाथ से बच्चे को पकड़े हुए थी और दूसरे हाथ से उसकी रक्षा कर रही थी। एकाएक बलिष्ठ ठाकुर ने उसे इतनी जोर से धक्का दिया कि बालक उसके हाथ से छूटकर जमीन पर गिर पड़ा, मगर वह न रोया, न बोला, न सांस ली, सुखिया भी गिर पड़ी थी। संभल कर बच्चे को उठने लगी, तो उसके मुख पर नजर पड़ी। ऐसा जान पड़ा, मानो पानी में परछाई हो। उसके मुंह से एक चीख निकल गई। बच्चे का माथा छूकर देखा, सारी देह ठंडी हो गई थी। एक लम्बी सांस खींचकर वह उठ खड़ी हुई। उसकी आंखों से अंगारे बरसने लगे। दोनों मुट्ठियां बंध गई। दांत पीसकर बोली - पापियों, मेरे बच्चे के प्राण लेकर अब दूर क्यों खड़े हो? मुझे भी क्यों नहीं उसी के साथ मार डालते? मेरे छू लेने से ठाकुरजी को छूत लग गई। पारस को छूकर लोहा सोना हो जाता है, पारस लोहा नहीं हो सकता? मेरे छूने से ठाकुरजी अपवित्र हो जायेंगे। मुझे बनाया, तो छूत नहीं लगी? लो, अब कभी ठाकुरजी को छूने नहीं आऊंगी। ताले में बंद रखो, पहरा बैठ दो। हाय, तुम्हें दया छू भी नहीं गई! तुम इतने कठोर हो! बाल-बच्चे वाले होकर भी तुम्हें एक अभागिन माता पर दया न आयी। तिस पर धर्म के ठेकेदार बनते हो! तुम सब-के-सब हत्यारे हो, निपट हत्यारे हो। डरो मत, मैं थाना-पुलिस नहीं जाऊंगी, मेरा न्याय भगवान् करेंगे, अब उन्हीं के दरबार में फरियाद करूंगी।

किसी ने चूं न की, कोई मिनमिनाया तक नहीं। पाषाण-मूर्तियों की भांति सब-के-सब सिर झुकाए खड़े रहे।

इतनी देर में सारा गांव जमा हो गया था। सुखिया ने एक बार फिर बालक के मुंह की ओर देखा। मुंह से निकला - हाय मेरे लाल! फिर वह मूर्च्छित होकर गिर पड़ी। प्राण निकल गए। बच्चे के लिए प्राण दे दिये।

माता, तू धन्य है! तुझ जैसी निष्ठा, तुझ जैसी श्रद्धा, तुझ जैसा विश्वास देवताओं को भी दुर्लभ है।

* * *

निमंत्रण

पंडित मोटेराम शास्त्री ने अंदर जाकर अपने विशाल उदर पर हाथ फेरते हुए यह पद पंचम स्वर में गाया -

'अजगर करे न चाकरी, पंछी करे न काम,
दाम मलूका कह गये, सबके दाता राम'

सोना ने प्रफुल्लित होकर पूछा - कोई मीठी ताजी खबर है क्या?

शास्त्री जी ने पैंतरे बदलकर कहा - मार लिया आज! ऐसा ताक कर मारा कि चारों खाने चित्त। सारे घर का नेवता! सारे घर का! वह बढ़-बढ़ कर हाथ मारूंगा कि देखने वाले दंग रह जायेंगे। उदर महाराज अभी से अधीर हो रहे हैं।

सोना - कहीं पहले की भांति अब भी धोखा न हो। पक्का-पोढ़ा कर लिया है न? मोटेराम ने मूंछें ऐंठते हुए कहा - ऐसा असगुन मुंह से न निकालो। बड़े जप-तप के बाद यह शुभ-दिन आया है। जो तैयारियां करनी हों, कर लो।

सोना - वह तो करूंगी ही। क्या इतना भी नहीं जानती? जन्म भर घास थोड़े ही खोदती रही हूं मगर है घर भर का न?

मोटेराम - अब और कैसे कहूं पूरे घर का है। इसका अर्थ समझ में न आया हो, तो मुझसे पूछो। विद्वानों की बात समझना सबका काम नहीं। अगर उनकी बात सभी समझ लें, तो उनकी विद्वता का महत्त्व ही क्या रहे? बताओ, क्या समझी? मैं इस समय बहुत ही सरल भाषा में बोल रहा हूं अगर तुम नहीं समझ सकी। बताओ, 'विद्वता' किसे कहते है? 'महत्त्व' ही का अर्थ बताओ। घर भर का निमंत्रण देना क्या दिल्लगी है। हां, ऐसे अवसर पर विद्वान लोग राजनीति से काम लेते हैं और उसका वहीं आशय निकालते हैं, जो अपने अनुकूल हो। मुरादपुर की रानी साहब सात ब्राह्मणों को इच्छापूर्ण भोजन कराना चाहती हैं। कौन-कौन महाशय मेरे साथ जायेंगे, यह निर्णय करना मेरा काम है। अलगूराम शास्त्री, बेनीराम शास्त्री, छेदीराम शास्त्री, भवानीराम शास्त्री, फेंकूराम शास्त्री, मोटेराम शास्त्री आदि जब इतने आदमी अपने घर ही में हैं, तब बाहर कौन ब्राह्मणों को खोजने जाए।

सोना - और सातवां कौन है?

मोटेराम - बुद्धि को दौड़ाओ।

सोना - एक पत्तल घर लेते आना।

मोटेराम - फिर वही बात कही, जिसमें बदनामी हो। छि-छि पत्तल घर लाऊं। उस पत्तल में वह स्वाद कहां, जो जजमान के घर बैठकर भोजन करने में है। सुनो, सातवें महाशय हैं - पंडित सोनाराम शास्त्री।

सोना - चलो, दिल्लगी करते हो। भला, मैं कैसे जाऊंगी।

मोटेराम - ऐसे ही कठिन अवसरों पर तो विद्या की आवश्यकता पड़ती है। विद्वान आदमी अवसर को अवसर सेवक बना लेता है, मूर्ख अपने भाग्य को रोता है। सोनादेवी और सोनाराम शास्त्री में क्या अंतर है, जानती हो? केवल परिधान का अंतर। परिधान का अर्थ समझती हो? परिधान 'पहनावा' को कहते हैं। इसी साड़ी को मेरी तरह बांध लो, मेरी मिरजई पहन लो, ऊपर से चादर ओढ़ लो। पगड़ी मैं बांध दूंगा फिर कौन पहचान सकता है?

सोना ने हंसकर कहा - मुझे तो लाज लगेगी।

मोटेराम - तुम्हें करना ही क्या है? बात तो हम करेंगे।

सोना ने मन-ही-मन आने वाले पदार्थों का आनंद लेकर कहा - बड़ा मजा होगा।

मोटेराम - बस, अब विलम्ब न करो। तैयारी करो, चलो।

सोना - कितनी फंकी बना लूं?

मोटेराम - यह मैं नहीं जानता। बस, यही आदर्श सामने रखो कि अधिक-से-अधिक लाभ हो।

सहसा सोनादेवी को एक बात याद आ गई। बोली - अच्छा इन बिछुओं का क्या करूंगी?

मोटेराम ने त्यौरी चढ़ाकर कहा - इन्हें उठाकर रख देना और क्या करोगी?

सोना - जी हां, क्यों नहीं। उतारकर रख क्यों न दूंगी?

मोटे - तो क्या तुम्हारे बिछुए पहनने ही से मैं जी रहा हूं? जीता हूं पौष्टिक पदार्थों के सेवन से। तुम्हारे बिछुओं के पुण्य से नहीं जीता।

सोना - नहीं भाई, मैं बिछुए न उतारूंगी।

मोटेराम ने सोचकर कहा - अच्छा, पहने चलो, कोई हानि नहीं। गोवर्द्धनधारी यह बाधा भी हर लेंगे। बस, पांव में बहुत-से कपड़े लपेट लेना। मैं कह दूंगा, इन पंडितजी को पीलपांव हो गया। क्यों, कैसी सूझी।

पंडिताइन ने पतिदेव को प्रशंसा-सूचक नेत्रों से देखकर कहा - जन्म भर पढ़ा नहीं है?

2

संध्या-समय पण्डितजी ने पांचों को बुलाया और उपदेश देने लगे - पुत्रों, कोई काम करने के पहले खूब सोच-समझ लेना चाहिए कि कैसे क्या होगा। मान लो, रानी साहब ने तुम लोगों का पता-ठिकाना पूछना आरम्भ किया, तो तुम लोग क्या उत्तर दोगे? यह तो महान मूर्खता होगी कि तुम सब मेरा नाम लो। सोचो, कितने कलंक और लज्जा की बात होगी। कि मुझ-जैसा विद्वान

केवल भोजन के लिए इतना बड़ा कुचक्र रचे। इसलिए तुम सब थोड़ी देर के लिए भूल जाओ कि मेरे पुत्र हो। कोई मेरा नाम न बतलाए। संसार में नामों की कमी नहीं, कोई अच्छा-सा नाम चुनकर बता देना। पिता का नाम बदल लेने से कोई गाली नहीं लगती, यह कोई अपराध नहीं।

अलगू - आप ही न बता दीजिए।

मोटेराम - अच्छी बात है, बहुत अच्छी बात है। हां, इतने महत्त्व का काम मुझे स्वयं करना चाहिए। अच्छा सुनो - अलगू के पिता का नाम है पंडित केशव पांडे, खूब याद कर लो। बेनीराम के पिता का नाम पंडित मंगरू ओझा, खूब याद रखना। छेदीराम के पिता हैं पंडित दमड़ी तिवारी, भूलना नहीं। भवानी, तुम गंगू पांडे बतलाना, खूब याद कर लो। अब रहे फेंकूराम, तुम बेटा बतलाना सेतूराम पाठक। हो गए सब! हो गया सबका नामकरण! अच्छा, अब मैं परीक्षा लूंगा। होशियार रहना। बोलो अलगू, तुम्हारे पिता का नाम क्या है।

अलगू - पंडित केशव पांडे?

बेनीराम, तुम बताओ।

दमडी तिवारी।

छेदी - यह तो मेरे पिता का नाम है।

बेनी - मैं तो भूल गया।

मोटेराम - भूल गए! पण्डित के पुत्र होकर तुम एक नाम भी नहीं याद कर सकते। बड़े दुःख की बात है। मुझे पांचों नाम याद हैं, तुम्हें एक नाम भी याद नहीं। सुनो, तुम्हारे पिता का नाम पण्डित मंगरु ओझा।

पण्डितजी लड़कों की परीक्षा ले ही रहे थे कि उनके परम मित्र पण्डित चिंतामणि जी ने द्वार पर आवाज दी। पण्डित मोटेराम ऐसे घबराए कि सिर पैर की सुधि ही न रही। लड़कों को भगाना ही चाहते थे कि पंडित चिंतामणि अंदर चले आये। दोनों सज्जनों में बचपन में गाड़ी मैत्री थी। दोनों बहुधा साथ-साथ भोजन करने जाया करते थे, और यदि पण्डित मोटेराम अव्वल रहते, तो पंडित चिंतामणि के द्वितीय पद में कोई बाधक न हो सकता था, पर आज मोटेराम जी अपने मित्र को साथ नहीं ले जाना चाहते थे। उनको साथ ले जाना अपने घरवालों में से किसी न किसी एक को छोड़ देना था, और इतना महान आत्मत्याग करने के लिए वे तैयार न थे। चिंतामणि ने यह समारोह देखा, तो प्रसन्न होकर बोले - क्यों भाई, अकेले-ही-अकेले मालूम होता है, आज कहीं गहरा हाथ मारा है।

मोटेराम ने मुंह लटकाकर कहा - कैसी बातें करते हो, मित्र! ऐसा तो कभी नहीं हुआ कि मुझे कोई अवसर मिला हो और मैंने तुम्हें सूचना न दी हो। कदाचित कुछ समय ही बदल गया, या किसी ग्रह का फेर है। कोई झूठ को भी नहीं बुलाता।

पण्डित चिंतामणि ने अविश्वास के भाव कहा - कोई-न-कोई बात तो मित्र अवश्य है, नहीं तो ये बालक क्यों जमा है?

मोटेराम- तुम्हारी इन्हीं बातों पर मुझे क्रोध आता है। लड़कों की परीक्षा ले रहा हूं। ब्राह्मण के लड़के हैं। चार अक्षर पढ़े बिना इनको कौन पूछेगा।

चिंतामणि को अब भी विश्वास न आया। उन्होंने सोचा, लड़कों से ही इस बात का पता लग सकता है। फेंकूराम सबसे छोटा था। उसी से पूछा - क्या पढ़ रहे हो बेटा। हमें भी सुनाओ। मोटेराम ने फेंकूराम को बोलने का अवसर न दिया। डरे कि यह तो सारा, भण्डा फोड़ देगा। बोले - अभी यह क्या पढ़ेगा। दिन भर खेलता है। फेंकूराम इतना बड़ा अपराध अपने नन्हे से सिर क्यों लेता? बालसुलभ गर्व से बोला - हमको तो याद है, पण्डित सेतूराम पाठक। हम याद भी कर लें, तिस पर भी कहते हैं, हरदम खेलता है?

यह कहते हुए रोना शुरू किया।

चिंतामणि ने बालक को गले लगा लिया और बोले - नहीं बेटा, तुमने अपना पाठ सुना दिया है। तुम खूब पढ़ते हो। यह सेतूराम पाठक कौन हैं, बेटा?

मोटेराम ने बिगड़ कहा - तुम भी लड़कों की बातों में आते हो। सुन लिया होगा किसी का नाम। (फेंकू से) जा, बाहर खेल।

चिंतामणि अपने मित्र की घबराहट देखकर समझ गए कि कोई-न-कोई रहस्य अवश्य है। बहुत दिमाग लड़ाने पर भी सेतूराम पाठक का आशय उनकी समझ में न आया। अपने परम मित्र की इस कुटिलता पर मन में दुखित होकर बोले - 'अच्छा, आप पाठ पढ़ाइए और परीक्षा लीजिए। मैं जाता हूं। तुम इतने स्वार्थी हो, इसका मुझे गुमान तक न था। आज तुम्हारी मित्रता की परीक्षा हो गई।'

पण्डित चिंतामणि बाहर चले गए। मोटेराम जी के पास उन्हें मनाने के लिए समय न था, फिर परीक्षा लेने लगे।

सोना ने कहा - मना लो, मना लो। रूठे जाते हैं। फिर परीक्षा लेना।

मोटेराम - जब कोई काम पड़ेगा मना लूंगा। निमंत्रण की सूचना पाते ही इनका सारा क्रोध शांत हो जायेगा। हां भवानी, तुम्हारे पिता का क्या नाम है, बोलो।

भवानी - गंगू पांडे।

मोटे! - और तुम्हारे पिता का नाम, फेंकू।

फेंक- - बता तो दिया, उस पर कहते हैं, पढ़ता नहीं।

मोटेराम - हमें भी बता दो।

फेंकू - सेतूराम पाठक तो है।

मोटेराम - बहुत ठीक, हमारा लड़का बड़ा राजा है। आज तुम्हें अपने साथ बैठाएंगे और सबसे अच्छा माल तुम्हीं को खिलाएंगे।

सोना - हमें भी कोई नाम बता दो।

मोटेराम ने रसिकता से मुस्कुराकर कहा - तुम्हारा नाम है पंडित मोहन सरूप सुकुल। सोनादेवी ने लजा कर सिर झुका दिया।

3

सोना देवी तो लड़कों को कपड़े पहनाने लगी। उधर फेंकू- आनन्द की उमंग में घर के बाहर निकला। पंडित चिंतामणि रुककर तो चले थे, पर कुतूहल वश अभी तक द्वार पर दुबके खड़े थे। इन बातों की भनक इतनी देर में उनके कानों में पड़ी, उससे यह तो ज्ञात हो गया कि कहीं निमंत्रण है, पर कहां है, कौन-कौन से लोग निमंत्रित हैं, यह कुछ ज्ञात न हुआ था। इतने में फेंकू- बाहर निकला तो उन्होंने उसे गोद में उठा लिया और बोले - कहां नेवता है, बेटा।

अपनी जान में तो उन्होंने बहुत धीरे से पूछा था, पर न जाने कैसे पंडित मोटेराम के कान में भनक पड़ गई। तुरन्त बाहर निकल आए। देखा, तो चिंतामणि फेंकू को गोद में लिये कुछ पूछ रहे हैं। लपक कर लड़के का हाथ पकड़ लिया और चाहा कि उसे अपने मित्र की गोद से खींच लें, मगर चिंतामणिजी को अभी अपने प्रश्न का उत्तर न मिला था। अतएव वे लड़के का हाथ छुड़ाकर उसे लिए हुए अपने घर की ओर भागे। मोटेराम भी यह कहते हुए उनके पीछे दौड़े - उसे क्यों लिये जाते हो? धूर्त कहीं का, दुष्ट! चिंतामणि ने एक न सुनी। भागते ही चले गए। उनकी देह अभी संभाल के बाहर न हुई थी, दौड़ सकते थे, मगर मोटेराम जी को एक-एक पग आगे बढ़ना दुष्कर हो रहा था। भैंसे की भांति हांफते थे और नाना प्रकार के विशेषणों का प्रयोग करते दुलकी चाल से चले जाते थे। अच्छी घुड़दौड़ थी। नगर के दो महात्मा दौड़ते हुए ऐसे जान पड़ते थे, मानो गैंडे चिड़िया-घर से भाग आए हों। सैकड़ों आदमी तमाशा देखने लगे। कितने ही बालक उनके पीछे तालियां बजाते हुए दौड़े। कदाचित यह दौड़ पंडित चिंतामणि के घर पर ही समाप्त होती, पर पंडित मोटेराम धोती के ढीली होते जाने के कारण उलझकर गिर पड़े। चिंतामणि ने पीछे फिरकर यह दृश्य देखा, तो रुक गए और फेंकूराम से पूछा - क्यों बेटा, कहां नेवता है?

फेंकू- बता दें, तो हमें मिठाई दोगे न?

चिंता - हां, दूंगा बताओ।

फेंकू - रानी के यहां।

चिंता - कहां की रानी?

फेंकू - यह मैं नहीं जानता। कोई बड़ी रानी हैं।

नगर में कई बड़ी-बड़ी रानियां थी। पंडितजी ने सोचा, सभी रानियों के द्वार पर चक्कर लगाऊंगा। जहां भोज होगा, वहां कुछ भीड़-भाड़ होगी ही, पता चल जायेगा। यह निश्चय करके वे लौट पड़े। सहानुभूति प्रकट करने में अब कोई बाधा न थी। मोटेराम जी के पास आये, तो देखा कि वे पड़े कराह रहे हैं। उठने का नाम नहीं लेते। घबराकर पूछा - गिर कैसे पड़े मित्र, यहां कहीं गड्ढा भी तो नहीं है।

मोटेराम - तुमसे क्या मतलब! तुम लड़के को ले जाओ, जो कुछ पूछना चाहो पूछो।

चिंता - मैं यह कपट-व्यवहार नहीं करता। दिल्लगी की थी, तुम बुरा मान गए। ले उठ तो बैठ, राम का नाम लेकर। मैं सच कहता हूं मैंने कुछ नहीं पूछा।

मोटे - चल झूठा।

चिंता - जनेऊ हाथ में लेकर कहता हूं।

मोटे - तुम्हारी शपथ का विश्वास नहीं।

चिंता - तुम मुझे इतना धूर्त समझते हो?

मोटे - इससे कहीं अधिक। तुम गंगा में डूबकर शपथ खाओ, तो भी मुझे विश्वास न आये।

चिंता - दूसरा यह बात कहता, तो मूंछ उखाड़ लेता।

मोटे - तो फिर आ जाओ।

चिंता - पहले पंडिताइन से पूछ आओ।

मोटेराम यह भस्मक व्यंग्य न सह सके। चट उठ बैठे और पंडित चिंतामणि का हाथ पकड़ लिया। दोनों मित्रों में मल्ल-युद्ध होने लगा। दोनों हनुमानजी की स्तुति कर रहे थे और इतने जोर से गरज-गरज कर मानों सिंह दहाड़ रहे हों। बस, ऐसा जान पड़ता था, मानो दो पीपे आपस में टकरा रहे हों।

मोटे - महाबली विक्रम बजरंगी।

चिंता - भूत-पिशाच निकट नहिं आवे।

मोटे - जय-जय-जय हनुमान गोसाईं।

चिंता- प्रभु, रखिए लाज हमारी।

मोटे - (बिगड़ कर) यह हनुमान-चालीसा में नहीं है।

चिंता - यह हमने स्वयं रचा है। क्या तुम्हारी तरह की यह रटंत विद्या है? जितना कहो, उतना रच दें।

मोटे - अबे, हम रचने पर जायें तो एक दिन में एक लाख स्तुतियां रच डालें। किंतु इतना अवकाश किसे है?

दोनों महात्मा अलग खड़े होकर अपने-अपने रचना-कौशल की डींगें मार रहे थे। मल्ल-युद्ध शास्त्रार्थ का रूप धारण करने लगा, जो विद्वानों के लिए उचित है। इतने में किसी ने चिंतामणि के घर जाकर कह दिया कि पंडित मोटेराम और चिंतामणि में बड़ी लड़ाई हो रही है। चिंतामणि तीन महिलाओं के स्वामी थे। कुलीन ब्राह्मण थे, पूरे बीस बिस्वे। उस पर विद्वान उच्च कोटि के, दूर-दूर तक यजमानी थी। ऐसे पुरुषों को सब अधिकार हैं। कन्या के साथ-साथ जब प्रचुर दक्षिणा भी मिलती हो, तब कैसे इंकार किया जाये। इन तीनों महिलाओं का सारे मुहल्ले में आतंक छाया

हुआ था। पंडित ने उनके नाम बहुत ही रसीले रखे थे। बड़ी स्त्री को 'अमिरती', मंझली को 'गुलाबजामुन' और छोटी को 'मोहनभोग' कहते थे, पर मुहल्ले वालों के लिये तीनों महिलाएं त्रयतप से कम न थी। घर में नित्य आंसुओं की नदी बहती रहती। खून की नदी तो पंडितजी ने भी कभी नहीं बहायी, अधिक-से-अधिक शब्दों की ही नदी बहायी थी, पर मजाल न थी कि बाहर का आदमी किसी से कुछ कह जाये। संकट के समय तीनों एक हो जाती थीं। यह पंडितजी के नीति-चातुर्य का सुफल था। ज्यों ही खबर मिली कि पंडित चिंतामणि पर संकट पड़ा हुआ है, तीनों त्रिदोष की भांति कुपित होकर घर से निकलीं और जो अन्य दोनों जैसी मोटी नहीं थी, सबसे पहले समरभूमि में जा पहुंची। पंडित मोटेराम जी ने उसे आते देखा, तो समझ गए कि अब कुशल नहीं। अपना हाथ छुड़ाकर बगटुट भागे, पीछे फिरकर भी न देखा। चिंतामणि जी ने बहुत ललकारा पर मोटेराम के कदम न रुके।

चिंता - अजी, भागे क्यों? ठहरो, कुछ मजा तो चखते जाओ।

मोटे - मैं हार गया, भाई, हार गया।

चिंता - अजी, कुछ दक्षिणा तो लेते जाओ।

मोटेराम ने भागते हुए कहा - दया करो भाई, दया करो।

4

आठ बजते-बजते पंडित मोटेराम ने स्नान और पूजा करके कहा - अब विलम्ब नहीं करना चाहिए, फंकी तैयार है न?

सोना - फंकी लिये तो कब से बैठी हूं तुम्हें तो जैसे किसी बात की सुधि ही नहीं रहती। रात को कौन देखता है कि कितनी देर तक पूजा करते हो।

मोटे - मैं तुमसे एक नहीं, हजार बार कह चुका कि मेरे कामों में मत बोला करो। तुम नहीं समझ सकती कि मैंने इतना विलम्ब क्यों किया। तुम्हें ईश्वर ने इतनी बुद्धि ही नहीं दी। जल्दी जाने से अपमान होता है। यजमान समझता है, लोभी है, भुक्खड़ है। इसलिए चतुर लोग विलम्ब किया करते हैं, जिससे यजमान समझे कि पंडितजी को इसकी सुधि नहीं है, वह मरभूखों की तरह जाने में क्या कभी हो सकता है? मैं बुलावे की प्रतीक्षा कर रहा हूं। कोई-न-कोई आता ही होगा। लाओ थोड़ी फंकी। बालकों को खिला दी है न?

सोना - उन्हें तो मैंने सांझ ही को खिला दी थी।

मोटे - कोई सोया तो नहीं?

सोना - आज भला कौन सोएगा? सब भूख-भूख चिल्ला रहे थे, तो मैंने एक पैसे का चबेना मंगवा दिया। सब-के-सब ऊपर बैठ खा रहे हैं। सुनते नहीं हो, मार-पीट हो रही है। मोटेराम ने दांत पीसकर कहा - जी चाहता है कि तुम्हारी गर्दन पकड़ कर ऐंठ दूं। भला, इस बेला चबेना

मंगाने का क्या काम था? चबेना खा लेंगे, तो वहां क्या तुम्हारा सिर खाएंगे? छि-छि जरा भी बुद्धि नहीं।

सोना ने अपराध स्वीकार करते हुए कहा - हां, भूल तो हुई पर सब-के-सब इतना कोलाहल मचाए हुए थे कि सुना नहीं जाता था।

मोटे - रोते ही थे न रोने देती। रोने से उनका पेट न भरता बल्कि और भूख खुल जाती।

सहसा एक आदमी ने बाहर से आवाज दी - पंडितजी, महारानी बुला रही हैं, और लोगों को लेकर जल्दी चलो।

पंडितजी ने पत्नी की ओर गर्व से देखकर कहा - देखा, इसे निमंत्रण कहते हैं। अब तैयारी करनी चाहिए।

बाहर आकर पंडितजी ने उस आदमी से कहा - तुम एक क्षण और न आते, तो मैं कथा सुनाने चला गया होता। मुझे बिलकुल याद न थी। चलो, हम बहुत शीघ्र आते हैं।

5

नौ बजते-बजते पंडित मोटेराम बाल-गोपाल सहित रानी साहब के द्वार पर जा पहुंचे। रानी बड़ी विशालकाय एवं तेजस्विनी महिला थी। इस समय वे कारचोलीदार तकिया लगाए तख्त पर बैठी हुई थीं। दो आदमी हाथ बांधे पीछे खड़े थे। बिजली का पंखा चल रहा था। पंडितजी को देखते ही रानी ने तख्त से उठ चरण-स्पर्श किया और इस बालक-मंडल को देखकर मुस्कुराती हुई बोली - इन बच्चों को आप कहां से पकड़ लाए।

मोटे - करता क्या? सारा नगर छान मारा किसी पंडित ने आना स्वीकार न किया। कोई किसी के यहां निमंत्रण में है, कोई किसी के यहां। तब तो मैं बहुत चकराया। अन्त में मैंने उनसे कहा - अच्छा, आप नहीं चलते तो हरि इच्छा लेकिन ऐसा कीजिए कि मुझे लज्जित न होना पड़ा। तब जबरदस्ती प्रत्येक के घर से जो बालक मिला, उसे पकड़ लाना पड़ा। क्यों फेंकूराम, तुम्हारे पिताजी का क्या नामं है?

फेंकूराम ने गर्व से कहा - पंडित सेतूराम पाठक।

रानी - बालक तो बड़ा होनहार है।

और बालकों को भी उत्कंठा हो रही थी कि हमारी भी परीक्षा ली जाये, लेकिन जब पंडितजी ने उससे कोई प्रश्न न किया और उधर रानी ने फेंकू राम की प्रशंसा कर दी, तब तो वे अधीर हो उठे।

भवानी बोला - मेरे पिता का नाम है पंडित गंगू पांडे।

छेदी बोला - मेरे पिता का नाम है दमड़ी तिवारी।

बेनीराम ने कहा - मेरे पिता का नाम है पंडित मंगरू ओझा।

अलगूराम समझदार था। चुपचाप खड़ा रहा। रानी ने उससे पूछा - तुम्हारे पिता का क्या नाम है, जी?

अलगूराम को इस वक्त पिता का निर्दिष्ट नाम याद न आया और न सही सूझा कि कोई और नाम ले ले। हतबुद्धि-सा खड़ा रहा। पंडित मोटेराम ने जब उसकी ओर दांत पीसकर देखा, तब रहा-सहा हवास भी गायब हो गया।

फेंकूराम ने कहा - हम बता दें। भैया भूल गए।

रानी ने आश्चर्य से पूछा - क्या अपने पिता का नाम भूल गया? यह तो विचित्र बात देखी।

मोटेराम ने अलगू के पास जाकर कहा - 'के' से है।

अलगूराम बोल उठा - केशव पांडे।

रानी - तो अब तक क्यों चुप था?

मोटे - कुछ ऊंचा सुनता है, सरकार।

रानी - मैंने सामान तो बहुत-सा मंगवा रखा है। सब खराब होगा। लड़के क्या खायेंगे?

मोटे - सरकार इन्हें बालक न समझें। इनमें जो सबसे बेटा है, वह दो पत्तल खाकर उठेगा।

6

जब सामने पत्तलें पड़ गई और भंडारी चांदी की थालों में एक-से एक उत्तम पदार्थ ला-लाकर परोसने लगा, तब पंडित मोटेराम जी की आंखें खुल गई। उन्हें आये-दिन निमंत्रण मिलते रहते थे। पर ऐसे अनुपम पदार्थ कभी सामने न आये थे। घी की भी ऐसी सोंधी सुगन्ध उन्हें कभी न मिली थी। प्रत्येक वस्तु से केवड़े और गुलाब की खुशबू आ रही थी। मनों खा जाऊं, फिर भी और खाने को जी चाहे। देवतागण इनसे उत्तम और कौन-से पदार्थ खाते होंगे? इनसे उत्तम पदार्थों की तो कल्पना भी नहीं हो सकती।

पंडितजी को इस वक्त अपने परममित्र पंडित चिंतामणि की याद आयी। अगर वे होते, तो रंग जम जाता। उसके बिना रंग फीका रहेगा। यहां दूसरा कौन है, जिससे लाग-डाट करूं। लड़के दो-दो पत्तलों की कौन गिनती? हमारी देखा-देखी लड़के भी डट जायेंगे। ओह, बड़ी भूल हो गई। यह ख्याल मुझे पहले न आया। रानी साहब से कहूं बुरा तो न मानेंगी। उंह जो कुछ हो, एक बार जोर तो लगाना ही चाहिए। तुरंत खड़े होकर रानी साहब से बोले - सरकार! आज्ञा हो, तो कुछ कहूं।

रानी - कहिए, कहिए महाराज, क्या किसी वस्तु की कमी है?

मोटे! - नहीं सरकार, किसी बात की नहीं। ऐसे उत्तम पदार्थ तो मैंने कभी देखे भी न थे। सारे शहर में आपकी कीर्ति फैल जायेगी। मेरे एक परम मित्र पंडित चिंतामणि जी हैं, आज्ञा हो तो

उन्हें भी बुला लूं? रहे विद्वान, कर्मनिष्ठ ब्राह्मण हैं। उनके जोड़ का इस नगर में दूसरा नहीं है। मैं उन्हें निमंत्रण देना भूल गया। अभी सुधि आयी।

रानी - आपकी इच्छा हो, तो बुला लीजिए, मगर आने-जाने में देर होगी और भोजन परोस दिया गया है।

मोटे - मैं अभी आता हूं सरकार, दौड़ता हुआ जाऊंगा।

रानी - मेरी मोटर ले लीजिए।

जब पंडितजी चलने को तैयार हुए, तब सोना ने कहा - तुम्हें आज क्या हो गया है, जी! उसे क्यों बुला रहे हो?

मोटे - कोई साथ देने वाला भी तो चाहिए?

सोना - मैं क्या तुमसे दब जाती?

पंडितजी ने मुस्कुराकर कहा... तुम जानती नहीं, घर की बात और है। दंगल की बात और। पुराना खिलाड़ी मैदान में जाकर जितना नाम करेगा, उतना नया पट्ठा नहीं कर सकता। वहां बल का काम नहीं, साहस का काम है। बस, यहां भी वही हाल समझो। झंडे गाड़ दूंगा। समझ लेना।

सोना - कहीं लड़के सो जायें तो?

मोटे - और भूख खुल जायेगी। जगा तो मैं लूंगा।

सोना - देख लेना, आज वह तुम्हें पछाड़ेगा। उसके पेट में तो शनीचर है।

मोटे - बुद्धि की सर्वत्र प्रधानता रहती है। यह न समझो कि भोजन करने की कोई विद्या ही नहीं। इसका भी एक शास्त्र है, जिसे मथुरा के शनिचरानंद महाराज ने रचा है। चतुर आदमी थोड़ी-सी जगह में गृहस्थी का सब सामान रख देता है। अनाड़ी बहुत-सी जगह में भी यही सोचता रहता है कि कौन वस्तु कहां रखूं। गंवार आदमी पहले से ही हबक-हबककर खाने लगता है और चट एक लोटा पानी पीकर अफर जाता है। चतुर आदमी बड़ी सावधानी से खाता है, उसका कौर नीचे उतरने के लिए पानी की आवश्यकता नहीं पड़ती। देर तक भोजन करते रहने से वह सुपाच्य भी हो जाता है। चिंतामणि मेरे सामने क्या ठहरेगा।

7

चिंतामणि अपने आंगन में उदास बैठे हुए थे। जिस प्राणी को वह अपने परम हितैषी समझते थे, जिसके लिए वे अपने प्राण तक देने को तैयार रहते थे। उसी ने आज उनके साथ बेवफाई की। बेवफाई ही नहीं की, उन्हें उठाकर दे मारा। पंडित मोटेराम के घर से तो कुछ जाता न था। अगर वे चिंतामणि जी को भी साथ लेते जाते, तो क्या रानी साहब उन्हें दुत्कार देती? स्वार्थ के आगे कौन किसको पूछता है? उन अमूल्य पदार्थों की कल्पना करके चिंतामणि के मुंह से लार टपक पड़ती थी। अब सामने पत्तल आ गई होगी। अब थालों में अमिरतियां लिये भंडारी जी आये होंगे! आह, कितनी सुन्दर, कोमल, कुरकुरी, रसीली अमिरतियां होंगी। अब बेसन के लड्डू आए

होंगे। आह, कितने सुडौल, मेवों से भरे हुए, घी से तरातर लड्डू होंगे, मुंह में रखते-ही-रखते घुल जाते होंगे, जीभ भी न डुलानी पड़ती होगी। अहा अब मोहन-भोग आया होगा। हाय रे दुर्भाग्य मैं यहां पड़ा सड़ रहा हूं और वहां यह बहार! बड़े निर्दयी हो मोटेराम, तुमसे इस निष्ठुरता की आशा न थी।

अमिरती देवी बोली - तुम इतना दिल छोटा क्यों करते हो? पितृ-पक्ष तो आ ही रहा है, ऐसे-ऐसे न जाने जितने नेवते आयेंगे।

चिंतामणि - आज किसी अभागे का मुंह देखकर उठा था। लाओ तो पत्रा देखूं कैसा मुहूर्त है। अब नहीं रहा जाता। सारा नगर छान डालूंगा, कहीं तो पता चलेगा, नासिका तो दाहिनी चल रही है।

एकाएक मोटर की आवाज आयी। उसके प्रकाश से पंडितजी का सारा घर जगमगा उठा था। वे खिड़की से झांकने लगे, तो मोटे को मोटर से उतरते देखा। एक लम्बी सांस लेकर चारपाई पर गिर पड़े। मन ने कहा कि दुष्ट भोजन करके अब यहां मुझसे बखान करने आया है।

अमिरती देवी ने पूछा - कौन है दाढ़ीजार, इतनी रात को जगावत है?

मोटे - हम हैं, हम! गाली न दो।

अमिरती - अरे दुर मुंहझौंसे, तै कौन है! कहते हैं, हम हैं, हम! को जाने, तैं कौन रे?

मोटे - अरे, हमारी बोली नहीं पहचानती हो? खूब पहचान लो। हम हैं तुम्हारे देवर।

अमिरती - ऐ दुर, तोरे मुंह में कीड़ा लागे। तोर लहास उठे। हमार देवर बनता है, डाढ़ीजार।

मोटे - अरे, हम हैं मोटेराम शास्त्री। क्या इतना भी नहीं पहचानती? चिंतामणि घर में हैं?

अमिरती ने किवाड़ खोल दिया और तिरस्कार भाव से बोली - अरे तुम थे! नाम क्यों नहीं बताते थे? जब इतनी गालियां खा ली, तो बोल निकला। क्या है, क्या?

मोटे - कुछ नहीं चिंतामणि जी को शुभ संवाद देने आया हूं। रानी साहब ने उन्हें याद किया है।

इमरती - भोजन के बाद बुलाकर क्या करेंगी?

मोटे - अजी भोजन कहां हुआ है। मैंने जब इनको विद्या, कर्मनिष्ठ सद्विचार की प्रशंसा की, तब मुग्ध हो गई। मुझसे कहा कि उन्हें भोजन पर लाओ। क्या सो गए?

चिंतामणि चारपाई पर पड़े-पड़े सुन रहे थे। जी में आता था, चलकर मोटेराम के चरणों पर गिर पड़ू। उनके विषय में अब तक जितने कुत्सित विचार उठे थे, सब लुप्त हो गए। ग्लानि का आविर्भाव हुआ। रोने लगे।

.. .यह कहते हुए मोटेराम उनके सामने जाकर खड़े हो गए।

चिंता - तब क्यों न ले गए? जब इतनी दुर्दशा कर लिए, तब आये। अभी तक पीठ में दर्द हो रहा है।

मोटे - अजी, वह तर माल खिलाऊंगा कि सारा दर्द-वर्द भाग जायेगा, तुम्हारे यजमानों को भी ऐसे पदार्थ मयस्सर न हुए होंगे। आज तुम्हें बदकर पछाडूंगा।

चिंता - तुम बेचारे मुझे क्या पछाड़ोगे? सारे शहर में तो कोई ऐसा माई का लाल दिखाई नहीं देता। हमें शनीचर का इष्ट है।

मोटे - अजी, यहां बरसों तपस्या की है। भंडारे-का-भंडार साफ कर दें। और इच्छा ज्यों-की-त्यों बनी रहे। बस, यही समझ लो कि भोजन करके हम खड़े नहीं रह सकते। चलना तो दूसरी बात है। गाड़ी पर लद कर आते हैं।

चिंता - तो यह कौन बड़ी बात है। यहां तो टिकठी पर उठाकर लाए जाते है। ऐसी-ऐसी डकारें लेते हैं कि जान पड़ता है, बम-गोला छूट रहा है। एक बार ख़ुफिया पुलिस ने बम-गोले के संदेह में घर की तलाशी तक ली थी।

मोटे - झूठ बोलते हो। कोई इस तरह नहीं डकार सकता।

चिंता - अच्छा, तो आकर सुन लेगा। डरकर भाग न जाओ तो सही। क्षण में दोनों मित्र मोटर पर बैठे और मोटर चली।

8

रास्ते में पंडित चिंतामणि को शंका हुई कि कहीं ऐसा न हो कि मैं पंडित मोटेराम का पिछलग्गू समझा जाऊं और मेरा यथेष्ट सम्मान न हो। उधर पंडित मोटेराम को भी भय हुआ कि कहीं ये महाशय मेरे प्रतिद्वंद्वी न बन जायें और रानी साहब पर अपना रंग जमा लें। दोनों अपने-अपने मंसूबे बांधने लगे। ज्यों ही मोटर रानी के भवन में पहुंची दोनों महाशय उतरे, अब मोटेराम चाहते थे कि पहले मैं रानी के पास पहुंच जाऊं और कह दूं कि पंडित को ले आया, और चिंतामणि चाहते थे कि पहले मैं रानी के पास पहुंचकर अपनी रंग जमा दूं। दोनों कदम बढ़ाने लगे। चिंतामणि हलके होने के कारण जरा आगे बढ़ गए, तो पंडित मोटेराम दौड़ने लगे। चिंतामणि भी दौड़ पड़े। घुड़-दौड़-सी होने लगी। मालूम होता था कि दो गैंडे आगे जा रहे है। अंत को मोटेराम ने हांफते हुए कहा - राजसभा में दौड़ते हुए जाना उचित नहीं।

चिंता - तो तुम धीरे-धीरे आओ न, दौड़ने को कौन कहता है?

मोटे - जरा रुक जाओ, मेरे पैर में कांटा गड़ गया है।

चिंता - तो निकाल लो, तब तक मैं चलता हूं।

मोटे - मैं न कहता, तो रानी तुम्हें पूछती भी न।

मोटेराम ने बहुत कहा, पर चिंतामणि ने एक न सुना। भवन में पहुंचे। रानी साहब बैठी कुछ लिख रही थी और रह-रहकर द्वार की ओर ताक लेती थी कि सहसा पंडित चिंतामणि उनके सामने आ खड़े हुए और यों स्तुति करने लगे -

'हे हे यशोदे, तू बालकेशव, मुरारनामा...

रानी - क्या मतलब है? अपना मतलब कहो?

चिंता - सरकार को आशीर्वाद देता हूं। सरकार ने इस दास चिंतामणि को निमंत्रित करके जितना अनुग्रसित (अनुगृहीत) किया है, उसका बखान शेषनाग अपनी सहस्र जिह्वा द्वारा भी नहीं कर सकते।

रानी - तुम्हारा ही नाम चिंतामणि है? वे कहां रह गए - पंडित मोटेराम शास्त्री?

चिंता - पीछे आ रहा है, सरकार! मेरे बराबर आ सकता है, भला! मेरा तो शिष्य है।

रानी - अच्छा, तो वे आपके शिष्य हैं।

चिंता - मैं अपने मुंह से अपनी बड़ाई नहीं करना चाहता सरकार। विद्वानों को नम्र होना चाहिए, पर जो यथार्थ है, वह तो संसार जानता है। सरकार, मैं किसी से वाद-विवाद नहीं करता, यह मेरा अनुशीलन (अभीष्ट) नहीं। मेरे शिष्य भी बहुधा मेरे गुरु बन जाते हैं, पर मैं किसी से कुछ नहीं कहता। जो सत्य है, वह सभी जानते हैं।

इतने में पंडित मोटेराम भी गिरते-पड़ते हांफते हुए आ पहुंचे और यह देखकर कि चिंतामणि भद्रता और सभ्यता की मूर्ति बने खड़े हैं, वे देवोपम शांति के साथ खड़े हो गए।

रानी - पंडित चिंतामणि बड़े साधु प्रकृति एवं विद्वान है। आप उनके शिष्य हैं, फिर भी वे आपको अपना शिष्य नहीं कहते।

मोटे - सरकार, मैं इनका दासानुदास हूं।

चिंता - जगतारिणी, मैं इनका चरण रज हूं।

मोटे - रिपुदलसंहारिणी, मैं इनके द्वार पर कुकुर हूं।

रानी - आप दोनों सज्जन पूज्य हैं। एक-से-एक बड़े हुए। चलिए, भोजन कीजिए।

9

सोना रानी बैठी पंडित मोटेराम की राह देख रही थी। पति की इस मित्र-भक्ति पर उन्हें बड़ा क्रोध आ रहा था। बड़े लड़की के विषय में तो कोई चिंता न थी लेकिन छोटे बच्चों के सो जाने का भय था। उन्हें किस्से-कहानियां सुना-सुनाकर बहला रही थी कि भंडारी ने आकर कहा - महाराज चलो। दोनों पंडितजी आसन पर बैठ गए, फिर क्या था, बच्चे कूद-कूदकर भोजनशाला में जा पहुंचे। देखा, तो दोनों पंडित दो वीरों की भांति आमने-सामने डटे बैठे हैं। दोनों अपना-अपना पुरुषार्थ दिखाने के लिए अधीर हो रहे थे।

चिंता - भंडारी जी, तुम परोसने में बड़ा विलम्ब करते हो? क्या भीतर जाकर सोने लगते हो?

भंडारी - चुपाई मारे बैठे रहो, जौन कुछ होई, सब आय जाई। घबड़ाये का नहीं होता। तुम्हारे सिवाय और कोई जिवैगा नहीं।

मोटे - भैया, भोजन करने के पहले कुछ देर सुगंध का स्वाद तो लो।

चिंता - अजी सुगंध गया चूल्हे में, सुगंध देवता लोग लेते हैं। अपने लोग तो भोजन करते हैं।

मोटे - अच्छा बताओ, पहले किस चीज पर हाथ फेरोगे?

चिंता - मैं जाता हूं भीतर से सब चीजें एक साथ लिये आता हूं।

मोटे - धीरज रखो भैया, सब पदार्थों को आ जाने दो। ठाकुरजी का भोग तो लग जाय।

चिंता - तो बैठे क्यों हो, तब तक भोग ही लगाओ। एक बाधा तो मिटे। नहीं तो लाओ, मैं चटपट भोग लगा दूं। व्यर्थ देर करोगे।

इतने में रानी आ गईं। चिंतामणि सावधान हो गए। रामायण की चौपाइयां का पाठ करने लगे।

रहा एक दिन अवधि अधारा। समुझत मन दुख भयउ अपारा।।
कोशलेश दशरथ के जाये। हम पितु वचन मानि बन आये।।
उलटि पलटि लंका कपि जारी। कूद पड़ा तब सिंधु मझारी।।
जेहि पर जाकर सत्य सनेहू। सो तेहि मिलेहि न कछु संदेहू।।
जामवंत के वचन सुहाये। सुनि हनुमान हृदय अति भाये।।

पंडित मोटेराम ने देखा कि चिंतामणि का रंग जमता जाता है, तो वे भी अपनी विद्वता प्रकट करने को व्याकुल हो गए। बहुत दिमाग लड़ाया, पर कोई श्लोक, कोई मंत्र, कोई कविता याद न आयी। तब उन्होंने सीधे-सीधे राम-राम का पाठ आरंभ कर दिया।

'राम भज, राम भज रे मन' - इन्होंने इतने ऊंचे स्वर में जाप करना शुरू कर दिया कि चिंतामणि को भी अपना स्वर ऊंचा करना पड़ा। मोटेराम और जोर से गरजने लगे। इतने में भंडारी ने कहा - महाराज, अब भोग लगाइए। यह सुनकर उस प्रतिस्पर्द्धा का अंत हुआ। भोग की तैयारियां हुई। बाल-वृन्द सजग हो गया। किसी ने घंटा लिया, किसी ने घड़ियाल, किसी ने शंख, किसी ने करताल और चिंतामणि ने आरती उठा ली। मोटेराम मन में ऐंठ कर रह गए। रानी के सामने जाने का यह अवसर उनके हाथ से निकल गया।

पर यह किसे मालूम था कि विधि-वाम उधर कुछ और भी कुटिल-क्रीड़ा कर रहा है? आरती समाप्त हो गई थी, भोजन शुरू होने को ही था कि एक कुत्ता न जाने किधर से आ निकला। पंडित चिंतामणि के हाथ से लड्डू थाल से गिर पड़ा। पंडित मोटेराम अचकचा कर रह गए। सर्वनाश।

चिंतामणि ने मोटेराम से इशारे में कहा - अब क्या कहते हो, मित्र? कोई उपाय निकालो, यहां तो कमर टूट गई।

मोटेराम ने लंबी सांस खींचकर कहा - अब क्या हो सकता है? यह ससुर आया किधर से?

रानी पास ही खड़ी थी, उन्होंने कहा - अरे, कुत्ता किधर से आ गया? यह रोज बंधा रहता था, आज कैसे छूट गया? अब तो रसोई नष्ट हो गई।

चिंता - सरकार आचार्यों ने इस विषय में... ।

मोटे - कोई हर्ज नहीं है, सरकार, कोई हर्ज नहीं है!

सोना - भाग्य फूट गया। जोहत-जोहत आधी रात बीत गई, तब ई विपत्ति फाट परी।

चिंता - सरकार, स्वान के मुख में अमृत...

मोटे - तो अब आज्ञा हो तो चलें।

रानी - हां और क्या। मुझे बड़ा दु:ख है कि इस कुत्ते ने आज इतना बड़ा अनर्थ कर डाला। तुम बड़े गुस्ताख़ हो गए, टॉमी। भंडारी, ये पत्तल उठाकर मेहतर को दे दो।

चिंता - (सोना से) छाती फटी जाती है।

सोना को बालकों पर दया आयी। बेचारे इतनी देर देवोपम धैर्य के साथ बैठे थे। बस चलता तो कुत्ते का गला घोंट देती। बोली - लरकन का तो दोष नहीं परत है। इन्हें काहे नहीं ख्वाय देत कोऊ।

चिंता - मोटेराम महादुष्ट हैं। इसकी बुद्धि भ्रष्ट हो गई है।

सोना - ऐसे तो बड़े विद्वान् बनते रहे हैं। अब काहे नहीं बोलत बनत। मुंह में दही जम गया, जीभै नाहीं खुलत है।

चिंता - सत्य कहता हूं रानी को चकमा दे देता। इस दुष्ट के मारे सब खेल बिगड़ गया। सारी अभिलाषाएं मन में रह गई। ऐसे पदार्थ अब कहां मिल सकते हैं?

सोना सारी मनसई निकस गई। घर ही में गरजै के सैर हैं।

रानी ने भंडारी को बुलाकर कहा - इन छोटे-छोटे तीन बच्चों को खिला दो। ये बेचारे क्यों भूखे मरे। क्यों फेंकूराम, मिठाई खाओगे!

फेंकू - इसीलिए तो आये हैं।

रानी - कितनी मिठाई खाओगे?

फेंकू - बहुत-सी (हाथों से बताकर) इतनी।

रानी - अच्छी बात है। जितनी खाओगे उतनी मिलेगी, पर जो बात मैं पूछूं वह बतानी पड़ेगी। बताओगे न?

फेंकू - हां बताऊंगा, पूछिए।

रानी - झूठ बोले, तो एक मिठाई न मिलेगी। समझ गए।

फेंकू, - मत दीजिएगा। मैं झूठ बोलूंगा ही नहीं।

रानी - अपने पिता का नाम बताओ ।

मोटे - बालकों को हरदम सब बातें स्मरण नहीं रहती। उसने तो आते ही बता दिया था।

रानी - मैं फिर पूछती हूं इसमें आपकी क्या हानि है?

चिंता - नाम पूछने में कोई हर्ज नहीं।

मोटे - तुम चुप रहो चिंतामणि, नहीं तो ठीक न होगा। मेरे क्रोध को अभी तुम नहीं जानते । दबा बैठूंगा, तो रोते भागोगे।

रानी - आप तो व्यर्थ इतना क्रोध कर रहे हैं। बोलो फेंकूराम, चुप क्यों हो? फिर मिठाई न पाओगे।

चिंता - महारानी जी की इतनी दया-दृष्टि तुम्हारे ऊपर है, बता दो बेटा!

मोटे - चिंतामणि जी, मैं देख रहा हूं तुम्हारे अदिन आये हैं। वह नहीं बताता, तुम्हारा साझा - आये वहां से बड़े खैरख्वाह बन के।

सोना - अरे हां, लरकन से ई सब पंवारा से का मतलब । तुमका धरम पर मिठाई देव, न धरम परे न देव। ई का कि बाप का नाम बताओ तब मिठाई देब।

फेंकूराम ने धीरे से कोई नाम लिया। इस पर पण्डितजी ने उसे इतने जोर से डांटा कि उसकी आधी बात मुंह में ही रह गई।

रानी - क्यों डांटते हो, उसे बोलने क्यों नहीं देते? बोलो बेटा।

मोटे - आप हमें अपने द्वार पर बुलाकर हमारा अपमान कर रही है।

चिंता - इसमें अपमान की तो कोई बात नहीं है, भाई।

मोटे - अब हम इस द्वार पर कभी न आयेंगे। यहां सत्पुरुषों का अपमान किया जाता है।

अलगू - कहिए तो मैं चिंतामणि को एक पटकन दूं।

मोटे - नहीं बेटा, दुष्टों को परमात्मा स्वयं दंड देता है। चलो, यहां से चलें। अब भूलकर यहां न आयेंगे। खिलाना न पिलाना, द्वार पर आकर ब्राह्मणों का अपमान करना। तभी तो देश में आग लगी हुई है।

चिंता - मोटेराम, महारानी के सामने तुम्हें इतनी कटु बातें न करनी चाहिए।

मोटे - बस चुप रहना, नहीं तो तारा क्रोध तुम्हारे ही सिर जायेगा। माता-पिता का पता नहीं, ब्राह्मण बनने चले हैं। तुम्हें कौन कहता है ब्राह्मण?

चिंता - जो कुछ मन चाहे, कह लो। चंद्रमा पर थूकने से थूक अपने ही मुंह पर पड़ता है। जब तुम धर्म का एक लक्षण नहीं जानते, तब तुमसे क्यों बातें करूं? ब्राह्मण को धैर्य रखवा चाहिए।

मोटे - पेट के गुलाम हो। ठकुरसोहाती कर रहे हो कि एकाध पत्तल मिल जाये। यहां मर्यादा का पालन करते हैं।

चिंता - कह तो दिया भाई कि तुम बड़े, मैं छोटा, अब और क्या कहूं। तुम सत्य कहते होंगे, मैं ब्राह्मण नहीं, शूद्र हूं।

रानी - ऐसा न कहिए चिंतामणि जी।

'इसका बदला न लिया तो कहना!' यह कहते हुए पण्डित मोटेराम बालक-वृंद के साथ बाहर चले आये और भाग्य को कोसते हुए घर को चले। बार-बार पछता रहे थे कि दुष्ट चिंतामणि को क्यों बुला लाया।

सोना ने कहा - भंडा फूटत-फूटत बच गया। फेंकुआ नाव बताय देता। काहे रे, अपने बाप के नाव बताय देते।

फेंकू - और क्या। वे तो सच-सच पूछती थीं।

मोटे - चिंतामणि ने रंग जमा लिया, अब आनंद से भोजन करेगा।

सोना - तुम्हार एको विद्या काम न कोई। ऊँ तौन बाजी मार लेगा।

मोटे - मैं तो जानता हूं रानी ने जान-बूझकर कुत्ते को बुला लिया।

सोना - मैं तो ओका मुंह देखत ताड़ गई कि हमका पहचान गईं।

इधर तो ये लोग पछताते चले जाते थे, उधर चिंतामणि की पांचों अंगुली घी में थी। आसन मारे भोजन कर रहे थे। रानी अपने हाथों से मिठाइयां परोस रही थी, वार्तालाप भी होता जाता था।

रानी - बड़ा धूर्त है? मैं बालकों को देखते ही समझ गई। अपनी स्त्री को भेष बदलकर लाते उसे लज्जा न आई।

चिंता - मुझे कोस रहे होंगे।

रानी - मुझसे उड़ने चला था। मैंने भी कहा था - बचा, तुमको ऐसे शिक्षा दूंगी कि उम्र भर याद करोगे। टॉमी को बुला लिया।

चिंता - सरकार की बुद्धि को धन्य है।

* * *

रामलीला

इधर एक मुद्दत से रामलीला देखने नहीं गया। बंदरों के भद्दे चेहरे लगाये,आधी टाँगों का पाजामा और काले रंग का ऊँचा कुरता पहने आदमियों को दौड़ते, हू-हू करते देख कर अब हँसी आती है; मजा नहीं आता। काशी की लीला जगद्विख्यात है। सुना है, लोग दूर-दूर से देखने आते हैं। मैं भी बड़े शौक से गया; पर मुझे तो वहाँ की लीला और किसी बज्र देहात की लीला में कोई अंतर न दिखायी दिया। हाँ, रामनगर की लीला में कुछ साज-सामान अच्छे हैं। राक्षसों और बंदरों के चेहरे पीतल के हैं, गदाएँ भी पीतल की हैं; कदाचित् नवासी भ्राताओं के मुकुट सच्चे काम के हों; लेकिन साज-सामान के सिवा वहाँ भी वही हू-हू के सिवा और कुछ नहीं। फिर भी लाखों आदमियों की भीड़ लगी रहती।

लेकिन एक जमाना वह था, जब मुझे भी रामलीला में आनंद आता था। आनंद तो बहुत हलका-सा शब्द है। वह आनंद उन्माद से कम न था। संयोगवश उन दिनों मेरे घर से बहुत थोड़ी दूर पर रामलीला का मैदान था; और जिस घर में लीला-पात्रों का रूप-रंग भरा जाता था, वह तो मेरे घर से बिलकुल मिला हुआ था। दो बजे दिन से पात्रों की सजावट होने लगती थी। मैं दोपहर ही से वहाँ जा बैठता, और जिस उत्साह से दौड़-दौड़ कर छोटे-मोटे काम करता, उस उत्साह से तो आज अपनी पेंशन लेने भी नहीं जाता। एक कोठरी में राजकुमारी का श्रृंगार होता था। उनकी देह में रामरज पीस कर पोती जाती; मुँह पर पाउडर लगाया जाता और पाउडर के ऊपर लाल, हरे, नीले रंग की बुंदकियाँ लगायी जाती थीं। सारा माथा, भौंहें, गाल, ठोड़ी बुंदकियों से रच उठती थीं। एक ही आदमी इस काम में कुशल था। वही बारी-बारी से तीनों पात्रों का श्रृंगार करता था। रंग की प्यालियों में पानी लाना, रामरज पीसना, पंखा झलना मेरा काम था। जब इन तैयारियों के बाद विमान निकलता, तो उस पर रामचन्द्र जी के पीछे बैठ कर मुझे जो उल्लास, जो गर्व, जो रोमांच होता था वह अब लाट साहब के दरबार में कुरसी पर बैठ कर भी नहीं होता। एक बार जब होम-मेम्बर साहब ने व्यवस्थापक-सभा में मेरे लिए एक प्रस्ताव का अनुमोदन किया था, उस वक्त मुझे कुछ उसी तरह का उल्लास, गर्व और रोमांच हुआ था। हाँ, एक बार जब मेरा ज्येष्ठ पुत्र नायब-तहसीलदारी में नामजद हुआ, तब भी ऐसी ही तरंगें मन में उठी थीं; पर इनमें और उस बाल-विह्वलता में बड़ा अंतर है। तब ऐसा मालूम होता था कि मैं स्वर्ग में बैठा हूँ।

निषाद-नौका-लीला का दिन था। मैं दो-चार लड़कों के बहकाने में आकर गुल्ली-डंडा खेलने लगा था। आज श्रृंगार देखने न गया। विमान भी निकला; पर मैंने खेलना न छोड़ा। मुझे अपना दाँव लेना था। अपना दाँव छोड़ने के लिए उससे कहीं बढ़कर आत्मत्याग की जरूरत थी, जितना मैं कर सकता था। अगर दाँव देना होता तो मैं कब का भाग खड़ा होता; लेकिन पदाने में कुछ

और ही बात होती है। खैर, दाँव पूरा हुआ। अगर मैं चाहता, तो धाँधाली करके दस-पाँच मिनट और पदा सकता था, इसकी काफी गुंजाइश थी, लेकिन अब इसका मौका न था। मैं सीधे नाले की तरफ दौड़ा। विमान जलतट पर पहुँच चुका था। मैंने दूर से देखा - मल्लाह किश्ती लिये आ रहा है। दौड़ा, लेकिन आदमियों की भीड़ में दौड़ना कठिन था। आखिर जब मैं भीड़ हटाता, प्राण-पण से आगे बढ़ता घाट पर पहुँचा, तो निषाद अपनी नौका खोल चुका था। रामचन्द्र पर मेरी कितनी श्रद्धा थी ! अपने पाठ की चिंता न करके उन्हें पढ़ा दिया करता था, जिसमें वह फेल न हो जाएँ। मुझसे उम्र ज्यादा होने पर भी वह नीची कक्षा में पढ़ते थे। लेकिन वही रामचंद्र नौका पर बैठे इस तरह मुँह फेरे चले जाते थे, मानो मुझसे जान-पहचान ही नहीं। नकल में भी असल की कुछ न कुछ बू आ ही जाती है। भक्तों पर जिनकी निगाह सदा ही तीखी रही है, वह मुझे क्यों उबारते ? मैं विकल हो कर उस बछड़े की भाँति कूदने लगा, जिसकी गरदन पर पहली बार जुआ रखा गया हो। कभी लपक कर नाले की ओर जाता, कभी किसी सहायक की खोज में पीछे की तरफ दौड़ता, पर सब के सब अपनी धुन में मस्त थे; मेरी चीख-पुकार किसी के कानों तक न पहुँची। तब से बड़ी-बड़ी विपत्तियाँ झेलीं; पर उस समय जितना दु:ख हुआ, उतना फिर

कभी न हुआ। मैंने निश्चय किया था कि अब रामचंद्र से न कभी बोलूँगा, न कभी खाने की कोई चीज ही दूँगा; लेकिन ज्यों ही नाले को पार करके वह पुल की ओर लौटे; मैं दौड़ कर विमान पर चढ़ गया, और ऐसा खुश हुआ, मानो कोई बात ही न हुई थी।

रामलीला समाप्त हो गयी थी। राजगद्दी होनेवाली थी; पर न जाने क्यों देर हो रही थी। शायद चंदा कम वसूल हुआ था। रामचंद्र की इन दिनों कोई बात भी न पूछता था। न घर ही जाने की छुट्टी मिलती थी, न भोजन का ही प्रबंध होता था। चौधरी साहब के यहाँ से एक सीधा कोई तीन बजे दिन को मिलता था। बाकी सारे दिन कोई पानी को नहीं पूछता। लेकिन मेरी श्रद्धा अभी तक ज्यों की त्यों थी। मेरी दृष्टि में अब भी रामचंद्र ही थे। घर पर मुझे खाने को कोई चीज मिलती, वह ले कर रामचंद्र को दे आता। उन्हें खिलाने में मुझे जितना आनंद मिलता था, उतना आप खा जाने में कभी न मिलता। कोई मिठाई या फल पाते ही मैं बेतहाशा चौपाल की ओर दौड़ता। अगर रामचंद्र वहाँ न मिलते तो उन्हें चारों ओर तलाश करता, और जब तक वह चीज उन्हें न खिला लेता, मुझे चैन न आता था।

खैर, राजगद्दी का दिन आया। रामलीला के मैदान में एक बड़ा-सा शामियाना ताना गया। उसकी खूब सजावट की गयी। वेश्याओं के दल भी आ पहुँचे। शाम को रामचंद्र की सवारी निकली, और प्रत्येक द्वार पर उनकी आरती उतारी गयी। श्रद्धानुसार किसी ने रुपये दिये, किसी ने पैसे। मेरे पिता पुलिस के आदमी थे; इसलिए उन्होंने बिना कुछ दिये ही आरती उतारी। उस वक्त मुझे जितनी लज्जा आयी, उसे बयान नहीं कर सकता। मेरे पास उस वक्त संयोग से एक रुपया था। मेरे मामा जी दशहरे के पहले आये थे और मुझे एक रुपया दे गये थे। उस रुपये को मैंने रख छोड़ा था। दशहरे के दिन भी उसे खर्च न कर सका। मैंने तुरंत वह रुपया ला कर आरती की थाली में डाल दिया। पिता जी मेरी ओर कुपित नेत्रों से देख कर रह गये। उन्होंने कुछ कहा तो नहीं; लेकिन मुँह ऐसा बना लिया, जिससे प्रकट होता था कि मेरी इस धृष्टता से उनके

रोब में बट्टा लग गया। रात के दस बजते-बजते यह परिक्रमा पूरी हुई। आरती की थाली रुपयों और पैसों से भरी हुई थी। ठीक तो नहीं कह सकता; मगर अब ऐसा अनुमान होता है कि चार-पाँच सौ रुपयों से कम न थे। चौधरी साहब इनसे कुछ ज्यादा ही खर्च कर चुके थे। उन्हें इसकी बड़ी फिक्र हुई कि किसी तरह कम से कम दो सौ रुपये और वसूल हो जाएँ और इसकी सबसे अच्छी तरकीब उन्हें यही मालूम हुई कि वेश्याओं द्वारा महफिल में वसूली हो। जब लोग आ कर बैठ जाएँ, और महफिल का रंग जम जाए, तो आबादीजान रसिकजनों की कलाइयाँ पकड़-पकड़ कर ऐसे हाव-भाव दिखायें कि लोग शरमाते-शरमाते भी कुछ न कुछ दे ही मरें। आबादीजान और चौधरी साहब में सलाह होने लगी। मैं संयोग से उन दोनों प्राणियों की बातें सुन रहा था। चौधरी साहब ने समझा होगा यह लौंडा क्या मतलब समझेगा। पर यहाँ ईश्वर की दया से अक्ल के पुतले थे। सारी दास्तान समझ में आती जाती थी।

चौधरी - सुनो आबादीजान, यह तुम्हारी ज्यादती है। हमारा और तुम्हारा कोई पहला साबिका तो है नहीं। ईश्वर ने चाहा, तो यहाँ हमेशा तुम्हारा आना-जाना लगा रहेगा। अब की चन्दा बहुत कम आया, नहीं तो मैं तुमसे इतना इसरार न करता।

आबादी. - आप मुझसे भी जमींदारी चालें चलते हैं, क्यों, मगर यहाँ हुजूर की दाल न गलेगी। वाह ! रुपये तो मैं वसूल करूँ, और मूँछों पर ताव आप दें। कमाई का अच्छा ढंग निकाला है। इस कमाई से तो वाकई आप थोड़े दिनों में राजा हो जाएंगे। उसके सामने जमींदारी झक मारेगी ! बस, कल ही से एक चकला खोल दीजिए ! खुदा की कसम, मालामाल हो जाइएगा।

चौधरी - तुम दिल्लगी करती हो, और यहाँ काफिया तंग हो रहा है।

आबादी. - तो आप भी तो मुझी से उस्तादी करते हैं। यहाँ आप-जैसे काँइयों को रोज उँगलियों पर नचाती हूँ।

चौधरी - आखिर तुम्हारी मंशा क्या है ?

आबादी. - जो कुछ वसूल करूँ, उसमें आधा मेरा, आधा आपका। लाइए, हाथ मारिए।

चौधरी - यही सही।

आबादी. - अच्छा, तो पहले मेरे सौ रुपये गिन दीजिए। पीछे से आप अलसेट करने लगेंगे।

चौधरी - वाह ! वह भी लोगी और यह भी।

आबादी. - अच्छा ! तो क्या आप समझते थे कि अपनी उजरत छोड़ दूँगी ? वाहरी आपकी समझ ! खूब; क्यों न हो। दीवाना बकारे दरवेश हुशियार !

चौधरी - तो क्या तुमने दोहरी फीस लेने की ठानी है ?

आबादी. - अगर आपको सौ दफे गरज हो, तो। वरना मेरे सौ रुपये तो कहीं गये ही नहीं। मुझे क्या कुत्तो ने काटा है, जो लोगों की जेब में हाथ डालती फिरूँ ?

चौधरी की एक न चली। आबादी के सामने दबना पड़ा। नाच शुरू हुआ। आबादीजान बला की शोख औरत थी। एक तो कमसिन, उस पर हसीन। और उसकी अदाएँ तो इस गज़ब की थीं कि मेरी तबीयत भी मस्त हुई जाती थी। आदमियों के पहचानने का गुण भी उसमें कुछ कम न था। जिसके सामने बैठ गयी, उससे कुछ न कुछ ले ही लिया। पाँच रुपये से कम तो शायद ही किसी ने दिये हों। पिता जी के सामने भी वह बैठी। मैं मारे शर्म के गड़ गया। जब उसने उनकी कलाई पकड़ी, तब तो मैं सहम उठा। मुझे यकीन था कि पिता जी उसका हाथ झटक देंगे और शायद दुत्कार भी दें, किंतु यह क्या हो रहा है ! ईश्वर ! मेरी आँखें धोखा तो नहीं खा रही हैं ! पिता जी मूँछों में हँस रहे हैं। ऐसी मृदु-हँसी उनके चेहरे पर मैंने कभी नहीं देखी थी। उनकी आँखों से अनुराग टपका पड़ता था। उनका एक-एक रोम पुलकित हो रहा था; मगर ईश्वर ने मेरी लाज रख ली। वह देखो, उन्होंने धीरे से आबादी के कोमल हाथों से अपनी कलाई छुड़ा ली। अरे ! यह फिर क्या हुआ ? आबादी तो उनके गले में बाहें डाले देती है। अब पिता जी उसे जरूर पीटेंगे। चुड़ैल को जरा भी शर्म नहीं।

एक महाशय ने मुस्करा कर कहा - यहाँ तुम्हारी दाल न गलेगी, आबादीजान ! और दरवाजा देखो।

बात तो इन महाशय ने मेरे मन की कही, और बहुत ही उचित कही; लेकिन न-जाने क्यों पिता जी ने उसकी ओर कुपित नेत्रों से देखा, और मूँछों पर ताव दिया। मुँह से तो वह कुछ न बोले; पर उनके मुख की आकृति चिल्ला कर सरोष शब्दों में कह रही थी - 'तू बनिया, मुझे समझता क्या है ? यहाँ ऐसे अवसर पर जान तक निसार करने को तैयार हैं। रुपये की हकीकत ही क्या ! तेरा जी चाहे, आजमा ले। तुझसे दूनी रकम न दे डालूँ, तो मुँह न दिखाऊँ !'

महान् आश्चर्य ! घोर अनर्थ ! अरे, जमीन तू फट क्यों नहीं जाती ? आकाश, तू फट क्यों नहीं पड़ता ? अरे, मुझे मौत क्यों नहीं आ जाती ! पिता जी जेब में हाथ डाल रहे हैं। वह कोई चीज निकाली, और सेठ जी को दिखा कर आबादीजान को दे डाली। आह ! यह तो अशर्फी है। चारों ओर तालियाँ बजने लगीं। सेठ जी उल्लू बन गये या पिता जी ने मुँह की खायी, इसका निश्चय मैं नहीं कर सकता। मैंने केवल इतना देखा कि पिता जी ने एक अशर्फी निकाल कर आबादीजान को दी। उनकी आँखों में इस समय इतना गर्वयुक्त उल्लास था मानो उन्होंने हातिम की कब्र पर लात मारी हो। यही पिता जी हैं, जिन्होंने मुझे आरती में एक रुपया डालते देख कर मेरी ओर इस तरह से देखा था, मानो मुझे फाड़ ही खायेंगे। मेरे उस परमोचित व्यवहार से उनके रोब में फर्क आता था, और इस समय इस घृणित, कुत्सित और निंदित व्यापार पर गर्व और आनन्द से फूले न समाते थे।

आबादीजान ने एक मनोहर मुस्कान के साथ पिता जी को सलाम किया और आगे बढ़ी; मगर मुझसे वहाँ न बैठा गया। मारे शर्म के मेरा मस्तक झुका जाता था; अगर मेरी आँखों-देखी बात न होती, तो मुझे इस पर कभी एतबार न होता। मैं बाहर जो कुछ देखता-सुनता था, उसकी रिपोर्ट अम्माँ से जरूर करता था। पर इस मामले को मैंने उनसे छिपा रखा। मैं जानता था, उन्हें यह बात सुन कर बड़ा दु:ख होगा।

रात भर गाना होता रहा। तबले की धमक मेरे कानों में आ रही थी। जी चाहता था, चल कर देखूँ; पर साहस न होता था। मैं किसी को मुँह कैसे दिखाऊँगा ? कहीं किसी ने पिता जी का जिक्र छेड़ दिया, तो मैं क्या करूँगा ?

प्रात:काल रामचन्द्र की बिदाई होनेवाली थी। मैं चारपाई से उठते ही आँखें मलता हुआ चौपाल की ओर भागा ? डर रहा था कि कहीं रामचन्द्र चले न गये हों। पहुँचा, तो देखा - तवायफों की सवारियाँ जाने को तैयार हैं। बीसों आदमी हसरतनाक मुँह बनाये उन्हें घेरे खड़े हैं। मैंने उनकी ओर आँख तक न उठायी। सीधा रामचन्द्र के पास पहुँचा। लक्ष्मण और सीता बैठे रो रहे थे; और रामचन्द्र खड़े काँधो पर लुटिया-डोर डाले उन्हें समझा रहे थे।

मेरे सिवा वहाँ और कोई न था। मैंने कुंठित स्वर से रामचन्द्र से पूछा - 'क्या तुम्हारी बिदाई हो गयी ? '

रामचन्द्र - हाँ, हो तो गयी। हमारी बिदाई ही क्या ? चौधरी साहब ने कह दिया - जाओ, चले जाते हैं।

'क्या रुपया और कपड़े नहीं मिले ?'

'अभी नहीं मिले। चौधरी साहब कहते हैं - इस वक्त बचत में रुपये नहीं हैं। फिर आ कर ले जाना।

'कुछ नहीं मिला ?'

'एक पैसा भी नहीं। कहते हैं, कुछ बचत नहीं हुई। मैंने सोचा था, कुछ रुपये मिल जाएँगे तो पढ़ने की किताबें ले लूँगा ! सो कुछ न मिला। राह-खर्च भी नहीं दिया। कहते हैं - कौन दूर है, पैदल चले जाओ !'

मुझे ऐसा क्रोध आया कि चल कर चौधरी को खूब आड़े हाथों लूँ। वेश्याओं के लिए रुपये, सवारियाँ सब कुछ; पर बेचारे रामचन्द्र और उनके साथियों के लिए कुछ भी नहीं ! जिन लोगों ने रात को आबादीजान पर दस-दस, बीस-बीस रुपये न्योछावर किये थे, उनके पास क्या इनके लिए दो-दो, चार-चार आने पैसे भी नहीं। पिता जी ने भी तो आबादीजान को एक अशर्फी दी थी। देखूँ इनके नाम पर क्या देते हैं ! मैं दौड़ा हुआ पिता जी के पास गया। वह कहीं तफतीश पर जाने को तैयार खड़े थे। मुझे देख कर बोले - कहाँ घूम रहे हो ? पढ़ने के वक्त तुम्हें घूमने की सूझती है ?

मैंने कहा - गया था चौपाल। रामचन्द्र बिदा हो रहे थे। उन्हें चौधरी साहब

ने कुछ नहीं दिया।

'तो तुम्हें इसकी क्या फिक्र पड़ी है ?'

'वह जाए◌ े◌ ंगे कैसे ? पास राह-खर्च भी तो नहीं है।'

'क्या कुछ खर्च भी नहीं दिया ? यह चौधरी साहब की बेइंसाफी है।'

'आप अगर दो रुपया दे दें, तो मैं उन्हें दे आऊँ। इतने में शायद वह घर पहुँच जाएँ।'

पिता जी ने तीव्र दृष्टि से देख कर कहा - जाओ, अपनी किताब देखो, मेरे पास रुपये नहीं हैं।

यह कह कर वह घोड़े पर सवार हो गये। उसी दिन से पिता जी पर से मेरी श्रृद्धा उठ गयी। मैंने फिर कभी उनकी डॉट-डपट की परवा नहीं की। मेरा दिल कहता - आपको मुझको उपदेश देने का कोई अधिकार नहीं है। मुझे उनकी सूरत से चिढ़ हो गयी। वह जो कहते, मैं ठीक उसका उल्टा करता। यद्यपि इसमें मेरी हानि हुई; किन मेरा अंत:करण उस समय विप्लवकारी विचारों से भरा हुआ था।

मेरे पास दो आने पैसे पड़े हुए थे। मैंने पैसे उठा लिये और जा कर शरमाते-शरमाते रामचन्द्र को दे दिये। उन पैसों को देख कर रामचन्द्र को जितना हर्ष हुआ, वह मेरे लिए आशातीत था। टूट पड़े, मानो प्यासे को पानी मिल गया। यही दो आने पैसे ले कर तीनों मूर्तियाँ बिदा हुईं ! केवल मैं ही उनके साथ कस्बे के बाहर तक पहुँचाने आया।

उन्हें बिदा करके लौटा, तो मेरी आँखें सजल थीं; पर हृदय आनंद से उमड़ा हुआ था।

* * *

मंत्र (1)

पंडित लीलाधर चौबे की जबान में जादू था। जिस वक्त वह मंच पर खड़े हो कर अपनी वाणी की सुधावृष्टि करने लगते थे; श्रोताओं की आत्माएँ तृप्त हो जाती थीं, लोगों पर अनुराग का नशा छा जाता था। चौबेजी के व्याख्यानों में तत्तव तो बहुत कम होता था, शब्द-योजना भी बहुत सुन्दर न होती थी; लेकिन बार-बार दुहराने पर भी उसका असर कम न होता, बल्कि घन की चोटों की भाँति और भी प्रभावोत्पादक हो जाता था। हमें तो विश्वास नहीं आता, किन्तु सुननेवाले कहते हैं, उन्होंने केवल एक व्याख्यान रट रखा है। और उसी को वह शब्दश: प्रत्येक सभा में एक नये अन्दाज से दुहराया करते हैं। जातीय गौरव-गान उनके व्याख्यानों का प्रधन गुण था; मंच पर आते ही भारत के प्राचीन गौरव और पूर्वजों की अमर-कीर्ति का राग छेड़ कर सभाको मुग्ध कर देते थे। यथा-

'सज्जनो ! हमारी अधोगति की कथा सुन कर किसकी आँखों से अश्रुधारा न निकल पड़ेगी ? हमें प्राचीन गौरव को याद करके संदेह होने लगता है कि हम वही हैं, या बदल गये। जिसने कल सिंह से पंजा लिया, वह आज चूहे को देख कर बिल खोज रहा है। इस पतन की भी सीमा है। दूर क्यों जाइए, महाराज चंद्रगुप्त के समय को ही ले लीजिए। यूनान का सुविज्ञ इतिहासकार लिखता है कि उस जमाने में यहाँ द्वार पर ताले न डाले जाते थे, चोरी कहीं सुनने में न आती थी, व्यभिचार का नाम-निशान न था, दस्तावेजों का आविष्कार ही न हुआ था, पुर्जों पर लाखों का लेन-देन हो जाता था, न्याय पद पर बैठे हुए कर्मचारी मक्खियाँ मारा करते थे। सज्जनो ! उन दिनों कोई आदमी जवान न मरता था। (तालियाँ) हाँ, उन दिनों कोई आदमी जवान न मरता था। बाप के सामने बेटे का अवसान हो जाना एक अभूतपूर्व - एक असंभव - घटना थी। आज ऐसे कितने माता-पिता हैं, जिनके कलेजे पर जवान बेटे का दाग न हो ! वह भारत नहीं रहा, भारत गारत हो गया !'

यह चौबे जी की शैली थी। वह वर्तमान की अधोगति और दुर्दशा तथा भूत की समृध्दि और सुदशा का राग अलाप कर लोगों में जातीय स्वाभिमान जाग्रत कर देते थे। इसी सिध्दि की बदौलत उनकी नेताओं में गणना होती थी। विशेषत: हिंदू-सभा के तो वह कर्णधार ही समझे जाते थे। हिंदू-सभा के उपासकों में कोई ऐसा उत्साही, ऐसा दक्ष, ऐसा नीति-चतुर दूसरा न था। यों कहिए कि सभा के लिए उन्होंने अपना जीवन ही उत्सर्ग कर दिया था। धन तो उनके पास न था, कम से कम लोगों का विचार यही था; लेकिन साहस, धैर्य और बुद्धि जैसे अमूल्य रत्न उनके पास थे, और ये सभी सभा को अर्पण थे। 'शुध्दि' के तो मानो प्राण ही थे। हिंदू-जाति का उत्थान और पतन, जीवन और मरण उनके विचार में इसी प्रश्न पर अवलम्बित था। शुद्धि के सिवा अब हिंदू जाति के पुनर्जीवन का और कोई उपाय न था। जाति की समस्त नैतिक, शारीरिक,

मानसिक, सामाजिक, आर्थिक और धार्मिक बीमारियों की दवा इसी आंदोलन की सफलता में मर्यादित थी, और वह तन, मन से इसका उद्योग किया करते थे। चंदे वसूल करने में चौबे जी सिद्धहस्त थे। ईश्वर ने उन्हें वह 'गुन' बता दिया था कि पत्थर से भी तेल निकाल सकते थे। कंजूसों को तो वह ऐसा उलटे छुरे से मूड़ते थे कि उन महाशयों को सदा के लिए शिक्षा मिल जाती थी ! इस विषय में पंडित जी साम, दाम, दंड और भेद इन चारों नीतियों से काम लेते थे, यहाँ तक कि राष्ट्र-हित के लिए डाका और चोरी को भी क्षम्य समझते थे।

2

गरमी के दिन थे। लीलाधर जी किसी शीतल पार्वत्य प्रदेश को जाने की तैयारियाँ कर रहे थे कि सैर की सैर हो जायगी, और बन पड़ा तो कुछ चंदा भी वसूल कर लायेंगे। उनको जब भ्रमण की इच्छा होती, तो मित्रों के साथ एक डेपुटेशन के रूप में निकल खड़े होते; अगर एक हजार रुपये वसूल करके वह इसका आधा सैर-सपाटे में खर्च भी कर दें, तो किसी की क्या हानि ? हिंदू सभा को तो कुछ न कुछ मिल ही जाता था। वह न उद्योग करते, तो इतना भी तो न मिलता ! पंडित जी ने अब की सपरिवार जाने का निश्चय किया था। जब से 'शुध्दि' का आविर्भाव हुआ था, उनकी आर्थिक दशा, जो पहले बहुत शोचनीय रहती थी, बहुत कुछ सम्हल गयी थी।

लेकिन जाति के उपासकों का ऐसा सौभाग्य कहाँ कि शांति- निवास का आनन्द उठा सकें। उनका तो जन्म ही मारे-मारे फिरने के लिए होता है। खबर आयी कि मद्रास-प्रांत में तबलीग वालों ने तूफान मचा रखा है। हिन्दुओं के गाँव के गाँव मुसलमान होते जाते हैं। मुल्लाओं ने बड़े जोश से तबलीग का काम शुरू किया है; अगर हिन्दू-सभा ने इस प्रवाह को रोकने की आयोजना न की, तो सारा प्रांत हिन्दुओं से शून्य हो जायगा - किसी शिखाधारी क़ी सूरत तक न नजर आयेगी।

हिन्दू-सभा में खलबली मच गयी। तुरन्त एक विशेष अधिवेशन हुआ और नेताओं के सामने यह समस्या उपस्थित की गयी। बहुत सोच-विचार के बाद निश्चय हुआ कि चौबे जी पर इस कार्य का भार रखा जाए। उनसे प्रार्थना की जाए कि वह तुरंत मद्रास चले जाएं, और धर्म-विमुख बंधुओं का उद्धार करें। कहने ही की देर थी। चौबे जी तो हिंदू-जाति की सेवा के लिए अपने को अर्पण ही कर चुके थे; पर्वत-यात्रा का विचार रोक दिया, और मद्रास जाने को तैयार हो गये। हिन्दू-सभा के मंत्री ने आँखों में आँसू भर कर उनसे विनय की कि महाराज, यह बीड़ा आप ही उठा सकते हैं। आप ही को परमात्मा ने इतनी सामर्थ्य दी है। आपके सिवा ऐसा कोई दूसरा मनुष्य भारतवर्ष में नहीं है, जो इस घोर विपत्ति में काम आये। जाति की दीन-हीन दशा पर दया कीजिए। चौबे जी इस प्रार्थना को अस्वीकार न कर सके। फौरन सेवकों की एक मंडली बनी और पंडित जी के नेतृत्व में रवाना हुई। हिन्दू-सभा ने उसे बड़ी धूम से बिदाई का भोज दिया। एक उदार रईस ने चौबे जी को एक थैली भेंट की, और रेलवे-स्टेशन पर हजारों आदमी उन्हें बिदा करने आये।

यात्रा का वृत्तांत लिखने की जरूरत नहीं। हर एक बड़े स्टेशन पर सेवकों का सम्मानपूर्ण स्वागत हुआ। कई जगह थैलियाँ मिलीं। रतलाम की रियासत ने एक शामियाना भेंट किया। बड़ौदा ने एक मोटर दी कि सेवकों को पैदल चलने का कष्ट न उठाना पड़े, यहाँ तक कि मद्रास पहुँचते-पहुँचते सेवा-दल के पास एक माकूल रकम के अतिरिक्त जरूरत की कितनी चीजें जमा हो गयीं। वहाँ आबादी से दूर खुले हुए मैदान में हिंदू-सभा का पड़ाव पड़ा। शामियाने पर राष्ट्रीय झंडा लहराने लगा। सेवकों ने अपनी-अपनी वर्दियाँ निकालीं, स्थानीय धन-कुबेरों ने दावत के सामान भेजे, रावटियाँ पड़ गयीं। चारों ओर ऐसी चहल-पहल हो गयी, मानो किसी राजा का कैम्प है।

3

रात के आठ बजे थे। अछूतों की एक बस्ती के समीप, सेवक-दल का कैम्प गैस के प्रकाश से जगमगा रहा था। कई हजार आदमियों का जमाव था, जिनमें अधिकांश अछूत ही थे। उनके लिए अलग टाट बिछा दिये गये थे। ऊँचे वर्ण के हिंदू कालीनों पर बैठे हुए थे। पंडित लीलाधर का धुआँधार व्याख्यान हो रहा था - तुम उन्हीं ऋषियों की संतान हो, जो आकाश के नीचे एक नयी सृष्टि की रचना कर सकते थे ! जिनके न्याय, बुद्धि और विचार-शक्ति के सामने आज सारा संसार सिर झुका रहा है।

सहसा एक बूढ़े अछूत ने उठ कर पूछा - हम लोग भी उन्हीं ऋषियों की संतान हैं ?

लीलाधर - निस्संदेह ! तुम्हारी धामनियों में भी उन्हीं ऋषियों का रक्त दौड़ रहा है और यद्यपि आज का निर्दयी, कठोर, विचारहीन और संकुचित हिंदू-समाज तुम्हें अवहेलना की दृष्टि से देख रहा है; तथापि तुम किसी हिन्दू से नीच नहीं हो, चाहे वह अपने को कितना ही ऊँचा समझता हो।

बूढ़ा - तुम्हारी सभा हम लोगों की सुधि क्यों नहीं लेती ?

लीलाधर - हिंदू-सभा का जन्म अभी थोड़े ही दिन हुए हुआ है, और इस अल्पकाल में उसने जितने काम किये हैं, उस पर उसे अभिमान हो सकता है। हिंदू-जाति शताब्दियों के बाद गहरी नींद से चौंकी है, और अब वह समय निकट है, जब भारतवर्ष में कोई हिंदू किसी हिंदू को नीच न समझेगा, जब वे सब एक दूसरे को भाई समझेंगे। श्रीरामचन्द्र ने निषाद को छाती से लगाया था, शबरी के जूठे बेर खाये थे... बूढ़ा - आप जब इन्हीं महात्माओं की संतान हैं, तो फिर ऊँच-नीच में क्यों इतना भेद मानते हैं ? लीलाधर - इसलिए कि हम पतित हो गये हैं - अज्ञान में पड़कर उन महात्माओं को भूल गये हैं।

बूढ़ा - अब तो आपकी निद्रा टूटी है, हमारे साथ भोजन करोगे ?

लीलाधर - मुझे कोई आपत्ति नहीं है।

बूढ़ा - मेरे लड़के से अपनी कन्या का विवाह कीजिएगा ?

लीलाधर - जब तक तुम्हारे जन्म-संस्कार न बदल जाएँ, जब तक तुम्हारे आहार-व्यवहार में परिवर्तन न हो जाए, हम तुमसे विवाह का सम्बन्ध नहीं कर सकते, मांस खाना छोड़ो, मदिरा पीना छोड़ो, शिक्षा ग्रहण करो, तभी तुम उच्च-वर्ण के हिंदुओं में मिल सकते हो।

बूढ़ा - हम कितने ही ऐसे कुलीन ब्राह्मणों को जानते हैं, जो रात-दिन नशे में डूबे रहते हैं, मांस के बिना कौर नहीं उठाते; और कितने ही ऐसे हैं, जो एक अक्षर भी नहीं पढ़े हैं; पर आपको उनके साथ भोजन करते देखता हूँ। उनसे विवाह-स्म्बन्ध करने में आपको कदाचित् इनकार न होगा। जब आप खुद अज्ञान में पड़े हुए हैं, तो हमारा उद्धार कैसे कर सकते हैं ? आपका हृदय अभी तक अभिमान से भरा हुआ है। जाइए, अभी कुछ दिन और अपनी आत्मा का सुधार कीजिए। हमारा उद्धार आपके किये न होगा। हिंदू-समाज में रह कर हमारे माथे से नीचता का कलंक न मिटेगा। हम कितने ही विद्वान्, कितने ही आचारवान् हो जाएँ, आप हमें यों ही नीच समझते रहेंगे। हिंदुओं की आत्मा मर गयी है, और उसका स्थान अहंकार ने ले लिया है ! हम अब देवता की शरण जा रहे हैं, जिनके माननेवाले हमसे गले मिलने को आज ही तैयार हैं। वे यह नहीं कहते कि तुम अपने संस्कार बदल कर आओ। हम अच्छे हैं या बुरे, वे इसी दशा में हमें अपने पास बुला रहे हैं। आप अगर ऊँचे हैं, तो ऊँचे बने रहिए। हमें उड़ना न पड़ेगा।

लीलाधर - एक ऋषि-संतान के मुँह से ऐसी बातें सुन कर मुझे आश्चर्य हो रहा है। वर्ण-भेद तो ऋषियों ही का किया हुआ है। उसे तुम कैसे मिटा सकते हो ?

बूढ़ा - ऋषियों को मत बदनाम कीजिए। यह सब पाखंड आप लोगों का रचा हुआ है। आप कहते हैं - तुम मदिरा पीते हो; लेकिन आप मदिरा पीने वालों की जूतियाँ चाटते हैं। आप हमसे मांस खाने के कारण घिनाते हैं; लेकिन आप गो-मांस खानेवालों के सामने नाक रगड़ते हैं। इसलिए न कि वे आप से बलवान् हैं ! हम भी आज राजा हो जाएँ, तो आप हमारे सामने हाथ बाँध खड़े होंगे। आपके धर्म में वही ऊँचा है, जो बलवान् है; वही नीच है, जो निर्बल है। यही आपका धर्म है ?

यह कह कर बूढ़ा वहाँ से चला गया और उसके साथ ही और लोग भी उठ खड़े हुए। केवल चौबे जी और उनके दलवाले मंच पर रह गये, मानो मंचगान समाप्त हो जाने के बाद उसकी प्रतिधवनि वायु में गूँज रही हो।

4

तबलीगवालों ने जब से चौबे जी के आने की खबर सुनी थी, इस फिक्र में थे कि किसी उपाय से इन सबको यहाँ से दूर करना चाहिए। चौबे जी का नाम दूर-दूर तक प्रसिद्ध था। जानते थे, यह यहाँ जम गया, तो हमारी सारी की-करायी मेहनत व्यर्थ हो जायगी। इसके कदम यहाँ जमने न पायें। मुल्लाओं ने उपाय सोचना शुरू किया। बहुत वाद-विवाद, हुज्जत और दलील के बाद निश्चय हुआ कि इस काफिर को कत्ल कर दिया जाए। ऐसा सवा लूटने के लिए आदमियों की क्या कमी ? उसके लिए तो जन्नत का दरवाजा खुल जायगा, हूरें उसकी बलाएँ लेंगी, फरिश्ते उसके कदमों की खाक़ का सुरमा बनायेंगे, रसूल उसके सर पर बरकत का हाथ रखेंगे,

खुदाबन्द-करीम उसे सीने स लगाएंगे और कहेंगे, तू मेरा प्यारा दोस्त है। दो हट्टे - कट्टे जवानों ने तुरन्त बीड़ा उठा लिया।

रात के दस बज गये थे। हिन्दू-सभा के कैंप में सन्नाटा था। केवल चौबे जी अपनी रावटी में बैठे हिन्दू-सभा के मंत्री को पत्र लिख रहे थे - यहाँ सबसे बड़ी आवश्यकता धन की है। रुपया, रुपया, रुपया ! जितना भेज सकें, भेजिए। डेपुटेशन भेज कर वसूल कीजिए, मोटे महाजनों की जेब टटोलिए, भिक्षा माँगिए। बिना धन के इन अभागों का उद्धार न होगा। जब तक कोई पाठशाला न खुले, कोई चिकित्सालय न स्थापित हो, कोई वाचनालय न हो, इन्हें कैसे विश्वास आयेगा कि हिन्दू-सभा उनकी हितचिंतक है। तबलीगवाले जितना खर्च कर रहे हैं, उसका आधा भी मुझे मिल जाए, तो हिंदू-धर्म की पताका फहराने लगे। केवल व्याख्यानों से काम न चलेगा। असीसों से कोई जिंदा नहीं रहता।

सहसा किसी की आहट पा कर वह चौंक पड़े। आँखें ऊपर उठायीं तो देखा, दो आदमी सामने खड़े हैं। पंडित जी ने शंकित हो कर पूछा - तुम कौन हो ? क्या काम है ?

उत्तर मिला - हम इजराईल के फरिश्ते हैं। तुम्हारी रूह कब्ज करने आये हैं। इजराईल ने तुम्हें याद किया है।

पंडित जी यों बहुत ही बलिष्ठ पुरुष थे, उन दोनों को एक धक्के में गिरा सकते थे। प्रात:काल तीन पाव मोहनभोग और दो सेर दूध का नाश्ता करते थे। दोपहर के समय पाव भर घी दाल में खाते, तीसरे पहर दूधिया भंग छानते, जिसमें सेर भर मलाई और आधा सेर बदाम मिली रहती। रात को डट कर ब्यालू करते; क्योंकि प्रात:काल तक फिर कुछ न खाते थे। इस पर तुर्रा यह कि पैदल पग भर भी न चलते थे ! पालकी मिले, तो पूछना ही क्या, जैसे घर पर पलंग उड़ा जा रहा हो। कुछ न हो, तो इक्का तो था ही; यद्यपि काशी में ही दो ही चार इक्केवाले ऐसे थे जो उन्हें देख कर कह न दें कि 'इक्का खाली नहीं है।' ऐसा मनुष्य नर्म अखाड़े में पट पड़ कर ऊपरवाले पहलवान को थका सकता था, चुस्ती और फुर्ती के अवसर पर तो वह रेत पर निकला हुआ कछुआ था। पंडित जी ने एक बार कनखियों से दरवाजे की तरफ देखा। भागने का कोई मौका न था। तब उनमें साहस का संचार हुआ। भय की पराकाष्ठा ही साहस है। अपने सोंटे की तरफ हाथ बढ़ाया और गरज कर बोले - निकल जाओ यहाँ से !

बात मुँह से पूरी न निकली थी कि लाठियों का वार पड़ा। पंडित जी मूर्च्छित हो कर गिर पड़े। शत्रुओं ने समीप आ कर देखा, जीवन का कोई लक्षण न था। समझ गये, काम तमाम हो गया। लूटने का विचार न था; पर जब कोई पूछनेवाला न हो, तो हाथ बढ़ाने में क्या हर्ज ? जो कुछ हाथ लगा, ले-दे कर चलते बने।

5

प्रात:काल बूढ़ा भी उधर से निकला, तो सन्नाटा छाया हुआ था, न आदमी, न आदमजाद। छौलदारियाँ भी गायब ! चकराया, यह माजरा क्या है ? रात ही भर में अलादीन के महल की तरह सब कुछ गायब हो गया। उन महात्माओं में से एक भी नजर नहीं आता, जो प्रात:काल

मोहनभोग उड़ाते और संध्या समय भंग घोटते दिखायी देते थे। जरा और समीप जा कर पंडित लीलाधर की रावटी में झाँका, तो कलेजा सन्न से हो गया ! पंडित जी जमीन पर मुर्दे की तरह पड़े हुए थे। मुँह पर मक्खियाँ भिनक रही थीं। सिर के बालों में रक्त ऐसा जम गया था, जैसे किसी चित्रकार के ब्रश में रंग। सारे कपड़े लहूलुहान हो रहे थे। समझ गया, पंडित जी के साथियों ने उन्हें मार कर अपनी राह ली। सहसा पंडित जी के मुँह से कराहने की आवाज निकली। अभी जान बाकी थी। बूढ़ा तुरन्त दौड़ा हुआ गाँव में आ गया और कई आदमियों को लाकर पंडित जी को अपने घर उठवा ले गया।

मरहम-पट्टी होने लगी। बूढ़ा दिन के दिन और रात की रात पंडित जी के पास बैठा रहता। उसके घरवाले उनकी शुश्रूषा में लगे रहते। गाँव वाले भी यथाशक्ति सहायता करते। इस बेचारे का यहाँ कौन अपना बैठा हुआ है ? अपने हैं तो हम, बेगाने हैं तो हम। हमारे ही उद्धार के लिए तो बेचारा यहाँ आया था, नहीं तो यहाँ उसे क्यों आना था ? कई बार पंडित जी अपने घर पर बीमार पड़ चुके थे, पर उनके घरवालों ने इतनी तन्मयता से उनकी तीमारदारी न की थी। सारा घर, और घर ही नहीं; सारा गाँव उनका गुलाम बना हुआ था। अतिथि-सेवा उनके धर्म का एक अंग था। सभ्य-स्वार्थ ने अभी उस भाव का गला नहीं घोंटा था। साँप का मंत्र जाननेवाला देहाती अब भी माघ-पूस की अँधोरी मेघाच्छन्न रात्रि में मंत्र झाड़ने के लिए दस-पाँच कोस पैदल दौड़ता हुआ चला जाता है। उसे डबल फीस और सवारी की जरूरत नहीं होती। बूढ़ा मल-मूत्रा तक अपने हाथों उठा कर फेंकता, पंडित जी की घुड़कियाँ सुनता, सारे गाँव से दूध माँग कर उन्हें पिलाता। पर उसकी त्योरियाँ कभी मैली न होतीं। अगर उसके कहीं चले जाने पर घरवाले लापरवाही करते तो आ कर सबको डाँटता।

महीने भर के बाद पंडित जी चलने-फिरने लगे और अब उन्हें ज्ञात हुआ कि इन लोगों ने मेरे साथ कितना उपकार किया है। इन्हीं लोगों का काम था कि मुझे मौत के मुँह से निकाला, नहीं तो मरने में क्या कसर रह गयी थी ? उन्हें अनुभव हुआ कि मैं जिन लोगों को नीच समझता था, और जिनके उद्धार का बीड़ा उठा कर आया था वे मुझसे कहीं ऊँचे हैं। मैं इस परिस्थिति में कदाचित् रोगी को किसी अस्पताल में भेज कर ही अपनी कर्त्तव्य -निष्ठा पर गर्व करता; समझता मैंने दधीचि और हरिश्चन्द्र का मुख उज्ज्वल कर दिया। उनके रोएँ-रोएँ से इन देव-तुल्य प्राणियों के प्रति आशीर्वाद निकलने लगा।

6

तीन महीने गुजर गये। न तो हिन्दू-सभा ने पंडित जी की खबर ली और न घरवालों ने। सभा के मुख-पत्र में उनकी मृत्यु पर आँसू बहाये गये, उनके कामों की प्रशंसा की गयी, और उनका स्मारक बनाने के लिए चन्दा खोल दिया गया। घरवाले भी रो-पीट कर बैठ रहे।

उधर पंडित जी दूध और घी खा कर चौक-चौबंद हो गये। चेहरे पर खून की सुर्खी दौड़ गयी, देह भर आयी। देहात के जलवायु ने वह काम कर दिखाया जो कभी मलाई और मक्खन से न

हुआ था। पहले की तरह तैयार तो वह न हुए; पर फुर्ती और चुस्ती दुगुनी हो गयी। मोटाई का आलस्य अब नाम को भी न था। उनमें एक नये जीवन का संचार हो गया।

जाड़ा शुरू हो गया था। पंडित जी घर लौटने की तैयारियाँ कर रहे थे। इतने में प्लेग का आक्रमण हुआ, और गाँव के तीन आदमी बीमार हो गये। बूढ़ा चौधरी भी उन्हीं में था। घरवाले इन रोगियों को छोड़कर भाग खड़े हुए। वहाँ का दस्तूर था कि जिन बीमारियों को वे लोग देवी का कोप समझते थे, उनके रोगियों को छोड़ कर चले जाते थे। उन्हें बचाना देवताओं वैर मोल लेना था, और देवताओं से वैर कर के कहाँ जाते ? जिस प्राणी को देवता ने चुन लिया, उसे भला वे उसके हाथों से छीनने का साहस कैसे करते ? पंडित जी को भी लोगों ने साथ ले जाना चाहा; किंतु पंडित जी न गये। उन्होंने गाँव में रह कर रोगियों की रक्षा करने का निश्चय किया। जिस प्राणी ने उन्हें मौत के पंजे से छुड़ाया था; उसे इस दशा में छोड़कर वह कैसे जाते ? उपकार ने उनकी आत्मा को जगा दिया था। बूढ़े चौधरी ने तीसरे दिन होश आने पर जब उन्हें अपने पास खड़े देखा, तो बोला - महाराज, तुम यहाँ क्यों आ गये ? मेरे लिए देवताओं का हुक्म आ गया है। अब मैं किसी तरह नहीं रुक सकता। तुम क्यों अपनी जान जोखिम में डालते हो ? मुझ पर दया करो, चले जाओ।

लेकिन पंडित जी पर कोई असर न हुआ। वह बारी-बारी से तीनों रोगियों के पास जाते और कभी उनकी गिल्टियाँ सेंकते, कभी उन्हें पुराणों की कथाएँ सुनाते। घरों में नाज, बरतन आदि सब ज्यों के त्यों रखे हुए थे। पंडित जी पथ्य बना कर रोगियों को खिलाते। रात को जब रोगी सो जाते और सारा गाँव भाँय-भाँय करने लगता तो पंडित जी को भयंकर जंतु दिखायी देते। उनके कलेजे में धड़कन होने लगती; लेकिन वहाँ से टलने का नाम न लेते। उन्होंने निश्चय कर लिया था कि या तो इन लोगों को बचा ही लूँगा या इन पर अपने को बलिदान ही कर दूँगा।

जब तीन दिन सेंक-बाँध करने पर भी रोगियों की हालत न सँभली, तो पंडित जी को बड़ी चिंता हुई। शहर वहाँ से बीस मील पर था। रेल का कहीं पता नहीं, रास्ता बीहड़ और सवारी कोई नहीं। इधर यह भय कि अकेले रोगियों की न जाने क्या दशा हो। बेचारे बड़े संकट में पड़े। अंत को चौथे दिन, पहर रात रहे, वह अकेले शहर को चल दिये और दस बजते-बजते वहाँ जा पहुँचे। अस्पताल से दवा लेने में बड़ी कठिनाई का सामना करना पड़ा। गँवारों से अस्पतालवाले दवाओं का मनमाना दाम वसूल करते थे। पंडित जी को मुफ्त क्यों देने लगे ? डाक्टर ने मुंशी से कहा - दवा तैयार नहीं है। पंडित जी ने गिड़गिड़ा कर कहा - सरकार, बड़ी दूर से आया हूँ। कई आदमी बीमार पड़े हैं। दवा न मिलेगी, तो सब मर जाएँगे।

मुंशी ने बिगड़ कर कहा - क्यों सिर खाये जाते हो ? कह तो दिया, दवा तैयार नहीं है, न तो इतनी जल्दी हो ही सकती है। पंडित जी अत्यंत दीनभाव से बोले - सरकार, ब्राह्मण हूँ; आपके बाल-बच्चों को भगवान चिरंजीवी करें, दया कीजिए। आपका अकबाल चमकता रहे।

रिश्वती कर्मचारी में दया कहाँ ? वे तो रुपये के गुलाम हैं। ज्यों-ज्यों पंडित जी उसकी खुशामद करते थे, वह और भी झल्लाता था। अपने जीवन में पंडित जी ने कभी इतनी दीनता न प्रकट की थी। उनके पास इस वक्त एक धेला भी न था; अगर वह जानते कि दवा मिलने में

इतनी दिक्कत होगी, तो गाँववालों से ही कुछ माँग-जाँच कर लाये होते। बेचारे हतबुद्धि-से खड़े सोच रहे थे कि अब क्या करना चाहिए ? सहसा डाक्टर साहब स्वयं बँगले से निकल आये। पंडित जी लपक कर उनके पैरों पर गिर पड़े और करुण स्वर में बोले - दीनबंधु, मेरे घर के तीन आदमी ताऊन में पड़े हुए हैं। बड़ा गरीब हूँ, सरकार, कोई दवा मिले। डाक्टर साहब के पास ऐसे गरीब लोग नित्य आया करते थे। उनके चरण पर किसी का गिर पड़ना, उनके सामने पड़े हुएर् आत्तानाद करना, उनके लिए कुछ नयी बातें न थीं। अगर इस तरह वह दया करने लगते तो दवा ही भर को होते; यह ठाट-बाट कहाँ से निभता ? मगर दिल के चाहे कितने ही बुरे हों, बातें मीठी-मीठी करते थे। पैर हटा कर बोले - रोगी कहाँ है ?

पंडित जी - सरकार, वे तो घर पर हैं। इतनी दूर कैसे लाता ?

डाक्टर -रोगी घर, और तुम दवा लेने आया हो ? कितने मजे की बात है ! रोगी को देखे बिना कैसे दवा दे सकता है ?

पंडित जी को अपनी भूल मालूम हुई। वास्तव में बिना रोगी को देखे रोग की पहचान कैसे हो सकती है; लेकिन तीन-तीन रोगियों को इतनी दूर लाना आसान न था। अगर गाँववाले उनकी सहायता करते तो डोलियों का प्रबंध हो सकता था; पर वहाँ तो सब कुछ अपने ही बूते पर करना था, गाँववालों से इसमें सहायता मिलने की कोई आशा न थी। सहायता की कौन कहे, वे तो उनके शत्रु हो रहे थे। उन्हें भय होता था कि यह दुष्ट देवताओं से वैर बढ़ा कर हम लोगों पर न-जाने क्या विपत्ति लायेगा। अगर कोई दूसरा आदमी होता, तो वह उसे कब का मार चुके होते। पंडित जी से उन्हें प्रेम हो गया था, इसलिए छोड़ दिया था। यह जवाब सुन कर पंडित जी को कुछ बोलने का साहस तो न था; पर कलेजा मजबूत करके बोले - सरकार, अब कुछ नहीं हो सकता ?

डाक्टर -अस्पताल से दवा नहीं मिल सकती। हम अपने पास से, दाम लेकर दवा दे सकते हैं।

पंडित जी -यह दवा कितने की होगी, सरकार।

डाक्टर साहब ने दवा का दाम 10 रु. बतलाया, और यह भी कहा कि इस दवा से जितना लाभ होगा, उतना अस्पताल की दवा से नहीं हो सकता। बोले - वहाँ पुरानी दवाई रखा रहता है। गरीब लोग आता है; दवाई ले जाता है; जिसको जीना होता है, जीता है; जिसे मरना होता है, मरता है; हमसे कुछ मतलब नहीं। हम तुमको जो दवा देगा, वह सच्चा दवा होगा।

दस रुपये ! - इस समय पंडित जी को दस रुपये दस लाख जान पड़े। इतने रुपये वह एक दिन में भंग बूटी में उड़ा दिया करते थे; पर इस समय तो धोले-धोले को मुहताज थे। किसी से उधर मिलने की आशा कहाँ। हाँ, सम्भव है, भिक्षा माँगने से कुछ मिल जाए; लेकिन इतनी जल्द दस रुपये किसी भी उपाय से न मिल सकते थे। आधो घंटे तक वह इसी उधेड़बुन में खड़े रहे। भिक्षा के सिवा दूसरा कोई उपाय न सूझता था, और भिक्षा उन्होंने कभी माँगी न थी। वह चंदे जमा कर चुके थे, एक-एक बार में हजारों वसूल कर लेते थे; पर वह दूसरी बात थी। धर्म के रक्षक, जाति के सेवक और दलितों के उद्धारक बन कर चंदा लेने में एक गौरव था, चंदा लेकर

वह देनेवालों पर एहसान करते थे; पर यहाँ तो भिखारियों की तरह हाथ फैलाना, गिड़गिड़ाना और फटकारें सहनी पड़ेंगी। कोई कहेगा - इतने मोटे-ताजे तो हो, मिहनत क्यों नहीं करते, तुम्हें भीख माँगते शर्म भी नहीं आती ? कोई कहेगा - घास खोद लाओ, मैं तुम्हें अच्छी मजदूरी दूँगा। किसी को उनके ब्राह्मण होने का विश्वास न आयेगा। अगर यहाँ उनका रेशमी अचकन और रेशमी साफा होता, केसरिया रंगवाला दुपट्टा ही मिल जाता, तो वह कोई स्वाँग भर लेते। ज्योतिषी बन कर वह किसी धनी सेठ को फाँस सकते थे, और इस फन में वह उस्ताद भी थे; पर यहाँ वह सामान कहाँ - कपड़े-लत्तो तो सब कुछ लुट चुके थे। विपत्ति में कदाचित् बुद्धि भी भ्रष्ट हो जाती है। अगर वह मैदान में खड़े होकर कोई मनोहर व्याख्यान दे देते, तो शायद उनके दस-पाँच भक्त पैदा हो जाते, लेकिन इस तरफ उनका ध्यान ही न गया। वह सजे हुए पंडाल में, फूलों से सुसज्जित मेज के सामने, मंच पर खड़े हो कर अपनी वाणी का चमत्कार दिखला सकते थे। इस दुरवस्था में कौन उनका व्याख्यान सुनेगा। लोग समझेंगे, कोई पागल बक रहा है। मगर दोपहर ढली जा रही थी, अधिक सोच-विचार का अवकाश न था। यहीं संध्या हो गयी, तो रात को लौटना असम्भव हो जायगा। फिर रोगियों की न जाने क्या दशा हो। वह अब इस अनिश्चित दशा में खड़े न रह सके, चाहे जितना तिरस्कार हो, कितना ही अपमान सहना पड़े, भिक्षा के सिवा और कोई उपाय न था। वह बाजार में जाकर एक दूकान के सामने खड़े हो गये; पर कुछ माँगने की हिम्मत न पड़ी !

दूकानदार ने पूछा - क्या लोगे ?

पंडित जी बोले - चावल का क्या भाव है ?

मगर दूसरी दूकान पर पहुँच कर वह ज्यादा सावधन हो गये। सेठ जी गद्दी पर बैठे हुए थे। पंडित जी आ कर उनके सामने खड़े हो गये और गीता का एक श्लोक पढ़ सुनाया। उनका शुद्ध उच्चारण और मधुर वाणी सुन कर सेठ जी चकित हो गये, पूछा - कहाँ स्थान है ?

पंडित जी -काशी से आ रहा हूँ।

यह कह कर पंडित जी ने सेठ जी को धर्म के दसों लक्षण बतलाये और श्लोक की ऐसी अच्छी व्याख्या की कि वह मुग्ध हो गये। बोले - महाराज, आज चल कर मेरे स्थान को पवित्र कीजिए। कोई स्वार्थी आदमी होता, तो इस प्रस्ताव को सहर्ष स्वीकार कर लेता; लेकिन पंडित जी को लौटने की पड़ी थी। बोले - नहीं सेठ जी, मुझे अवकाश नहीं है।

सेठ-महाराज, आपको हमारी इतनी खातिरी करनी पड़ेगी।

पंडित जी जब किसी तरह ठहरने पर राजी न हुए, तो सेठ जी ने उदास होकर कहा - फिर हम आपकी क्या सेवा करें ? कुछ आज्ञा दीजिए। आपकी वाणी से तो तृप्ति नहीं हुई। फिर कभी इधर आना हो, तो अवश्य दर्शन दीजिएगा।

पंडित जी -आपकी इतनी श्रृद्धा है तो अवश्य आऊँगा।

यह कह कर पंडित जी फिर उठ खड़े हुए। संकोच ने फिर उनकी जबान बंद कर दी। यह आदर-सत्कार इसीलिए तो है कि मैं अपना स्वार्थ-भाव छिपाये हुए हूँ। कोई इच्छा प्रकट की और इनकी आँखें बदलीं। सूखा जवाब चाहे न मिले; पर श्रृद्धा न रहेगी। वह नीचे उतर गये और सड़क पर एक क्षण के लिए खड़े हो कर सोचने लगे - अब कहाँ जाऊँ ? उधर जाड़े का दिन किसी विलासी के धन की भाँति भागा चला जाता था। वह अपने ही ऊपर झुँझला रहे थे - जब किसी से माँगूँगा नहीं, तो कोई क्यों देने लगा ? कोई क्या मेरे मन का हाल जानता है ? वे दिन गये, जब धनी लोग ब्राह्मणों की पूजा किया करते थे। यह आशा छोड़ दो कि कोई महाशय आ कर तुम्हारे हाथ में रुपये रख देंगे। वह धीरे-धीरे आगे बढ़े।

सहसा सेठ जी ने पीछे से पुकारा - पंडित जी, जरा ठहरिए।

पंडित जी ठहर गये। फिर घर चलने के लिए आग्रह करने आता होगा। यह तो न हुआ कि एक रुपये का नोट ला कर देता, मुझे घर ले जाकर न जाने क्या करेगा ?

मगर जब सेठ जी ने सचमुच एक गिनी निकाल कर उनके पैरों पर रख दी; तो उनकी आँखों में एहसान के आँसू छलक आये। हैं ! अब भी सच्चे धर्मात्मा जीव संसार में हैं, नहीं तो यह पृथ्वी रसातल को न चली जाती ? अगर इस वक्त उन्हें सेठ जी के कल्याण के लिए अपनी देह का सेर-आधा सेर रक्त भी देना पड़ता, तो भी शौक से दे देते। गद्‌गद कंठ से बोले - इसका तो कुछ काम न था, सेठ जी ! मैं भिक्षुक नहीं हूँ, आपका सेवक हूँ।

सेठ जी श्रृद्धा-विनयपूर्ण शब्दों में बोले - भगवान्, इसे स्वीकार कीजिए। यह दान नहीं, भेंट है। मैं भी आदमी पहचानता हूँ। बहुतेरे साधु-संत, योगी-यती देश और धर्म के सेवक आते रहते हैं; पर न जाने क्यों किसी के प्रति मेरे मन में श्रृद्धा नहीं उत्पन्न होती ? उनसे किसी तरह पिंड छुड़ाने की पड़ जाती है। आपका संकोच देख कर मैं समझ गया कि आपका यह पेशा नहीं है। आप विद्वान् हैं, धर्मात्मा हैं; पर किसी संकट में पड़े हुए हैं। इस तुच्छ भेंट को स्वीकार कीजिए और मुझे आशीर्वाद दीजिए।

7

पंडित जी दवाएँ लेकर घर चले, तो हर्ष, उल्लास और विजय से उनका हृदय उछला पड़ता था। हनुमान जी भी संजीवन-बूटी ला कर इतने प्रसन्न न हुए होंगे। ऐसा सच्चा आनंद उन्हें कभी प्राप्त न हुआ था। उनके हृदय में इतने पवित्र भावों का संचार कभी न हुआ था।

दिन बहुत थोड़ा रह गया था। सूर्यदेव अविरल गति से पश्चिम की ओर दौड़ते चले जाते थे। क्या उन्हें भी किसी रोगी को दवा देनी थी ? वह बड़े वेग से दौड़ते हुए पर्वत की ओट में छिप गये। पंडित जी और भी फुर्ती से पाँव बढ़ाने लगे, मानो उन्होंने सूर्यदेव को पकड़ लेने की ठानी है।

देखते-देखते अँधेरा छा गया। आकाश में दो-एक तारे दिखायी देने लगे। अभी दस मील की मंजिल बाकी थी। जिस तरह काली घटा को सिर पर मँड़राते देख कर गृहिणी दौड़-दौड़ कर

सुखावन समेटने लगती है, उसी भाँति लीलाधर ने भी दौड़ना शुरू किया। उन्हें अकेले पड़ जाने का भय न था, भय था अँधोरे में राह भूल जाने का। दायें-बायें बस्तियाँ छूटती जाती थीं। पंडित जी को ये गाँव इस समय बहुत ही सुहावने मालूम होते थे। कितने आनंद से लोग अलाव के सामने बैठे ताप रहे हैं ?

सहसा उन्हें एक कुत्ता दिखायी दिया। न-जाने किधर से आ कर वह उनके सामने पगडंडी पर चलने लगा। पंडित जी चौंक पड़े; पर एक क्षण में उन्होंने कुत्ते को पहचान लिया। वह बूढ़े चौधरी का कुत्ता मोती था। वह गाँव छोड़ कर आज इधर इतनी दूर कैसे आ निकला ? क्या वह जानता है ? पंडित जी दवा ले कर आ रहे होंगे, कहीं रास्ता भूल जाएँ ? कौन जानता है ? पंडित जी ने एक बार मोती कह कर पुकारा, तो कुत्ते ने दुम हिलायी; पर रुका नहीं। वह इससे अधिक परिचय दे कर समय नष्ट न करना चाहता था। पंडित जी को ज्ञात हुआ कि ईश्वर मेरे साथ है, वही मेरी रक्षा कर रहे हैं। अब उन्हें कुशल से घर पहुँचने का विश्वास हो गया।

दस बजते-बजते पंडित जी घर पहुँच गये।

* * *

रोग घातक न था; पर यश पंडित जी को बदा था। एक सप्ताह के बाद तीनों रोगी चंगे हो गये। पंडित जी की कीर्ति दूर-दूर तक फैल गयी। उन्होंने यम-देवता से घोर संग्राम करके इन आदमियों को बचा लिया था। उन्होंने देवताओं पर भी विजय पा ली थी - असम्भव को सम्भव कर दिखाया था। वह साक्षात् भगवान् थे। उनके दर्शनों के लिए लोग दूर-दूर से आने लगे; किंतु पंडित जी को अपनी कीर्ति से इतना आनन्द न होता था, जितना रोगियों को चलते-फिरते देख कर।

चौधरी ने कहा - महाराज, तुम साक्षात् भगवान् हो। तुम न आ जाते, तो हम न बचते।

पंडित जी बोले - मैंने कुछ नहीं किया। यह सब ईश्वर की दया है।

चौधरी - अब हम तुम्हें कभी न जाने देंगे। जा कर अपने बाल-बच्चों को भी ले आओ।

पंडित जी -हाँ, मैं भी यही सोच रहा हूँ। तुमको छोड़ कर अब नहीं जा सकता।

8

मुल्लाओं ने मैदान खाली पा कर आस-पास के देहातों में खूब जोर बाँध रखा था। गाँव के गाँव मुसलमान होते जाते थे। उधर हिन्दू-सभा ने सन्नाटा खींच लिया था। किसी की हिम्मत न पड़ती थी कि इधर आये। लोग दूर बैठे हुए मुसलमानों पर गोला-बारूद चला रहे थे। इस हत्या का बदला कैसे लिया जाए, यही उनके सामने सबसे बड़ी समस्या थी। अधिकारियों के पास बार-बार प्रार्थना-पत्र भेजे जा रहे थे कि इस मामले की छानबीन की जाए और बार-बार यही जवाब मिलता था कि हत्याकारियों का पता नहीं चलता। उधर पंडित जी के स्मारक के लिए चंदा भी जमा किया जा रहा था।

मगर इस नयी ज्योति ने मुल्लाओं का रंग फीका कर दिया। वहाँ एक ऐसे देवता का अवतार हुआ था, जो मुर्दों को जिला देता था, जो अपने भक्तों के कल्याण के लिए अपने प्राणों का बलिदान कर सकता था। मुल्लाओं के यहाँ यह सिध्दि कहाँ, यह विभूति कहाँ, यह चमत्कार कहाँ ? इस ज्वलंत उपकार के सामने जन्नत और अखूबत (भातृ-भाव) की कोरी दलीलें कब ठहर सकती थीं ? पंडित जी अब वह अपने ब्राह्मणत्व पर घमंड करनेवाले पंडित जी न थे। उन्होंने शूद्रों और भीलों का आदर करना सीख लिया था। उन्हें छाती से लगाते हुए अब पंडित जी को घृणा न होती थी। अपना घर अँधेरा पा कर ही ये इसलामी दीपक की ओर झुके थे। जब अपने घर में सूर्य का प्रकाश हो गया, तो उन्हें दूसरों के यहाँ जाने की क्या जरूरत थी। सनातन-धर्म की विजय हो गयी। गाँव-गाँव में मंत्र बनने लगे और शाम-सबेरे मन्दिरों से शंख और घंटे की धवनि सुनायी देने लगी। लोगों के आचरण आप ही आप सुधरने लगे। पंडित जी ने किसी को शुद्ध नहीं किया। उन्हें अब शुद्धि का नाम लेते शर्म आती थी - मैं भला इन्हें क्या शुद्ध करूँगा, पहले अपने को तो शुद्ध कर लूँ। ऐसी निर्मल एवं पवित्र आत्माओं को शुद्धिके ढोंग से अपमानित नहीं कर सकता।

यह मंत्र था, जो उन्होंने उन चांडालों से सीखा था और इसी बल से वह अपने धर्म की रक्षा करने में सफल हुए थे। पंडित जी अभी जीवित हैं; पर अब सपरिवार उसी प्रांत में, उन्हीं भीलों के साथ रहते हैं।

संदेह नहीं है

कामना-तरु

राजा इंद्रनाथ का देहांत हो जाने के बाद कुंवर राजनाथ को शत्रुओं ने चारों ओर से ऐसा दबाया, कि उन्हें प्राण लेकर एक पुराने सेवक की शरण जाना पड़ा, जो एक छोटे से गांव का जागीरदार था। कुंवर स्वभाव ही से शांतिप्रिय, रसिक, हंस-खेलकर समय काटने वाले युवक थे। रण-क्षेत्र की अपेक्षा कवित्व के क्षेत्र में अपना चमत्कार दिखाना उन्हें अधिक प्रिय था। रसिक जनों के साथ, किसी वृक्ष के नीचे बैठे हुए, काव्य-चर्चा करने में जो आनंद मिलता था, वह शिकार या राज-दरबार में नहीं। इस पर्वत-मालाओं से घिरे हुए गांव में आकर उन्हें जिस शांति और आनन्द का अनुभव हुआ, उसके बदले में वह ऐसे-ऐसे कई राज्य त्याग कर सकते थे। यह पर्वत मालाओं की मनोहर छटा, यह नेत्ररंजक हरियाली, यह जलप्रवाह की मधुर वीणा, यह पक्षियों की मीठी बोलियां, यह मृग शावकों की छलांगें, यह बछड़ों की कुलेलें, यह ग्रामवासियों की बालोचित सरलता, यह रमणियों की संकोचमय चपलता! ये सभी बातें उनके लिए नई थी, पर इन सबों से बढ़कर जो वस्तु उनको आकर्षित करती थी, वह जागीरदार की युवती कन्या चंदा थी।

चंदा घर का सारा काम-काज आप ही करती थी। उसको माता की गोद में खेलना नसीब ही न हुआ था। पिता की सेवा ही में रत रहती थी। उसका विवाह इसी साल होने वाला था कि इसी बीच में कुंवर जी ने आकर उसके जीवन में नवीन भावनाओं और नवीन आशाओं को अंकुरित कर दिया। उसने अपने पति का जो चित्र मन में खींच रखा था, वही मानों रूप धारण करके सम्मुख आ गया। कुंवर की आदर्श रमणी भी चंदा ही के रूप में अवतरित हो गई, लेकिन कुंवर समझते थे - मेरे ऐसे भाग्य कहां? चंदा भी समझती थी - कहां यह और कहां मैं।

2

दोपहर का समय था और जेठ का महीना। खपरैल का घर भट्ठी की भांति तपने लगा। खस की टट्टियों और तहखाने में रहने वाले राजकुमार का चित्त गरमी से इतना बेचैन हुआ कि वह बाहर निकल आए और सामने के बाग में जाकर एक घने वृक्ष की छांह में बैठ गए। सहसा उन्होंने देखा - चंदा नदी से जल की गागर लिये चली आ रही है। नीचे जलती हुई रेत थी, ऊपर जलता हुए सूर्य। लू से देह झुलसी जाती थी। कदाचित् इस समय प्यास से तड़पते हुए आदमी को भी नदी तक जाने की हिम्मत न पड़ती। चंदा क्यों पानी लेने गई थी? घर में पानी भरा हुआ हैं फिर इस समय वह क्यों पानी लेने निकली।

कुंवर दौड़कर उसके पास पहुंचे और उसके हाथ से गागर छीन लेने की चेष्टा करते हुए बोले - मुझे दे दो और भागकर छांह में चली जाओ। इस समय पानी का क्या काम था?' चंदा ने

गागर न छोड़ी। सिर से खिसका हुआ आंचल संभालकर बोली - 'तुम इस समय कैसे आ गए? शायद मारे गरमी के अंदर न रहे सके?'

कुंवर - मुझे दे दो, नहीं तो मैं छीन लूंगा।'

चंदा ने मुस्कुराकर कहा - 'राजकुमारों को गागर लेकर चलना शोभा नहीं देता।'

कुंवर ने गागर का मुंह पकड़कर कहा - 'इस अपराध का बहुत बड़ा दण्ड सह चुका हूं। चंदा, अब तो अपने को राजकुमार कहने में भी लज्जा आती है।'

चंदा - 'देखो, धूप में खुद भी हैरान होते हो और मुझे भी हैरान करते हो। गागर छोड़ दो, सच कहती हूं पूजा का जल है।'

कुंवर - 'क्या मेरे ले जाने से पूजा का जल अपवित्र हो जायेगा?'

चंदा - 'अच्छा भाई, नहीं मानते, तो तुम्हीं ले चलो। हां, नहीं तो... ।'

कुंवर गागर लेकर आगे-आगे चले। चंदा पीछे हो ली। बगीचे में पहुंचे, तो चंदा एक छोटे-से पौधे के पास रुक कर बोली - 'इसी देवता की पूजा करनी है, गागर रख दो।' कुंवर ने आश्चर्य से पूछा - 'यहां कौन देवता है, चंदा? मुझे कहीं नहीं नजर आता।'

चंदा ने पौधे को सींचते हुए कहा - 'यही तो मेरा देवता है।'

पानी पाकर पौधे की मुरझाई हुई पत्तियां हरी हो गई, मानो उनकी आंखें खुल गई हों।

कुंवर ने पूछा - 'यह पौधा क्या तुमने लगाया है, चंदा?'

चंदा ने पौधे को एक सीधी लकड़ी से बांधते हुए कहा - 'हां, उसी दिन तो, जब तुम यहां आये। यहां पहले मेरी गुड़ियों का घरौंदा था। मैंने गुड़ियों पर छांह करने के लिए अमोला लगा दिया था। फिर मुझे इसकी याद नहीं रही। घर के काम-धंधे में भूल गई। मैंने आकर देखा तो वह सूख गया था। मैंने तुरंत पानी लाकर इसे सींचा, तो कुछ-कुछ ताजा होने लगा। तब से इसे सींचती हूं। देखा, कितना हरा-भरा हो गया है।'

यह कहते-कहते उसने सिर उठाकर कुंवर की ओर ताकते हुए कहा - 'और सब काम भूल जाऊं, पर इस पौधे को पानी देना नहीं भूलती। तुम्हीं इसके प्राण दाता हो। तुम्हीं ने आकर इसे जिला दिया, नहीं तो बेचारा सूख गया होता। यह तुम्हारे शुभागमन का स्मृति-चिह्न है। जरा इसे देखो। मालूम होता है, हंस रहा है। मुझे तो ऐसा जान पड़ता है कि यह मुझसे बोलता है। सच कहती हूं कभी यह रोता है, कभी हंसता है, कभी फूटता है। आज तुम्हारा लाया हुआ पानी पाकर यह फूला नहीं समाता। एक-एक पत्ता तुम्हें धन्यवाद दे रहा है।'

कुंवर को ऐसा जान पड़ा, मानों वह पौधा कोई नन्हा-सा क्रीड़ा शील बालक है। जैसे, चुम्बन से प्रसन्न होकर बालक गोद में चढ़ने के लिए दोनों हाथ फैला देता है, उसी भांति यह पौधा भी हाथ फैलाए जान पड़ा। उसके एक-एक अणु में चंदा का प्रेम झलक रहा था।

चंदा के घर में खेती के सभी औजार थे। कुंवर एक फावड़ा उठा लाये और पौधे का एक थाल बनाकर चारों ओर ऊंची मेंड़ उठा दी। फिर खुरपी लेकर अंदर की मिट्टी को जोड़ दिया। पौधा और भी लहलहा उठा।

कुंवर ने मुस्कुराकर कहा - 'हाँ, कहता है - अम्मा की गोद में बैठेगा।'

चंदा - 'नहीं, कह रहा है, इतना प्रेम करके फिर भूल न जाना।'

3

मगर कुंवर को अभी राजपुत्र होने का दंड भोगना बाकी था। शत्रुओं को न जाने कैसे उनकी टोह मिल गई। इधर तो हितचिंतकों के आग्रह से विवश होकर बूढ़ा कुबेर सिंह चंदा और कुंवर के विवाह की तैयारियां कर रहा था, उधर शत्रुओं का एक दल सिर पर आ पहुंचा। कुंवर ने उस पौधे के आस-पास फूल-पत्ते लगाकर एक फुलवारी-सी बना दी थी। पौधे को सींचना अब उनका काम था। प्रात:काल वह कंधे पर कांवर रखे नदी से पानी ला रहे थे, कि दस-बारह आदमियों ने उन्हें रास्ते में घेर लिया। कुबेर सिंह तलवार लेकर दौड़ा, लेकिन शत्रुओं ने उसे मार गिराया। अकेला अस्त्रहीन कुंवर क्या करता? कंधे पर कांवर रखे हुए बोला - 'अब क्यों मेरे पीछे पड़े हो, भाई? मैंने तो सब-कुछ छोड़ दिया है।'

सरदार बोला - 'हमें आपको पकड़ ले जाने का हुक्म है।'

'तुम्हारा स्वामी मुझे इस दशा में भी नहीं देख सकता? खैर, अगर धर्म समझे तो कुबेर सिंह की तलवार मुझे दे दो। अपनी स्वाधीनता के लिए लड़कर प्राण दूं।'

इसका उत्तर यही मिला कि सिपाहियों ने कुंवर को पकड़कर मुश्कें कस दी और उन्हें एक घोड़े पर बिठाकर घोड़े को भगा दिया। कांवर वहीं पड़ी रह गई।

उसी समय चंदा घर से निकली। देखा - कांवर पड़ी हुई है और कुंवर को लोग घोड़े पर बिठाए जा रहे हैं। चोट खाए हुए पक्षी की भांति वह कई कदम दौड़ी, फिर गिर पड़ी। उसकी आंखों में अंधेरा छा गया।

सहसा उसकी दृष्टि पिता की लाश पर पड़ी। वह घबराकर उठी और लाश के पास जा पहुंची कुबेर अभी मरा न था। प्राण आंखों में अटके हुए थे।

चंदा को देखते ही क्षीण स्वर में बोला - 'बेटी. ..कुंवर!' इसके आगे वह कुछ न कह सका। प्राण निकल गए, पर इस शब्द - 'कुंवर' - ने उसका आशय प्रकट कर दिया।

4

बीस वर्ष बीत गए! कुंवर कैद से न छूट सके।

यह एक पहाड़ी किला था। जहां तक निगाह जाती, पहाड़ियां ही नजर आती। किले में उन्हें कष्ट न था। नौकर-चाकर, भोजन-वस्त्र, सैर-शिकार किसी बात की कमी न थी। पर, उस

वियोगाग्नि को कौन शांत करता, जो नित्य कुंवर के रूप में जला करती थी। जीवन में अब उनके लिए कोई आशा न थी, कोई प्रकाश न था। अगर कोई इच्छा थी, तो कि एक बार उस प्रेमतीर्थ की यात्रा कर लें, जहां उन्हें वह सब कुछ मिला, जो मनुष्य को मिल सकता है। हां, उनके मन में एकमात्र यही अभिलाषा थी कि उस पवित्र स्मृतियों से रंजित भूमि के दर्शन करके जीवन का उसी नदी के तट पर अंत कर दें। वही नदी का किनारा, वही वृक्षों का कुंज, वहीं चंदा का छोटा-सा सुन्दर घर उसकी आंखों में फिरा करता और वही पौधा जिसे उन दोनों ने मिलकर सींचा था, उसमें तो मानो उसके प्राण ही बसते थे। क्या वह दिन भी आएगा, जब वह उस पौधे को हरी-हरी पत्तियों से लदा हुआ देखेगा? कौन जाने, वह अब है भी या सूख गया? कौन अब उसको सींचता होगा? चंदा इतने दिनों अविवाहित थोड़े ही बैठी होगी? ऐसा संभव भी तो नहीं। उसे अब मेरी सुध भी न होगी। हां, शायद कभी अपने घर की याद खींच लाती हो, तो पौधे को देखकर उसे मेरी याद आ जाती हो। मुझ-जैसे अभागे के लिए इससे अधिक वह और कर ही क्या सकती है? उस भूमि को एक बार देखने के लिए वह अपना जीवन दे सकता था, पर यह अभिलाषा न पूरी होती थी।

आह! एक युग बीत गया, शोक और नैराश्य ने उठती जवानी को कुचल दिया। न आंखों में ज्योति रही, न पैरों में शक्ति - जीवन क्या था। बस, जीवन का आधार एक अभिलाषा थी, एक सुखद स्वप्न, जो जीवन में न जाने कब उसने देखा था। एक बार फिर वही स्वप्न देखना चाहता था। फिर उसकी अभिलाषाओं का अंत हो जायेगा, उसे कोई इच्छा न रहेगी! सारा अनंत भविष्य, सारी अनंत चिंताएं, इसी स्वप्न में लीन हो जाती थी।

उसके रक्षकों को अब उसकी ओर से कोई शंका न थी। उन्हें उस पर दया आती थी। रात को पहरे पर केवल कोई एक आदमी रह जाता था, और लोग मीठी नींद सोते थे। कुंवर भाग सकता है, उसकी कोई सम्भावना कोई शंका न थी। यहां तक कि एक दिन यह सिपाही भी नि:शंक होकर बंदूक लिये लेट रहा। निद्रा किसी हिंसक की भांति ताक लगाए बैठी थी। लेटते ही टूट पड़ी। कुंवर ने सिपाही की नाक की आवाज सुनी। उसका हृदय बड़े वेग से उछलने लगा। यह अवसर आज कितने दिनों के बाद मिला था। वह उठे मगर पांव थर-थर कांप रहे थे। बरामदे के नीचे उतरने का साहस न हो सका। कहीं इसकी नींद खुल गई तो? हिंसा उनकी सहायता कर सकती थी। सिपाही की बगल में उसकी तलवार पड़ी थी, पर प्रेम का हिंसा से बैर है। कुंवर ने सिपाही को जगा दिया। वह चौंक कर उठ बैठा । रहा-सहा संशय भी उसके दिल से निकल गया। दूसरी बार जो सोया, तो खर्राटे लेने लगा।

प्रात:काल जब उसकी निद्रा टूटी, तो उसने लपक कर कुंवर के कमरे में झांका। कुंवर का पता न था।

कुंवर इस समय हवा के घोड़े पर सवार, कल्पक की द्रुतगति से भागा जा रहा था - उस स्थान को, जहां उसने सुख-स्वप्न देखा था।

किले में चारों ओर तलाश हुई, नायक ने सवार दौड़ाये पर कहीं पता न चला।

5

पहाड़ी रास्तों का काटा कठिन था, उस पर अज्ञातवास की कैद, मृत्यु के दूत पीछे लगे हुए, जिनसे बचना मुश्किल। कुंवर को कामना-तीर्थ पहुंचने में महीनों लग गए। जब यात्रा पूरी हुई तो कुंवर में एक कामना के सिवा और कुछ शेष न था। दिन भर की कठिन यात्रा के बाद जब वह उस स्थान पर पहुंचे, तो संध्या हो गई थी। यहां बस्ती का नाम भी न था। दो-चार टूटे-फूटे हुए झोंपड़े उस बस्ती के चिह्न-स्वरूप शेष रह गए थे। वह झोंपड़ा, जिसमें कभी प्रेम का प्रकाश था, जिसके नीचे उन्होंने जीवन के सुखमय दिन काटे थे, जो उनकी कामनाओं का आगार और उपासना का मंदिर था, अब उनकी अभिलाषाओं की भांति भग्न हो गया था। झोंपड़े की भग्नावस्था मूक भाषा में अपनी करुण-कथा सुना रही थी। कुंवर उसे देखते ही 'चंदा-चंदा!' पुकारते हुए दौड़े, उन्होंने उस रज को माथे पर मला, मानो किसी देवता की विभूति हो, और उनकी टूटी हुई दीवारों से चिपटकर बड़ी देर तक रोते रहे। हाय रे अभिलाषा वह रोने ही के लिए इतनी दूर से आये थे। रोने की अभिलाषा इतने दिनों से उन्हें विकल कर रही थी, पर इस रुदन में कितना स्वर्गीय आनंद था। क्या समस्त संसार का सुख इन आंसुओं की तुलना कर सकता था?

तब वह झोंपड़े से निकले। सामने मैदान में एक वृक्ष हरे-हरे नवीन पल्लवों को गोद में लिये मानो उनका स्वागत करने खड़ा था। यह वह पौधा है, जिसे आज से बीस वर्ष पहले दोनों ने आरोपित किया था। कुंवर उन्मत्त की भांति दौड़े और जाकर उस वृक्ष से लिपट गए, मानों कोई पिता अपने मातृहीन पुत्र को छाती से लगाए हुए हो। यह उसी प्रेम की निशानी है, उसी अक्षय प्रेम की, जो इतने दिनों के बाद आज इतना विशाल हो गया है। कुंवर का रूप ऐसा हो उठा, मानो इस वृक्ष को अपने अंदर रख लेगा, जिससे उसे हवा का झोंका भी न लगे। उसे एक-एक पल्लव पर चंदा की स्मृति बैठी हुई थी। पक्षियों का इतना रम्य संगीत क्या कभी उन्होंने सुना था? उनके हाथों में दम न था, सारी देह भूख-प्यास और थकान से शिथिल हो रही थी। पर, वह उस वृक्ष पर चढ़ गये, इतनी फुर्ती से चढ़े कि बंदर भी न चढ़ता। सबसे ऊंची फुनगी पर बैठकर उन्होंने चारों ओर गर्व पूर्ण दृष्टि डाली। यही उनकी कामनाओं का स्वर्ग था। सारा दृश्य चंदामय हो रहा था। दूर की नीली पर्वत-श्रेणियों पर चंदा बैठी गा रही थी। आकाश में तैरने वाली लालिमामयी नौकाओं पर चंदा की उड़ी जाती थी। सूर्य की श्वेत-पीत प्रकाश की रेखाओं पर चंदा ही बैठी हंस रही थी। कुंवर के मन में आया, पक्षी होता तो इन्हीं डालियों पर बैठा हुआ जीवन के दिन पूरे करता।

जब अंधेरा हो गया, तो कुंवर नीचे उतरे और उसी वृक्ष के नीचे थोड़ी-सी भूमि झाड़ कर पत्तियों की शय्या बनाई और लेटे। यही उनके जीवन का स्वर्ण स्वप्न था, आह, यही वैराग्य! अब वह इस वृक्ष की शरण छोड़कर कहीं न जायेंगे, दिल्ली के तख्त के लिए भी वह इस आश्रम को न छोड़ेंगे।

6

उसी स्निग्ध, अमल चांदनी में सहसा एक पक्षी आकर उस वृक्ष पर बैठा और दर्द में डूबे हुए स्वरों में गाने लगा। ऐसा जान पड़ा मानो वह वृक्ष सिर धुन रहा है। यह नीरव रात्रि उसके वेदनामय संगीत से हिल उठी। कुंवर का हृदय इस तरह ऐंठने लगा, मानों वह फट जायेगा। स्वर में करुणा और वियोग के तीर-से भरे हुए थे। आह पक्षी! तेरा भी जोड़ा अवश्य बिछुड़ गया है। नहीं तो तेरे राग में इतनी व्यथा, इतना विषाद, इतना रुदन कहां से आता कुंवर के हृदय के टुकड़े हुए जाते थे, एक-एक स्वर तीर की भांति दिल को छेद डालता था। वह बैठे न रह सके। आकर एक आत्मविस्मृति की दशा में दौड़े हुए झोंपड़े में गये, वहां से फिर वृक्ष के नीचे आये। उस पक्षी को कैसे पाएं? कहीं दिखाई नहीं देता।

पक्षी का गाना बंद हुआ, तो कुंवर को नींद आ गई। उन्हें स्वप्न में ऐसा जान पड़ा कि वही पक्षी उनके समीप आया। कुंवर ने ध्यान से देखा, तो वहां पक्षी न था, चंदा थी, हां प्रत्यक्ष चंदा थी।

कुंवर ने पूछा - चंदा, यह पक्षी यहां कहां?

चंदा ने कहा - मैं ही तो वह पक्षी हूं।

कुंवर - तुम पक्षी हो! क्या तुम्हीं गा रही थी?

चंदा - हां प्रियतम, मैं ही गा रही थी। इस तरह रोते-रोते एक युग बीत गया।

कुंवर - तुम्हारा घोंसला कहां है?

चंदा - उसी झोंपड़े में, जहां तुम्हारी खाट थी। उसी खाट के बान से मैंने अपना घोंसला बनाया है।

कुंवर - और तुम्हारा जोड़ा कहां है?

चंदा - मैं अकेली हूं। चंदा को अपने प्रियतम के स्मरण करने में, उसके लिए रोने में जो सुख है, वह जोड़े में नहीं। मैं इसी तरह अकेली रहूंगी और अकेली मरूंगी।

कुंवर - मैं क्या पक्षी नहीं हो सकता?

चंदा चली गई। कुंवर की नींद खुली गई। उषा की लालिमा आकाश पर छाई हुई थी और वह चिड़िया कुंवर की शय्या के समीप एक डाल पर बैठी चहक रही थी। अब उस संगीत में करुणा न थी, विलाप न था, उसमें आनंद था, चापल्य था, सारल्य था। वह वियोग का करुण-क्रंदन नहीं, मिलन का मधुर संगीत था।

कुंवर सोचने लगे - इस स्वप्न का क्या रहस्य है?

7

कुंवर ने शय्या से उठते ही एक झाड़ू बनाई और झोंपड़े को साफ करने लगे। उनके जीते-जी इसकी यह भग्न दशा नहीं रह सकती। वह इसकी दीवारें उठाएंगे, इस पर छप्पर डालेंगे, इसे लीपेंगे। इसमें उनकी चंदा की स्मृति वास करती है। झोंपड़े के एक कोने में वह कांवर रखी हुई थी, जिसमें पानी ला-लाकर वह इस वृक्ष को सींचते थे। उन्होंने कांवर उठा ली और पानी लाने चले। दो दिन से कुछ भोजन न किया। रात को भूख लगी हुई थी पर इस समय भोजन की बिलकुल इच्छा न थी। देह में एक अद्भुत स्फूर्ति का अनुभव होता था। उन्होंने नदी से पानी ला-लाकर मिट्टी भिगोना शुरू किया। दौड़े जाते थे और दौड़े आते थे। इतनी शक्ति उनमें कभी न थी।

एक ही दिन में इतनी दीवार उठ गई, जितनी चार मजदूर भी न उठा सकते थे। और कितनी सीधी, चिकनी दीवार थी कि कारीगर भी देखकर लज्जित हो जाते। प्रेम की शक्ति अपार है।

संध्या हो गई। चिड़ियों ने बसेरा लिया। वृक्षों ने भी आंखें बंद की, मगर कुंवर को आराम कहां। तारों के मलिन प्रकाश में मिट्टी के रद्दे रखे जा रहे थे। हाय रे कामना! क्या तू इस बेचारे के प्राण ही लेकर छोड़ेगी?

वृक्ष पर पक्षी का मधुर स्वर सुनाई दिया। कुंवर के हाथों से घड़ा टूट पड़ा। हाथ और पैरों में मिट्टी लपेटकर वह वृक्ष के नीचे जाकर बैठ गए। उस स्वर में कितना लालित्य था, कितना उल्लास, कितनी ज्योति! मानव संगीत इसके सामने बेसुरा आलाप था। उसमें यह जागृति, यह अमृत, यह जीवन कहां? संगीत के आनन्द में विस्मृति है, पर वह विस्मृति कितनी स्मृतिमय होती है? अतीत को जीवन और प्रकाश से रंजित करके प्रत्यक्ष कर देने की शक्ति संगीत के सिवा और कहां है? कुंवर के हृदय-नेत्रों के सामने वह दृश्य खड़ा हुआ, जब चंदा इसी पौधे को नदी से जल ला-लाकर सींचती थी। हाय, क्या वे दिन फिर आ सकते हैं।

सहसा एक बटोही आकर खड़ा हो गया और कुंवर को देखकर वह प्रश्न करने लगा, जो साधारणत: दो अपरिचित प्राणियों में हुआ करते हैं - कौन हो, कहां से आते हो, कहां जाओगे? पहले वह भी इसी गांव में रहता था, पर जब गांव उजड़ गया, तो समीप के एक दूसरे गांव में जा बसा था। अब भी उसके खेत यहां थे। रात को जंगली पशुओं से अपने खेतों की रक्षा करने के लिए वह यही आकर सोता था।

कुंवर ने पूछा - तुम्हें मालूम है, इस गांव में कुबेर सिंह ठाकुर रहते थे?

किसान ने बड़ी उत्सुकता से कहा - हां-हां, भाई, जानता क्यों नहीं! बेचारे यही तो मारे गए। तुमसे भी क्या जान-पहचान थी?

कुंवर - हां, उन दिनों कभी-कभी आया करता था। मैं भी राजा की सेवा में नौकर था। उनके घर में और कोई न था?

किसान - अरे भाई, कुछ न पूछो, बड़ी करुणा-कथा है। उसकी स्त्री तो पहले ही मर चुकी थी। केवल लड़की बच रही थी। आह! कैसी सुशीला, कैसी सुघड़ वह लड़की थी। उसे देखकर आंखों में ज्योति आ जाती थी। बिलकुल स्वर्ग की देवी जान पड़ती थी। जब कुबेर सिंह जीता था, तभी कुंवर राजनाथ यहां भागकर आये थे और उसके यहां रहे थे। उस लड़की की कुंवर से कहीं बातचीत हो गई। जब कुंवर को शत्रुओं ने पकड़ लिया, तो चंदा घर में अकेली रह गई। गांव वालों ने बहुत चाहा कि उसका विवाह हो जाये। उसके लिए वरों का जोड़ न था भाई! ऐसा कौन था, जो उसे पाकर अपने को धन्य न मानता, पर वह किसी से विवाह करने पर राजी न हुई? यह पेड़, तो तुम देख रहे हो, तब छोटा-सा पौधा था। इसके आस-पास फूलों की कई क्यारियां थी। इन्हीं को गोड़ने, सींचने में उसका दिन कटता था। बस, यही कहती थी कि हमारे कुंवर साहब आते होंगे।

कुंवर की आंखों से आंसू की वर्षा होने लगी। मुसाफिर ने जरा दम लेकर कहा - दिन-दिन घुलती जाती थी। तुम्हें विश्वास न आएगा भाई, उसने दस साल इसी तरह काट दिए। इतनी दुर्बल हो गई थी कि पहचानी न जाती थी, पर अब भी उसे कुंवर साहब के आने की आशा बनी हुई थी। आखिर एक दिन इसी वृक्ष के नीचे उसकी लाश मिली। ऐसा प्रेम कौन करेगा, भाई! कुंवर न जाने मरे कि जिए, कभी उन्हें इस विरहिणी की याद भी आती है कि नहीं, पर इसने तो प्रेम को ऐसा निभाया - जैसा चाहिए।

कुंवर को ऐसा जान पड़ा, मानो हृदय फटा जा रहा है। वह कलेजा थाम कर बैठ गया। मुसाफिर के हाथ में एक सुलगता हुआ उपला था। उसने चिलम भरी और दो-चार दम लगाकर बोला - उसके मरने के बाद यह घर गिर गया। गांव पहले ही उजाड़ था। अब तो और भी सुनसान हो गया। दो-चार आदमी यहां आ बैठते थे। अब तो चिड़िया-पूत भी यहां नहीं आता। उसके मरने के कई महीने के बाद यही चिड़िया इस पेड़ पर बोलती हुई सुनाई दी। तब से बराबर इसे यहां बोलते सुनता हूं। रात को सभी चिड़िया सो जाती हैं, पर यह रात भर बोलती रहती है। इसका जोड़ा कभी नहीं दिखाई दिया। बस, फुट्टैल है। दिनभर उसी झोंपड़े में पड़ी रहती है। रात को इस पेड़ पर आकर बैठती है। मगर-इस समय इसके गाने में कुछ और ही बात है, नहीं तो सुनकर रोना आता है। ऐसा जान पड़ता है, मानो कोई कलेजे को मसोस रहा है। मैं तो कभी-कभी पड़े-पड़े रो दिया करता हूं। सब लोग कहते हैं कि यह वहीं चंदा है। अब भी कुंवर के वियोग में विलाप कर रही है। मुझे भी ऐसा ही जान पड़ता है। आज जाने क्यों मगन है।

किसान तम्बाकू पीकर सो गया। कुंवर कुछ देर तक खोए हुए से खड़े रहे। फिर धीरे से बोले - चंदा, क्या सचमुच तुम्हीं हो, मेरे पास क्यों नहीं आती?

एक क्षण में चिड़िया आकर उनके हाथ पर बैठ गई। चन्द्रमा के प्रकाश में कुंवर ने चिड़िया को देखा। ऐसा जान पड़ा, मानों उसकी आंखें खुल गई हो, मानों आंखों के सामने से कोई आवरण हट गया हो। पक्षी के रूप में भी चंदा की मुखाकृति अंकित थी।

दूसरे दिन किसान सोकर उठा तो कुंवर की लाश पड़ी हुई थी।

8

कुंवर अब नहीं हैं, किंतु उनके झोंपड़े की दीवारें बन गई हैं, ऊपर फूस का नया छप्पर पड़ गया है, और झोंपड़े के द्वार पर फूलों की कई क्यारियां लगी हुई हैं। गांव के किसान इससे अधिक और क्या कर सकते थे?

उस झोंपड़े में अब पक्षियों के एक जोड़े ने अपना घोंसला बनाया है। दोनों साथ-साथ दाने-चारे की खोज में जाते हैं, साथ-साथ आते हैं, रात को दोनों उसी वृक्ष की डाल पर बैठे दिखाई देते हैं। उनका सुरम्य संगीत रात की नीरवता में दूर तक सुनाई देता है। वन के जीवन-जन्तु वह स्वर्गीय गान सुनकर मुग्ध हो जाते हैं।

यह पक्षियों का जोड़ा कुंवर और चंदा का जोड़ा है, इसमें किसी को भी संदेह नहीं है। एक बार एक व्याध ने इन पक्षियों को फंसाना चाहा, पर गांव वालों ने उसे मारकर भगा दिया।

* * *

सती

दो शताब्दियों से अधिक बीत गए हैं, पर चिंता देवी का नाम चला आता है। बुंदेलखंड के एक बीहड़ स्थान में आज भी मंगलवार को सहस्रों स्त्री-पुरुष चिंता देवी की पूजा करने आते हैं। उस दिन यह निर्जन स्थान सुहाने गीतों से गूंज उठता है, टीले और टोकरे रमणियों के रंग-बिरंगे वस्त्रों से सुशोभित हो जाते हैं। देवी का मंदिर एक बहुत ऊंचे टीले पर बना हुआ है। इसके कलश पर लहराती हुई लाल पताका बहुत दूर से दिखाई देती है। मंदिर इतना छोटा है कि उसमें मुश्किल से एक साथ दो आदमी समा सकते हैं। भीतर कोई प्रतिमा नहीं है, केवल एक छोटी-सी बेदी बनी हुई है। नीचे से मंदिर तक पत्थर का जीना है। भीड़-भाड़ में धक्का खाकर कोई नीचे न गिर पड़े, इसलिए जीने की दीवार दोनों तरफ बनी हुई हैं। यही चिंता देवी सती हुई थी पर लोक-रीति के अनुसार वह अपने मृत पति के साथ चिता पर नहीं बैठी थी। उनका पति हाथ जोड़े सामने खड़ा था, पर वह उसकी ओर आंखें उठाकर भी न देखती थी। वह पति-शरीर के साथ नहीं, उसकी आत्मा के साथ सती हुई। उस चिता पर पति का शरीर न था, उसकी मर्यादा भस्मीभूत हो रही थी।

2

यमुना-तट पर कालपी एक छोटा-सा नगर है। चिंता उसी नगर के एक वीर बुंदेल की कन्या थी। उसकी माता उनकी बाल्यावस्था में ही परलोक सिधार चुकी थी। उसके पालन-पोषण का भार पिता पर पड़ा। वह संग्राम का समय था, योद्धाओं को कमर खोलने की भी फुरसत न मिलती थी। वे घोड़े की पीठ पर भोजन करते और जमीन पर ही झपकियां ले लेते थे। चिंता का बाल्यकाल पिता के साथ समर-भूमि में कटा। बाप उसे किसी खोह में या वृक्ष की आड़ में छिपाकर मैदान में चला जाता। चिंता निश्शंक भाव से बैठी हुई मिट्टी के किले बनाती और बिगाड़ती। उसके घरौंदे थे, उसकी गुड़िया ओढ़नी न ओढ़ती थी। वह सिपाहियों के गुड्डा बनाती और उन्हें रण-क्षेत्र में खड़ा करती थी।

कभी-कभी उसका पिता संध्या समय भी न लौटता, पर चिंता को भय छू तक न गया था। निर्जन स्थान में भूखी-प्यासी रात-रात भर बैठी रह जाती। उसने नेवले और सियार की कहानियां कभी न सुनी थी। वीरों के आत्मोत्सर्ग की कहानियां और वह भी योद्धाओं के मुंह से सुन-सुनकर आदर्शवादिता बन गई थी।

एक बार तीन दिन तक चिंता को अपने पिता की खबर न मिली। वह एक पहाड़ी की खोह में बैठी मन-ही-मन एक ऐसा किला बना रही थी, जिसे शत्रु किसी भांति जान न सके। दिन-भर वह उसी किले का नक्शा सोचती और रात को उसी किले का स्वप्न देखती। तीसरे दिन संध्या-समय

उसके पिता के कई साथियों ने आकर उनके सामने रोना शुरू किया। चिंता ने विस्मित होकर पूछा - दादाजी कहां है? तुम लोग क्यों रोते हो?

किसी ने इसका उत्तर न दिया। वे जोर से दहाड़े मार-मारकर रोने लगे। चिंता समझ गई कि उसके पिता ने वीर-गति पाई है। उस तेरह वर्ष की बालिका की आंखों से आंसू की एक बूंद भी न गिरी, मुख जरा भी मलिन न हुआ, एक आह भी न निकली। हंसकर बोली - 'अगर उन्होंने वीर-गति पाई, तो तुम लोग रोते क्यों हो? योद्धाओं के लिए इसे बढ़कर और कौन मृत्यु हो सकती है? इससे बढ़कर उनकी वीरता का और क्या पुरस्कार मिल सकता है? यह रोने का नहीं है, आनंद मनाने का अवसर है।'

एक सिपाही ने चिंतित स्वर में कहा - हमें तुम्हारी चिंता है। तुम अब कहां रहोगी? चिंता ने गंभीर स्वर से कहा - 'इसकी तुम कुछ चिंता न करो, दादा! मैं अपने बाप की बेटी हूं। जो कुछ उन्होंने किया, वहीं मैं भी करूंगी। अपनी मातृ-भूमि को शत्रुओं के पंजे से छुड़ाने में उन्होंने अपने प्राण दे दिए। मेरे सामने भी वही आदर्श है। जाकर अपने आदमियों को संभाले। मेरे लिए एक घोड़ा और हथियारों का प्रबंध कर दीजिए। ईश्वर ने चाहा, तो आप लोग मुझे किसी से पीछे न पाएंगे, लेकिन यदि मुझे पीछे हटते देखना, तो तलवार के एक हाथ से इस जीवन का अंत कर देना। यही मेरी आपसे विनय है। जाइए, अब विलम्ब न कीजिए।'

सिपाहियों को चिंता के ये वीर-वचन सुनकर कुछ भी आश्चर्य नहीं हुआ। हां, उन्हें यह संदेह अवश्य हुआ कि क्या कोमल बालिका अपने संकल्प पर दृढ़ रह सकेगी?

3

पांच वर्ष बीत गए। समस्त प्रांत में चिंता देवी की धाक बैठ गई। शत्रुओं के कदम उखड़ गए। वह विजय की सजीव मूर्ति थी। उसे तीरों और गोलियों के सामने निश्शंक खड़े देखकर सिपाहियों को उत्तेजना मिलती रहती थी। उसके सामने वे कैसे कदम पीछे हटाते? कोमलांगी युवती आगे बढ़े, तो कौन पुरुष पीछे हटेगा। सुन्दरियों के सम्मुख योद्धाओं की वीरता अजेय हो जाती है। रमणी के वचन-बाण योद्धाओं के लिए आत्मसमर्पण के गुप्त संदेश हैं। उसकी एक चितवन कायरों में भी पुरुषत्व प्रवाहित कर देती है। चिंता की छवि-कीर्ति ने मनचले सूरमाओं को चारों ओर से खींच-खींचकर उसकी सेना को सजा दिया - जान पर खेलने वाले और चारों ओर से आ-आकर इस फूल पर मंडराने लगे।

इन्हीं योद्धाओं में रत्नसिंह नाम का एक युवक राजपूत भी था।

यों तो चिंता के सैनिकों में सभी तलवार के धनी थे, बात पर जान देने वाले, उसके इशारे पर आग में कूदने वाले, उसकी आज्ञा पाकर एक बार आकाश के तारे तोड़ लाने को भी चल पड़ते किंतु रत्नसिंह सबसे बढ़ा हुआ था। चिंता भी हृदय में उसे प्रेम करती थी। रत्नसिंह अन्य वीरों की भांति अक्खड़, मुंहफट या घमंडी न था। और लोग अपनी-अपनी कीर्ति को खूब बढ़ा-बढ़ाकर बयान करते, आत्म-प्रशंसा करते हुए उनकी जबान न रुकती थी। वे जो कुछ करते, चिंता को

दिखाने के लिए। उनका ध्येय अपना कर्त्तव्य न था, चिंता थी। रत्नसिंह जो कुछ करता, शांत भाव से। अपनी प्रशंसा करना तो दूर रहा, वह चाहे कोई शेर ही क्यों न मार आये, उसकी चर्चा तक न करता। उसकी विनयशीलता और नम्रता, संकोच की सीमा से भिड़ गई थी। औरों के प्रेम में विलास था, पर रत्नसिंह के प्रेम में त्याग और तप। और लोग मीठी नींद सोते थे, पर रत्नसिंह तारे गिर-गिनकर रात काटा था और बस अपने दिल में समझता था कि चिंता मेरी होगी - केवल रत्नसिंह निराश था, और इसलिए उसे किसी से न द्वेष था, न राग। औरों को चिंता के सामने चहकते देखकर उसे उनकी वाक्पटुता पर आश्चर्य होता, प्रतिक्षण उसका निराशांधकार और भी घना हो जाता था। कभी-कभी वह अपने बोदेपन पर झुंझला उठता - क्यों ईश्वर ने उसे उन गुणों से वंचित रखा, जो रमणियों के चित्त को मोहित करते हैं? उसे कौन पूछेगा, उसकी मनोव्यथा को कौन जानता है? पर वह मन में झुंझलाकर रह जाता था। दिखावे की उसकी सामर्थ्य ही न थी।

आधी से अधिक रात बीत चुकी थी। चिंता अपने खेमे में विश्राम कर रही थी। सैनिकगण भी कड़ी मंजिल मारने के बाद कुछ खा-पीकर गाफिल पड़े हुए थे। आगे एक घना जंगल था। जंगल के उस पार शत्रुओं का एक दल डेरा डाले पड़ा था। चिंता उसके आने की खबर पाकर भागा-भाग चली आ रही थी। उसने प्रात:काल शत्रुओं पर धावा करने का निश्चय कर लिया था। उसे विश्वास था कि शत्रुओं को मेरे आने की खबर न होगी किंतु यह उसका भ्रम था। उसकी सेना का एक आदमी शत्रुओं से मिला हुआ था। यहां की खबरें वहां नित्य पहुंचती रहती थी। उन्होंने चिंता से निश्चित होने के लिए एक षड्यंत्र रचा रखा था - उसकी गुप्त-हत्या करने के लिए तीन साहसी सिपाहियों को नियुक्त कर दिया था। वे तीनों हिंसक पशुओं की भांति दबे पांव जंगल को पार करके आये और वृक्षों की आड़ में खड़े होकर सोचने लगे कि चिंता का खेमा कौन-सा है। सारी सेना बे-खबर सो रही थी, इससे उन्हें अपने कार्य की सिद्धि में लेश-मात्र संदेह न था। वे वृक्षों की आड़ से निकले, और जमीन पर मगर की तरह रेंगते हुए चिंता के खेमे की ओर चले।

सारी सेना बेखबर सोती थी, पहरे के सिपाही थककर चूर हो जाने के कारण निद्रा में मग्न हो गए है। केवल एक प्राणी खेमे के पीछे मारे ठंड के सिकुड़ हुआ बैठा था। यह रत्नसिंह था। आज उसने यह कोई नई बात न की थी। पड़ावों में उसकी रातें इसी भांति चिंता के खेमे के पीछे बैठे-बैठे कटती थी। घातकों की आहट पाकर उसने तलवार निकाल ली और चौंक कर उठ खड़ा हुआ। देखा - तीन आदमी झुके हुए चले आ रहे है। अब क्या करे? अगर शोर मचाता है, तो सेना में खलबली पड़ जाये, और अंधेरे में लोग एक-दूसरे पर वार करके आपस ही में कट मरें। इधर अकेले तीन जवानों से भिड़ने में प्राणों का भय। अधिक सोचने का मौका न था। उसमें योद्धाओं की अविलम्ब निश्चय कर लेने की शक्ति थी, तुरन्त तलवार खींच ली और उन तीनों पर टूट पड़ा। कई मिनट तक तलवारें छपाछप चलती रही। फिर सन्नाटा छा गया। उधर वे तीनों आहत होकर गिर पड़े, इधर यह भी जख्मों से चूर होकर अचेत हो गया।

प्रात:काल चिंता उठी, तो चारों जवानों को भूमि पर पड़े पाया। उसका कलेजा धक से हो गया। समीप जाकर देखा - तीनों आक्रमणकारियों के प्राण निकल चुके थे, पर रत्नसिंह की सांस

चल रही थी। सारी घटना समझ में आ गई। नारीत्व ने वीरत्व पर विजय पाई। जिन आंखों से पिता की मृत्यु पर आंसू की एक बूंद भी न गिरी थी, उन्हीं आंखों से आंसुओं की झड़ी लग गई। उसने रत्नसिंह का सिर अपनी जांघ पर रख लिया, और हृदयांगन में रचे हुए स्वयंवर में उसके गले में जयमाला डाल दी।

4

महीने भर न रत्नसिंह की आंखें खुली, और न चिंता की आंखें बंद हुई। चिंता उसके पास से एक क्षण के लिए भी कहीं न जाती। न अपने इलाके की परवाह थी, न शत्रुओं के बढ़ते चले आने की फिक्र। रत्नसिंह पर वह अपनी सारी विभूतियों का बलिदान कर चुकी थी। पूरा महीना बीत जाने के बाद रत्नसिंह की आंखें खुली। देखा - चारपाई पर पड़ा हुआ है, और चिंता सामने पंखा लिये खड़ी है। क्षीण स्वर में बोला - चिंता, पंखा मुझे दे दो, तुम्हें कष्ट हो रहा है।

चिंता का हृदय इस समय स्वर्ग के अखंड, अपार सुख का अनुभव कर रहा था। एक महीना पहले जिस जीर्ण शरीर के सिरहाने बैठी हुई वह नैराश्य से रोया करती थी, उसे आज बोलते देखकर आह्लाद का पारावार न था। उसने स्नेह-मधुर स्वर से कहा - 'प्राणनाथ, यदि यह कष्ट है तो सुख क्या है? मैं नहीं जानती।' 'प्राणनाथ' - इस संबोधन में विलक्षण मंत्र की-सी शक्ति थी। रत्नसिंह की आंखें चमक उठी। जीर्ण मुद्रा प्रदीप्त हो गई, नसों में एक नए जीवन का संचार हो उठा, और वह जीवन कितना स्फूर्तिमय था। उसमें कितना उत्साह, कितना माधुर्य, कितना उल्लास और कितनी करुणा थी। रत्नसिंह के अंग-अंग फड़कने लगे। उसे अपनी भुजाओं में अलौकिक पराक्रम का अनुभव होने लगा। ऐसा जान पड़ा, मानो वह सारे संसार को पार कर सकता है, उड़कर आकाश पर पहुंच सकता है, पर्वतों को चीर सकता है। एक क्षण के लिए उसे ऐसी तृप्ति हुई, मानों उसकी सारी अभिलाषाएं पूरी हो गई हैं, और अब वह किसी से कुछ नहीं चाहता, शायद शिव को सामने खड़े देखकर भी वह मुंह फेर लेगा, कोई वरदान न मांगेगा। उसे अब किसी सिद्धि की, किसी पदार्थ की इच्छा न थी। उसे गर्व हो रहा था, मानो उससे अधिक सुखी, उससे अधिक भाग्यशाली पुरुष इस संसार में और कोई न होगा।

रत्नसिंह ने उठने की चेष्टा करके कहा - 'बिना तप के सिद्धि नहीं मिलती।'

चिंता अभी अपना वाक्य पूरा भी न कर पाई थी कि उसी प्रसंग में बोली - 'हां, आपको मेरे कारण अलबत्ता दुस्सह यातना भोगनी पड़ी।'

चिंता ने रत्नसिंह को कोमल हाथों से लिटाते हुए कहा - 'इस सिद्धि के लिए तुमने तपस्या नहीं की थी। झूठ क्यों बोलते हो? तुम केवल एक अबला की रक्षा कर रहे थे। यदि मेरी जगह कोई दूसरी स्त्री होती, तो भी तुम इतने ही प्राणपण से उसकी रक्षा करते, मुझे इसका विश्वास है। मैं तुमसे सत्य कहती हूं मैंने आजीवन ब्रह्मचारिणी रहने का प्रण कर लिया था, लेकिन तुम्हारे आत्मोत्सर्ग ने मेरे प्रण को तोड़ डाला। मेरा पालन योद्धाओं की गोद में हुआ है, मेरा हृदय उसी

पुरुष सिंह के चरणों पर अर्पण हो सकता है, जो प्राणों की बाजी खेल सकता हो। रसिकों के हास-विलास, गुंडों के रूप-रंग और डकैतों के दांव-घात का मेरी दृष्टि में रत्ती भर भी मूल्य नहीं। उनकी नट-विद्या को मैं केवल तमाशे की तरह देखती हूं। तुम्हारे ही हृदय में मैंने सच्चा उत्सर्ग पाया, और तुम्हारी दासी हो गई - आज से नहीं बहुत दिनों से।'

5

प्रणय की पहली रात थी। चारों ओर सन्नाटा था। केवल दोनों प्रेमियों के हृदयों में अभिलाषाएं लहरा रही थीं। चारों और अनुरागमयी चांदनी छिटकी हुई थी, और उसकी हास्यमयी छटा में वर-वधू प्रेमालाप कर रहे थे।

सहसा खबर आयी कि शत्रुओं की एक सेना किले की ओर बढ़ी चली आती है। चिंता चौंक पड़ी, रत्नसिंह खड़ा हो गया, और खूंटी से लटकती हुई तलवार उतार ली।

चिंता ने उसकी ओर कातर-स्नेह की दृष्टि से देखकर कहा - 'कुछ आदमियों को उधर भेज दो, तुम्हारे जाने की क्या जरूरत है?'

रत्नसिंह ने बंदूक कंधे पर रखते हुए कहा, 'मुझे भय है कि अबकी वे लोग बड़ी संख्या में आ रहे हैं।'

चिंता - 'तो मैं भी चलूंगी।'

'नहीं, मुझे आशा है, वे लोग ठहर न सकेंगे। मैं एक ही धावे में उनके कदम उखाड़ दूंगा। यह ईश्वर की इच्छा है कि हमारी प्रणय-रात्रि विजय रात्रि हो।'

'न-जाने क्यों मन कातर हो रहा है। जाने देने को जी नहीं चाहता।'

रत्नसिंह ने इस सरल, अनुरक्त आग्रह से विह्वल होकर चिंता को गले लगा लिया और बोले - 'मैं सबेरे तक लौट आऊंगा, प्रिये।'

चिंता पति के गले में हाथ डालकर आंखों में आंसू भरे बोली - 'मुझे भय है, तुम बहुत दिनों में लौटोगे। मेरा मन तुम्हारे साथ रहेगा। जाओ, पर रोज खबर भेजते रहना। तुम्हारे पैरों पड़ती हूं अवसर का विचार करके धावा करना। तुम्हारी आदत है कि शत्रु को देखते ही आकुल हो जाते हो, और जान पर खेलकर टूट पड़ते हो। तुमसे मेरा यही अनुरोध है कि अवसर देखकर काम करना। जाओ, जिस तरह पीठ दिखाते हो, उसी तरह मुंह दिखाओ।'

चिंता का हृदय कातर हो रहा था। जहां पहले केवल विजय-लालसा का आधिपत्य था, अब भोग-लालसा की प्रधानता थी। वही वीर-बाला, जो सिंहनी की तरह गरज कर शत्रुओं के कलेजे को कंपा देती थी, आज इतनी दुर्बल हो रही थी कि जब रत्नसिंह घोड़े पर सवार हुआ, तो आप उसकी कुशल-कामना से मन-ही-मन देवी की मनौतियां कर रही थी। जब तक वह वृक्षों की ओट में छिप न गया, वह खड़ी उसे देखती रही, फिर वह किले के सबसे ऊंचे बुर्ज पर चढ़ गयी

और घंटों उसी तरफ ताकती रही। वहां शून्य था, पहाड़ियों ने कभी का रत्नसिंह को अपनी ओट में छिपा लिया था, पर चिंता को ऐसे जान पड़ता था कि वे सामने चले जा रहे हैं। जब उषा की लोहित छवि वृक्ष की आड़ से झांकने लगी तो उसकी मोह-विस्मृति टूट गई। मालूम हुआ, चारों तरफ शून्य है। वह रोती हुई बुर्ज से उतरी और शय्या पर मुंह ढांपकर रोने लगी।

6

रत्नसिंह के साथ मुश्किल से सौ आदमी थे, किन्तु सभी मजे हुए, अवसर और संख्या को तुच्छ समझने वाले, अपनी जान के दुश्मन। वीरोल्लास से भरे एक वीर-रस पद गाते हुए घोड़ों को बढ़ाए चले जाते थे -

'बांकी तेरी पाग सिपाही, इसकी रखना लाज।
तेग-तवर कुछ काम न आये, बख्तर-ढाल व्यर्थ हो जावे।
रखियों मन में लाग, सिपाही बांकी तेरी पाग।
इसकी रखना लाज।'

पहाड़ियां इन वीर-स्वरों से गूंज रही थी। घोड़ों की टाप ताल दे रही थी। यहां तक कि रात बीत गई। सूर्य ने अपनी आंखें खोल दी और इन वीरों पर अपनी स्वर्ण-छटा की वर्षा करने लगा।

वही रक्तमय प्रकाश में शत्रुओं की सेना एक पहाड़ी पर पड़ाव डाले हुए नजर आई। रतनसिंह सिर झुकाए, वियोग-व्यथित हृदय को दबाए, मंद गति से पीछे पीछे चला जाता था। कदम आगे बढ़ता था, पर मन पीछे हटता। आज जीवन में पहली बार दुश्चिंताओं ने उसे आशंकित कर रखा था। कौन जानता है, लड़ाई का अंत क्या होगा। जिस स्वर्ग-सुख को छोड़कर वह आया था, उसकी स्मृतियां रह-रहकर उसके हृदय को मसोस रही थी। चिंता की सजल आंखें याद आती थीं और जी चाहता था, घोड़े की रास पीछे मोड़ दे। प्रतिक्षण रणोत्साह क्षीण होता जाता था, सहसा एक सरदार ने समीप आकर कहा - 'भैया, यह देखो, ऊंची पहाड़ी पर शत्रु डेरे डाले पड़ा है। तुम्हारी अब क्या राय है? हमारी तो यही इच्छा है कि तुरंत उन पर धावा कर दें। गाफिल पड़े हुए है, भाग खड़े होंगे। देर करने से वह भी संभल जायेंगे और तब मामला नाजुक हो जायेगा। एक हजार से कम न होंगे।'

रत्नसिंह ने चिंतित नेत्रों से शत्रु-दल की ओर देखकर कहा - हां, मालूम तो होता है।

सिपाही - तो धावा कर दिया जाये न?

रत्न - जैसी तुम्हारी इच्छा। संख्या अधिक है, सोच लो।

सिपाही इसकी परवाह नहीं। हम इससे बड़ी सेनाओं को परास्त कर चुके हैं।

रत्न! - यह सच है; पर आग में कूदना ठीक नहीं।

सिपाही - भैया, तुम कहते क्या हो? सिपाही का तो जीवन ही आग में कूदने के लिए है। तुम्हारे हुक्म की देर है, फिर हमारा जीवन देखना।

रत्न - अभी हम लोग बहुत थके हुए हैं। जरा विश्राम कर लेना अच्छा है।

सिपाही - नहीं भैया, उन सब को हमारी आहट मिल गई, तो गजब हो जायेगा।

रत्न - तो फिर धावा ही कर दो।

एक क्षण में योद्धाओं ने घोड़ों की बागें उठा दी, और अस्त्र संभाले हुए शत्रुसेना पर लपके,किंतु पहाड़ी पर पहुंचते ही इन लोगों ने उसके विषय में जो अनुमान किया था, वह मिथ्या था। वह सजग ही न थे, स्वयं किले पर धावा करने की तैयारियां भी कर रहे थे। इन लोगों ने जब उन्हें सामने आते देखा, तो समझ गए कि भूल हुई लेकिन अब सामना करने के सिवा चारा ही क्या था। फिर भी वे निराश न थे। रत्नसिंह जैसे कुशल योद्धा के साथ इन्हें कोई शंका न थी। वह इससे भी कठिन अवसरों पर अपने रण-कौशल से विजय-लाभ कर चुका था। क्या आज वह अपना जौहर न दिखाएगा? सारी आंखें रत्नसिंह को खोज रही थी, पर उसका वहां कहीं पता न था। कहां चला गया? यह कोई न जनता था।

पर वह कहीं नहीं जा सकता। अपने साथियों को इस कठिन अवस्था में छोड़कर वह कहीं नहीं जा सकता - सम्भव नहीं। अवश्य ही वह यही हैं, और हारी हुई बाजी को जिताने की कोई युक्ति सोच रहा है।

एक क्षण में शत्रु इनके सामने आ पहुंचे। इतनी बहुसंख्यक सेना के सामने ये मुट्ठी भर आदमी क्या कर सकते थे? चारों ओर से रत्नसिंह की पुकार होने लगी - भैया, तुम कहां हो? हमें क्या हुक्म देते हो? देखते हो, वे लोग सामने आ पहुंचे पर तुम अभी मौन खड़े हो। सामने आकर हमें मार्ग दिखाओ, हमारा उत्साह बढ़ाओ पर अब भी रत्नसिंह न दिखाई दिया। यहां तक कि शत्रु-दल सिर पर आ पहुंचा, और दोनों दलों में तलवारें चलने लगी। बुंदेलों ने प्राण हथेली पर लेकर लड़ना शुरू किया पर एक को एक बहुत होता है। एक और दस का मुकाबला ही क्या? यह लड़ाई न थी, प्राणों का जुआ था। बुंदेलों में निराशा का अलौकिक बल था। खूब लड़े, पर क्या मजाल कि कदम पीछे हटे। उनमें अब जरा भी संगठन न था। जिससे जितना आगे बढ़ते बना, बढ़ा। अन्त क्या होगा, इसकी किसी को चिंता न थी। कोई तो शत्रुओं की सफें चीरता हुआ सेनापति के समीप पहुंच गया, कोई उनके हाथी पर चढ़ने की चेष्टा करते मारा गया। उनका अमानुषिक साहस देखकर शत्रुओं के मुंह से भी वाह-वाह निकलती थी लेकिन ऐसे योद्धाओं ने नाम पाया है, विजय नहीं पायी। एक घंटे में रंगमंच का परदा गिर गया, तमाशा खत्म हो गया। एक आंधी थी, जो आई और वृक्षों को उखाड़ती हुई चली गई। सगंठित रहकर ये ही मुट्ठी भर आदमी दुश्मनों के दांत खट्टे कर देते, पर जिस पर संगठन का भार था, उसका कहीं पता न था।

विजयी मरहठों ने एक-एक लाश ध्यान से देखी। रत्नसिंह उनकी आंखों में खटकता था। उसी पर उनके दांत लगे थे। रत्नसिंह के जीते-जी उन्हें नींद न आती थी। लोगों ने पहाड़ी की एक-एक चट्टान का मंथन कर डाला, पर रत्न न हाथ आया। विजय हुई पर अधूरी।

7

चिंता के हृदय में आज न जाने क्यों भांति-भांति की शंकाएं उठ रही थी। वह कभी इतनी दुर्बल न थी। बुंदेलों की हार ही क्यों होगी? इसका कोई कारण तो वह न बता सकती थी, पर यह भावना उसके विकल हृदय से किसी तरह निकलती थी। उस अभागिन के भाग्य में प्रेम का सुख भोगना लिखा होता, तो क्या बचपन ही में मां मर जाती, पिता के साथ वन-वन घूमना पड़ता, खोहों और कंदराओं में रहना पड़ता, और वह आश्रय भी तो बहुत दिन न रहा। पिता भी मुंह मोड़कर चल दिए। तब से उसे एक दिन भी तो आराम से बैठना नसीब न हुआ। विधना क्या अब अपना क्रूर कौतुक छोड़ देगा? आह! उसके दुर्बल हृदय में इस समय एक विचित्र भावना उत्पन्न हुई - ईश्वर उसके प्रियतम को आज सकुशल लाये, तो वह उसे लेकर किसी दूर के गांव में जा बसेगी। पतिदेव की सेवा और आराधना में जीवन सफल करेगी। इस संग्राम से सदा के लिए मुंह मोड़ लेगी। आज पहली बार नारीत्व का भाव उसके मन में जागृत हुआ।

संध्या हो गई थी, सूर्य भगवान् किसी हारे हुए सिपाही की भांति मस्तक झुकाते कोई आड़ खोज रहे थे। सहसा एक सिपाही नंगे सिर-पांव, निरस्त्र उसके सामने आकर खड़ा हो गया। चिंता पर वज्रपात हो गया। एक क्षण तक मर्माहत-सी बैठी रही फिर उठकर घबराई हुई सैनिक के पास आयी, और आतुर स्वर में पूछा - 'कौन-कौन बचा?'

सैनिक ने कहा - कोई नहीं?

'कोई नहीं? कोई नहीं?'

चिंता सिर पकड़कर भूमि पर बैठ गई। सैनिक ने फिर कहा - 'मरहठे समीप आ पहुंचे। समीप आ पहुंचे?'

'बहुत समीप।'

'तो तुरन्त चिता तैयार करो। समय नहीं है।'

'अभी हम लोग तो सिर कटाने को हाजिर ही हैं।'

'तुम्हारी जैसी इच्छा। मेरे कर्त्तव्य का तो यही अंत है।'

'किला बंद करके हम महीनों लड़ सकते हैं।'

'तो जाकर लड़ें। मेरी लड़ाई अब किसी से नहीं। '

एक ओर अंधकार प्रकाश को पैरों तले कुचलता चला आता था, दूसरी ओर विजयी मरहठे लहराते हुए खेतों को। और किले में चिता बन रही थी। ज्यों ही दीपक जले, चिता में आग लगी। सती-चिता सोलहों-श्रृंगार किए, अनुपम छवि दिखाती हुई, प्रसन्न-मुख अग्नि-मार्ग से पतिलोक की यात्रा करने जा रही थी।

8

चिता के चारों ओर स्त्री और पुरुष जमा थे। शत्रुओं ने किले को घेर लिया है, इसकी किसी को फिक्र न थी। शोक और संताप से सबके चेहरे उदास और सिर झुके हुए थे। अभी कल इसी आंगन में विवाह-मंडप सजाया गया था। जहां इस समय चिता सुलग रही है, वहीं कल हवन-कुंड था। कल भी इसी भांति अग्नि की लपटें उठ रही थी, इसी भांति लोग जमा थे, पर आज और कल के दृश्यों में कितना अंतर है! हां, स्थूल नेत्रों के लिए अंतर हो सकता है, पर वास्तव में यह उसी यज्ञ की पूर्णाहुति है, उसी प्रतिभा का पालन है।

सहसा घोड़े की टापों की आवाजें सुनाई देने लगी। मालूम होता था, कोई सिपाही घोड़े को सरपट भगाता चला आ रहा है। एक क्षण में टापों को आवाज बंद हो गई, और एक सैनिक आंगन में दौड़ा हुआ आ पहुंचा। लोगों ने चकित होकर देखा, यह रत्नसिंह था।

रत्नसिंह चिंता के पास जाकर हांफता हुआ बोला - 'प्रिये, मैं तो अभी जीवित हूं, यह तुमने क्या कर डाला?'

चिंता में आग लग चुकी थी। चिंता की साड़ी से अग्नि की ज्वाला निकल रही थी। रत्नसिंह उन्मत्त की भांति चिता में घुस गया, और चिंता का हाथ पकड़कर उठाने लगा। लोगों ने चारों ओर से लपक-लपक कर चिता की लकड़ियां हटानी शुरू की, पर चिंता ने पति की ओर आंख उठाकर भी न देखा, केवल हाथों से उसे हट जाने का संकेत किया।

रत्नसिंह सिर पीटकर बोला - 'हाय प्रिये, तुम्हें क्या हो गया? मेरी ओर देखती क्यों नहीं? मैं तो जीवित हूं।'

चिता से आवाज आयी - 'तुम्हारा नाम रत्नसिंह है, पर तुम मेरे रत्नसिंह नहीं हो।' 'तुम मेरी तरफ देखो तो, मैं ही तुम्हारा दास, तुम्हारा उपासक, तुम्हारा पति हूं।'

'मेरे पति ने वीर-गति पायी।'

'हाय! कैसे समझाऊं! अरे लोगों, किसी भांति अग्नि को शांत करो।'

'मैं रत्नसिंह ही हूं प्रिये, क्या तुम मुझे पहचानती नहीं हो?'

अग्नि-शिखा चिंता के सुख तक पहुंच गई। अग्नि में कमल खिल गया। चिंता स्पष्ट स्वर में बोली - 'खूब पहचानती हूं। तुम मेरे रत्नसिंह नहीं। मेरा रत्नसिंह सच्चा शूर था। वह आत्मरक्षा के लिए, इस तुच्छ देह को बचाने के लिए, अपने क्षत्रिय-धर्म का परित्याग न कर सकता था। मैं

जिस पुरुष के चरणों की दासी बनी थी, वह देवलोक में विराजमान है। रत्नसिंह को बदनाम मत करो। वह वीर राजपूत था, रण-क्षेत्र से भागने वाला कायर नहीं।'

अन्तिम शब्द निकले ही थे कि अग्नि ज्वाला चिंता के सिर के ऊपर जा पहुंची। फिर एक क्षण में वह अनुपम रूप-राशि, वह आदर्श वीरता की उपासिका, वह सच्ची सती अग्नि-राशि में विलीन हो गई।

रत्नसिंह चुपचाप, हतबुद्धि-सा खड़ा यह शोकमय दृश्य देखता रहा। फिर अचानक एक ठंडी सांस खींचकर उसी चिता में कूद पड़ा।

* * *

हिंसा परमो धर्म:

दुनिया में कुछ ऐसे लोग भी होते हैं, जो किसी के नौकर न होते हुए सबके नौकर होते हैं, जिन्हें कुछ अपना खास काम न होने पर भी सिर उठाने की फुरसत नहीं होती। जामिद इसी श्रेणी के मनुष्यों में था। बिलकुल बेफिक्र, न किसी से दोस्ती, न किसी से दुश्मनी। जो जरा हंसकर बोला, उसका बे-दाम का गुलाम हो गया। बे-काम का काम करने में उसे मजा आता था। गांव में कोई बीमार पड़े, वह रोगी की सेवा-सुश्रूषा के लिए हाजिर है। कहिए, तो आधी रात को हकीम के घर चला जाये, किसी जड़ी-बूटी की तलाश में मंजिलों की खाक छान आये। मुमकिन न था कि किसी गरीब पर अत्याचार होते देखे और चुप रह जाय। फिर चाहे कोई उसे मार ही डाले, वह हिमायत करने से बाज न आता था। ऐसे सैकड़ों ही मौके उसके सामने आ चुके थे। कांस्टेबल से आये दिन उसकी छेड़-छाड़ होती ही रहती थी। इसलिए लोग उसे बौड़म समझते थे। और बात भी यह थी। जो आदमी किसी का बोझ भारी देखकर, उससे छीनकर अपने सिर पर ले ले, किसी का छप्पर उठाने या आग बुझाने के लिए कोसों दौड़ा चला जाय, उसे समझदार कौन कहेगा? सारांश यह कि उसकी जात से दूसरों को चाहे कितना फायदा पहुंचे, अपना कोई उपकार न होता था। यहां तक कि वह रोटियों के लिए भी दूसरों का मोहताज था। दीवाना तो वह था, और उसका गम दूसरे खाते थे।

2

आखिर जब लोगों ने बहुत धिक्कारा - क्यों अपना जीवन नष्ट कर रहे हो? तुम दूसरों के लिए मरते हो, कोई तुम्हारा भी पूछने वाला है? अगर एक दिन बीमार पड़ जाओ, तो कोई चुल्लू भर पानी न दे, जब तक दूसरों की सेवा करते हो, लोग खैरात समझकर खाने को दे देते है, जिस दिन आ पड़ेगी, कोई सीधे मुंह बात भी न करेगा, तब जामिद की आंखें खुली। बरतन-भांड़ा कुछ था ही नहीं। एक दिन उठा, और एक तरफ की राह ली। दो दिन के बाद एक शहर में पहुंचा। शहर बहुत बड़ा था। महल आसमान से बातें करने वाले। सड़कें चौड़ी और साफ। बाजार गुलज़ार, मस्जिदों और मंदिरों की संख्या अगर मकानों से अधिक न थी, तो कम भी नहीं।

देहात में न तो कोई मस्जिद थी, न कोई मंदिर। मुसलमान लोग एक चबूतरे पर नमाज पढ़ लेते थे। हिंदू एक वृक्ष के नीचे पानी चढ़ा दिया करते थे। नगर में धर्म का यह माहात्म्य देखकर जामिद को बड़ा कुतूहल और आनंद हुआ। उसकी दृष्टि में मजहब का जितना सम्मान था, उतना और किसी सांसारिक वस्तु का नहीं। वह सोचने लगा - ये लोग कितने ईमान के पक्के, कितने सत्यवादी हैं। इनमें कितनी दया, कितना विवेक, कितनी सहानुभूति होगी, तभी तो खुदा ने इन्हें

इतना माना है। वह हर आने-जानेवाले को श्रद्धा की दृष्टि से देखता और उसके सामने विजय से सर झुकाता था। यहां के सभी प्राणी उसे देवता-तुल्य मालूम होते थे।

घूमते-घूमते सांझ हो गई। वह थककर एक मंदिर के चबूतरे पर जा बैठा। मंदिर बहुत बड़ा था। ऊपर सुनहला कलश चमक रहा था। जगमोहन पर संगमरमर के चौके जड़े हुए थे, मगर आंगन में जगह-जगह गोबर और कूड़ा पड़ा था। जामिद को गंदगी से चिढ़ थी, देवालय की यह दशा देखकर उससे न रहा गया। इधर-उधर निगाह दौड़ाई कि कहीं झाड़ू मिल जाय, तो साफ कर दे, पर झाड़ू कहीं नजर न आई। विवश होकर उसने दामन से चबूतरे को साफ करना शुरू कर दिया।

जरा देर में भक्तों का जमाव होने लगा। उन्होंने जामिद को चबूतरा साफ करते देखा, तो आपस में बातें करने लगे -

'है तो मुसलमान।'

'मेहतर होगा।'

'नहीं, मेहतर अपने दामन से सफाई नहीं करता। कोई पागल मालूम होता है।'

'उधर का भेदिया न हो।'

'नहीं, चेहरे से बड़ा गरीब मालूम होता है।'

'हसन निजामी का कोई मुरीद होगा।'

'अजी, गोबर के लालच से सफाई कर रहा है। कोई भठियारा होगा (जामिद से) गोबर न ले जाना बे, समझा? कहां रहता है?

'परदेशी मुसाफिर हूं साहब, मुझे गोबर लेकर क्या करना है। ठाकुरजी का मंदिर देखा, तो आकर बैठ गया। कूड़ा पड़ा हुआ था। मैंने सोचा, धर्मात्मा लोग आते होंगे, सफाई करने लगा।'

'तुम तो मुसलमान हो न?'

'ठाकुरजी जो सबके ठाकुरजी हैं - क्या हिंदू क्या मुसलमान।'

'तुम ठाकुरजी को जानते हो?'

'ठाकुरजी को कौन न मानेगा, साहब? जिसने पैदा किया, उसे न मानूंगा तो किसे मानूंगा?'

भक्तों में यह सलाह होने लगी- 'देहाती है।'

'फांस लेना चाहिए, जाने न पाए।'

3

जामिद फांस लिया गया। उसका आदर-सत्कार होने लगा। एक हवादार मकान रहने को मिला। दोनों वक्त उत्तम पदार्थ खाने को मिलने लगे। दो-चार आदमी हरदम उसे घेरे रहते।

जामिद को भजन खूब याद थे। गला भी अच्छा था। वह रोज मंदिर में जाकर कीर्तन करता। भक्ति के साथ स्वर-लालित्य भी हो, तो फिर क्या पूछना। लोगों पर उसके कीर्तन का बड़ा असर पड़ता। कितने ही लोग संगीत के लोभ से ही मंदिर में आने लगे। सबको विश्वास हो गया कि भगवान् ने यह शिकार चुनकर भेजा है।

एक दिन मंदिर में बहुत-से आदमी जमा हुए थे। आंगन में फर्श बिछाया गया। जामिद का सिर मुड़ा दिया गया। नए कपड़े पहनाये। हवन हुआ। जामिद के हाथों से मिठाई बांटी गई। वह अपने आश्रयदाताओं की उदारता और धर्मनिष्ठा का और भी कायल हो गया। ये लोग कितने सज्जन हैं, मुझ-जैसे फटेहाल परदेशी की इतनी खातिर। इसी को सच्चा धर्म कहते हैं। जामिद को जीवन में कभी इतना सम्मान न मिला था। यहां वही सैलानी युवक, जिसे लोग बौड़म कहते थे, भक्तों का सिरमौर बना हुआ था। सैकड़ों ही आदमी केवल इसके दर्शनों को आते थे। उसकी प्रकांड विद्वता की कितनी की कथाएं प्रचलित हो गई। पत्रों में यह समाचार निकला कि एक बड़े आलिम मौलवी साहब की शुद्धि हुई है। सीधा-सादा जामिद इस सम्मान का रहस्य कुछ न समझता था। ऐसे धर्म-परायण सहृदय प्राणियों के लिए वह क्या कुछ न करता? वह नित्य पूजा करता, भजन गाता था। उसके लिए यह कोई नई बात न थी। अपने गांव में भी वह बराबर सत्यनारायण की कथा में बैठा करता था। भजन-कीर्तन किया करता था। अंतर यही था कि देहात में उसकी कद्र न थी। यहां सब उसके भक्त थे।

एक दिन जामिद कई भक्तों के साथ बैठा हुआ कोई पुराण पढ़ रहा था, तो क्या देखता है कि सामने सड़क पर एक बलिष्ठ युवक, माथे पर तिलक लगाए, जनेऊ पहने, एक बूढ़े दुर्बल मनुष्य को मार रहा है। बुड्ढा रोता है, गिड़गिड़ाया है और पैरों पर पड़ कर कहता है कि महाराज, मेरा कसूर माफ करो, किंतु तिलकधारी युवक को उस पर जरा भी दया नहीं आती। जामिद का रक्त खौल उठा। ऐसे दृश्य देखकर वह शांत न बैठ सकता था। तुरन्त कूदकर बाहर निकला, और युवक के सामने आकर बोला - 'बुड्ढे को क्यों मारते हो, भाई? तुम्हें इस पर जरा भी दया नहीं आती।'

युवक - 'मैं मारते-मारते इसकी हड्डियां तोड़ दूंगा।'

जामिद - 'आख़िर इसने क्या कसूर किया है? कुछ मालूम भी तो हो।'

युवक - 'इसकी मुर्गी हमारे घर में घुस गई थी, और सारा घर गंदा कर आई।'

जामिद - 'तो क्या इसने मुर्गी को सिखा दिया था कि तुम्हारा घर गंदा कर आए?'

बुड्ढा - 'खुदावंत, मैं तो उसे बराबर खांचे में ढांपे रहता हूं। आज गफलत हो गई, कहता हूं महाराज, कसूर माफ करो, मगर नहीं मानते। हुजूर मारते-मारते अधमरा कर दिया।'

युवक - 'अभी नहीं मारा है, अब मारूंगा- खोदकर गाड़ दूंगा।'

जामिद - 'खोदकर गाड़ दोगे भाई साहब, तो तुम भी यों न खड़े रहोगे। समझ गए? अगर फिर हाथ उठाया तो, अच्छा न होगा।'

जवान को अपनी ताकत का नशा था। उसने फिर बुड्ढे को चांटा लगाया, पर चांटा पड़ने के पहले ही जामिद ने उसकी गर्दन पकड़ ली। दोनों में मल्ल-युद्ध होने लगा। जामिद करारा जवान था। युवक को पटकनी दी, तो चारों खाने चित्त गिर गया। उसका गिरना था कि भक्तों का समुदाय, जो अब तक मंदिर में बैठा तमाशा देख रहा था, लपक पड़ा और जामिद पर चारों तरफ से चोटें पड़ने लगी। जामिद की समझ में न आता था कि लोग मुझे क्यों मार रहे हैं। कोई कुछ नहीं पूछता। तिलकधारी जवान को कोई कुछ नहीं कहता। बस, जो आता है, मुझ पर हाथ साफ करता है। आखिर वह बेदम होकर गिर पड़ा। तब लोगों में बातें होने लगीं।

'दगा दे गया।'

'धत तरी जात की, कभी म्लेच्छ से भलाई की आशा न रखनी चाहिए। कौआ कौओं ही के साथ मिलेगा। कमीना जब करेगा, कमीनापन। इसे कोई पूछता न था, मंदिर में झाडू लगा रहा था। देह पर कपड़े का तार भी न था, हमने इसका सम्मान किया, पशु से आदमी बना दिया, फिर भी अपना न हुआ।'

'इनके धर्म का तो मूल ही यही है।'

जामिद रात भर सड़क के किनारे पड़ा दर्द से कराहता रहा, उसे मार खाने का दु:ख न था। ऐसी यातनाएं वह कितनी बार भोग चुका था। उसे दु:ख और आश्चर्य केवल इस बात का था कि इन लोगों ने क्यों एक दिन मेरा इतना सम्मान किया, और क्यों आज अकारण ही मेरी इतनी दुर्गति की? इनकी वह सज्जनता कहां गई? मैं तो वहीं हूं मैंने कोई कसूर भी नहीं किया। मैंने तो वही किया, जो ऐसी दशा में सभी को करना चाहिए। फिर इन लोगों ने मुझ पर क्यों इतना अत्याचार किया है? देवता क्यों राक्षस बन गए?

वह रात भर इसी उलझन में पड़ा रहा। प्रात:काल उठकर एक तरफ की राह ली।

जामिद अभी थोड़ी ही दूर गया था कि वही बुड्ढा उसे मिला। उसे देखते ही वह बोला- 'कसम खुदा की, तुमने कल मेरी जान बचा दी। सुना, जालिमों ने तुम्हें बुरी तरह पीटा। मैं तो मौका पाते ही निकल भागा। अब तक कहां थे? यहां लोग रात ही से तुमसे मिलने के लिए बेकरार है। काजी साहब रात ही से तुम्हारी तलाश में निकले थे, मगर तुम न मिले। कल हम दोनों अकेले पड़ गए थे। दुश्मनों ने हमें पीट लिया। नमाज का वक्त था, जहां सब लोग मस्जिद में थे, अगर जरा भी खबर हो जाती, तो एक हजार लठैत पहुंच जाते। तब आटे-दाल का भाव मालूम होता। कसम खुदा की, आज से मैंने तीन कोड़ी मुर्गियां पाली हैं। देखूं, पंडितजी महाराज अब क्या करते हैं। कसम खुदा की, काजी साहब ने कहा है, अगर वह लौंडा जरा भी आंखें दिखाए, तो तुम आकर मुझे कहना। या तो बच्चा घर छोड़कर भागेंगे, या हड्डी-पसली तोड़कर रख दी जायेगी।'

जामिद को लिये वह बुड्ढा काजी जोरावर हुसैन के दरवाजे पर पहुंचा। काजी साहब वजू कर रहे थे। जामिद को देखते ही दौड़कर गले लगा लिया और बोले - 'वल्लाह! तुम्हें आंखें ढूंढ रही थी। तुमने अकेले इतने काफिरों के दांत खट्टे कर दिए! क्यों न हो, मोमिन का खून है। काफिरों

की हकीकत क्या! सुना सब-के-सब तुम्हारी शुद्धि करने जा रहे थे, मगर तुमने उनके सारे मनसूबे पलट दिए। इस्लाम को ऐसे ही खादिमों की जरूरत है। तुम-जैसे दीनदारों से इस्लाम का नाम रोशन है। गलती यही हुई कि तुमने एक महीने भर तक सब्र नहीं किया। शादी हो जाने देते, तब मजा आता। एक नाज़नीन साथ लाते, और दौलत मुफ्त! वल्लाह! तुमने उजलत कर दी।'

दिन भर भक्तों का तांता लगा रहा। जामिद को एक नजर देखने को सबको शौक था। सभी उसकी हिम्मत जोर और मजहबी जोश की प्रशंसा करते थे।

4

पहर रात बीत चुकी थी। मुसाफिरों की आमदरफ्त कम हो चली थी। जामिद ने काजी साहब से धर्म-ग्रंथ पढ़ा शुरू किया था। उन्होंने उसके लिए अपने बगल का कमरा खाली कर दिया था। वह काजी साहब से सबक लेकर आया, और सोने जा रहा था कि सहसा से दरवाजे पर एक तांगे के रुकने की आवाज सुनाई दी। काजी साहब के मुरीद अक्सर आया करते थे। जामिद ने सोचा, कोई मुरीद आया होगा। नीचे आया, तो देखा - एक स्त्री तांगे से उतरकर बरामदे में खड़ी है, और तांगे वाला उसका असबाब उतार रहा है।

महिला ने मकान इधर-उधर देखकर कहा - 'नहीं जी, मुझे अच्छी तरह ख्याल है, यह उनका मकान नहीं है। शायद तुम भूल गए हो।'

तांगे वाला - 'हुजूर तो मानती ही नहीं। कह दिया कि बाबू साहब ने मकान तब्दील कर दिया है। ऊपर चलिए।'

स्त्री ने कुछ झिझकते हुए कहा - 'बुलाते क्यों नहीं? आवाज दो।'

तांगे वाले - 'ओ साहब, आवाज क्या दूं, जब जानता हूं कि साहब का मकान यहीं है, तो नाहक चिल्लाने से क्या फायदा? बेचारे आराम कर रहे होंगे। आराम में खलल पड़ेगा! आप निसाखातिर रहिए। चलिए, ऊपर चलिए।'

औरत ऊपर चली। पीछे-पीछे तांगे वाला असबाब लिए हुए चला। जामिद गुम-सुम नीचे खड़ा रहा। यह रहस्य उसकी समझ में न आया।

तांगे वाले की आवाज सुनते ही काजी साहब छत पर निकल आये, और एक औरत को आते देख, कमरे की खिड़कियां चारों तरफ से बंद करके खूंटी पर लटकती तलवार उतार ली, और दरवाजे पर आकर खड़े हो गए।

औरत ने जीना तय करके ज्यों ही छत पर पैर रखा कि काजी साहब को देखकर झिझकी। वह तुरन्त पीछे की तरफ मुड़ना चाहती थी कि काजी साहब ने लपक कर उसका हाथ पकड़ लिया और अपने कमरे में घसीट लाए। इसी बीच में जामिद और तांगे वाला, ये दोनों भी ऊपर आ गए थे। जामिद यह दृश्य देखकर विस्मित हो गया था। यह रहस्य और भी रहस्यमय हो गया था। यह विद्या का सागर, यह न्याय का भंडार, यह नीति, धर्म और दर्शन का आगार, इस समय एक अपरिचित महिला के ऊपर यह घोर अत्याचार कर रहा है। तांगे वाले के साथ वह भी

काशी साहब के कमरे में चला गया। काजी साहब तो स्त्री के दोनों हाथ पकड़े हुए थे। तांगे वाले ने दरवाजा बंद कर दिया।

महिला ने तांगे वाले की ओर खून भरी आंखों से देखकर कहा - 'तू मुझे यहां क्यों लाया?'

काजी साहब ने तलवार चमका कर कहा - 'पहले आराम से बैठ जाओ, सब कुछ मालूम हो जायेगा।'

औरत - 'तुम तो मुझे कोई मौलवी मालूम होते हो? क्या तुम्हें खुदा ने यही सिखाया है कि पराई बहू-बेटियों को जबरदस्ती घर में बंद करके उनकी आबरू बिगाड़ो?'

काजी -'हां, खुदा का यही हुक्म है कि काफिरों को जिस तरह मुमकिन हो, इस्लाम के रास्ते पर लाया जाये। अगर खुशी से न आयें, तो जब्र से।'

औरत - 'इसी तरह अगर कोई तुम्हारी बहू-बेटी को पकड़कर बेआबरु करे, तो?'

काजी - 'हो ही रहा है। जैसा तुम हमारे साथ करोगे, वैसा ही हम तुम्हारे साथ करेंगे। फिर हम तो बेआबरु नहीं करते, सिर्फ अपने मजहब में शामिल करते हैं। इस्लाम कबूल करने से आबरू बढ़ती है, घटी नहीं। हिंदू कौम ने तो हमें मिटा देने का बीड़ा उठाया है। वह इस मुल्क से हमारा निशान मिटा देना चाहती है। धोखे से, लालच से, जब्र से मुसलमानों को बे-दीन बनाया जा रहा है तो मुसलमान बैठे मुंह ताकेंगे?'

औरत - 'हिंदू कभी ऐसा अत्याचार नहीं कर सकता। सम्भव है, तुम लोगों की शरारतों से तंग आकर नीचे दर्जे के लोग इस तरह बदला लेने लगे हों, मगर अब भी कोई सच्चा हिंदू इसे पसंद नहीं करता।'

काजी साहब ने कुछ सोचकर कहा - 'बेशक, पहले इस तरह की शरारत मुसलमान शोहदे किया करते थे। मगर शरीफ लोग इन हरकतों को बुरा समझते थे, और अपने इमकान भर रोकने की कोशिश करते थे। तालीम और तहजीब की तरक्की के साथ कुछ दिनों में यह गुंडापन जरूर गायब हो जाते, मगर अब तो सारी हिंदू कौम हमें निगलने के लिए तैयार बैठी हुई है। फिर हमारे लिए रास्ता ही कौन-सा है? हम कमजोर हैं, इसलिए हमें मजबूर होकर अपने को कायम रखने के लिए दगा से काम लेना पड़ता है, अगर तुम इतना घबराती क्यों हो? तुम्हें यहां किसी बात की तकलीफ न होगी। इस्लाम औरतों के हक का जितना लिहाज करता है, उतना और कोई मजहब नहीं करता। और मुसलमान मर्द तो अपनी औरत पर जान देता है। मेरे यह नौजवान दोस्त (जामिद) तुम्हारे सामने खड़े हैं, इन्हीं के साथ तुम्हारा निकाह कर दिया जाएगा। बस, आराम से जिंदगी के दिन बसर करना।'

औरत - 'मैं तुम्हें और तुम्हारे धर्म को घृणित समझती हूं। तुम कुत्ते हो। इसके सिवा तुम्हारे लिए कोई दूसरा काम नहीं। खैरियत इसी में है कि मुझे जाने दो, नहीं तो मैं अभी शोर मचा दूंगी, और तुम्हारा सारा मौलवीपन निकल जायेगा।'

काजी - 'अगर तुमने जबान खोली, तो तुम्हें जान से हाथ धोना पड़ेगा। बस, इतना समझ लो।'

औरत - 'आबरू के सामने जान की कोई हकीकत नहीं। तुम मेरी जान ले सकते हो, मगर आबरू नहीं ले सकते।'

काजी - 'क्यों नाहक जिद करती हो?'

औरत ने दरवाजे के पास जाकर कहा - 'मैं कहती हूं दरवाजा खोल दो।' जामिद अब तक चुपचाप खड़ा था। ज्यों ही स्त्री दरवाजे की तरफ चली, और काजी साहब ने उसका हाथ पककर खींचा, जामिद ने तुरंत दरवाजा खोल दिया और काजी साहब से बोला - 'इन्हें छोड़ दीजिए।'

काजी - 'क्या बकता है?'

जामिद - 'कुछ नहीं। खैरियत इसी मैं है कि इन्हें छोड़ दीजिए।'

लेकिन जब काजी साहब ने उस महिला का हाथ न छोड़ा और तांगे वाला भी उसे पकड़ने के लिए बढ़ा, तो जामिद ने एक धक्का देकर काजी साहब को धकेल दिया, और उस स्त्री का हाथ पकड़े हुए कमरे से बाहर निकल गया। तांगे वाला पीछे लपका, मगर जामिद ने उसे इतने जोर से धक्का दिया कि वह अंधा मुंह जा गिरा। एक क्षण में जामिद और स्त्री, दोनों सड़क पर थे।

जामिद - 'आपका घर किस मुहल्ले में है?'

औरत - 'अहियागंज में।'

जामिद - 'चलिए, मैं आपको पहुंचा आऊं।'

औरत - 'इससे बड़ी और क्या मेहरबानी होगी। मैं आपकी इस नेकी को कभी न भूलूंगी। आपने आज मेरी आबरू बचा ली, नहीं तो मैं कहीं की न रहती। मुझे अब मालूम हुआ कि अच्छे और बुरे सब जगह होते हैं। मेरे शौहर का नाम पंडित राजकुमार है।'

उसी वक्त एक तांगा सड़क पर आता दिखाई दिया। जामिद ने स्त्री को उस पर बिठा दिया, और खुद बैठा ही चाहता था कि काजी साहब ने जामिद पर डंडा चलाया और डंडा तांगे से टकराया। जामिद तांगे में आ बैठा और तांगा चल दिया।

अहियागंज में पंडित राजकुमार का पता लगाने में कठिनाई न पड़ी। जामिद ने ज्यों ही आवाज दी, वह घबराइए हुए बाहर निकल आये और स्त्री को देखकर बोले - 'तुम कहां रह गई थी, इंदिरा, मैंने तो तुम्हें स्टेशन पर कहीं न देखा। मुझे पहुंचने में जरा देर हो गई थी। तुम्हें इतनी देर कहां लगी?'

इंदिरा ने घर के अंदर कदम रखते ही कहा - 'बड़ी लम्बी कथा है, जरा दम लेने दो, तो बता दूंगी। बस, इतना ही समझ लो कि आज अगर इस मुसलमान ने मेरी मदद न की होती, तो आबरू चली गई थी।'

पंडितजी पूरी कथा सुनने के लिए और भी व्याकुल हो उठे। इंदिरा के साथ वह भी घर में चले गए, पर एक ही मिनट के बाद बाहर आकर जामिद से बोले - 'भाई साहब, शायद आप बनावट समझें, पर मुझे आपके रूप में इस समय अपने इष्टदेव के दर्शन हो रहे हैं। मेरी जबान में इतनी ताकत नहीं कि आपका शुक्रिया अदा कर सकूं। आइए, बैठ जाइए।'

जामिद - 'जी नहीं, अब मुझे इजाजत दीजिए।'

पंडित - 'मैं आपकी इस नेकी का क्या बदला दे सकता हूं?'

जामिद - 'इसका बदला यही है कि इस शरारत का बदला किसी गरीब मुसलमान से न लीजिएगा, मेरी आपसे यही दरखास्त है।'

यह कहकर जामिद चल खड़ा हुआ, और उस अंधेरी रात के सन्नाटे में शहर के बाहर निकल गया। उस शहर की विषाक्त वायु में सांस लेते हुए उसका दम घुटता था। वह जल्द-से-जल्द शहर से भागकर अपने गांव में पहुंचना चाहता था जहां मजहब का नाम सहानुभूति, प्रेम और सौहार्द था। धर्म और धार्मिक लोगों से उसे घृणा हो गई थी।

* * *

बहिष्कार

पंडित ज्ञानचंद्र ने गोविंदी की ओर सतृष्ण नेत्रों से देखकर कहा - मुझे ऐसे निर्दयी प्राणियों से जरा भी सहानुभूति नहीं है। इस बर्बरता की कोई हद है कि जिसके साथ तीन वर्ष जीवन के सुख भोगे, उसे एक जरा-सी बात पर घर से निकाल दिया।

गोविंदी ने आंखें नीची करके पूछा - 'आखिर क्या बात हुई थी?'

ज्ञान - 'कुछ भी नहीं। ऐसी बातों में कोई बात होती है। शिकायत है कि कालिंदी जबान की तेज है। तीन साल तक जबान तेज न थी, आज जबान की तेज हो गई। कुछ नहीं, कोई दूसरी चिड़िया नजर आई होगी। उसके लिए पिंजरे को खाली करना आवश्यक था। बस, यह शिकायत निकल आयी। मेरा बस चले, तो ऐसे दुष्टों को गोली मार दूं। मुझे कई बार कालिंदी से बातचीत करने का अवसर मिला है। मैंने ऐसी हंसमुख दूसरी स्त्री ही नहीं देखी।'

गोविंदी - 'सोमदत्त को समझाया नहीं।'

ज्ञान - 'ऐसे लोग समझाने से नहीं मानते। यह लात का आदमी है, बातों की उसे क्या परवाह? मेरा तो यह विचार है कि जिससे एक बार संबंध हो गया, फिर चाहे वह अच्छी हो या बुरी, उसके साथ जीवन-भर निर्वाह करना चाहिए। मैं तो कहता हूं अगर स्त्री के कुल में कोई दोष भी निकल आए, तो क्षमा से काम लेना चाहिए।'

गोविंदी ने कातर नेत्रों से देखकर कहा - 'ऐसे आदमी तो बहुत कम होते हैं।'

ज्ञान - 'समझ ही में नहीं आता कि जिसके साथ इतने दिन हंसे-बोले, जिसके प्रेम की स्मृतियां हृदय के एक-एक अणु में समाई हुई हैं उसे दर-दर ठोकरें खाने को कैसे छोड़ दिया। कम-से-कम इतना तो करना चाहिए था कि उसे किसी सुरक्षित स्थान पर पहुंचा देते और उसके निर्वाह का कोई प्रबंध कर देते। निर्दयी ने इस तरह घर से निकाला, जैसे कोई कुत्ते को निकाले। बेचारी गांव के बाहर बैठी रो रही है। कौन कह सकता है, कहां जायेगी। शायद मायके में भी कोई नहीं रहा। सोमदत्त के डर के मारे गांव का कोई आदमी उसके पास भी नहीं आता। ऐसे बग्गड़ का क्या ठिकाना जो आदमी स्त्री का न हुआ, वह दूसरे का क्या होगा? उसकी दशा देखकर मेरी आंखों में आंसू भर आए। जी में तो आया, कहूं - बहन, तुम मेरे घर चलो, मगर तब तो सोमदत्त मेरे प्राणों का गाहक हो जाता।'

गोविंदी - 'तुम जरा जाकर एक बार फिर समझाओ। अगर वह किसी की न माने, तो कालिंदी को लेते आना।'

ज्ञान - 'जाऊं?'

गोविंदी - 'हां, अवश्य जाओ, अगर सोमदत्त कुछ खरी-खोटी भी कहे तो सुन लेना।'

ज्ञानचंद ने गोविंदी को गले लगाकर कहा - 'तुम्हारे हृदय में बड़ी दया है। गोविंदी! लो जाता हूं अगर सोमदत्त ने न माना, तो कालिंदी ही को लेता आऊंगा। अभी बहुत दूर न गयी होगी।'

2

तीन वर्ष बीत गए। गोविंदी एक बच्चे की मां हो गई। कालिंदी अभी तक इसी घर में है। उसके पति ने दूसरा विवाह कर लिया है। गोविंदी और कालिंदी में बहनों का-सा प्रेम है। गोविंदी सदैव उसकी दिलजोई करती रहती है। वह इतनी कल्पना भी नहीं करती कि यह कोई गैर है और मेरी रोटियों पर पड़ी हुई है, लेकिन सोमदत्त को कालिंदी का यहां रहना एक आंख नहीं भाता। वह कोई कानूनी कार्रवाई करने की तो हिम्मत नहीं रखता। और इस परिस्थिति में कर ही क्या सकता है, लेकिन ज्ञानचंद्र का सिर नीचा करने के लिए अवसर खोजता रहता है।

संध्या का समय था। ग्रीष्म की ऊष्ण वायु अभी तक बिलकुल शांत नहीं हुई थी। गोविंदी गंगा-जल भरने गयी थी और जल-तट की शीतल निर्जनता का आनंद उठा रही थी, सहसा उसे सोमदत्त आता हुआ दिखाई दिया। गोविंदी ने आंचल से मुंह छिपा लिया और कलश लेकर चलने ही को थी कि सोमदत्त ने सामने आकर कहा - 'जरा ठहरो, गोविंदी, तुमसे एक बात कहना है। तुमसे यह पूछना चाहता हूं कि तुमसे कहूं या ज्ञान से?'

गोविंदी ने धीरे से कहा - 'उन्हीं से कह दीजिए।'

सोम - 'जी तो मेरा भी चाहता है लेकिन तुम्हारी दीनता पर दया आती है। जिस दिन मैं ज्ञानचंद्र से यह बात कह दूंगा, तुम्हें इस घर से निकलना पड़ेगा। मैंने सारी बातों का पता लगा लिया है। तुम्हारा बाप कौन था, तुम्हारी मां की क्या दशा हुई, यह सारी कथा जानता हूं। क्या तुम समझती हो कि ज्ञानचंद्र यह कथा सुनकर तुम्हें अपने घर में रखेगा? उसके विचार कितने ही स्वाधीन हों, पर जीती मक्खी नहीं निगल सकता।'

गोविंदी ने थर-थर कांपते हुए कहा - 'जब आप सारी बातें जानते हैं, तो मैं क्या कहूं? आप जैसा उचित समझें करें, लेकिन मैंने तो आपके साथ कभी कोई बुराई नहीं की।'

सोम - 'तुम लोगों ने गांव में मुझे कहीं मुंह दिखाने के योग्य नहीं रखा, तिस पर कहती हो, मैंने तुम्हारे साथ कोई बुराई नहीं की। तीन साल से कालिंदी को आश्रय देकर मेरी आत्मा को जो कष्ट पहुंचाया है, यह मैं ही जानता हूं। तीन साल से मैं इसी फिक्र में था कि कैसे इस अपमान का दंड दूं। अब वह अवसर पाकर उसे किसी तरह नहीं छोड़ सकता।'

गोविंदी - 'अगर आपकी यही इच्छा है कि मैं यहां न रहूं तो मैं चली जाऊंगी, आज ही चली जाऊंगी, लेकिन उनसे आप कुछ न कहिए। आपके पैरों पड़ती हूं।'

सोम - 'कहां चली जाओगी?'

गोविंदी - 'और कहीं ठिकाना नहीं है, तो गंगाजी तो हैं।'

सोम - 'नहीं गोविंदी, मैं इतना निर्दयी नहीं हूं। मैं केवल इतना चाहता हूं कि तुम कालिंदी को अपने घर से निकाल दो। और मैं कुछ नहीं चाहता। तीन दिन का समय देता हूं खूब सोच-विचार लो। अगर कालिंदी तीसरे दिन तुम्हारे घर से न निकली, तो तुम जाओगी।' सोमदत्त वहां से चला गया। गोविंदी कलसा लिये मूर्ति की भांति खड़ी रह गई। उसके सम्मुख कठिन समस्या आ खड़ी हुई थी, वह थी, कालिंदी! घर में एक ही रह सकती थी। दोनों के लिए उस घर में स्थान न था। क्या कालिंदी के लिए वह अपना घर, स्वर्ग त्याग देगी? कालिंदी अकेली है, पति ने उसे पहले ही छोड़ दिया है, वह जहां चाहे जा सकती है, पर वह अपने प्राणधार और प्यारे बच्चे को छोड़कर कहां जायेगी?

लेकिन कालिंदी से क्या वह क्या कहेगी? जिसके साथ इतने दिनों तक बहनों की तरह रही, उसे क्या वह अपने घर से निकाल देगी? उसका बच्चा कालिंदी से कितना हिला हुआ था, कालिंदी उसे कितना चाहती थी। क्या उस परित्यक्ता दीना को वह अपने घर से निकाल देगी? इसके सिवा और उपाय ही क्या था? उसका जीवन अब एक स्वार्थी, दम्भी व्यक्ति की दया पर अवलम्बित था। क्या अपने पति के प्रेम पर वह भरोसा कर सकती थी। ज्ञानचंद्र सहृदय थे, उदार थे, विचारशील थे, दृढ़ थे, पर क्या उनका प्रेम अपमान, व्यंग्य और बहिष्कार जैसे आघातों को सहन कर सकता था।

3

उसी दिन से गोविंदी और कालिंदी में कुछ पार्थक्य-सा दिखाई देने लगा। दोनों अब बहुत कम साथ बैठतीं। कालिंदी पुकारती - बहन आकर खाना खा लो। गोविंदी कहती - तुम खा लो, मैं फिर खा लूंगी। पहले कालिंदी बालक को सारे दिन खिलाया करती थी, मां के पास केवल दूध पीने जाता था। मगर अब गोविंदी हर दम उसे अपने ही पास रखती है। दोनों के बीच में कोई दीवार खड़ी हो गई है।

कालिंदी बार-बार सोचती है, आजकल मुझसे यह क्यों कटी हुई हैं? पर उसे कोई कारण नहीं दिखाई देता। उसे भय हो रहा है कि कदाचित यह अब मुझे यहां नहीं रखना चाहती। इसी चिंता में गोते खाया करती, किन्तु गोविंदी भी उससे कम चिंतित नहीं है। कालिंदी से वह स्नेह तोड़ना चाहती है, पर उसकी म्लान मूर्ति देखकर उसके हृदय के टुकड़े हो जाते हैं। उससे कुछ कह नहीं सकती। अवहेलना के शब्द मुंह से नहीं निकलते। कदाचित उसे घर से जाते देखकर वह रो पड़ेगी और जबरदस्ती रोक लेगी। इसी हैस-बैस में तीन दिन गुजर गये। कालिंदी घर से न निकली। तीसरे दिन संध्या समय सोमदत्त नदी के तट पर बड़ी देर तक खड़ा रहा। अंत में चारों और अंधेरा छा गया। फिर भी पीछे फिर-फिरकर जल-तट की ओर देखता जाता था।

रात के दस बज गए हैं। अभी ज्ञानचंद्र घर नहीं आये। गोविंदी घबरा रही है। उन्हें इतनी देर तो कभी नहीं होती थी। आज इतनी देर कहां लगा रहे हैं? शंका से उसका हृदय कांप रहा है।

सहसा मरदाने कमरे का द्वार खुलने की आवाज आयी। गोविंदी दौड़ी हुई बैठक में आयी लेकिन पति का मुख देखते ही उसकी सारी देह शिथिल पड़ गई, उस मुख पर हास्य था, पर उस

हास्य में भाग्य-तिरस्कार झलक रहा था। विधि वाम ने ऐसे सीधे-सादे मनुष्य को ही अपनी क्रीड़ा-कौशल के लिए चुन लिया। क्या वह रहस्य रोने के योग्य था? रहस्य रोने की वस्तु नहीं, हंसने की वस्तु है।

ज्ञानचंद्र ने गोविंदी की ओर नहीं देखा। कपड़े उतारकर सावधानी से अलगनी पर रखे, जूता उतारा और फर्श पर बैठकर एक पुस्तक के पन्ने पलटने लगा।

गोविंदी ने डरते-डरते कहा - 'आज इतनी देर कहां की? भोजन ठंडा हो रहा है।'

ज्ञान - 'अब बिलकुल भूख नहीं है।'

गोविंदी - 'तो मैं भी जाकर सो रहती हूं।'

ज्ञानचंद्र ने अब गोविंदी की तरफ देखकर कहा - 'क्यों? तुम क्यों न खाओगी?' वह और कुछ न कह सकी। गला भर आया।

ज्ञानचंद्र ने समीप आकर कहा - 'मैं सच कहता हूं गोविंदी, एक मित्र के घर भोजन खा आया हूं। तुम जाकर खा लो।'

4

गोविंदी पलंग पर पड़ी हुई चिंता, नैराश्य और विषाद के अपार सागर में गोते खा रही थी। यदि कालिंदी का उसने बहिष्कार कर दिया होता, तो आज उसे इस विपत्ति का सामना न करना पड़ता, किंतु यह अमानवीय व्यवहार उसके लिए असाध्य था और इस दशा में भी उसे इसका दु:ख न था ज्ञानचंद्र की ओर से यों तिरस्कृत होने का भी उसे दु:ख न था। जो ज्ञानचंद्र नित्य धर्म और सज्जनता की डींगे मारा करता, वही आज उसे इतनी निर्दयता से बहिष्कार करता हुआ जान पड़ता था, उस पर उसे लेश मात्र भी दु:ख, क्रोध, या द्वेष न था। उसके मन को केवल एक ही भावना आंदोलित कर रही थी। वह अब इस घर में कैसे रह सकती है? अब तक वह इस घर की स्वामिनी थी। इसलिए न कि वह अपने पति के प्रेम की स्वामिनी थी, पर अब वह प्रेम से वंचित हो गई थी। अब इस घर पर उसका क्या अधिकार था? वह अब अपने पति को मुंह ही कैसे दिखा सकती थी? वह जानती थी, ज्ञानचंद्र अपने मुंह से उसके विरुद्ध एक शब्द भी न निकालेंगे, पर उसके विषय में ऐसी बातें जानकर क्या वह उससे प्रेम कर सकते थे? कदापि नहीं। इस वक्त न-जाने क्या समझकर चुप रहे। सबेरे तूफान उठेगा। कितने ही विचारशील हों, पर अपने समाज से निकाला जाना कौन पसंद करेगा? स्त्रियों की संसार में कमी नहीं। मेरी जगह हजारों मिल जायेंगी। मेरी किसी को क्या परवाह, अब यहां बेहयाई है। आखिर कोई लाठी मारकर थोड़े निकाल देगा। हयादार के लिए आंख का इशारा बहुत है। मुंह से न कहें, मन की बात और भाव छिपे नहीं रहते, लेकिन मीठी निद्रा की गोद में सोये हुए शिशु को देखकर ममता ने उस अशक्त हृदय को और भी कातर कर दिया। अपने इस प्राणों के आधार को वह कैसे छोड़ेगी?

शिशु को उसने गोद में उठा लिया और खड़ी रोती रही। तीन साल कितने आनन्द से गुजरे। उसने समझा था कि इसी भांति सारा जीवन कट जायगा लेकिन उसके भाग्य में इससे अधिक सुख भोगना लिखा ही न था। करुणा वेदना में डूबे हुए ये शब्द उसके मुख से निकल आये - भगवान्! अगर तुम्हें इस भांति मेरी दुर्गति करनी थी, तो तीन साल पहले क्यों न की? उस वक्त यदि तुमने मेरे जीवन का अन्त कर दिया होता, तो मैं तुम्हें धन्यवाद देती। तीन साल तक सौभाग्य के सुरम्य उद्यान में सौरभ, समीर और माधुर्य का आनन्द उठाने के बाद इस उद्यान को उजाड़ दिया। हां! जिस पौधे को उसने अपने प्रेम-जल से सींचा था, वे अब निर्मम दुर्भाग्य के पैरों-तले कितनी निष्ठुरता से कुचले जा रहे थे। ज्ञानचंद्र के शील और स्नेह का स्मरण आया, तो वह रो पड़ी। मृदु स्मृतियां आ-आकर हृदय को मसोसने लगी।

सहसा ज्ञानचंद्र के आने से वह संभल बैठी। कठोर-से-कठोर बातें सुनने के लिए उसने अपने हृदय को कड़ा कर लिया किन्तु ज्ञानचंद्र के मुख पर रोष का चिह्न भी न था। उन्होंने आश्चर्य से पूछ - 'क्या तुम अभी तक सोयी नहीं? जानती हो, कै बजे हैं? बारह से ऊपर हैं।'

गोविंदी ने सहमते हुए कहा - 'तुम भी तो अभी नहीं सोए।'

ज्ञान - 'मैं न सोऊं, तो तुम भी न सोओ, मैं न खाऊं, तो तुम भी न खाओ? मैं बीमार पड़ू, तो तुम भी बीमार पड़ो यह क्यों? मैं तो एक जन्मपत्री बना रहा था। कल देनी होगी। तुम क्या करती रहीं, बोलो?'

इन शब्दों में कितना सरल स्नेह था। क्या तिरस्कार के भाव इतने ललित शब्दों में प्रकट हो सकते हैं? प्रवंचकता क्या इतनी निर्मल हो सकती है? शायद सोमदत्त ने अभी वज्र का प्रहार नहीं किया। अवकाश न मिला होगा, लेकिन ऐसा है, तो आज घर इतनी देर में क्यों आये? भोजन क्यों न किया, मुझसे बोले तक नहीं, आंखें लाल हो रही थी। मेरी ओर आंखें उठाकर देखा तक नहीं। क्या यह सम्भव है कि इनका क्रोध शांत हो गया हो? यह सम्भावना की चरम सीमा से भी बाहर है। तो क्या सोमदत्त को मुझ पर दया आ गई? पत्थर पर दूब जमी? गोविंदी कुछ निश्चय न कर सकी, और जिस भांति गृह-सुख विहीन पथिक वृक्ष की छांह में ही आनन्द से पांव फैलाकर सोता है, उसकी अव्यवस्था ही उसे निश्चिंत देती है, उसी भांति गोविंदी मानसिक व्यग्रता में भी स्वस्थ हो गई। मुस्कुराकर स्नेह-मृदुल स्वर में बोली - 'तुम्हारी ही राह तो देख रही थी।'

यह कहते-कहते गोविंदी का गला भर आया। व्याध के जाल में फड़फड़ाती हुई चिड़िया क्या मीठे राग गा सकती है? ज्ञानचंद्र ने चारपाई पर बैठकर कहा - 'झूठी बात, रोज तो तुम अब तक सो जाया करती थी।'

5

एक सप्ताह बीत गया, पर ज्ञानचंद्र ने गोविंदी से कुछ न पूछा, और न उनके बर्ताव ही से उनके मनोगत भावों का कुछ परिचय मिला। अगर उनके व्यवहारों में कोई नवीनता थी, तो यह कि वह पहले से ही ज्यादा स्नेहशील, निर्द्वन्द्व और प्रफुल्लबदन हो गए। गोविंदी का इतना आदर

और सम्मान उन्होंने कभी नहीं किया था। उनके प्रयत्नशील रहने पर भी गोविंदी उनके मनोभावों को ताड़ रही थी और उसका चित्त प्रतिक्षण शंका से चंचल और क्षुब्ध रहता था। अब उसे इसमें लेश मात्र भी संदेह नहीं था कि सोमदत्त ने आग लगा दी है। गीली लकड़ी में पड़कर वह चिनगारी बुझ जायेगी, या जंगल की सूखी पत्तियां हाहाकार कर के जल उठेंगी, यह कौन जान सकता है? लेकिन इस सप्ताह के गुजरते ही अग्नि का प्रकोप होने लगा।

ज्ञानचंद्र एक महाजन के मुनीम थे। उस महाजन ने कह दिया - मेरे यहां अब आपका काम नहीं, जीविका का दूसरा साधन यजमानी है। यजमान भी एक-एक करके उन्हें जवाब देने लगे। यहां तक कि उनके द्वार पर लोगों का आना-जाना बंद हो गया। आग सूखी पत्तियों में लगकर अब हरे वृक्ष के चारों ओर मंडराने लगी। पर ज्ञानचंद्र के मुख में गोविंदी के प्रति एक भी कटु, अमृदु शब्द न था। वह इस सामाजिक दंड की शायद कुछ परवाह न करते यदि दुर्भाग्यवश इसने उनकी जीविका के द्वार न बंद कर दिए होते।

गोविंदी सब कुछ समझती थी, पर संकोच के मारे कुछ न कह सकती थी। उसी के कारण उसके प्राणप्रिय पति की यह दशा हो रही है, यह उसके लिए डूब मरने की बात थी। पर, कैसे प्राणों का उत्सर्ग करे? कैसे जीवन-मोह से मुक्त हो? इस विपत्ति में स्वामी के प्रति उसके रोम-रोम से शुभ-कामनाएं की सरिता-सी बहती थी, पर मुंह से एक शब्द भी न निकलता था। भाग्य की सबसे निष्ठुर लीला उस दिन हुई, जब कालिंदी भी बिना कुछ कहे-सुने सोमदत्त के घर जा पहुंची। जिसके लिए यह सारी यातनाएं झेलनी पड़ी, उसी ने अंत में बेवफाई की। ज्ञानचंद्र ने सुना, तो केवल मुस्करा दिए, पर गोविंदी इस कुटिल आघात को इतनी शांति से सहन न कर सकी। कालिंदी के प्रति उसके मुख से अप्रिय शब्द निकल ही आए। ज्ञानचंद्र ने कहा - 'उसे व्यर्थ ही कोसती हो प्रिये, उसका कोई दोष नहीं। भगवान हमारी परीक्षा ले रहे हैं। इस वक्त धैर्य के सिवा हमें किसी से कोई आशा न रखनी चाहिए।'

जिन भावों को गोविंदी कई दिनों से अंतस्तल में दबाती चली आती थी, वे धैर्य का बांध टूटते ही बड़े वेग से बाहर निकल पड़े। पति के सम्मुख अपराधियों की भांति हाथ बांधकर उसने कहा - 'स्वामी, मेरे ही कारण आपको यह सारे पापड़ बेलने पड़े रहे हैं। मैं ही आपके कुल की कलंकिनी हूं। क्यों न मुझे किसी ऐसी जगह भेज दीजिए, जहां कोई मेरी सूरत तक न देखे। मैं आपसे सत्य कहती हूं..।'

ज्ञानचंद्र ने गोविंदी को और कुछ न कहने दिया। उसे हृदय से लगाकर बोले - 'प्रिये, ऐसी बातों से मुझे दु:खी न करो। तुम आज भी उतनी ही पवित्र हो, जितनी उस समय थी, जब देवताओं के समक्ष मैंने आजीवन पत्नीव्रत लिया था। तब मुझसे तुम्हारा परिचय न था। अब तो मेरी देह और आत्मा का एक-एक परमाणु तुम्हारे अक्षय प्रेम में आलोकित हो रहा है। उपहास और निंदा की तो बात ही क्या है, दुर्दिन का कठोरतम आघात भी मेरे व्रत को भंग नहीं कर सकता। अगर डूबेंगे तो साथ-साथ डूबेंगे, तेरेंगे तो साथ-साथ तेरेंगे। मेरे जीवन का मुख्य कर्तव्य तुम्हारे प्रति है। संसार इसके पीछे बहुत पीछे है।'

गोविंदी को जान पड़ा, उसके सम्मुख कोई देव-मूर्ति खड़ी है। स्वामी में इतनी श्रद्धा इतनी भक्ति, उसे आज तक कभी न हुई थी। गर्व में उसका मस्तक ऊंचा हो गया और मुख पर स्वर्गीय आभा झलक पड़ी। उसने फिर कहने का साहस न किया।

6

संपन्नता अपमान और बहिष्कार को तुच्छ समझती है। उनके अभाव में ये बाधाएं प्राणांतक हो जाती है। ज्ञानचंद्र दिन-के-दिन घर में पड़े रहते। घर से बाहर निकलने का उन्हें साहस न होता था। जब तक गोविंदी के पास गहने थे, तब तक भोजन की चिंता न थी। किंतु जब यह आधार भी न रह गया, तो हालत और भी खराब हो गई। कभी-कभी निराहार रह जाना पड़ता। अपनी व्यथा किससे कहें, कौन मित्र था? कौन अपना था?

गोविंदी पहले भी हृष्ट-पुष्ट न थी, पर अब तो अनाहार और अंतर्वेदना के कारण उसकी देह और भी जीर्ण हो गई थी। पहले शिशु के लिए दूध मोल लिया करती थी। अब इसकी सामर्थ्य न थी। बालक दिन-पर दिन दुर्बल होता जाता था मालूम होता था, उसे सूखे का रोग हो गया है। दिन-के-दिन बच्चा खुर्रा खाट पर पड़ा माता को नैराश्य-दृष्टि से देखा करता। कदाचित उसकी बाल-बुद्धि भी अवस्था को समझती थी। कभी किसी वस्तु के लिए हठ न करता। उसकी बालोचित सरलता, चंचलता और क्रीड़ाशीलता ने अब एक दीर्घ, आशाविहीन प्रतीक्षा का रूप धारण कर लिया था। माता-पिता उसकी दशा देखकर मन-ही-मन कुढ़ कर रह जाते थे।

संध्या का समय था। गोविंदी अंधेरे में बालक के सिरहाने चिन्ता में मग्न बैठी थी। आकाश पर बादल छाए हुए थे और हवा के झोंके उसके अर्द्धनग्न शरीर में शर के समान लगते थे। आज दिन भर बच्चे ने कुछ न खाया था। घर में कुछ था ही नहीं। क्षुधाग्नि से बालक छटपटा रहा था, या तो रोना न चाहता था, या उसमें रोने की शक्ति ही न थी।

इतने में ज्ञानचंद्र तेली के यहां से तेल लेकर आ पहुंचे। दीपक के क्षीण प्रकाश में माता ने बालक का मुख देखा, तो सहम उठी। बालक का मुख पीला पड़ गया था और पुतलियां ऊपर चढ़ गयी थीं। उसने घबराकर बालक को गोद में उठाया। देह ठंडी थी। चिल्लाकर बोली - 'हा भगवान् मेरे बचे को क्या हो गया?' ज्ञानचंद्र ने बालक के मुख की ओर देखकर एक ठंडी सांस ली और बोले - 'ईश्वर, क्या सारी दया-दृष्टि हमारे ही ऊपर करोगे?'

गोविंदी - 'हाय! मेरा लाल मारे भूख के शिथिल हो गया है। कोई ऐसा नहीं, जो इसे दो घूंट दूध पिला दे।'

यह कहकर उसके बालक को पति की गोद में दे दिया और एक लुटिया लेकर कालिंदी के घर दूध मांगने चली। जिस कालिंदी ने आज छ: महीने से इस घर की ओर ताका न था, उसी के द्वार पर दूध की भिक्षा मांगने जाते हुए उसे कितनी ग्लानि, कितना संकोच हो रहा था, वह भगवान के सिवा और कौन जान सकता है, यह वही बालक है, जिस पर कालिंदी प्राण देती थी, पर उसकी ओर से अब उसने अपना हृदय इतना कठोर कर लिया था कि घर में कई गाय लगने

पर भी एक चिल्लू दूध न भेजा। उसी की दया-भिक्षा मांगने आज, अंधेरी रात में, भागती हुई गोविंदी दौड़ी जा रही है। माता! तेरे वात्सल्य को धन्य है।

कालिंदी दीपक लिए दालान में खड़ी गाय दुहा रही थी। पहले स्वामिनी बनने के लिए वह सौत से लड़ा करती थी। सेविका का पद उसे स्वीकार न था। अब सेविका का पद स्वीकार करके स्वामिनी बनी हुई थी। गोविंदी को देखकर तुरंत निकल आयी और विस्मय से बोली - 'क्या है बहन, पानी-बूंद में कैसे चली आयीं।' गोविंदी ने सकुचाते हुए कहा - 'लाला बहुत भूखा है कालिंदी! आज दिन भर कुछ नहीं मिला। थोड़ा-दूध लेने आयी हूं?'

कालिंदी भीतर जाकर दूध का मटका लिये बाहर निकल आयी और बोली - 'जितना चाहो, ले लो, गोविंदी! दूध की कौन कमी है? लाला तो अब चलता होगा? बहुत जी चाहता है कि जाकर उसे देख आऊं। लेकिन जाने का हुक्म नहीं है। पेट पालना है, तो हुक्म मानना ही पड़ेगा। तुमने बतलाया तो नहीं, नहीं तो लाला के लिए दूध का तोड़ा थोड़ा ही है। मैं चली क्या आयी कि तुमने उसका मुंह देखने को भी तरसा डाला। कभी पूछता है?

यह कहते हुए कालिंदी ने दूध का मटका गोविंदी के हाथ में रख दिया। गोविंदी की आंखों से आंसू बहने लगे। कालिंदी इतनी दया करेगी, इसकी उसे आशा नहीं थी। जब उसे ज्ञात हुआ कि यह वही दयाशीलता, सेवा-परायण रमणी है, जो पहले थी। लेश मात्र भी अंतर न था। बोली - 'इतना दूध लेकर क्या करूंगी, बहन। इस लुटिया में डाल दो।'

कालिंदी - 'दूध छोटे-बड़े सभी खाते हैं। ले जाओ, (धीरे) यह मत समझो कि तुम्हारे घर से चली आयी, तो बिरानी हो गई। भगवान् की दया से अब यहां किसी बात की चिंता नहीं है। मुझसे कहने भर की देर है। हां, मैं आऊंगी नहीं, इससे लाचार हूं। कल किसी बेला लाला को लेकर नदी किनारे आ जाना, देखने को बहुत जी चाहता है।'

गोविंदी दूध की हांड़ी लिए घर चली। गर्व पूर्ण आनंद के मारे उसके पैर उड़ें जाते थे। ड्योढ़ी मैं पैर रखते ही बोली - 'जरा दिया दिखा देना, यहां सुझाई नहीं देता। ऐसा न हो कि दूध गिर पड़े।'

ज्ञानचंद्र ने दीपक दिखा दिया। गोविंदी ने बालक को अपनी गोद में लेकर कटोरी से दूध-पिलाना चाहा! पर एक घूंट से अधिक कंठ में न गया। बालक ने हिचकी ली और अपनी जीवन लीला समाप्त कर दी।

करुण रोदन से घर गूंज उठा। सारी बस्ती के लोग चौंक पड़े, पर जब मालूम हो गया कि ज्ञानचंद के घर से आवाज आ रही है, तो कोई द्वार पर न आया। रात भर भग्नहृदय दंपत्ति रोते रहे। प्रात:काल ज्ञानचंद्र ने शव उठा लिया और शमशान की ओर चले। सैकड़ों आदमियों ने उन्हें जाते देखा, पर कोई समीप न आया।

7

कुल-मर्यादा संसार की सबसे उत्तम वस्तु है। उस पर प्राण तक न्यौछावर कर दिए जाते है। ज्ञानचंद्र के हाथ से वह वस्तु निकल गई, जिस पर उन्हें गौरव था। वह गर्व, वह आत्मबल, वह

तेज, जो परंपरा ने उनके हृदय में कटु-कूटकर भर दिया था, उसका कुछ अंश तो पहले ही मिट चुका था, बचा-खुचा पुत्र शोक ने मिटा दिया। उन्हें विश्वास हो गया कि उनके अविचार का ईश्वर ने यह दंड दिया है। दुरावस्था, जीर्णता और मानसिक दुर्बलता सभी इस विश्वास को दृढ़ करती थीं। वह गोविंदी को अब भी निर्दोष समझते थे। उसके प्रति एक कटु शब्द उनके मुंह से न निकलता था, न कोई कटु-भाव ही उनके दिल में जगह पाता था। विधि की क्रूर-क्रीड़ा ही उनका सर्वनाश कर रही है, इसमें उन्हें लेश-मात्र भी संदेह न था।

अब यह घर उन्हें फाड़े खाता था। घर के प्राण-से निकल गए थे। अब माता किसे गोद में लेकर चंदा मामा को बुलायेगी, किसे उबटन मलेगी, किसके लिए प्रात:काल हलुवा पकायेगी? सब कुछ शून्य था, मालूम होता था कि उनके हृदय निकाल लिये गए हैं। अपमान, कष्ट, अनाहार, इन सारी विडंबनाओं के होते हुए भी बालक की बाल-क्रीड़ाओं में वे सब-कुछ भूल जाते थे। उसके लालन-पालन में ही अपना जीवन सार्थक समझते थे। अब चारों ओर अंधकार था।

यदि ऐसे मनुष्य हैं, जिन्हें विपत्ति से उत्तेजना और साहस मिलता है, तो ऐसे भी मनुष्य हैं, जो आपत्तिकाल में कर्तव्यहीन, पुरुषार्थहीन और उद्यमहीन हो जाते है। ज्ञानचंद्र शिक्षित थे, योग्य थे। यदि शहर में आकर दौड़-धूप करते, तो उन्हें कहीं-न-कहीं काम मिल जाता। वेतन कम ही सही, रोटियों के तो मोहताज न होते, किन्तु अविश्वास उन्हें घर से निकलने न देता था। कहां जाएं, शहर में उन्हें कौन जानता है? अगर दो-चार परिचित प्राणी हैं भी, तो उन्हें मेरी क्यों परवाह होने लगी? फिर इस दशा में जाएं कैसे? देह पर साबित कपड़े भी नहीं। इसके पहले गोविंदी के लिए कुछ-न-कुछ प्रबन्ध करना आवश्यक था। उसका कोई सुभीता न था। इन्हीं चिन्ताओं में पड़े-पड़े उनके दिन कटते जाते थे। यहां तक कि उन्हें घर से बाहर निकलते भी बड़ा संकोच होता था। गोविंदी ही पर अर्थोपार्जन का भार था। बेचारी दिन में बच्चों के कपड़े सिलती, रात को दूसरों के लिए आटा पीसती। ज्ञानचंद्र सब कुछ देखते थे और माथा ठोंक कर रह जाते थे।

एक दिन भोजन करते हुए ज्ञानचंद्र ने आत्म-धिक्कार के भाव से मुस्करा कर कहा - 'मुझ सा निर्लज्ज पुरुष भी संसार में दूसरा न होगा, जिसे स्त्री की कमाई खाते भी मौत नहीं आती।'

गोविंदी ने भौं सिकोड़ कर कहा - 'तुम्हारे पैरों पड़ती हूं मेरे सामने ऐसी बातें मत किया करो। है तो यह सब मेरे ही कारण?'

ज्ञान - 'तुमने पूर्वजन्म में कोई बड़ा पाप किया था गोविंदी, जो मुझ जैसे निखट्टू के पल्ले पड़ी। मेरे जीते-जी ही तुम विधवा हो। धिक्कार है ऐसे जीवन को।'

गोविंदी 'तुम मेरा ही खून पियो, अगर फिर इस तरह की कोई बात मुंह से निकालो। तुम्हारी दासी बनकर मेरा जन्म सफल हो गया। मैं इसे पूर्व-जन्मों की तपस्या का पुण्य फल समझती हूं। दु:ख-सुख किस पर नहीं आता? तुम्हें भगवान कुशल से रखें, यही मेरी अभिलाषा है।'

ज्ञान - 'भगवान तुम्हारी अभिलाषा पूर्ण करें। खूब चक्की पीसो।'

गोविंदी - 'तुम्हारी बला से चक्की पीसती हूं।'

ज्ञान - 'हां, हां पीसो। मैं मना थोड़े करता हूं। तुम न चक्की पीसोगी, तो यहां मूछों पर ताव देकर खाएगा कौन? अच्छा, आज दाल में घी भी है। ठीक है, अब। मेरी चांदी है, बेड़ा पार लग जायेगा। इस गांव में बड़े-बड़े उच्च-कुल की कन्याएं हैं। अपने वस्त्राभूषणों के सामने उन्हें और किसी की परवाह नहीं। तुममें वह गुण नहीं है। तुम उच्च-कुल की नहीं हो। वाह री दुनिया! ऐसी पवित्र देवियों का तो यहां अनादर होता है! उन्हें कुल-कलंकिनी समझा जाता है! धन्य है तेरा व्यापार! तुमने कुछ और सुना? सोमदत्त ने मेरे असामियों को बहका दिया है कि लगान मत देना, देखें क्या करते हैं। बताओ, जमींदार को रकम कैसे चुकाऊंगा।'

गोविंदी - 'मैं सोमदत्त से जाकर पूछती हूं न। मना क्यों करेंगे? कोई दिल्लगी है।'

ज्ञान - 'नहीं गोविंदी, तुम उस दुष्ट के पास मत जाना। मैं नहीं चाहता कि तुम्हारे ऊपर उसकी छाया भी पड़े। उसे खूब अत्याचार करने दो। मैं भी देख रहा हूं कि भगवान कितने न्यायी है।'

गोविंदी - 'तुम असामियों के पास क्यों नहीं जाते? हमारे घर न आयें, हमारा छुआ पानी न पियें, या हमारे रुपये भी मार लेंगे?'

ज्ञान - 'वाह, इससे सरल तो कोई काम नहीं है। कह देंगे - हम रुपये दे चुके। सारा गांव उनकी तरफ हो जायेगा। मैं तो अब गांव भर का द्रोही हूं न। आज खूब डटकर भोजन किया। अब मैं रईस हूं बिना हाथ-पैर हिलाए डुलाए उड़ता हूं। सच कहता हूं तुम्हारी ओर से अब मैं निश्चिन्त हो गया। देश-विदेश भी चला जाऊं, तो तुम अपना निर्वाह कर सकती हो।'

गोविंदी - 'कहीं जाने का काम नहीं है।'

ज्ञान - 'तो यहां जाता ही कौन है? किसे कुत्ते ने काटा है, जो यह सेवा छोड़कर मेहनत-मजूरी करने जाय। तुम सचमुच देवी हो, गोविंदी!'

भोजन करके ज्ञानचंद्र बाहर निकले। गोविंदी भोजन करके कोठरी में आयी तो ज्ञानचंद्र न थे। समझी - कहीं बाहर चले गये होंगे। आज पति की बातों से उसका चित्त कुछ प्रसन्न था। शायद अब वह नौकरी-चाकरी की खोज में कहीं जाने वाले हैं। यह आशा बंध रही थी। हां, उनकी व्यंगोक्तियों का भाव उसकी समझ ही में न आता था। ऐसी बातें वह कभी न करते थे। आज क्या सूझी।

कुछ कपड़े सीने थे। जाड़ों के दिन थे। गोविंदी धूप में बैठकर सीने लगी। थोड़ी ही देर में शाम हो गई। अभी तक ज्ञानचंद्र नहीं आये। तेल बत्ती का समय आया, फिर भोजन की तैयारी करने लगी। कालिंदी थोड़ा-सा दूध दे गई थी। गोविंदी को तो भूख न थी, अब वह एक ही बेला खाती थी। हां, ज्ञानचंद्र के लिए रोटियां सेंकनी थी। सोचा - दूध है ही, दूध-रोटी खा लेंगे।

भोजन बनाकर निकली ही थी कि सोमदत्त ने आंगन में आकर पूछा - 'कहां है ज्ञानू।'

गोविंदी - 'कहीं गये हैं।'

सोम - 'कपड़े पहनकर गये हैं?'

गोविंदी - 'हां, काली मिर्जई पहने थे?'

सोम - 'जूता भी पहने थे?'

गोविंदी घबराकर बोली - 'क्या हुआ, दादाजी? हाय! बताते क्यों नहीं? हाय!

सोम - 'अभी थाने से आ रहा हूं। वहां उनकी लाश मिली है। रेल के नीचे दब गए! हाय ज्ञानू मुझ हत्यारे को क्यों न मौत आ गई?'

गोविंदी के मुंह से फिर कोई शब्द न निकला। अंतिम 'हाय' के साथ बहुत दिनों तक तड़पता हुआ प्राण-पक्षी उड़ गया।

एक क्षण में गांव की कितनी ही स्त्रियां जमा हो गई। सब कहती थी - 'देवी थी! सती थी।'

प्रात:काल दो अर्थियां गांव से निकली। एक पर रेशमी चुंदरी का कफ़न था, दूसरी पर रेशमी शाल का। गांव के द्विजों में से केवल सोमदत्त साथ था। शेष गांव के नीच जाति वाले आदमी थे। सोमदत्त ही ने दाह-क्रिया का प्रबन्ध किया था। वह रह-रहकर दोनों हाथों से अपनी छाती पीटता था और जोर-जोर से चिल्लाता था - 'हाय! हाय ज्ञानू।'

चोरी

हाय बचपन! तेरी याद नहीं भूलती! वह कच्चा, टूटा घर, वह पुआल का बिछौना, वह नंगे बदन, नंगे पांव खेतों में घूमना, आम के पेड़ों पर चढ़ना - सारी बातें आंखों के सामने फिर रही हैं। चमरौधे जूते पहनकर उस वक्त कितनी खुशी होती थी, अब 'फ्लेक्स' के बूटों से भी नहीं होती। गरम पनुए रस में जो मजा था, वह अब गुलाब के शर्बत में भी नहीं, चबेने और कच्चे बेरों में जो रस था, वह अब अंगूर और खीरमोहन में भी नहीं मिलता।

मैं अपने चचेरे भाई हलधर के साथ दूसरे गांव में एक मौलवी साहब के यहां पढ़ने जाया करता था। मेरी उम्र आठ साल थी। हलधर (वह अब स्वर्ग में निवास कर रहे हैं) मुझसे दो साल जेठे थे। हम प्रात:काल बासी रोटियां खा, दोपहर के लिए मटर और जौ का चबेना लेकर चल देते थे। फिर तो सारा दिन अपना था। मौलवी साहब के यहां कोई हाजिरी का रजिस्टर तो था नहीं, और न गैरहाजिरी का जुर्माना ही देना पड़ता था। फिर डर किस बात का। कभी तो थाने के सामने खड़े सिपाहियों की कवायद देखते, कभी किसी भालू या बंदर नचाने वाले मदारी के पीछे-पीछे घूमने में दिन काट देते। कभी रेलवे स्टेशन की ओर निकल जाते और गाड़ियों की बहार देखते। गाड़ियों के समय का जितना ज्ञान हमको था, उतना शायद टाइम-टेबल को भी न था। रास्ते में शहर के एक महाजन ने एक बाग लगवाना शुरू किया था। वहां एक कुआं खुद रहा था। वह भी हमारे लिए एक दिलचस्प तमाशा था। वह माली हमें अपने झोपड़ी में बड़े प्रेम से बिठाता था। हम उससे झगड़-झगड़ कर उसका काम करते। कहीं बाल्टी लिये पौधों को सींच रहे हैं, कहीं खुरपी से क्यारियां गोड़ रहे हैं, कहीं कैंची से बेलों की पत्तियां छांट रहे है। उन कामों में कितना आनंद था। माली बाल-प्रकृति का पंडित था। हमसे काम लेता, पर इस तरह, मानो हमारे ऊपर कोई एहसान कर रहा है। जितना काम वह दिन भर में करता, हम घंटे भर में निबटा देते थे। अब वह माली नहीं है, लेकिन बाग हरा-भरा है। उसके पास से होकर गुजरता हूं तो जी चाहता है, उन पेड़ों के गले मिलकर रोऊं और कहूं - प्यारे, तुम मुझे भूल गए लेकिन मैं तुम्हें नहीं भूला, मेरे हृदय में तुम्हारी याद अभी तक हरी है - उतनी ही हरी, जितने तुम्हारे पत्ते। नि:स्वार्थ प्रेम के तुम जीते-जागते स्वरूप हो।

कभी-कभी हम हफ्तों गैरहाजिर रहते, पर मौलवी साहब से ऐसा बहाना कर देते कि उनकी चढ़ी हुई त्यौरियां उतर जाती। उतनी कल्पना-शक्ति आज होती तो ऐसा उपन्यास लिख मारता कि लोग चकित रह जाते।

अब तो यह हाल है कि बहुत सिर खपाने के बाद कोई कहानी सूझती है। खैर, हमारे मौलवी साहब दरजी थे। मौलवीगिरी केवल शौक से करते थे। हम दोनों भाई अपने गांव के कुर्मी-कुम्हारों से उनकी खूब बड़ाई करते थे। यों कहिए कि हम मौलवी साहब के सफरी एजेंट थे।

हमारे उद्योग से जब मौलवी साहब को कुछ काम मिल जाता, तो हम न फूले न समाते। जिस दिन कोई बहाना न सूझता, मौलवी साहब के लिए कोई-न-कोई सौगात ले जाते।

कभी सेर-आधा-सेर फलियां तोड़ ली, तो कभी दस-पांच ऊख, कभी जौ या गेहूं की हरी-हरी बाल लें ली, उन सौगातों को देखते ही मौलवी साहब का क्रोध शांत हो जाता। जब इन चीजों की फसल न होती, तो हम सजा से बचने का कोई और ही उपाय सोचते। मौलवी साहब को चिड़ियों का शौक था। मक़तब में श्यामा, बुलबुल, दहियल और चंडूलों के पिंजरे लटके रहते थे। हमें सबक याद हो, या न हो, पर चिड़ियों को याद हो जाते थे। हमारे साथ ही वे पढ़ा करती थी। इन चिड़ियों के लिए बेसन पीसने में हम लोग खूब उत्साह दिखाते थे। मौलवी साहब सब लड़कों को पतिंगा पकड़ लाने की ताकीद करते रहते थे। इन चिड़ियों को पतिंगों से विशेष रुचि थी। कभी-कभी हमारी बला पतिंगों ही के सिर चली जाती थी। उनका बलिदान करके हम मौलवी साहब के रौद्र रूप को प्रसन्न कर लिया करते थे।

एक दिन सवेरे हम दोनों भाई तालाब में मुंह धोने गये, तो हलधर ने कोई सफेद-सी चीज मुट्ठी में लेकर दिखायी। मैंने लपक कर मुट्ठी खोली, तो उसमें एक रुपया था। विस्मित होकर पूछा - यह रुपया तुम्हें कहां मिला?

हलधर - अम्मा ने ताक पर रखा था, चारपाई खड़ी करके निकाल लाया।

घर में कोई संदूक या अलमारी तो थी नहीं, रुपये-पैसे एक ऊंचे ताक पर रख दिये जाते थे। एक दिन पहले चचाजी ने सन बेचा था। उसके रुपये जमींदार को देने के लिए रखे हुए थे। हलधर को न-जाने क्यों कर पता लग गया। जब घर के सब लोग काम-धंधे में लग गए तो अपनी चारपाई खड़ी की और उस पर चढ़कर एक रुपया निकाल लिया।

उस तक वक्त हमने कभी रुपया छुआ तक न था। वह रुपया देखकर आनंद और भय की जो तरंगें दिल में उठी थी, वे अभी तक याद हैं। हमारे लिए रुपया एक अलभ्य वस्तु थी। मौलवी साहब को हमारे यहां से सिर्फ बारह आने मिला करते थे। महीने के अंत में चचाजी खुद जाकर पैसे दे आते थे। भला, कौन हमारे गर्व का अनुमान कर सकता है, लेकिन मार का भय आनंद में विघ्न डाल रहा था। रुपये अनगिनत तो थे नहीं। चोरी का खुल जाना मानी हुई बात थी। चाचाजी के क्रोध का भी, मुझे तो नहीं, हलधर को प्रत्यक्ष अनुभव हो चुका था। यों उनसे ज्यादा सीधा-सादा आदमी दुनिया में न था। चचा ने उनकी रक्षा का भार सिर पर न रख लिया होता, तो कोई बनिया उन्हें बाजार में बेच सकता था, पर जब क्रोध आ जाता तो फिर उन्हें कुछ न सूझता। और-तो-और, चची भी उनके क्रोध का सामना करते डरती थी। हम दोनों ने कई मिनट तक इन्हीं बातों पर विचार किया, और आखिर यह निश्चय हुआ कि आई लक्ष्मी को न जाने देना चाहिए। एक तो हमारे ऊपर संदेह होगा ही नहीं, और अगर हुआ भी तो हम साफ इनकार कर जायेंगे। कहेंगे, हम रुपया लेकर क्या करते। थोड़ा सोच-विचार करते, तो यह निश्चय पलट जाता, और वह वीभत्स लीला न होती, जो आगे चलकर हुई, पर उस समय हममें शांति से विचार करने की क्षमता ही न थी।

मुंह-हाथ धोकर हम दोनों घर आये और डरते-डरते अंदर कदम रखा, अगर कहीं इस वक्त तलाशी की नौबत आयी, तो भगवान ही मालिक है। लेकिन सब लोग अपना-अपना काम कर रहे थे। कोई हमसे न बोला। हमने नाश्ता भी न किया, चबेना भी न लिया, किताब बगल में दबायी और मदरसे का रास्ता लिया।

बरसात के दिन थे। आकाश पर बादल छाए थे। हम दोनों खुश-खुश मदरसे चले जा रहे थे। आज काउंसिल की मिनिस्ट्री पाकर भी शायद उतना आनन्द न होता। हजारों मंसूबे बांधते थे, हजारों हवाई किले बनाते थे। यह अवसर बड़े भाग्य से मिला था। जीवन में फिर शायद ही यह अवसर मिले इसलिए रुपये को इस तरह खर्च करना चाहते थे कि ज्यादा-से-ज्यादा दिनों तक चल सके। यद्यपि उन दिनों पांच आने सेर बहुत अच्छी मिठाई मिलती थी और शायद आधा सेर मिठाई में हम दोनों अफर जाते, लेकिन यह खयाल हुआ कि मिठाई खायेंगे तो रुपया आज ही गायब हो जायेगा। कोई सस्ती चीज खानी चाहिए जिसमें मजा भी आये, पेट भी भरे और पैसे भी कम खर्च हों। आखिर अमरूद पर हमारी नजर पड़ गई। हम दोनों राजी हो गए। दो पैसे के अमरूद से दामन भर गए। जब हलधर ने खटकिन के हाथ में रुपया रखा, तो उसने संदेह से देखकर पूछा - 'रुपया कहां पाया, लाला? चुरा तो नहीं लाये?'

जवाब हमारे पास तैयार था। ज्यादा नहीं, तो दो-तीन किताबें पढ़ ही चुके थे। विद्या का कुछ-कुछ असर हो चला था। मैंने झट से कहा - 'मौलवी साहब की फीस देनी है। घर में पैसे न थे, तो चचाजी ने रुपया दे दिया।'

इस जवाब ने खटकिन का संदेह दूर कर दिया। हम दोनों ने एक पुलिया पर बैठकर खूब अमरूद खाये। अगर अब साढ़े पंद्रह आने पैसे कहां ले जायें? एक रुपया छिपा लेना तो इतना मुश्किल काम न था। पैसों का ढेर कहां छिपता। न कमर में इतनी जगह थी, न जेब में इतनी गुंजाइश। उन्हें अपने पास रखना अपनी चोरी का ढिंढोरा पीटना था। बहुत सोचने के बाद यह निश्चय किया कि बारह आने तो मौलवी साहब को दे दिये जाये, शेष साढ़े तीन आने की मिठाई उड़े। यह फैसला करके हम लोग मक़तब पहुंचे। आज कई दिन के बाद गये थे। मौलवी साहब ने बिगड़ कर पूछा - 'इतने दिन कहां रहे?'

मैंने कहा - 'मौलवी साहब, घर में गमी हो गई।'

यह कहते-कहते बारह आने उनके सामने रख दिये। फिर क्या पूछना था? पैसे देखते ही मौलवी साहब की बांछें खिल गई। महीना खत्म होने में अभी कई दिन बाकी थे। साधारणत: महीना चढ़ जाने और बार-बार तकाजे करने पर कहीं पैसे मिलते थे। अबकी इतनी जल्दी पैसे पाकर उनका खुश होना कोई अस्वाभाविक बात न थी। हमने अन्य लड़कों की ओर सगर्व नेत्रों से देखा, मानों कह रहे हों - एक तुम हो कि मांगने पर भी पैसे नहीं देते, एक हम है कि पेशगी देते हैं।

हम अभी सबक पढ़ ही रहे थे कि मालूम हुआ, आज तालाब का मेला है, दोपहर में छुट्टी हो जायेगी। मौलवी साहब मेले में बुलबुल लड़ाने जायेंगे। यह खबर सुनते ही हमारी खुशी का

ठिकाना न रहा। बारह आने तो बैंक में जमा ही कर चुके थे, साढ़े तीन आने में मेला देखने की ठहरी। खूब बहार रहेगी। मजे से रेवड़ियां खाएंगे, गोलगप्पे उड़ाएंगे, झूले पर चढ़ेंगे और शाम को घर पहुंचेंगे, लेकिन मौलवी साहब ने एक कड़ी शर्त यह लगा दी थी कि सब लड़के छुट्टी के पहले अपना-अपना सबक सुना दें।

जो सबक न सुना सकेगा, उसे छुट्टी न मिलेगी। नतीजा यह हुआ कि मुझे तो छुट्टी मिल गई, पर हलधर कैद कर लिये गए। और कई लड़कों ने भी सबक सुना दिये थे, वे सभी मेला देखने चल पड़े। मैं भी उनके साथ हो लिया। पैसे मेरे ही पास थे इसलिए मैंने हलधर को साथ लेने का इंतजार न किया। तय हो गया था कि वह छुट्टी पाते ही मेले में आ जायें, और दोनों साथ-साथ मेला देखें। मैंने वचन दिया था कि जब तक वह न आएंगे, एक पैसा भी खर्च न करूंगा लेकिन क्या मालूम था कि दुर्भाग्य कुछ और लीला रच रहा है।

मुझे मेला पहुंचे एक घंटे से ज्यादा गुजर गया, पर हलधर का कहीं पता नहीं। क्या अभी तक मौलवी साहब ने छुट्टी नहीं दी, या रास्ता भूल गए? आंखें फाड़-फाड़कर सड़क की ओर देखता था। अकेला मेला देखने में जी भी न लगता था। यह संशय भी हो रहा था कि कहीं चोरी खुल तो नहीं गई, और चाचाजी हलधर को पकड़कर घर तो नहीं ले गए। आखिर जब शाम हो गई, तो मैंने कुछ रेवड़ियां खायी और हलधर के हिस्से के पैसे जेब में रखकर धीरे-धीरे घर चला। रास्ते में ख्याल आया, मक़तब होता चलूं। शायद हलधर अभी वहीं हो, मगर वहां सन्नाटा था। हां, एक लड़का खेलता हुआ मिला। उसने मुझे देखते ही जोर से कहकहा मारा और बोला - 'बच्चा, घर जाओ, तो कैसी मार पड़ती है। तुम्हारे चचा आये थे। हलधर को मारते-मारते ले गए है। अजी, ऐसा तानकर घूंसा मारा कि मियां हलधर मुंह के बल गिर पड़े। यहां से घसीटते ले गए हैं। तुमने मौलवी साहब की तनख्वाह दे दी थी, वह भी ले ली। अभी कोई बहाना सोच लो, नहीं तो बेभाव की पड़ेगी।'

मेरी सिट्टी-पिट्टी गुम हो गई, बदन का लहू सूख गया। वही हुआ, जिसका मुझे शक हो रहा था। पैर अव-मन भर के हो गए। घर की ओर एक-एक कदम चलना मुश्किल हो गया। देवी-देवताओं के जितने नाम याद थे, सभी को मनौती मानी - किसी को लड्डू, किसी को पेड़ा, किसी को बताशा। गांव के पास पहुंचा तो गांव के डीह का सुमिरन किया, क्योंकि अपने हलके में डीह ही की इच्छा सर्वप्रधान होती है।

यह सब कुछ किया लेकिन ज्यों-ज्यों घर निकट आता, दिल की धड़कन बढ़ती जाती थी। घटाएं उमड़ी आती थीं। मालूम होता था, आसमान फटकर गिरा ही चाहता है। देखता था, लोग अपने-अपने काम छोड़-छोड़ भागे जा रहे हैं, गोरू भी पूंछ उठाए घर की ओर उछलते-कूदते चले जाते थे। चिड़ियां अपने घोंसले की ओर उड़ी चली जाती थी। लेकिन मैं उसी मंद गति से चला आता था, मानों पैरों में शक्ति नहीं। जी चाहता था, जोर का बुखार चढ़ आए, या कहीं चोट लग जाए, लेकिन कहने से धोबी गधे पर नहीं चढ़ता। बुलाने से मौत नहीं आती। बीमारी का तो कहना ही क्या। कुछ न हुआ, और धीरे-धीरे चलने पर भी घर सामने आ ही गया। अब क्या हो? हमारे द्वार पर इमली का एक घना वृक्ष था। मैं उसी की आड़ में छिप गया कि जरा और

अंधेरा हो जाये, तो चुपके से घुस जाऊं और अम्मा के कमरे में चारपाई के नीचे जा बैठूं। जब सब लोग सो जायेंगे, तो अम्मा से सारी कथा कह सुनाऊंगा! अम्मा कभी नहीं मारती। जरा उनके सामने झूठ-झूठ रोऊंगा, तो वह और भी पिघल जायेंगी। रात कट जाने पर फिर कौन पूछता है। सुबह तक सबका गुस्सा डंडा हो जायेगा। अगर यह मंसूबे पूरे हो जाते, तो इसमें संदेह नहीं कि मैं बेदाग बच जाता। लेकिन वहां तो विधाता को कुछ और ही मंजूर था। मुझे एक लड़के ने देख लिया, और मेरे नाम की रट लगाते हुए सीधे मेरे घर में भागा। अब मेरे लिए बचने की कोई आशा न रही। लाचार घर में दाखिल हुआ, तो सहसा मुंह से एक चीख निकल गई, जैसे मार खाया हुआ कुत्ता किसी को अपनी ओर आता देखकर भय से चिल्लाने लगता है। बरोठे में पिताजी बैठे थे। पिताजी का स्वास्थ्य इन दिनों कुछ खराब हो गया था। छुट्टी लेकर घर आये हुए थे। यह तो नहीं कह सकता कि उन्हें शिकायत क्या थी, पर वह मूंग की दाल खाते थे, और संध्या-समय शीशे की गिलास में एक पीतल में से कुछ उड़ेल-उड़ेलकर पीते थे। शायद यह किसी तजुर्बेकार हकीम की बताई हुई दवा थी। दवाएं सब बस्साने वाली और कड़वी होती हैं। यह दवा भी बुरी ही थी, पर पिताजी न-जाने क्यों इस दवा को खूब मजा ले-लेकर पीते थे। हम जो दवा पीते हैं, तो आंखें बंद करके एक ही घूंट में गटक जाते हैं, पर शायद इस दवा का असर धीरे-धीरे पीने में ही होता हो। पिताजी के पास गांव के दो-तीन और कभी-कभी चार-पांच और रोगी भी जमा हो जाते और घंटों दवा पीते रहते थे। मुश्किल से खाना खाने उठे थे, इस समय भी वह दवा पी रहे थे। रोगियों की मंडली जमा थी, मुझे देखते ही पिताजी ने लाल-लाल आंखें करके पूछा - 'कहां थे अब तक।'

मैंने दबी जबान से कहा - 'कहीं तो नहीं।'

'अब चोरी की आदत सीख रहा है। बोल, तूने रुपया चुराया कि नहीं?'

मेरी जबान बंद हो गई। सामने नंगी तलवार नाच रही थी। शब्द भी निकालते हुए डरता था।

पिताजी ने जोर से डांटकर पूछा - 'बोलता क्यों नहीं? तूने रुपया चुराया कि नहीं?' मैंने जान पर खेलकर कहा - 'मैंने कहां...

मुंह से पूरी बात भी न निकलने पाई थी कि पिताजी विकराल रूप धारण किए दांत पीसते, झपटकर उठे और हाथ उठाये मेरी ओर चले। मैं जोर से चिल्लाकर रोने लगा। ऐसा चिल्लाया कि पिताजी भी सहम गए। उनका हाथ उठा ही रह गया। शायद समझे कि जब अभी से- इसका यह हाल है, तब तमाचा पड़ जाने पर कहीं इसकी जान ही न निकल जाय। मैंने जो देखा कि मेरी हिकमत काम कर गई, तो और भी गला फाड़-फाड़कर रोने लगा। इतने में मंडली के दो-तीन आदमियों ने पिताजी को पकड़ लिया और मेरी ओर इशारा किया कि भाग जा! बच्चे बहुधा ऐसे मौके पर मचल जाते हैं, और व्यर्थ मार खा जाते हैं। मैंने बुद्धिमानी से काम लिया।

लेकिन अंदर का दृश्य इससे कहीं भयंकर था। मेरा तो खून सर्द हो गया। हलधर के दोनों हाथ एक खम्भे से बंधे थे, सारी देह धूल-धूसरित हो रही थी, और वह अभी तक सिसक रहे थे। शायद वह आंगन भर में लोटे थे। ऐसा मालूम हुआ कि सारा आंगन उनके आंसुओं से भर गया

है। चची हलधर को डांट रही थी और अम्मा बैठी मसाला पीस रही थीं। सबसे पहले मुझ पर चची की निगाह पड़ी, बोली - 'लो, वह भी आ गया, क्यों रे, रुपया तूने चुराया था कि इसने?'

मैंने निश्शंक होकर कहा - 'हलधर ने।'

अम्मा बोली - 'अगर उसी ने चुराया था, तो तूने घर आकर किसी से कहा क्यों नहीं?' अब झूठ बोले बगैर बचना मुश्किल था। मैं तो समझता हूं कि जब आदमी को जान का खतरा हो, तो झूठ बोलना क्षम्य है। हलधर मार खाने के आदी थे। दो-चार घूंसे और पड़ने से उनका कुछ न बिगड़ सकता था। मैंने मार कभी न खायी थी। मेरा तो दो ही चार घूंसों में काम तमाम हो जाता। फिर हलधर ने भी तो अपने को बचाने के लिए मुझे फंसाने की चेष्टा की थी, नहीं तो चची मुझसे क्यों पूछती - 'रुपया तूने चुराया या हलधर ने?' किसी भी सिद्धांत से मेरा झूठ बोलना इस समय स्तुत्य नहीं, तो क्षम्य जरूर था। मैंने छूटते ही कहा - 'हलधर कहते थे, किसी से बताया, तो मार ही डालूंगा।'

अम्मा - 'देखा, वही बात निकली न! मैं तो कहती थी कि बच्चा को ऐसी आदत नहीं, पैसा तो वह हाथ से छूता ही नहीं, लेकिन सब लोग मुझी को उल्लू बनाने लगे।'

हलधर - 'मैंने तुमसे कब कहा था कि बताओगे, तो मारूंगा?'

मैं - 'वहीं, तालाब के किनारे तो।'

हलधर - 'अम्मा, बिलकुल झूठ है।'

चची - झूठ नहीं, सच है। झूठा तो तू है, और तो सारा संसार सच्चा है, तेरा नाम निकल गया है न। तेरा बाप नौकरी करता, बाहर से रुपये कमा लाता, चार जने उसे भला आदमी कहते, तो तू भी सच्चा होता। अब तो तू ही झूठा है। जिसके भाग में मिठाई लिखी थी, उसने मिठाई खायी। तेरे भाग में तो लात खाना ही लिखा है।'

यह कहते हुए चची ने हलधर को खोल दिया और हाथ पकड़कर भीतर ले गयी। मेरे विषय में स्नेहपूर्ण आलोचना करके अम्मा ने पांसा पलट दिया था, नहीं तो अभी बेचारे पर न-जाने कितनी मार पड़ती। मैंने अम्मा के पास बैठकर अपनी निर्दोषिता का राग खूब अलापा। मेरी सरल-हृदय माता मुझे सत्य का अवतार समझती थी। उन्हें पूरा विश्वास हो गया कि सारा अपराध हलधर का है। एक क्षण बाद मैं गुड़ चबेना लिये कोठरी से बाहर निकला। हलधर भी उसी वक्त चिउड़ा खाते हुए बाहर निकले। हम दोनों साथ-साथ बाहर आये और अपनी-अपनी बीती सुनाने लगे। मेरी कथा सुखमय थी, हलधर की दु:खमयी, पर अंत दोनों का एक था -- गुड और चबेना।

* * *

लांछन

मुंशी श्यामकिशोर के द्वार पर मुन्नू मेहतर ने झाड़ू लगायी, गुसलखाना धो-धोकर साफ किया और तब द्वार पर आकर गृहिणी से बोला - 'मां जी, देख लीजिए, सब साफ कर दिया। आज कुछ खाने को मिल जायें सरकार।'

देवी रानी ने द्वार पर आकर कहा - 'अभी तो तुम्हें महीना पाये दस दिन भी नहीं हुए। फिर इतनी जल्दी मांगने लगे?'

मुन्नू - 'क्या करूं, मांजी, खर्च नहीं चलता। अकेला आदमी, घर देखूं कि काम करूं?'

देवी - 'तो ब्याह क्यों नहीं कर लेते?

मुन्नू - 'रुपये मांगते हैं सरकार! यहां खाने से ही नहीं बचता, थैली कहां से लाऊं।'

देवी - 'अभी तो तुम जवान हो, कब तक अकेले बैठे रहोगे?'

मुन्नू - 'हुजूर की इतनी निगाह है, तो कहीं-न-कहीं ठीक हो ही जायेगी, सरकार कुछ मदद करेंगी न?'

देवी - 'हां-हां, तुम ठीक-ठाक करो। मुझसे जो कुछ हो सकेगा, मैं भी दे दूंगी।'

मुन्नू - 'सरकार का मिज़ाज़ बड़ा अच्छा है। हुजूर इतना ख्याल करती है। दूसरे घरों में तो मालकिन बात भी नहीं पूछती। सरकार को अल्लाह ने जैसी शक्ल-सूरत दी है, वैसा ही दिल भी दिया है। अल्लाह जानता है, हुजूर को देखकर भूख-प्यास जाती रहती है। बड़े-बड़े घर की औरतें देखी हैं, मुदा आपके तलवों की बराबरी भी नहीं कर सकती।'

देवी - 'चल झूठे! मैं ऐसी कौन खूबसूरत हूं।'

मुन्नू - 'अब सरकार से क्या कहूं। बड़ी-बड़ी खत्रानियों को देखता हूं, मगर गोरेपन के सिवा और कोई बात नहीं।' उनमें यह नमक कहां, सरकार!'

देवी - 'एक रुपये में तुम्हारा काम चल जायेगा?'

मुन्नू - 'भला सरकार, दो रुपये तो दे दें।'

देवी - 'अच्छा, यह लो और जाओ।'

मुन्नू, - 'जाता हूं सरकार! आप नाराज न हों तो एक बात पूछूं?'

देवी - 'क्या पूछते हो, पूछो? मगर जल्दी, मुझे चूल्हा जलाना है।'

मुन्नू - 'तो सरकार जायें, फिर कभी कहूंगा।'

देवी - 'नहीं-नहीं, कहो क्या बात है? अभी कुछ ऐसी जल्दी नहीं है।'

मुन्नू - 'दालमंडी में सरकार के कोई रहते हैं क्या?'

देवी - 'नहीं, यहां तो कोई नातेदार नहीं है।'

मुन्नू - 'तो कोई दोस्त होंगे। सरकार को अक्सर एक कोठे पर से उतरते देखता हूं।'

देवी - 'दालमंडी तो रंडियों का मुहल्ला है?'

मुन्नू - 'हां सरकार, रंडियां बहुत हैं यहां, लेकिन सरकार तो सीधे-सादे आदमी मालूम होते हैं। यहां रात को देर से तो नहीं आते?'

देवी - 'नहीं, शाम से पहले ही आ जाते हैं और फिर कहीं नहीं जाते। हां, कभी-कभी लाइब्रेरी अलबत्ता जाते हैं।'

मुन्नू - 'बस-बस, यही बात है, हुजूर? मौका मिले, तो इशारे से समझा दीजिएगा सरकार, कि रात को उधर न जाया करें। आदमी का दिल कितना ही साफ हो, लेकिन देखने वाले तो शक करने लगते हैं।'

इतने में ही बाबू श्याम किशोर आ गए। मुन्नू ने उन्हें सलाम किया, बाल्टी उठायी और चलता हुआ।

श्याम किशोर ने पूछा - 'मुन्नू क्या कह रहा था।

देवी - कुछ नहीं, अपने दुखड़े रो रहा था। खाने को मांगता था। दो रुपये दे दिये हैं। बातचीत बड़े ढंग से करता है।'

श्याम - 'तुम्हें तो बातें करने का मर्ज है। और कोई नहीं तो मेहतर ही सही। इस भूतने से न-जाने तुम कैसे बातें करती हो।'

देवी - 'मुझे उसकी सूरत लेकर क्या करना है। गरीब आदमी है। अपना दु:ख सुनाने लगता है, तो कैसे न सुनू। बाबू साहब ने बेले का गज़रा रूमाल से निकाला, देवी के गले में डाल दिया किंतु देवी के मुख पर प्रसन्नता का कोई चिह्न न दिखाई दिया। तिरछी निगाहों से देखकर बोली - 'आप आजकल दालमंडी की सैर बहुत किया करते हो?'

श्याम - 'कौन? मैं?'

देवी - 'जी हां, तुम। मुझसे तो लाइब्रेरी का बहाना करके जाते हो, खैर वहां जलसे होते हैं।'

श्याम - 'बिलकुल झूठ, सोलहों आने झूठ। तुमसे कौन कहता था? यही मुन्नू।'

देवी - 'मुन्नू, ने मुझसे कुछ नहीं कहा, पर तुझे तुम्हारी टोह मिलती रहती है।'

श्याम - 'तुम मेरी टोह मत लिया करो। शक करने से आदमी शक्की हो जाता है, और तब बड़े-बड़े अनर्थ हो जाते हैं। भला, मैं दालमंडी क्यों जाने लगा? तुमसे बढ़कर दालमंडी में और

कौन है? मैं तो तुम्हारी इन मदभरी आंखों का आशिक हूं। अगर अप्सरा भी सामने आ जाये, तो भी आंखें उठकर न देखूं। आज शारदा कहां है?'

देवी - 'नीचे खेलने चली गयी है।'

श्याम - 'नीचे मत जाने दिया करो। इक्के, मोटर गाड़ियां दौड़ती रहती हैं। न जाने कब क्या हो जाये। आज ही अरदली बाजार में एक वारदात हो गई। तीन लड़के एक साथ दब गए।'

देवी - 'तीन लड़के! बड़ा गजब हो गया। किसकी मोटर थी।'

श्याम - 'इसका अभी तक पता नहीं चला। ईश्वर जानता है, तुम्हें यह गज़रा बहुत खिल रहा है।'

देवी (मुस्कुराकर) - 'चलो, बातें न बनाओ।'

2

तीसरे दिन मुन्नू ने देवी से कहा - 'सरकार, एक जगह सगाई ठीक हो रही है, देखिए, कौल से फिर न जाइएगा। मुझे आपका बड़ा भरोसा है।'

देवी - 'देख ली औरत? कैसी है।'

मुन्नू - 'सरकार जैसी तकदीर में है, वैसी है। घर की रोटियां तो मिलेगी, नहीं तो अपने हाथों ठोकना पड़ता था। है क्या कि मिज़ाज की सीधी है। हमारे जात की औरतें बड़ी चंचल होती हैं, हुजूर! सैकड़े पीछे एक भी पाक न मिलेगी।'

देवी - 'मेहतर लोग अपनी औरतों को कुछ कहते नहीं।'

मुन्नू, - 'क्या कहें हुजूर! डरते हैं कि कहीं अपने आसना से चुगली खाकर हमारी नौकरी-चाकरी न छुड़ा दें।'

मेहतरानियों पर बाबू साहबों की बहुत निगाह रहती है, सरकार!'

देवी - (हंसकर) 'चल झूठे! बाबू साहबों की औरतें क्या मेहतरानियों से भी गयी-गुजरी होती हैं।'

मुन्नू, - अब सरकार कुछ न कहलाएं हुजूर को छोड़कर और तो कोई ऐसी बबुआइन नहीं देखता, जिसका कोई बखान करे। बहुत ही छोटा आदमी हूं सरकार, पर बबुआइनों की तरह मेरी औरत होती, तो उससे बोलने को जी न चाहता। हुजूर के चेहरे-मोहरे की कोई औरत मैंने तो नहीं देखी।'

देवी - 'चल झूठे, इतनी खुशामद करना किससे सीखा?'

मुन्नू - 'खुशामद नहीं करता सरकार, सच्ची बात कहता हूं। हुजूर एक दिन खिड़की के सामने खड़ी थीं। राजा मियां की निगाह आप पर पड़ गई। जूते की बड़ी दुकान है उनकी। अल्लाह ने जैसा धन दिया है, वैसा ही दिल भी। आपको देखते ही आंखें नीची कर ली। आज

बातों-बातों में हुजूर की सकल-सूरत को सराहने लगे। मैंने कहा - जैसी सूरत है, वैसा सरकार को अल्लाह ने दिल भी दिया है।'

देवी - 'अच्छा, वह लंबा-सा सांवले रंग का जवान है?'

मुन्नू - 'हां हुजूर, वही। मुझसे कहने लगे कि किसी तरह एक बार फिर उन्हें देख पाता, लेकिन मैंने डांटकर कहा - खबरदार! मियां, जो मुझसे ऐसी बातें की। वहां तुम्हारी दाल न गलेगी।'

देवी - 'तुमने बहुत अच्छा किया। निगोड़े की आंखें फूट जाएं, जब इधर से जाता है, खिड़की की ओर उसकी निगाह रहती है। कह देना, इधर भूल कर भी न ताके।'

मुन्नू - 'कह दिया है हुजूर, हुक्म हो तो चलूं। और तो कुछ साफ नहीं करना है? सरकार के आने की बेला हो गई है। मुझे देखेंगे तो कहेंगे - यह क्या बातें कर रहा है।'

देवी - 'ये रोटियां लेते जाओ। आज चूल्हे से बच जाओगे।'

मुन्नू - 'अल्लाह हुजूर को सलामत रखे! मेरा तो यही जी चाहता है कि इसी दरवाजे पर पड़ा रहूं और एक टुकड़ा खा लिया करूं। सच कहता हूं हुजूर को देखकर भूख-प्यास जाती रहती है।'

मुन्नू जा ही रहा था कि बाबू श्याम किशोर ऊपर आ पहुंचे। मुन्नू की पिछली बात उनके कान में पड़ गयी थी। मुन्नू ज्यों ही नीचे गया, बाबू साहब देवी से बोले - 'मैंने तुमसे कह दिया था कि मुन्नू, को मुंह न लगाओ, पर तुमने मेरी बात न मानी। छोटे आदमी एक घर की बात दूसरे घर पहुंचा देते है, इन्हें कभी मुंह न लगाना चाहिए। भूख-प्यास बंद होने की क्या बात थी?'

देवी - 'क्या जानें, भूख-प्यास कैसी? ऐसी तो कोई बात न थी।'

श्याम - 'थी क्यों नहीं, मैंने साफ सुना।'

देवी - 'मुझे तो खयाल नहीं आता, होगी कोई बात। मैं कौन उसकी सब बातें बैठी सुना करती हूं।'

श्याम - 'तो क्या वह दीवार से बातें करता है? देखो, नीचे एक आदमी इस खिड़की की तरफ ताकता चला जाता है। इसी मुहल्ले का मुसलमान लौंडा है। जूते की दुकान करता है। तुम क्यों इस खिड़की पर खड़ी रहा करती हो?'

देवी - 'चिक तो पड़ी हुई है।'

श्याम - 'चिक के पास खड़ी होने से बाहर का आदमी तुम्हें साफ देख सकता है।'

देवी - 'यह मुझे मालूम न था। अब कभी खिड़की खोलूंगी ही नहीं।'

श्याम - 'हां, फायदा क्या? मुन्नू, को अंदर मत आने दिया करो।'

देवी - 'गुसलखाना कौन साफ करेगा?'

श्याम - 'खैर आये, मगर उससे बातें न करनी चाहिए। आज एक नया थियेटर आया है। चलो देख आओ। सुना है, इसके ऐक्टर बहुत अच्छे हैं।'

इतने में शारदा नीचे से मिठाई का दोना लिये दौड़ती हुई आयी। देवी ने पूछा - 'अरे, यह मिठाई किसने दी?'

शारदा - 'राजा भैया ने दी?'

शारदा - 'राजा भैया कौन हैं?'

शारदा - 'वही तो हैं, जो अभी इधर से गये हैं।'

श्याम - 'वही तो नहीं, जो लम्बा-सा सांवले रंग का आदमी है?'

शारदा - 'हां-हां, वही-वही। मैं अब उनके घर रोज जाऊंगी?'

देवी - 'क्या तू उसके घर गई थी?'

शारदा - 'वही तो गोद में उठाकर ले गए थे।'

श्याम - 'तू नीचे खेलने मत जाया कर। किसी दिन मोटर के नीचे दब जायेगी। देखती नहीं, कितनी मोटरें आती रहती हैं।'

शारदा - 'राजा भैया कहते थे, तुम्हें मोटर पर हवा खिलाने ले चलेंगे।'

श्याम - 'तुम बैठी-बैठी क्या किया करती हो, जो तुमसे एक लड़की की निगरानी भी नहीं हो सकती?'

देवी - 'इतनी बड़ी लड़की को संदूक में बंद करके नहीं रखा जा सकता।'

श्याम - 'तुम जवाब देने में तो बहुत तेज हो, यह मैं जानता हूं। यह क्यों नहीं कहती कि बातें करने से फुरसत नहीं मिलती।'

देवी - 'बातें मैं किससे करती हूं? यहां तो कोई पड़ोसिन भी नहीं?'

श्याम - 'मुन्नू तो हुई है।'

देवी - (ओठ दबाकर) 'मुन्नू क्या मेरा कोई सटा है, जिससे बैठी बातें किया करती हूं? गरीब आदमी है, अपना दु:ख रोता है, तो क्या कह दूं? मुझसे तो दुत्कारते नहीं बनता।'

श्याम - 'खैर, खाना बना लो, नौ बजे तमाशा शुरू हो जायेगा। सात बज गए हैं।'

देवी - 'तुम जाओ, देख आओ, मैं न जाऊंगी।'

श्याम - 'तुम्हीं तो महीनों से तमाशे की रट लगाए हुए थी। अब क्या हो गया? क्या तुमने कसम खा ली है कि यह जो बात कहें, वह कभी न मानूंगी?'

देवी - 'जाने क्यों तुम्हारा ऐसा खयाल है। मैं तो तुम्हारी इच्छा पाकर ही कोई काम करती हूं। मेरे जाने से कुछ और पैसे खर्च हो जायेंगे और रुपये कम पड़ जायेंगे तो तुम मेरी जान खाने

लगोगे, यही सोचकर मैंने कहा था। अब तुम कहते हो, तो चली चलूंगी। तमाशा देखना किसे बुरा लगता है?'

3

नौ बजे श्याम किशोर एक तांगे पर बैठकर देवी और शारदा के साथ थियेटर देखने चले। सड़क पर थोड़ी ही दूर गए थे कि पीछे एक और तांगा आ पहुंचा। इस पर राजा बैठा हुआ था। और उसकी बगल में - हां, उसके बगल में बैठा था मुन्नू मेहतर, जो बाबू साहब के घर में सफाई करता था। देवी ने उन दोनों को देखते ही सिर झुका लिया। उसे आश्चर्य हुआ कि राजा और मुन्नू में इतनी गाढ़ी मित्रता है कि राजा उसे तांगे पर बिठाकर सैर कराने ले जाता है। शारदा राजा को देखते ही बोल उठी - 'बाबूजी, देखो, वह राजा भैया आ रहे हैं। (ताली बजाकर) राजा भैया, इधर देखो, हम लोग तमाशा देखने जा रहे हैं।'

राजा ने मुस्करा दिया और बाबू साहब मारे क्रोध के तिलमिला उठे। उन्हें ऐसा मालूम हुआ कि ये दुष्ट केवल मेरा पीछा करने के लिए आ रहे हैं। इन दोनों में जरूर सांठ-गांठ है। नहीं तो राजा मुन्नू को साथ क्यों लेता, उनसे पीछा छुड़ाने के लिए उन्होंने तांगे वाले से कहा - 'और तेज ले चलो, देर हो रही है।' तांगा तेज हो गया। राजा ने भी अपना तांगा तेज किया। बाबू साहब ने जब तांगे को धीमा करने को कहा, तो राजा का तांता भी धीमा हो गया। आखिर बाबू साहब ने झुंझलाकर कहा - 'तुम तांगे को छावनी की ओर ले चलो, हम थियेटर देखने नहीं जायेंगे।' तांगे वाले ने उनकी ओर कुतूहल से देखा और तांगा फेर दिया। राजा का तांगा भी फिर गया। बाबू साहब को इतना क्रोध आ रहा था कि राजा को ललकारूं, पर डरते थे कि कहीं झगड़ा हो गया, तो बहुत से आदमी जमा हो जायेंगे और व्यर्थ ही झेंप होगी। लहू का घूंट पीकर रह गए। अपने ऊपर झुंझलाने लगे कि नाहक आया। क्या जानता था कि ये दोनों शैतान सिर पर सवार हो जायेंगे। मुन्नू को तो कल ही निकाल दूंगा। आगे राजा का तांगा कुछ दूर चलकर दूसरी तरफ मुड़ गया, और बाबू साहब का क्रोध कुछ शांत हुआ, किंतु अब थियेटर जाने का समय न था। छावनी से घर लौट आये।

देवी ने कोठे पर आकर कहा - 'मुफ्त में तांगे वाले को दो रुपये देने पड़े।'

श्याम किशोर ने उसकी ओर रक्त-शोषक दृष्टि से देखकर कहा - 'और मुन्नू से बातें करो, और खिड़की पर खड़ी हो-होकर राजा को छवि दिखाओ। तुम न जाने क्या करने पर तुली हुई हो।'

देवी - 'ऐसी बातें मुंह से निकालते तुम्हें शर्म नहीं आती? तुम मेरा व्यर्थ ही अपमान करते हो, इसका फल अच्छा न होगा। मैं किसी मर्द को तुम्हारे पैरों की धूल के बराबर भी नहीं समझती, उस अभागे मेहतर की क्या हकीकत है। तुम मुझे इतना नीच समझते हो?'

श्याम - 'नहीं, मैं तुम्हें इतना नीच नहीं समझता, मगर बेसमझ जरूर समझता हूं। तुम्हें इस बदमाश को कभी मुंह न लगाना चाहिए था। अब तो तुम्हें मालूम हो गया कि वह छटा हुआ शोहदा है, या अब भी कुछ शक है?'

देवी - 'मैं उसे कल ही निकाल दूंगी।'

मुंशीजी लेटे, पर चित्त अशांत था। वह दिन-भर दफ्तर में रहते थे। क्या जान सकते थे कि उनके पीछे देवी क्या करती है। वह यह जानते थे कि देवी पतिव्रता है, पर यह भी जानते थे कि अपनी छवि दिखाने का सुंदरियों को मर्ज होता है। देवी जरूर बन-ठन कर खिड़की पर खड़ी होती है, और मुहल्ले के शोहदे उसको देख-देखकर मन में न जाने क्या-क्या कल्पना करते होंगे। इस व्यापार को बंद कराना उन्हें अपने काबू से बाहर मालूम होता था। शोहदे वशीकरण की कला में निपुण होते हैं। ईश्वर न करे, इन बदमाशों की निगाह किसी भले घर की बहू-बेटी पर पड़े! इनसे पिंड कैसे छुड़ाऊं?'

बहुत सोचने के बाद अन्त में उन्होंने वह मकान छोड़ देने का निश्चय किया। इसके सिवा उन्हें दूसरा कोई उपाय न सूझा।

देवी से बोले - 'कहो, तो यह घर छोड़ दूं। इन शोहदों के बीच में रहने से आबरू बिगड़ने का भय है।'

देवी ने आपत्ति के भाव से कहा - 'जैसी तुम्हारी इच्छा।'

श्याम - 'आखिर तुम्हीं कोई उपाय बताओ।'

देवी - 'मैं कौन-सा उपाय बताऊं, और किस बात का उपाय? मुझे तो घर छोड़ने की कोई जरूरत नहीं मालूम होती। एक-दो नहीं, लाख-दो लाख शोहदे हों तो क्या। कुत्तों के भौंकने के भय से भला कोई अपना मकान छोड़ देता है?'

श्याम - 'कभी-कभी कुत्ते काट भी तो लेते हैं।'

देवी ने इसका कोई जवाब न दिया और तर्क करने से पति की दुश्चिंताओं के बढ़ जाने का भय था। यह शक्की तो हैं ही, न जाने उसका क्या आशय समझ बैठें।

तीसरे ही दिन श्याम बाबू ने वह मकान छोड़ दिया।

4

इस नए मकान में आने के एक सप्ताह के पीछे एक दिन मुन्नू सिर में पट्टी बांधे, लाठी टेकता हुआ आया और आवाज दी। देवी उसकी आवाज पहचान गई, पर उसे दुत्कारा नहीं। किवाड़ खोल दिए। पुराने घर के समाचार जानने के लिए उसका चित्त लालायित हो रहा था। मुन्नू ने अन्दर आकर कहा - 'सरकार, जब से आपने मकान छोड़ दिया, कसम ले लीजिए जो उधर एक बार भी गया हूं। उस घर को देखकर रोना आने लगता है। मेरा भी जी चाहता है कि इसी मुहल्ले में आऊं। पागल की तरह इधर-उधर मारा-मारा फिरा करता हूं सरकार किसी काम में

जी नहीं लगता। बस, हर घड़ी आप ही की याद आती रहती है। हुजूर जितनी परवरिस करती थी, उतनी अब कौन करेगा? यह मकान तो बहुत छोटा है।'

देवी - 'तुम्हारे ही कारण तो वह मकान छोड़ना पड़ा।'

मुन्नू - 'मेरे कारण! मुझसे कौन-सी खता हुई, सरकार?'

देवी - 'तुम्हीं तो तांगे पर राजा के साथ बैठे मेरे पीछे-पीछे आ रहे थे। ऐसे आदमी पर आदमी का शक होता ही है।'

मुन्नू - 'अरे सरकार, उस दिन की बात न पूछिए। राजा मियां को एक वकील साहब से मिलने जाना था। वह छावनी में रहते थे। मुझे भी साथ बिठा लिया। उनका साईस कहीं गया हुआ था। मारे लिहाज के आपके तांगे के आगे न निकलते थे। सरकार उसे शोहदा कहती हैं। उसका-सा भला आदर्श मुहल्ले भर में नहीं है। पांचों बख्त की नमाज पढ़ता है, हुजूर तीस रोज़े रखता है। घर में बीबी-बच्चे सभी मौजूद हैं। क्या मजाल कि किसी पर बदनिगाह हो।'

देवी - 'खैर होगा, तुम्हारे सिर में पट्टी क्यों बंधी है?'

मुन्नू - 'इसका माजरा न पूछिए, हुजूर! आपकी बुराई करते किसी को देखता हूं तो बदन में आग लग जाती है। दरवाजे पर जो हलवाई रहता था, कहने लगा - मेरे कुछ पैसे बाबूजी पर आते हैं। मैंने कहा - वह ऐसे आदमी नहीं हैं कि तुम्हारे पैसे हजम कर जाते।'

बस, हुजूर, इसी बात पर तकरार हो गई। मैं तो दुकान के नीचे गली धो रहा था। वह ऊपर से कूदकर आया और मुझे धकेल दिया। मैं बेखबर खड़ा था, चारों खाने चित्त सड़क पर गिर पड़ा। चोट तो आई, मगर मैंने भी दुकान के सामने बच्चा को इतनी गालियां सुनाई कि याद ही करते होंगे। अब घाव अच्छा हो रहा है, हुजूर।'

देवी - 'राम! राम! नाहक लड़ाई लेने गए। सीधी-सी बात तो थी। कह देते - तुम्हारे पैसे आते हैं, तो जाकर मांग लाओ। हैं तो शहर ही में, दूसरे देश में तो नहीं भाग गए?'

मुन्नू - 'हुजूर, आपकी बुराई सुन के नहीं रहा जाता, फिर चाहे वह अपने घर लाट ही क्यों न हो, भिड़ पडूंगा। वह महाजन होगा, तो अपने घर का होगा। यहां कौन उसका दिया खाते हैं।'

देवी - 'उस घर में अभी कोई आया कि नहीं?'

मुन्नू - 'कई आदमी देखने आए हुजूर, मगर जहां आप रह चुकी हैं, वहां अब दूसरा कौन रह सकता है? हम लोगों ने उन लोगों को भड़का दिया। राजा मियां तो हुजूर, उसी दिन से खाना-पीना छोड़ बैठे हैं। बिटिया को याद कर-करके रोया करते हैं। हुजूर को हम गरीबों की याद काहे को आती होगी?'

देवी - 'याद क्यों नहीं आती? मैं आदमी नहीं हूं? जानवर तक थान छूटने पर दो-चार दिन चारा नहीं खाते। यह पैसे लो, कुछ बाजार से लाकर खा लो, भूखे होंगे।'

मुन्नू - 'हुजूर की दुआ से खाने की तंगी नहीं है। आदमी का दिल देखा जाता है, हुजूर! पैसों की कौन बात है। आपका दिया तो खाते ही हैं। हुजूर का मिज़ाज ऐसा है कि आदमी बिना कौड़ी का गुलाम हो जाता है। तो अब चलूंगा, हुजूर, बाबूजी आते होंगे। कहेंगे - यह शैतान यहां फिर आ पहुंचा।'

देवी - 'अभी उनके आने में बड़ी देर है।'

मुन्नू - 'ओ हो, एक बात तो भूल ही जाता था। राजा मियां बिटिया के लिए ये खिलौने दिये थे। बातों में ऐसा भूल गया कि इनकी सुध ही न रही। कहां है बिटिया?'

देवी - 'अभी तो मदरसे से नहीं आई, मगर इतने खिलौने लाने की क्या जरूरत थी? अरे! राजा ने तो गजब ही कर दिया। भेजना ही था, तो दो-चार आने के खिलौने भेज देते। अकेली मेम तीन-चार रुपये से कम की न होगी। कुल मिलाकर तीस-पैंतीस रुपये से कम के खिलौने नहीं हैं।'

मुन्नू - 'क्या जाने सरकार, मैंने तो कभी खिलौने नहीं खरीदे। तीस-पैंतीस रुपये के ही होंगे, तो उनके लिए कौन-सी बड़ी बात है? अकेली दुकान से पचास रुपये रोज की आमदनी है, हुजूर।'

देवी - 'नहीं, इनको लौटा ले जाओ। इतने खिलौने लेकर वह क्या करेगी? मैं सिर्फ एक मेम रखे लेती हूं।'

मुन्नू - 'हुजूर, राजा मियां को बड़ा रंज होगा। मुझे तो जीता ही न छेड़ेगा। बड़े ही मोहब्बती आदमी हैं, हुजूर! बीबी दो-चार दिन के लिए मैके चली जाती है, तो बेचैन हो जाते हैं।'

सहसा शारदा पाठशाला से आ गई और खिलौने देखते ही उन पर टूट पड़ी। देवी ने डांटकर कहा - 'क्या करती है? मेम ले ले, और सब लेकर क्या करेगी?'

शारदा - 'मैं तो सब लूंगी। मेम को मोटर पर बैठाकर दौड़ाऊंगी। कुत्ता पीछे-पीछे दौड़ेगा। इन बरतनों में गुड़िया के खाने बनाऊंगी। कहां से आये हैं अम्मा? बता दो।'

देवी - 'कहीं से नहीं आये, मैंने देखने को मंगवाए थे। तू इनमें से कोई एक ले ले।'

शारदा - 'कहां से लाये हो मुन्नू, बता दो?'

मुन्नू - 'तुम्हारे राजा भैया ने तुम्हारे लिए भेजे हैं।'

शारदा - 'राजा भैया ने भेजे हैं। ओ हो! (नाच कर) राजा भैया बड़े अच्छे हैं। कल अपनी सहेलियों को दिखाऊंगी। किसी के पास ऐसे खिलौने न निकलेंगे।'

देवी - 'अच्छा, मुन्नू तुम अब जाओ। राजा मियां से कह देना, फिर यहां खिलौने न भेजे।'

मुन्नू चला गया, तो देवी ने शारदा से कहा - 'ला बेटी, तेरे खिलौने रख दूं। बाबूजी देखेंगे, तो बिगड़ेगें और कहेंगे कि राजा मियां के खिलौने क्यों लिये? तोड़-ताड़ कर फेंक देंगे। भूलकर भी उनसे खिलौनों की चर्चा न करना।'

शारदा - 'हां, अम्मा, रख दो। बाबूजी तोड़ देंगे।'

देवी - 'उनसे कभी मत कहना कि राजा भैया ने खिलौने भेजे थे, नहीं तो बाबूजी राजा भैया को मारेंगे और तुम्हारे कान भी काट लेंगे। कहेंगे, लड़की भिखमंगी है, सबसे खिलौने मांगती फिरती है।'

शारदा - 'हां, अम्मा, रख दो। बाबूजी तोड़ देंगे।'

इतने में बाबू श्याम किशोर भी दफ्तर से आ गए। भौहें चढ़ी हुई थीं। आते-ही-आते बोले - 'वह शैतान मुन्नू इस मुहल्ले में भी आने लगा। मैंने आज उसे देखा। क्या यहां भी आया था?'

देवी ने हिचकिचाते हुए - 'हां, आया तो था।'

श्याम - 'और तुमने आने दिया? मैंने मना किया था कि उसे कभी अंदर कदम न रखने देना।'

देवी - 'आकर द्वार खटखटाने लगा, तो क्या करती?'

श्याम - 'तुमने आज भी न कहा होगा, यहां मत आया कर।'

देवी - 'मुझे तो इसका ख्याल न रहा। और अब वह यहां क्या करने आएगा?'

श्याम - 'जो करने आज आया था, वही करने फिर आएगा। तुम मेरे मुंह में कालिख लगाने पर तुली हुई हो।'

देवी ने क्रोध से ऐंठ कर कहा - 'मुझसे तुम ऊटपटांग बातें मत किया करो, समझ गए? तुम्हें ऐसी बातें मुंह से निकालते शर्म भी नहीं आती? एक बार पहले भी तुमने कुछ ऐसी ही बातें कही थीं। आज फिर तुम वही बात कर रहे हो। अगर तीसरी बार ये शब्द मैंने सुने तो नतीजा बुरा होगा, इतना कहे देती हूं। तुमने कोई वेश्या समझ लिया है?'

श्याम - 'मैं नहीं चाहता कि वह मेरे घर आये।'

देवी - 'तो मना क्यों नहीं कर देते, मैं तुम्हें रोकती हूं?'

श्याम - 'तुम क्यों नहीं मना कर देती?'

देवी - 'तुम्हें कहते हुए शर्म आती है?'

श्याम - 'मेरा मना करना व्यर्थ है। मेरे मना करने पर भी तुम्हारी इच्छा पाकर उसका आना-जाना होता रहेगा।'

देवी ने होंठ दबाकर कहा - 'अच्छा अगर वह आता ही रहे, तो क्या हानि है? मेहतर सभी घरों में आया-जाया करते हैं।'

श्याम - 'अगर मैंने मुन्नू को कभी अपने द्वार पर फिर देखा, तो तुम्हारी कुशल नहीं, इतना समझाए देता हूं।'

यह कहते हुए श्याम किशोर नीचे चले गए, और देवी स्तंभित-सी खड़ी रह गई। तब उसका हृदय इस अपमान, लांछन और अविश्वास के आघात से पीड़ित हो उठा। वह फूट-फूटकर रोने लगी। उसको सबसे बड़ी चोट जिस से लगी, वह यह थी कि मेरे पति मुझे इतना नीच, इतनी निर्लज्ज समझते है। जो काम वेश्या भी न करेगी, उसका संदेह मुझ पर कर रहे हैं।

5

श्याम किशोर के आते ही शारदा अपने खिलौने उठाकर भाग गई थी कि कहीं बाबूजी तोड़ न डाले। नीचे जाकर कर वह सोचने लगी कि इन्हें कहां छिपा कर रखूं। वह इसी सोच में थी कि उसकी एक सहेली आंगन में आ गई। शारदा उसे अपने खिलौने दिखाने के लिए आतुर हो गई। इस प्रलोभन को वह किसी तरह न रोक सकी। अभी तो बाबूजी ऊपर हैं, कौन इतनी जल्दी आए जाते हैं। तब तक क्यों न सहेली को अपने खिलौने दिखा दूं? उसने सहेली को बुला लिया और दोनों नए खिलौने देखने में मग्न हो गईं, कि बाबू श्याम किशोर के नीचे आने की भी उन्हें खबर न हुई। श्याम किशोर खिलौने-देखते ही झपटकर शारदा के पास जा पहुंचे और पूछा - 'तूने यह खिलौने कहां पाए?'

शारदा की घिग्घी बंध गयी। मारे भय के थर-थर कांपने लगी। मुंह से एक शब्द भी न निकला।

श्याम किशोर ने फिर गरज कर पूछा - 'बोलती क्यों नहीं, तुझे किसने खिलौने दिए?' शारदा रोने लगी। तब श्याम किशोर ने उसे फुसलाकर कहा - 'रो मत, हम तुझे मारेंगे नहीं। तुझसे इतना ही पूछते हैं, तूने ऐसे सुंदर खिलौने कहां पाए?'

इस तरह दो-चार बार दिलासा देने से शारदा को कुछ धैर्य बंधा। उसने सारी कथा कह सुनाई। हा अनर्थ! इससे कहीं अच्छा होता कि शारदा मौन ही रहती। उसका गूंगी हो जाना भी इससे अच्छा था। देवी कोई बहाना करके बला सिर से टाल देती, पर होनहार को कौन टाल सकता है? श्याम किशोर के रोम-रोम से ज्वाला निकलने लगी। खिलौने वहीं छोड़कर वह धम्म-धम्म करते हुए ऊपर गए और देवी के कंधे दोनों हाथों से झिंझोड़ कर बोले - 'तुम्हें इस घर में रहना है या नहीं। साफ-साफ कह दो।'

देवी अभी तक खड़ी सिसकियां ले रही थी। यह निर्मम प्रश्न सुनकर उसके आंसू गायब हो गए। किसी भारी विपत्ति की आशंका ने इस हलके-से आघात को भुला दिया, जैसे घातक की तलवार देखकर कोई प्राणी रोग-शय्या से उठकर भागे। श्याम किशोर की ओर भयातुर नेत्रों से देखा पर मुंह से कुछ न बोली। उसका एक-एक रोम मौन भाषा में पूछ रहा था - 'इस प्रश्न का क्या मतलब है?'

श्याम किशोर ने फिर कहा - 'तुम्हारी जो इच्छा हो, साफ-साफ कह दो। अगर मेरे साथ रहते-रहते तुम्हारा जी ऊब गया हो, तो तुम्हें अख्तियार है। मैं तुम्हें कैद करके नहीं रखना चाहता। मेरे साथ तुम्हें छल-कपट करने की जरूरत नहीं। मैं सहर्ष तुम्हें विदा करने को तैयार

हूं। जब तुमने मन में एक बात निश्चय कर ली, तो मैंने भी निश्चय कर लिया है। तुम इस घर में अब नहीं रह सकती, रहने योग्य नहीं हो।'

देवी ने आवाज को संभालकर कहा - 'तुम्हें आजकल क्या हो गया है, जो हर वक्त जहर उगलते रहते हो? अगर मुझसे जी ऊब गया है, तो जहर दे दो, जला-जलाकर क्यों जान मारते हो? मेहतर से बातें करना तो ऐसा अपराध न था। जब उसने आकर पुकारा, तो मैंने आकर द्वार खोल दिया। अगर मैं जानती कि जरा-सी बात का बतंगड़ हो जायेगा, तो उसे दूर ही से दुत्कार देती।'

श्याम - 'जी चाहता है, तालू से जबान खींच लूं। बातें होने लगी, इशारे होने लगे, तोहफे आने लगे। अब बाकी क्या रहा?'

देवी - 'क्यों नाहक घाव पर नमक छिड़कते हो? एक अबला की जान लेकर कुछ न पाओगे?'

श्याम - 'मैं झूठ कहता हूं?'

देवी - 'हां, झूठ कहते हो।'

श्याम - 'ये खिलौने कहां से आए?'

देवी का कलेजा धक-से हो गया। काटो तो बदन में लहू नहीं। समझ गई, इस वक्त ग्रह बिगड़े हुए हैं, सर्वनाश के सभी संयोग मिलते जाते हैं। ये निगोड़े खिलौने न जाने किस बुरी साइत में आए। मैंने लिये ही क्यों, उसी वक्त लौटा क्यों न दिए। बात बनाकर बोली - 'आग लगे, यही खिलौने तोहफे हो गए। बच्चे को कोई कैसे रोके, किसी की मानते हैं। कहती रही, मत ले, मगर न मानी, तो मैं क्या करती। हां, यह जानती कि इन खिलौनों पर मेरी जान मारी जायेगी तो जबरदस्ती छीनकर फेंक देती।'

श्याम - 'इनके साथ और कौन-कौन सी चीजें आयी हैं, भला चाहती हो तो अभी लाओ।'

देवी - 'जो कुछ आया होगा, इसी घर ही में होगा। देख क्यों नहीं लेते। इतना बड़ा घर भी नहीं है कि दो-चार दिन देखते लग जाय?'

श्याम - 'मुझे इतनी फुरसत नहीं है। खैरियत इसी में है कि जो चीजें आयी हों, लाकर मेरे सामने रख दो। यह तो हो नहीं सकता कि लड़की के लिए खिलौने आयें और तुम्हारे लिए कोई सौगात न आये। तुम भरी गंगा में कसम खाओ, तो तुझे विश्वास न आएगा।'

देवी - 'तो घर में देख क्यों नहीं लेते?'

श्याम किशोर ने ऐसा ताना मारकर कहा - 'कह दिया, मुझे फुरसत नहीं है। सीधे से सारी चीजें लाकर रख दो, नहीं तो इसी दम गला दबाकर मार डालूंगा।'

देवी - 'मारना हो, तो मार डालो, जो चीजें आई ही नहीं, उन्हें मैं दिखा कहां से दूं?' श्याम किशोर ने क्रोध से उन्मत्त होकर देवी को इतनी जोर से धक्का दिया कि वह चारों खाने चित्त जमीन पर गिर पड़ी। तब उसके गले पर हाथ रखकर बोले - 'दबा दूं गला! न दिखाएगी तू उन चीजों को?'

देवी - 'जो अरमान हो, पूरे कर लो।'

श्याम - 'खून पी जाऊंगा? तूने समझा क्या है?'

देवी - 'अगर दिल की प्यास बुझती हो, तो पी जाओ।'

श्याम - 'फिर तो उस मेहतर से बातें न करोगी? अगर अब कभी मुन्नू या उस शोहदे को द्वार पर देखा, तो उसका गला काट लूंगा।'

यह कहकर बाबूजी ने देवी को छोड़ दिया, और बाहर चले गये, लेकिन देवी उसी दशा में बड़ी देर तक पड़ी रही। उसके मन में इस समय पति-प्रेम की मर्यादा-रक्षा का लेश भी न था। उसका अन्त:करण प्रतिकार के लिए विकल हो रहा था। इस वक्त अगर वह सुनती कि श्याम किशोर को किसी ने बाजार में जूतों से पीटा, तो कदाचित् वह खुश होती। कई दिनों तक पानी से भीगने के बाद, आज यह झोंका पाकर प्रेम की दीवार भूमि पर गिर पड़ी, और मन की रक्षा करने वाली कोई साधना न रही। आज केवल संकोच और लोक-लाज की हलकी-सी रस्सी रह गई है, जो एक झटके में टूट सकती है।

6

श्याम किशोर बाहर चले गये, तो शारदा भी अपने खिलौने लिये हुए घर से बाहर निकली। बाबूजी खिलौनों को देखकर कुछ बोले नहीं, तो अब उसे किसकी चिंता और किसका भय! अब वह क्यों न अपनी सहेलियों को खिलौने दिखाए। सड़क के उस पार एक हलवाई का मकान था। हलवाई की लड़की अपने द्वार पर खड़ी थी। शारदा उसे खिलौने दिखाने चली। बीच में सड़क थी, सवारी-गाड़ियों और मोटरों का तांता बंधा हुआ। शारदा को अपनी धुन में किसी बात का ध्यान न रहा। बालोचित उत्सुकता से भरी हुई वह खिलौने लिये दौड़ी। वह क्या जानती थी कि मृत्यु भी उसी तरह प्राणों का खिलौना खेलने के लिए दौड़ी आ रही है। सामने एक मोटर आती हुई दिखाई दी। दूसरी ओर से एक बग्घी आ रही थी। शारदा ने चाहा, दौड़कर उस पार निकल जाय। मोटर ने बिगुल बजाया, शारदा ने जोर मारा कि सामने से निकल जाय, पर होनहार को कौन टालता। मोटर बालिका को रौंदती हुई चली गई। सड़क पर एक मांस की लोथ पड़ी रह गई। खिलौने ज्यों-के-त्यों थे। उनमें से एक भी न टूटा था। खिलौने रह गए। खेलने वाला चला गया। दोनों में कौन स्थायी है और कौन अस्थायी, इसका फैसला कौन करे। चारों ओर से लोग दौड़ पड़े। अरे! यह तो बाबूजी की लड़की है, जो ऊपर वाले मकान में रहते है। लोथ कौन उठाए? एक आदमी ने लपक कर द्वार पर पुकारा - 'बाबूजी! आपकी लड़की तो सड़क पर नहीं खेल रही थी। जरा नीचे तो आ जाइए।'

देवी ने छज्जे पर खड़े होकर सड़क की ओर देखा, तो शारदा की लोथ पड़ी हुई थी। चीख मारकर बेतहाशा नीचे दौड़ी और सड़क पर आकर बालिका की गोद में उठा लिया। उसके पैर थर-थर कांपने लगे। इस वज्रपात ने उसे स्तम्भित कर दिया। रोना भी न आया।

मुहल्ले के कई आदमी पूछने लगे - 'बाबूजी कहां गये हैं? उनको कैसे बुलाया जाय?' देवी क्या जवाब देती? वह तो संज्ञाहीन हो गई थी। लड़की की लाश को गोद में लिये, उसके रक्त से अपने वस्त्रों को भिगोती, आकाश की ओर ताक रही थी, मानों देवता से पूछ रही हो - 'क्या सारी विपत्तियां मुझी पर?'

अंधेरा होता जाता था पर बाबूजी कुछ पता नहीं। कुछ मालूम भी नहीं, वह कहां गये है। धीरे-धीरे नौ बजे। पर अब तक बाबूजी न लौटे। इतनी देर तक बाहर न रहते। क्या आज ही उन्हें भी गायब होना था? दस बज गए। अब देवी रोने लगी। उसे लड़की की मृत्यु का इतना दु:ख न था, जितना अपनी असमर्थता का। वह कैसे शव की दाह-क्रिया करेगी? कौन उसके साथ जायेगा? क्या इतनी रात गए, कोई उसके साथ चलने पर तैयार होगा? अगर कोई न गया, तो उसे अकेले जाना पड़ेगा क्या रात भर लोथ पड़ी रहेगी?

ज्यों-ज्यों सन्नाटा होता जाता था, देवी को भय होता था। वह पछता रही थी कि शाम ही को क्यों न इसे लेकर चली गई।

ग्यारह बजे थे। सहसा किसी ने द्वार खोला। देवी उठकर खड़ी हो गई। समझी बाबूजी आ गए। उसका हृदय उमड़ आया और वह रोती हुई बाहर आई, पर यह बाबूजी न थे, पुलिस के आदमी थे, जो इस मामले की तहकीकात करने आए थे। पांच बजे की घटना थी। तहकीकात होने लगी ग्यारह बजे। आखिर थानेदार भी तो आदमी है वह भी संध्या-समय घूमने-फिरने जाता ही है।

घंटे भर तक तहकीकात होती रही। देवी ने देखा, अब संकोच से काम न चलेगा। थानेदार ने उससे जो कुछ पूछा, उसका उत्तर उसने नि:संकोच भाव से दिया। जरा भी न शरमाई, जरा भी न झिझकी। थानेदार भी दंग रह गया।

जब सबके बयान लिखकर दारोगाजी चलने लगे, तो देवी ने कहा - 'आप उस मोटर का पता लगाएंगे।'

दरोगा - 'अब तो शायद ही उसका पता लगे।'

देवी - 'तो उसकी कुछ सजा न होगी?'

दरोगा - 'मजबूरी है। किसी को नम्बर भी तो मालूम नहीं।'

देवी - 'सरकार इसका कुछ इंतजाम नहीं करती? गरीबों के बच्चे इसी तरह कुचले जाते रहेंगे?'

दरोगा - 'इसका क्या इंतजाम हो सकता है? मोटरें तो बंद नहीं हो सकती?'

देवी - 'कम-से-कम पुलिस वालों को यह देखना चाहिए कि शहर में कोई बहुत तेज न चलाए? मगर आप लोग ऐसा क्यों करने लगे? आपके अफसर भी तो मोटरों पर बैठते हैं। आप उनकी मोटरें रोकेंगे, तो नौकरी कभी रहेगी?'

थानेदार लज्जित हो चला गया। जब लोग सड़क पर पहुंचे, तो एक सिपाही ने कहा - 'मेहरिया बड़ी टनमन दिखत है।'

थानेदार - 'अजी, इसने तो मेरा नातका बंद कर दिया। किस गजब का हुस्न पाया है! मगर कसम ले लो, जो मैंने एक बार भी उसकी तरफ निगाह की हो, ताकने की हिम्मत ही न पड़ती थी।'

बाबू श्याम किशोर बारह बजे के बाद नशे में चूर घर पहुंचे। उन्हें यह खबर रास्ते ही में मिल गई थी। रोते हुए घर में दाखिल हुए। देवी भरी बैठी थी, सोच रखा था - आज चाहे जो हो जाय पर फटकारूंगी जरूर। पर उनको रोते देखा, तो सारा गुस्सा गायब हो गया। खुद भी रोने लगी। दोनों बड़ी देर तक रोते रहे। इस विपत्ति ने दोनों के हृदय को एक-दूसरे की ओर बड़े जोर से खींचा। उन्हें ऐसा ज्ञात हुआ कि उनमें फिर पहले का-सा प्रेम जागृत हो गया है।

प्रात:काल जब लोग दाह-क्रिया करके लौटे, तो श्याम किशोर ने देवी की ओर स्नेह से देखकर करुण स्वर में कहा - 'तुम्हारा जी अकेले कैसे लगेगा?'

देवी - 'तुम दस-पांच दिन की छुट्टी न ले सकोगे।'

श्याम - 'यही तो मैं भी सोचता हूं। पंद्रह दिन की छुट्टी ले लूं।'

श्याम बाबू दफ्तर छुट्टी लेने चले गए। इस विपत्ति में भी आज देवी का हृदय जितना प्रसन्न था, उतना उधर महीनों से न हुआ था। बालिका को खोकर वह विश्वास और प्रेम पा गई थी, और यह उसके आंसू पोंछने के लिए कुछ कम न था।

आह! अभागिनी खुश मत हो। तेरे जीवन का वह अंतिम कांड होना अभी बाकी है, जिसकी आज तू कल्पना भी नहीं कर सकती।

7

दूसरे दिन बाबू श्याम किशोर घर पर ही थे कि मुन्नू ने आकर सलाम किया। श्याम किशोर ने जरा कड़ी आवाज में पूछा - 'क्या है जी, तुम क्यों बार-बार यहां आया करते हो?'

मुन्नू बड़े दीन भाव से बोला - 'मालिक, कल की बात जो सुनता है, उसी को रंज होता है। मैं तो हुजूर का गुलाम ठहरा। अब नौकर नहीं हूं तो क्या, सरकार का नमक तो खा चुका हूं। भला, वह कभी हड्डियों से निकल सकता है? कभी-कभी हाल-चाल पूछने आ जाता हूं। जब से कल वाली बात सुनी है हुजूर, ऐसा कसक हो रहा है कि क्या कहूं। कैसी प्यारी-प्यारी बच्ची थी कि

देखकर दु:ख दूर हो जाता था। मुझे देखते ही मुन्नू-मुन्नू करके दौड़ती थी, जब गैरों को यह हाल है, तो हुजूर के दिल पर जो बीत रही होगी, हुजूर ही जानते होंगे।'

श्याम बाबू कुछ नर्म होकर बोले - 'ईश्वर की मरजी में इन्सान का क्या चारा? मेरा तो घर ही अंधेरा हो गया। अब यहां रहने को जी नहीं चाहता।'

मुन्नू - 'मालकिन तो और भी बेहाल होंगी।'

श्याम - 'हुआ ही चाहें। मैं तो उसे शाम-सवेरे खेला लिया करता था। मां तो दिन भर साथ रहती थी। मैं तो काम-धंधों में भूल भी जाऊंगा। वह कहां भूल सकती है। उनको तो सारी जिंदगी का रोना है।'

पति को मुन्नू से बातें करते सुनकर देवी ने कोठे पर से आंगन की ओर देखा। मुन्नू को देखकर उसकी आंखों में बे-अख्तियार आंसू भर आए। बोली - 'मुन्नू मैं तो लुट गयी!'

मुन्नू - 'हुजूर, अब सब्र कीजिए, रोने-धोने से क्या फायदा? यही सब अंधेर देखकर तो कभी-कभी अल्लाह मियां को जालिम कहना पड़ता है। जो बेईमान हैं, दूसरों का गला काटते फिरते हैं, उनसे अल्लाह मियां भी डरते हैं। जो सीधे और सच्चे हैं, उन्हीं पर आफत आती।'

मुन्नू देवी को दिलासा देता रहा। श्याम बाबू भी उसकी बातों का समर्थन करते जाते थे। जब वह चला गया, तो बाबू साहब ने कहा - 'आदमी तो कुछ बुरा नहीं मालूम होता।

देवी ने कहा - 'मोहब्बती आदमी है। रंज न होता, तो यहां क्यों आता?'

8

पंद्रह दिन गुजर गए। बाबू साहब फिर दफ्तर जाने लगे। मुन्नू इस बीच में फिर कभी न आया। अब तक तो देवी का दिन पति से बातें करने में कटा जाता था लेकिन अब उनके चले जाने पर उसे बार-बार शारदा की याद आती। प्राय: सारा दिन रोते कटता था। मुहल्ले की दो-चार नीच जाति की औरतें आती थी लेकिन देवी का उनसे मन न मिलता था, झूठी सहानुभूति दिखाकर देवी से कुछ ऐंठना चाहती थीं।

एक दिन कोई चार बजे मुन्नू फिर आया, और आंगन में खड़ा होकर बोला - 'मालकिन, मैं हूं मुन्नू, जरा नीचे आ जाइएगा।'

देवी ने ऊपर ही से पूछा - 'क्या काम है? कहो तो।'

मुन्नू - 'जरा आइए तो।'

देवी नीचे आई, तो मुन्नू ने कहा - 'राजा मियां बाहर खड़े हैं और हुजूर से मातमपुर्सी करते हैं।'

देवी ने कहा - 'जाकर कह दो, ईश्वर की जो मर्जी थी, वह हुई।'

राजा दरवाजे पर खड़ा था। ये बातें उसने साफ सुनी। बाहर ही से बोला - 'खुदा जानता है, जब से यह खबर सुनी है, दिल के टुकड़े हुए जाते हैं। मैं जरा दिल्ली चला गया था। आज ही लौटकर आया हूं। अगर मेरी मौजूदगी में यह वारदात हुई होती, तो और क्या कर सकता था, मगर मोटर वाले को बिना सजा कराए न छोड़ता, चाहे वह किसी राजा ही की मोटर होती। सारा शहर छान डालता। बाबू साहब चुप होके बैठे रहे, यह भी कोई बात है। मोटर चलाकर क्या कोई किसी की जान ले लेगा। फूल-सी मासूम बच्ची को जालिमों ने मार डाला। हाय! अब कौन मुझे राजा भैया कहकर पुकारेगा। खुदा की कसम, उसके लिए दिल्ली से टोकरी भर खिलौने ले आया हूं। क्या जानता था कि यहां यह सितम हो गया। मुन्नू देख, यह ताबीज ले जाकर बहूजी को दे दे। इसे अपने जूड़े में बांध लेंगी। खुदा ने चाहा, तो उन्हें किसी की दहशत या खटका न रहेगा। उन्हें बुरे-बुरे ख्वाब दिखाई देते होंगे, रात की नींद उचट जाती होगी, दिल घबराया करता होगा। ये सारी शिकायतें इस ताबीज से दूर हो जायेंगी। मैंने एक पहुंचे हुए फकीर से यह ताबीज लिखाया है।

इसी तरह से राजा और मुन्नू उस वक्त तक एक-न-एक बहाने से द्वार से न टले, जब तक बाबू साहब आते न दिखाई दिए। श्याम किशोर न उन दोनों को जाते देख लिया। ऊपर जाकर गम्भीर भाव से बोले - 'राजा क्या करने आया था?'

देवी - 'यों ही मातमपुर्सी करने आया था। आज दिल्ली से आया है। यह खबर सुनकर दौड़ा आया था।'

श्याम - 'मर्द मर्दों से मातमपुर्सी करते हैं या औरतों से?'

देवी - 'तुम न मिले, तो मुझी से शोक प्रकट करके चला गया।'

श्याम - 'इसके यह आने की जो आदमी मुझसे मिलने आए, वह मेरे न रहने पर तुमसे मिल सकता है। इसमें कोई हर्ज नहीं, क्यों?'

देवी - 'सबसे मिलने मैं थोड़े ही जा रही हूं?'

श्याम - 'तो राजा क्या मेरा साला है या ससुरा?'

देवी - 'तुम तो जरा-सी बात पर झल्लाने लगते हो।'

श्याम - 'यह जरा-सी बात है। एक भले घर की स्त्री एक शोहदे से बातें करे, यह जरा-सी बात है। तो बड़ी-सी बात किसे कहते हैं? यह जरा-सी बात नहीं है कि यदि में तुम्हारी गर्दन घोंट दूं तो मुझे पाप न लगेगा, देखता हूं फिर तुमने वही रंग पकड़ा। इतनी बड़ी सजा पाकर भी तुम्हारी आंखें नहीं खुली। अबकी क्या मुझे ले बीतना चाहती हो।'

देवी सन्नाटे में आ गई। एक तो लड़की का शोक उस पर यह अपशब्दों की बौछार और भीषण आक्षेप उसे सिर में चक्कर-सा आ गया। बैठकर रोने लगी। 'इस जीवन से तो मौत कहीं अच्छी।' केवल यही शब्द उसके मुंह से निकले।

बाबू साहब गरजकर बोले - 'यही होगा। मत घबराओ, मत घबराओ, यही होगा। तुम मरना चाहती हो, तो मुझे भी तुम्हारे अमर होने की आकांक्षा नहीं है। जितनी जल्द तुम्हारे जीवन का अंत हो जाय, उतना ही अच्छा। कुल में कलंक तो न लगेगा?

देवी ने सिसकियां लेते हुए कहा - 'क्यों एक अबला पर इतना अन्याय करते हो? तुम्हें जरा भी दया नहीं आती।'

श्याम - 'मैं कहता हूं चुप रह।'

देवी - 'क्यों चुप रहूं? क्या किसी की जबान बन्द कर दोगे?'

श्याम - 'फिर बोले जाती है? मैं उठकर सिर तोड़ दूंगा?

देवी - 'क्या सिर तोड़ दोगे, कोई जबरदस्ती है?'

श्याम - 'अच्छा तो बुला, देखें तेरा कौन हिमायती हैं?'

यह कहते हुए बाबू साहब झल्लाकर उठे, और देवी को कई थप्पड़ और घूंसे लगा दिये, मगर वह न रोयी, न चिल्लायी, न जबान से एक शब्द निकाला, केवल अर्थ-शल्य नेत्रों से पति की ओर ताकती रही, मानो यह निश्चय करना चाहती थी कि यह आदमी है या कुछ और। जब श्याम किशोर मार-पीटकर अलग खड़े हो गए, तो देवी ने कहा - 'दिल के अरमान अभी न निकले हों तो और निकाल लो। फिर शायद अवसर न मिले।'

श्याम किशोर ने जवाब दिया - 'सिर काट लूंगा, सिर। तू है किस फेर में?'

यह कहते हुए वह नीचे चले गये, झटके के साथ किवाड़ खोले, धमाके के साथ बंद किए और कहीं चले गये।

अब देवी की आंखों से आंसू की नदी बहने लगी।

रात के दस बज गए, पर श्याम किशोर घर न लौटे। रोते-रोते देवी की आंखें सूज आईं। क्रोध में मधुर-स्मृतियों का लोप हो जाता है। देवी को ऐसा ज्ञान होता था कि श्याम किशोर को उसके साथ कभी प्रेम ही न था। हां, कुछ दिनों वह उसका मुंह अवश्य जोहते रहते थे, लेकिन वह बनावटी प्रेम था। उसके यौवन का आनंद लूटने ही के लिए उसमें मीठी-मीठी प्यार की बातें की जाती थी। उसे छाती से लगाया जाता था, उसे कलेजे पर सुलाया जाता था। वह सब दिखावा था, स्वांग था। उसे याद ही न आता कि कभी उससे सच्चा प्रेम किया गया हो। अब वह रूप नहीं रहा, वह यौवन नहीं रहा, वह नवीनता नहीं रही। फिर उसके साथ क्यों न अत्याचार किए जायें, उसने सोचा - कुछ नहीं। अब इनका दिल मुझसे फिर गया है, नहीं तो क्या इस जरा-सी बात पर यों पर टूट पड़ते। कोई-न-कोई लांछन लगाकर मुझसे गला छुड़ाना चाहते हैं। यही बात है, तो मैं क्यों इनकी रोटियां और इनकी मार खाने के लिए इस घर में पड़ी रहूं? जब प्रेम ही नहीं रहा, तो

मेरे यहां रहने को धिक्कार है। मैके में कुछ न सही, यह दुर्गति न होगी। इनकी यही इच्छा है, तो यही सही। मैं भी समझ लूंगी कि विधवा हो गई।

ज्यों-ज्यों रात गुजरती थी, देवी के प्राण सूखे जाते थे। उसे यह धड़का समाया हुआ था कि कहीं वह आकर फिर न मार-पीट शुरू कर दें। कितने क्रोध में भरे हुए यहां से गए। वाह री तकदीर अब मैं इतनी नीच हो गई कि मेहतरों से, जूते वालों से आशनाई करने लगी। इस भले आदमी को ऐसी बातें मुंह से निकालते हुए शर्म भी नहीं आती। न जाने इनके मन में ऐसी बातें कैसे आती हैं। कुछ नहीं, वह स्वभाव के नीच, दिल के मैले, स्वार्थी आदमी हैं। नीचों के साथ नीच ही बनना चाहिए। मेरी भूल थी कि इतने दिनों से उनकी घुड़कियां सहती रही। जहां इज्जत नहीं, मर्यादा नहीं, प्रेम नहीं, विश्वास नहीं, वहां रहना बेहयाई है। कुछ मैं इनके हाथों बिक तो गई ही नहीं कि यह जो चाहें करें, मारे या काटे, पड़ी सहा करूं। सीता-जैसी पत्नियां होती थीं, तो राम-जैसे पति भी होते थे।

देवी को अब ऐसी शंका होने लगी कि कहीं श्याम किशोर आते ही सचमुच उसका गला न दबा दें, या छुरी भोंक दें। वह समाचार-पत्रों में ऐसी कई हरजाइयों को खबरें पड़ चुकी थी। शहर ही में ऐसी घटनाएं हो चुकी थी। मारे भय के वह थरथरा उठी। यहां रहने से प्राणों की कुशल न थी।

देवी ने कपड़ों की एक छोटी-श्री बकुची बांधी और सोचने लगी - यहां से कैसे निकलूं और फिर यहां से निकलकर जाऊं कहां? कहीं इस वक्त मुन्नू का पता लग जाता, तो बड़ा काम निकलता। वह मुझे क्या मैके न पहुंचा देता? एक बार मैके पहुंच भर जाती। फिर तो लाला सिर पड़कर रह जाय, भूलकर भी न आऊं। वह भी क्या याद करेंगे, रुपये क्यों छोड़ूं दूं। जिसमें यह मजे में गुलछर्रे उड़ाए मैंने ही तो काट-छांटकर जमा किए हैं। इनकी कौन-सी ऐसी बड़ी कमाई थी। खर्च करना चाहती, तो कौड़ी न बचती। पैसा-पैसा बचाती रहती थी। देवी ने जाकर नीचे के किवाड़ बन्द कर दिए। फिर संदूक खोलकर अपने सारे जेवर और रुपये निकालकर बकुची में बांध लिये। सब-के-सब करेंसी नोट थे विशेष बोझ भी न हुआ। एकाएक किसी ने सदर दरवाजे में जोर से धक्का मारा। देवी सहम उठी। ऊपर से झांककर देखा, श्याम बाबू थे। उसकी हिम्मत न पड़ी कि जाकर द्वार खोल दे, फिर तो बाबू साहब ने इतने जोर से धक्के मारने शुरू किए, मानो किवाड़ ही तोड़ डालेंगे। इस तरह द्वार खुलवाना ही उनके चित्त की दशा का साफ प्रकट कर रहा था। देवी शेर के मुंह में जाने का साहस न कर सकी।

आखिर श्याम किशोर ने चिल्लाकर कहा - 'ओ डैम! किवाड़ खोल, ओ ब्लड़ी! किवाड़ खोल, अभी खोल।'

देवी की रही-सही हिम्मत भी जाती रही। श्याम किशोर नशे में चूर थे। होश में शायद दया आ जाती, इसलिए शराब पीकर आये हैं। किवाड़ तो न खोलूंगी चाहे तोड़ ही डालो। अब तुम इस घर में आने पाओगे ही नहीं, मारोगे तो कहां से? तुम्हें खूब पहचान गई।

श्याम किशोर पन्द्रह-बीस मिनट तक शोर मचाने और किवाड़ हिलाने के बाद ऊल-जलूल बकते चले गये। दो-चार पड़ोसियों ने फटकार भी सुनाई। आप भी तो पढ़े-लिखे आदमी होकर आधी रात को घर चलते हैं। नींद ही तो है, नहीं खुलती, तो क्या कीजिएगा? जाइए, किसी यार-दोस्त के घर लेट रहिए, सवेरे आएगा।

श्याम किशोर के जाते ही देवी ने बकुची उठाई और धीरे-धीरे नीचे उतरी। जरा देर उसने कान लगाकर आहट ली कि कहीं श्याम किशोर खड़े तो नहीं है। जब विश्वास हो गया कि वह चले गये तो धीरे से द्वार खोला और बाहर निकल आई। उसे जरा भी क्षोभ, जरा भी दु:ख न था। बस, केवल एक इच्छा थी कि यहां से भाग जाऊं। कोई ऐसा आदमी न था, जिस पर वह भरोसा कर सके, जो इस संकट में काम आ सके। बस वही मुन्नू मेहतर। अब उसी के मिलने पर उसकी सारी आशाएं अवलम्बित थी। उसी से मिलकर वह निश्चय करेगी कि कहां जाय, कैसे रहे। मैके जाने का अब उसका इरादा न था। उसे भय होता था कि मैके में श्याम किशोर से वह अपनी जान न बचा सकेगी। उसे यहां न पाकर वह अवश्य उसके मैके जायेंगे, और उसे जबरदस्ती खींच लाएंगे। वह सारी यातनाएं, सारे अपमान सहने को तैयार थी, केवल श्याम किशोर की सूरत नहीं देखना चाहती थी। प्रेम अपमानित होकर द्वेष में बदल जाता है।

थोड़ी ही दूर पर चौराहा था, कई तांगे वाले खड़े थे। देवी ने एक इक्का किया और उससे स्टेशन चलने को कहा।

9

देवी ने रात स्टेशन पर काटी। प्रात:काल उसने एक तांगा किराए पर किया। और परदे में बैठकर चौक जा पहुंची। अभी दुकानें न खुली थी लेकिन पूछने से राजा मियां का पता चल गया। उसकी दुकान पर एक लौंडा झाड़ू दे रहा था। देवी ने उसे बुलाकर कहा - 'जाकर राजा मियां से कह दे कि शारदा की अम्मा तुमसे मिलने आई हैं, अभी चलिए।'

दस मिनट में राजा और मुन्नू आ पहुंचे।

देवी ने सजल नेत्र होकर कहा - 'तुम लोगों के पीछे मुझे घर छोड़ना पड़ा। कल रात को तुम्हारा मेरे घर जाना गजब हो गया। जो कुछ हुआ, वह फिर कहूंगी। मुझे कहीं एक घर दिला दो। घर ऐसा हो कि बाबू साहब को मेरा पता न मिले। नहीं तो वह मुझे जीती न छोड़ेंगे।

राजा ने मुन्नू की ओर देखा, मानो कह रहा है - देखो, चाल कैसी ठीक थी! देवी से बोला - 'आप निसाखातिर रहें, ऐसा घर दिला दूंगा कि बाबू साहब के बाबा साहब को भी पता न चलेगा। आपको किसी बात की तकलीफ न होगी। हम आपके पसीने की जगह खून बहा देंगे। सच पूछो तो बहूजी, बाबू साहब आपके लायक थे नहीं।'

मुन्नू - 'कहां की बात भैया, आप रानी होने लायक हैं। मैं मालकिन से कहता था कि बाबूजी को दालमंडी की हवा लग गई है, पर आप मानती ही न थी। आज रात ही को मैंने गुलाबजान के कोठे पर से उतरते देखा। नशे में धुत थे।'

देवी - 'झूठी बात। उनकी यह आदत नहीं। गुस्सा उन्हें जरूर बहुत है, और गुस्से में आकर उन्हें नेक-बद कुछ नहीं सूझता लेकिन निगाह के बुरे नहीं।'

मुन्नू - 'हुजूर मानती ही नहीं, तो क्या करूं। अच्छा, कभी दिखा दूंगा, तब, तो मानिएगा।'

राजा - 'अबे दिखाना पीछे, इस वक्त आपको मेरे घर पहुंचा दे। ऊपर ले जाना। तब तक मैं एक मकान देखने जाता हूं। आपके लायक बहुत ही अच्छा है।'

देवी - 'तुम्हारे घर में बहुत-सी औरतें होंगी?'

राजा - 'कोई नहीं है, बहूजी, सिर्फ एक बुढ़िया मामी है। वह आपके लिए एक कहारिन बुला देगी। आपको किसी बात की तकलीफ न होगी। मैं मकान देखने जा रहा हूं।'

देवी - 'जरा बाबू साहब की तरफ भी होते आना। देखना, घर आये कि नहीं?'

राजा - 'बाबू साहब से तो मुझे चिढ़ हो गई है। शायद नजर में आ जायें तो मेरी उनसे लड़ाई हो जाय। जो मर्द आप जैसी हुस्न की देवी की कद्र नहीं कर सकता, वह आदमी नहीं।'

मुन्नू - 'बहुत ठीक कहते हो, भैया। ऐसी शरीफजादी को न जाने किस मुंह से डांटते है। मुझे इतने दिन हुजूर की गुलामी करते हो गए, कभी एक बात न कही।'

राजा मकान देखने गया, और तांगा राजा के घर की तरफ चला।

देवी के मन में इस समय एक शंका का आभास हुआ - कहीं ये दोनों सचमुच शोहदे तो नहीं है? लेकिन कैसे मालूम हो? यह सत्य है कि देवी ने जीवन पर्यन्त के लिए स्वामी का परित्याग किया था, पर इतनी ही देर में उसको कुछ पश्चात्ताप होने लगा था। अकेली घर में कैसे रहेगी, बैठी-बैठी क्या करेगी, यह कुछ उसकी समझ में न आता था। उसके दिल ने कहा - 'क्यों न घर लौट चलूं ईश्वर करे, वह अभी घर न आये हों। मुन्नू से बोली - 'तुम जरा दौड़कर देखो तो, बाबूजी घर आये कि नहीं?'

मुन्नू - 'आप चलकर आराम से बैठे, मैं देख आता हूं।'

देवी - 'मैं अंदर न जाऊंगी।'

मुन्नू - 'खुदा की कसम खाके कहता हूं घर बिलकुल खाली है। आप हम लोगों पर शक करती हैं। हम वह लोग हैं कि आपका हुक्म पाएं तो आग में कूद पड़े।'

देवी इक्के से उतरकर अंदर चली गई। चिड़िया इस बार पकड़े जाने पर भी फड़फड़ायी किन्तु पैरों में लासा लगे होने के कारण उड़ न सकी, और शिकारी ने उसे अपनी झोली में रख लिया।

वह अभागिनी क्या फिर कभी आकाश में उड़ेगी? क्या फिर उसे डालियों पर चहकना नसीब होगा?

10

श्याम किशोर सवेरे घर लौटे, तो उनका चित्त शांत हो गया था। उन्हें शंका हो रही थी कि कदाचित् देवी घर में न होगी। द्वार के दोनों पट खुले देखे तो कलेजा सन्न-से हो गया। इतने सवेरे किवाड़ों का खुला रहना अमंगल सूचक था। एक क्षण द्वार पर खड़े होकर अंदर की आहट ली। कोई आवाज न सुनाई दी। आंगन में गये, वहां भी सन्नाटा, ऊपर चारों तरफ सूना। घर काटने को दौड़ रहा था। श्याम किशोर ने अब जरा सतर्क होकर देखना शुरू किया। संदूक में रुपये नदारद। गहने का संदूक भी खाली। अब क्या भ्रम हो सकता था? कोई गंगा-स्नान के लिए जाता है, तो घर के रुपये नहीं उठा ले जाता, वह चली गई। अब इससे लेश-मात्र भी संदेह नहीं था। यह भी मालूम था कि वह कहां गई है। शायद उसी वक्त लपक कर जाने से वह वापस भी लाई जा सकती है, लेकिन दुनिया क्या कहेगी?

श्याम किशोर ने अब चारपाई पर बैठकर ठंडे दिल से इस घटना की विवेचना करनी शुरू की। इसमें तो संदेह न था कि राजा और उसका पिट्ठू मुन्नू ने ही बहकाया है। आखिर बाबूजी का कर्तव्य क्या था? उन्होंने वह पुराना मकान छोड़ दिया, देवी को बार-बार समझाया। इसके उपरांत वह क्या कर सकते? क्या मारना अनुचित था? अगर एक क्षण के लिए अनुचित ही मान लिया जाये, तो क्या देवी को इस तरह घर से निकल जाना चाहिए था! कोई दूसरी स्त्री, जिसके हृदय में पहले ही से विष न भर दिया गया हो, केवल मार खाकर घर से न निकल जाती? अवश्य ही देवी का हृदय कलुषित हो गया।

बाबू साहब ने फिर सोचा - अभी जरा देर में महरी आएगी। वह देवी को घर में न देखकर पूछेगी, तो क्या जवाब दूंगा? दम-के-दम में सारे मुहल्ले में यह खबर फैल जायेगी। हाय भगवान क्या करूं? श्याम किशोर के मन में इस वक्त जरा भी पश्चात्ताप, जरा भी दया न थी। अगर देवी किसी तरह उन्हें मिल सकती तो वह उसकी हत्या कर डालने में जरा भी पशोपेश न करते। उसका घर से निकल जाना, चाहे आवेश के सिवा उसका कोई कारण न हो, उनकी निगाह में अक्षम्य था। क्रोध बहुधा विरक्ति का रूप धारण कर लिया करता है। श्याम किशोर को संसार से घृणा हो गई। जब अपनी पत्नी ही दगा कर जाय तो किसी से क्या आशा की जाए? जिस स्त्री के लिए हम जीते भी हैं और मरते भी, जिसको सुखी रखने के लिए हम अपने प्राणों का बलिदान कर देते है, जब वह अपनी न हुई, तो फिर दूसरा कौन अपना हो सकता है? इसी स्त्री को प्रसन्न रखने के लिए उन्होंने क्या नहीं किया? घरवालों से लड़ाई की, भाइयों से नाता तोड़ा, यहां तक कि वे अब उनकी सूरत भी नहीं देखना चाहते। उसकी कोई ऐसी इच्छा न थी, जो उन्होंने पूरी न की हो। उसका जरा-सा सिर भर दुखता था, तो उनके हाथों के तोते उड़ जाते थे। रात-की-रात उनकी सेवा-सुश्रूषा में बैठे रह जाते थे। वह स्त्री आज उनसे दगा कर गई,

केवल एक गुंडे के बहकावे में आकर उनके मुंह में कालिख लगा गई। गुंडे पर इल्जाम लगाना तो एक प्रकार से मन को समझाना है। जिसके दिल में खोट न हो, उसे कोई क्या बहका सकता है? जब इस स्त्री ने धोखा दिया, तो फिर समझना चाहिए कि संसार में प्रेम और विश्वास का अस्तित्व ही नहीं। यह केवल भावुक प्राणियों की कल्पना मात्र है। ऐसे संसार में रहकर दु:ख और निराशा के सिवा और क्या मिलना है? हा दुष्टा! ले, आज से तू स्वतंत्र है, अब कोई तेरा हाथ पकड़ने वाला नहीं रहा। जिसे तू प्रियतम कहते हुए नहीं थकती थी, उसके साथ तूने यह कुटिल व्यवहार किया। चाहूं, तो तुझे अदालत में घसीटकर इस पाप का दंड़ दे सकता हूं मगर क्या फायदा! इसका फल तुझे ईश्वर देंगे। श्याम किशोर चुपचाप नीचे उतरे, न किसी से कुछ कहा, न सुना, द्वार खुले छोड़ दिए और गंगा-तट की ओर चले।

* * *

कजाकी

मेरी बाल-स्मृतियों में 'कजाकी' एक न मिटने वाला व्यक्ति है। आज चालीस साल गुजर गये; कजाकी की मूर्ति अभी तक आँखों के सामने नाच रही है। मैं उन दिनों अपने पिता के साथ आजमगढ़ की एक तहसील में था। कजाकी जाति का पासी था, बड़ा ही हँसमुख, बड़ा ही साहसी, बड़ा ही जिंदादिल। वह रोज शाम को डाक का थैला लेकर आता, रात-भर रहता और सबेरे डाक लेकर चला जाता। शाम को फिर उधर से डाक लेकर आ जाता। मैं दिन भर एक उद्विग्न दशा में उसकी राह देखा करता। ज्यों ही चार बजते, व्याकुल हो कर, सड़क पर आ कर, खड़ा हो जाता, और थोड़ी देर में कजाकी कंधो पर बल्लम रखे, उसकी झुँझुनी बजाता, दूर से दौड़ता हुआ आता दिखलायी देता। वह साँवले रंग का गठीला, लम्बा जवान था। शरीर साँचे में ऐसा ढला हुआ कि चतुर मूर्तिकार भी उसमें कोई दोष न निकाल सकता। उसकी छोटी-छोटी मूँछें, उसके सुडौल चेहरे पर बहुत ही अच्छी मालूम होती थीं। मुझे देख कर वह और तेज दौड़ने लगता, उसकी झुँझुनी और तेजी से बजने लगती, और मेरे हृदय में और जोर से खुशी की धड़कन होने लगती। हर्षातिरेक में मैं भी दौड़ पड़ता और एक क्षण में कजाकी का कंधा मेरा सिंहासन बन जाता। वह स्थान मेरी अभिलाषाओं का स्वर्ग था। स्वर्ग के निवासियों को भी शायद वह आंदोलित आनंद न मिलता होगा जो मुझे कजाकी के विशाल कंधों पर मिलता था। संसार मेरी आँखों में तुच्छ हो जाता और जब कजाकी मुझे कंधो पर लिये हुए दौड़ने लगता, तब तो ऐसा मालूम होता, मानो मैं हवा के घोड़े पर उड़ा जा रहा हूँ।

कजाकी डाकखाने में पहुँचता, तो पसीने से तर रहता; लेकिन आराम करने की आदत न थी। थैला रखते ही वह हम लोगों को ले कर किसी मैदान में निकल जाता, कभी हमारे साथ खेलता, कभी बिरहे गा कर सुनाता और कभी कहानियाँ सुनाता। उसे चोरी और डाके, मार-पीट, भूत-प्रेत की सैकड़ों कहानियाँ याद थीं। मैं ये कहानियाँ सुनकर विस्मयपूर्ण आनंद में मग्न हो जाता; उसकी कहानियों के चोर और डाकू सच्चे योद्धा होते थे, जो अमीरों को लूट कर दीन-दुखी प्राणियों का पालन करते थे। मुझे उन पर घृणा के बदले श्रृद्धा होती थी।

2

एक दिन कजाकी को डाक का थैला ले कर आने में देर हो गयी। सूर्यास्त हो गया और वह दिखलायी न दिया। मैं खोया हुआ-सा सड़क पर दूर तक आँखें फाड़-फाड़ कर देखता था; पर वह परिचित रेखा न दिखलायी पड़ती थी। कान लगा कर सुनता था; 'झुन-झुन' की वह आमोदमय धवनि न सुनायी देती थी। प्रकाश के साथ मेरी आशा भी मलिन होती जाती थी। उधर

से किसी को आते देखता, तो पूछता - कजाकी आता है ? पर या तो कोई सुनता ही न था, या केवल सिर हिला देता था।

सहसा 'झुन-झुन' की आवाज कानों में आयी। मुझे अँधेरे में चारों ओर भूत ही दिखलायी देते थे - यहाँ तक कि माता जी के कमरे में ताक पर रखी हुई मिठाई भी अँधेरा हो जाने के बाद, मेरे लिए त्याज्य हो जाती थी; लेकिन वह आवाज सुनते ही मैं उसकी तरफ जोर से दौड़ा। हाँ, वह कजाकी ही था। उसे देखते ही मेरी विकलता क्रोध में बदल गयी। मैं उसे मारने लगा, फिर रूठ करके अलग खड़ा हो गया।

कजाकी ने हँस कर कहा -मारोगे, तो मैं एक चीज लाया हूँ, वह न दूँगा।

मैंने साहस करके कहा -जाओ, मत देना, मैं लूँगा ही नहीं।

कजाकी - अभी दिखा दूँ, तो दौड़ कर गोद में उठा लोगे।

मैंने पिघल कर कहा -अच्छा, दिखा दो।

कजाकी - तो आ कर मेरे कंधो पर बैठ जाओ भाग चलूँ। आज बहुत देर हो गयी है। बाबू जी बिगड़ रहे होंगे।

मैंने अकड़ कर कहा -पहले दिखा।

मेरी विजय हुई। अगर कजाकी को देर का डर न होता और वह एक मिनट भी और रुक सकता, तो शायद पाँसा पलट जाता। उसने कोई चीज दिखलायी, जिसे वह एक हाथ से छाती से चिपटाये हुए था; लम्बा मुँह था, और दो आँखें चमक रही थीं।

मैंने उसे दौड़ कर कजाकी की गोद से ले लिया। यह हिरन का बच्चा था। आह ! मेरी उस खुशी का कौन अनुमान करेगा ? तब से कठिन परीक्षाएँ पास कीं, अच्छा पद भी पाया, रायबहादुर भी हुआ; पर वह खुशी फिर न हासिल हुई। मैं उसे गोद में लिये, उसके कोमल स्पर्श का आनंद उठाता घर की ओर दौड़ा। कजाकी को आने में क्यों इतनी देर हुई इसका खयाल ही न रहा।

मैंने पूछा-यह कहाँ मिला, कजाकी ?

कजाकी - भैया, यहाँ से थोड़ी दूर पर एक छोटा-सा जंगल है। उसमें बहुत-से हिरन हैं। मेरा बहुत जी चाहता था कि कोई बच्चा मिल जाए, तो तुम्हें दूँ। आज यह बच्चा हिरनों के झुंड के साथ दिखलायी दिया। मैं झुंड की ओर दौड़ा, तो सब के सब भागे। यह बच्चा भी भागा; लेकिन मैंने पीछा न छोड़ा। और हिरन तो बहुत दूर निकल गये, यही पीछे रह गया। मैंने इसे पकड़ लिया। इसी से इतनी देर हुई।

यों बातें करते हम दोनों डाकखाने पहुँचे। बाबू जी ने मुझे न देखा, हिरन के बच्चे को भी न देखा, कजाकी ही पर उनकी निगाह पड़ी। बिगड़ कर बोले - आज इतनी देर कहाँ लगायी ? अब थैला ले कर आया है, उसे लेकर क्या करूँ ? डाक तो चली गयी। बता, तूने इतनी देर कहाँ लगायी ?

कजाकी के मुँह से आवाज न निकली।

बाबू जी ने कहा -तुझे शायद अब नौकरी नहीं करनी है। नीच है न, पेट भरा तो मोटा हो गया ! जब भूखों मरने लगेगा, तो आँखें खुलेंगी।

कजाकी चुपचाप खड़ा रहा।

बाबू जी का क्रोध और बढ़ा। बोले - अच्छा, थैला रख दे और अपने घर की राह ले। सूअर, अब डाक ले के आया है। तेरा क्या बिगड़ेगा, जहाँ चाहेगा, मजूरी कर लेगा। माथे तो मेरे जायगी, जवाब तो मुझसे तलब होगा।

कजाकी ने रुआँसे हो कर कहा -सरकार, अब कभी देर न होगी।

बाबू जी - आज क्यों देर की, इसका जवाब दे ?

कजाकी के पास इसका कोई जवाब न था। आश्चर्य तो यह था कि मेरी भी जबान बंद हो गयी। बाबू जी बड़े गुस्सेवर थे। उन्हें काम करना पड़ता था, इसी से बात-बात पर झुँझला पड़ते थे। मैं तो उनके सामने कभी जाता ही न था। वह भी मुझे कभी प्यार न करते थे। घर में केवल दो बार घंटे-घंटे भर के लिए भोजन करने आते थे, बाकी सारे दिन दफ्तर में लिखा करते थे। उन्होंने बार-बार एक सहकारी के लिए अफसरों से विनय की थी; पर इसका कुछ असर न हुआ था। यहाँ तक कि तातील के दिन भी बाबू जी दफ्तर ही में रहते थे। केवल माता जी उनका क्रोध शांत करना जानती थीं; पर वह दफ्तर में कैसे आतीं।

बेचारा कजाकी उसी वक्त मेरे देखते-देखते निकाल दिया गया। उसका बल्लम, चपरास और साफा छीन लिया गया और उसे डाकखाने से निकल जाने का नादिरी हुक्म सुना दिया। आह ! उस वक्त मेरा ऐसा जी चाहता था कि मेरे पास सोने की लंका होती, तो कजाकी को दे देता और बाबू जी को दिखा देता कि आपके निकाल देने से कजाकी का बाल भी बाँका नहीं हुआ। किसी योद्धा को अपनी तलवार पर जितना घमंड होता है, उतना ही घमंड कजाकी को अपनी चपरास पर था। जब वह चपरास खोलने लगा, तो उसके हाथ काँप रहे थे और आँखों से आँसू बह रहे थे। और इस सारे उपद्रव की जड़ वह कोमल वस्तु थी, जो मेरी गोद में मुँह छिपाये ऐसे चैन से बैठी हुई थी, मानो माता की गोद में हो। जब कजाकी चला तो मैं धीरे-धीरे उसके पीछे-पीछे चला। मेरे घर के द्वार पर आ कर कजाकी ने कहा -भैया, अब घर जाओ; साँझ हो गयी।

मैं चुपचाप खड़ा अपने आँसुओं के वेग को सारी शक्ति से दबा रहा था। कजाकी फिर बोला - भैया, मैं कहीं बाहर थोड़े ही चला जाऊँगा। फिर आऊँगा और तुम्हें कंधो पर बैठा कर कुदाऊँगा। बाबू जी ने नौकरी ले ली है, तो क्या इतना भी न करने देंगे ! तुमको छोड़ कर मैं कहीं न जाऊँगा, भैया ! जाकर अम्माँ से कह दो, कजाकी जाता है। उसका कहा-सुना माफ करें।

मैं दौड़ा हुआ घर गया, लेकिन अम्माँ जी को कुछ कहने के बदले बिलख-बिलख कर रोने लगा। अम्माँ जी रसोई के बाहर निकल कर पूछने लगीं - क्या हुआ बेटा ? किसने मारा ! बाबू

जी ने कुछ कहा है ? अच्छा, रह तो जाओ, आज घर आते हैं, तो पूछती हूँ। जब देखो, मेरे लड़के को मारा करते हैं। चुप रहो बेटा, अब तुम उनके पास कभी मत जाना।

मैंने बड़ी मुश्किल से आवाज सँभाल कर कहा -कजाकी... अम्माँ ने समझा, कजाकी ने मारा है; बोलीं - अच्छा, आने दो कजाकी को, देखो, खड़े-खड़े निकलवा देती हूँ। हरकारा हो कर मेरे राजा बेटा को मारे ! आज ही तो साफा, बल्लम, सब छिनवाये लेती हूँ। वाह !

मैंने जल्दी से कहा -नहीं, कजाकी ने नहीं मारा। बाबू जी ने उसे निकाल दिया है; उसका साफा, बल्लम छीन लिया - चपरास भी ले ली।

अम्माँ - यह तुम्हारे बाबू जी ने बहुत बुरा किया। वह बेचारा अपने काम में इतना चौकस रहता है। फिर उसे क्यों निकाला ?

मैंने कहा -आज उसे देर हो गयी थी।

यह कह कर मैंने हिरन के बच्चे को गोद से उतार दिया। घर में उसके भाग जाने का भय न था। अब तक अम्माँ जी की निगाह भी उस पर न पड़ी थी। उसे फुदकते देख कर वह सहसा चौंक पड़ीं और लपक कर मेरा हाथ पकड़ लिया कि कहीं यह भयंकर जीव मुझे काट न खाय ! मैं कहाँ तो फूट-फूट कर रो रहा था और कहाँ अम्माँ की घबराहट देख कर खिलखिला कर हँस पड़ा।

अम्माँ - अरे, यह तो हिरन का बच्चा है ! कहाँ मिला ?

मैंने हिरन के बच्चे का सारा इतिहास और उसका भीषण परिणाम आदि से अंत तक कह सुनाया - अम्माँ, यह इतना तेज भागता था कि कोई दूसरा होता, तो पकड़ ही न सकता। सन्-सन्, हवा की तरह उड़ता चला जाता था। कजाकी पाँच-छः घंटे तक इसके पीछे दौड़ता रहा। तब कहीं जा कर बच्चा मिले। अम्माँ जी, कजाकी की तरह कोई दुनिया भर में नहीं दौड़ सकता, इसी से तो देर हो गयी। इसलिए बाबू जी ने बेचारे को निकाल दिया - चपरास, साफा, बल्लम, सब छीन लिया। अब बेचारा क्या करेगा ? भूखों मर जायगा।

अम्माँ ने पूछा-कहाँ है कजाकी, जरा उसे बुला तो लाओ। मैंने कहा -बाहर तो खड़ा है। कहता था, अम्माँ जी से मेरा कहा-सुना माफ करवा देना।

अब तक अम्माँ जी मेरे वृत्तांत को दिल्लगी समझ रही थीं। शायद वह समझती थीं कि बाबू जी ने कजाकी को डॉटा होगा; लेकिन मेरा अंतिम वाक्य सुनकर संशय हुआ कि सचमुच तो कजाकी बरखास्त नहीं कर दिया गया। बाहर आ कर 'कजाकी ! कजाकी' पुकारने लगीं, पर कजाकी का कहीं पता न था। मैंने बार-बार पुकारा; लेकिन कजाकी वहाँ न था।

खाना तो मैंने खा लिया - बच्चे शोक में खाना नहीं छोड़ते, खास कर जब रबड़ी भी सामने हो; मगर बड़ी रात तक पड़े-पड़े सोचता रहा - मेरे पास रुपये होते, तो एक लाख रुपये कजाकी को दे देता और कहता - बाबू जी से कभी मत बोलना। बेचारा भूखों मर जायगा ! देखूँ, कल

आता है कि नहीं। अब क्या करेगा आ कर ? मगर आने को तो कह गया है। मैं कल उसे अपने साथ खाना खिलाऊँगा।यही हवाई किले बनाते-बनाते मुझे नींद आ गयी।

3

दूसरे दिन मैं दिन भर अपने हिरन के बच्चे की सेवा-सत्कार में व्यस्त रहा। पहले उसका नामकरण संस्कार हुआ। 'मुन्नू' नाम रखा गया। फिर मैंने उसका अपने सब हमजोलियों और सहपाठियों से परिचय कराया। दिन ही भर में वह मुझसे इतना हिल गया कि मेरे पीछे-पीछे दौड़ने लगा। इतनी ही देर में मैंने उसे अपने जीवन में एक महत्त्वपूर्ण स्थान दे दिया। अपने भविष्य में बननेवाले विशाल भवन में उसके लिए अलग कमरा बनाने का भी निश्चय कर लिया; चारपाई, सैर करने की फिटन आदि की भी आयोजना कर ली।

लेकिन संध्या होते ही मैं सब कुछ छोड़-छाड़ कर सड़क पर जा खड़ा हुआ और कजाकी की बाट जोहने लगा। जानता था कि कजाकी निकाल दिया गया है, अब उसे यहाँ आने की कोई जरूरत नहीं रही। फिर न-जाने मुझे क्यों यह आशा हो रही थी कि वह आ रहा है। एकाएक मुझे खयाल आया कि कजाकी भूखों मर रहा होगा। मैं तुरंत घर आया। अम्माँ दिया-बत्ती कर रही थीं। मैंने चुपके से एक टोकरी में आटा निकाला; आटा हाथों में लपेटे, टोकरी से गिरते आटे की एक लकीर बनाता हुआ भागा। जा कर सड़क पर खड़ा हुआ ही था कि कजाकी सामने से आता दिखलायी दिया। उसके पास बल्लम भी था, कमर में चपरास भी थी, सिर पर साफा भी बँधा हुआ था। बल्लम में डाक का थैला भी बँधा हुआ था। मैं दौड़ कर उसकी कमर से चिपट गया और विस्मित हो कर बोला - तुम्हें चपरास और बल्लम कहाँ से मिल गया, कजाकी ?

कजाकी ने मुझे उठा कर कंधो पर बैठालते हुए कहा -वह चपरास किस काम की थी, भैया ? वह तो गुलामी की चपरास थी, यह पुरानी खुशी की चपरास है। पहले सरकार का नौकर था, अब तुम्हारा नौकर हूँ।

यह कहते-कहते उसकी निगाह टोकरी पर पड़ी, जो वहीं रखी थी। बोला - यह आटा कैसा है, भैया ?

मैंने सकुचाते हुए कहा -तुम्हारे ही लिए तो लाया हूँ। तुम भूखे होगे, आज क्या खाया होगा ?

कजाकी की आँखें तो मैं न देख सका, उसके कंधो पर बैठा हुआ था; हाँ, उसकी आवाज से मालूम हुआ कि उसका गला भर आया है। बोला - भैया, क्या रूखी ही रोटियाँ खाऊँगा ? दाल, नमक, घी - और तो कुछ नहीं है।

मैं अपनी भूल पर बहुत लज्जित हुआ। सच तो है, बेचारा रूखी रोटियाँ कैसे खायगा ? लेकिन नमक, दाल, घी कैसे लाऊँ ? अब तो अम्माँ चौके में होंगी। आटा ले कर तो किसी तरह भाग आया था (अभी तक मुझे न मालूम था कि मेरी चोरी पकड़ ली गयी; आटे की लकीर ने सुराग दे दिया है)। अब ये तीन-तीन चीजें कैसे लाऊँगा ? अम्माँ से माँगूँगा, तो कभी न देंगी। एक-एक पैसे के लिए तो घण्टों रुलाती हैं, इतनी सारी चीजें क्यों देने लगीं ? एकाएक मुझे एक

बात याद आयी। मैंने अपनी किताबों के बस्तों में कई आने पैसे रख छोड़े थे। मुझे पैसे जमा करके रखने में बड़ा आनन्द आता था। मालूम नहीं अब वह आदत क्यों बदल गयी। अब भी वही हालत होती तो शायद इतना फाकेमस्त न रहता।

बाबू जी मुझे प्यार तो कभी न करते थे; पर पैसे खूब देते थे, शायद अपने काम में व्यस्त रहने के कारण, मुझसे पिंड छुड़ाने के लिए इसी नुस्खे को सबसे आसान समझते थे। इनकार करने में मेरे रोने और मचलने का भय था। इस बाधा को वह दूर ही से टाल देते थे। अम्माँ जी का स्वभाव इससे ठीक प्रतिकूल था। उन्हें मेरे रोने और मचलने से किसी काम में बाधा पड़ने का भय न था। आदमी लेटे-लेटे दिन भर रोना सुन सकता है; हिसाब लगाते हुए जोर की आवाज से ध्यान बँट जाता है। अम्माँ मुझे प्यार तो बहुत करती थीं, पर पैसे का नाम सुनते ही उनकी त्योरियाँ बदल जाती थीं। मेरे पास किताबें न थीं। हाँ, एक बस्ता था, जिसमें डाकखाने के दो-चार फार्म तह करके पुस्तक रूप में रखे हुए थे। मैंने सोचा - दाल, नमक और घी के लिए क्या उतने पैसे काफी न होंगे ? मेरी तो मुट्ठी में नहीं आते। यह निश्चय करके मैंने कहा - अच्छा, मुझे उतार दो, तो मैं दाल और नमक ला दूँ, मगर रोज आया करोगे न ?

कजाकी - भैया, खाने को दोगे, तो क्यों न आऊँगा।

मैंने कहा -मैं रोज खाने को दूँगा।

कजाकी बोला - तो मैं रोज आऊँगा।

मैं नीचे उतरा और दौड़ कर सारी पूँजी उठा लाया। कजाकी को रोज बुलाने के लिए उस वक्त मेरे पास कोहनूर हीरा भी होता, तो उसको भेंट करने में मुझे पसोपेश न होता।

कजाकी ने विस्मित हो कर पूछा-ये पैसे कहाँ पाये, भैया ?

मैंने गर्व से कहा -मेरे ही तो हैं।

कजाकी - तुम्हारी अम्माँ जी तुमको मारेंगी, कहेंगी - कजाकी ने फुसला कर मँगवा लिये होंगे। भैया, इन पैसों की मिठाई ले लेना और मटके में रख देना। मैं भूखों नहीं मरता। मेरे दो हाथ हैं। मैं भला भूखों मर सकता हूँ ?

मैंने बहुत कहा कि पैसे मेरे हैं, लेकिन कजाकी ने न लिए। उसने बड़ी देर तक इधर-उधर की सैर करायी, गीत सुनाये और मुझे घर पहुँचा कर चला गया। मेरे द्वार पर आटे की टोकरी भी रख दी।

मैंने घर में कदम रखा ही था कि अम्माँ जी ने डॉट कर कहा -क्यों रे चोर, तू आटा कहाँ ले गया था ? अब चोरी करना सीखता है ? बता, किसको आटा दे आया, नहीं तो तेरी खाल उधेड़ कर रख दूँगी।

मेरी नानी मर गयी। अम्माँ क्रोध में सिंहनी हो जाती थीं। सिटपिटा कर बोला - किसी को तो नहीं दिया।

अम्माँ - तूने आटा नहीं निकाला ? देख कितना आटा सारे आँगन में बिखरा पड़ा है ?

मैं चुप खड़ा था। वह कितना ही धामकाती थीं, चुमकारती थीं, पर मेरी जबान न खुलती थी। आनेवाली विपत्ति के भय से प्राण सूख रहे थे। यहाँ तक कि यह भी कहने की हिम्मत न पड़ती थी कि बिगड़ती क्यों हो, आटा तो द्वार पर रखा हुआ है, और न उठा कर लाते ही बनता था, मानो क्रिया-शक्ति ही लुप्त हो गयी हो, मानो पैरों में हिलने की सामर्थ्य ही नहीं। सहसा कजाकी ने पुकारा - बहू जी, आटा द्वार पर रखा हुआ है। भैया मुझे देने को ले गये थे।

यह सुनते ही अम्माँ द्वार की ओर चली गयीं। कजाकी से वह परदा न करती थीं। उन्होंने कजाकी से कोई बात की या नहीं, यह तो मैं नहीं जानता; लेकिन अम्माँ जी खाली टोकरी लिये हुए घर में आयीं। फिर कोठरी में जाकर संदूक से कुछ निकाला और द्वार की ओर गयीं। मैंने देखा कि उनकी मुट्ठी बंद थी। अब मुझसे वहाँ खड़े न रहा गया।

अम्माँ जी के पीछे-पीछे मैं भी गया। अम्माँ ने द्वार पर कई बार पुकारा; मगर कजाकी चला गया था।

मैंने बड़ी अधीरता से कहा -मैं जा कर खोज लाऊँ, अम्माँ जी ? अम्माँ जी ने किवाड़ें बंद करते हुए कहा -तुम अँधेरे में कहाँ जाओगे, अभी तो यहीं खड़ा था। मैंने कहा कि यहीं रहना; मैं आती हूँ। तब तक न-जाने कहाँ खिसक गया। बड़ा संकोची है ! आटा तो लेता ही न था। मैंने जबरदस्ती उसके अँगोछे में बाँध दिया। मुझे तो बेचारे पर बड़ी दया आती है। न-जाने बेचारे के घर में कुछ खाने को है कि नहीं। रुपये लायी थी कि दे दूँगी; पर न-जाने कहाँ चला गया। अब तो मुझे भी साहस हुआ। मैंने अपनी चोरी की पूरी कथा कह डाली। बच्चों के साथ समझदार बच्चे बन कर माँ-बाप उन पर जितना असर डाल सकते हैं, जितनी शिक्षा दे सकते हैं, उतने बूढ़े बन कर नहीं।

अम्माँ जी ने कहा -तुमने मुझसे पूछ क्यों न लिया ? क्या मैं कजाकी को थोड़ा-सा आटा न देती ?

मैंने इसका उत्तर न दिया। दिल में कहा -इस वक्त तुम्हें कजाकी पर दया आ गयी है, जो चाहे दे डालो; लेकिन मैं माँगता, तो मारने दौड़तीं। हाँ, यह सोच कर चित्त प्रसन्न हुआ कि अब कजाकी भूखों न मरेगा। अम्माँ जी उसे रोज खाने को देंगी और वह रोज मुझे कंधो पर बिठा कर सैर करायेगा।

दूसरे दिन मैं दिन भर मुन्नू के साथ खेलता रहा। शाम को सड़क पर जा कर खड़ा हो गया। मगर अँधेरा हो गया और कजाकी का कहीं पता नहीं। दिये जल गये, रास्ते में सन्नाटा छा गया; पर कजाकी न आया!

मैं रोता हुआ घर आया। अम्माँ जी ने पूछा-क्यों रोते हो, बेटा ? क्या कजाकी नहीं आया ?

मैं और जोर से रोने लगा। अम्माँ जी ने मुझे छाती से लगा लिया। मुझे ऐसा मालूम हुआ कि उनका भी कंठ गद्‌गद हो गया है।

उन्होंने कहा -बेटा, चुप हो जाओ, मैं कल किसी हरकारे को भेज कर कजाकी को बुलवाऊँगी। मैं रोते ही रोते सो गया। सबेरे ज्यों ही आँखें खुलीं, मैंने अम्माँ जी से कहा - कजाकी को बुलवा दो।

अम्माँ ने कहा -आदमी गया है, बेटा ! कजाकी आता होगा। खुश हो कर खेलने लगा। मुझे मालूम था कि अम्माँ जी जो बात कहती हैं, उसे पूरा जरूर करती हैं। उन्होंने सबेरे ही एक हरकारे को भेज दिया था। दस बजे जब मैं मुन्नू को लिये हुए घर आया, तो मालूम हुआ कि कजाकी अपने घर पर नहीं मिला। वह रात को भी घर न गया था। उसकी स्त्री रो रही थी कि न-जाने कहाँ चले गये। उसे भय था कि वह कहीं भाग गया है।

बालकों का हृदय कितना कोमल होता है, इसका अनुमान दूसरा नहीं कर सकता। उनमें अपने भावों को व्यक्त करने के लिए शब्द नहीं होते। उन्हें यह भी ज्ञात नहीं होता कि कौन-सी बात उन्हें विकल कर रही है, कौन-सा काँटा उनके हृदय में खटक रहा है, क्यों बार-बार उन्हें रोना आता है, क्यों वे गन गारे बैठे रहते हैं, क्यों खेलने में जी नहीं लगता ? मेरी भी यही दशा थी। कभी घर में आता, कभी बाहर जाता, कभी सड़क पर जा पहुँचता। आँखें कजाकी को ढूँढ़ रही थीं। वह कहाँ चला गया ? कहीं भाग तो नहीं गया ?

तीसरे पहर को मैं खोया हुआ-सा सड़क पर खड़ा था। सहसा मैंने कजाकी को एक गली में देखा। हाँ, वह कजाकी ही था। मैं उसकी ओर चिल्लाता हुआ दौड़ा; पर गली में उसका पता न था, न-जाने किधर गायब हो गया। मैंने गली के इस सिरे से उस सिरे तक देखा; मगर कहीं कजाकी की गंधा तक न मिली।

घर जा कर मैंने अम्माँ जी से यह बात कही। मुझे ऐसा जान पड़ा कि वह यह बात सुन कर बहुत चिंतित हो गयीं।

इसके बाद दो-तीन दिन तक कजाकी न दिखलायी दिया। मैं भी अब उसे कुछ-कुछ भूलने लगा। बच्चे पहले जितना प्रेम करते हैं, बाद को उतने ही निष्ठुर भी हो जाते हैं। जिस खिलौने पर प्राण देते हैं, उसी को दो-चार दिन के बाद पटक कर फोड़ भी डालते हैं।

दस-बारह दिन और बीत गये। दोपहर का समय था। बाबू जी खाना खा रहे थे। मैं मुन्नू के पैरों में पीनस की पैजनियाँ बाँध रहा था। एक औरत घूँघट निकाले हुए आयी और आँगन में खड़ी हो गयी। उसके कपड़े फटे हुए और मैले थे, पर गोरी, सुन्दर स्त्री थी। उसने मुझसे पूछा- भैया, बहू जी कहाँ है ?

मैंने उसके पास जा कर उसका मुँह देखते हुए कहा -तुम कौन हो, क्या बेचती हो ?

औरत - कुछ बेचती नहीं हूँ, तुम्हारे लिए ये कमलगट्टे लायी हूँ। भैया, तुम्हें तो कमलगट्टे बहुत अच्छे लगते हैं न ?

मैंने उसके हाथों से लटकती हुई पोटली को उत्सुक नेत्रों से देख कर पूछा-कहाँ से लायी हो ? देखें।

औरत - तुम्हारे हरकारे ने भेजा है, भैया !

मैंने उछल कर पूछा-कजाकी ने ?

औरत ने सिर हिला कर 'हाँ' कहा और पोटली खोलने लगी। इतने में अम्माँ जी भी रसोई से निकल आयीं। उसने अम्माँ के पैरों का स्पर्श किया।

अम्माँ ने पूछा-तू कजाकी की घरवाली है ?

औरत ने सिर झुका लिया।

अम्माँ - आजकल कजाकी क्या करता है।

औरत ने रो कर कहा -बहू जी, जिस दिन से आपके पास से आटा ले कर गये हैं, उसी दिन से बीमार पड़े हैं। बस, भैया-भैया किया करते हैं। भैया ही में उनका मन बसा रहता है। चौंक-चौंक कर 'भैया ! भैया !' कहते हुए द्वार की ओर दौड़ते हैं। न जाने उन्हें क्या हो गया है, बहू जी ! एक दिन मुझसे कुछ कहा न सुना, घर से चल दिये और एक गली में छिप कर भैया को देखते रहे। जब भैया ने उन्हें देख लिया, तो भागे। तुम्हारे पास आते हुए लजाते हैं।

मैंने कहा -हाँ-हाँ, मैंने उस दिन तुमसे जो कहा था अम्माँ जी !

अम्माँ - घर में कुछ खाने-पीने को है ?

औरत - हाँ बहू जी, तुम्हारे आसिरवाद से खाने-पीने का दु:ख नहीं है। आज सबेरे उठे और तालाब की ओर चले गये। बहुत कहती रही, बाहर मत जाओ, हवा लग जायगी। मगर न माने ! मारे कमजोरी के पैर काँपने लगते हैं, मगर तालाब में घुस कर ये कमलगट्टे तोड़ लाये। तब मुझसे कहा -ले जा, भैया को दे आ। उन्हें कमलगट्टे बहुत अच्छे लगते हैं। कुशल-छेम पूछती आना।

मैंने पोटली से कमलगट्टे निकाल लिये थे और मजे से चख रहा था।

अम्माँ ने बहुत आँखें दिखायीं, मगर यहाँ इतनी सब्र कहाँ !

अम्माँ ने कहा -कह देना सब कुशल है।

मैंने कहा -यह भी कह देना कि भैया ने बुलाया है। न जाओगे तो फिर तुमसे कभी न बोलेंगे, हाँ !

बाबू जी खाना खा कर निकल आये थे। तौलिये से हाथ-मुँह पोंछते हुए बोले - और यह भी कह देना कि साहब ने तुमको बहाल कर दिया है। जल्दी जाओ, नहीं तो कोई दूसरा आदमी रख लिया जायगा।

औरत ने अपना कपड़ा उठाया और चली गयी। अम्माँ ने बहुत पुकारा, पर वह न रुकी। शायद अम्माँ जी उसे सीधा देना चाहती थीं।

अम्माँ ने पूछा-सचमुच बहाल हो गया ?

बाबू जी - और क्या झूठे ही बुला रहा हूँ। मैंने तो पाँचवें ही दिन बहाली की रिपोर्ट की थी।

अम्माँ - यह तुमने अच्छा किया।

बाबू जी - उसकी बीमारी की यही दवा है।

4

प्रात:काल मैं उठा, तो क्या देखता हूँ कि कजाकी लाठी टेकता हुआ चला आ रहा है। वह बहुत दुबला हो गया था, मालूम होता था, बूढ़ा हो गया है। हरा-भरा पेड़ सूख कर ठूँठा हो गया था। मैं उसकी ओर दौड़ा और उसकी कमर से चिमट गया। कजाकी ने मेरे गाल चूमे और मुझे उठा कर कन्धो पर बैठालने की चेष्टा करने लगा; पर मैं न उठ सका। तब वह जानवरों की भाँति भूमि पर हाथों और घुटनों के बल खड़ा हो गया और मैं उसकी पीठ पर सवार हो कर डाकखाने की ओर चला। मैं उस वक्त फूला न समाता था और शायद कजाकी मुझसे भी ज्यादा खुश था।

बाबू जी ने कहा -कजाकी, तुम बहाल हो गये। अब कभी देर न करना। कजाकी रोता हुआ पिता जी के पैरों पर गिर पड़ा; मगर शायद मेरे भाग्य में दोनों सुख भोगना न लिखा था - मुन्नू मिला, तो कजाकी छूटा; कजाकी आया तो मुन्नू हाथ से गया और ऐसा गया कि आज तक उसके जाने का दु:ख है। मुन्नू मेरी ही थाली में खाता था। जब तक मैं खाने न बैठूँ, वह भी कुछ न खाता था। उसे भात से बहुत ही रुचि थी; लेकिन जब तक खूब घी न पड़ा हो, उसे संतोष न होता था। वह मेरे ही साथ सोता था और मेरे ही साथ उठता भी था। सफाई तो उसे इतनी पसंद थी कि मल-मूत्रा त्याग करने के लिए घर से बाहर मैदान में निकल जाता था। कुत्तों से उसे चिढ़ थी, कुत्तों को घर में न घुसने देता। कुत्ते को देखते ही थाली से उठ जाता और उसे दौड़ कर घर से बाहर निकाल देता था।

कजाकी को डाकखाने में छोड़ कर जब मैं खाना खाने गया, तो मुन्नू भी आ बैठा। अभी दो-चार ही कौर खाये थे कि एक बड़ा-सा झबरा कुत्ता आँगन में दिखायी दिया। मुन्नू उसे देखते ही दौड़ा। दूसरे घर में जा कर कुत्ता चूहा हो जाता है। झबरा कुत्ता उसे आते देख कर भागा। मुन्नू को अब लौट आना चाहिए था; मगर वह कुत्ता उसके लिए यमराज का दूत था। मुन्नू को उसे घर से निकाल कर भी संतोष न हुआ। वह उसे घर के बाहर मैदान में भी दौड़ाने लगा। मुन्नू को शायद खयाल न रहा कि यहाँ मेरी अमलदारी नहीं है। वह उस क्षेत्रा में पहुँच गया था, जहाँ झबरे का भी उतना ही अधिकार था, जितना मुन्नू का। मुन्नू कुत्तों को भगाते-भगाते कदाचित् अपने बाहुबल पर घमंड करने लगा था। वह यह न समझता था कि घर में उसकी पीठ पर घर के स्वामी का भय काम किया करता है। झबरे ने इस मैदान में आते ही उलट कर मुन्नू की गरदन दबा दी। बेचारे मुन्नू के मुँह से आवाज तक न निकली। जब पड़ोसियों ने शोर मचाया, तो मैं दौड़ा। देखा, तो मुन्नू मरा पड़ा है और झबरे का कहीं पता नहीं।

आँसुओं की होली

नामों को बिगाड़ने की प्रथा-जाने कब चली और कहां शुरू हुई। कोई इस संसार-व्यापी रोग का पता लगाए तो ऐतिहासिक संसार में अवश्य ही अपना नाम छेड़ जाय। पंडित का नाम तो श्रीविलास था पर मित्र लोग सिलबिल कहा करते थे। नामों का असर चरित्र पर कुछ-न-कुछ पड़ जाता है। बेचारे सिलबिल सचमुच ही सिलबिल थे। दफ्तर जा रहे हैं मगर पायजामे का इजारबंद लटक रहा है। सिर पर फ्लैट-कैप है, पर लम्बी-सी चुटिया पीछे झांक रही है, अचकन यों बहुत सुन्दर है। न जाने उन्हें त्यौहारों से क्या चिढ़ थी। दिवाली गुजर जाती, पर वह भलामानुष कौड़ी हाथ में न लेता। और होली का दिन तो उनकी भीषण परीक्षा का दिन था। तीन दिन वह घर के बार न निकलते। घर पर भी काले कपड़े पहने बैठे रहते थे। यार लोग टोह में रहते थे कि कहीं बचा फंस जाये, मगर घर में घुसकर तो फौजदारी नहीं की जाती। एक आधा बार फंसे भी, अगर घिघिया-पुदिया कर बेदाग निकल गए।

लेकिन अबकी समस्या बहुत कठिन हो गई थी। शास्त्रों के अनुसार 25 वर्ष तक ब्रह्मचर्य का पालन करने के बाद उन्होंने विवाह किया था। ब्रह्मचर्य के परिपक्व होने में जो थोड़ी-बहुत कसर रही, वह तीन वर्ष के गौने की मुद्दत ने पूरी कर दी। यद्यपि स्त्री से उन्हें कोई शंका न थी, तथापि वह औरतों को सिर चढ़ाने के हामी न थे। इस मामले में उन्हें अपना वही पुराना-धुराना ढंग पसंद था। बीवी को जब कसकर डांट दिया, तो उसकी मजाल है कि रंग हाथ से छुए। विपत्ति यह थी कि ससुराल के लोग भी होली मनाने आने वाले थे। पुरानी मसल है 'बहन अंदर, तो भाई सिकंदर'। इन सिकंदरों को कौन रोक सकता है?

स्त्री ने आंखें फाड़कर कहा - 'अरे भैया! क्या सचमुच रंग न घर लाओगे? यह कैसी होली है, बाबा?'

सिलबिल ने त्यौरियां चढ़ाकर कहा - 'बस, मैंने एक बार कह दिया और बात दोहराना मुझे पसंद नहीं। घर में रंग नहीं आएगा और न कोई छुएगा। मुझे कपड़ों पर लाल छींटे देखकर मचली आने लगती है। हमारे घर में ऐसी ही होली होती है।'

स्त्री ने सिर झुकाकर कहा - 'तो न लाना रंग-संग, मुझे रंग लेकर क्या करना है। जब तुम्हीं रंग न लाओगे, तो मैं कैसे छू सकती हूं?'

सिलबिल ने प्रसन्न होकर कहा - 'निस्संदेह यही साध्वी स्त्री का धर्म है।'

'लेकिन भैया तो आने वाले हैं। वह क्यों मानेंगे?'

'उनके लिए भी मैंने एक उपाय सोच लिया है। उसे सफल करना तुम्हारा काम है। मैं बीमार बन जाऊंगा। एक चादर ओढ़कर लेटा रहूंगा। तुम कहना, इन्हें ज्वर आ गया। बस, चलो छुट्टी हुई।'

स्त्री ने आंखें नचाकर कहा - 'ऐ नौज, कैसी बातें मुंह से निकालते हो। ज्वर जाय मुद्दई के घर, यहां आये तो मुंह झुलस दूं निगोड़े का।'

'तो फिर दूसरा उपाय ही क्या है?'

'तुम ऊपर वाली छोटी कोठरी में छिपे रहना, मैं कह दूंगी उन्होंने जुलाब लिया है। बाहर निकलेंगे तो हवा लग जायेगी।'

पंडितजी खिल उठे - 'बस, बस, यही सबसे अच्छा।'

2

होली का दिन है। बाहर हाहाकार मचा हुआ है। पुराने जमाने में अबीर और गुलाल के सिवा और कोई रंग न खेला जाता था। अब नीले, हरे, काले, सभी रंगों का मेल हो गया है और इस संगठन से बचना आदमी के लिए तो संभव नहीं। हां, देवता बचें। सिलबिल के दोनों साले मुहल्ले भर के मर्दों, औरतों, बच्चों और बूढ़ों का निशाना बने हुए थे। बाहर के दीवानखाने के फर्श, दीवारें - यहां तक कि तस्वीरें भी रंग उठी थीं। घर में भी यही हाल था। मुहल्ले की ननदें भला कब मानने लगी थी। परनाला तक रंगीन हो गया था।

बड़े साले ने पूछा - 'क्यों री चम्पा, क्या सचमुच उनकी तबीयत अच्छी नहीं? खाना खाने भी न आये?'

चम्पा ने सिर झुकाकर कहा - 'हां भैया, रात ही से पेट में कुछ दर्द होने लगा। डॉक्टर ने हवा में निकलने को मना कर दिया है।'

जरा देर बाद छोटे साले ने कहा - 'क्यों जीजी जी, क्या भाई साहब नीचे नहीं आएंगे? ऐसी भी क्या बीमारी है। कहो तो ऊपर जाकर देख आऊं।'

चम्पा ने उसका हाथ पकड़कर कहा - 'नहीं-नहीं, ऊपर मत जाओ। वह रंग-वंग न खेलेंगे। डॉक्टर ने हवा में निकलने को मना कर दिया है।

दोनों भाई हाथ मलकर रह गए।'

सहसा छोटे भाई को एक बात सूझी - 'जीजाजी के कपड़ों के साथ क्यों न होली खेलें। वे तो बीमार नहीं है।'

बड़े भाई के मन में भी यह बात बैठ गई। बहन बेचारी अब क्या करती? सिकंदरों ने कुंजियां उसके हाथ से लीं और सिलबिल के सारे कपड़े निकाल-निकालकर रंग मले। रूमाल तक न छोड़ा। जब चम्पा ने उन कपड़ों को आंगन में अलगनी पर सूखने को डाल दिया तो ऐसा जान पड़ा, मानो किसी रंगरेज ने ब्याह के जोड़े रंगे हों। सिलबिल ऊपर बैठे-बैठे यह तमाशा देखे रहे

थे, पर जबान न खोलते थे। छाती पर सांप-सा लोट रहा था। सारे कपड़े खराब हो गए, दफ्तर जाने को भी कुछ न बचा। इन दुष्टों को मेरे कपड़ों से न जाने क्या बैर था। घर में नाना प्रकार के स्वादिष्ट व्यंजन बन रहे थे। मुहल्ले की एक ब्राह्मणी के साथ चम्पा जुटी हुई थी। दोनों भाई और कई अन्य सज्जन आंगन में भोजन करने बैठे थे, तो बड़े साले ने चम्पा से पूछा - 'कुछ उनके लिए भी खिचड़ी-विचड़ी बनाई है। पूरियां तो बेचारे आज खा न सकेंगे।

चम्पा ने कहा - 'अभी तो नहीं बनाई, अब बना लूंगी।'

वाह री तेरी अक्ल! अभी तक तुझे इतनी फिक्र नहीं कि वह बेचारे खाएंगे क्या। तू तो इतनी लापरवाह कभी न थी। जा, निकाल ला जल्दी से चावल और मूंग की दाल।' लीजिए, खिचड़ी पकने लगी। इधर मित्रों ने भोजन करना शुरू किया। सिलबिल ऊपर बैठे अपनी किस्मत को रो रहे थे। उन्हें इस सारी विपत्ति का एक ही कारण मालूम होता था - विवाह! चम्पा न आती, तो ये साले क्यों आते, कपड़े क्यों खराब होते, होली के दिन मूंग की खिचड़ी क्यों खाने को मिलती? मगर अब पछताने से क्या होता है? जितनी देर में लोगों ने भोजन किया, उतनी देर में खिचड़ी तैयार हो गई। बड़े साले ने खुद चम्पा को ऊपर भेजा कि खिचड़ी की थाली ऊपर दे आये।

सिलबिल ने थाली की ओर कुपित नेत्रों से देखकर कहा - 'इसे मेरे सामने से हटा ले जाओ।'

'क्या आज उपवास ही करोगे?'

'तुम्हारी यही इच्छा है, तो यही सही।'

'मैंने क्या किया? सवेरे से जुती हुई हूं। भैया ने खुद खिचड़ी डलवाई और मुझे यहां भेजा।'

'हां, वह तो मैं देख रहा हूं कि मैं घर का स्वामी नहीं। सिकंदरों ने उस पर कब्जा जमा लिया, मगर में यह नहीं मान सकता कि तुम चाहती, तो और लोगों के पहले ही मेरे पास थाली न पहुंच जाती। मैं इस पतिव्रत धर्म के विरुद्ध हूं और क्या कहूं।

'तुम तो देख रहे थे, कि दोनों जने मेरे सिर पर सवार थे।'

'अच्छी दिल्लगी है कि लोग तो समोसे और खस्ते उड़ाये और मुझे मूंग की खिचड़ी दी जाय। वाह रे नसीब!'

'तुम दो-चार कौर खा लो, मुझे ज्यों ही अवसर मिलेगा, दूसरी थाली लाऊंगी।'

'सारे कपड़े रंगवा डाले, दफ्तर कैसे जाऊंगा? यह दिल्लगी मुझे जरा भी नहीं भाती। मैं इसे बदमाशी कहता हूं। तुमने संदूक की कुंजी क्यों दे दी? क्या मैं इतना पूछ सकता हूं?'

'जबरदस्ती छीन ली। तुमने सुना नहीं? करती क्या?'

'अच्छा, जो हुआ सो हुआ, यह थाली ले जाओ। धर्म समझना तो दूसरी थाली लाना, नहीं तो आज व्रत ही सही।'

एकाएक पैरों की आहट पाकर सिलबिल ने सामने देखा, तो दोनों साले आ रहे हैं। उन्हें देखते ही बेचारे ने मुंह बना लिया, चादर से शरीक ढक लिया और कराहने लगे।

बड़े साले ने कहा, 'कहिए कैसी तबीयत है? थोड़ी-खिचड़ी खा लीजिए।' सिलबिल ने मुंह बनाकर कहा - 'अभी तो कुछ खाने की इच्छा नहीं है।'

'नहीं, उपवास करना तो हानिकर होगा। खिचड़ी खा लीजिए।'

बेचारे सिलबिल ने मन में इन दोनों शैतानों को खूब कोसा और विष की भांति खिचड़ी कंठ से नीचे उतारी। आज होली के दिन खिचड़ी ही भाग्य में लिखी थी! जब तक सारी खिचड़ी समाप्त न हो गई, दोनों वहां डटे रहे, मानो जेल के अधिकारी किसी अनशन-व्रतधारी कैदी को भोजन करा रहे हों। बेचारे को ठूंस-ठूंसकर खिचड़ी खानी पड़ी। पकवानों के लिए गुंजाइश ही न रही।

3

दस बजे रात को चम्पा उत्तम पदार्थों का थाल लिये पतिदेव के पास पहुंची। महाशय मन-ही-मन झुंझला रहे थे। भाइयों के सामने मेरी परवाह कौन करता है। न जाने कहां से दोनों शैतान फट पड़े। दिन भर उपवास कराया और अभी तक भोजन का कहीं पता नहीं। चम्पा को थाल लाते देखकर कुछ अग्नि शांत हुई। बोले - 'अभी तो बहुत सवेरा है, एक-दो घंटे बाद क्यों न आयी।' चम्पा ने सामने थाली रखकर कहा - 'तुम तो न हारी ही मानते हो, न जीती। अब आखिरकार ये दो मेहमान आये हुए हैं, इनका सेवा-सत्कार न करूं तो भी तो काम नहीं चलता। तुम्हीं को बुरा लगेगा। कौन रोज आयेंगे।'

'ईश्वर न करे कि रोज आयें, यहां तो एक ही दिन में बधिया बैठ गई।'

थाल की सुगंधमय, तरबतर चीजें देखकर सहसा पंडितजी के मुखारविंद पर मुस्कान की लाली दौड़ गई। एक-एक चीज खाते थे और चम्पा को सराहते थे - 'सच कहता हूं चम्पा, मैंने यह चीजें कभी नहीं खाई थी। हलवाई साला क्या बनाएगा। जी चाहता है, कुछ इनाम दूं।' 'तुम मुझे बना रहे हो। क्या करूं? जैसा बनाना आता है, बना लाई।'

'नहीं जी, सच कह रहा हूं । मेरी तो आत्मा तक तृप्त हो गई। आज मुझे ज्ञात हुआ कि भोजन का संबंध उदर से उतना नहीं, जितना आत्मा से है। बतलाओ, क्या इनाम दूं ?' 'जो मांगूं, वह दोगे?'

'दूंगा, जनेऊ की कसम खाकर कहता हूं।'

'न दो तो मेरी बात जाय।'

'कहता हूं भाई, अब कैसे कहूं। क्या लिखा-पड़ी कर दूं?'

'अच्छा तो मांगती हूं। मुझे अपने साथ होली खेलने दो।'

पंडितजी का रंग उड़ गया। आंखें फाड़कर बोले - 'होली खेलने दूं? मैं तो होली खेलता नहीं, कभी नहीं खेला। होली खेलना होता तो घर में छिपकर क्यों बैठता?'

'औरों के साथ मत खेलो, लेकिन मेरे साथ तो खेलना ही पड़ेगा।'

'अरे यह मेरे नियम के विरुद्ध है। जिस चीज को अपने घर में उचित समझूं, उसे किस न्याय से घर के बाहर अनुचित समझूं, सोचो।'

चम्पा ने सिर नीचा करके कहा - 'घर में ऐसी कितनी बातें उचित समझते हो, जो घर के बाहर अनुचित ही नहीं, पाप भी है।'

पंडितजी झेंपते हुए बोले - 'अरे भाई, तुम जीती, मैं हारा। अब मैं तुमसे यही दान मांगता हूं..।'

'पहले मेरा पुरस्कार दे दो, पीछे मुझसे दान मांगना' - यह कहते हुए चम्पा ने लोटे का रंग उठ लिया और पंडितजी को सिर से पांव तक नहला दिया। जब तक यह उठकर भागे, उसने मुट्ठी भर गुलाल लेकर सारे मुंह में पोत दिया।

पंडितजी रोनी सूरत बनाकर बोले - 'अभी और कसर बाकी हो, तो वह भी पूरी कर लो। मैं न जानता था कि तुम मेरी आस्तीन का सांप बनोगी। अब और कुछ रंग बाकी नहीं रहा?'

चम्पा ने पति के मुख की ओर देखा, तो उस पर मनोवेदना का गहरा रंग झलक रहा था। पछता कर बोली - 'क्या तुम सचमुच बुरा मान गए हो? मैं तो समझती थी कि तुम केवल मुझे चिढ़ा रहे हो।'

श्रीविलास ने कांपते हुए स्तर में कहा - 'नहीं चम्पा, मुझे बुरा नहीं लगा। हां, तुमने मुझे उस कर्तव्य की याद दिला दी, जो मैं अपनी कायरता के कारण भुला बैठ था। वह सामने जो चित्र देख रही हो, मेरे परम मित्र, मनहरनाथ का है, जो अब संसार में नहीं है। तुमसे क्या कहूं कितना सरस, कितना भावुक, कितना साहसी आदमी था। देश की दशा देख-देखकर उसका खून जलता रहता था। 1 9-20 भी कोई उम्र होती है, पर वह उसी उम्र में अपने जीवन का मार्ग निश्चित कर चुका था। सेवा करने का अवसर पाकर, वह इस तरह उसे पकड़ता था, मानो सम्पत्ति हो। जन्म का वैरागी था। वासना तो उसे छू ही न गई थी। हमारे और साथी सैर सपाटे करते थे, पर उसका मार्ग सबसे अलग था। सत्य के लिए प्राण देने को तैयार। कहीं अन्याय देखा और भवें तन गईं, कहीं पत्रों में अत्याचार की खबर देखी और चेहरा तमतमा उठा। ऐसा तो मैंने आदमी ही नहीं देखा। ईश्वर ने अकाल ही बुला लिया, नहीं तो वह मनुष्यों में रत्न होता। किसी मुसीबत के मारे का उद्धार करने को अपने प्राण हथेली पर लिये फिरता था। स्त्री-जाति का इतना आदर और सम्मान कोई क्या करेगा? स्त्री उसके लिए पूजा और भक्ति की वस्तु थी। पांच वर्ष हुए, यही होली का दिन था। मैं भंग के नशे में चूर, रंग में सिर से पांव तक नहाया हुआ, उसे गाना सुनने के लिए बुलाने गया तो देखा कि वह कपड़े पहने कहीं जाने को तैयार है। पूछा - 'कहां जा रहे हो?'

'उसने मेरा हाथ पकड़कर कहा - तुम अच्छे वक्त पर आ गए, नहीं तो मुझे जाना पड़ता। एक अनाथ बुढ़िया मर गई है, कोई उसे कंधा देने वाला नहीं मिलता। कोई किसी मित्र से मिलने गया हुआ है, कोई नशे में चूर पड़ा है, कोई मित्रों की दावत कर रहा है, कोई महफिल सजाए बैठा है। कोई लाश को उठने वाला नहीं है। ब्राह्मण-क्षत्री उस चमारिन की लाश कैसे छुएंगे, उनका तो

धर्म भ्रष्ट होता है, कोई तैयार नहीं होता। बड़ी मुश्किल से दो कहार मिले हैं। एक मैं हूं चौथे आदमी की कमी थी, सो ईश्वर ने तुम्हें भेज दिया। चलो, चलें।'

हाय! अगर में जानता कि यह प्यारे मनहर का आदेश है, तो आज मेरी आत्मा को इतनी ग्लानि न होती। मेरे घर कई मित्र आये हुए थे। गाना हो रहा था। उस वक्त लाश उठाकर नदी जाना मुझे अप्रिय लगा। बोला - 'इस वक्त तो भाई, मैं नहीं जा सकूंगा। घर पर मेहमान बैठे हुए हैं। मैं तो तुम्हें बुलाने आया था।'

मनहर ने मेरी ओर तिरस्कार के नेत्रों से देखकर कहा - 'अच्छी बात है, तुम जाओ मैं और कोई साथी खोज लूंगा। मगर तुमसे मुझे ऐसी आशा नहीं थी। तुमने भी वही कहा, जो तुमसे पहले औरों ने कहा था। कोई नई बात नहीं थी। अगर हम लोग अपने कर्तव्य को भूल न गए होते, तो आज यह दशा ही क्यों होती? ऐसी होली को धिक्कार है! त्यौहार-तमाशा देखने, अच्छी--अच्छे चीजें खाने और अच्छे-अच्छे कपड़े पहनने का नाम नहीं है। यह व्रत है, तप है। अपने भाइयों से प्रेम और सहानुभूति करना ही त्यौहार का खास मतलब है, और कपड़े लाल करने के पहले खून को लाल कर लो। सफेद खून पर यह लाली शोभा नहीं देती।' यह कहकर वह चला गया। मुझे उस वक्त यह फटकार बहुत बुरी मालूम हुई। अगर मुझमें यह सेवा-भाव न था, तो उसे मुझे यों धिक्कारने का कोई अधिकार न था। घर चला आया, पर वे बातें बराबर मेरे कानों में गूंजती रही। होली का सारा मजा बिगड़ गया।' एक महीने तक हम दोनों की मुलाकात न हुई। कॉलेज इम्तहान की तैयारी के लिए बंद हो गया था। इसलिए कॉलेज में भेंट न होती थी। मुझे कुछ खबर नहीं, वह कब और कैसे बीमार पड़ा, कब अपने घर गया। सहसा एक दिन मुझे उसका एक पत्र मिला। हाय! उस पत्र को पढ़कर आज भी छाती फटने लगती है।'

श्रीविलास एक क्षण तक गला रुक जाने के कारण बोल न सके, फिर बोले - 'किसी दिन तुम्हें फिर दिखाऊंगा। लिखा था, मुझसे आखिरी बार मिल जा, अब शायद इस जीवन में भेंट न हो।' खत मेरे हाथ से छूटकर गिर पड़ा। उसका घर मेरठ जिले में था। दूसरी गाड़ी जाने में आधे घंटे की कसर थी, तुरंत चल पड़ा। चम्पा! उसके बाद मैंने होली नहीं खेली, होली ही नहीं, और सभी त्यौहार छोड़ दिए। ईश्वर ने शायद मुझे क्रिया की शक्ति नहीं दी। अब बहुत चाहता हूं कि कोई मुझसे सेवा का काम ले। खुद आगे नहीं बढ़ सकता, लेकिन आज वह रंग डालकर तुमने मुझे उस धिक्कार की याद दिला दी। ईश्वर मुझे ऐसी शक्ति दे कि मैं मन में ही नहीं, कर्म में भी मनहरनाथ बनूं।

यह कहते हुए श्रीलिवास ने तश्तरी से गुलाल निकाला और उसे चित्र पर छिड़ककर प्रणाम किया।

* * *

अग्नि समाधि

साधु-संतों के सत्संग से बुरे भी अच्छे हो जाते हैं, किन्तु प्रयाग का दुर्भाग्य था कि उस पर सत्संग का उलटा ही असर हुआ। उसे गांजे, चरस और भंग का चस्का पड़ गया, जिसका फल यह हुआ कि एक मेहनती, उद्यमशील युवक आलस्य का उपासक बन बैठा। जीवन-संग्राम में यह आनंद कहां। किसी वट-वृक्ष के नीचे धूनी जल रही है, एक जटाधारी महात्मा विराज रहे हैं, भक्तजन उन्हें घेरे बैठे हुए हैं, और तिल-तिल पर चरस के दम लग रहे हैं। बीच-बीच में भजन भी हो जाते हैं। मजूरी-धतूरी में यह स्वर्ग-सुख कहां। चिलम भरना प्रयाग का काम था। भक्तों को परलोक में पुण्य-स्थल की आशा थी, प्रयाग को तत्काल फल मिलता था - चिलम पर पहला हक उसी का होता था। महात्माओं के श्रीमुख से भगवत् चर्चा सुनते ही वह आनंद से विह्वल हो उठा था, उस पर आत्म-विस्मृति-सी छा जाती थी। वह सौरभ, संगीत और प्रकाश से भरे हुए एक-दूसरे ही संसार में पहुंच जाता था। इसलिए जब उसकी स्त्री रुक्मिणी रात के दस-ग्यारह बज जाने पर उसे बुलाने आती तो प्रयाग को प्रत्यक्ष का क्रूर अनुभव होता, संसार उसे कांटों से भरा हुआ जंगल-सा दीखता, विशेषत: जब घर आने पर उसे मालूम होता कि अभी चूल्हा नहीं जला और चने-चबैने की कुछ फिक्र करनी है। वह जाति का भर था, गांव की चौकीदारी उसकी मीरास थी, दो रुपये और कुछ आने वेतन मिलता था। वर्दी और साफा मुफ्त। काम था सप्ताह में एक दिन थाने जाना, वहां अफसरों के द्वार पर झाडू लगाना, अस्तबल साफ करना, लकड़ी चीरना। प्रयाग रक्त के घूंट पी-पीकर ये काम करता, क्योंकि अवज्ञा शारीरिक और आर्थिक दोनों ही दृष्टि से मंहगी पड़ती थी। आंसू यों पुछतें थे कि चौकीदारी में यदि कोई काम था, तो इतना ही, और महीने में चार दिन के लिए दो रुपये और कुछ आने कम न थे। फिर गांव में भी अगर बड़े आदमियों पर नहीं, तो नीचों पर रोब था। वेतन पेंशन थी और जब से महात्माओं का सम्पर्क हुआ, वह प्रयाग के जेब-खर्च की मद में आ गयी। अतएव जीविका का प्रश्न दिनों दिन चिन्तोत्पादक रूप धारण करने लगी। इन सत्संगों के पहले यह दम्पत्ति गांव में मजदूरी करता था। रुक्मिणी लकड़ियां तोड़कर बाजार ले जाती, प्रयाग कभी आरा चलाता, कभी हल जोतता, कभी पुर हांकता। जो काम सामने आ जाये, उसमें जुट जाता था। हंसमुख, श्रमशील, विनोदी, निर्द्वंद्व आदमी था और ऐसा आदमी कभी भूखों नहीं मरता। उस पर नम्र इतना कि किसी काम के लिए 'नहीं' न करता। किसी ने कुछ कहा और वह 'अच्छा भैया' कहकर दौड़ा। इसलिए उसका गांव में मान था। इसी की बदौलत निरुद्यम होने पर भी दो-तीन साल उसे अधिक कष्ट न हुआ। दोनों जून की तो बात ही क्या, जब महतो को यह ऋद्धि न प्राप्त थी, जिनके द्वार पर बैलों की तीन-तीन जोड़ियां बंधती थी, तो प्रयाग किस गिनती में था। हां, एक जून की दाल-रोटी में संदेह न था। परन्तु अब यह समस्या दिन-पर-दिन विषमतर होती जाती थी। उस पर विपत्ति यह थी कि

रुक्मिणी भी अब किसी कारण से उसकी पति-परायण, उतनी सेवाशील, उतनी तत्पर न थी। वहीं उसकी प्रगल्भता और वाचालता में आश्चर्यजनक विकास होता जाता था। अतएव प्रयाग को किसी ऐसी सिद्धि की आवश्यकता थी, जो उसे जीविका की चिंता से मुक्त कर दे और वह निश्चिंत होकर भगवद् भजन और साधु सेवा में प्रवृत्त हो जाय।

एक दिन रुक्मिणी बाजार में लकड़ियां बेचकर लौटी, तो प्रयाग ने कहा - 'ला, कुछ पैसे मुझे दे दे, दम लगा आऊं।'

रुक्मिणी ने मुंह फेरकर कहा - 'दम लगाने की ऐसी चाट है, तो काम क्यों नहीं करते? क्या आजकल कोई बाबा नहीं है, जाकर चिलम भरो?'

प्रयाग ने त्यौरी चढ़ाकर कहा - 'भला चाहती है तो पैसे दे दे, नहीं तो इस तरह तंग करेगी, तो एक दिन कहीं चला जाऊंगा, तब रोयेगी।'

रुक्मिणी अंगुल दिखाकर बोली - 'रोये मेरी बला। तुम रहते ही हो, तो कौन सोने का कौर खिला देते हो? अब भी छाती फाड़ती हूं तब भी छाती फाड़ूंगी।'

'तो अब यही फैसला है ?'

'हां-हां, कह तो दिया, मेरे पास पैसे नहीं है।'

'गहने बनवाने के लिए पैसे हैं और मैं चार पैसे मांगता हूं तो यों जवाब देती है।' रुक्मिणी तुनक कर बोली - 'गहने बनवाती हूं तो तुम्हारी छाती क्यों फटती है? तुमने तो पीतल का छल्ला भी नहीं बनवाया, या इतना भी नहीं देखा जाता?'

प्रयाग उस दिन घर न आया। रात के नौ बज गये, तब रुक्मिणी ने किवाड़ बंद कर लिये। समझी, गांव में कहीं छिपा बैठा होगा। समझता होगा, मुझे मनाने आयेगी, मेरी बला जाती है।

जब दूसरे दिन भी प्रयाग न आया, तो रुक्मिणी को चिंता हुई। गांव भर छान आयी। चिड़िया किसी अड्डे पर न मिली। उस दिन उसने रसोई नहीं बनायी। रात को लेटी भी तो बहुत देर तक आंखें न लगी। शंका हो रही थी, प्रयाग सचमुच तो विरक्त नहीं हो गया। उसने सोचा, प्रात:काल पत्ता-पत्ता छान डालूंगी, किसी साधु-संत के साथ होगा। जाकर थाने में रपट कर दूंगी।

अभी तड़का ही था कि रुक्मिणी थाने में चलने को तैयार हो गयी। किवाड़ बंद करके निकली ही थी कि प्रयाग आता हुआ दिखाई दिया। पर वह अकेला न था। उसके पीछे-पीछे एक स्त्री भी थी। उसकी छींट की साड़ी, रंगी हुई चादर, लम्बा घूंघट और शर्मीली चाल देखकर रुक्मिणी का कलेजा धक-से हो गया। वह एक क्षण हतबुद्धि-सी खड़ी रही, तब बढ़कर नयी सौत को दोनों हाथों के बीच में ले लिया और उसे इस भांति धीरे-धीरे घर के अंदर ले चली, जैसे कोई रोगी जीवन से निराश होकर विष-पान कर रहा हो।

जब पड़ोसियों की भीड़ छट गयी तो रुक्मिणी ने प्रयाग से पूछा - 'इसे कहां से लाए?' प्रयाग ने हंसकर कहा - 'घर से भागी जाती थी, मुझे रास्ते में मिल गयी। घर का काम-धंधा करेगी, पड़ी रहेगी।'

'मालूम होता है, मुझसे तुम्हारा जी भर गया।'

प्रयाग ने तिरछी चितवन से देखकर कहा - 'धत पगली! इसे तेरी सेवा-टहल करने को लाया हूं।'

'नयी के आगे पुरानी को कौन पूछता है?'

'चल, मन जिससे मिले वही नयी है, मन जिससे न मिले वही पुरानी है। ला, कुछ पैसा हो तो दे दे, तीन दिन से दम नहीं लगाया, पैर सीधे नहीं पड़ते। हां, देख दो-चार दिन इस बेचारी को खिला-पिला दे, फिर तो आप ही काम करने लगेगी।'

रुक्मिणी ने पूरा रुपया लाकर प्रयाग के हाथ पर रख दिया। दूसरी बार कहने की जरूरत ही न पड़ी।

2

प्रयाग में चाहे और कोई गुण हो या न हो, यह मानना पड़ेगा कि वह शासन के मूल सिद्धांतों से परिचित था। उसने भेद-नीति को अपना लक्ष्य बना लिया था।

एक मास तक किसी प्रकार की विश्व-बाधा न पड़ी। रुक्मिणी अपनी सारी चौकड़ियां भूल गयी थी। बड़े तड़के उठती, कभी लकड़ियां तोड़कर, कभी चारा काटकर, कभी उपले पाथ कर बाजार ले जाती। वहां जो कुछ मिलता, उसका आधा तो प्रयाग के हत्थे चढ़ा देती। आधे में घर का काम चलता। वह सौत को कोई काम न करने देती। पड़ोसियों से कहती - बहन, सौत है तो क्या, है तो अभी कल की बहुरिया। दो-चार महीने भी आराम से न रहेगी, तो क्या याद करेगी। मैं तो काम करने को हूं ही।'

गांव भर में रुक्मिणी के शील-स्वभाव का बखान होता था, पर सत्संगी घाघ प्रयाग सब कुछ समझता था और अपनी नीति की सफलता पर प्रसन्न होता था।

एक दिन बहू ने कहा - 'दीदी, अब तो घर में बैठे-बैठे जी ऊबता है। मुझे भी कोई काम दिला दो।'

रुक्मिणी ने स्नेह सिंचित स्वर में कहा - 'क्या मेरे मुख में कालिख पुतवाने पर लगी हुई है? भीतर का काम किये जा, बाहर के लिए मैं हूं ही।'

बहू का नाम कौशल्या था, जो बिगड़ कर सिलिया हो साया था। इस वक्त सिलिया ने कुछ जवाब न दिया लेकिन वह लौंडियों की दशा अब उसके लिए असह्य हो गयी थी। वह दिन भर घर का काम कराते-करते मरे, कोई नहीं पूछता। रुक्मिणी बाहर से चार पैसे लाती है, तो घर की मालकिन बनी हुई है। अब सिलिया भी मजूरी करेगी और मालकिन का घमंड तोड़ देगी। प्रयाग पैसों का यार है, यह बात उससे अब छिपी न थी। जब रुक्मिणी चारा लेकर बाजार चली गयी, तो उसने घर की चटकनी लगायी और गांव का रंग--ढंग देखने के लिए निकल पड़ी। गांव में ब्राह्मण, ठाकुर, कायस्थ, बनिये सभी थे। सिलिया ने शील और संकोच का कुछ ऐसा स्वांग रचा

कि सभी स्त्रियां उस पर मुग्ध हो गयीं। किसी ने चावल दिया, किसी ने दाल, किसी ने कुछ। नयी बहू की आवभगत कौन न करता? पहले ही दौर में सिलिया को मालूम हो गया कि गांव में पिसनहारी का स्थान खाली है और वह इस कमी को पूरा कर सकती है। वह यहां से घर लौटी, तो उसके सिर पर गेहूं से भरी हुई एक टोकरी थी।

प्रयाग ने पहर रात ही से चक्की की आवाज सुनी, तो रुक्मिणी से बोला - 'आज तो सिलिया अभी से पीसने लगी।'

रुक्मिणी बाजार से आटा लायी थी। अनाज और आटे के भाव में विशेष अंतर न था। उसे आश्चर्य हुआ कि सिलिया इतने सबेरे क्या पीस रही है। उधर कोठरी में आयी, तो देखा कि सिलिया अंधेरे में बैठी कुछ पीस रही है। उसने जाकर उसका हाथ पकड़ लिया और टोकरी को उठाकर बोली - 'तुझसे किसने पीसने को कहा है? किसका अनाज पीस रही है?'

सिलिया ने निश्शंक होकर कहा - 'तुम जाकर आराम से सोती क्यों नहीं। मैं पीसती हूं तो तुम्हारा क्या बिगड़ता है। चक्की की घूमर-झूमर भी नहीं सही जाती? लाओ, टोकरी दे दो, बैठे-बैठे कब तक खाऊंगी, दो महीने तो हो गये।'

'मैंने तो तुझसे कुछ नहीं कहा।'

'तुम कहो, चाहे न कहो, अपना धरम भी तो कुछ है।'

'तू अभी यहां के आदमियों को नहीं जानती। आटा तो पिसाते सबको अच्छा लगता है। पैसे देते रोते हैं। किसका गेहूं है? मैं सबेरे उसके सिर पर पटक आऊंगी।'

सिलिया ने रुक्मिणी के हाथ से टोकरी छीन ली और बोली - 'पैसे क्यों न देंगे? कुछ बेगार करती हूं?'

'तू न मानेगी?'

'तुम्हारी लौंडी बनकर न रहूंगी।'

यह तकरार सुनकर प्रयाग भी आ पहुंचा और रुक्मिणी से बोला - 'काम करती है तो करने क्यों नहीं देती? अब क्या जनम भर बहूरिया ही बनी रहेगी? हो गये दो महीने।' 'तुम क्या जानो, नाक तो मेरी कटेगी।'

सिलिया बोल उठी - 'तो क्या कोई बैठे खिलाता है? चौका-बरतन, झाड़ू-बुहार, रोटी-पानी, पीसना-कूटना यह कौन करता है? पानी खींचते-खींचते मेरे हाथों में गट्ठे पड़ गये। मुझसे अब सारा काम न होगा।'

प्रयाग ने कहा - 'तो तू ही बाजार जाया कर। घर का काम रहने दे! रुक्मिणी कर लेगी।' रुक्मिणी ने आपत्ति की - 'ऐसी बात मुंह से निकालते लाज नहीं आती? तीन दिन की बहुरिया बाजार में घूमेगी, तो संसार क्या कहेगा।'

सिलिया ने आग्रह करके कहा - 'संसार क्या कहेगा, क्या कोई ऐब करने जाती हूं?' सिलिया की हो गयी। आधिपत्य रुक्मिणी के हाथ से निकल गया।

सिलिया की अमलदारी को गयी। जवान औरत थी। गेहूं पीसकर उठी तो औरों के साथ घास छीलने चली गयी, और इतनी घास छीली कि सब दंग रह गये। गट्ठा उठाये न उठता था! जिन पुरुषों को घास छीलने का बड़ा अभ्यास था, उनसे भी उसने बाजी मार ली! यह गट्ठा बारह आने का बिका। सिलिया ने आटा, चावल, दाल, तेल, नमक, तरकारी, मसाला सब कुछ लिया, और चार आने बचा भी लिये। रुक्मिणी ने समझ रखा था कि सिलिया बाजार से दो-चार आने पैसे लेकर लौटेगी तो उसे डांटूगीं और दूसरे दिन से फिर बाजार जाने लगूंगी। फिर मेरा राज्य हो जायेगा। पर यह सामान देख तो आंखें खुल गयीं। प्रयाग खाने बैठा तो मसालेदार तरकारी का बखान करने लगा। महीनों से ऐसी स्वादिष्ट वस्तु मयस्सर न हुई थी। बहुत प्रसन्न हुआ भोजन करके यह बाहर जाने लगा, तो सिलिया बरोठे में खड़ी मिल गयी। बोला - 'आज कितने पैसे मिले थे?'

'बारह आने मिले थे।'

'सब खर्च कर डाले? कुछ बचे हों तो मुझे दे दे।'

सिलिया ने बचे हुए चार आने पैसे दे दिये। प्रयाग पैसे खनखनाता हुआ बोला - 'तूने तो आज मालामाल कर दिया। रुक्मिणी तो दो-चार पैसों ही में टाल देती थी।'

'मुझे गाड़कर रखना थोड़े ही है, पैसा खाने-पीने के लिए है कि गाड़ने के लिए।' 'अब तू ही बाजार जाया कर, रुक्मिणी घर का काम करेगी।'

3

रूक्यिन और सिलवा में संग्राम छिड़ गया। सिलिया प्रयाग पर अपना आधिपत्य जमाये रखने के लिए जान तोड़कर परिश्रम करती। पहर रात ही से उसकी चक्की की आवाज कानों में आने लगती। दिन निकलते ही लौटकर भी वह बेकार न बैठती, कभी सन - कातती, कभी लकड़ियां तोड़ती। लेकिन रुक्मिणी उसके प्रारब्ध में बराबर ऐब निकालती और जब अवसर मिलता तो गोबर को बटोरकर उपले पाथती और गांव में बेचती। प्रयाग के दोनों हाथों में लड्डू थे। स्त्रियां उसे अधिक-से-अधिक पैसे देने और स्नेह का अधिकांश देकर अपने अधिकार में लाने का प्रयत्न करती करतीं, पर सिलिया ने कुछ ऐसी दृढ़ता से आसन जमा लिया था कि किसी तरह हिलाये न हिलती थी। यहां तक कि एक दिन दोनों प्रतियोगियों में खुल्लमखुल्ला ठन गयी। एक दिन सिलिया घास लेकर लौटी तो पसीने में तर थी। फागुन का महीना था, धूप तेज थी। उसने सोचा, नहाकर तब बाजार जाऊंगी। घास द्वार पर ही रखकर तालाब में नहाने चली गयी। रुक्मिणी ने थोड़ी-सी घास निकालकर पड़ोसिन के घर में छिपा दी और गट्ठर को ढीला करके बराबर कर दिया।

सिलिया नहाकर लौटी तो घास कम मालूम हुई। रुक्मिणी से पूछा, उसने कहा - मैं नहीं जानती। सिलिया ने गालियां देनी शुरू कीं - 'जिसने मेरी घास छुई हो, उसकी देह में कीड़े पड़े, उसके बाप और भाई मर जाए, उसकी आंखें फूट जाए। रुक्मिणी कुछ देर तक तो जब्त किये बैठी रही, आखिर खून में उबाल आ ही गया। झल्लाकर उठी और सिलिया के दो-तीन तमाचे लगा दिये। सिलिया छाती पीट-पीटकर रोने लगी। सारा मुहल्ला जमा हो गया। सिलिया की सद्बुद्धि और कार्यशीलता सभी को आंखों में खटकती थी - वह सबसे अधिक घास क्यों छीलती है, सबसे ज्यादा लकड़ियां क्यों लाती है, इतनी सबेरे क्यों उठती है, इतने पैसे क्यों लाती है, इन कारणों से उसे पड़ोसियों की सहानुभूति से वंचित कर दिया था। सब उसी को बुरा-भला कहने लगी। मुट्ठी भर घास के लिए इतना बवाल मचा डाला, इतनी घास तो आदमी झाड़कर फेंक देता है। घास न हुई, सोना हुआ। तुझे तो सोचता चाहिए था कि अगर किसी ने ले ही लिया, तो गांव-घर ही का होगा। बाहर का कोई चोर तो आया नहीं। तूने इतनी गालियां दी, तो किसको दी? पड़ोसियों ही को तो?

संयोग से उस दिन प्रयाग थाने गया हुआ था। शाम को थका-मांदा लौटा तो सिलिया से बोला - 'ला, कुछ पैसे दे दे, तो दम लगा आऊं। थककर चूर हो गया हूं।'

सिलिया उसे देखते ही हाय-हाय करके रोने लगी। प्रयाग ने घबराकर पूछा - 'क्या हुआ? क्यों रोती है? कहीं गमी तो नहीं हो गयी? नैहर से कोई आदमी तो नहीं आया?'

'अब इस घर मेरा रहना न होगा। अपने घर जाऊंगी।'

'अरे, कुछ मुंह से तो बोल हुआ क्या? गांव में किसी ने गाली दी है? किसने गाली दी है? घर फूंक दूं उसका चालान करवा दूं।'

सिलिया ने रो-रोकर सारी कथा कह सुनायी। प्रयाग पर आज थाने में खूब मार पड़ी थी। झल्लाया हुआ था। वह कथा सुनी, तो देह में आग लग गयी। रुक्मिणी पानी भरने गयी थी। वह अभी घड़ा भी न रखने पायी थी कि प्रयाग उस पर टूट पड़ा और मारते-मारते बेदम कर दिया। वह मार का जवाब गालियों से देती थी और प्रयाग हर एक गाली पर और झल्ला-झल्लाकर मारता था। यहां तक कि रुक्मिणी के घुटने फूट गये, चूडियां टूट गयीं। सिलिया बीच-बची में कहती जाती थी - 'वाह रे तेरा दीदा, वाह रे तेरी जबान! ऐसी तो औरत ही नहीं देखी। औरत काहे को, डायन है, जरा भी मुंह में लगाम नहीं, किंतु रुक्मिणी उसकी बातों को मानो सुनती ही न थी। उसकी सारी शक्ति प्रयाग को कोसने में लगी हुई थी - 'तू मर जा, तेरी मिट्टी जिले, तुझे भवानी खायं, तुझे मिरगी आये।' प्रयाग रह-रहकर क्रोध से तिलमिला उठा और आकर दो-चार लातें जमा देता। पर रुक्मिणी को अब शायद चोट ही न लगती थी। वह जगह से हिलती न थी। सिर का बाल खोले, जमीन पर बैठी इन्हीं मंत्रों का पाठ कर रही थी। उसके स्वर में अब क्रोध न था, केवल एक उन्मादमय प्रवाह था। उसकी समस्त आत्मा हिंसा-कामना की अग्नि से प्रज्ज्वलित हो रही थी।

अंधेरा हुआ तो रुक्मिणी उठकर एक ओर निकल गयी, जैसे आंखों से आंसू की धार निकल जाती है। सिलिया भोजन बना रही थी। उसने उसे जाते देखा भी, पर कुछ पूछा नहीं। द्वार पर प्रयाग बैठा चिलम पी रहा था। उसने भी कुछ न कहा।

4

जब फसल पकने लगती थी तो डेढ़-दो महीने तक प्रयाग को हार की देखभाल करनी पड़ती थी। उसे किसानों से दोनों फसलों पर हल पीछे कुछ अनाज बंधा हुआ था। माघ ही में वह हार के बीच में थोड़ी-सी जमीन साफ करके एक मडैया डाल लेता था और रात को खा-पीकर आग, चिलम और तमाकू, चरस लिये हुए इसी मडैया में जाकर पड़ा रहता था। चैत के अंत तक उसका यही नियम रहता था। आजकल वही दिन थे। फसल पकी हुई तैयार खड़ी थी। दो-चार दिन में कटाई शुरू होने वाली थी। प्रयाग ने दस बजे रात तक रुक्मिणी की राह देखी। फिर समझकर कि शायद किसी पड़ोसिन के घर सो रही होगी। उसने खा-पीकर अपनी लाठी उठायी और सिलिया से बोला - 'किवाड़ बंद कर ले, अगर रुक्मिणी आये तो खोल देना और मना-सुनाकर थोड़ा-बहुत खिला देना। तेरे पीछे आज इतना तूफान हो गया। मुझे न जाने इतना गुस्सा कैसे आ गया। मैंने उसे कभी फूल की छड़ी से भी न छुआ था। कहीं बूड़-धंस न मरी हो, तो कल आफत आ जाय।'

सिलिया बोली - 'न जाने वह आयेगी कि नहीं। मैं अकेली कैसे रहूंगी। मुझे डर लगता है।' 'तो घर में कौन रहेगा? सूना घर पाकर कोई लोटा-थाली उठा ले जाये तो? डर किस बात का है? फिर रुक्मिणी तो आती ही होगी।'

सिलिया ने अंदर से किवाड़ बंद कर ली। प्रयाग हार की ओर चला। चरस की तरंग में यह भजन गाता जाता था -

ठगनी। क्या नैना झमकावे।
कद्दू काट मूदंग बनावे, नीबू काट मजीरा, पांच तरोई मंगल गावे, नाचे बालम खीरा।
रुपा पीहर के रूप दिखावे, सोना पहिर रिझावे, गले डाल तुलसी की माला, तीन लोक भरमावे। ठगनी।

सहसा सिवाने पर पहुंचते ही उसने देखा कि सामने हार में किसी ने आग जलायी। एक क्षण में ज्वाला-सी दहक उठी। उसने चिल्लाकर पुकारा - 'कौन है वहां? अरे, यह कौन आग जलाता है?'

ऊपर उठी हुई ज्वालाओं ने अपनी अग्नेय जिह्व से उत्तर दिया।

अब प्रयाग को मालूम हुआ कि उसकी मडैया में आग लगी हुई है। उसकी छाती धड़कने लगी। इस मडैया में आग लगाना रुई के ढेर में आग लगाना था। हवा चल रही थी। मडैया के चारों ओर एक हाथ हटकर पकी हुई फसल की चादर-सी बिछी हुई थी। रात में भी उनका सुनहरा रंग झलक रहा था। आग की एक लपट, केवल एक जरा-सी चिनगारी सारे हार को

भस्म कर देगी। सारा गांव तबाह हो जायेगा। इसी हार से मिले हुए दूसरे गांव के भी हार थे। वे भी जल उठेंगे। ओह! लपटें बढ़ती जा रही हैं। अब विलम्ब करने का समय न था। प्रयाग ने अपना उपला और चिलम वहीं पटक दिया और कंधे पर लोहबंद था। रखकर बेतहाशा मडैया की तरफ दौड़ा। मेंड़ों से जाने में चक्कर था, इसलिए वह खेतों में से होकर भागा जा रहा था। प्रतिक्षण ज्वाला प्रचंड होती जाती थी और प्रयाग के पांव और तेजी से उठ रहे थे। कोई तेज घोड़ा भी इस वक्त उसे पा न सकता था। अपनी तेजी पर उसे स्वयं आश्चर्य हो रहा था। जान पड़ता था, पांव भूमि पर पड़ते ही नहीं। उसकी आंखें मडैया पर लगी हुई थी - दाहिने-बायें से और कुछ न सूझता था। इसी एकाग्रता ने उसके पैरों में पर लगा दिये थे। न दम फूलता था, न पांव थकते थे। तीन-चार फ्लांग उसने दो मिनट में तय कर लिये और मडैया के पास जा पहुंचा।

मडैया के आस-पास कोई न था। किसने यह कर्म किया है, यह सोचने का मौका न था। उसे खोजने की तो बात ही और थी। प्रयाग का संदेह रुक्मिणी पर हुआ था। पर यह क्रोध का समय न था। ज्वाला कुचाली बालकों की भांति ठट्ठा मारती, धक्कम-धक्का करती, कभी दाहिनी ओर लपकती और कभी बायीं तरफ। बस, ऐसा मालूम होता था कि लपट अब खेत तक पहुंची, अब पहुंची। मानों ज्वालाएं आग्रहपूर्वक क्यारियों की ओर बढ़ी और असफल होकर दूसरी बार फिर दूने वेग से लपकती थी। आग कैसे बुझे लाठी से पीटकर बुझाने का गौ न था। वह तो निरी मूर्खता थी। फिर क्या हो! फसल जल गयी, तो फिर वह किसी को मुंह न दिखा सकेगा। आह! गांव में कोहराम मच जायेगा। सर्वनाश हो जायेगा। उसने ज्यादा नहीं सोचा। गंवारों को सोचना नहीं आता। प्रयाग ने लाठी संभाली, जोर से एक छलांग मारकर आग के अंदर मडैया के द्वार पर जा पहुंचा। जलती हुई मडैया को अपनी लाठी पर उठाया और उसे सिर पर लिए सबसे चौड़ी मेंड़ पर गांव की तरफ भागा। ऐसा जान पड़ा, मानो कोई अग्नि-यान में उड़ता चला जा रहा है। फूस की जलती हुई धज्जियां उसके ऊपर गिर रही थी, पर उसे इसका ज्ञान तक न होता था। एक बार एक मूठा अलग होकर उसके हाथ पर गिर पड़ा। सारा हाथ भुन गया। पर उसके पांव पल भर नहीं रुके, हाथों में जरा भी हिचक न हुई। हाथों का हिलना खेती का तबाह होना था। प्रयाग की ओर से अब कोई शंका न थी। अगर भय था तो यही की मडैया का वह केंद्र-भाग जहां लाठी का कुंदा डालकर प्रयाग ने उसे उठाया था, न जल जाये क्योंकि छेद के जलते ही मडैया उसके ऊपर आ गिरेगी और अग्नि-समाधि में भस्म कर देगी। प्रयाग यह जानता था और वह हवा की चाल से उड़ा चला जाता था। चार फ्लांग की दौड़ है। मृत्यु अग्नि का रूप धारण किये हुए प्रयाग के सिर पर खेल रही है और गांव की फसल पर। उसकी दौड़ में इतना वेग है ज्वालाओं का मुंह पीछे को फिर गया है उसकी दाहक शक्ति का अधिकांश वायु से लड़ने में लग रहा है। नहीं तो अब तक बीच में आग पहुंच गयी होती और हाहाकार मच गया होता। एक फ्लांग तो निकल गया, प्रयाग की हिम्मत ने हार नहीं मानी। वह दूसरा फ्लांग भी पूरा हो गया। देखना प्रयाग दो फ्लांग की ओर कसर है। पांव जरा भी सुस्त न हों। ज्वाला लाठी के कुंदे पर पहुंची और तुम्हारे जीवन का अंत है। मरने के बाद भी तुम्हें गालियां मिलेंगी, तुम अनंत काल तक आहों की आग में जलते रहोगे। बस, एक मिनट और! अब केवल दो खेत और रह गये हैं। सर्वनाश! लाठी का कुंदा निकल गया। मडैया नीचे खिसक रही है अब कोई आशा नहीं।

प्रयाण प्राण छोड़कर दौड़ रहा है वह किनारे का खेत आ पहुंचा। अब केवल दो सेकंड का और मामला है। विजय का हार सामने बीस हाथ पर खड़ा स्वागत कर रहा है। उधर स्वर्ग है, इधर नरक। मगर वह मडैया खिसकती हुई प्रयाग के सिर पर आ पहुंची। वह अब भी उसे फेंककर अपनी जान बचा सकता है। पर उसे प्राणों का मोह नहीं। वह उस जलती हुई आग को सिर पर लिये भागा जा रहा है। वहां उसके पांव लड़खड़ाये। अब यह क्रूर अग्नि-लीला नहीं देखी जाती।

एकाएक एक स्त्री सामने के वृक्ष के नीचे से दौड़ती हुई प्रयाग के पास पहुंची। यह रुक्मिणी थी। उसने तुरन्त प्रयाग के सामने आकर गरदन झुकायी और जलती हुई मडैया के नीचे पहुंचकर उसे दोनों हाथों पर ले लिया। उसी दम प्रयाग मूर्च्छित होकर गिर पड़ा। उसका सारा मुंह झुलस गया था।

रुक्मिणी उसके अलाव को लिये एक सेकंड में खेत के डांडे पर आ पहुंची, मगर इतनी दूर में उसके हाथ जल गये, मुंह जल गया और कपड़ों में आग लग गयी। उसे अब इतनी सुधि भी न थी कि मडैया के बाहर निकल आये। वह मडैया को लिये हुए गिर पड़ी। इसके बाद कुछ देर तक मडैया हिलती रही। रुक्मिणी हाथ-पांव फेंकती रही, फिर अग्नि ने उसे निगल लिया। रुक्मिणी ने अग्नि-समाधि ले ली।

कुछ देर बाद प्रयाग को होश आया। सारी देह जल रही थी। उसने देखा, वृक्ष के नीचे फूस की लाल आग चमक रही है। उठकर दौड़ा और पैर से आग को हटा दिया - नीचे रुक्मिणी की अधजली लाश पड़ी हुई थी। उसने बैठकर दोनों हाथों से मुंह ढांप लिया और रोने लगा।

प्रात:काल गांव के लोग प्रयाग को उठाकर उसके घर ले गये। एक सप्ताह तक उसका इलाज होता रहा, पर बचा नहीं। कुछ तो आग ने जलाया था, जो कुछ कसर थी, वह शोकाग्नि ने पूरी कर दी।

* * *

सुजान भगत

सीधे-सादे किसान धन हाथ आते ही धर्म और कीर्ति की ओर झुकते हैं।दिव्य समाज की भाँति वे पहले अपने भोग-विलास की ओर नहीं दौड़ते। सुजान की खेती में कई साल से कंचन बरस रहा था। मेहनत तो गाँव के सभी किसान करते थे, पर सुजान के चंद्रमा बली थे, ऊसर में भी दाना छींट आता तो कुछ न कुछ पैदा हो जाता था। तीन वर्ष लगातार ऊख लगती गयी। उधर गुड़ का भाव तेज था। कोई दो-ढाई हजार हाथ में आ गये। बस चित्त की वृत्ति धर्म की ओर झुक पड़ी। साधु-संतों का आदर-सत्कार होने लगा, द्वार पर धूनी जलने लगी, कानूनगो इलाके में आते, तो सुजान महतो के चौपाल में ठहरते। हल्के के हेड कांस्टेबल, थानेदार, शिक्षा-विभाग के अफसर, एक न एक उस चौपाल में पड़ा ही रहता। महतो मारे खुशी के फूले न समाते। धन्य भाग ! उसके द्वार पर अब इतने बड़े-बड़े हाकिम आ कर ठहरते हैं। जिन हाकिमों के सामने उसका मुँह न खुलता था, उन्हीं की अब 'महतो-महतो' करते जबान सूखती थी। कभी-कभी भजन-भाव हो जाता। एक महात्मा ने डौल अच्छा देखा तो गाँव में आसन जमा दिया। गाँजे और चरस की बहार उड़ने लगी। एक ढोलक आयी, मजीरे मँगाये गये, सत्संग होने लगा। यह सब सुजान के दम का जलूस था। घर में सेरों दूध होता, मगर सुजान के महात्मा लोग। किसान को दूध-घी से क्या मतलब, उसे रोटी और साग चाहिए। सुजान की नम्रता का अब पारावार न था। सबके सामने सिर झुकाये रहता, कहीं लोग यह न कहने लगें कि धन पा कर उसे घमंड हो गया है। गाँव में कुल तीन कुएँ थे, बहुत-से खेतों में पानी न पहुँचता था, खेती मारी जाती थी। सुजान ने एक पक्का कुआँ बनवा दिया। कुएँ का विवाह हुआ, यज्ञ हुआ, ब्रह्मभोज हुआ। जिस दिन पहली बार पुर चला, सुजान को मानो चारों पदार्थ मिल गये। जो काम गाँव में किसी ने न किया था, वह बाप-दादा के पुण्य-प्रताप से सुजान ने कर दिखाया।

एक दिन गाँव में गया के यात्री आ कर ठहरे। सुजान ही के द्वार पर उनका भोजन बना। सुजान के मन में भी गया करने की बहुत दिनों से इच्छा थी। यह अच्छा अवसर देख कर वह भी चलने को तैयार हो गया।

उसकी स्त्री बुलाकी ने कहा -अभी रहने दो, अगले साल चलेंगे।

सुजान ने गंभीर भाव से कहा -अगले साल क्या होगा, कौन जानता है। धर्म के काम में मीनमेख निकालना अच्छा नहीं। जिंदगानी का क्या भरोसा ?

बुलाकी - हाथ खाली हो जायगा। सुजान - भगवान् की इच्छा होगी, तो फिर रुपये हो जाएँगे। उनके यहाँ किस बात की कमी है।

बुलाकी इसका क्या जवाब देती ? सत्कार्य में बाधा डाल कर अपनी मुक्ति क्यों बिगाड़ती ? प्रात:काल स्त्री और पुरुष गया करने चले। वहाँ से लौटे तो, यज्ञ और ब्रह्मभोज की ठहरी। सारी बिरादरी निमंत्रित हुई, ग्यारह गाँवों में सुपारी बँटी। इस धूमधाम से कार्य हुआ कि चारों ओर वाह-वाह मच गयी। सब यही कहते थे कि भगवान् धन दे, तो दिल भी ऐसा दे। घमंड तो छू नहीं गया, अपने हाथ से पत्तल उठाता फिरता था, कुल का नाम जगा दिया। बेटा हो, तो ऐसा हो। बाप मरा, तो घर में भूनी भाँग भी नहीं थी। अब लक्ष्मी घुटने तोड़ कर आ बैठी हैं।

एक द्वेषी ने कहा -कहीं गड़ा हुआ धन पा गया है। इस पर चारों ओर से उस पर बौछारें पड़ने लगीं - हाँ, तुम्हारे बाप-दादा जो खजाना छोड़ गये थे, यही उसके हाथ लग गया है। अरे भैया, यह धर्म की कमाई है। तुम भी तो छाती फाड़ कर काम करते हो, क्यों ऐसी ऊख नहीं लगती ? क्यों ऐसी फसल नहीं होती ? भगवान् आदमी का दिल देखते हैं। जो खर्च करता है, उसी को देते हैं।

2

सुजान महतो सुजान भगत हो गये। भगतों के आचार-विचार कुछ और होते हैं। वह बिना स्नान किये कुछ नहीं खाता। गंगा जी अगर घर से दूर हों और वह रोज स्नान करके दोपहर तक घर न लौट सकता हो, तो पर्वों के दिन तो उसे अवश्य ही नहाना चाहिए। भजन-भाव उसके घर अवश्य होना चाहिए। पूजा-अर्चना उसके लिए अनिवार्य है। खान-पान में भी उसे बहुत विचार रखना पड़ता है। सबसे बड़ी बात यह है कि झूठ का त्याग करना पड़ता है। भगत झूठ नहीं बोल सकता। साधारण मनुष्य को अगर झूठ का दंड एक मिले, तो भगत को एक लाख से कम नहीं मिल सकता। अज्ञान की अवस्था में कितने ही अपराध क्षम्य हो जाते हैं। ज्ञानी के लिए क्षमा नहीं है, प्रायश्चित्ता नहीं है, यदि है तो बहुत ही कठिन। सुजान को भी अब भगतों की मर्यादा को निभाना पड़ा। अब तक उसका जीवन मजूर का जीवन था।

उसका कोई आदर्श, कोई मर्यादा उसके सामने न थी। अब उसके जीवन में विचार का उदय हुआ, जहाँ का मार्ग काँटों से भरा हुआ है। स्वार्थ-सेवा ही पहले उसके जीवन का लक्ष्य था, इसी काँटे से वह परिस्थितियों को तौलता था। वह अब उन्हें औचित्य के काँटों पर तौलने लगा। यों कहो कि जड़-जगत् से निकल कर उसने चेतन-जगत् में प्रवेश किया। उसने कुछ लेन-देन करना शुरू किया था पर अब उसे ब्याज लेते हुए आत्मग्लानि-सी होती थी। यहाँ तक कि गउओं को दुहाते समय उसे बछड़ों का ध्यान बना रहता था - कहीं बछड़ा भूखा न रह जाए, नहीं तो उसका रोआँ दुखी होगा। वह गाँव का मुखिया था, कितने ही मुकदमों में उसने झूठी शहादतें बनवायी थीं, कितनों से डॉड़ ले कर मामले का रफा-दफा करा दिया था। अब इन व्यापारों से उसे घृणा होती थी। झूठ और प्रपंच से कोसों दूर भागता था। पहले उसकी यह चेष्टा होती थी कि मजूरों से जितना काम लिया जा सके लो और मजूरी जितनी कम दी जा सके दो; पर अब उसे मजूर के काम की कम, मजूरी की अधिक चिंता रहती थी - कहीं बेचारे मजूर का रोआँ न दुखी हो जाए। वह उसका वाक्यांश-सा हो गया था - किसी का रोआँ न दुखी हो जाए। उसके दोनों

जवान बेटे बात-बात में उस पर फब्तियाँ कसते, यहाँ तक कि बुलाकी भी अब उसे कोरा भगत समझने लगी थी, जिसे घर के भले-बुरे से कोई प्रयोजन न था। चेतन-जगत् में आ कर सुजान भगत कोरे भगत रह गये।

सुजान के हाथों से धीरे-धीरे अधिकार छीने जाने लगे। किस खेत में क्या बोना है, किसको क्या देना है, किसको क्या लेना है, किस भाव क्या चीज बिकी, ऐसी-ऐसी महत्त्वपूर्ण बातों में भी भगत जी की सलाह न ली जाती थी। भगत के पास कोई जाने ही न पाता। दोनों लड़के या स्वयं बुलाकी दूर ही से मामला तय कर लिया करती। गाँव भर में सुजान का मान-सम्मान बढ़ता था, अपने घर में घटता था। लड़के उसका सत्कार अब बहुत करते। हाथ से चारपाई उठाते देख लपक कर खुद उठा लाते, चिलम न भरने देते, यहाँ तक कि उसकी धोती छाँटने के लिए भी आग्रह करते थे। मगर अधिकार उसके हाथ में न था। वह अब घर का स्वामी नहीं, मंदिर का देवता था।

3

एक दिन बुलाकी ओखली में दाल छाँट रही थी। एक भिखमंगा द्वार पर आ कर चिल्लाने लगा। बुलाकी ने सोचा, दाल छाँट लूँ, तो उसे कुछ दे दूँ। इतने में बड़ा लड़का भोला आकर बोला - अम्माँ, एक महात्मा द्वार पर खड़े गला फाड़ रहे हैं ? कुछ दे दो। नहीं तो उनका रोआँ दुखी हो जायगा।

बुलाकी ने उपेक्षा के भाव से कहा -भगत के पाँव में क्या मेहँदी लगी है, क्यों कुछ ले जा कर नहीं दे देते ? क्या मेरे चार हाथ हैं ? किस-किसका रोआँ सुखी करूँ ? दिन भर तो ताँता लगा रहता है।

भोला - चौपट करने पर लगे हुए हैं, और क्या ? अभी महँगू बेंग देने आया था। हिसाब से 7 मन हुए। तौला तो पौने सात मन ही निकले। मैंने कहा -दस सेर और ला, तो आप बैठे-बैठे कहते हैं, अब इतनी दूर कहाँ जायगा। भरपाई लिख दो, नहीं तो उसका रोआँ दुखी होगा। मैंने भरपाई नहीं लिखी। दस सेर बाकी लिख दी।

बुलाकी - बहुत अच्छा किया तुमने, बकने दिया करो। दस-पाँच दफे मुँह की खा जाए ंगे, तो आप ही बोलना छोड़ देंगे।

भोला - दिन भर एक न एक खुचड़ निकालते रहते हैं। सौ दफे कह दिया कि तुम घर-गृहस्थी के मामले में न बोला करो, पर इनसे बिना बोले रहा ही नहीं जाता।

बुलाकी - मैं जानती कि इनका यह हाल होगा, तो गुरुमंत्र न लेने देती।

भोला - भगत क्या हुए कि दीन-दुनिया दोनों से गये। सारा दिन पूजा-पाठ में ही उड़ जाता है। अभी ऐसे बूढ़े नहीं हो गये कि कोई काम ही न कर सकें।

बुलाकी ने आपत्ति की - भोला, यह तुम्हारा कुन्याय है। फावड़ा, कुदाल अब उनसे नहीं हो सकता, लेकिन कुछ न कुछ तो करते ही रहते हैं। बैलों को सानी-पानी देते हैं, गाय दुहाते हैं और भी जो कुछ हो सकता है, करते हैं।

भिक्षुक अभी तक खड़ा चिल्ला रहा था। सुजान ने जब घर में से किसी को कुछ लाते न देखा, तो उठ कर अंदर गया और कठोर स्वर से बोला - तुम लोगों को कुछ सुनायी नहीं देता कि द्वार पर कौन घंटे भर से खड़ा भीख माँग रहा है। अपना काम तो दिन भर करना ही है, एक छन भगवान् का काम भी तो किया करो।

बुलाकी - तुम तो भगवान् का काम करने को बैठे ही हो, क्या घर भर भगवान् ही का काम करेगा ?

सुजान - कहाँ आटा रखा है, लाओ, मैं ही निकाल कर दे आऊँ। तुम रानी बन कर बैठो।

बुलाकी - आटा मैंने मर-मर कर पीसा है, अनाज दे दो। ऐसे मुड़चिरों के लिए पहर रात से उठ कर चक्की नहीं चलाती हूँ।

सुजान भंडार घर में गये और एक छोटी-सी छबड़ी को जौ से भरे हुए निकले। जौ सेर भर से कम न था। सुजान ने जान-बूझकर, केवल बुलाकी और भोला को चिढ़ाने के लिए, भिक्षा परंपरा का उल्लंघन किया था। तिस पर भी यह दिखाने के लिए कि छबड़ी में बहुत ज्यादा जौ नहीं है, वह उसे चुटकी से पकड़े हुए थे। चुटकी इतना बोझ न सँभाल सकती थी। हाथ काँप रहा था। एक क्षण विलम्ब होने से छबड़ी के हाथ से छूट कर गिर पड़ने की सम्भावना थी। इसलिए वह जल्दी से बाहर निकल जाना चाहते थे। सहसा भोला ने छबड़ी उनके हाथ से छीन ली और त्यौरियाँ बदल कर बोला - सेंत का माल नहीं है, जो लुटाने चले हो। छाती फाड़-फाड़ कर काम करते हैं, तब दाना घर में आता है।

सुजान ने खिसिया कर कहा -मैं भी तो बैठा नहीं रहता।

भोला - भीख, भीख की ही तरह दी जाती है, लुटायी नहीं जाती। हम तो एक वेला खा कर दिन काटते हैं कि पति-पानी बना रहे, और तुम्हें लुटाने की सूझी है। तुम्हें क्या मालूम कि घर में क्या हो रहा है।

सुजान ने इसका कोई जवाब न दिया। बाहर आ कर भिखारी से कह दिया - बाबा, इस समय जाओ, किसी का हाथ खाली नहीं है, और पेड़ के नीचे बैठ कर विचारों में मग्न हो गया। अपने ही घर में उसका यह अनादर ! अभी वह अपाहिज नहीं है; हाथ-पाँव थके नहीं हैं; घर का कुछ न कुछ काम करता ही रहता है। उस पर यह अनादर ! उसी ने घर बनाया, यह सारी विभूति उसी के श्रम का फल है, पर अब इस घर पर उसका कोई अधिकार नहीं रहा। अब वह द्वार का कुत्ता है, पड़ा रहे और घरवाले जो रूखा-सूखा दे दें, वह खा कर पेट भर लिया करे। ऐसे जीवन को धिक्कार है। सुजान ऐसे घर में नहीं रह सकता।

संध्या हो गयी थी। भोला का छोटा भाई शंकर नारियल भर कर लाया। सुजान ने नारियल दीवार से टिका कर रख दिया ! धीरे-धीरे तम्बाकू जल गया। जरा देर में भोला ने द्वार पर चारपाई डाल दी। सुजान पेड़ के नीचे से न उठा।

कुछ देर और गुजारी। भोजन तैयार हुआ। भोला बुलाने आया। सुजान ने कहा -भूख नहीं है। बहुत मनावन करने पर भी न उठा। तब बुलाकी ने आ कर कहा -खाना खाने क्यों नहीं चलते ? जी तो अच्छा है ?

सुजान को सबसे अधिक क्रोध बुलाकी ही पर था। यह भी लड़कों के साथ है ! यह बैठी देखती रही और भोला ने मेरे हाथ से अनाज छीन लिया। इसके मुँह से इतना भी न निकला कि ले जाते हैं, तो ले जाने दो। लड़कों को न मालूम हो कि मैंने कितने श्रम से यह गृहस्थी जोड़ी है, पर यह तो जानती है। दिन को दिन और रात को रात नहीं समझा। भादों की अँधोरी रात में मड़ैया लगा के जुआर की रखवाली करता था। जेठ-बैसाख की दोपहरी में भी दम न लेता था, और अब मेरा घर पर इतना भी अधिकार नहीं है कि भीख तक न दे सकूँ। माना कि भीख इतनी नहीं दी जाती लेकिन इनको तो चुप रहना चाहिए था, चाहे मैं घर में आग ही क्यों न लगा देता। कानून से भी तो मेरा कुछ होता है। मैं अपना हिस्सा नहीं खाता, दूसरों को खिला देता हूँ; इसमें किसी के बाप का क्या साझा ? अब इस वक्त मनाने आयी है ! इसे मैंने फूल की छड़ी से भी नहीं छुआ, नहीं तो गाँव में ऐसी कौन औरत है, जिसने खसम की लातें न खायी हों, कभी कड़ी निगाह से देखा तक नहीं। रुपये-पैसे, लेना-देना, सब इसी के हाथ में दे रखा था। अब रुपये जमा कर लिये हैं, तो मुझी से घमंड करती है। अब इसे बेटे प्यारे हैं, मैं तो निखट्टू; लुटाऊ, घर-फूँकू, घोंघा हूँ। मेरी इसे क्या परवाह। तब लड़के न थे, जब बीमार पड़ी थी और मैं गोद में उठा कर बैद के घर ले गया था। आज उसके बेटे हैं और यह उनकी माँ है। मैं तो बाहर का आदमी।

मुझसे घर से मतलब ही क्या। बोला - अब खा-पीकर क्या करूँगा, हल जोतने से रहा, फावड़ा चलाने से रहा। मुझे खिला कर दाने को क्यों खराब करेगी ? रख दो, बेटे दूसरी बार खायँगे।

बुलाकी - तुम तो जरा-जरा-सी बात पर तिनक जाते हो। सच कहा है, बुढ़ापे में आदमी की बुद्धि मारी जाती है। भोला ने इतना तो कहा था कि इतनी भीख मत ले जाओ, या और कुछ ?

सुजान - हाँ बेचारा इतना कह कर रह गया। तुम्हें तो मजा तब आता, जब वह ऊपर से दो-चार डंडे लगा देता। क्यों ? अगर यही अभिलाषा है, तो पूरी कर लो। भोला खा चुका होगा, बुला लाओ। नहीं, भोला को क्यों बुलाती हो, तुम्हीं न जमा दो, दो-चार हाथ। इतनी कसर है, वह भी पूरी हो जाए।

बुलाकी - हाँ, और क्या, यही तो नारी का धरम ही है। अपने भाग सराहो कि मुझ-जैसी सीधी औरत पा ली। जिस बल चाहते हो, बिठाते हो। ऐसी मुँहजोर होती, तो तुम्हारे घर में एक दिन भी निबाह न होता।

सुजान - हाँ, भाई, वह तो मैं ही कह रहा हूँ कि देवी थीं और हो। मैं तब भी राक्षस था और अब भी दैत्य हो गया हूँ ! बेटे कमाऊ हैं, उनकी-सीन कहोगी, तो क्या मेरी-सी कहोगी, मुझसे अब क्या लेना-देना है ?

बुलाकी - तुम झगड़ा करने पर तुले बैठे हो और मैं झगड़ा बचाती हूँ कि चार आदमी हँसेंगे। चल कर खाना खा लो सीधे से, नहीं तो मैं जा कर सो रहूँगी।

सुजान - तुम भूखी क्यों सो रहोगी ? तुम्हारे बेटों की तो कमाई है। हाँ, मैं बाहरी आदमी हूँ।

बुलाकी - बेटे तुम्हारे भी तो हैं।

सुजान - नहीं, मैं ऐसे बेटों से बाज आया। किसी और के बेटे होंगे। मेरे बेटे होते, तो क्या मेरी दुर्गति होती ?

बुलाकी - गालियाँ दोगे तो मैं भी कुछ कह बैठूँगी। सुनती थी, मर्द बड़े समझदार होते हैं, पर तुम सबसे न्यारे हो। आदमी को चाहिए कि जैसा समय देखे वैसा काम करे। अब हमारा और तुम्हारा निबाह इसी में है कि नाम के मालिक बने रहें और वही करें जो लड़कों को अच्छा लगे। मैं यह बात समझ गयी, तुम क्यों नहीं समझ पाते ? जो कमाता है, उसी का घर में राज होता है, यही दुनिया का दस्तूर है। मैं बिना लड़कों से पूछे कोई काम नहीं करती, तुम क्यों अपने मन की करते हो ? इतने दिनों तक तो राज कर लिया,अब क्यों इस माया में पड़े हो ? आधी रोटी खाओ, भगवान् का भजन करो और पड़े रहो। चलो, खाना खा लो।

सुजान - तो अब मैं द्वार का कुत्ता हूँ ?

बुलाकी - बात जो थी, वह मैंने कह दी। अब अपने को जो चाहो समझो। सुजान न उठे। बुलाकी हार कर चली गयी।

4

सुजान के सामने अब एक नयी समस्या खड़ी हो गयी थी। वह बहुत दिनों से घर का स्वामी था और अब भी ऐसा ही समझता रहा। परिस्थिति में कितना उलट फेर हो गया था, इसकी उसे खबर न थी। लड़के उसका सेवा-सम्मान करते हैं, यह बात उसे भ्रम में डाले हुए थी। लड़के उसके सामने चिलम नहीं पीते, खाट पर नहीं बैठते, क्या यह सब उसके गृह-स्वामी होने का प्रमाण न था ? पर आज उसे यह ज्ञात हुआ कि यह केवल श्रृद्धा थी, उसके स्वामित्वका प्रमाण नहीं। क्या इस श्रृद्धा के बदले वह अपना अधिकार छोड़ सकता था ? कदापि नहीं। अब तक जिस घर में राज किया, उसी घर में पराधीनबन कर वह नहीं रह सकता। उसको श्रृद्धा की चाह नहीं, सेवा की भूख नहीं। उसे अधिकार चाहिए। वह इस घर पर दूसरों का अधिकार नहीं देख सकता। मंदिर का पुजारी बन कर वह नहीं रह सकता।

न-जाने कितनी रात बाकी थी। सुजान ने उठ कर गँड़ासे से बैलों का चारा काटना शुरू किया। सारा गाँव सोता था, पर सुजान करवी काट रहे थे। इतना श्रम उन्होंने अपने जीवन में कभी न किया था। जब से उन्होंने काम करना छोड़ा था, बराबर चारे के लिए हाय-हाय पड़ी

रहती थी। शंकर भी काटता था, भोला भी काटता था पर चारा पूरा न पड़ता था। आज वह इन लौंडों को दिखा देंगे, चारा कैसे काटना चाहिए। उनके सामने कटिया का पहाड़ खड़ा हो गया। और टुकड़े कितने महीन और सुडौल थे, मानो साँचे में ढाले गये हों।

मुँह-अँधेरे बुलाकी उठी तो कटिया का ढेर देख कर दंग रह गयी। बोली - क्या भोला आज रात भर कटिया ही काटता रह गया ? कितना कहा कि बेटा, जी से जहान है, पर मानता ही नहीं। रात को सोया ही नहीं।

सुजान भगत ने ताने से कहा -वह सोता ही कब है ? जब देखता हूँ, काम ही करता रहता है। ऐसा कमाऊ संसार में और कौन होगा ?

इतने में भोला आंखें मलता हुआ बाहर निकला। उसे भी यह ढेर देखकर आश्चर्य हुआ। माँ से बोला - क्या शंकर आज बड़ी रात को उठा था, अम्माँ ?

बुलाकी - वह तो पड़ा सो रहा है। मैंने तो समझा, तुमने काटी होगी।

भोला - मैं तो सबेरे उठ ही नहीं पाता। दिन भर चाहे जितना काम कर लूँ, पर रात को मुझसे नहीं उठा जाता।

बुलाकी - तो क्या तुम्हारे दादा ने काटी है ?

भोला - हाँ, मालूम तो होता है। रात भर सोये नहीं। मुझसे कल बड़ी भूल हुई। अरे, वह तो हल ले कर जा रहे हैं ! जान देने पर उतारू हो गये हैं क्या ?

बुलाकी - क्रोधी तो सदा के हैं। अब किसी की सुनेंगे थोड़े ही।

भोला - शंकर को जगा दो, मैं भी जल्दी से मुँह-हाथ धोकर हल ले जाऊँ।

जब और किसानों के साथ भोला हल ले कर खेत में पहुँचा, तो सुजान आधा खेत जोत चुके थे। भोला ने चुपके से काम करना शुरू किया। सुजान से कुछ बोलने की उसकी हिम्मत न पड़ी।

दोपहर हुआ। सभी किसानों ने हल छोड़ दिये। पर सुजान भगत अपने काम में मग्न हैं। भोला थक गया है। उसकी बार-बार इच्छा होती है कि बैलों को खोल दे। मगर डर के मारे कुछ कह नहीं सकता। सबको आश्चर्य हो रहा है कि दादा कैसे इतनी मिहनत कर रहे हैं।

आखिर डरते-डरते बोला - दादा, अब तो दोपहर हो गया। हल खोल दें न ?

सुजान - हाँ, खोल दो। तुम बैलों को ले कर चलो, मैं डॉड़ फेंक कर आता हूँ।

भोला - मैं संझा को डॉड़ फेंक दूँगा।

सुजान - तुम क्या फेंक दोगे। देखते नहीं हो, खेत कटोरे की तरह गहरा हो गया है। तभी तो बीच में पानी जम जाता है। इस गोइँड़ के खेत में बीस मन का बीघा होता था। तुम लोगों ने इसका सत्यानाश कर दिया।

बैल खोल दिये गये। भोला बैलों को ले कर घर चला, पर सुजान डाँड़ फेंकते रहे। आधा घंटे के बाद डाँड़ फेंक कर वह घर आये। मगर थकान का नाम न था। नहा-खा कर आराम करने के बदले उन्होंने बैलों को सहलाना शुरू किया। उनकी पीठ पर हाथ फेरा, उनके पैर मले, पूँछ सहलायी। बैलों की पूँछें खड़ी थीं। सुजान की गोद में सिर रखे उन्हें अकथनीय सुख मिल रहा था। बहुत दिनों के बाद आज उन्हें यह आनंद प्राप्त हुआ था। उनकी आँखों में कृतज्ञता भरी हुई थी। मानो वे कह रहे थे, हम तुम्हारे साथ रात-दिन काम करने को तैयार हैं।

अन्य कृषकों की भाँति भोला अभी कमर सीधी कर रहा था कि सुजान ने फिर हल उठाया और खेत की ओर चले। दोनों बैल उमंग से भरे दौड़े चले जाते थे, मानों उन्हें स्वयं खेत में पहुँचने की जल्दी थी।

भोला ने मड़ैया में लेटे-लेटे पिता को हल लिये जाते देखा, पर उठ न सका। उसकी हिम्मत छूट गयी। उसने कभी इतना परिश्रम न किया था। उसे बनी-बनायी गिरस्ती मिल गयी थी। उसे ज्यों-त्यों चला रहा था। इन दामों वह घर का स्वामी बनने का इच्छुक न था। जवान आदमी को बीस धंधो होते हैं। हँसने-बोलने के लिए, गाने-बजाने के लिए भी तो उसे कुछ समय चाहिए। पड़ोस के गाँव में दंगल हो रहा है। जवान आदमी कैसे अपने को वहाँ जाने से रोकेगा ? किसी गाँव में बारात आयी है, नाच-गाना हो रहा है। जवान आदमी क्यों उसके आनंद से वंचित रह सकता है ? वृद्धजनों के लिए ये बाधाएँ नहीं। उन्हें न नाच-गाने से मतलब, न खेल-तमाशे से गरज, केवल अपने काम से काम है।

बुलाकी ने कहा -भोला, तुम्हारे दादा हल ले कर गये।

भोला - जाने दो अम्माँ, मुझसे यह नहीं हो सकता।

5

सुजान भगत के इस नवीन उत्साह पर गाँव में टीकाएँ हुईं - निकल गयी सारी भगती। बना हुआ था। माया में फँसा हुआ है। आदमी काहे को, भूत है।

मगर भगत जी के द्वार पर अब फिर साधु-संत आसन जमाये देखे जाते हैं। उनका आदर-सम्मान होता है। अब की उसकी खेती ने सोना उगल दिया है। बखारी में अनाज रखने की जगह नहीं मिलती। जिस खेत में पाँच मन मुश्किल से होता था, उसी खेत में अबकी दस मन की उपज हुई है।

चैत का महीना था। खलिहानों में सतयुग का राज था। जगह-जगह अनाज के ढेर लगे हुए थे। यही समय है, जब कृषकों को भी थोड़ी देर के लिए अपना जीवन सफल मालूम होता है, जब गर्व से उनका हृदय उछलने लगता है। सुजान भगत टोकरे में अनाज भर-भर कर देते थे और दोनों लड़के टोकरे ले कर घर में अनाज रख आते थे। कितने ही भाट और भिक्षुक भगत जी को घेरे हुए थे। उनमें वह भिक्षुक भी था, जो आज से आठ महीने पहलेभगत के द्वार से निराश हो कर लौट गया था।

सहसा भगत ने उस भिक्षुक से पूछा-क्यों बाबा, आज कहाँ-कहाँ चक्कर लगा आये ?

भिक्षुक - अभी तो कहीं नहीं गया भगत जी, पहले तुम्हारे ही पास आया हूँ।

भगत - अच्छा, तुम्हारे सामने यह ढेर है। इसमें से जितना अनाज उठा कर ले जा सको, ले जाओ।

भिक्षुक ने क्षुब्ध नेत्रों से ढेर को देख कर कहा -जितना अपने हाथ से उठा कर दे दोगे, उतना ही लूँगा।

भगत - नहीं, तुमसे जितना उठ सके, उठा लो।

भिक्षुक के पास एक चादर थी ! उसने कोई दस सेर अनाज उसमें भरा और उठाने लगा। संकोच के मारे और अधिक भरने का उसे साहस न हुआ।

भगत उसके मन का भाव समझ कर आश्वासन देते हुए बोले - बस। इतना तो एक बच्चा भी उठा ले जायगा।

भिक्षुक ने भोला की ओर संदिग्धा नेत्रों से देख कर कहा -मेरे लिए इतना ही बहुत है।

भगत - नहीं तुम सकुचाते हो। अभी और भरो।

भिक्षुक ने एक पंसेरी अनाज और भरा, और फिर भोला की ओर सशंक दृष्टि से देखने लगा।

भगत - उसकी ओर क्या देखते हो, बाबा जी ? मैं जो कहता हूँ, वह करो। तुमसे जितना उठाया जा सके, उठा लो।

भिक्षुक डर रहा था कि कहीं उसने अनाज भर लिया और भोला ने गठरी न उठाने दी, तो कितनी भद्द होगी। और भिक्षुकों को हँसने का अवसर मिल जायगा। सब यही कहेंगे कि भिक्षुक कितना लोभी है। उसे और अनाज भरने की हिम्मत न पड़ी।

तब सुजान भगत ने चादर ले कर उसमें अनाज भरा और गठरी बाँध कर बोले - इसे उठा ले जाओ।

भिक्षुक - बाबा, इतना तो मुझसे उठ न सकेगा।

भगत - अरे ! इतना भी न उठ सकेगा ! बहुत होगा तो मन भर। भला जोर तो लगाओ, देखूँ, उठा सकते हो या नहीं। भिक्षुक ने गठरी को आजमाया। भारी थी। जगह से हिली भी नहीं। बोला - भगत जी, यह मुझ से न उठ सकेगी !

भगत - अच्छा, बताओ किस गाँव में रहते हो ?

भिक्षुक - बड़ी दूर है भगत जी; अमोला का नाम तो सुना होगा !

भगत - अच्छा, आगे-आगे चलो, मैं पहुँचा दूँगा।

यह कहकर भगत ने जोर लगा कर गठरी उठायी और सिर पर रख कर भिक्षुक के पीछे हो लिये। देखने वाले भगत का यह पौरुष देख कर चकित हो गये। उन्हें क्या मालूम था कि भगत

पर इस समय कौन-सा नशा था। आठ महीने के निरंतर अविरल परिश्रम का आज उन्हें फल मिला था। आज उन्होंने अपना खोया हुआ अधिकार फिर पाया था। वही तलवार, जो केले को भी नहीं काट सकती, सान पर चढ़ कर लोहे को काट देती है। मानव-जीवन में लाग बड़े महत्त्व की वस्तु है। जिसमें लाग है, वह बूढ़ा भी हो तो जवान है। जिसमें लाग नहीं, गैरत नहीं, वह जवान भी मृतक है। सुजान भगत में लाग थी और उसी ने उन्हें अमानुषीय बल प्रदान कर दिया था। चलते समय उन्होंने भोला की ओर सगर्व नेत्रों से देखा और बोले - ये भाट और भिक्षुक खड़े हैं, कोई खाली हाथ न लौटने पाये।

भोला सिर झुकाये खड़ा था, उसे कुछ बोलने का हौसला न हुआ। वृद्ध पिता ने उसे परास्त कर दिया था।

* * *

पिसनहारी का कुआँ

गोमती ने मृत्यु-शय्या पर पड़े हुए चौधरी विनायकसिंह से कहा -चौधरी, मेरे जीवन की यही लालसा थी।

चौधरी ने गम्भीर हो कर कहा -इसकी कुछ चिंता न करो काकी; तुम्हारी लालसा भगवान् पूरी करेंगे। मैं आज ही से मजूरों को बुला कर काम पर लगाये देता हूँ। दैव ने चाहा, तो तुम अपने कुएँ का पानी पियोगी। तुमने तो गिना होगा, कितने रुपये हैं ?

गोमती ने एक क्षण आँखें बंद करके, बिखरी हुई स्मृति को एकत्र करके कहा -भैया, मैं क्या जानूँ, कितने रुपये हैं ? जो कुछ हैं, वह इसी हाँड़ी में हैं। इतना करना कि इतने ही में काम चल जाए। किसके सामने हाथ फैलाते फिरोगे ?

चौधरी ने बंद हाँड़ी को उठा कर हाथों से तौलते हुए कहा -ऐसा तो करेंगे ही काकी; कौन देनेवाला है। एक चुटकी भीख तो किसी के घर से निकलती नहीं, कुआँ बनवाने को कौन देता है। धन्य हो तुम कि अपनी उम्र भर की कमाई इस धर्म-काज के लिए दे दी।

गोमती ने गर्व से कहा -भैया, तुम तो तब बहुत छोटे थे। तुम्हारे काका मरे तो मेरे हाथ में एक कौड़ी भी न थी। दिन-दिन भर भूखी पड़ी रहती। जो कुछ उनके पास था, वह सब उनकी बीमारी में उठ गया। वह भगवान् के बड़े भक्त थे। इसीलिए भगवान् ने उन्हें जल्दी से बुला लिया। उस दिन से आज तक तुम देख रहे हो कि किस तरह दिन काट रही हूँ। मैंने एक-एक रात में मन-मन भर अनाज पीसा है; बेटा ! देखनेवाले अचरज मानते थे। न-जाने इतनी ताकत मुझमें कहाँ से आ जाती थी। बस, यही लालसा रही कि उनके नाम का एक छोटा-सा कुआँ गाँव में बन जाए। नाम तो चलना चाहिए। इसीलिए तो आदमी बेटे-बेटी को रोता है।

इस तरह चौधरी विनायकसिंह को वसीयत करके, उसी रात को बुढ़िया गोमती परलोक सिधारी। मरते समय अंतिम शब्द, जो उसके मुख से निकले, वे यही थे - कुआँ बनवाने में देर न करना। उसके पास धन है यह तो लोगों का अनुमान था; लेकिन दो हजार है, इसका किसी को अनुमान न था। बुढ़िया अपने धन को ऐब की तरह छिपाती थी। चौधरी गाँव का मुखिया और नीयत का साफ आदमी था। इसलिए बुढ़िया ने उसे यह अंतिम आदेश किया था।

2

चौधरी ने गोमती के क्रिया-कर्म में बहुत रुपये खर्च न किये। ज्योंही इन संस्कारों से छुट्टी मिली, वह अपने बेटे हरनाथसिंह को बुला कर ईंट, चूना, पत्थर का तखमीना करने लगे।

हरनाथ अनाज का व्यापार करता था। कुछ देर तक तो वह बैठा सुनता रहा, फिर बोला - अभी दो-चार महीने कुआँ न बने तो कोई बड़ा हरज है ?

चौधरी ने 'हुँह !' करके कहा -हरज तो कुछ नहीं, लेकिन देर करने का काम ही क्या है। रुपये उसने दे ही दिये हैं, हमें तो सेंत में यश मिलेगा। गोमती ने मरते-मरते जल्द कुआँ बनवाने को कहा था।

हरनाथ - हाँ, कहा तो था, लेकिन आजकल बाजार अच्छा है। दो-तीन हजार का अनाज भर लिया जाए, तो अगहन-पूस तक सवाया हो जायगा। मैं आपको कुछ सूद दे दूँगा। चौधरी का मन शंका और भय के दुविधो में पड़ गया। दो हजार के कहीं ढाई हजार हो गये, तो क्या कहना। जगमोहन में कुछ बेल-बूटे बनवा दूँगा। लेकिन भय था कि कहीं घाटा हो गया तो ? इस शंका को वह छिपा न सके, बोले - जो कहीं घाटा हो गया तो ?

हरनाथ ने तड़प कर कहा -घाटा क्या हो जायगा, कोई बात है ?

'मान लो, घाटा हो गया तो ?'

हरनाथ ने उत्तेजित होकर कहा -यह कहो कि तुम रुपये नहीं देना चाहते,बड़े धर्मात्मा बने हो!

अन्य वृद्धजनों की भाँति चौधरी भी बेटे से दबते थे। कातर स्वर में बोले - मैं यह कब कहता हूँ कि रुपये न दूँगा। लेकिन पराया धन है, सोच-समझ कर ही तो उसमें हाथ लगाना चाहिए। बनिज-व्यापार का हाल कौन जानता है। कहीं भाव और गिर जाए तो ? अनाज में घुन ही लग जाए, कोई मुद्दई घर में आग ही लगा दे। सब बातें सोच लो अच्छी तरह।

हरनाथ ने व्यंग्य से कहा -इस तरह सोचना है, तो यह क्यों नहीं सोचते कि कोई चोर ही उठा ले जाए; या बनी-बनायी दीवार बैठ जाए ? ये बातें भी तो होती ही हैं।

चौधरी के पास अब और कोई दलील न थी, कमजोर सिपाही ने ताल तो ठोंकी, अखाड़े में उतर पड़ा; पर तलवार की चमक देखते ही हाथ-पाँव फूल गये। बगलें झाँक कर चौधरी ने कहा -तो कितना लोगे ?

हरनाथ कुशल योद्धा की भाँति, शत्रु को पीछे हटता देख कर, बफर कर बोला - सब का सब दीजिए, सौ-पचास रुपये ले कर क्या खिलवाड़ करना है ?

चौधरी राजी हो गये। गोमती को उन्हें रुपये देते किसी ने न देखा था। लोक-निंदा की संभावना भी न थी। हरनाथ ने अनाज भरा। अनाजों के बोरों का ढेर लग गया। आराम की मीठी नींद सोनेवाले चौधरी अब सारी रात बोरों की रखवाली करते थे, मजाल न थी कि कोई चुहिया बोरों में घुस जाए। चौधरी इस तरह झपटते थे कि बिल्ली भी हार मान लेती। इस तरह छः महीने बीत गये। पौष में अनाज बिका, पूरे 500 रु. का लाभ हुआ।

हरनाथ ने कहा -इसमें से 50 रु. आप ले लें।

चौधरी ने झल्ला कर कहा -50 रु. क्या खैरात ले लूँ ? किसी महाजन से इतने रुपये लिये होते तो कम से कम 200 रु. सूद के होते; मुझे तुम दो-चार रुपये कम दे दो, और क्या करोगे ?

हरनाथ ने ज्यादा बतबढ़ाव न किया। 150 रु. चौधरी को दे दिया। चौधरी की आत्मा इतनी प्रसन्न कभी न हुई थी। रात को वह अपनी कोठरी में सोने गया, तो उसे ऐसा प्रतीत हुआ कि बुढ़िया गोमती खड़ी मुस्करा रही है। चौधरी का कलेजा धक्-धक् करने लगा। वह नींद में न था। कोई नशा न खाया था। गोमती सामने खड़ी मुस्करा रही थी। हाँ, उस मुरझाये हुए मुख पर एक विचित्र स्फूर्ति थी।

3

कई साल बीत गये ! चौधरी बराबर इसी फिक्र में रहते कि हरनाथ से रुपये निकाल लूँ; लेकिन हरनाथ हमेशा ही हीले-हवाले करता रहता था। वह साल में थोड़ा-सा ब्याज दे देता, पर मूल के लिए हजार बातें बनाता था। कभी लेने का रोना था, कभी चुकते का। हाँ, कारोबार बढ़ता जाता था। आखिर एक दिन चौधरी ने उससे साफ-साफ कह दिया कि तुम्हारा काम चले या डूबे, मुझे परवा नहीं, इस महीने में तुम्हें अवश्य रुपये चुकाने पड़ेंगे। हरनाथ ने बहुत उड़नघाइयाँ बतायीं, पर चौधरी अपने इरादे पर जमे रहे।

हरनाथ ने झुँझला कर कहा -कहता हूँ कि दो महीने और ठहरिए। माल बिकते ही मैं रुपये दे दूँगा।

चौधरी ने दृढ़ता से कहा -तुम्हारा माल कभी न बिकेगा, और न तुम्हारे दो महीने कभी पूरे होंगे। मैं आज रुपये लूँगा।

हरनाथ उसी वक्त क्रोध में भरा हुआ उठा, और दो हजार रुपये ला कर चौधरी के सामने जोर से पटक दिये।

चौधरी ने कुछ झेंप कर कहा -रुपये तो तुम्हारे पास थे।

'और क्या बातों से रोजगार होता है ?'

'तो मुझे इस समय 500 रुपये दे दो, बाकी दो महीने में देना। सब आज ही तो खर्च न हो जाए◌े◌ंगे।'

हरनाथ ने ताव दिखा कर कहा -आप चाहे खर्च कीजिए, चाहे जमा कीजिए, मुझे रुपयों का काम नहीं। दुनिया में क्या महाजन मर गये हैं, जो आपकी धौंस सहूँ ?

चौधरी ने रुपये उठा कर एक ताक पर रख दिये। कुएँ की दागबेल डालने का सारा उत्साह ठंडा पड़ गया।

हरनाथ ने रुपये लौटा तो दिये थे, पर मन में कुछ और मनसूबा बाँध रखा था। आधी रात को जब घर में सन्नाटा छा गया, तो हरनाथ चौधरी के कोठरी की चूल खिसका कर अंदर घुसा। चौधरी बेखबर सोये थे। हरनाथ ने चाहा कि दोनों थैलियाँ उठा कर बाहर निकल आऊँ, लेकिन

ज्यों ही हाथ बढ़ाया उसे अपने सामने गोमती खड़ी दिखायी दी। वह दोनों थैलियों को दोनों हाथों से पकड़े हुए थी। हरनाथ भयभीत हो कर पीछे हट गया।

फिर यह सोच कर कि शायद मुझे धोखा हो रहा हो, उसने फिर हाथ बढ़ाया, पर अबकी वह मूर्ति इतनी भयंकर हो गयी कि हरनाथ एक क्षण भी वहाँ खड़ा न रह सका। भागा, पर बरामदे ही में अचेत होकर गिर पड़ा।

4

हरनाथ ने चारों तरफ से अपने रुपये वसूल करके व्यापारियों को देने के लिए जमा कर रखे थे। चौधरी ने आँखें दिखायीं, तो वही रुपये ला कर पटक दिया। दिल में उसी वक्त सोच लिया था कि रात को रुपये उड़ा लाऊँगा। झूठमूठ चोर का गुल मचा दूँगा, तो मेरी ओर संदेह भी न होगा। पर जब यह पेशबंदी ठीक न उतरी, तो उस पर व्यापारियों के तगादे होने लगे। वादों पर लोगों को कहाँ तक टालता, जितने बहाने हो सकते थे, सब किये। आखिर वह नौबत आ गयी कि लोग नालिश करने की धामकियाँ देने लगे। एक ने तो 300 रु. की नालिश कर भी दी। बेचारे चौधरी बड़ी मुश्किल में फँसे। दूकान पर हरनाथ बैठता था, चौधरी का उससे कोई वास्ता न था, पर उसकी जो साख थी वह चौधरी के कारण लोग चौधरी को खरा और लेन-देन का साफ आदमी समझते थे। अब भी यद्यपि कोई उनसे तकाजा न करता था, पर वह सबसे मुँह छिपाते फिरते थे। लेकिन उन्होंने यह निश्चय कर लिया था कि कुएँ के रुपये न छुऊँगा चाहे कुछ आ पड़े।

रात को एक व्यापारी के मुसलमान चपरासी ने चौधरी के द्वार पर आ कर हजारों गालियाँ सुनायीं। चौधरी को बार-बार क्रोध आता था कि चल कर मूँछें उखाड़ लूँ, पर मन को समझाया, 'हमसे मतलब ही क्या है, बेटे का कर्ज चुकाना बाप का धर्म नहीं है।'

जब भोजन करने गये, तो पत्नी ने कहा -यह सब क्या उपद्रव मचा रखा है ?

चौधरी ने कठोर स्वर में कहा -मैंने मचा रखा है ?

'और किसने मचा रखा है ? बच्चा कसम खाते हैं कि मेरे पास केवल थोड़ा-सा माल है, रुपये तो सब तुमने माँग लिये।'

चौधरी - माँग न लेता तो क्या करता, हलवाई की दूकान पर दादा का फातेहा पढ़ना मुझे पसंद नहीं।

स्त्री - यह नाक-कटाई अच्छी लगती है ?

चौधरी - तो मेरा क्या बस है भाई, कभी कुआँ बनेगा कि नहीं ? पाँच साल हो गये।

स्त्री - इस वक्त उसने कुछ नहीं खाया। पहली जून भी मुँह जूठा करके उठ गया था।

चौधरी - तुमने समझाकर खिलाया नहीं, दाना-पानी छोड़ देने से तो रुपये न मिलेंगे।

स्त्री - तुम क्यों नहीं जा कर समझा देते ?

चौधरी - मुझे तो इस वक्त बैरी समझ रहा होगा !

स्त्री - मैं रुपये ले जा कर बच्चा को दिये आती हूँ, हाथ में जब रुपये आ जाएँ, तो कुआँ बनवा देना।

चौधरी - नहीं, नहीं, ऐसा गजब न करना, मैं इतना बड़ा विश्वासघात न करूँगा, चाहे घर मिट्टी ही में मिल जाए।

लेकिन स्त्री ने इन बातों की ओर ध्यान न दिया। वह लपक कर भीतर गयी और थैलियों पर हाथ डालना चाहती थी कि एक चीख मार कर हट गयी। उसकी सारी देह सितार के तार की भाँति काँपने लगी।

चौधरी ने घबरा कर पूछा-क्या हुआ, क्या ? तुम्हें चक्कर तो नहीं आ गया ?

स्त्री ने ताक की ओर भयातुर नेत्रों से देख कर कहा -चुड़ैल वहाँ खड़ी है ?

चौधरी ने ताक की ओर देख कर कहा -कौन चुड़ैल ? मुझे तो कोई नहीं दीखता।

स्त्री - मेरा तो कलेजा धक्-धक् कर रहा है। ऐसा मालूम हुआ, जैसे उस बुढ़िया ने मेरा हाथ पकड़ लिया है।

चौधरी - यह सब भ्रम है। बुढ़िया को मरे पाँच साल हो गये, अब तक वह यहाँ बैठी है ?

स्त्री - मैंने साफ देखा, वही थी। बच्चा भी कहते थे कि उन्होंने रात को थैलियों पर हाथ रखे देखा था !

चौधरी - वह रात को मेरी कोठरी में कब आया ?

स्त्री - तुमसे कुछ रुपयों के विषय ही में कहने आया था। उसे देखते ही भागा।

चौधरी - अच्छा; फिर तो अंदर जाओ, मैं देख रहा हूँ।

स्त्री ने कान पर हाथ रख कर कहा -न बाबा, अब मैं उस कमरे में कदम न रखूँगी।

चौधरी - अच्छा, मैं जा कर देखता हूँ।

चौधरी ने कोठरी में जा कर दोनों थैलियाँ ताक पर से उठा लीं। किसी प्रकार की शंका न हुई। गोमती की छाया का कहीं नाम भी न था। स्त्री द्वार पर खड़ी झाँक रही थी। चौधरी ने आ कर गर्व से कहा -मुझे तो कहीं

कुछ न दिखायी दिया। वहाँ होती, तो कहाँ चली जाती ?

स्त्री - क्या जाने, तुम्हें क्यों नहीं दिखायी दी ? तुमसे उसे स्नेह था, इसी से हट गयी होगी।

चौधरी - तुम्हें भ्रम था, और कुछ नहीं।

स्त्री - बच्चा को बुला कर पुछाये देती हूँ।

चौधरी - खड़ा तो हूँ, आ कर देख क्यों नहीं लेतीं ?

स्त्री को कुछ आश्वासन हुआ। उसने ताक के पास जा कर डरते-डरते हाथ बढ़ाया - जोर से चिल्ला कर भागी और आँगन में आ कर दम लिया।

चौधरी भी उसके साथ आँगन में आ गया और विस्मय से बोला - क्या था, क्या ? व्यर्थ में भागी चली आयी। मुझे तो कुछ न दिखायी दिया।

स्त्री ने हाँफते हुए तिरस्कारपूर्ण स्वर में कहा -चलो हटो, अब तक तो तुमने मेरी जान ही ले ली थी। न-जाने तुम्हारी आँखों को क्या हो गया है। खड़ी तो है वह डायन !

इतने में हरनाथ भी वहाँ आ गया। माता को आँगन में खड़े देख कर बोला - क्या है अम्माँ, कैसा जी है ?

स्त्री - वह चुड़ैल आज दो बार दिखायी दी, बेटा। मैंने कहा -लाओ, तुम्हें रुपये दे दूँ। फिर जब हाथ में जा जाएँगे, तो कुआँ बनवा दिया जायगा। लेकिन ज्यों ही थैलियों पर हाथ रखा, उस चुड़ैल ने मेरा हाथ पकड़ लिया। प्राण-से निकल गये।

हरनाथ ने कहा -किसी अच्छे ओझा को बुलाना चाहिए, जो इसे मार भगाये।

चौधरी - क्या रात को तुम्हें भी दिखाई दी थी ?

हरनाथ - हाँ, मैं तुम्हारे पास एक मामले में सलाह करने आया था। ज्यों ही अंदर कदम रखा, वह चुड़ैल ताक के पास खड़ी दिखायी दी, मैं बदहवास हो कर भागा।

चौधरी - अच्छा, फिर तो जाओ।

स्त्री - कौन, अब तो मैं न जाने दूँ, चाहे कोई लाख रुपये ही क्यों न दे।

हरनाथ - मैं आप न जाऊँगा।

चौधरी - मगर मुझे कुछ दिखायी नहीं देता। यह बात क्या है ?

हरनाथ - क्या जाने, आपसे डरती होगी। आज किसी ओझा को बुलाना चाहिए।

चौधरी - कुछ समझ में नहीं आता, क्या माजरा है। क्या हुआ बैजू पांडे की डिग्री का ?

हरनाथ इन दिनों चौधरी से इतना जलता था कि अपनी दूकान के विषय की कोई बात उनसे न कहता था। आँगन की तरफ ताकता हुआ मानो हवा से बोला - जो होना होगा, वह होगा, मेरी जान के सिवा और कोई क्या ले लेगा ? जो खा गया हूँ, वह तो उगल नहीं सकता।

चौधरी - कहीं उसने डिग्री जारी कर दी तो ?

हरनाथ - तो क्या ? दूकान में चार-पाँच सौ का माल है, वह नीलाम हो जायगा।

चौधरी - कारोबार तो सब चौपट हो जायगा ?

हरनाथ - अब कारोबार के नाम को कहाँ तक रोऊँ। अगर पहले से मालूम होता कि कुआँ बनवाने की इतनी जल्दी है, तो यह काम छेड़ता ही क्यों ? रोटी-दाल तो पहले भी मिल जाती थी। बहुत होगा, तो-चार महीने हवालात में रहना पड़ेगा। इसके सिवा और क्या हो सकता है ?

माता ने कहा -जो तुम्हें हवालात में ले जाए, उसका मुँह झुलस दूँ ! हमारे जीते-जी तुम हवालात में जाओगे !

हरनाथ ने दार्शनिक बन कर कहा -माँ-बाप जन्म के साथी होते हैं, किसी के कर्म के साथी नहीं होते।

चौधरी को पुत्र से प्रगाढ़ प्रेम था। उन्हें शंका हो गयी थी कि हरनाथ रुपये हजम करने के लिए टाल-मटोल कर रहा है। इसलिए उन्होंने आग्रह करके रुपये वसूल कर लिये थे। अब उन्हें अनुभव हुआ कि हरनाथ के प्राण सचमुच संकट में हैं। सोचा - अगर लड़के को हवालात हो गयी, या दूकान पर कुर्की आ गयी; तो कुल-मर्यादा धूल में मिल जायगी। क्या हरज है, अगर गोमती के रुपये दे दूँ। आखिर दूकान चलती ही है, कभी न कभी तो रुपये हाथ में आ ही जाएँगे।

एकाएक किसी ने बाहर से पुकारा - 'हरनाथसिंह !' हरनाथ के मुख पर हवाइयाँ उड़ने लगीं। चौधरी ने पूछा-कौन है ?

'कुर्क अमीन।'

'क्या दूकान कुर्क कराने आया है ?'

'हाँ, मालूम तो होता है।'

'कितने रुपयों की डिग्री है ?'

'1200 रु. की।'

'कुर्क-अमीन कुछ लेने-देने से न टलेगा ?'

'टल तो जाता पर महाजन भी तो उसके साथ होगा। उसे जो कुछ लेना है, उधर से ले चुका होगा।'

'न हो, 1200 रु. गोमती के रुपयों में से दे दो।'

'उसके रुपये कौन छुएगा। न-जाने घर पर क्या आफत आये।'

'उसके रुपये कोई हजम थोड़ी ही किये लेता है; चलो, मैं दे दूँ !'

चौधरी को इस समय भय हुआ, कहीं मुझे भी वह न दिखायी दे। लेकिन उनकी शंका निर्मूल थी। उन्होंने एक थैली से 550 रु. निकाले और दूसरी थैली में रख कर हरनाथ को दे दिये। संध्या तक इन 5000 रु. में एक रुपया भी न बचा।

5

बारह साल गुजर गये। न चौधरी अब इस संसार में हैं, न हरनाथ। चौधरी जब तक जिये, उन्हें कुएँ की चिंता बनी रही; यहाँ तक कि मरते दम भी उनकी जबान पर कुएँ की रट लगी हुई थी। लेकिन दूकान में सदैव रुपयों का तोड़ा रहा। चौधरी के मरते ही सारा कारोबार चौपट हो गया। हरनाथ ने आने रुपये लाभ से संतुष्ट न हो कर दूने-तिगुने लाभ पर हाथ मारा - जुआ खेलना शुरू किया। साल भी न गुजरने पाया था कि दूकान बंद हो गयी। गहने-पाती, बरतन भाँड़े, सब मिट्टी में मिल गये। चौधरी की मृत्यु के ठीक साल भर बाद, हरनाथ ने भी इस हानि-लाभ के संसार से पयान किया। माता के जीवन का अब कोई सहारा न रहा। बीमार पड़ी, पर दवा-दर्पन

न हो सकी। तीन-चार महीने तक नाना प्रकार के कष्ट झेल कर वह भी चल बसी। अब केवल बहू थी, और वह भी गर्भिणी। उस बेचारी के लिए अब कोई आधार न था। इस दशा में मजदूरी भी न कर सकती थी। पड़ोसियों के कपड़े सी-सी कर उसने किसी भाँति पाँच-छ: महीने काटे। तेरे लड़का होगा। सारे लक्षण बालक के-से थे। यही एक जीवन का आधार था। जब कन्या हुई, तो यह आधार भी जाता रहा। माता ने अपना हृदय इतना कठोर कर लिया कि नवजात शिशु को छाती भी न लगाती थी। पड़ोसियों के बहुत समझाने-बुझाने पर छाती से लगाया, पर उसकी छाती में दूध की एक बूँद भी न थी। उस समय अभागिनी माता के हृदय में करुणा, वात्सल्य और मोह का एक भूकम्प-सा आ गया। अगर किसी उपाय से उसके स्तन की अंतिम बूँद दूध बन जाती, तो वह अपने को धन्य मानती।

बालिका की वह भोली, दीन, याचनामय, सतृष्ण छवि देख कर उसका मातृ-हृदय मानो सहस्र नेत्रों से रुदन करने लगा था। उसके हृदय की सारी शुभेच्छाएँ, सारा आशीर्वाद, सारी विभूति, सारा अनुराग मानो उसकी आँखों से निकाल कर उस बालिका को उसी भाँति रंजित कर देता था जैसे इंदु का शीतल प्रकाश पुष्प को रंजित कर देता है; पर उस बालिका के भाग्य में मातृप्रेम के सुख न बदे थे ! माता ने कुछ अपना रक्त, कुछ ऊपर का दूध पिला कर उसे जिलाया; पर उसकी दशा दिनोंदिन जीर्ण होती जाती थी।

एक दिन लोगों ने जा कर देखा, तो वह भूमि पर पड़ी हुई थी, और बालिका उसकी छाती से चिपटी उसके स्तनों को चूस रही थी। शोक और दरिद्रता से आहत शरीर में रक्त कहाँ जिससे दूध बनता।

वही बालिका पड़ोसियों की दया-भिक्षा से पल-पल कर एक दिन घास खोदती हुई उस स्थान पर जा पहुँची, जहाँ बुढ़िया गोमती का घर था। छप्पर कब के पंचभूतों में मिल चुके थे। केवल जहाँ-तहाँ दीवारों के चिह्न बाकी थे। कहीं-कहीं आधी-आधी दीवारें खड़ी थीं। बालिका ने न-जाने क्या सोच कर खुरपी से गड्ढा खोदना शुरू किया। दोपहर से साँझ तक वह गड्ढा खोदती रही। न खाने की सुध थी, न पीने की। न कोई शंका थी, न भय। अँधेरा हो गया; पर वह ज्यों की त्यों बैठी गड्ढा खोद रही थी। उस समय किसान लोग भूल कर भी उधर से न निकलते थे; पर बालिका निश्शंक बैठी भूमि से मिट्टी निकाल रही थी। जब अँधेरा हो गया तो वह चली गयी।

दूसरे दिन वह बड़े सबेरे उठी और इतनी घास खोदी, जितनी वह कभी दिन भर में न खोदती थी। दोपहर के बाद वह अपनी खाँची और खुरपी लिये फिर उसी स्थान पर पहुँची; पर वह आज अकेली न थी, उसके साथ दो बालक और भी थे। तीनों वहाँ साँझ तक 'कुआँ-कुआँ' खोदते रहे। बालिका गड्ढे के अंदर खोदती थी और दोनों बालक मिट्टी निकाल-निकाल कर फेंकते थे।

तीसरे दिन दो लड़के और भी उस खेल में मिल गये। शाम तक खेल होता रहा। आज गड्ढा दो हाथ गहरा हो गया था। गाँव के बालक-बालिकाओं में इस विलक्षण खेल ने अभूपूर्व उत्साह भर दिया था।

चौथे दिन और भी कई बालक आ मिले। सलाह हुई, कौन अंदर जाए, कौन मिट्टी उठाये, कौन झौआ खींचे। गड्ढा अब चार हाथ गहरा हो गया था, पर अभी तक बालकों के सिवा और किसी को उसकी खबर न थी। एक दिन रात को एक किसान अपनी खोयी हुई भैंस ढूँढ़ता हुआ उस खंडहर में जा निकला। अंदर मिट्टी का ऊँचा ढेर, एक बड़ा-सा गड्ढा और एक टिमटिमाता हुआ दीपक देखा, तो डर कर भागा। औरों ने भी आ कर देखा, कई आदमी थे। कोई शंका न थी। समीप जा कर देखा, तो बालिका बैठी थी। एक आदमी ने पूछा-अरे, क्या तूने यह गड्ढा खोदा है ?

बालिका ने कहा -हाँ।

'गड्ढा खोद कर क्या करेगी ?'

'यहाँ कुआँ बनाऊँगी ?'

'कुआँ कैसे बनायेगी ?'

'जैसे इतना खोदा है वैसे ही इतना और खोद लूँगी। गाँव के सब लड़के खेलने आते हैं।'

'मालूम होता है, तू अपनी जान देगी और अपने साथ और लड़कों को भी मारेगी। खबरदार, जो कल से गड्ढा खोदा !'

दूसरे दिन और लड़के न आये, बालिका भी दिन भर मजूरी करती रही। लेकिन संध्या-समय वहाँ फिर दीपक जला और फिर वह खुरपी हाथ में लिये वहाँ बैठी दिखायी दी।

गाँव वालों ने उसे मारा-पीटा, कोठरी में बंद किया, पर वह अवकाश पाते ही वहाँ जा पहुँचती। गाँव के लोग प्राय: श्रद्धालु होते ही हैं, बालिका के इस अलौकिक अनुराग ने आखिर उनमें भी अनुराग उत्पन्न किया। कुआँ खुदने लगा।

इधर कुआँ खुद रहा था, उधर बालिका मिट्टी से ईंटें बनाती थी। इस खेल में सारे गाँव के लड़के शरीक होते थे। उजाली रातों में जब सब लोगसो जाते, तब भी वह ईंटें थापती दिखायी देती। न-जाने इतनी लगन उसमें कहाँ से आ गयी थी। सात वर्ष की उम्र कोई उम्र होती है ? लेकिन सात वर्ष की वह लड़की बुद्धि और बातचीत में अपनी तिगुनी उम्र वालों के कान काटती थी।

आखिर एक दिन वह भी आया कि कुआँ बँधा गया और उसकी पक्की जगत तैयार हो गयी। उस दिन बालिका उसी जगत पर सोयी । आज उसके हर्ष की सीमा न थी। गाती थी, चहकती थी।

प्रात:काल उस जगत पर केवल उसकी लाश मिली। उस दिन से लोगों ने कहना शुरू किया, यह वही बुढ़िया गोमती थी ! इस कुएँ का नाम 'पिसनहारी का कुआँ' पड़ा।

* * *

सोहाग का शव

मध्यप्रदेश के एक पहाड़ी गांव में एक छोटे-से घर की छत पर एक युवक मानो संध्या की निस्तब्धता में लीन बैठा था। सामने चंद्रमा के मलिन प्रकाश में ऊंची पर्वतमालाएं अनन्त के स्वप्न की भांति गम्भीर, रहस्यमय, संगीतमय, मनोहर मालूम होती थीं, उन पहाड़ियों के नीचे जलधारा की रौप्य रेखा ऐसी मालूम होती थी, मानो उन पर्वतों का समस्त संगीत, समस्त गाम्भीर्य, सम्पूर्ण रहस्य इसी उज्ज्वल प्रवाह में लीन हो गया हो। युवक की वेषभूषा से प्रकट होता था कि उसकी दशा बहुत सम्पन्न नहीं है। हां उसके मुख से तेज और मनस्विता झलक रही थी। उसकी आंखों पर ऐनक न थी, न मूंछें मुड़ी हुई थी, न बाल संवारे हुए थे, कलाई पर घड़ी न थी, यहां तक कि कोट की जेब में फाउण्डेशन भी न था। या तो वह सिद्धान्तों का प्रेमी था, या आडम्बरों का शत्रु।

युवक विचारों में मौन उसी पर्वतमाला की ओर देख रहा था कि सहसा बादल की गरज से भी भयंकर ध्वनि सुनाई दी। नदी का मधुर गान उस भीषण वाद में डूब गया। ऐसा मालूम हुआ, मानो उस भयंकर नाद ने पर्वतों को भी हिला दिया है, मानों पर्वतों में कोई घोर संग्राम छिड़ गया है। यह रेलगाड़ी थी, जो नदी पर बने हुए पुल से चली आ रही थी।

एक युवती कमरे से निकलकर छत पर आयी और बोली - 'आज अभी से गाड़ी आ गयी। इसे भी आज ही बैर निभाना था।'

युवक ने युवती का हाथ पकड़कर कहा - 'प्रिये मेरा जी चाहता है, कहीं न जाऊं, उन्होंने निश्चय कर लिया है। मैंने तुम्हारी खातिर से हामी भर ली थी, पर अब जाने की इच्छा नहीं होती। तीन साल कैसे कटेंगे?'

युवती ने कातर स्वर में कहा - 'तीन साल के वियोग के बाद फिर तो जीवन-पर्यन्त कोई बाधा न खड़ी होगी। एक बार जो निश्चय कर लिया है, उसे पूरा ही कर डालो, अनंत सुख की आशा में मैं सारे कष्ट झेल लूंगी।'

यह कहते हुए युवती जलपान लाने के बहाने से फिर भीतर चली गयी। आंसुओं का आवेग उसके काबू से बाहर हो गया। इन दोनों प्राणियों के वैवाहिक जीवन की यह पहली ही वर्षगांठ थी। युवक बम्बई-विश्वविद्यालय से एमए की उपाधि लेकर नागपुर के एक कॉलेज में अध्यापक था। नवीन युग की नयी-नयी वैवाहिक और सामाजिक क्रांतियों ने उसे लेशमात्र भी विचलित न किया था। पुरानी प्रथाओं से ऐसी प्रगाढ़ ममता कदाचित वृद्धजनों को भी कम होगी। प्रोफेसर हो जाने के बाद उसके माता-पिता ने इस बालिका से उसका विवाह कर दिया था। प्रथानुसार ही उस आंख-मिचौनी के खेल में उन्हें प्रेम का रत्न मिल जाता। ये दो-चार दिन मीठे स्वप्न के समान

कट जाते थे। दोनों बालकों की भांति रो-रोकर विदा होते। इसी कोठे पर खड़ी होकर वह उसको देखा करती, जब तक निर्दयी पहाड़ियां उसे आड़ में न कर लेती। पर अभी साल भी न गुजरने पाया था कि वियोग ने अपना षड्यंत्र बनाना शुरू कर दिया। केशव को विदेश जाकर शिक्षा पूरी करने के लिए एक वृत्ति मिल गयी। मित्रों ने बधाइयां दी। किसके ऐसे भाग्य हैं, जिसे बिना मांगे स्वभाग्य निर्माण का ऐसा अवसर आया। माता-पिता और अन्य सम्बन्धियों ने इस यात्रा का घोर विरोध किया। नगर में जितनी बधाइयां मिली थी, यहां उससे कहीं अधिक बाधाएं मिली किन्तु सुभद्रा की उच्चाकांक्षाओं की सीमा न थी। वह कदाचित केशव को इंद्रासन पर बैठा हुआ देखना चाहती थी। उसके सामने तब भी वही पति-सेवा का आदर्श होता था। वह तब भी उसके सिर में तेल डालेगी, उसकी धोती छांटेगी, उसके पांव दबायेगी और उसको पंखा झलेगी। उपासक की महत्त्वाकांक्षा उपास्य ही के प्रति होती है। वह उसके लिए सोने का मंदिर बनायेगा, उसके सिंहासन को रत्नों से सजायेगा, स्वर्ग से पुष्प लाकर भेंट करेगा, पर वह स्वयं वहीं उपासक रहेगा। जय के स्थान पर मुकुट या कोपीन की जगह पीताम्बर की लालसा उसे कभी नहीं सताती। सुभद्रा ने उस वक्त तक दम न लिया जब तक केशव ने विलायत जाने का वादा न कर लिया। माता-पिता ने उसे कलंकिनी और न जाने क्या-क्या कहा, पर अंत में सहमत हो गये। सब तैयारियां हो गयीं। स्टेशनों के समीपस्थ गांव के निवासियों के लिए गाड़ी का आना शत्रु का धावा नहीं, मित्र का पदार्पण है। गाड़ी आ गयी। सुभद्रा जलपान बनाकर पति को हाथ धुलाने आयी थी। इस समय केशव की प्रेम-कातर आपत्ति ने उसे एक क्षण के लिए विचलित कर दिया। हा! कौन जानता है तीन साल में क्या हो जाय। मन में एक आवेश उठा कह दूं प्यारे मत जाओ। थोड़ा ही खायेंगे, मोटा ही पहनेंगे, रो-रोकर दिन तो न कटेंगे। कभी केशव के आने में एकआध महीना लग जाता था, तब वह विकल हो जाया करती थी। यही जी चाहता था, उड़कर उनके पास पहुंच जाऊं। फिर ये निर्दयी तीन वर्ष कैसे कटेंगे लेकिन उसने बड़ी कठोरता से इन निराशाजनक भावों को ठुकरा दिया और कांपते कंठ से बोली - 'जी तो मेरा भी यही चाहता है। जब तीन साल का अनुमान करती हूं तो एक कल्प-सा मालूम होता है। लेकिन जब विलायत में तुम्हारे सम्मान और आदर का ध्यान करती हूं तो ये तीन साल तीन दिन से मालूम होते है। तुम तो जहाज पर पहुंचते ही मुझे भूल जाओगे। नये-नये दृश्य तुम्हारे मनोरंजन के लिए आ खड़े होंगे। यूरोप पहुंचकर विद्वानों के सत्संग में तुम्हें घर की याद भी न आयेगी। मुझे तो रोने के सिवा और कोई धंधा नहीं है। यही स्मृतियां ही मेरे जीवन का आधार होंगी। लेकिन क्या करूं, जीवन की भोग-लालसा तो नहीं मानती। फिर जिस वियोग का अंत जीवन की सारी विभूतियां अपने साथ लायेगा, वह वास्तव में तपस्या है। तपस्या के बिना तो वरदान नहीं मिलता।

केशव को भी अब ज्ञात हुआ कि क्षणिक मोह के आवेश में स्वभाग्य निर्माण का ऐसा अच्छा अवसर त्याग देना मूर्खता है। खड़े होकर बोले - 'रोना-धोना मत, नहीं तो मेरा जी न लगेगा।'

सुभद्रा ने उसका हाथ पकड़कर हृदय से लगाते हुए उसके मुंह की ओर सजल नेत्रों से देखा और बोली - 'पत्र बराबर भेजते रहना।'

सुभद्रा ने फिर आंखों में आंसू, भरे हुए मुस्कुराकर कहा - 'देखना, विलायती मिस. के जाल में न फंस जाना।'

केशव फिर चारपाई पर बैठ गया और बोला - 'अगर तुम्हें यह संदेह है, तो लो, मैं जाऊंगा ही नहीं।'

सुभद्रा ने उसके गले में बांहें डालकर विश्वास -पूर्ण दृष्टि से देखा और बोली - 'मैं दिल्लगी कर रही थी।'

'अगर इंद्रलोक की अप्सरा भी आ जाय, तो आंख उठकर न देखूं। ब्रह्म ने ऐसी दूसरी सृष्टि की ही नहीं।'

'बीच में कोई छुट्टी मिले, तो एक बार चले आना।'

'नहीं, प्रिये, बीच में शायद छुट्टी न मिलेगी। मगर जो मैंने सुना कि तुम रो-रोकर घुली जाती हो, दाना-पीना छोड़ दिया है, तो मैं अवश्य चला जाऊंगा। ये फूल जरा भी कुम्हलाने न पायें।'

दोनों गले मिलकर विदा हो गये। बाहर संबंधियों और मित्रों का एक समूह खड़ा था। केशव ने बड़ों के चरण हुए, छोटों को गले लगाया और स्टेशन की ओर चले। मित्रगण स्टेशन तक पहुंचाने गये। एक क्षण में गाड़ी यात्री को लेकर चल दी।

उधर केशव गाड़ी में बैठा हुआ पहाड़ियों की बहार देख रहा था, उधर सुभद्रा भूमि पर पड़ी सिसकियां भर रही थी।

2

दिन गुजरने लगे। उसी तरह, जैसे बीमारी के दिन कटते हैं, दिन पहाड़, रात काली बला। रात भर मनाते गुजरती थी कि किसी तरह भोर हो। भोर होता, तो मनाने लगती कि जल्दी शाम हो। मैके गयी कि वहां जी बहलेगा। दस-पांच दिन परिवर्तन का कुछ असर हुआ, फिर उससे भी बुरी दशा हुई, भागकर ससुराल चली आयी। रोगी करवट बदलकर आराम का अनुभव करता है।

पहले पांच-छह महीनों तक तो केशव के पत्र पंद्रहवें दिन बराबर मिलते रहे। उसमें वियोग के दु:ख कम, नये-नये दृश्यों का वर्णन अधिक होता था। पर सुभद्रा संतुष्ट थी। पत्र आते हैं, न तो वह प्रसन्न हैं, कुशल से हैं, उसके लिए काफी था। प्रतिकूल वह पत्र लिखती, तो विरह-व्यथा के सिवा उसके कुछ सूझता ही न था। कभी-कभी जी बेचैन हो जाता, तो पछताती कि व्यर्थ जाने दिया। कहीं एक दिन मर जाऊं, तो उनके दर्शन भी न हों।

लेकिन छठे महीने से पत्रों में भी विलम्ब होने लगा। कई महीने तक तो महीने में एक पत्र आता रहा, फिर वह भी बंद हो गया। सुभद्रा के चार-छह पत्र पहुंच जाते, तो एक पत्र आ जाता, वह भी बेदिली से लिखा हुआ - काम की अधिकता और समय के अभाव के रोने से भरा हुआ। एक वाक्य भी ऐसा नहीं जिससे हृदय को शांति हो जो टपकते हुए दिल पर मरहम रखे। हा! आदि से अंत तक 'प्रिये' शब्द का नाम नहीं। सुभद्रा अधीर हो उठी। उसने यूरोप-यात्रा का

निश्चय कर लिया। वह सारे कष्ट सह लेगी, सिर पर जो कुछ पड़ेगी, सह लेगी, केशव को आंखों से देखती तो रहेगी। वह इस बात को उनसे गुप्त रखेगी, उनकी कठिनाइयों को और न बढ़ायेगी, उनसे बोलेगी भी नहीं! केवल उन्हें कभी-कभी आंख भरकर देख लेगी। यही उसकी शांति के लिए काफी होगा। उसे क्या मालूम था कि उसका केशव अब उसका नहीं रहा। वह अब एक दूसरी ही कामिनी के प्रेम का भिखारी है।

सुभद्रा कई दिनों तक इस प्रस्ताव को मन में रखे हुए सेती रही। उसे किसी प्रकार की शंका न होती थी। समाचार-पत्रों के पढ़ते रहने से उसे समुद्री यात्रा का हाल मालूम होता रहता था। एक दिन उसने अपने सास-ससुर के सामने अपना निश्चय प्रकट किया। उन लोगों ने उसे बहुत समझाया, रोकने की बहुत चेष्टा की, लेकिन सुभद्रा ने अपना हठ न छोड़ा। आखिर जब लोगों ने देखा कि यह किसी तरह नहीं मानती, तो राजी हो गये। मायके वाले भी समझाकर हार गये। कुछ रुपये उसने स्वयं जमा कर रखे थे, कुछ ससुराल में मिले। मां-बाप ने भी मदद की। रास्ते के खर्च की चिंता न रही। इंग्लैंड में पहुंचकर वह क्या करेगी, इसका अभी उसने कुछ निश्चय न किया। इतना जानती थी कि परिश्रम करने वाले को रोटियों की कहीं कमी नहीं रहती।

विदा होते समय सास और ससुर दोनों स्टेशन तक आये। जब गाड़ी ने सीटी दी, तो सुभद्रा ने हाथ जोड़कर कहा - मेरे जाने का समाचार वहां न लिखिएगा। नहीं तो उन्हें चिंता होगी और पढ़ने में उनका जी न लगेगा।

ससुर ने आश्वासन दिया। गाड़ी चल दी।

3

लंदन के उस हिस्से में जहां, इस समृद्धि के समय में भी दरिद्रता का राज्य है, ऊपर के एक छोटे से कमरे में सुभद्रा एक कुर्सी पर बैठी है। उसे यहां आये आज एक महीना हो गया है। यात्रा के पहले उसके मन में जितनी शंकाएं थी, सभी शांत होती जा रही है। बम्बई-बंदर में जहाज पर जगह पाने का प्रश्न बड़ी आसानी से हल हो गया। वह अकेली औरत थी जो यूरोप जा रही हो। पांच-छह स्त्रियां और भी उसी जहाज से जा रही थी। सुभद्रा को न जगह मिलने में कोई कठिनाई हुई, न मार्ग में। यहां पहुंचकर और स्त्रियों से संग छूट गया। कोई किसी विद्यालय में चली गयी, दो-तीन अपने पतियों के पास चली गयीं, जो यहां पहले आ गये थे। सुभद्रा ने इस मुहल्ले में एक कमरा ले लिया। जीवन का प्रश्न उसके लिए बहुत कठिन न रहा। जिन महिलाओं के साथ वह घर आयी थी, उनमें कई उच्च-अधिकारियों की पत्नियां थी। कई अच्छे-अच्छे अंग्रेज घराने से उनका परिचय था। सुभद्रा को दो महिलाओं को भारतीय संगीत और हिन्दी-भाषा सिखाने का काम मिल गया। शेष समय में वह कई भारतीय महिलाओं के कपड़े सीने का काम कर लेती है। केशव का निवास-स्थान यहां से निकट है, इसलिए सुभद्रा ने इस मुहल्ले को पसंद किया है। कल केशव उसे दिखाई दिया था। ओह! उन्हें बस से उतरते देखकर उसका चित कितना आतुर हो उठा था। बस यही मन में आता था कि दौड़कर उनके गले से लिपट जाय और पूछे -'क्यों जी, तुम यहां आते ही बदल गये। याद है, तुमने चलते समय क्या-क्या वादे किये थे?' उसने

बड़ी मुश्किल से अपने को रोका था। तब से इस वक्त तक उसे मानो नशा-छाया हुआ है, वह उनके इतने समीप है! चाहे रोज उन्हें देख सकती है, उनकी बातें सुन सकती है। हां उन्हें स्पर्श तक कर सकती है। अब यह उससे भागकर कहां जायेंगे? उनके पत्रों की अब उसे क्या चिंता है? कुछ दिनों के बाद संभव है वह उनके होटल के नौकरों से जो चाहे, पूछ सकती है।

संध्या हो गयी थी। धुएं में बिजली की लालटेन रोती आंखों की भांति ज्योतिहीन-सी हो रही थी। गली में स्त्री-पुरुष सैर करने जा रहे थे। सुभद्रा सोचने लगी - इन लोगों को आमोद से कितना प्रेम है, मानो किसी को चिंता ही नहीं, मानो सभी संपन्न हैं, तभी ये लोग इतने एकाग्र होकर सब काम कर सकते हैं। जिस समय जो काम करते हैं, जी-जान से करते हैं, भोजन करने की फुरसत भी नहीं मिलती, पर वास्तव में चौथाई समय भी काम में नहीं लगाते। केवल काम करने का बहाना करते हैं। मालूम होता है, जाति प्राण-शून्य हो गयी है।

सहसा उसने केशव को जाते देखा। हां केशव ही था। कुर्सी से उठकर बरामदे में चली आयी। प्रबल इच्छा हुई कि जाकर उसके गले से लिपट जाय। उसने अगर अपराध किया है, तो उन्हीं के कारण तो। यदि वह बराबर पत्र लिखते जाते, तो वह क्यों आती?

लेकिन केशव के साथ यह युवती कौन है? अरे! केशव उसका हाथ पकड़े हुए है। दोनों मुस्करा-मुस्कुराकर बातें करते चले जाते हैं। यह युवती कौन है?

सुभद्रा ने ध्यान से देखा। युवती का रंग सांवला था। वह भारतीय बालिका थी। उसका पहनावा भारतीय था। इससे ज्यादा सुभद्रा को और कुछ न दिखाई दिया। उसने तुरंत जूते पहने, द्वार बंद किये और एक क्षण में गली में आ पहुंची। केशव अब दिखाई न देता था, पर वह जिधर गया था, उधर ही बड़ी तेजी से लपकी चली जाती थी। यह युवती कौन है? वह उन दोनों की बातें सुनना चाहती थी। उस युवती को देखना चाहती थी, उसके पांव इतनी तेजी से उठ रहे थे मानो दौड़ रही हो। पर इतनी जल्द दोनों कहां अदृश्य हो गये? अब तक उसे उन लोगों के समीप पहुंच जाना चाहिए था। शायद दोनों किसी 'बस' पर जा बैठे।

अब वह गली समाप्त करके एक चौड़ी सड़क पर आ पहुंची थी। दोनों तरफ बड़ी-बड़ी जगमगाती हुई दुकानें थीं, जिनमें संसार की विभूतियां गर्व से फूली बैठी थीं। कदम-कदम पर होटल और रेस्तरां थे। सुभद्रा दोनों ओर नेत्रों से ताकती, पग-पग पर भ्रांति के कारण मचलती कितनी दूर निकल गयी, कुछ खबर नहीं।

फिर उसने सोचा - यों कहां तक चली जाऊंगी? कौन जाते, किधर गये? चलकर फिर अपने बरामदे से देखूं। आखिर इधर से गये हैं, तो इधर ही से लौटेंगे भी। यह ख्याल आते ही वह घूम पड़ी और उसी तरह दौड़ती हुई अपने स्थान की ओर चली। जब वहां पहुंची तो बारह बज गये थे और इतनी देर उसे चलते ही गुजरे। एक क्षण भी उसने कहीं विश्राम नहीं किया।

वह ऊपर पहुंची तो गृहस्वामिनी ने कहा - 'तुम्हारे लिए बड़ी देर से भोजन रखा हुआ है।'

सुभद्रा ने भोजन अपने कमरे में मंगा लिया पर खाने की सुधि किसे थी? वह उसी बरामदे में, उसी तरफ टकटकी लगाये खड़ी थी, जिधर से केशव गया था।

एक बज गया, दो बजा, फिर भी केशव नहीं लौटा। उसने मन में कहा - वह किसी दूसरे मार्ग से चले गये। मेरा यहां खड़ा रहना व्यर्थ है। चलूं सो रहूं। लेकिन फिर खयाल आ गया, कहीं आ न रहे हों।

4

दूसरे दिल प्रात:काल सुभद्रा अपने काम पर जाने को तैयार हो रही थी कि एक युवती रेशमी साड़ी पहने आकर खड़ी हो गयी और मुस्कुराकर बोली - 'क्षमा कीजिएगा, मैंने बहुत सबेरे आपको कष्ट दिया। आप तो कहीं जाने को तैयार मालूम होती हैं।'

सुभद्रा ने एक कुर्सी बढ़ाते हुए कहा - 'हां, एक काम से बाहर जा रही थी। मैं आपकी क्या सेवा कर सकती हूं?'

यह कहते हुए सुभद्रा ने युवती को सिर से पांव तक उसी आलोचनात्मक दृष्टि से देखा, जिससे स्त्रियां ही देख सकती हैं। सौंदर्य की किसी परिभाषा से भी उसे सुंदरी न कहा जा सकता था। उसका रंग सांवला, मुंह कुछ चौड़ा, नाक कुछ चिपटी, कद भी छोटा और शरीर भी कुछ स्थूल था। आंखों पर ऐनक लगी हुई थी। लेकिन इन सब कारणों के होते हुए भी उसमें कुछ ऐसी बात थी, जो आंखों को अपनी ओर खींच लेती थी। उसकी वाणी इतनी मधुर, इतनी संयमित, इतनी विनम्र थी कि जान पड़ता था, किसी देवी के वरदान हों। एक-एक अंग से प्रतिभा विकर्ण हो रही थी। सुभद्रा उसके सामने हलकी एवं तुच्छ मालूम होती थी। युवती ने कुर्सी पर बैठते हुए कहा -

'अगर मैं भूलती हूं तो मुझे क्षमा कीजिएगा। मैंने सुना है कि आप कुछ कपड़े भी सिलती हैं, जिसका प्रमाण यह है कि यहां सिविंग मशीन मौजूद है।'

सुभद्रा - 'मैं दो लेडियों को भाषा पढ़ाने जाया करती हूं, शेष समय मैं कुछ सिलाई भी कर लेती है। आप कपड़े लायी हैं।'

युवती - 'नहीं, अभी कपड़े नहीं लायी।' यह कहते हुए उसने लज्जा से सिर झुकाकर मुस्कुराते हुए कहा - 'बात यह है कि मेरी शादी होने जा रही है। मैं वस्त्राभूषण सब हिंदुस्तानी रखना चाहती हूं। विवाह भी वैदिक रीति से ही होगा। ऐसे कपड़े यहां आप ही तैयार कर सकती हैं।'

सुभद्रा ने हंसकर कहा - 'मैं ऐसे अवसर पर आपके जोड़े तैयार करके अपने को धन्य समझूंगी। वह शुभ तिथि कब है?'

युवती ने सकुचाते हुए कहा - 'वह तो कहते हैं, इसी सप्ताह में हो जाय, पर मैं उन्हें टालती आती हूं। मैंने तो चाहा था कि भारत लौटने पर विवाह होता, पर वह इतने उतावले हो रहे हैं कि कुछ कहते नहीं बनता। अभी तो मैंने यही कहकर टाला है कि मेरे कपड़े सिल रहे हैं।'

सुभद्रा - 'तो मैं आपके जोड़े बहुत जल्द दे दूंगी।'

युवती ने हंसकर कहा - 'मैं तो चाहती थी कि आप महीनों लगा देतीं।'

सुभद्रा - 'वाह, मैं इस शुभ कार्य में क्यों विघ्न डालने लगी? मैं इसी सप्ताह में आपके कपड़े दे दूंगी, और उनसे इसका पुरस्कार लूंगी।'

युवती खिलखिलाकर हंसी। कमरे में प्रकाश की लहरें-सी उठ गयी। बोली - 'इसके लिए तो पुरस्कार वह देंगे और तुम्हारे कृतज्ञ होंगे। मैंने प्रतिज्ञा की थी कि विवाह के बंधन में पड़ूंगी ही नहीं, पर उन्होंने मेरी प्रतिज्ञा तोड़ दी। अब मुझे मालूम हो रहा है कि प्रेम की बेड़ियां कितनी आनंदमय होती हैं। तुम तो अभी हाल ही में आयी हो। तुम्हारे पति भी साथ होंगे?'

सुभद्रा ने बहाना किया और बोली - 'वह इस समय जर्मनी में हैं। संगीत से उन्हें बहुत प्रेम है। संगीत ही का अध्ययन करने के लिए वहां गये हैं।'

'तुम भी संगीत से बड़ा प्रेम है।'

'बहुत थोड़ा।'

'केशव को संगीत से बड़ा प्रेम है।'

केशव का नाम सुनकर सुभद्रा को ऐसा मालूम हुआ, जैसे बिच्छू ने काट लिया हो। वह चौंक पड़ी।

युवती ने पूछा - 'आप चौंक कैसे गयी? क्या केशव को जानती हो?'

सुभद्रा ने बात बनाकर कहा - 'नहीं, मैंने यह नाम कभी नहीं सुना। वह यहां क्या करते हैं?'

सुभद्रा को खयाल आया, क्या केशव किसी दूसरे आदमी का कम नहीं हो सकता। इसलिए उसने यह प्रश्न किया था। उसी जवाब पर उसकी जिंदगी का फैसला था।

युवती ने कहा - 'यहां विद्यालय में पढ़ते हैं। भारत सरकार ने उन्हें भेजा है। अभी साल भर भी तो आये नहीं हुआ। तुम देखकर प्रसन्न होगी। तेज और बुद्धि की मूर्ति समझ लो। यहां के अच्छे-अच्छे प्रोफेसर उनका आदर करते हैं। ऐसा सुन्दर भाषण तो मैंने किसी के मुंह से सुना ही नहीं। जीवन आदर्श है। मुझसे उन्हें क्यों प्रेम हो गया है, मुझे इसका आश्चर्य है। मुझमें न रूप है, न लावण्य। यह मेरा सौभाग्य है। तो मैं शाम को कपड़े लेकर आऊंगी।' सुभद्रा ने मन में उठते हुए वेग को संभालकर कहा - 'अच्छी बात है।'

जब युवती चली गयी, तो सुभद्रा फूट-फूटकर रोने लगी। ऐसा जान पड़ता था, मानो देह में रक्त ही नहीं, प्राण निकल गये हैं। वह कितनी निःसहाय, कितनी दुर्बल है, इसका आज अनुभव हुआ। ऐसा मालूम हुआ, मानो संसार में उसका कोई नहीं है। अब उसका जीवन व्यर्थ है। उसके लिए अब जीवन में रोने के सिवा और क्या है। उसकी सारी ज्ञानेंद्रिय शिथिल-सी हो गयी थी मानो वह किसी ऊंचे वृक्ष से गिर पड़ी हो। हा! यह उसके प्रेम और भक्ति का पुरस्कार है। उसने कितना आग्रह करके केशव को यहां भेजा था? इसलिए कि यहां आते ही उसका सर्वनाश कर दें?

पुरानी बातें याद आने लगी। केशव की वह प्रेमातुर आंखें सामने आ गयी। वह सरल, सहज मूर्ति आंखों के सामने नाचने लगी। उसका जरा सिर धमकता था, तो केशव कितना व्याकुल हो जाता था। एक बार जब उसे फसली बुखार आ गया था, और उसके सिरहाने बैठा केशव रात भर पंखा झलता रहा था। वही केशव अब इतनी जल्द उससे ऊब उठा, उसके लिए सुभद्रा ने कौन-सी बात उठा रखी। वह तो उसी को अपना प्राणाधार, अपना जीवन-भर, अपना सर्वस्व समझती थी। नहीं-नहीं, केशव का दोष नहीं, सारा दोष इसी का है। इसी ने अपनी मधुर बातों से उन्हें वशीभूत कर लिया है। इसकी विद्या, बुद्धि और वाक्पटुता ही ने उनके हृदय पर विजय पायी। हाय! उसने कितनी बार केशव से कहा था, मुझे भी पढ़ाया करो, लेकिन उन्होंने हमेशा यही जवाब दिया, तुम जैसी हो, मुझे वैसी ही पसन्द हो। मैं तुम्हारी स्वाभाविक सरलता को पढ़ा-पढ़ाकर मिटाना नहीं चाहता। केशव ने उसके साथ कितना बड़ा अन्याय किया है। लेकिन यह उसका दोष नहीं, पर यह इसी यौवन-मतवाली छोकरी की माया है।

सुभद्रा को इस ईर्ष्या और दु:ख के आवेश में अपने काम पर जाने की सुध न रही। वह कमरे में इस तरह टहलने लगी जैसे किसी ने जबरदस्ती उसे बंद कर दिया हो। कभी दोनों मुट्ठियां बंध जाती, कभी दांत पीसने लगती, कभी ओठ काटती। उन्माद की-सी दशा को गयी। आंखों में भी एक तीव्र ज्वाला चमक उठी। ज्यों-ज्यों केशव के इस निष्ठुर आघात को सोचती, उन कष्टों को याद करती, जो उसने उसके लिए झेले थे, उसका चित्त प्रतिकार के लिए विकल होता जाता था। अगर कोई बात हुई होती, आपस में कुछ मालूम होता था। कि मानो कोई हंसते-हंसते अचानक गले पर चढ़ बैठे। अगर वह उनके योग्य नहीं थी, तो उन्होंने विवाह ही क्यों किया था? विवाह करने के बाद भी उसे क्यों न ठुकरा दिया था? क्यों प्रेम का बीज बोया था? और आज जब वह बीज पल्लवों से लहराने लगा, उसकी जड़ें उसके अंतस्तल के एक-एक अंग में प्रविष्ट हो गयी, उसका रक्त, उसका सारा उत्सर्ग वृक्ष को सींचने और पालने में प्रवृत्त हो गया, तो वह आज उसे उखाड़कर फेंक देना चाहते हैं। क्या हृदय के टुकड़े-टुकड़े हुए बिना, वृक्ष उखाड़ जायेगा?

सहसा उसे एक बात याद आ गयी। हिंसात्मक संतोष से उसका उत्तेजित मुख-मंडल और भी कठोर हो गया। केशव ने अपने पहले विवाह की बात इस युवती से गुप्त रखी होगी! सुभद्रा इसका भंडाफोड़ करके केशव के सारे मंसूबों को धूल में मिला देगी। उसे अपने ऊपर क्रोध आया कि युवती का पता क्यों न पूछ लिया। उसे एक पत्र लिखकर केशव की नीचता, स्वार्थपरता और कायरता की कलई खोल देती - उसके पांडित्य, प्रतिभा और प्रतिष्ठा को धूल में मिला देती। खैर, संध्या-समय तो वह कपड़े लेकर आयेगी ही। उस समय सारा कच्चा चिट्ठा बयान कर दूंगी।

5

सुभद्रा दिन-भर युवती का इंतजार करती रही। कभी बरामदे में आकर इधर-उधर निगाह दौड़ाती, कभी सड़क पर देखती, पर उसका कहीं पता न था। मन में झुंझलाती थी कि उसने क्यों उसी वक्त सारा वृत्तांत न कह सुनाया।

केशव का पता उसे मालूम था। उस मकान और गली का नम्बर तक याद था, जहां से वह उसे पत्र लिखा करता था। ज्यों-ज्यों दिन ढलने लगा और युवती के आने में विलम्ब होने लगा, उसके मन में एक तरंग-सी उठने लगी कि जाकर केशव को फटकार लगाये, उसका सारा नशा उतार दे, कहे - तुम इतने भयंकर हिंसक हो, इतने महान दूत हो, यह मुझे मालूम न था। तुम यही विद्या सीखने यहां आये थे। तुम्हारे पांडित्य का यही फल है। तुम एक अबला को जिसने तुम्हारे ऊपर अपना सर्वस्व अर्पण कर दिया, यों छल सकते हो। तुममें क्या मनुष्यता नाम को भी नहीं रह गयी? आखिर तुमने मेरे लिए क्या सोचा है? मैं सारी जिंदगी तुम्हारे नाम को रोती रहूं, लेकिन अभिमान हर बार उसके पैरों को रोक लेता। नहीं, जिसने उसके साथ ऐसा कपट किया है, उसका इतना अपमान किया है, उसके पास वह न जायेगी। वह उसे देखकर अपने आंसुओं को रोक सकेगी या नहीं, इसमें उसे संदेह था और केशव के सामने वह रोना नहीं चाहती थी। अगर केशव उससे घृणा करता है, तो वह भी केशव से घृणा करेगी। संध्या भी हो गयी, पर युवती न आयी। बत्तियां भी जली, पर उसका पता नहीं।

एकाएक उसे अपने कमरे के द्वार पर किसी के आने की आहट मालूम हुई। वह कूदकर बाहर निकल आयी। युवती कपड़ों का एक पुलिंदा लिये सामने खड़ी थी। सुभद्रा को देखते ही बोली - 'क्षमा करना, मुझे आने में देर हो गयी। बात यह है कि केशव को किसी बड़े जरूरी काम से जर्मनी जाना है। वहां उन्हें एक महीने से ज्यादा लग जायेगा। वह चाहते हैं कि मैं भी उनके साथ चलूं। मुझसे उन्हें अपनी थीसिस लिखने में बड़ी सहायता मिलेगी। बर्लिन के पुस्तकालयों को छानना पड़ेगा। मैंने भी स्वीकार कर लिया है। केशव की इच्छा है कि जर्मनी जाने के पहले हमारा विवाह हो जाय। कल संध्या समय संस्कार हो जायेगा। अब ये कपड़े मुझे आप जर्मनी से लौटने पर दीजिएगा।' विवाह के अवसर पर हम मामूली कपड़े पहन लेंगे। और क्या करती? इसके सिवा कोई उपाय न था, केशव का जर्मनी जाना अनिवार्य है।

सुभद्रा ने कपड़ों को मेज़ पर रखकर कहा - 'आपको धोखा दिया गया है।'

युवती ने घबराकर पूछा - 'धोखा? कैसा धोखा? मैं बिलकुल नहीं समझती। तुम्हारा मतलब क्या है?'

सुभद्रा ने संकोच के आवरण को हटाने की चेष्टा करते हुए कहा - 'केशव तुम्हें धोखा देकर तुमसे विवाह करना चाहता है।'

'केशव ने तुमसे अपने विषय में सब-कुछ कह दिया है।'

'सब कुछ।'

'कोई भी बात नहीं छिपाया।'

'मेरा तो यही विचार है कि उन्होंने एक बात भी नहीं छिपाई।'

'तुम्हें मालूम है कि उसका विवाह हो चुका है?'

युवती की मुख-ज्योति कुछ मलिन पड़ गयी, उसकी गर्दन लज्जा से झुक गयी। अटक-अटक कर बोली - 'हां, उसने मुझसे. ..यह बात कही थी।'

सुभद्रा परास्त हो गयी। घृणा-सूचक नेत्रों से देखती हुई बोली - 'यह जानते हुए भी तुम केशव से विवाह करने पर तैयार हो?'

युवती ने अभिमान से देखकर कहा - 'तुमने केशव को देखा है?'

'नहीं, मैंने उन्हें कभी नहीं देखा है।'

'फिर, तुम उन्हें कैसे जानती हो?'

'मेरे एक मित्र ने मुझसे यह बात कही है, यह केशव को जानता है।'

'अगर तुम एक बार केशव को देख लेती, एक बार उससे बातें कर लेती, तो मुझसे यह प्रश्न न करती। एक नहीं, अगर उन्होंने एक सौ विवाह किये होते, तो मैं इनकार न करती। उन्हें देखकर मैं अपने को भूल जाती हूं। अगर उनसे विवाह न करूं, तो फिर मुझे जीवन भर अविवाहित ही रहना पड़ेगा। जिस समय वह मुझसे बातें करने लगते हैं, मुझे ऐसा अनुभव होता कि मेरी आत्मा पुष्प की भांति खिली जा रही है। मैं उसमें प्रकाश और विकास को प्रत्यक्ष अनुभव करती हूं। दुनिया चाहे जितना हंसे, चाहे जितनी निंदा करे, मैं केशव को अब नहीं छोड़ सकती। उनका विवाह हो चुका है, यह सत्य है, पर उस स्त्री से उनका मन कभी न मिला। यथार्थ में उनका विवाह अभी नहीं हुआ है। वह कोई साधारण, अर्द्धशिक्षित बालिका है। तुम्हीं सोचो, केशव जैसा विद्वान, उदारचेता, मनस्वी पुरुष ऐसी बालिका के साथ कैसे प्रसन्न रह सकता है? तुम्हें कल मेरे विवाह में चलना पड़ेगा।'

सुभद्रा का चेहरा तमतमाया जा रहा था। केशव ने उसे इतने काले रंगों में रंगा है, यह सोचकर उसका रक्त खौल रहा था। जी में आता था, इसी क्षण इसको दुत्कार दूं लेकिन उसके मन में कुछ और ही मंसूबे पैदा होने लगे थे। उसने गंभीर, पर उदासीनता के भाव से पूछा - 'केशव ने उस स्त्री के विषय में नहीं कहा?'

युवती ने तत्परता से कहा, 'घर पहुंचने पर वह उससे केवल यही कह देंगे कि हम और तुम अब स्त्री और पुरुष नहीं रह सकते। उसके भरण-पोषण का वह उसके इच्छानुसार प्रबंध कर देंगे, इसके सिवा वह और क्या कर सकते हैं। हिंदू-नीति में पति-पत्नी में विच्छेद नहीं हो सकता, पर केवल स्त्री को पूर्ण रीति से स्वाधीन कर देने के विचार से वह ईसाई या मुसलमान होने पर भी तैयार हैं। वह तो अभी उसे इसी आशय का एक पत्र लिखने जा रहे थे, पर मैंने ही रोक लिया। मुझे उस अभागिनी पर बड़ी दया आती है, मैं तो यहां तक तैयार हूं कि अगर उसकी इच्छा हो तो वह भी हमारे साथ रहे। मैं उसे अपनी बहन समझूंगी। किन्तु केशव इससे सहमत नहीं होते।'

सुभद्रा ने व्यंग्य से कहा - 'रोटी कपड़ा देने को तैयार ही हैं, स्त्री को इसके सिवा और क्या चाहिए?'

युवती ने व्यंग्य की कुछ परवाह न करके कहा तो, 'मुझे लौटने पर कपड़े तैयार मिलेंगे न?'
सुभद्रा - 'हां, मिल जायेंगे।'

युवती - 'कल तुम संध्या समय आओगी?'

सुभद्रा - 'नहीं, खेद है, अवकाश नहीं है।'

युवती ने कुछ न कहा। चली गयी।

6

सुभद्रा कितनी चाहती थी कि इस समस्या पर शांतचित्त होकर विचार करे, पर हृदय में मानो ज्वाला-सी दहक रही थी। केशव के लिए वह अपने प्राणों का कोई मूल्य नहीं समझती थी। वही केशव उसे पैरों से ठुकरा रहा है। यह आघात इतना आकस्मिक, इतना कठोर था कि उसकी चेतना की सारी कोमलता मूर्च्छित हो गयी। उसका एक-एक अणु प्रतिकार के लिए तड़पते लगा। अगर यही समस्या इसके विपरीत होती, तो क्या सुभद्रा की गरदन पर छुरी न फिर गयी होती? केशव उसके खून का प्यासा न हो जाता? क्या पुरुष हो जाने से ही सभी बातें क्षम्य और स्त्री हो जाने से सभी बातें अक्षम्य हो जाती हैं? नहीं, इस निर्णय को सुभद्रा की विद्रोही आत्मा इस समय स्वीकार नहीं कर सकती। उसे नारियों के ऊंचे आदर्शों की परवाह नहीं है। उन स्त्रियों में आत्माभिमान न होगा? वे पुरुषों के पैरों की जूतियां बनकर रहने ही में अपना सौभाग्य समझती होगी। सुभद्रा इतनी आत्माभिमान-शून्य नहीं है। वह अपने जीते-जी यह नहीं देख सकती कि उसका पति उसके जीवन का सर्वनाश करके चैन की बंसी बजाये। दुनिया उसे हत्यारिन, पिशाचिनी कहेगी, कहे - उसको परवाह नहीं। रह-रहकर उसके मन में भयंकर प्रेरणा होती थी कि इसी समय उसके पास चली जाय और इसके पहले कि वह उस युवती के प्रेम का आनंद उठाये, उसके जीवन का अंत कर दे। यह केशव की निष्ठुरता को याद करके अपने मन को उत्तेजित करती थी। अपने को धिक्कार-धिक्कार कर नारी सुलभ शंकाओं को दूर करती थी। क्या वह इतनी दुर्बल है? क्या उसमें इतना साहस भी नहीं है? इस वक्त यदि कोई दुष्ट उसके कमरे में घुस आये और उसके सतीत्व की अपहरण करना चाहे, तो क्या वह उसका प्रतिकार न करेगी? आखिर आत्मरक्षा ही के लिए तो उसने यह पिस्तौल ले रखी है। केशव ने उसके सत्य का अपहरण ही तो किया है। उसका प्रेम-दर्शन केवल प्रवंचना थी। वह केवल अपनी वासनाओं की तृप्ति के लिए सुभद्रा के साथ प्रेम-स्वांग भरता था। फिर उसका वध करना क्या सुभद्रा का कर्तव्य नहीं?

इस अंतिम कल्पना से सुभद्रा को वह उत्तेजना मिल गयी, जो उसके भयंकर संकल्प को पूरा करने के लिए आवश्यक थी। यही वह अवस्था है जब स्त्री पुरुष के खून की प्यासी हो जाती है।

उसमें खूंटी पर लटकती हुई पिस्तौल उतार ली और ध्यान से देखने लगी, मानो उसे कभी देखा न हो। कल संध्या-समय जब आर्य-मंदिर में केशव और उसकी प्रेमिका एक-दूसरे के

सम्मुख बैठे हुए होंगे, उसी समय वह इस गोली से केशव की प्रेम-लीलाओं का अंत कर देगी। दूसरी गोली अपनी छाती में मार लेगी। क्या वह रो-रोकर अपना अधम जीवन काटेगी?

7

संध्या का समय था। आर्य-मंदिर के आंगन में वर और वधू इष्ट-मित्रों के साथ बैठे हुए थे। विवाह का संस्कार हो रहा था। उसी समय सुभद्रा पहुंची और बरामदे में आकर एक खम्भे की आड़ में इस भांति खड़ी हो गयी कि केशव का मुंह उसके सामने था। उसकी आंखों में वह दृश्य खिंच गया, जब आज से तीन साल पहले उसने इसी भांति केशव को मंडप में बैठे हुए आड़ से देखा था। तब उसका हृदय कितना उत्तेजित हो रहा था। अंतस्तल में गुदगुदी-सी हो रही थी, कितना अपार अनुराग था, कितनी असीम अभिलाषाएं थी, मानो जीवन-प्रभात का उदय हो रहा हो। जीवन मधुर संगीत की भांति सुखद था, भविष्य उषा-स्वप्न की भांति सुन्दर। क्या यह वही केशव है? सुभद्रा को ऐसा भ्रम हुआ, मानो यह केशव नहीं है। हां, यह वह केशव नहीं था। यह उसी रूप और उसी नाम का कोई दूसरा मनुष्य था। अब उसकी मुस्कुराहट में, उसके नेत्रों में, उसे देखकर वह उसी भांति निस्पंद, निश्चल खड़ी है, मानो कोई अपरिचित व्यक्ति हो। अब तक केशव का-सा रूपवान, तेजस्वी सौम्य, शीलवान् पुरुष संसार में न था, पर अब सुभद्रा को ऐसा जान पड़ा कि वहां बैठे युवकों में और उसमें कोई अंतर नहीं है। वह ईर्ष्याग्नि, जिसमें वह जली जा रही थी, वह हिंसा-कल्पना, जो उसे वहां तक लायी थी, मानो एकदम शांत हो गयी। विरक्ति हिंसा से भी अधिक हिंसात्मक होती है - उसका केशव, उसका प्राण-वल्लभ, उसका जीवन-सर्वस्व और किसी का नहीं हो सकता। पर अब वह ममत्व नहीं है। वह उसका नहीं है, उसका नहीं है, उसे अब परवाह नहीं, उस पर किसका अधिकार होता है।

विवाह-संस्कार समाप्त हो गया, मित्रों ने बधाइयां दी, सहेलियों ने मंगल-गान किया, फिर लोग मेजों पर जा बैठे, दावत होने लगी, रात के बारह बज गये पर सुभद्रा वही पाषाण-मूर्ति की भांति खड़ी रही, मानो कोई विचित्र स्वप्न देख रही हो। हां, जैसे कोई बस्ती उजड़ गयी हो, जैसे कोई संगीत बंद हो गया हो, जैसे कोई दीपक बुझ गया है।

जब लोग मंदिर से निकले, तो वह भी निकल आयी, पर उसे कोई मार्ग न सूझता था। परिचित सड़कें उसे भूली हुई-सी जान पड़ने लगीं। सारा संसार ही बदल गया था। वह सारी रात सड़कों पर भटकती फिरी। घर का कहीं पता नहीं। सारी दुकानें बंद हो गयी, सड़कों पर सन्नाटा छा गया, फिर भी वह अपना घर ढूंढ़ती हुई चली जा रही थी। हाय! क्या इसी भांति उसे जीवन-पथ में भी अकेला भटकना पड़ेगा?

सहसा एक पुलिसवाले ने पुकारा - 'मैडम, तुम कहां जा रही हो?'

सुभद्रा ने ठिठककर कहा - 'कहीं नहीं।'

'तुम्हारा स्थान कहां है?'

'मेरा स्थान?'

'हां, तुम्हारा स्थान कहां है? मैं तुम्हें बड़ी देर से इधर-उधर भटकते देख रहा हूं। किस स्ट्रीट में रहती हो?'

सुभद्रा को उस स्ट्रीट का नाम तक न याद था।

'तुम्हें अपने स्ट्रीट का नाम तक याद नहीं?'

'भूल गयी, याद नहीं आता।'

सहसा उसकी दृष्टि सामने के एक साइन बोर्ड की तरफ उठी, ओह! यही तो उसकी स्ट्रीट है। उसने सिर उठाकर इधर-उधर देखा। सामने ही उसका डेरा था। और इसी गली में अपने ही घर के सामने, न-जाने कितनी देर से वह चक्कर लगा रही थी।

8

अभी प्रात:काल ही था कि युवती सुभद्रा के कमरे में पहुंची। वह उसके कपड़े सी रही थी। उसका सारा तन-मन कपड़ों में लगा हुआ था। कोई युवती इतनी एकाग्रचित्त होकर अपना श्रृंगार भी न करती होगी। न-जाने उससे कौन-सा पुरस्कार लेना चाहती थी। उसे युवती के आने की खबर न हुई।

युवती ने पूछा - 'तुम कल मंदिर में नहीं आयी?'

सुभद्रा ने सिर उठाकर देखा, तो ऐसा जान पड़ा, मानो किसी कवि की कोमल कल्पना मूर्तिमयी हो गयी है। उसकी उप छवि अनिंद्य थी। प्रेम की विभूति रोम-रोम से प्रदर्शित हो रही थी। सुभद्रा दौड़कर उसके गले से लिपट गयी, जैसे उसकी छोटी बहन आ गयी हो, और बोली - 'हां गयी तो थी।'

'मैंने तुम्हें नहीं देखा।'

'हां, मैं अलग थी।'

'केशव को देखा?'

'हां देखा।'

'धीरे से क्यों बोली? मैंने कुछ झूठ कहा था?'

सुभद्रा ने सहृदयता से मुस्कुराकर कहा - 'मैंने तुम्हारी आंखों से नहीं, अपनी आंखों से देखा। मुझे तो वह तुम्हारे योग्य नहीं जंचें। तुम्हें ठग लिया।'

युवती खिलखिलाकर हंसी और बोली - 'वाह! मैं समझती हूं मैंने उन्हें ठगा है।'

सुभद्रा ने गम्भीर होकर कहा - 'एक बार वस्त्राभूषणों से सज कर अपनी छवि आइने में देखो तो मालूम हो।'

'तब क्या मैं कुछ और हो जाऊंगी।'

'अपने कमरे से फर्श, तस्वीरें, हांड़ियां, गमले आदि निकालकर देख लो, कमरे की शोभा वही रहती है।'

युवती ने सिर हिलाकर कहा - 'ठीक कहती हो। लेकिन आभूषण कहां से लाऊं। न जाने अभी कितने दिनों में बनने की नौबत आये।'

'मैं तुम्हें अपने गहने पहना दूंगी।'

'तुम्हारे पास गहने हैं ?'

'बहुत। देखो, मैं अभी लाकर तुम्हें पहनती हूं।'

युवती ने मुंह से तो बहुत 'नहीं-नहीं' किया, पर मन में प्रसन्न हो रही थी। सुभद्रा ने अपने सारे गहने पहना दिये। अपने पास एक छल्ला भी न रखा। युवती को यह नया अनुभव था। उसे इस रूप में निकलते शर्म तो आती थी, पर उसका रूप चमक उठ था। इसमें संदेह न था। उसने आईने में अपनी सूरत देखी तो उसकी सूरत जगमगा उठी, मानो किसी वियोगिनी को अपने प्रियतम का संवाद मिला हो। मन में गुदगुदी होने लगी। वह इतनी रूपवती है, उसे उसकी कल्पना भी न थी।

कहीं केशव इस रूप में उसे देख लेते, यह आकांक्षा उसके मन में उदय हुई, पर कहे कैसे। कुछ देर के बाद लज्जा से सिर झुकाकर बोली - 'केशव मुझे इस रूप में देखकर बहुत हंसेगे। सुभद्रा हंसेगे नहीं, बलैया लेंगे, आंखें खुल जायेंगी। तुम आज इसी रूप में उनके पास जाना।'

युवती ने चकित होकर कहा - 'सच! आप इसकी अनुमति देती हैं।'

सुभद्रा ने कहा - 'बड़े हर्ष से।'

'तुम्हें संदेह न होगा ?'

'बिलकुल नहीं।'

'और जो मैं दो-चार दिन पहने रहूं।'

'तुम दो-चार महीने पहने रही। आखिर, यहां पड़े ही तो हैं।'

'तुम भी मेरे साथ चलो।'

'नहीं, मुझे अवकाश नहीं है।'

'अच्छा, लो मेरे घर का पता नोट कर लो।'

'हां, लिख दो शायद कभी आऊं।'

एक क्षण में युवती यहां से चली गयी। सुभद्रा अपनी खिड़की पर उसे इस भांति प्रसन्न-मुख देख रही थी, मानो उसकी छोटी बहन हो, ईर्ष्या या द्वेष का लेश भी उसके मन में न था।

मुश्किल से, एक घंटा गुजरा होगा कि युवती लौटकर बोली - 'सुभद्रा क्षमा करना, मैं तुम्हारा समय बहुत खराब कर रही हूं। केशव बाहर खड़े हैं। बुला लूं?'

एक क्षण, केवल एक क्षण के लिए, सुभद्रा कुछ घबड़ा गयी। उसने जल्दी से उठकर मेज़ पर पड़ी हुई चीजें इधर-उधर हटा दी, कपड़े करीने से रख दिये, अपने उलझे बाल संभाल लिये, फिर उदासीन भाव से मुस्कुराकर बोली- 'उन्हें तुमने क्यों कष्ट दिया। जाओ बुला लो।' एक मिनट में केशव ने कमरे में कदम रखा और चौंक कर पीछे हट गये, मानो पांव जल गया हो। मुंह से एक चीख निकल गयी। सुभद्रा गम्भीर, शांत, निश्चल अपनी जगह पर खड़ी रही, फिर हाथ बढ़ाकर बोली- मानो किसी अपरिचित व्यक्ति से बोल रही हो - ' आइए मिस्टर, केशव, मैं आपको ऐसी सुशील, ऐसी सुन्दर, ऐसी विदुषी रमणी पाने पर बधाई देती हूं। केशव के मुंह से हवाइयां उड़ रही थी। वह पथ-भ्रष्ट-सा बना खड़ा था। लज्जा और ग्लानि से उसके चेहरे पर एक रंग आता था, एक रंग जाता था। यह बात एक दिन होने वाली थी अवश्य, पर इस तरह अचानक उसकी सुभद्रा से भेंट होगी, इसका उसे स्वप्न में भी गुमान न था। सुभद्रा से वह बात कैसे कहेगा, इसको उसने खूब सोच लिया था। उसके -आक्षेपों का उत्तर सोच लिया था, पत्र के शब्द तक मन में अंकित कर लिये थे। ये सारी तैयारियां धरी रह गयी और सुभद्रा से साक्षात् हो गया। सुभद्रा उसे देखकर जरा भी नहीं चौकी, उसके मुख पर आश्चर्य, घबराहट या दु:ख का एक चिह्न भी न दिखाई दिया। उसने उसी भांति उससे बात की, मानो वह कोई अजनबी हो। यहां कब आयी, कैसे आयी, कैसे गुजर करती है। यह और इस तरह के असंख्य प्रश्न पूछने के लिए केशव का चित्त चंचल हो उठा। उसने सोचा था सुभद्रा उसे धिक्कारेगी, विष खाने की धमकी देगी - निष्ठुर, निर्दय और न जाने क्या-क्या कहेगी। इन सब आपदाओं के लिए वह तैयार था, पर इस आकस्मिक मिलन, इस अप्रयुक्त उपेक्षा के लिए वह तैयार न था। वह प्रेम-व्रतधारिणी सुभद्रा इतनी कठोर, इतनी हृदय-शून्य हो गयी है। अवश्य ही इसे सारी बातें पहले ही मालूम हो चुकी हैं। सबसे तीव्र आघात यह था कि इसने अपने सारे आभूषण इतनी उदारता से दे डाले, और कौन जाने वापस भी न लेना चाहती हो। वह परास्त और अप्रतिम होकर एक कुर्सी पर बैठ गया। उत्तर में एक शब्द भी उसके मुख से न निकला।

युवती ने अज्ञानता का भाव प्रकट करके कहा - 'इनके पति इस समय जर्मनी में हैं।' केशव ने आंखें फाड़कर देखा, पर कुछ बोल न सका।

युवती ने फिर कहा - 'बेचारी संगीत के पाठ पढ़ाकर और कुछ कपड़े सीकर अपना निर्वाह करती हैं। वह महाशय यहां आ जाते, तो उन्हें उनके सौभाग्य पर बधाई देती।'

केशव इस पर भी कुछ न बोल सका, पर सुभद्रा ने मुस्कराकर कहा - 'वह मुझसे रूठे हुए हैं, बधाई पाकर और भी झल्लाते।'

युवती ने आश्चर्य से कहा - 'तुम उन्हीं के प्रेम से यहां आयी, अपना घरबार छोड़ा, यहां मेहनत-मजूरी करके निर्वाह कर रही हो, फिर भी वह तुमसे रूठे हुए हैं, आश्चर्य!'

सुभद्रा ने उसी भांति प्रसन्नमुख से कहा - 'पुरुष-प्रकृति ही आश्चर्य का विषय है, चाहे मि. केशव इसे स्वीकार न करें।'

युवती ने फिर केशव की ओर प्रेरणापूर्ण दृष्टि से देखा, लेकिन केशव उसी भांति अप्रतिम बैठा रहा। उसके हृदय पर यह नया आघात था। युवती ने उसे चुप देखकर उसकी तरफ से सफाई दी - 'केशव, स्त्री, पुरुष, दोनों ही को समान अधिकार देना चाहते हैं।'

केशव डूब रहा था, तिनके का सहारा पाकर उसकी हिम्मत बंध गयी। बोला - 'विवाह एक प्रकार का समझौता है। दोनों पक्षों को अधिकार है, जब चाहें उसे तोड़ दें।'

युवती ने हामी भरी सभ्य-समाज में यह आंदोलन बड़े जोरों पर है।

सुभद्रा ने शंका की - 'किसी समझौते को तोड़ने के लिए कारण भी तो होना चाहिए?' केशव ने भावों की लाठी का सहारा लेकर कहा - 'जब इसका अनुभव हो जाय कि हम इस बंधन से मुक्त होकर अधिक सुखी हो सकते हैं, तो यही कारण काफी है, स्त्री को यदि मालूम हो जाय कि वह दूसरे पुरुष के साथ...'

सुभद्रा ने बात काटकर कहा - 'क्षमा कीजिए मि. केशव, मुझे इतनी बुद्धि नहीं कि इस विषय पर आपसे बहस कर सकूं। आदर्श समझौता वहीं है, जो जीवन-पर्यंत रहे। मैं भारत की नहीं कहती। वहां तो स्त्री पुरुष की लौंडी है, मैं इंग्लैण्ड की कहती हूं। यहां भी कितनी ही औरतों से मेरी बातचीत हुई है। वे तलाक की बढ़ती हुई संख्या को देखकर खुश नहीं होती। विवाह का सबसे ऊंचा आदर्श उसकी पवित्रता और स्थिरता है। पुरुषों ने सदैव इस आदर्श को तोड़ा है, स्त्रियों ने निबाहा है। अब पुरुषों का अन्याय स्त्रियों को किस ओर ले जायेगा, नहीं कह सकती।'

इस गम्भीर और संयत कथन ने विवाद का अंत कर दिया। सुभद्रा ने चाय मंगवायी। तीनों आदमियों ने पी। केशव पूछना चाहता था, 'अभी आप यहां कितने दिनों रहेंगी।' लेकिन न पूछ सका। वह यहां पन्द्रह मिनट और रहा, लेकिन विचारों में डूबा हुआ। चलते समय उससे न रहा गया। पूछ ही बैठा - 'अभी आप यहां कितने दिन और रहेंगी?'

सुभद्रा ने जमीन को ओर ताकते हुए कहा - 'कह नहीं सकती।'

'कोई जरूरत हो, तो मुझे याद कीजिएगा।'

'इस आश्वासन के लिए आपको धन्यवाद।'

केशव सारे दिन बेचैन रहा। सुभद्रा उसकी आंखों में फिरती रही! सुभद्रा की बातें उसके कानों में गूंजती रही। अब उसे इसमें कोई संदेह न था कि उसी प्रेम में सुभद्रा यहां आयी थी। सारी परिस्थिति उसकी समझ में आ गयी थी। उस भीषण त्याग का अनुमान करके उसके रोये खड़े, हो गये यहां सुभद्रा ने क्या-क्या कष्ट झेले होंगे, कैसी-कैसी यातनाएं सही होंगी, सब उसी के कारण? वह उस पर भार न बनना चाहती थी, इसलिए तो उसने अपने आने कोई सूचना तक उसे न दी। अगर उसे पहले मालूम होता कि सुभद्रा यहां आ गयी है, तो कदाचित् उसे उस युवती की ओर इतना आकर्षण ही न होता। चौकीदार के सामने चोर को घर में घुसने का साहस नहीं होता। सुभद्रा को देखकर उसकी कर्त्तव्य-चेतना जागृत हो गयी। उसके पैरों पर गिरकर उससे क्षमा मांगने के लिए उसका अब अधीर हो उठा। वह उसके मुंह से सारा वृत्तांत सुनेगा। यह मौन

उपेक्षा उसके लिए असह्य थी। दिन तो किसी न किसी तरह काटा, लेकिन ज्यों ही रात के दस बजे, वह सुभद्रा से मिलने चला। युवती ने पूछा, 'कहां जाते हो?'

केशव ने बूट का लैस बांधते हुए कहा - 'जरा एक प्रोफेसर से मिलना है, इस वक्त आने का वादा कर चुका हूं?'

'जल्द आना।'

'बहुत जल्द आऊंगा।'

केशव घर से निकला, तो उसके मन में कितनी ही विचार-तरंगें उठने लगी। कहीं सुभद्रा मिलने से इनकार कर दे, तो? नहीं, ऐसा नहीं हो सकता। वह इतनी अनुदार नहीं है। हां, यह हो सकता है कि वह अपने विषय में कुछ न कहे। उसे शांत करने के लिए उसने एक कृपा की कल्पना कर डाली ऐसा बीमार था कि बचने की आशा न थी। उर्मिला ने ऐसा तन्मय होकर उसकी सेवा-सुश्रूषा की कि उससे प्रेम हो गया। कथा का सुभद्रा पर जो असर पड़ेगा, उसके विषय में केशव को कोई संदेह न था। परिस्थिति का बोध होने पर वह उसे क्षमा कर देगी। लेकिन इसका फल क्या होगा? क्या वह दोनों के साथ एक-सा प्रेम कर सकता है? सुभद्रा को देख लेने के बाद उर्मिला को शायद उसके साथ-साथ रहने में आपत्ति हो ही कैसे सकती है! उससे यह बात छिपी नहीं है। हां, यह देखना है कि सुभद्रा भी इसे स्वीकार करती है कि नहीं। उसने जिस उपेक्षा का परिचय दिया है, उसे देखते हुए उसके मानने में संदेह ही जान पड़ता है। मगर वह उसे मनायेगा, उसकी विनती करेगा, उसके पैरों पड़ेगा और अंत में उसे मनाकर ही छोड़ेगा। सुभद्रा से प्रेम और अनुराग का नया प्रमाण पाकर वह मानो एक कठोर निद्रा से जाग उठा था। उसे अब अनुभव हो रहा था कि सुभद्रा के लिए उसके हृदय में जो स्थान था, वह खाली पड़ा हुआ है। उर्मिला उस स्थान पर अपना आधिपत्य नहीं जमा सकती। अब उसे ज्ञात हुआ कि उर्मिला के प्रति उसका प्रेम केवल वह तृष्णा थी, जो स्वादयुक्त पदार्थों को देखकर ही उत्पन्न होती है। वह सच्ची क्षुधा न थी। अब फिर उसे सरल सामान्य भोजन की इच्छा हो रही थी। विलासिनी उर्मिला भी इतना त्याग कर सकती है, उसमें उसे संदेह था।

सुभद्रा के घर के निकट पहुंचकर केशव का मन कुछ कातर होने लगा। लेकिन उसने जी कड़ा करके जीने पर कदम रखा और एक क्षण में सुभद्रा के द्वार पर पहुंचा, लेकिन का द्वार बंद था। अंदर भी प्रकाश न था। अवश्य ही वह कहीं गयी है, आती ही होगी। तब तक उसके बरामदे में टहलने का निश्चय किया।

सहसा मालकिन आती हुई दिखाई दी। केशव ने बढ़कर पूछा - 'आप बता सकती हैं कि यह महिला कहां गयी है?'

मालकिन ने उसे सिर से पांव तक देखकर कहा - वह तो आज यहां से चली गयी। केशव ने हकबकाकर कर पूछा - 'चली गयी! कहां चली गयी?'

'यह तो मुझसे कुछ नहीं बताया।'

'कब गयी?'

'वह तो दोपहर को ही चली गयी।'

'अपना असबाब लेकर गयी?'

'असबाब किसके लिए छोड़ जाती? हां, एक छोटा-सा पैकेट अपनी एक सहेली के लिए छोड़ गयी है। इस पर मिसेज केशव लिखा हुआ है। मुझसे कहा था कि यदि वह आ जाएं, तो उन्हें दे देना, नहीं तो डाक से भेज देना।'

'आप मुझे वह पैकेट दिखा सकती हैं? केशव मेरा ही नाम है।'

मालकिन ने मुस्कुराकर कहा - 'मिसेज केशव को कोई आपत्ति तो न होगी?'

'तो फिर मैं उन्हें बुला लाऊं?'

'हां उचित तो यही है।'

'बहुत दूर जाना पड़ेगा।'

केशव कुछ ठिठकता हुआ नीचे की ओर चला, तो मालकिन ने फिर कहा - 'मैं समझती हूं आप इसे लिये ही जाइए, व्यर्थ आपको क्या दौड़ाऊं। मगर कल मेरे पास एक रसीद भेज दीजिएगा। शायद उसकी जरूरत पड़े।'

यह कहते हुए उसने एक छोटा-सा पैकेट लाकर केशव को दे दिया। केशव पैकेट लेकर इस तरह भागा, मानो कोई चोर भागा जा रहा हो। इस पैकेट में क्या है, यह जानने के लिए उसका हृदय व्याकुल हो गया था। उसे इतना विलम्ब असह्य था कि अपने स्थान पर जाकर उसे खोले। समीप ही एक पार्क था। वहां जाकर उसने बिजली के प्रकाश में उस पैकेट को खोल डाला। उस समय उसके हाथ कांप रहे थे और हृदय इतने वेग से धड़क रहा था, मानो किसी बंधु की बीमारी के समाचार के बाद तार मिला हो।

पैकेट का खुलना था कि केशव की आंखों से आंसुओं की झड़ी लग गयी। उसमें एक पीले रंग की साड़ी थी, एक छोटी-सी सिंदूर की डिबिया और एक केशव का फोटो-चित्र के साथ ही एक लिफाफा भी था। केशव ने उसे खोलकर पढ़ा, उसमें लिखा था -

'बहन, मैं जाती हूं। यह मेरे सोहाग का शव है। इसे टेम्स नदी में विसर्जित कर देना। तुम्हीं लोगों के हाथों यह संस्कार भी हो जाय, तो अच्छा।'

तुम्हारी, सुभद्रा

केशव मर्माहत-सा पत्र हाथ में लिए वहीं घास पर लेट गया और फूट-फूटकर रोने लगा।

* * *

आत्मसंगीत

आधी रात थी। नदी का किनारा था। आकाश के तारे स्थिर थे और नदी में उनका प्रतिबिम्ब लहरों के साथ चंचल। एक स्वर्गीय संगीत की मनोहर और जीवनदायिनी, प्राणदायिनी ध्वनि इस निस्तब्ध और तमोमय दृश्य पर इस प्रकार छा रही थी, जैसे हृदय आशाएं छायी रहती हैं, या मुख-मंडल पर शोक।

रानी मनोरमा ने आज गुरु-दीक्षा ली थी। दिन भर दान और व्रत में व्यस्त रहने के बाद मीठी नींद की गोद में सो रही थी। अकस्मात् उसकी आंखें खुली और ये मनोहर ध्वनियां कानों में पहुंची। वह व्याकुल हो गई - जैसे दीपक को देखकर पतंग, वह अधीर हो उठी, जैसे खांड़ की गंध पाकर चींटी। वह उठी और द्वार पालों एवं चौकीदारों की दृष्टि बचाती हुई राजमहल से बाहर निकल आयीं जैसे वेदना पूर्ण क्रंदन सुनकर आंखों से आंसू निकल आते हैं।

सरिता-तट पर कंटीली झाड़ियां थी। ऊंचे कगारे थे। भयानक जंतु थे और उनकी डरावनी आवाजें। शव थे और उनसे भी अधिक भयंकर उनकी कल्पना। मनोरम कोमलता और सुकुमारता की मूर्ति थी। परंतु उस मधुर संगीत का आकर्षण उसे तन्मयता की अवस्था में खींचे लिये जाता था। उसे आपदाओं का ध्यान न था।

वह घंटों चलती रही, यहां तक कि मार्ग में नदी ने उसका गतिरोध किया।

2

मनोरमा ने विवश होकर इधर-उधर दृष्टि दौड़ायी। किनारे पर एक नौका दिखाई दी। निकट जाकर बोली - 'मांझी,मैं उस पार जाऊंगी, इस मनोहर राग ने मुझे व्याकुल कर दिया है।'

मांझी - 'रात को नाव नहीं खोल सकता। हवा तेज है और लहरें डरावनी। जान-जोखिम है।'

मनोरमा - 'मैं रानी मनोरमा हूं। नाव खोल दे, मुंह मांगी मजदूरी दूंगी।'

मांझी - 'तब तो नाव किसी तरह नहीं खोल सकता। रानियों का इस नदी में निबाह नहीं।'

मनोरमा - 'चौधरी, तेरे पांव पड़ती हूं। शीघ्र नाव खोल दे। मेरे प्राण उस ओर खिंचे चले जाते हैं।'

मांझी - 'क्या इनाम मिलेगा ?'

मनोरमा - 'जो तू मांगे।'

मांझी - 'आप ही कह दें, मैं गंवार क्या जानूं, कि रानियों से क्या चीज मांगनी चाहिए। कहीं कोई ऐसी चीज न मांग बैठूं जो आपकी प्रतिष्ठ के विरुद्ध हो।

मनोरमा - 'मेरा यह हार अत्यंत मूल्यवान् है। मैं इसे खेने में देती हूं। मनोरमा ने गले से हार निकाला, उसकी चमक से मांझी का मुख-मंडल प्रकाशित हो गया - वह कठोर और काला मुख, जिस पर झुर्रियां पड़ी हुई थीं।

अचानक मनोरमा को ऐसा प्रतीत हुआ, मानों संगीत की ध्वनि और निकट हो गई हो। कदाचित् कोई पूर्ण ज्ञानी पुरुष आत्मानंद के आवेश में उस सरिता-तट पर बैठा हुआ उस निस्तब्ध निशा को संगीतमय कर रहा है। रानी का हृदय उछलने लगा! आह! कितना मनोमुग्ध राग था! उसने अधीर होकर कहा - 'मांझी, अब देर न कर, नाव खोल। मैं एक क्षण भी धीरज नहीं रख सकती।'

मांझी - 'इस हार को लेकर मैं क्या करूंगा?'

मनोरमा - 'सच्चे मोती हैं।'

मांझी - 'यह और भी विपत्ति है। मांझिन गले में पहनकर पड़ोसियों को दिखाएगी, वह सब डाह से जलेंगी, उसे गालियां देंगी। कोई चोर देखेगा, तो उसकी छाती पर सांप लोटने लगेगा। मेरी सुनसान झोपड़ी पर दिन-दहाड़े डाका पड़ जायेगा। लोग चोरी का अपराध लगाएंगे। नहीं, मुझे यह हार न चाहिए।'

मनोरमा - 'तो जो कुछ तू मांग, वही दूंगी लेकिन देर न कर। मुझे अब धैर्य नहीं है। प्रतीक्षा करने की तनिक भी शक्ति नहीं है। इस राग की एक एक तान मेरी आत्मा को तड़पा देती है।'

मांझी - 'इससे भी अच्छी कोई चीज दीजिए।'

मनोरमा - 'अरे निर्दयी! तू मुझे बातों में लगाए रखना चाहता है। मैं जो देती हूं वह लेता वहीं, स्वयं कुछ मांगता नहीं। तुझे क्या मालूम, मेरे हृदय की इस समय क्या दशा हो रही है। मैं इस आत्मिक पदार्थ पर अपना सर्वस्व न्यौछावर कर सकती हूं।'

मांझी - 'और क्या दीजिएगा?'

मनोरमा मेरे पास इससे बहुमूल्य और कोई वस्तु नहीं है, लेकिन तू अभी नाव खोल दें, तो प्रतिज्ञा करती हूं कि तुझे अपना भवन दे दूंगी, जिसे देखने के लिए कदाचित तू भी कभी गया हो। विशुद्ध श्वेत पत्थर से बना है, भारत में इसकी तुलना नहीं। अब एक क्षण की भी देर न कर।'

मांझी हंसकर - 'उस महल में रहकर मुझे क्या आनंद मिलेगा? उलटे मेरे भाई-बंधु शत्रु हो जायेंगे। इस नौका पर अंधेरी रात में भी मुझे भय नहीं लगता। आंधी चलती रहती है, और मैं इस पर पड़ा रहता हूं। किंतु वह महल तो दिन ही में फाड़ खायेगा। मेरे घर के आदमी तो उसके एक कोने में समा जायेंगे। और आदमी कहां से लाऊंगा, मेरे नौकर-चाकर कहां? इतना माल असबाब कहां? उसकी सफाई और मरम्मत कहां से कराऊंगा? उसकी फुलवारी सूख जायेंगी, उसकी क्यारियों में गीदड़ बोलेंगे और अटारियों पर कबूतर और अबाबीलें घोंसले बनाएगी?'

मनोरमा अचानक एक तन्मय अवस्था में उछल पड़ी। उसे प्रतीत हुआ कि संगीत निकटतर आ गया है। उसकी सुन्दरता और आनंद अधिक प्रखर हो गया था - जैसे बत्ती उकसा देने से दीपक अधिक प्रकाशमान हो जाता है। पहले चित्ताकर्षक था, तो अब आवेशजनक हो गया था। मनोरमा ने व्याकुल होकर कहा - 'तू फिर अपने मुंह से क्यों कुछ नहीं मांगता? अहा कितना विरागजनक राग है, कितना विह्वल करने वाला। मैं अब तनिक भी धीरज नहीं धर सकती। पानी उतार में जाने के लिए जितना व्याकुल होता है, श्वास हवा के लिए जितनी विकल होती है, गंध उड़ जाने के लिए जितना व्याकुल होता है, मैं उस स्वर्गीय संगीत के लिए उतनी व्याकुल हूं। उस संगीत में कोयल की-सी मस्ती है, पपीहे की-सी वेदना है, श्यामा की-सी विह्वलता है। इसमें झरनों का-सा शोर है, और आधी का-सा बल! इसमें वह सब कुछ है, जिससे विवेकाग्नि प्रज्ज्वलित होती, जिससे आत्मा समाहित होती है और अंत:करण पवित्र होता है। मांझी अब एक क्षण का भी विलम्ब मेरे लिए मृत्यु की यंत्रणा है। शीघ्र नौका खोल। जिस सुमन की यह सुगंध है, जिस दीपक की यह दीप्ति है, उस तक मुझे पहुंचा दे। मैं देख नहीं सकती, इस संगीत का रचयिता कहीं निकट ही बैठा हुआ है, बहुत निकट।'

मांझी - 'आपका महल मेरे काम का नहीं है, मेरी झोपड़ी उससे कहीं सुहावनी है।' मनोरमा - 'हाय! तो अब तुझे क्या दूं? यह संगीत नहीं है, यह इस सुविशाल क्षेत्र की पवित्रता है, यह समस्त सुमन-समूह का सौरभ है, समस्त मधुरताओं की माधुरी है, समस्त अवस्थाओं का सार है। नौका खोल। मैं जब तक जिऊंगी तब तक तेरी सेवा करूंगी, तेरे लिए पानी भरूंगी, तेरी झोपड़ी बुहारूगीं, तेरी मांझिन के पैर मलूंगी। प्यारे मांझी, यदि मेरे पास सौ जानें होती, तो मैं इस संगीत के लिए अर्पण करती। ईश्वर के लिए मुझे निराश न कर। मेरे धैर्य का अंतिम बिन्दु शुष्क हो गया है। अब इस चाह में दाह है, अब यह सिर तेरे चरणों में है।'

यह कहते-कहते मनोरमा एक विक्षिप्त की अवस्था में मांझी के निकट जाकर उसके पैरों पर गिर पड़ी। उसे ऐसा प्रतीत हुआ, मानों वह संगीत आत्मा पर किसी प्रज्ज्वलित प्रदीप की तरह ज्योति बरसाता हुआ मेरी ओर आ रहा है। उसे रोमांच हो आया। वह मस्त होकर झूमने लगी। ऐसा ज्ञात हुआ कि मैं हवा में उड़ी जाती हूं। उसे अपने पार्श्व-देश में तारे झिलमिलाते हुए दिखाई देते थे। उस पर आत्मविस्मृत का भावावेश छा गया और अब वही मस्ताना संगीत, वही मनोहर राग उसके मुंह से निकलने लगा। वही अमृत की बूंदें, उसके अधरों से टपकने लगी। वह स्वयं इस संगीत की स्रोत थी। नदी के पार से आने वाली ध्वनियां, प्रतिपोषिणी ध्वनियां उसी के मुंह से निकल रही थी।

मनोरमा का मुख-मंडल चंद्रमा की तरह प्रकाशमान हो गया था और आंखों से प्रेम की किरणें निकल रही थीं।

* * *

ऐक्ट्रेस

रंगमंच का परदा गिर गया। तारादेवी शकुंतला का पार्ट खेलकर दुष्यंत के सम्मुख खड़ी, ग्लानि, वेदना और तिरस्कार से उत्तेजित भावों को आग्नेय शब्दों में प्रकट कर रही थी, दर्शक-वृंद शिष्टता के नियमों की उपेक्षा करके मंच की ओर उन्मत्तों की भांति दौड़ पड़े थे और तारादेवी के चरणों पर गिर पड़े। सारा स्टेज फूलों से पट गया, आभूषणों की वर्षा होने लगी। यदि उसी क्षण मेनका का विमान नीचे आकर उसे उड़ा न ले जाता, तो कदाचित् उस धक्कम-धक्के में दस-पांच आदमियों की जान पर बन जाती। मैनेजर ने तुरन्त आकर दर्शकों को गुण-ग्राहकता का धन्यवाद दिया और वादा भी किया कि दूसरे दिन फिर यही तमाशा होगा। तब लोगों का मोहोन्माद शांत हुआ। मगर एक युवक उस वक्त भी मंच पर खड़ा रहा। लंबे कद का था, तेजस्वी मुद्रा, कुंदन का-सा रंग, देवताओं का-सा स्वरूप, गठीला देह, मुख से एक ज्योति-सी प्रस्फुटित हो रही थी। कोई राजकुमार मालूम होता था।

जब सारे दर्शकगण बाहर निकल गए, उसने मैनेजर से पूछा - 'क्या मैं तारादेवी से एक क्षण के लिए मिल सकता हूं?'

मैनेजर ने उसी उपेक्षा के भाव से कहा - 'जी नहीं। क्षमा कीजिएगा। यह नियमों के विरुद्ध है।'

युवक ने और कुछ न कहा, निराश होकर स्टेज के नीचे उतर पड़ा और बाहर जाना ही चाहता था कि मैनेजर ने पूछा - 'जरा ठहर जाए, आपका कार्ड?'

युवक ने जेब से कागज का एक टुकड़ा निकालकर कुछ लिखा और दे दिया। मैनेजर ने पुर्जे को उड़ती हुई निगाह से देखा - कुंवर निर्मलकांत चौधरी, ओ. बी. ई.। मैनेजर की कठोर मुद्रा कोमल हो गई। कुंवर निर्मलकांत - शहर के सबसे बड़े रईस और ताल्लुकेदार साहित्य के उज्ज्वल रत्न, संगीत के सिद्धहस्त आचार्य, उच्चकोटि के विद्वान, आठ दस लाख सालाना के नफेदार, जिनके दान से देश की कितनी ही संस्थाएं चलती थीं - इस समय एक क्षुद्र प्रार्थी के रूप में खड़े थे। मैनेजर अपने उपेक्षा-भाव पर लज्जित हो गया। विनम्र शब्दों में बोला, क्षमा कीजिएगा, मुझसे बड़ा अपराध हुआ। मैं अभी तारादेवी के पास हुजूर का कार्ड लिए जाता हूं।

कुंवर साहब ने उससे रुकने का इशारा करके कहा - 'नहीं, अब रहने ही दीजिए, मैं कल पांच बजे आऊंगा। इस वक्त तारादेवी को कष्ट होगा। यह उनके विश्राम का समय है।'

मैनेजर - 'मुझे विश्वास है कि वह आपकी खातिर इतना कष्ट सहर्ष सह लेंगी, मैं एक मिनट में आता हूं।'

किंतु कुंवर साहब अपना परिचय देने के बाद अब अपनी आतुरता पर संयम का परदा डालने के लिए विवश थे। मैनेजर को सज्जनता का धन्यवाद दिया और कल आने का वादा करके चले गए।

2

तारा एक साफ-सुधरे और सजे हुए कमरे में मेज़ के सामने किसी विचार में मग्न बैठी थी। रात का वह दृश्य उसकी आंखों के सामने नाच रहा था। ऐसे दिन जीवन में क्या बार-बार आते हैं? कितने मनुष्य उसके दर्शनों के लिए विकल हो रहे थे। बस, एक दूसरे पर फटे पड़ते थे। कितनों को उसने पैरों ने ठुकरा दिया था - हां, ठुकरा दिया था। मगर उस समूह में केवल एक दिव्यमूर्ति अविचलित रूप से खड़ी थी। उसकी आंखों में कितना गंभीर अनुराग था, कितना दृढ़ संकल्प ऐसा जान पड़ता था मानो, उसके दोनों नेत्र उसके हृदय में चुभे जा रहे हों। आज फिर उस पुरुष के दर्शन होंगे या नहीं, कौन जानता है? लेकिन यदि आज उनके दर्शन हुए, तो तारा उनसे एक बार बातचीत किए बिना न जाने लगी।

यह सोचते हुए उसने आईने की ओर देखा, चेहरा कमल के फूल-सा खिला था। कौन कह सकता था कि यह नव-विकसित पुष्प पैंतीस बसंत की बहार देख चुका है। वह कांति, वह कोमलता, वह चपलता, वह माधुर्य किसी नवयौवन को लज्जित कर सकता था। तारा एक बार फिर हृदय में प्रेम का दीपक जला बैठी। आज से बीस साल पहले एक बार उसको प्रेम का कटु अनुभव हुआ था। तब से यह एक प्रकार का वैधव्य-जीवन व्यतीत करती रही। कितने प्रेमियों ने अपना हृदय उसे भेंट करना चाहा था, पर उसने किसी की ओर आंख उठाकर भी न देखा था। उसे उनके प्रेम में कपट की गंध आती थी। मगर आह! आज उसका संयम उसके हाथ से निकल गया। एक बार फिर उसे हृदय में उसी मधुर वेदना का अनुभव हुआ, जो बीस साल पहले हुआ था। एक पुरुष का सौम्य स्वरूप उसकी आंखों में बस गया, हृदय-पट पर खिंच गया। उसे वह किसी तरह भूल न सकती थी। उसी पुरुष को उसने मोटर पर जाते देखा होता, तो कदाचित उधर ध्यान भी न करती, पर उसे अपने सम्मुख प्रेम का उपहार हाथ में लिये देखकर वह स्थिर न रह सकी।

सहसा दाई ने आकर कहा - 'बाईजी, रात की सब चीजें रखी हुई हैं, कहिए तो लाऊं।' तारा ने कहा - 'नहीं, मेरे पास चीज लाने की जरूरत नहीं, मगर ठहरो, क्या-क्या चीजें हैं। ढेर-का-ढेर तो लगा है।' 'बाईजी, कहां तक गिनाऊं - अशर्फियां हैं, ब्रूचेज, बाल के पिन, बटन, लॉकेट, अंगूठियां सभी तो हैं। एक छोटे-से डिब्बे में एक सुंदर हार है। मैंने आज तक वैसा हार नहीं देखा। सब संदूक में रख दिया है।'

'अच्छा, वह संदूक मेरे पास ला।' दाई ने संदूक लाकर मेज़ पर रख दिया। उधर एक लड़के ने एक पत्र लाकर तारा को दिया। तारा ने पत्र को उत्सुक नेत्रों से देखा - कुंवर निर्मलकांत, ओ. बी. ई.। लड़के से पूछा - 'यह पत्र किसने दिया। वह तो नहीं, जो रेशमी साफा बांधे हुए थे?'

लड़के ने केवल इतना कहा - 'मैनेजर साहब ने दिया है। और लपका हुआ बाहर चला गया।'

संदूक में सबसे पहले डिब्बा नजर आया। तारा ने उसे खोला तो सच्चे मोतियों का सुंदर हार था। डिब्बे में एक तरफ एक कार्ड भी था। तारा ने लपक कर उसे निकाल लिया और पढ़ा - 'कुंवर निर्मलकांत.. कार्ड उसके हाथ से गिर पढ़ा। वह झपटकर कुरसी से उठी और बड़े वेग से कई कमरों और बरामदों को पार करती मैनेजर के सामने आकर खड़ी हो गई। मैनेजर ने खड़े होकर उसका स्वागत किया और बोला - 'मैं रात की सफलता पर आपको बधाई देता हूं।'

तारा ने खड़े-खड़े पूछा - 'कुंवर निर्मलकांत क्या बाहर हैं? लड़का पत्र देकर भाग गया। मैं उससे कुछ पूछ न सकी।'

कुंवर साहब का रुक्का तो रात ही तुम्हारे चले आने के बाद मिला था।'

'तो आपने उसी वक्त मेरे पास क्यों न भेज दिया?'

मैनेजर ने दबी जबान से कहा - 'मैंने समझा, तुम आराम कर की होगी, कष्ट देना उचित न समझा और भाई, साफ बात यह है कि मैं डर रहा था, कहीं कुंवर साहब को तुमसे मिलाकर तुम्हें खो न बैठूं। अगर मैं औरत होता, तो उसी वक्त उनके पीछे हो लेता। ऐसा देवरूप पुरुष मैंने आज तक नहीं देखा। वह तो रेशमी साफा बांधे खड़े थे तुम्हारे सामने। तुमने भी तो देखा था।'

तारा ने मानो अर्धनिद्रा की दशा में कहा - 'हां, देखा तो था - क्या वह फिर आएंगे?' 'हां, कल पांच बजे। बड़े विद्वान आदमी हैं, और इस शहर के सबसे बड़े रईस।'

'आज मैं रिहर्सल में न आऊंगी।'

3

कुंवर साहब आते होंगे। तारा आईने के सामने बैठी है और दाई उसका श्रृंगार कर रही है। श्रृंगार किया जाता था। कवियों, चित्रकारों और रसिकों ने श्रृंगार की मर्यादा-सी बांध दी थी। आंखों के लिए काजल लाजिमी था, हाथों के लिए मेंहदी, पांवों के लिए महावर। एक-एक अंग एक-एक आभूषण के लिए निर्दिष्ट था। आज वह परिपाटी नहीं रही। आज प्रत्येक रमणी अपनी सुरुचि, सुबुद्धि और तुलनात्मक भाव से श्रृंगार करती है। उसका सौंदर्य जिस उपाय से आकर्षण की सीमा पर पहुंच सकता है, वही उसका आदर्श होता है। तारा इस कला में निपुण थी। वह पंद्रह साल से इस कम्पनी में थी और यह समस्त जीवन उसने पुरुषों के हृदय से खेलने ही में व्यतीत किया था। किस चितवन से, किस मुस्कान से, किस अंगड़ाई से, किस तरह केशों के बिखेर देने से दिलों का कत्लेआम हो जाता है, इस कला में कौन उससे बढ़कर हो सकता था। आज उसने चुन-चुनकर आजमाये हुए तीर तरकस से निकाले, और जब अपने अस्त्रों से सजकर वह दीवानखाने में आयी तो जान पड़ा, मानो संसार का सारा माधुर्य उसकी बलाएं ले रहा है। वह मेज़ के पास खड़ी होकर कुंवर साहब का कार्ड देख रही थी, पर उसके कान मोटर की आवाज की ओर लगे हुए थे। वह चाहती थी कि कुंवर साहब इसी वक्त आ जायें ओर उसे

इसी अंदाज से खड़े देखें। इसी अंदाज से वह इसके अंग-प्रत्यंगों की पूर्ण छवि देख सकते थे। उसने अपनी श्रृंगार-कला से काल पर विजय पा ली थी। कौन कह सकता था कि यह चंचल नवयौवन उस अवस्था को पहुंच चुकी है, जब हृदय को शांति की इच्छा होती है, वह किसी आश्रम के लिए आतुर हो उठता है, और उसका अभिमान जनता के आगे सिर झुका देता है?

तारादेवी को बहुत इंतजार न करना पड़ा। कुंवर साहब शायद मिलने के लिए उससे भी अधिक उत्सुक थे। दस ही मिनट के बाद उनकी मोटर की आवाज आयी। तारा संभल गई। एक क्षण में कुंवर साहब ने कमरे में प्रवेश किया। तारा शिष्टाचार के लिए हाथ मिलाना भी भूल गई। प्रौढ़ावस्था में भी प्रेम की उद्विग्नता और असावधानी कुछ कम नहीं होती। वह किसी सलज्जा युवती की भांति सिर झुकाए खड़ी रही।

कुंवर साहब की निगाह आते ही उसकी गर्दन पर पड़ी। वह मोतियों का हार, जो उन्होंने रात को भेंट किया था, चमक रहा था। कुंवर साहब को इतना आनंद और कभी न हुआ था। उन्हें एक क्षण के लिए ऐसा जान पड़ा मानो उनके जीवन की सारी अभिलाषा पूरी हो गई। बोले - 'मैंने आपको आज इतने सबेरे कष्ट दिया, क्षमा कीजिएगा। यह तो आपके आराम का समय होगा?'

तारा ने सिर से खिसकती हुई साड़ी को संभालकर कहा - 'इससे ज्यादा आराम और क्या हो सकता था कि आपके दर्शन हुए। मैं इस उपहार के लिए और क्या आपको मानों धन्यवाद देती हूं। अब तो कभी-कभी मुलाकात होती रहेगी?'

निर्मलकांत वे मुस्कराकर कहा - 'कभी-कभी नहीं रोज। आप चाहे मुझसे मिलना पसंद न करें, पर एक बार इस ड्योढ़ी पर सिर को झुका ही जाऊंगा।'

तारा ने भी मुस्कुराकर उत्तर दिया - 'उसी वक्त तक जब तक कि मनोरंजन की कोई नई वस्तु नजर न आ जाय? क्यों?'

'मेरे लिए यह मनोरंजन का विषय नहीं, जिंदगी और मौत का सवाल है। हां, तुम इसे विनोद समझ सकती हो, मगर कोई परवाह नहीं। तुम्हारे मनोरंजन के लिए यदि मेरे प्राण भी निकल जायें, तो मैं अपना जीवन सफल समझूंगा।'

दोनों तरफ से इस प्रीत को निभाने के वादे हुए, फिर दोनों ने नाश्ता किया और कल भोजन का न्योता देकर कुंवर साहब विदा हुए।

4

एक महीना गुजर गया। कुंवर साहब दिन में कई-कई बार आते। उन्हें एक क्षण का वियोग भी असह्य था। कभी दोनों बजरे पर दरिया की सैर करते, कभी हरी-हरी घास पर पार्कों में बैठे बातें करते, कभी गान-बजाना होता, नित्य नए प्रोग्राम बनते थे। सारे शहर में मशहूर था कि ताराबाई ने कुंवर साहब को फांस लिया और दोनों हाथों से सम्पत्ति लूट रही है। पर तारा के लिए कुंवर साहब का प्रेम ही एक ऐसी सम्पत्ति थी, जिसके सामने दुनिया भर की दौलत हेय थी। उन्हें अपने सामने देखकर उसे किसी वस्तु की इच्छा न होती थी।

मगर एक महीने तक इस प्रेम के बाजार में घूमने पर भी तारा को वह वस्तु न मिली, जिसके लिए उसकी आत्मा लोलुप हो रही थी। वह कुंवर साहब से प्रेम की, अपार और अतुल प्रेम की, सच्चे और निष्कपट प्रेम की बातें रोज सुनती थी, पर उसमें विवाह का शब्द न आने पाता था, मानो प्यासे को बाजार में पानी छोड़कर और सब कुछ मिलता हो। ऐसे प्यासे को पानी के सिवा और किसी चीज से तृप्ति हो सकती है? प्यास बुझाने के बाद, सम्भव है, और चीजों की तरफ उसकी रुचि हो, पर प्यासे के लिए तो पानी सबसे मूल्यवान पदार्थ है। वह जानती थी कि कुंवर साहब उसके इशारे पर प्राण तक दे देंगे, लेकिन विवाह की बातें क्यों उनकी जबान से नहीं निकलती? क्या इस विषय का कोई पत्र लिखकर अपना आशय कह देना सम्भव था? फिर क्या वह उसको केवल विनोद की वस्तु बनाकर रखना चाहते हैं? यह अपमान उससे न सहा जायेगा। कुंवर के एक इशारे पर वह आग में कूद सकती थी, पर यह अपमान उसके लिए असह्य था। किसी शौक़ीन रईस के साथ वह इससे कुछ दिन पहले शायद एक-दो महीने रह जाती और उसे नोंच-खसोट कर अपनी राह लेती। किन्तु प्रेम का बदला प्रेम है, कुंवर साहब के साथ वह यह निर्लज्ज जीवन न व्यतीत कर सकती थी।

कुंवर साहब के भाई-बंधु भी गाफ़िल न थे, वे किसी भांति उन्हें ताराबाई के पंजे से छुड़ाना चाहते थे। कहीं कुंवर साहब का विवाह ठीक कर देना ही एक ऐसा उपाय था, जिसके सफल होने की आशा थी और यही उन लोगों ने किया। उन्हें यह भय तो न था कि कुंवर साहब इस ऐक्ट्रस से विवाह करेंगे। हां, यह अवश्य था कि कहीं रियासत का कोई हिस्सा उसके नाम कर दें, या उसके आने वाले बच्चों को रियासत का मालिक बना दें। कुंवर साहब पर चारों ओर से दबाव पड़ने लगे। यहां तक कि यूरोपियन अधिकारियों ने भी उन्हें विवाह कर लेने की सलाह दी।

उस दिन संध्या समय कुंवर साहब ने ताराबाई के पास जाकर कहा - 'तारा, तुमसे एक बात कहता हूं इंकार न करना।'

तारा का हृदय उछलने लगा। बोली - 'कहिए, क्या बात है? ऐसी कौन वस्तु है, जिसे आपकी भेंट करके मैं अपने को धन्य समझूं?'

बात मुंह से निकलने की देर थी। तारा ने स्वीकार कर लिया और हर्षोल्लास की दशा में रोती हुई कुंवर साहब के पैरों पर गिर पड़ी।

5

एक क्षण के बाद तारा ने कहा - 'मैं तो निराश हो चली थी। आपने बड़ी लम्बी परीक्षा ली।

कुंवर साहब ने जबान दांतों-तले दबायी, मानों कोई अनुचित बात सुन ली हो।

'यह बात नहीं है तारा! अगर मुझे विश्वास होता कि तुम मेरी याचना स्वीकार कर लोगी, तो कदाचित् पहले ही दिन मैंने भिक्षा के लिए हाथ फैलाया होता, पर मैं अपने को तुम्हारे योग्य नहीं पाता था। तुम सद्गुणों की खान हो, और मैं...मैं जो कुछ हूं वह तुम जानती ही हो। मैंने निश्चय

कर लिया था कि उम्र भर तुम्हारी उपासना करता रहूंगा। शायद कभी प्रसन्न होकर तुम मुझे बिना मांगे ही वरदान दे दो। बस, यही मेरी अभिलाषा थी। मुझमें अगर कोई गुण है तो यही कि मैं तुमसे प्रेम करता हूं। जब तुम साहित्य, संगीत या धर्म पर अपने विचार प्रकट करने लगती हो, तो मैं दंग रह जाता हूं। मुझे आश्चर्य यही है कि इस समय मैं मारे खुशी के पागल क्यों नहीं हो जाता।'

कुंवर साहब देर तक अपने दिल की बातें कहते रहे। उनकी वाणी कभी इतनी प्रगल्भ न हुई थी।

तारा सिर झुकाए सुनती थी, पर आनंद की जगह उसके मुख पर एक प्रकार का क्षोभ - लज्जा से मिला अंकित हो रहा था। यह पुरुष इतना सरल हृदय, इतना निष्कपट है। इतना विनीत, उदार।

सहसा कुंवर साहब ने पूछा - 'तो मेरे भाग्य किस दिन उदय होंगे, तारा? दया करके बहुत दिनों के लिए न टालना।'

तारा ने कुंवर साहब की सरलता से परास्त होकर चिंतित स्वर में कहा - 'कानून का क्या कीजिएगा?'

कुंवर साहब ने तत्परता से उत्तर दिया - 'इस विषय में तुम निश्चिंत रहो, तारा मैंने वकीलों से पूछ लिया है। एक कानून ऐसा है, जिसके अनुसार हम और तुम एक प्रेम-सूत्र में बंध सकते हैं। उसे सिविल-मैरिज कहते हैं। बस, आज ही के दिन वह शुभ मुहूर्त आएगा, क्यों?'

तारा सिर झुकाए रही। बोल न सकी।

'मैं प्रात:काल आ जाऊंगा। तैयार रहना।'

कुंवर साहब चले गए, पर तारा वहीं मूर्ति की भांति बैठी थी। पुरुषों के हृदय से क्रीड़ा करने वाली चतुर नारी क्यों इतनी विमूढ़ हो गई है।

6

विवाह का एक दिन और बाकी है। तारा को चारों ओर से बधाइयां मिल रही हैं। थियेटर के सभी स्त्री-पुरुषों ने अपने सामर्थ्य के अनुसार उसे अच्छे-अच्छे उपहार दिये हैं। कुंवर साहब ने भी आभूषणों से सजा हुआ एक सिंगारदान भेंट किया है। उनके दो-चार अंतरंग मित्रों ने भांति-भांति के सौगात भेजे हैं, पर तारा के सुन्दर मुख पर हर्ष की रेखा भी नहीं नजर आती। वह क्षुब्ध और उदास है। उसके मन में चार दिन से निरंतर यही प्रश्न उठ रहा है - क्या कुंवर के साथ वह विश्वासघात करे? जिस प्रेम के देवता ने उसके लिए अपने कुल-मर्यादा को तिलांजलि दे दी, अपने बंधुओं से नाता तोड़ा, जिसका हृदय हिमकरण के सामान निष्कलंक है, पर्वत के समान विशाल, उसी से कपट, करे! नहीं, वह इतनी नीचता नहीं कर सकती। अपने जीवन में उसने कितने ही युवकों से प्रेम का अभिनय किया था, कितने ही प्रेम के मतवालों को वह सब्जबाग दिखा चुकी थी, पर कभी उसके मन में ऐसी दुविधा न हुई थी, कभी उसके हृदय ने उसका

तिरस्कार न किया था। क्या इसका कारण इसके सिवा कुछ और था कि ऐसा अनुराग उसे और कहीं न मिला था।

क्या वह कुंवर साहब का जीवन सुखी बना सकती है? हां, अवश्य। इस विषय में उसे लेश मात्र भी संदेह नहीं था। भक्ति के लिए ऐसी कौन-सी वस्तु है, जो असाध्य हो, पर क्या वह प्रकृति को धोखा दे सकती है? ढलते हुए सूर्य में मध्याह्न का-सा प्रकाश हो सकता है। असम्भव। वह स्फूर्ति, वह चपलता, वह विनोद, वह सरल छवि, वह तल्लीनता, वह त्याग, वह नहीं, वह कितना ही चाहे पर कुंवर साहब के जीवन को सुखी नहीं बना सकती। बूढ़ा बैल कभी जवान बछड़े के साथ नहीं चल सकता।

आह! उसने यह नौबत ही क्यों आने दी? उसने क्यों कृत्रिम साधनों से, बनावटी सिंगार से कुंवर को धोखे में डाला? अब इतना सब कुछ हो जाने पर वह किस मुंह से कहेगी कि मैं रंगी हुई गुड़िया हूं, जवानी मुझसे कब की विदा हो चुकी, अब केवल उसका पद-चिह्न रह गया है।

रात के बारह बज गए थे। तारा मेज़ के सामने इन्हीं चिंताओं में मग्न बैठी हुई थी। मेज़ पर उपहारों के ढेर लगे हुए थे, पर वह किसी चीज की ओर आंख उठाकर भी न देखती थी। अभी चार दिन पहले वह इन्हीं चीजों पर प्राण देती थी, उसे हमेशा ऐसी चीजों की तलाश रहती थी, जो काल के चिह्नों को मिटा सके, पर अब उन्हीं चीजों से उसे घृणा हो रही है। प्रेम सत्य है - और सत्य और मिथ्या, दोनों एक साथ नहीं रह सकते।

तो तारा ने सोचा क्यों न यहां से कहीं भाग जाए? किसी ऐसी जगह चली जाए, जहां कोई जानता भी न हो। कुछ दिनों के बाद जब कुंवर का विवाह हो जाए, तो वह फिर आकर उनसे मिले और यह सारा वृत्तांत उनसे कह सुनाए। इस समय कुंवर पर वज्रपात-सा होगा - हाय! न-जाने उनकी क्या दशा होगी, पर उसके लिए इसके सिवा और कोई मार्ग नहीं है। अब उसके दिन रो-रोकर कटेंगे, लेकिन उसे कितना ही दु:ख क्यों न हो, वह अपने प्रियतम के साथ छल नहीं कर सकती। उसके लिए इस स्वर्गीय प्रेम की स्मृति, इसकी वेदना ही बहुत है। इससे अधिक उसका अधिकार नहीं।

दाई ने आकर कहा - 'बाई जी चलिए, कुछ थोड़ा-सा भोजन कर लीजिए। अब तो बारह बज गए।'

तारा ने कहा - 'नहीं, जरा भी भूख नहीं है। तुम जाकर खा लो।'

दाई - 'देखिए, मुझे भूल न जाइयेगा। मैं भी आपके साथ चलूंगी।'

तारा - 'अच्छे कपड़े बनवा रखे हैं न?'

दाई - 'अरे बाई जी, मुझे अच्छे कपड़े लेकर क्या करना है? आप अपना कोई उतारा दे दीजिएगा।'

दाई चली गई। तारा ने घड़ी की ओर देखा। सचमुच बारह बज गए थे। केवल एक घंटे और है। प्रात:काल कुंवर साहब उसे विवाह-मंदिर में ले जाने के लिए आ जाएंगे। हाय! भगवान जिस

पदार्थ से तुमने इतने दिनों तक उसे वंचित रखा, वह आज क्यों सामने लाए? यह भी तुम्हारी क्रीड़ा है?

तारा ने एक सफेद साड़ी पहन ली। सारे आभूषण उतारकर रख दिए। गर्म पानी मौजूद था। साबुन और पानी से मुंह धोया और आईने के सम्मुख जाकर खड़ी हो गई - कहां थी वह छवि, वह ज्योति, जो आंखों को लुभा लेती थी। रूप वही था, पर कांति कहां? अब भी वह यौवन का स्वांग भर सकती है?

तारा को अब वहां एक क्षण भी और रहना कठिन हो गया। मेज़ पर फैले आभूषण और विलास की सामग्रियां मानो उसे काटने लगी। यह कृत्रिम जीवन असह्य हो उठा, खस की टट्टियों और बिजली के पंखों से सजा हुआ शीतल भवन उसे भट्टी के समान तपाने लगा।

उसने सोचा - कहां भागकर जाऊं। रेल में भागती हूं तो भागने न पाऊंगी। सवेरे ही कुंवर साहब के आदमी आएंगे और चारों तरफ मेरी तलाश होने लगेगी। वह ऐसे रास्ते से जायेगी, जिधर किसी का ख्याल भी न जाय।

तारा का हृदय इस समय गर्व से छलका पड़ता था। वह दु:खी न थी, निराश न थी। वह फिर कुंवर साहब से मिलेगी, किन्तु वह निस्वार्थ संयोग होगा। प्रेम के बनाए हुए कर्त्तव्य-मार्ग पर चल रही है, फिर दु:ख क्यों हो और निराशा क्यों हो?

सहसा उसे खयाल आया - ऐसा न हो, कुंवर साहब उसे वहां न पाकर शोक-विह्वलता की दशा में कोई अनर्थ कर बैठें। इस कल्पना से उसके रोंगटे खड़े हो गए। एक क्षण के लिए उसका मन कातर हो उठा। फिर वह मेज़ पर जा बैठी, और यह पत्र लिखने लगी -

'प्रियतम, मुझे क्षमा करना। मैं अपने को तुम्हारी दासी बनने के योग्य नहीं पाती। तुमने मुझे प्रेम का वह स्वरूप दिखा दिया, जिसकी इस जीवन में मैं आशा न कर सकती थी। मेरे लिए इतना ही बहुत है। मैं जब तक जिऊंगी, तुम्हारे प्रेम में मग्न रहूंगी। मुझे ऐसा जान पड़ रहा है। मैं फिर आऊंगी, फिर तुम्हारे दर्शन करूंगी, लेकिन उसी दशा में, जब तुम विवाह कर लोगे। यही मेरे लौटने की शर्त है। मेरे प्राणों के प्राण, मुझसे नाराज न होना। ये आभूषण, जो तुमने मेरे लिए भेजे थे, अपनी ओर से नववधू के लिए छोड़ जाती हूं। केवल यह मोतियों का हार, जो तुम्हारे प्रेम का पहला उपहार है, अपने साथ लिये जाती हूं। तुमसे हाथ जोड़कर कहती हूं मेरी तलाश न करना। मैं तुम्हारी हूं और सदा तुम्हारी रहूंगी...'

तुम्हारी,
तारा

यह पत्र लिखकर तारा ने मेज़ पर रख दिया, मोतियों का हार गले में डाला और बाहर निकल आई। थियेटर हाल से संगीत की ध्वनि आ रही थी। एक क्षण के लिए उसके पैर बंध गए। पंद्रह वर्षों का पुराना संबंध आज टूटा जा रहा था। सहसा उसने मैनेजर को आते देखा। उसका कलेजा धक से हो गया। वह बड़ी तेजी से लपक कर दीवार की आड़ में खड़ी हो गई। ज्यों ही मैनेजर

निकल आया, वह अहाते के बाहर आयी और कुछ दूर गलियों में चलने के बाद उसने गंगा का रास्ता पकड़ा।

गंगा-तट पर सन्नाटा छाया हुआ था। दस-पांच साधु-बैरागी धूनी के सामने लेटे थे। दस-पांच यात्री कंबल जमीन पर बिछाकर सो रहे थे। गंगा किसी विशाल सर्प की भांति रेंगती चली जाती थी। एक छोटी-सी नौका किनारे पर लगी हुई थी। मल्लाह नौका में बैठा हुआ था। तारा ने मल्लाह को पुकारा - 'ओ मांझी, उस पर नाव ले चलेगा?'

मांझी ने जवाब दिया - 'इतनी रात गए नाव न जाई।'

मगर दूनी मजदूरी की बात सुनकर उसने डांड उठाया और नाव को खोलता हुआ बोला - 'सरकार उस पार कहां जाना है?'

'उस पार एक गांव में जाना है।'

'मुदा इतनी रात जाए कोनो सवारी-सिकारी न मिली।'

'कोई हर्ज नहीं, तुम मुझे उस पार पहुंचा दो।'

मांझी ने नाव खोल दी। तारा उस पर जा बैठी, और नौका मंद गति से चलने लगी, मानो जीवन स्वप्न-साम्राज्य में विचर रहा हो।

इसी समय एकादशी का चांद, पृथ्वी से उस पार, अपनी उज्ज्वल नौका खेता हुए निकला और व्योम-सागर को पार करने लगा।

* * *

ईश्वरीय न्याय

कानपुर जिले में पंडित भृगुदत्त नामक एक बड़े जमींदार थे। मुंशी सत्यनारायण उनके कारिंदा थे। वह बड़े स्वामिभक्त और सच्चरित्र मनुष्य थे। लाखों रुपये की तहसील और हजारों मन अनाज का लेन-देन उनके हाथों में था, पर कभी उनकी नीयत डावांडोल न होती। उनके सुप्रबन्ध से रियासत दिलों-दिल उन्नति करती जाती थी। ऐसे कर्तव्यपरायण सेवक का जितना सम्मान होना चाहिए, उससे अधिक ही होता था। दु:ख-सुख के प्रत्येक अवसर पर पंडितजी उनके साथ बड़ी उदारता से पेश आते। धीरे-धीरे मुंशीजी का विश्वास इतना बढ़ा कि पंडितजी ने हिसाब-किताब को समझना भी छोड़ दिया। सम्भव है, उनसे आजीवन इसी तरह निभ जाती, पर भावी प्रबल है। प्रयाग में कुम्भ लगा, तो पंडितजी भी स्नान करने गये। वहां से लौटकर फिर वे न आये। मालूम नहीं, किसी गड्ढे में फिसल पड़े या जल-जंतु उन्हें खींच ले गया, उनका फिर कुछ पता ही न चला। अब मुंशी सत्यनारायण के अधिकार और भी बड़े। एक हतभागिनी विधवा और दो छोटे-छोटे बच्चों के सिवा पंडितजी के घर में और कोई न था। अंत्येष्टि-क्रिया से निवृत्त होकर एक दिन शोकातुर पंडिताइन ने उन्हें बुलाया और रोकर कहा - 'लाला, पंडितजी हमें मझधार में छोड़कर सुरपुर को सिधार गए, अब यह नैया तुम्हीं पार लगाओगे तो लग सकती है। यह सब खेती तुम्हारी लगाई हुई है, इसे तुम्हारे ही ऊपर छोड़ती हूं। ये तुम्हारे बच्चे हैं, इन्हें अपनाओ। जब तक मालिक जिए, तुम्हें अपना भाई समझते रहो। मुझे विश्वास है कि तुम उसी तरह इस भार को संभाले रहोगे।'

सत्यनारायण ने रोते हुए जवाब दिया - 'भाभी, भैया क्या उठ गए, मेरे तो भाग्य ही छूट गए, नहीं तो मुझे आदमी बना देते। मैं उन्हीं का नामक खाकर जिया हूं और उन्हीं की चाकरी में मरूंगा भी। आप धीरज रखें। किसी प्रकार की चिंता न करें। मैं जीते-जी आपकी सेवा से मुंह न मोड़ूंगा। आप केवल इतना कीजिएगा कि मैं जिस किसी की शिकायत करूं, उसे डांट दीजिएगा, नहीं तो ये लोग सिर चढ़ जायेंगे।'

2

इस घटना के बाद वर्षों तक मुंशीजी ने रियासत को संभाला। वह अपने काम में बड़े कुशल थे। कभी एक कौड़ी का भी बल नहीं पड़ा। सारे जिले में उनका सम्मान होने लगा। लोग पंडितजी को भूल-से गए। दरबारी और कोठियों में वे सम्मिलित होते, जिले के अधिकारी उन्हीं को जमींदार समझते। अन्य रईसों में भी उनका आदर था, पर मान-वृद्धि महंगी वस्तु है। और भानुकुंवरि, अन्य स्त्रियों के सदृश पैसे को खूब पकड़ती। वह मनुष्य की मनोवृत्तियों से परिचित न थी। पंडितजी हमेशा लालाजी को इनाम-इकराम देते रहते थे। वे जानते थे कि ज्ञान के बाद

ईमान का दूसरा स्तम्भ अपनी सुदशा है। इसके सिवा वे खुद भी कागजों की जांच कर लिया करते थे। नाम-मात्र ही को सही, पर इस निगरानी का डर जरूर बना रहता था, क्योंकि ईमान का सबसे बड़ा शत्रु अवसर है। भानुकुंवरी इन बातों को जानती न थी। अतएव अवसर तथा धनाभाव-जैसे प्रबल शत्रुओं के पंजे में पड़कर मुंशीजी का ईमान कैसे बेदाग बचता?

कानपुर शहर से मिला हुआ, ठीक गंगा के किनारे, एक बहुत आबाद और उपजाऊ गांव था। पंडितजी इस गांव को लेकर नदी-किनारे पक्का घाट, मंदिर, बाग, मकान आदि बनवाना चाहते थे, पर उनकी यह कामना सफल न हो सकी। संयोग से अब यह गांव बिकने लगा। उसके जमींदार एक ठाकुर साहब थे। किसी फौजदारी के मामले में फंसे हुए थे। मुकदमा लड़ने के लिए रुपये की चाह थी। मुंशीजी ने कचहरी में यह समाचार सुना। चटपट मोल-तोल हुआ। दोनों तरफ गरज थी। सौदा पटने में देर न लगी, बैनामा लिखा गया। रजिस्ट्री हुई। रुपये मंगवाए गए और ठाकुर साहब को नजर किये गए है। हां, काम-काज की आसानी के ख्याल से यह सब लिखा-पढ़ी मुंशीजी ने अपने ही नाम से की क्योंकि मालिक के लड़के अभी नाबालिग थे। उनके नाम से लेने में बहुत झंझट होती और विलम्ब होने से शिकार हाथ से निकल जाता। मुंशीजी बैनामा लिए असीम आनंद में मग्न भानुकुंवरि के पास आये। पर्दा कराया और यह शुभ-समाचार सुनाया। भानुकुंवरि ने सजल नेत्रों से उनको धन्यवाद दिया। पंडितजी के नाम पर मंदिर और घाट बनाने का इरादा पक्का हो गया।

मुंशीजी दूसरे ही दिन उस गांव में आये। आसामी नजराने लेकर गए स्वामी के स्वागत को हाजिर हुए। शहर के रईसों की दावत हुई। लोगों ने नावों पर बैठकर गंगा की खूब सैर की। मंदिर आदि बनवाने के लिए आबादी से हटकर एक रमणीक स्थान चुना गया।

3

यद्यपि इस गांव को अपने नाम लेते समय मुंशीजी के मन में कपट का भाव न था, तथापि दो-चार दिन में ही उसका अंकुर जम गया और धीरे-धीरे बढ़ने लगा। मुंशीजी इस गांव के आय-व्यय का हिसाब अलग रखते और अपनी स्वामिनी को उसका ब्योरा समझाने की जरूरत न समझते। भानुकुंवरि इन बातों में दखल देना उचित न समझती थी, पर दूसरे कारिंदों से सब बातें सुन-सुनकर उन्हें शंका होती थी कि कहीं मुंशीजी दगा तो न देंगे। अपने मन का भाव मुंशीजी से छिपाती थी, इस खयाल से कि कहीं कारिदों ने उन्हें हानि पहुंचाने के लिए यह षड्यंत्र न रचा हो।

इस तरह कई साल गुजर गए। अब उस कपट के अंकुर ने वृक्ष का रूप धारण किया। भानुकुंवरि को मुंशीजी के उस मार्ग के लक्षण दिखाई देने लगे। उधर मुंशीजी के मन वे कानून से नीति पर विजय पायी, उन्होंने अपने मन में फैसला किया कि गांव मेरा है। हां, मैं भानुकुंवरि का तीस हजार का ऋणी अवश्य हूं। वे बहुत करेंगी तो अपने रुपये ले लेंगी, और क्या कर सकती है? मगर दोनों तरफ यह आग अंदर-ही-अंदर सुलगती रही। मुंशीजी शस्त्र-सज्जित होकर आक्रमण के इंतजार में थे और भानुकुंवरि इसके लिए अवसर ढूंढ रही थी। एक दिन उसने साहस करके मुंशीजी को अंदर बुलाया और कहा - 'लाला जी 'बरगदा' के मंदिर का

काम कब से लगाएगा। उसे लिये आठ साल हो गए, अब काम लग जाय तो अच्छा हो। जिंदगी का कौन ठिकाना है, जो काम करना है, उसे कर डालना चाहिए।

इस ढंग से इस विषय को उठाकर भानुकुंवरि ने अपनी चतुराई का अच्छा परिचय दिया। मुंशीजी भी दिल में इसके कायल हो गए। जरा सोचकर बोले इरादा तो मेरा कई बार हुआ, पर मौके की जमीन नहीं मिलती। गंगा-तट की जमीन असामियों के जोत में है और वे किसी तरह छोड़ने पर राजी नहीं।

भानुकुंवरि - 'यह बात तो आज मुझे मालूम हुई। आठ साल हुए, इस गांव के विषय में आपने कभी भूलकर भी तो चर्चा नहीं की। मालूम नहीं, कितनी तहसील है, क्या मुनाफा, कैसा गांव है, कुछ सीर होती है या नहीं, जो कुछ करते हैं, आप ही करते है और करेंगे। पर मुझे भी तो मालूम होना चाहिए।'

मुंशीजी संभल बैठे। उन्हें मालूम हो गया कि इस चतुर स्त्री से बाजी ले जाना मुश्किल है। गांव लेना ही है तो अब क्या डर? खुलकर बोले - 'आपको इससे कोई सरोकार न था, इसलिए मैंने व्यर्थ कष्ट देना मुनासिब न समझा।'

भानुकुंवरि के हृदय में कुठार-सा लगा। पर्दे से निकल आयी और मुंशीजी की तरफ तेज आंखों से देखकर बोली - 'आप क्या कहते हैं। आपने गांव मेरे लिए लिया था अपने लिए? रुपये मैंने दिए या आपने? उस पर जो खर्च पड़ा, वह मेरा था या आपका? मेरी समझ में नहीं आता कि आप कैसी बातें करते हैं?'

मुंशीजी ने सावधानी से जवाब दिया यह तो आप जानती है कि गांव हमारे नाम से बना हुआ है। रुपया जरूर आपका लगा, पर मैं इसका देनदार हूं। रहा तहसील-वसूल का खर्च, यह सब मैंने अपने पास से दिया है। उसका हिसाब-किताब, आय-व्यय सब रखता गया हूं।'

भानुकुंवरि ने क्रोध से कांपते हुए कहा - 'इस कपट का फल आपको अवश्य मिलेगा। आप इस निर्दयता से मेरे बच्चों का गला नहीं काट सकते। मुझे नहीं मालूम था कि आपने हृदय में छुरी छिपा रखी है, नहीं तो यह नौबत ही क्यों आती? खैर, अब से मेरी रोकड़ और बही खाता आप कुछ न छुए। मेरा जो कुछ होगा, ले लूंगी। जाइए, एकांत में बैठकर सोचिए। पाप से किसी का भला नहीं होता। तुम समझते होगे कि बालक अनाथ हैं, इनकी सम्पत्ति हजम कर लूंगा। इस भूल में न रहना, मैं तुम्हारे घर की ईंट तक बिकवा लूंगी।'

यह कहकर भानुकुंवरि फिर पर्दे की आड़ में आ बैठी और रोने लगीं। स्त्रियां क्रोध के बाद किसी-न-किसी बहाने रोया करती हैं। लाला साहब को कोई जवाब न सूझा। वहां से उठ गये और दफ्तर जाकर कागज उलट-पलट करने लगे, पर भानुकुंवरि भी उनके पीछे-पीछे दफ्तर में पहुंची और डांटकर बोली - 'मेरा कोई कागज मत छूना, नहीं तो बुरा होगा। तुम विषैले सांप हो, मैं तुम्हारा मुंह नहीं देखना चाहती।'

मुंशीजी कागजों में कुछ काट-छांट करना चाहते थे, पर विवश हो गए। खजाने की कुंजी निकालकर फेंक दी, बही-खाते पटक दिए, किवाड़ धड़ाके-से बंद किए और हवा की तरह सन्न से निकल गए। कपट में हाथ तो डाला, पर कपट-मंत्र न जाना।

दूसरे दिन कारिंदों ने यह कैफियत सुनी, तो फूले न समाए। मुंशीजी के सामने उनकी दाल न गलने पाती थी। भानुकुंवरि के पास आकर वे आग पर तेल छिड़कने लगे। सब लोग इस विषय में सहमत थे कि मुंशी सत्यनारायण ने विश्वासघात किया है। मालिक का नमक उनकी हड्डियों से फूटकर निकलेगा।

दोनों ओर से मुकदमेबाजी की तैयारियां होने लगी। एक तरफ न्याय का शरीर था, दूसरी ओर न्याय की आत्मा। प्रकृति का पुरुष से लड़ने का साहस हुआ।

भानुकुंवरि ने लाला छक्कनलाल से पूछा - 'हमारा वकील कौन है?'

छक्कनलाल ने इधर-उधर झांककर कहा - वकील तो सेठजी हैं, पर सत्यनारायण ने उन्हें पहले गांठ रखा होगा। इस मुकदमे के लिए बड़े होशियार वकील की जरूरत है। मेहरा बाबू की आजकल खूब चल रही है। हाकिम की कलम पकड़ लेते हैं। बोलते हैं तो जैसे मोटरकार छूट जाती है। सरकार! और क्या कहें, कई आदमियों को फांसी से उतार लिया है, उसके सामने कोई वकील जबान तो खोल नहीं सकता। सरकार कहें तो वहीं कर लिये जाय?'

छक्कनलाल की अत्युक्ति ने संदेह पैदा कर दिया। भानुकुंवरि ने कहा - 'नहीं, पहले सेठजी से पूछ लिया जाय। उसके बाद देखा जायेगा। आप जाइए, उन्हें बुला लाइए।'

छक्कनलाल अपनी तकदीर को ठोंकते हुए सेठजी के पास गये। सेठजी पंडित भृगुदत्त के जीवन-काल से ही उनका कानून-संबंधी सब काम किया करते थे। मुकदमें का हाल सुना तो सन्नाटा में आ गए। सत्यनारायण को वह बड़ा नेकनीयत आदमी समझते थे। उनके पतन से बड़ा खेद हुआ। उसी वक्त आये। भानुकुंवरि ने रोकर उनसे अपनी विपत्ति की क्या कहीं और अपने दोनों लड़कों को उनके सामने खड़ा करके बोली - 'आप इन अनाथों की रक्षा कीजिए। इन्हें मैं आपको सौंपती हूं।'

सेठजी ने समझौते की बात छेड़ी। बोले - 'आपस की लड़ाई अच्छी नहीं।'

भानुकुंवरि - 'अन्यायी के साथ लड़ना ही अच्छा है।'

सेठजी - 'पर हमारा पक्ष निर्बल है।'

भानुकुंवरि फिर पर्दे से निकल आई और विस्मित होकर बोली - 'क्या हमारा पक्ष निर्बल है? दुनिया जानती है कि गांव हमारा है। उसे हमसे कौन ले सकता है? नहीं, मैं सुलह कभी न करूंगी। आप कागजों को देखें। मेरे बच्चों की खातिर यह कष्ट उठाएं। आपका परिश्रम निष्फल न जायेगा। सत्यनारायण की नीयत पहले खराब न थी। देखिए, जिस मिती में गांव लिया गया है, उस मिती में 30 हजार का खर्च दिखाया गया है। अगर उसने अपने नाम उधार लिखा हो, तो देखिए, वार्षिक सूद चुकाया गया या नहीं? ऐसे नर-पिशाच से मैं कभी सुलह न करूंगी।'

सेठजी ने समझ लिया कि इस समझाने-बुझाने से कुछ काम न चलेगा। कागजात देखे, अभियोग चलाने की तैयारियां होने लगीं।

4

मुंशी सत्यनारायण लाल खिसियाए हुए मकान पहुंचे। लड़के ने मिठाई मांगी। उसे पीटा। स्त्री पर इसलिए बरस पड़े कि उसने क्यों लड़के को उनके पास जाने दिया। अपनी वृद्धा माता को डांटकर कहा - 'तुमसे इतना भी नहीं हो सकता कि जरा लड़के को बहलाओ? एक तो मैं दिन भर का थका-मांदा घर आऊं और फिर लड़के को खिलाऊं? मुझे दुनिया में न और कोई काम है, न धंधा।' इस तरह घर में बावेला मचाकर बाहर आये, सोचने लगे - मुझसे बड़ी भूल हुई। मैं कैसा मूर्ख हूं, और इतने दिन तक सारे कागज-पत्र अपने हाथ में थे। जो चाहता, कर सकता था, पर हाथ-पर-हाथ धरे बैठ रहा। आज सिर पर आ पड़ी तो सूझी। मैं चाहता तो बही-खाते सब नए बना सकता था, जिसमें इस गांव का और रुपये का जिक्र ही न होता, पर मेरी मूर्खता- के कारण घर में आई हुई लक्ष्मी रूठी जाती है। मुझे क्या मालूम था कि वह चुड़ैल मुझसे इस तरह पेश आएगी, कागजों में हाथ तक न लगाने देगी।

इसी उधेड़बुन में मुंशीजी एकाएक उछल पड़े। एक उपाय सूझ गया - क्यों न कार्यकर्ताओं को मिला लूं? यद्यपि मेरी सख्ती के कारण वे सब मुझसे नाराज थे और इस समय सीधे बात भी न करेंगे, तथापि उनमें ऐसा कोई भी नहीं, जो प्रलोभन से मुट्ठी में न आ जाय। हां, इसमें रुपये पानी की तरह बहाना पड़ेगा, पर इतना रुपया आएगा कहां से? हाय दुर्भाग्य! दो-चार दिन पहले चेत गया होता, तो कोई कठिनाई न पड़ती। क्या जानता था कि वह डायन इस तरह व्रज-प्रहार करेगी? बस, अब एक ही उपाय है, किसी तरह कागजात गुम कर दूं। बड़ी खामोशी का काम है, पर करना ही पड़ेगा।

दुष्कामनाओं के सामने एक बार सिर झुकाने पर फिर संभलना कठिन हो जाता है। पाप की अथाह दलदल में जहां एक बार पड़े कि फिर प्रतिक्षण नीचे ही चले जाते हैं। मुंशी सत्यनारायण-सा विचारशील मनुष्य इस समय इस फिक्र में था कि सेंध कैसे लगा पाऊं मुंशीजी ने सोचा - क्या सेंध लगाना आसान है? इसके वास्ते कितनी चतुरता, कितना साहस, कितनी बुद्धि, कितनी वीरता चाहिए। कौन कहता है कि चोरी करना आसान काम है? मैं जो कहीं पकड़ा गया, तो मरने के सिवा और कोई मार्ग न रहेगा।

बहुत सोचने-विचारने पर भी मुंशीजी को अपने ऊपर ऐसा दुस्साहस कर सकने का विश्वास न हो सका। हां, इससे सुगम एक दूसरी तदबीर नजर आई - क्यों न दफ्तर में आग लगा दूं? एक बोतल मिट्टी का तेल और दियासलाई की जरूरत है। किसी बदमाश को मिला लूं मगर यह क्या मालूम कि बही उसी कमरे में रखी है या नहीं। चुड़ैल ने उसे जरूर अपने पास रख लिया होगा। नहीं, आग लगाने का गुनाह बेलज्जत होगा।

बहुत देर मुंशीजी करवटें बदलते रहे। नए-नए मनसूबे सोचते पर फिर अपने ही तर्कों से काट देते। वर्षाकाल में बादलों की नई-नई सूरतें बनती और फिर हवा के वेग से बिगड़ जाती हैं। वही दशा इस समय उनके मनसूबों की हो रही थी।

पर इस मानसिक अशांति में भी एक विचार पूर्णरूप से स्थिर था - किसी तरह इन कागजात को अपने हाथ में लाना चाहिए। काम कठिन है - मान! पर हिम्मत न थी, तो सर क्यों मोल ली? क्या 30 हजार की जायदाद दाल-भात का कौर है। - चाहे जिस तरह हो, चोर बने बिना काम नहीं चल सकता। आखिर, जो लोग चोरियां करते हैं, वे भी तो मनुष्य ही होते हैं। बस, एक छलांग का काम है। अगर पार हो गए, तो राज करेंगे, गिर पड़े, तो जान से हाथ धोयेंगे।

5

रात के दस बज गए। मुंशी सत्यनारायण कुंजियों का एक गुच्छा कमर में दबाए घर से बाहर निकले। द्वार पर थोड़ा-सा पुआल रखा हुआ था। उसे देखते ही वे चौंक पड़े। मारे डर के छाती धड़कने लगी। जान पड़ा कि कोई छिपा बैठा है। कदम ठिठक गए। पुआल की तरफ ध्यान से देखा। उसमें बिलकुल हरकत न हुई। तब हिम्मत बांधी, आगे बढ़े और मन को समझाने लगे - मैं कैसा बौखल हूं।

अपने द्वार पर किसका डर और सड़क पर भी मुझे किसका डर है? मैं अपनी राह जाता हूं। कोई मेरी तरफ तिरछी आंख से नहीं देख सकता। हां, जब मुझे सेंध लगाते देख ले - नहीं, पकड़ ले - तब अलबत्ता डरने की बात है। जिस पर भी बचाव की युक्ति निकल सकती

अकस्मात् उन्होंने भानुकुंवरि के एक चपरासी को आते हुए देखा। कलेजा धड़क उठा। लपक कर एक अंधेरी गली में घुस गए। बड़ी देर तक वहां खड़े रहे। जब वह सिपाही आंखों से ओझल हो गया, तब फिर सड़क पर आये। वह सिपाही आज सुबह तक इनका गुलाम था, उसे उन्होंने कितनी ही बार गालियां दी थी, लातें भी मारी थी, पर आज उसे देखकर उनके प्राण सूख गए।

उन्होंने फिर तर्क की शरण ली। मैं मानो भांग खाकर आया हूं। इस चपरासी से इतना डरा, मानो कि वह मुझे देख लेता, पर मेरा कर क्या सकता था? हजारों आदमी रास्ता चल रहे हैं। उन्हीं में मैं भी एक हूं। क्या वह अंतर्यामी है। सबके हृदय का हाल जानता है? मुझे देखकर वह अदब से सलाम करता और वहां का कुछ हाल भी कहता, पर मैं उससे ऐसा डरा कि सूरत तक न दिखाई। इस तरह मन को समझाकर वे आगे बढ़े। सच है, पाप के पंजों में फंसा हुआ मन पतझड़ का पत्ता है, जो हवा के जरा-से झोंके से गिर पड़ता है।

मुंशीजी बाजार पहुंचे। अधिकतर दुकानें बंद हो चुकी थी। उनमें सांड़ और गायें बैठी हुई जुगाली कर रही थी। केवल हलवाईयों की दुकानें खुली थी और कहीं-कहीं गजरे वाले हार की हांक लगाते फिरते थे। सब हलवाई मुंशीजी को पहचानते थे, अतएव मुंशीजी ने सिर झुका लिया। कुछ चाल बदली और लपकते हुए चले। एकाएक उन्हें एक बग्घी आती दिखाई दी। यह सेठ बल्लभदास वकील की बग्घी थी। इसमें बैठकर हजारों बार सेठजी के साथ कचहरी गए थे

पर आज वह बग्घी कालदेव के समान भयंकर मालूम हुई। फौरन एक खाली दुकान पर चढ़ गए। वहां विश्राम करने वाले सांड़ ने समझा, वे मुझे पदच्युत करने आये हैं। माथा झुकाए फुंकारता हुआ उठ बैठा पर इसी बीच में बग्घी निकल गई और मुंशीजी की जान-में-जान आई। अबकी उन्होंने तर्क का आश्रय न लिया। समझ गए कि इस समय इससे कोई लाभ नहीं, खैरियत यह हुई कि वकील ने देखा नहीं। वह एक घाघ है। मेरे चेहरे से ताड़ जाता।

कुछ विद्वानों का कथन है कि मनुष्य की स्वाभाविक प्रवृत्ति पाप की ओर होती है, पर वह कोरा अनुमान-ही-अनुमान है, अनुभव-सिद्ध बात नहीं। सच बात तो यह है कि मनुष्य स्वभावत: पाप-भीरु होता है और हम प्रत्यक्ष देख रहे हैं कि पाप से उसे कैसी घृणा होती है। एक फ्लांग आगे चलकर मुंशीजी को एक गली मिली। यह भानुकुंवरि के घर का एक रास्ता था। धुंधली-सी लालटेन जल रही थी। जैसा मुंशीजी ने अनुमान किया था, पहरेदार का पता न था। अस्तबल में चमारों के यहां नाच हो रहा था। कई चमारिने बनाव-सिंगार करके नाच रही थी। चमार मृदंग बजा-बजाकर गाते थे -

'नाही घरे श्याम, घेरि आए बदरा।
सोवत रहेउं सपन एक देखेउं रामा।
खुली गई नींद, ढरक गए कजरा।
नहीं घरे श्याम, घेरि आए बदरा।'

दोनों पहरेदार वहीं तमाशा देख रहे थे। मुंशीजी दबे-पांव लालटेन के पास गये और जिस तरह बिल्ली चूहे पर झपटती है, उसी तरह उन्होंने लपक कर लालटेन को बुझा दिया। एक पड़ाव पूरा हो गया, पर वह उस कार्य को जितना दुष्कर समझते थे, उतना न जान पड़ा। हृदय कुछ मजबूत हुआ। दफ्तर के बरामदे में पहुंचे और खूब कान लगाकर आहट ली। चारों ओर सन्नाटा छाया हुआ था। केवल चमारों का कोलाहल सुनाई देता था। इस समय मुंशीजी के दिल में धड़कन थी, पर सिर धमधम कर रहा था, हाथ-पांव कांप रहे थे, सांस बड़े वेग से चल रही थी। शरीर का एक-एक रोम आंख और कान बना हुआ था - वे सजीवता की मूर्ति हो रहे थे। उनमें जितना पौरुष, जितनी चपलता, जितना साहस, जितनी चेतना, जितनी बुद्धि, जितना औसान था, वे सब इस वक्त सजग और सचेत होकर इच्छा-शक्ति की सहायता कर रहे थे।

दफ्तर के दरवाजे पर वही पुराना ताला लगा हुआ था। इसकी कुंजी आज बहुत तलाश करके वे बाजार से लाए थे। ताला खुल गया, किवाड़ों ने बहुत दबी जबान से प्रतिरोध किया। इस पर किसी ने ध्यान न दिया। मुंशीजी दफ्तर में दाखिल हुए। भीतर चिराग जल रहा था। मुंशीजी को देखकर उसने एक दफे सिर हिलाया, मानों उन्हें भीतर जाने से रोका।

मुंशीजी ने पैर थर-थर कांप रहे थे। एड़ियां जमीन से उछली पड़ती थीं। पाप का बोझ उन्हें असह्य था।

पल भर में मुंशीजी ने बहियों को उलटा-पुल्टा, लिखावट उनकी आंखों में तैर रही थी। इतना अवकाश कहां था कि जरूरी कागजात छांट लेते। उन्होंने सारी बहियों को समेटकर एक गट्ठर

बनाया और सिर पर रखकर तीर के समान कमरे के बाहर निकल आए। उस पाप की गठरी को लादे हुए वह अंधेरी गली से गायब हो गए।

तंग, अंधेरी, दुर्गंधपूर्ण कीचड़ से भरी हुई गलियों में वे नंगे पांव, स्वार्थ लोभ और कपट का बोझ लिये चले जाते थे। आगे पापमय आत्मा नरक की नालियों में बही चली जाती थी। बहुत दूर तक भटकने के बाद वे गंगा के किनारे पहुंचे। जिस तरह कलुषित हृदय में कहीं-कहीं धर्म का धुंधला प्रकाश रहता है, उसी तरह नदी की काली सतह पर तारे झिलमिला रहे थे। तट पर कई साधु धूनी जमाए पड़े थे। ज्ञान की ज्वाला मन की जगह बाहर दहक रही थी। मुंशीजी ने अपना गट्ठर उतारा और चादर से खूब मज़बूत बांधकर बलपूर्वक नदी में फेंक दिया। सोती हुई लहरों में कुछ हलचल हई और फिर सन्नाटा हो गया।

6

मुंशी सत्यनारायण लाल के घर में दो स्त्रियां थी - माता और पत्नी। वे दोनों अशिक्षित थीं। तिस पर भी मुंशीजी को गंगा में डूब मरने या कहीं भाग जाने की जरूरत न होती थी। न वे बॉडी पहनती थी, न मोजे-जूते, न हारमोनियम पर गा सकती थीं। यहां तक कि उन्हें साबुन लगाना भी न आता था। हेयरपिन, ब्रूचेव, जाकेट आदि परमावश्यक चीजों का तो उन्होंने नाम ही नहीं सुना था। बहू में आत्म-सम्मान जरा भी नहीं था, न सास में आत्म-गौरव का जोश। बहू अब तक सास की घुड़कियां भीगी बिल्ली की तरह सह लेती थी - हा मूर्खे सास को नहलाने-धुलाने, यहां तक कि घर में झाड़ू देने से घृणा न थी। हां ज्ञानांधे बहू स्त्री क्या थी, मिट्टी का लौंदा थी। एक पैसे की जरूरत होती तो सास से मांगती। सारांश यह है कि दोनों स्त्रियां अपने अधिकारों से बेखबर, अंधकार में पड़ी हुई पशुवत् जीवन व्यतीत करती थी। ऐसी फूहड़ थीं कि रोटियां भी अपने हाथों से बना लेती थीं। कंजूसी के मारे दालमोट, समोसे कभी बाजार से न मगांती। आगरे वाले की दुकान की चीजें खायी होती तो उनका मजा जानती। बुढ़िया खूसट दवा-दरपन भी जानती थी। बैठी-बैठी घास-पात कूटा करती।

मुंशीजी ने मां के पास जाकर कहा - 'अम्मा! अब क्या होगा? भानुकुंवरि ने मुझे जवाब दे दिया।'

माता ने घबराकर पूछा - 'जवाब दे दिया?'

मुंशी - 'हां, बिलकुल बेकसूर!'

आता - 'क्या बात हुई? भानुकुंवरि का मिज़ाज तो ऐसा न था।'

मुंशी - 'बात कुछ न थी। मैंने अपने नाम से जो गांव लिया था, उसे मैंने अपने अधिकार में कर लिया। कल मुझसे और उनसे साफ-साफ बातें हुई। मैंने कह दिया कि गांव मेरा है। मैंने अपने नाम से लिया है, उसमें तुम्हारा कोई इजारा नहीं। बस, बिगड़ गई, जो मुंह में आया, बकती रही। उसी वक्त मुझे निकाल दिया और धमकाकर कहा - मैं तुमसे लड़कर अपना गांव ले लूंगी।

अब आज ही उनकी तरफ से मेरे ऊपर मुकदमा दायर होगा, मगर इससे होता क्या है? गांव मेरा है उस पर मेरा कब्जा है। एक नहीं, हजार मुकदमें चलाएं, डिग्री मेरी होगी।'

माता ने बहू की तरफ मर्मांतक दृष्टि से देखा और बोली - 'क्यों भैया, वह गांव लिया तो था तुमने उन्हीं के रुपये से और उन्हीं के वास्ते?'

मुंशी 'लिया था, तब लिया था। अब मुझसे आबाद और मालदार गांव नहीं छोड़ा जाता। वह मेरा कुछ नहीं कर सकतीं। मुझसे अपना रुपया भी नहीं ले सकतीं। डेढ़ सौ गांव तो हैं। तब भी हवस नहीं मानती।'

माता - 'बेटा, किसी के धन ज्यादा होता है, तो वह उसे फेंक थोड़े ही देता है? तुमने अपनी नियत बिगाड़ी, यह अच्छा काम नहीं किया। दुनिया तुम्हें क्या कहेगी? और दुनिया चाहे कहे-न-कहे, तुमको भला ऐसा चाहिए कि जिसकी गोद में इतने दिन पले, जिसका इतने दिनों तक नमक खाया, अब उसी से दगा करो? नारायण ने तुम्हें क्या नहीं दिया? मजे से खाते हो, पहनते हो, घर में नारायण का दिया चार पैसा है, बाल-बच्चे हैं, और क्या चाहिए? मेरा कहना मानो, इस कलंक का टीका अपने माथे न लगाओ। यह अपजस मत लो। बरकत अपनी कमाई में होती है। हराम की कौड़ी कभी नहीं फलती।'

मुंशी - 'उंह ऐसी बातें बहुत सुन चुका हूं। दुनिया उन पर चलने लगे, तो सारे काम बंद हो जायें। मैंने इतने दिनों इनकी सेवा की, मेरी ही बदौलत ऐसे-ऐसे चार-पांच गांव बढ़ गए। जब तक पंडितजी थे, मेरी नियत का मान था। मुझे आंख में धूल डालने की जरूरत न थी, वे आप ही मेरी खातिर कर दिया करते थे। उन्हें मरे आठ साल हो गए, मगर मुसम्मात के एक बीड़े पान की कसम खाता हूं, मेरी जात से उनकी हजारों रुपये मासिक की बचत होती थी। क्या उनको इतनी भी समझ न थी कि यह बेचारा, जो इतनी ईमानदारी से काम करता है, इस नफे में कुछ उसे भी मिलना चाहिए? यह कहकर न दो, इनाम कहकर दो, किसी तरह दो तो, अगर वे तो समझती थीं कि मैंने इसे बीस रुपये महीने पर मोल ले लिया है। मैंने आठ साल तक सब्र किया, अब क्या इसी बीस रुपये में गुलामी करता रहूं और अपने बच्चों को दूसरों का मुंह ताकने के लिए छोड़ जाऊं? अब मुझे यह अवसर मिला है। इसे क्यों छोड़ूं? जमींदारों की लालसा लिये हुए क्यों मरूं, जब तक जीऊंगा, खुद खाऊंगा, मेरे पीछे मेरे बच्चे चैन उड़ाए।'

माता की आंखों में आंसू भर आए बोली - 'बेटा, मैंने तुम्हारे मुंह से ऐसी बातें कभी नहीं सुनी थीं, तुम्हें क्या हो गया है? तुम्हारे आगे बाल-बच्चे हैं। आग में हाथ न डालो।'

बहू ने सास की ओर देखकर कहा - 'हमको ऐसा धन न चाहिए, हम अपनी दाल-रोटी में मग्न है।'

मुंशी - 'अच्छी बात है, तुम लोग रोटी-दाल खाना, गाढ़ा पहनना। मुझे अब हलुवा-पूरी की इच्छा है।'

माता - 'यह अधर्म मुझसे न देखा जायेगा। मैं गंगा में डूब मरूंगी।'

पत्नी - 'तुम्हें यह सब कांटा बोना है, तो मुझे मायके पहुंचा दो, मैं अपने बच्चों को लेकर इस घर में न रहूंगी।'

मुंशी ने झुंझलाकर कहा - 'तुम लोगों की बुद्धि तो भांग खा गई है। लाखों सरकारी नौकर रात-दिन दूसरों का गला दबा-दबाकर रिश्वत लेते हैं और चैन करते हैं। न उनके बाल-बच्चों ही को कुछ होता है, व उनको हैजा पकड़ता है। अधर्म उनको क्यों नहीं खा जाता, जो मुझ को खा जायेगा? मैंने तो सत्यवादियों को सदा दु:ख झेलते ही देखा है। मैंने जो कुछ किया है, उसका सुख लूटूंगा। तुम्हारे मन जो आए करो।'

प्रात:काल दफ्तर खुला तो कागजात सब गायब थे। मुंशी छक्कनलाल बौखलाए से घर में गए और मालकिन से पूछा - 'कागजात आपने उठा लिए हैं?'

भानुकुंवरि - 'मुझे क्या खबर, जहां आपने रखे होंगे, वहीं होंगे।'

फिर सारे घर में खलबली पड़ गई। पहरेदारों पर मार पड़ने लगी। भानुकुंवरि को तुरंत मुंशी सत्यनारायण पर संदेह हुआ, मगर उनकी समझ में छक्कनलाल की सहायता के बिना यह काम होना असम्भव था। पुलिस में रपट हुई। एक ओझा नाम निकालने के लिए बुलाया गया है। मौलवी साहब ने तुर्रा फेंका। ओझा ने बताया, 'यह किसी पुराने बैरी का काम है।' मौलवी साहब ने फरमाया, किसी घर के भेदिया ने यह हरकत की है। शाम तक यह दौड़-धूप रही। फिर सलाह होने लगी कि इन कागजात के बगैर मुकदमा कैसे चले। पक्ष तो पहले ही से निर्बल था। जो कुछ बल था, वह इसी बही-खाते का था। अब तो सबूत भी हाथ से गए। दावे में कुछ जान ही न रही, मगर भानुकुंवरि ने कहा - 'बला से हार जायेंगे। हमारी चीज कोई छिन ले, तो हमारा धर्म है कि उससे यथाशक्ति लड़ें, हारकर बैठ रहना कायरों का काम है। सेठजी (वकील) को इस दुर्घटना का समाचार मिला, तो उन्होंने भी यही कहा कि अब दावे में जरा भी जान नहीं है। केवल अनुमान और तर्क का भरोसा है। अदालत ने माना तो माना, नहीं तो हार माननी पड़ेगी।' पर भानुकुंवरि ने एक न मानी। लखनऊ और इलाहाबाद से दो होशियार बैरिस्टर बुलाए। मुकदमा शुरू हो गया।

सारे शहर में इस मुकदमा शुरू होने के समय हजारों आदमियों की भीड़ हो जाती थी। लोगों के इस खिंचाव का मुख्य कारण यह था कि भानुकुंवरि एक पर्दे की आड़ में बैठी हुई अदालत में कार्रवाई देखा करती थी, क्योंकि उसे अब अपने नौकरों पर जरा भी विश्वास न था।

वादी बैरिस्टर ने एक बड़ी मार्मिक वक्तृता दी। उसने सत्यनारायण की पूर्वावस्था का खूब अच्छा चित्र खींचा। उसने दिखलाया कि वे कैसे स्वामिभक्त, कैसे कार्यकुशल, कैसे कर्मशील थे और स्वर्गवासी पंडित भृगुदत्त का उन पर पूर्ण विश्वास हो जाना किस तरह स्वाभाविक था। इसके बाद उसने सिद्ध किया कि मुंशी सत्यनारायण की आर्थिक व्यवस्था कभी ऐसी न थी कि वे इतना धन-संचय करते। अंत में उसने मुंशीजी की स्वार्थपरता, कूटनीति, निर्दयता और विश्वास-घात का ऐसा घृणोत्पादक चित्र खींचा कि लोग मुंशीजी को गालियां देने लगे। इसके साथ ही उसने पंडित के अनाथ बालकों की दशा का बड़ा ही करुणोत्पादक वर्णन किया - कैसे शोक

और लज्जा की बात है कि ऐसा चरित्रवान, ऐसा नीतिकुशल मनुष्य इतना गिर जाय कि अपने स्वामी के अनाथ बालकों की गर्दन पर छुरी चलाने में संकोच न करे। मानव-पतन का ऐसा करुण, ऐसा हृदयविदारक उदाहरण मिलना कठिन है। इस कुटिल कार्य के परिणाम की दृष्टि से इस मनुष्य के पूर्व परिचित सद्‌गुणों का गौरव लुप्त हो जाता है। क्योंकि वे असली मोती नहीं, नकली कांच के दाने थे, जो केवल विश्वास जमाने के निमित्त दर्शाए गए थे। वह केवल सुन्दर जाल था, जो एक सरल हृदय और छल-छंद से दूर रहने वाले रईस को फंसाने के लिए फैलाया गया था। इस नर-पशु का अंत:करण कितना अंधकारमय, कितना कपटपूर्ण, कितना कठोर है, और इसकी पृथ्वी कितनी घोर और कितनी अपावन है। अपने शत्रु के साथ दया करना एक बार तो क्षम्य है, मगर इस मलिन हृदय मनुष्य ने उन बेकसूर के साथ दगा किया है, जिन पर मानव-स्वभाव के अनुसार दया करना उचित है। यदि आज हमारे पास बही-खाते मौजूद होते, अदालत पर सत्यनारायण पर सत्यता स्पष्ट रूप से प्रकट हो जाती, पर मुंशी के बरखास्त होते ही दफ्तर से उनका लुप्त हो जाना भी अदालत के लिए एक बड़ा सबूत है।

शहर के कई बड़े रईसों ने गवाही दी, पर सुनी-सुनाई बातें जिरह में उखड़ गई।

दूसरे दिन फिर मुकदमा पेश हुआ।

प्रतिवादी के वकील ने अपनी वक्तृता शुरू की। उसमें गम्भीर विचारों की अपेक्षा हास्य का आधिक्य था - 'यह एक विलक्षण न्याय-सिद्धांत है कि किसी धनाढ्य मनुष्य का नौकर जो कुछ खरीदे, वह उसके स्वामी की चीज समझी जाय। इस सिद्धांत के अनुसार हमारी गवर्नमेंट को अपने कर्मचारियों की सारी सम्पत्ति पर कब्जा कर लेना चाहिए। यह स्वीकार करने में हमें कोई आपत्ति नहीं कि हम इतने रुपयों का प्रबंध न कर सकते थे और यह धन हमने स्वामी ही से ऋण लिया, पर हमसे ऋण चुकाने का कोई तुलना न करके वह जायदाद ही मांगी जाती है। यदि हिसाब के कागजात दिखाए जाय, तो वे साफ बता देंगे कि मैं सारा ऋण दे चुका। हमारे मित्र ने कहा कि ऐसी अवस्था में बहियों का गुम हो जाना भी अदालत के लिए एक सबूत होना चाहिए। मैं भी उनकी युक्ति का समर्थन करता हूं। यदि मैं ऋण लेकर अपना विवाह करूं तो क्या आप मुझसे मेरी नव-विवाहित वधू को छीन लेंगे?'

हमारे सुयोग्य मित्र ने हमारे ऊपर अनाथों के साथ दगा करने का दोष लगाया है। अगर मुंशी सत्यनारायण की नीयत खराब होती, तो उनके लिए सबसे अच्छा अवसर वह था, जब पंडित भृगुदत्त का स्वर्गवास हुआ था। इतने विलम्ब की क्या जरूरत थी? यदि आप शेर को फंसाकर उसके बच्चे को उसी वक्त नहीं पकड़ लेते, उसे बढ़ने और सबल होने का अवसर देते हैं, तो मैं आपको बुद्धिमान न कहूंगा। यथार्थ बात यह है कि मुंशी सत्यनारायण ने नमक का जो कुछ हक था, वह पूरा कर दिया। आठ वर्ष तक तन-मन से स्वामी की संतान की सेवा की। आज उन्हें अपनी साधुता का जो फल मिल रहा है, वह बहुत ही दु:खकारक और हृदय-विदारक है। इसमें भानुकुंवरि का दोष नहीं। वे एक गुण-सम्पन्न महिला हैं, मगर अपनी जाति के अवगुण उनमें भी विद्यमान हैं। ईमानदार मनुष्य स्वभावत: स्पष्टवादी होता है। उसे अपनी बातों में नमक-मिर्च लगाने की जरूरत नहीं होती। यही कारण है कि मुंशीजी के मितभाषी

मातहतों को उन पर आक्षेप करने का मौका मिल गया। इस दावे की जड़ केवल इतनी ही है, और कुछ नहीं। भानुकुंवरि यहां उपस्थित हैं। क्यों वे कह सकती है कि इन आठ वर्षों की मुद्दत में कभी इस गांव का जिक्र उनके सामने आया? कभी उसकी हानि-लाभ, आय-व्यय, लेन-देन की चर्चा उनसे की गई? मान लीजिए कि मैं गवर्नमेंट का मुलाजिम हूं। यदि मैं आज दफ्तर में आकर अपनी पत्नी के आय-व्यय और अपने टहलुओं के बक्सों का पचड़ा गाने लगूं तो शायद मुझे शीघ्र ही अपने पद से पृथक होना पड़े, और सम्भव है, कुछ दिनों तक बरेली की विशाल, अतिथिशाला में भी रखा जाऊं। जिस गांव से भानुकुंवरि का सरोकार न था, उसकी चर्चा उनसे क्यों की जाती?'

इसके बाद बहुत-से गवाह पेश हुए, जिनमें अधिकांश आस-पास के देहातों के जमींदार थे। उन्होंने बयान किया कि हमने मुंशी सत्यनारायण को असामियों को अपनी दस्तखती रसीद देते हुए अपने नाम से खजाने में रुपया दाखिल करते देखा है।

इतने में संध्या हो गई। अदालत ने एक सप्ताह में फैसला सुनाने का हुक्म दिया।

7

सत्यनारायण को अब अपनी जीत में कोई संदेह न था। वादी-पक्ष के गवाह भी उखड़ गए थे और बहस भी सबूत से खाली थी। अब इनकी गिनती भी जमींदारों में होगी और संभव है, वह कुछ दिनों में रईस कहलाने लगेंगे, पर किसी-न-किसी कारण से अब शहर के गण-मान्य पुरुषों से आंखें मिलाते शर्माते थे। उन्हें देखते ही उनका सिर नीचा हो जाता था। वह मन में डरते थे कि वे लोग कहीं इस विषय पर कुछ पूछ-ताछ न कर बैठें। वह बाजार में निकलते तो दुकानदारों में कुछ कानाफूसी होने लगती और लोग उन्हें तिरछी दृष्टि से देखने लगते। अब तक लोग उन्हें विवेकशील और सच्चरित्र मनुष्य समझते थे, शहर के धनी-मनी उन्हें इज्जत की निगाह से देखते और उनका बड़ा आदर करते थे। यद्यपि मुंशीजी को अब तक टेढ़ी-तिरछी सुनने का संयोग न पड़ा था, तथापि उनका मन कहता था कि सच्ची बात किसी से छिपी नहीं है। चाहे अदालत से उनकी जीत हो जाय, पर उनकी साख अब जाती रही। अब उन्हें लोग स्वार्थी, कपटी, और दगाबाज समझेंगे। दूसरों की बात तो अलग रही, स्वयं उनके घरवाले उनकी उपेक्षा करते थे। बूढ़ी माता ने तीन दिन से मुंह में पानी नहीं डाला था। स्त्री बार-बार हाथ जोड़कर कहती थी कि अपने प्यारे बालकों पर दया करो। बुरे काम का फल कभी अच्छा नहीं होता। नहीं तो पहले मुझ को विष खिला दो।

जिस दिन फैसला सुनाया जानेवाला था, प्रात:काल एक कुंजड़िन तरकारियां लेकर आयी, मुंशियाइन से बोली -

'बहूजी हमने बाजार में एक बात सुनी है। बुरा न मानो तो कहूं? जिसको देखा, उसके मुंह से यही बात निकलती है कि लाला बाबू ने जाला-साजी से पंडिताइन का कोई हलका ले लिया। हमें तो इस पर यकीन नहीं आता। लाला बाबू ने न संभाला होता, तो अब तक पंडिताइन का कहीं पता न लगता। एक अंगुल जमीन न बचती। यही ऐसा सरदार था कि सबको संभाल

लिया। तो क्या अब उन्हीं के साथ वदी करेंगे? अरे बहू! कोई कुछ साथ लाया है कि ले जायेगा।? यही नेकी-बदी रह जाती है। बुरे का बुरा होता है। आदमी न देखे, पर अल्लाह सब कुछ देखता है।'

बहूजी पर घड़ी पानी पड़ गया। जी चाहता था कि धरती फट जाती, तो उसमें समा जाती। स्त्रियां स्वभावत: लज्जावती होती हैं। उनमें आत्माभिमान की मात्रा अधिक होती है। निंदा-अपमान उनसे सहन नहीं हो सकता है। सिर झुकाए हुए बोली - 'बुआ! मैं इन बातों को क्या जानूं? मैंने तो आज ही तुम्हारे मुंह से सुनी है। कौन-सी तरकारियां हैं?'

मुंशी सत्यनारायण अपने कमरे में लेटे हुए कुंजड़िन की बातें सुन रहे थे। उसके चले जाने के बाद आकर स्त्री से पूछने लगे - 'यह शैतान की खाला क्या कह रही थी।'

स्त्री ने पति की ओर से मुंह फेर लिया और जमीन की ओर ताकते हुए बोली - 'क्या तुमने नहीं सुना? तुम्हारा गुन-गान कर रही थी। तुम्हारे पीछे देखो, किस-किस के मुंह से ये बातें सुननी पड़ती है और किस-किस से मुंह छिपाना पड़ता है।'

मुंशीजी अपने कमरे में लौट आए। स्त्री को कुछ उत्तर नहीं दिया। उनकी आत्मा लज्जा से परास्त हो गई। जो मनुष्य सदैव सर्व-सम्मानित रहा हो, जो सदा आत्माभिमान से सिर उठाकर चलता रहा हो, जिसकी सुकृति की सारे शहर में चर्चा होती रही हो, वह कभी सर्वथा लज्जा शून्य नहीं हो सकता। लज्जा कुपथ की सबसे बड़ी शत्रु है। कुवासनाओं के भ्रम में पड़कर मुंशीजी ने समझा था, मैं इस काम को ऐसी गुप्त-रीति से पूरा कर ले जाऊंगा कि किसी को कानों-कान खबर न होगी, पर उनका यह मनोरथ सिद्ध न हुआ। बाधाएं आ खड़ी हुई। उनके हटाने में उन्हें बड़े दुस्साहस से काम लेना पड़ा, पर यह भी उन्होंने लज्जा से बचने के निमित्त किया, जिसमें यह कोई न कहे कि स्वामिनी को धोखा दिया। इतना यत्न करने पर भी वह निंदा से न बच सके। बाजार का सौदा बेचने वालियां भी अब उनका अपमान करती हैं। कुवासनाओं से दबी हुई लज्जा-शक्ति इस कड़ी चोट को सहन न कर सकी। मुंशीजी सोचने लगे, अब मुझे धन-सम्पत्ति मिल जायेगी, ऐश्वर्यवान हो जाऊंगा, परन्तु निंदा से मेरा पीछा न छूटेगा। अदालत का फैसला मुझे लोक-निंदा से न बचा सकेगा। ऐश्वर्य का फल क्या है? - मान और मर्यादा। उससे हाथ धो बैठ, तो ऐश्वर्य को लेकर क्या करूंगा? चित्त की शक्ति खोकर, लोक-लज्जा सहकर, जन-समुदाय में नीच बनकर और अपने घर में कलह का बीज बो कर यह सम्पत्ति मेरे किस काम आएगी? और यदि वास्तव में कोई न्याय-शक्ति हो और वह मुझे इस कुकृत्य का दंड दे, तो मेरे लिए सिवा मुख में कालिख लगाकर निकल जाने के सिवा और कोई मार्ग न रहेगा। सत्यवादी मनुष्य पर कोई विपत्ति पड़ती है, तो लोग उसके साथ सहानुभूति करते हैं। दुष्टों की विपत्ति लोगों के लिए व्यंग्य की सामग्री बन जाती है। उस अवस्था में ईश्वर अन्यायी ठहराया जाता है, मगर दुष्टों की विपत्ति ईश्वर के न्याय को सिद्ध करती है। परमात्मन! इस दुर्दशा से किसी तरह मेरा उद्धार करो! क्यों न जाकर मैं भानुकुंवरि के पैरों पर गिर पड़ूं और विनय करूं कि यह मुकदमा उठा लो? शोक! पहले यह बात मुझे क्यों न सूझी। अगर कल

तक मैं उनके पास चला गया होता, तो बात बन जाती, पर अब क्या हो सकता है? आज तो फैसला सुनाया जायेगा।

मुंशीजी देर तक इसी विचार में पड़े रहे, पर कुछ निश्चय न कर सके कि क्या करें। भानुकुंवरि को भी विश्वास हो गया कि अब गांव हाथ से गया। बेचारी हाथ मलकर रह गई। रात भर उसे नींद न आयी, रह-रहकर मुंशी सत्यनारायण पर क्रोध आता था। हाय पापी! ढोल बजाकर मेरा पचास हजार का माल लिये जाता है और मैं कुछ नहीं कर सकती। आजकल के न्याय करने वाले बिलकुल आंख के अंधे हैं। जिस बात को सारी दुनिया जानती है, उसमें भी उनकी दृष्टि नहीं पहुंचती। बस, दूसरों की आंखों से देखते हैं। कोरे कागजों के गुलाम हैं। न्याय वह है, जो कि दूध-का-दूध, पानी-का-पानी कर दे, यह नहीं कि खुद ही कागजों के धोखे में आ जाय, खुद ही पाखंडियों के जाल में फंस जाय। इसी से तो ऐसे छली, कपटी, दगाबाज और दुरात्माओं का साहस बढ़ गया है। खैर, गांव जाता है, तो जाय, लेकिन सत्यनारायण, तुम तो शहर में कहीं मुंह दिखाने लायक भी न रहे।

इस ख्याल से भानुकुंवरि को कुछ शांति हुई। शत्रु की हानि मनुष्य को अपने लाभ से अधिक प्रिय होती है, मानव-स्वभाव ही कुछ ऐसा है। तुम हमारा एक गांव ले गए, नारायण चाहेंगे, तो तुम भी इससे सुख न पाओगे। तुम आप नरक की आग में जलोगे, तुम्हारे घर में कोई दिया जलाने वाला न रह जायेगा।

फैसले का दिन आ गया। आज इजलास में बड़ी भीड़ थी। ऐसे-ऐसे महानुभाव उपस्थित थे, जो बगुलों की तरह अफसरों की बधाई और विदाई के अवसरों ही में नजर आया करते हैं। वकीलों और मुख्तारों की पलटन भी जमा थी। नियत समय पर जज साहब ने इजलास सुशोभित किया। विस्तृत न्याय-भवन में सन्नाटा छा गया। अहलमद ने संदूक से तजबीज निकाली। लोग उत्सुक होकर एक-एक कदम और आगे खिसक गए।

जज ने फैसला सुनाया - मुदई का दावा खारिज। दोनों पक्ष अपना-अपना खर्च सह लें। यद्यपि फैसला लोगों के अनुमान के अनुसार ही था, तथापि जज के मुंह से उसे सुनकर लोगों में हलचल-सी मच गई। उदासीन भाव से फैसले पर आलोचनाएं करते हुए लोग धीरे-धीरे कमरे से निकलने लगे।

एकाएक भानुकुंवरि घूंघट निकाले इजलास पर आकर खड़ी हो गई। जानेवाले लौट पड़े। जो बाहर निकल गए थे, दौड़कर आ गए और कौतूहलपूर्वक भानुकुंवरि की तरफ ताकने लगे। भानुकुंवरि ने कंपित स्वर में जज से कहा 'सरकार, यदि हुक्म दें, तो मैं मुंशीजी से कुछ पूछूं।'

यद्यपि यह बात नियम के विरुद्ध थी, तथापि जज ने दयापूर्वक आज्ञा दे दी।

तब भानुकुंवरि ने सत्यनारायण की तरफ देखकर कहा - 'लालाजी, सरकार ने तुम्हारी डिग्री तो कह ही दी। गांव तुम्हें मुबारक रहे, मगर ईमान आदमी का सब कुछ है। ईमान से कह दो, गांव किसका है?'

हजारों आदमी यह प्रश्न सुनकर कौतूहल से सत्यनारायण की तरफ देखने लगे। मुंशीजी विचार-सागर में डूब गए। हृदय में संकल्प और विकल्प में घोर संग्राम होने लगा। हजारों मनुष्यों की आंखें उनकी तरफ जमी हुई थीं। यथार्थ बात अब किसी से छिपती न थी। इतने आदमियों के सामने असत्य बात मुंह से निकल न सकी। लज्जा से जबान बंद कर ली - 'मेरा' कहने में काम बनता था। कोई बात न थी किंतु घोरतम पाप का दंड समाज दे सकता है, उसके मिलने का पूरा भय था। 'आपका' कहने से काम बिगड़ता था। जीती-जितायी बाजी हाथ से निकली जाती थी। सर्वोत्कृष्ट काम के लिए समाज से जो इनाम मिल सकता है, इसके मिलने की पूरी आशा थी। आशा ने भय को जीत लिया। उन्हें ऐसा प्रतीत हुआ, जैसे ईश्वर ने मुझे अपना मुख उज्ज्वल करने का यह अंतिम अवसर दिया है। मैं अब भी मानव-सम्मान का पात्र बन सकता हूं। अब अपनी आत्मा की रक्षा कर सकता हूं। उन्होंने आगे बढ़कर भानुकुंवरि को प्रणाम किया और कांपते हुए स्वर में बोले - 'आपका!'

हजारों मनुष्यों के मुंह से एक गगनस्पर्शी ध्वनि निकली - 'सत्य की जय!'

जज ने खड़े होकर कहा - 'यह कानून का न्याय नहीं।'

ईश्वरीय न्याय

है। इसे कथा न समझिए। यह सच्ची घटना है। भानुकुंवरि और सत्यनारायण अब भी जीवित हैं। मुंशीजी के इस नैतिक साहस पर लोग मुग्ध हो गए।

मानवीय न्याय पर ईश्वरीय न्याय ने जो विलक्षण विजय पायी, उसकी चर्चा शहर भर में महीनों रही। भानुकुंवरि मुंशीजी के घर गई, उन्हें मना कर लायी। फिर अपना सारा कारोबार उन्हें सौंपा और कुछ दिनों के उपरांत उस गांव को उन्हीं के नाम हिब्बा कर दिया। मुंशीजी ने भी उसे अपने अधिकार में रखना उचित न समझा, कृष्णार्पण कर दिया। अब इसकी आमदनी दीन-दुखियों और विद्यार्थियों की सहायता में खर्च होती है।

* * *

ममता

बाबू रामरक्षादास दिल्ली के एक ऐश्वर्यशाली खत्री थे, बहुत ही ठाठ-बाट से रहने वाले। बड़े-बड़े अमीर उनके यहां नित्य आते-जाते थे। वे आए हुओं का आदर-सत्कार ऐसे अच्छे ढंग से करते थे कि इस बात की धूम सारे मुहल्ले में थी। नित्य उनके दरवाजे पर किसी-न-किसी बहाने से इष्ट-मित्र एकत्र हो जाते। टेनिस खेलते, ताश उड़ाते, हारमोनियम के मधुर स्वरों से जी बहलाते, चाय-पानी से हृदय प्रफुल्लित करते, अधिक और क्या चाहिए? जाति की ऐसी अमूल्य सेवा कोई छोटी बात नहीं है। नीची जातियों के सुधार के लिए दिल्ली में एक सोसाइटी थी। बाबू साहब उसके सेक्रेट्री थे, और इस कार्य को असाधारण उत्साह से पूर्ण करते थे। जब उनका बूढ़ा कहार बीमार हुआ और क्रिश्चियन मिशन के डॉक्टरों ने उसकी शुश्रूषा की, जब उसकी विधवा स्त्री ने निर्वाह की कोई आशा न देखकर क्रिश्चियन-समाज का आश्रय लिया, तब इन दोनों अवसरों पर बाबू साहब ने शोक के रेजल्यूशन्स पास किए। संसार जानता है कि सेक्रेट्री का काम सभाएं करना और रेजल्यूशन्स बनाना है। इससे अधिक वह कुछ नहीं कर सकता।

मिस्टर रामरक्षा का जातीय उत्साह यहां तक सीमाबद्ध न था। वे सामाजिक कुप्रथाओं तथा अंधविश्वास के प्रबल शत्रु थे। होली के दिनों में, जब कि मुहल्ले में चमार और कहार शराब से मतवाले होकर फाग गाते और डफ बजाते हुए निकलते, तो उन्हें बड़ा शोक होता। जाति की इस मूर्खता पर उनकी आंखों में आंसू भर आते और वे प्राय: इस कुरीति का निवारण अपने हंटर से किया करते। उनके हंटर में जाति-हितैषिता की उमंग उनकी वक्तृता से भी अधिक थी। यह उन्हीं के प्रशंसनीय प्रयत्न ये जिन्होंने मुख्य होली के दिन दिल्ली में हलचल मचा दी, फाग गाने के अपराध में हजारों आदमी पुलिस के पंजे में आ गए। सैकड़ों घरों में मुख्य होली के दिन मुहर्रम का-सा शोक फैल गया। इधर उनके दरवाजे पर हजारों पुरुष-स्त्रियां अपना दुखड़ा रो रही थी उधर बाबू साहब के हितैषी मित्रगण अपने उदारतावश मित्र के सद्व्यवहार की प्रशंसा करते। बाबू साहब दिन-भर में इतने रंग बदलते थे कि उस पर 'पेरिस' की पारियों को भी ईर्ष्या हो सकती थी। कई बैंकों में उनके हिस्से थे, कई दुकानें थी, किंतु बाबू साहब को इतना अवकाश न था कि उनकी कुछ देख-भाल करते। अतिथि-सत्कार एक पवित्र धर्म है। वे सच्ची देश-हितैषिता की उमंग से कहा करते थे - अतिथि-सत्कार आदिकाल से भारतवर्ष के निवासियों का एक प्रधान और सराहनीय गुण है। अभ्यागतों का आदर-सम्मान करने में हम अद्वितीय हैं। हम इससे संसार में मनुष्य कहलाने योग्य है। हम सब कुछ खो बैठे हैं, किंतु जिस दिन हममें यह गुण शेष न रहेगा, वह दिन हिंदू जाति के लिए लज्जा, अपमान और मृत्यु का दिन होगा।

मिस्टर रामरक्षा जातीय आवश्यकताओं से भी बेपरवाह न थे। वे सामाजिक और राजनीतिक कार्यों में पूर्णरूप से योग देते थे। यहां तक कि प्रतिवर्ष दो बल्कि कभी-कभी तीन वक्तृताएं

अवश्य तैयार कर लेते। भाषणों की भाषा अत्यंत उपयुक्त, ओजस्वी और सर्वांग-सुंदर होती थी। उपस्थित जन और इष्ट-मित्र उनके एक-एक शब्द पर प्रशंसासूचक शब्दों की ध्वनि प्रकट करते तालियां बजाते, यहां तक कि बाबू साहब को व्याख्यान का क्रम स्थिर रखना कठिन हो जाता। व्याख्यान समाप्त होने पर उनके मित्र उन्हें गोद में उठा लेते और आश्चर्य-चकित होकर कहते - 'तेरी भाषा में जादू है!' सारांश यह कि बाबू साहब का यह जातीय प्रेम और उद्योग केवल बनावटी सहायता शून्य तथा फैशनेबुल था। यदि उन्होंने किसी सदुद्योग में भाग लिया था, तो वह सम्मिलित कुटुम्ब का विरोध था। अपने पिता के पश्चात् वे अपनी विधवा मां से अलग हो गए थे। इस जातीय सेवा में उनकी स्त्री विशेष सहायक थी। विधवा मां अपने बेटे और बहू के साथ नहीं रह सकती थी। इससे बहू की स्वाधीनता में विघ्न पड़ने में मन दुर्बल और मस्तिष्क शक्तिहीन हो जाता है। बहू को जलाना और कुढ़ाना सास की आदत है। इसलिए बाबू रामरक्षा अपनी मां से अलग हो गए थे। इसमें संदेह नहीं कि उन्होंने मात-ऋण का विचार करके दस हजार रुपये अपनी मां के नाम जमा कर दिए थे, कि उसके ब्याज से उनका निर्वाह होता रहे, किंतु अपने बेटे के इस उत्तम आचरण पर मां का दिल ऐसा टूटा कि वह दिल्ली ही छोड़कर अयोध्या जा रहीं। तब से वहीं रहती हैं। बाबू साहब कभी-कभी मिसेज रामरक्षा से छिपकर उनसे मिलने अयोध्या आया करते थे, किन्तु वह दिल्ली आने का कभी नाम न लेती। हां, यदि कुशल-क्षेम की चिट्ठी पहुंचने में कुछ देर हो जाती, तो विवश होकर समाचार पूछ लेती थीं।

2

उसी मुहल्ले में एक सेठ गिरधारीलाल रहते थे। उनका लाखों का लेन-देन था। वे हीरे और रत्नों का व्यापार करते थे। बाबू रामरक्षा के दूर के नाते में साढू होते थे। पुराने ढंग के आदमी थे - प्रात:काल यमुना-स्नान करने वाले तथा गाय को अपने हाथों से झाड़ने-पोंछने वाले उनसे मिस्टर रामरक्षा का स्वभाव न मिलता था, परन्तु जब कभी रुपयों की आवश्यकता होती, तो वे सेठ गिरधारीलाल के यहां से बेखटके मंगा लिया करते थे। आपस का मामला था, केवल चार अंगुल के पत्र पर रुपया मिल जाता था, न कोई दस्तावेज, न स्टांप, न साक्षियों की आवश्यकता। मोटरकार के लिए दस हजार की आवश्यकता हुई, वह वहां से आया। घुड़दौड़ के लिए एक आस्ट्रेलियन घोड़ा। डेढ़ हजार में लिया गया। उसके लिए भी रुपया सेठजी के यहां से आया। धीरे-धीरे बीस हजार का मामला हो गया। सेठजी सरल हृदय के आदमी थे। समझते थे कि उसके पास दुकानें हैं, बैंकों में रुपया है। जब जी चाहेगा, रुपया वसूल कर लेंगे, किन्तु जब दो-तीन वर्ष व्यतीत हो गए और सेठी के तकाजे की अपेक्षा मिस्टर रामरक्षा की मांग ही का आधिक्य रहा तो गिरधारीलाल को संदेह हुआ। वह एक दिन रामरक्षा के मकान पर आए और सभ्य-भाव से बोले - 'भाई साहब, मुझे एक हुंडी का रुपया देना है, यदि आप मेरा हिसाब कर दें तो बहुत अच्छा हो। यह कहकर हिसाब के कागजात और उनके पत्र दिखाए।'

मिस्टर रामरक्षा किसी गार्डन-पार्टी में सम्मिलित होने के लिए तैयार थे। बोले - 'इस समय क्षमा कीजिए, फिर देख लूंगा, जल्दी क्या है?'

गिरधारीलाल को बाबू साहब की रुखाई पर क्रोध आ गया। वे रुष्ट होकर बोले - 'आपको जल्दी नहीं है, मुझे तो है। दो सौ रुपये मासिक की मेरी हानि हो रही है?' मिस्टर रामरक्षा ने असंतोष प्रकट करते हुए घड़ी देखी। पार्टी का समय बहुत करीब था। वे बहुत विनीत भाव से बोले - 'भाई साहब, मैं बड़ी जल्दी में हूं। इस समय मेरे ऊपर कृपा कीजिए। मैं कल स्वयं उपस्थित होऊंगा।'

सेठजी एक माननीय और धन-सम्पन्न आदमी थे। वे रामरक्षा के इस कुरुचिपूर्ण व्यवहार पर जल गए। मैं इनका महाजन हूं - इनसे धन में, मान में, ऐश्वर्य में बढ़ा हुआ, चाहूं तो ऐसों को नौकर रख लूं। इनके दरवाजे पर आऊं, और आदर-सत्कार की जगह उलटे ऐसा रूखा बर्ताव। वह हाथ बांधे मेरे सामने न खड़ा रहे, किन्तु क्यों मैं पान, इलायची, इत्र आदि से भी सम्मान करने के योग्य नहीं? वे तुनक कर बोले - 'अच्छा, तो क्या हिसाब साफ हो जाय।'

रामरक्षा ने उत्तर दिया - 'हो जायेगा।'

रामरक्षा के गौरवशील हृदय पर सेठजी के इस बर्ताव के प्रभाव का कुछ खेदजनक असर हुआ। इस काठ के कुंदे ने आज मेरी प्रतिष्ठा धूल में मिला दी। वह मेरा अपमान कर गया। अच्छा, तुम भी इसी दिल्ली में रहते हो और हम भी यही हैं। निदान दोनों में गांठ पड़ गई। बाबू साहब की तबीयत ऐसी गिरी और हृदय में ऐसी चिंता उत्पन्न हुई कि पार्टी में जाने का ध्यान जाता रहा। वे देर तक इसी उलझन में पड़े रहे। फिर सूट उतार दिया और सेवक से बोले - 'जा, मुनीम जी को बुला ला?' मुनीम जी आये, उनका हिसाब देखा गया, फिर बैंकों का अकाउंट देखा, किन्तु ज्यों-ज्यों इस घाटी में उतरते गए, त्यों-त्यों अंधेरा बढ़ता गया। बहुत कुछ टटोला, कुछ हाथ न आया। अंत में निराश होकर वे आराम-कुर्सी पर बैठ गए और उन्होंने एक ठंडी सांस ले ली। दुकानों का माल बिका, किंतु रुपया बकाया में पड़ा हुआ था। कई ग्राहकों की दुकानें टूट गईं और उन पर जो नकद रुपया बकाया था, वह डूब गया। कलकत्ते के आढ़तियों से जो माल मंगाया था, रुपये चुकाने की तिथि सिर पर आ पहुंची और यहां रुपया वसूल न हुआ। दुकान का यह हाल, बैंकों का इससे भी बुरा। रात भर वे इन्हीं चिन्ताओं में करवटें बदलते रहे। अब क्या करना चाहिए? गिरधारीलाल सज्जन पुरुष हैं। यदि सारा कच्चा हाल उसे सुना दूं तो अवश्य मान जायेगा। किन्तु यह कष्टप्रद कार्य होगा कैसे? ज्यों-ज्यों प्रात:काल समीप आता था, त्यों-त्यों उनका दिल बैठा जाता था। कच्चे विद्यार्थी की जो दशा परीक्षा के सन्निकट आने पर होती है, वही हाल इस समय रामरक्षा की था। वे पलंग से न उठे। मुंह-हाथ भी न धोया, खाने की कौन कहे। इतना जानते थे कि दु:ख पड़ने पर कोई किसी का साथी नहीं होता। इसलिए एक आपत्ति से बचने के लिए कई आपत्तियों का बोझा न उठाना पड़े, इस खयाल से मित्रों को इन मामलों की खबर तक न दी। जब दोपहर हो गई और उनकी दशा ज्यों-की-त्यों रही, तो उनका छोटा लड़का बुलाने आया। उसने बाप का हाथ पकड़कर कहा - 'लालाजी, आज दाने क्यों नहीं तलते?'

रामरक्षा - 'भूख नहीं है।'

'क्या काया है ?'

'मन की मिठाई।'

'और क्या काया है ?'

'मार।'

'किसने मारा ?'

'गिरधारीलाल ने।'

लड़का रोता हुआ घर में गया और इस मार की चोट से देर तक रोता रहा। अंत में तश्तरी में रखी हुई दूध की मलाई ने उसकी इस चोट पर मरहम का काम दिया।

3

रोगी को जब जीने की आशा नहीं रहती, तो औषधि छोड़ देता है। मिस्टर रामरक्षा जब इस गुत्थी को न सुलझा सके, तो चादर तान ली और मुंह लपेटकर सो रहे। शाम को एकाएक उठकर सेठजी के यहां पहुंचे और कुछ असावधानी से बोले - 'महाशय, मैं आपका हिसाब नहीं कर सकता।'

सेठजी घबराकर बोले - 'क्यों ?'

रामरक्षा - 'इसलिए कि मैं इस समय दरिद्र-निहंग हूं। मेरे पास एक कौड़ी भी नहीं है। आप अपना रुपया जैसे चाहें, वसूल कर लें।'

सेठ - 'यह आप कैसी बातें कहते हैं ?'

रामरक्षा - 'बहुत सच्ची।'

सेठ - 'दुकानें नहीं हैं ?'

रामरक्षा - 'दुकानें आप मुफ्त ले जाइए।'

सेठ - 'बैंक के हिस्से ?'

रामरक्षा - 'वह कब के उड़ गए।'

सेठ - 'जब यह हाल था, तो आपको उचित नहीं था कि मेरे गले पर छुरी फेरते ?'

रामरक्षा - (अभिमान से) 'मैं आपके यहां उपदेश सुनने के लिए नहीं आया हूं।'

यह कहकर मिस्टर रामरक्षा वहां से चल दिए। सेठजी ने तुरन्त नालिश का दी। बीस हजार मूल, पांच हजार ब्याज। डिग्री हो गई। मकान नीलाम पर चढ़ा। पंद्रह हजार की जायदाद पांच

हजार में निकल गयी। दस हजार की मोटर चार हजार में बिकी। सारी सम्पत्ति उड़ जाने पर कुल मिलाकर सोलह हजार से अधिक रकम न खड़ी हो सकी। सारी गृहस्थी नष्ट हो गई, तब भी दस हजार के ऋणी रह गए। मान-बड़ाई, धन-दौलत सभी मिट्टी में मिल गए। बहुत तेज दौड़ने वाला मनुष्य प्रायः मुंह के बल गिर पड़ता है।

4

इस घटना के कुछ दिनों पश्चात् दिल्ली म्युनिसिपैलिटी के मेम्बरों का चुनाव आरम्भ हुआ। इस पद के अभिलाषी वोटरों की पूजा करने लगे। दलालों के भाग्य उदय हुए। सम्मतियां मोतियों की तोल बिकने लगी। उम्मीदवार मेम्बरों के सहायक अपने-अपने मुवक्किल के गुण-गान करने लगे। चारों ओर चहल-पहल मच गई। एक वकील महाशय ने भरी सभा में मुवक्किल साहब के विषय में कहा -

'मैं जिस बुजुर्ग का परोपकार हूं, वह कोई मामूली आदमी नहीं है। यह वह शख्स है, जिसने फरजंद अकबर की शादी में पच्चीस हजार रुपया सिर्फ रक्स व सरूर में सर्फ कर दिया था।' उपस्थित जनों में प्रशंसा की उच्च-ध्वनि हुई।

एक दूसरे महाशय ने अपने मुहाल के वोटरों के सम्मुख मुवक्किल की प्रशंसा यों की -

'मैं यह नहीं कह सकता कि आप सेठ गिरधारीलाल को अपना मेंबर बनाइए। आप अपना भला-बुरा स्वयं समझते हैं, और यह भी नहीं कि सेठजी मेरे द्वारा अपनी प्रशंसा के भूखे हों। मेरा निवेदन केवल यही है कि आप जिसे मेंबर बनाएं, पहले उसके गुण-दोषों का भली-भांति परिचय ले लें। दिल्ली में केवल एक मनुष्य है, जो गत 10 वर्ष से आपकी सेवा कर रहा है। केवल एक आदमी है, जिसने पानी पहुंचाने और स्वच्छता-प्रबंधों में हार्दिक धर्म-भाव से सहायता दी है। केवल एक पुरुष है, जिसको श्रीमान् वायसराय के दरबार में कुर्सी पर बैठने का अधिकार प्राप्त है, और आप सब महाशय उसे जानते भी हैं।'

उपस्थित जनों ने तालियां बजायी। सेठ गिरधारीलाल के मुहल्ले में उनके एक प्रतिवादी थे। नाम था मुंशी फैजुलरहमान खां। बड़े जमींदार और प्रसिद्ध वकील थे। बाबू रामरक्षा ने अपनी दृढ़ता, साहस, बुद्धिमत्ता और मृदु भाषण से मुंशीजी साहब की सेवा करनी आरम्भ की। सेठजी को परास्त करने का यह अपूर्व अवसर हाथ आया था। वे रात और दिन इसी धुन में लगे रहते। उनकी मीठी और रोचक बातों का प्रभाव उपस्थित जनों पर बहुत पड़ता। एक बार आपने असाधारण श्रद्धा-उमंग में आकर कहा - 'मैं डंके की चोट पर कहता हूं कि मुंशी फैजुलरहमान से अधिक योग्य आदमी दिल्ली में न मिल सकेगा। यह वह आदमी है, जिसकी ग़ज़लों पर कविजनों में 'वाह-वाह' मच जाती है। ऐसे श्रेष्ठ आदमी की सहायता करना मैं अपना जातीय और सामाजिक धर्म समझता हूं। अत्यंत शोक का विषय है कि बहुत-से लोग इस जातीय और पवित्र काम को व्यक्तिगत लाभ का साधन बनाते हैं। धन और वस्तु है, श्रीमान् वायसराय के

दरबार में प्रतिष्ठित होना और वस्तु, किंतु सामाजिक सेवा तथा जातीय चाकरी और ही चीज है। यह मनुष्य, जिसका जीवन ब्याज-प्राप्ति, बेईमानी, कठोरता तथा निर्दयता और सुख-विलास में व्यतीत होता हो, इस सेवा के योग्य कदापि नहीं है।'

5

सेठ गिरधारीलाल इस अन्योक्ति-पूर्ण भाषण का हाल सुनकर क्रोध से आग हो गए। मैं बेईमान हूं! ब्याज का धन खानेवाला हूं। विषयी हूं? कुशल हुई, जो तुमने मेरा नाम नहीं लिया, किंतु अब भी तुम मेरे हाथ में हो। मैं अब भी तुम्हें जिस तरह चाहूं, नचा सकता हूं। खुशामदियों ने आग पर तेल डाला। इधर रामरक्षा अपने काम में तत्पर रहे। यहां तक कि 'वोटिंग-डे' आ पहुंचा। मिस्टर रामरक्षा को उद्योग में बहुत कुछ सफलता प्राप्त हुई थी। आज वे प्रसन्न थे। आज गिरधारीलाल को नीचा दिखाऊंगा, आज उसको जान पड़ेगा कि धन संसार के सभी पदार्थों को इकट्ठा नहीं कर सकता। जिस समय फैजुलरहमान के वोट अधिक निकलेंगे और मैं तालियां बजाऊंगा, उस समय गिरधारीलाल का चेहरा देखने योग्य होगा, मुंह का रंग बदल जायेगा, हवाइयां उड़ने लगेंगी, आंखें न मिला सकेगा। शायद फिर मुझे मुंह न दिखा सके। इन्हीं विचारों में अब रामरक्षा शाम को टाउन हाल में पहुंचे। उपस्थित जजों ने बड़ी उमंग के साथ उनका स्वागत किया। थोड़ी देर बाद 'वोटिंग' आरम्भ हुआ। मेम्बरी मिलने की आशा रखनेवाले महानुभाव अपने भाग्य का अंतिम फल सुनने के लिए आतुर हो रहे थे। छह बजे चेयरमैन ने फैसला सुनाया। सेठजी की हार हो गई। फैजुलरहमाज ने मैदान मार लिया। रामरक्षा ने हर्ष के आवेग में टोपी उछाल दी और स्वयं भी कई बार उछल पड़े। मुहल्ले वालों को अचम्भा हुआ। चांदनी-चौक से सेठजी हो हटाना मेरू को स्थान से उखाड़ना था। सेठजी के चेहरे से रामरक्षा को जितनी आशाएं थी, वे सब पूरी हो गई। उनका रंग फीका पड़ गया था। खेद और लज्जा की मूर्ति बने हुए थे। एक वकील साहब ने उनसे सहानुभूति प्रकट करते हुए कहा - 'सेठजी, मुझे आपकी हार का बहुत बड़ा शोक है। मैं जानता कि खुशी के बदले रंज होगा, तो कभी यहां न आता। मैं तो केवल आपके ख्याल से यहां आया था।' सेठ जी ने बहुत रोकना चाहा, परंतु आंखों में आंसू डबडबा ही गए। वे निस्पृह बनने का व्यर्थ प्रयत्न करके बोले - 'वकील साहब, मुझे इसकी कुछ चिंता नहीं, कौन रियासत निकल गई? व्यर्थ उलझन, चिंता तथा झंझट रहती थी। चलो, अच्छा हुआ। गला छूटा। अपने काम में हर्ज होता था। सत्य कहता हूं मुझे तो हृदय से प्रसन्नता ही हुई। यह काम तो बेकाम वालों के लिए है, घर न बैठे रहे, यही बेगार की। मेरी मूर्खता थी कि मैं इतने दिनों तक आंखें बंद किए बैठा रहा।' परंतु सेठजी की मुखाकृति ने इन विचारों का प्रमाण न दिया। मुखमंडल हृदय का दर्पण है, इसका निश्चय अलबत्ता हो गया।

किंतु बाबू रामरक्षा बहुत देर तक इस आनंद का मजा लूट न पाए और न सेठजी को बदला लेने के लिए बहुत देर तक प्रतीक्षा करनी पड़ी। सभा विसर्जित होते ही जब बाबू रामरक्षा सफलता की उमंग में ऐंठते, मूछों पर ताव देते और चारों ओर गर्व की दृष्टि डालते हुए बाहर आए, तो दीवानी के तीन सिपाहियों ने आगे बढ़कर उन्हें गिरफ्तारी का वारंट दिखा दिया।

अबकी बाबू रामरक्षा के चेहरे का रंग उतर जाने की, और सेठजी के इस मनोवांछित दृश्य से आनंद उठाने की बारी थी। गिरधारीलाल ने आनंद की उमंग में तालियां तो न बजायी, परंतु मुस्कराकर मुंह फेर लिया। रंग में भंग पड़ गया।

आज इस विषय के उपलक्ष्य में मुंशी फैजुलरहमान ने पहले ही से एक बड़े समारोह के साथ गार्डन पार्क की तैयारियां की थी। मिस्टर रामरक्षा इसके प्रबंधकर्ता थे। आज की 'आफ्टर डिनर स्पीच' उन्होंने बड़े परिश्रम से तैयार की थी, किंतु इस वारंट ने सारी कामनाओं का सत्यानाश कर दिया। यों तो बाबू साहब के मित्रों में ऐसा कोई भी न था, जो दस हजार रुपये जमानत दे देता। अदा कर देने का तो जिक्र ही क्या, किंतु कदाचित् ऐसा होता भी तो सेठजी अपने को भाग्यहीन समझते। दस हजार रुपये और म्युनिसिपैलिटी की प्रतिष्ठित मेंबरी खोकर इन्हें इस समय यह हर्ष प्राप्त हुआ था।

मिस्टर रामरक्षा के घर पर ज्यों ही खबर पहुंची, कुहराम मच गया। उनकी स्त्री पछाड़ खाकर पृथ्वी पर गिर पड़ी। जब कुछ होश में आयी तो रोने लगी और रोने से छुट्टी मिली तो उसने गिरधारीलाल को कोसना आरम्भ किया। देवी-देवता मनाने लगी। उन्हें रिश्वत देने पर तैयार हुई कि ये गिरधारीलाल को किसी प्रकार निगल जाय। इस बड़े भारी काम की खुशामदें कर रही थी कि ये दोनों मिलकर उस गिरधारीलाल को हड़प ले जायें। किंतु गिरधारी का कोई दोष नहीं। दोष तुम्हारा है। बहुत अच्छा हुआ! तुम इसी पूजा के देवता थे। क्या अब दावतें न खिलाओगे? मैंने तुम्हें कितना समझाया, रोयी, रूठी, बिगड़ी किंतु तुमने एक न सुनी। गिरधारीलाल ने बहुत अच्छा किया। तुम्हें शिक्षा तो मिल गई, किंतु तुम्हारा भी दोष नहीं। यह सब आग मैंने ही लगाई है। मखमली स्लीपर के बिना मेरे पांव ही नहीं उठते थे। बिना जड़ाऊ कड़ों के मुझे नींद न आती थी। सेजगाड़ी मेरे ही लिए मंगवाईं थी। अंग्रेजी पढ़ने के लिए मेम साहब को मैंने ही रखा। ये सब कांटे मैंने ही बोए हैं।

मिसेज रामरक्षा बहुत देर तक इन्हीं विचारों में डूबी रही। जब रात भर करवटें बदलने के बाद वह सवेरे उठी-, तो उनके विचार चारों ओर से ठोकरें खाकर केवल एक केन्द्र पर जम गए। गिरधारीलाल बड़ा बदमाश और घमंडी है। मेरा सब कुछ लेकर भी उसे संतोष नहीं हुआ। इतना भी इस निर्दयी कसाई से न देखा गया। भिन्न-भिन्न प्रकार के विचारों ने मिलकर एक रूप धारण किया और किरणें एक होती है, तब अग्नि प्रकट हो जाती है। इसी स्त्री के हृदय में रह-रहकर क्रोध की एक असाधारण लहर उत्पन्न होती थी। बच्चे ने मिठाई के लिए हठ किया, उस पर बरस पड़ी। महरी ने चौका-बरतन करके चूल्हे में आग जला दी, उसके पीछे पड़ गई - मैं तो अपने दु:खों को रो रही हूं इस चुड़ैल को रोटियों की धुन सवार है। निदान, नौ बजे उससे न रहा गया उसने यह पत्र लिखकर अपने हृदय की ज्वाला ठंडी की -

'सेठजी, तुम्हें अब अपने धन के घमंड ने अंधा कर दिया है, किंतु किसी का घमंड इसी तरह सदा नहीं रह सकता। कभी-न-कभी सिर अवश्य नीचा होता है। अफसोस कि कल शाम को, जब तुमने मेरे प्यारे पति को पकड़वाया है, मैं वहां मौजूद न थी, नहीं तो अपना और तुम्हारा रक्त एक कर देती। तुम धन के मद में भूले हुए हो। मैं उसी दम तुम्हारा नशा उतार देती। एक

स्त्री के हाथों अपमानित होकर तुम फिर किसी को मुंह दिखाने लायक न रहते। अच्छा, इसका बदला तुम्हें किसी-न-किसी तरह जरूर मिल जायेगा। मेरा कलेजा उस दिन ठंडा होगा, जब तुम निर्वंश हो जाओगे और तुम्हारे कुल का नाम मिट जायेगा।'

सेठजी पर यह फटकार पड़ी, तो वे क्रोध से आग हो गए। यद्यपि क्षुद्र हृदय के मनुष्य न थे, परंतु क्रोध के आवेग में सौजन्य का चिह्न भी शेष नहीं रहता। यह ध्यान न रहा कि यह एक दु:खी की क्रंदन-ध्वनि है, एक सतायी हुई स्त्री की मानसिक दुर्बलता का विचार है। उसकी धनहीनता और विवशता पर उन्हें तनिक भी दया न आयी। मरे हुए को मारने का उपाय सोचने लगे।

6

इसके तीसरे दिन सेठ गिरधारीलाल पूजा के आसन पर बैठे हुए थे, महरी ने आकर कहा - 'सरकार, कोई स्त्री आपसे मिलने आयी है।' सेठजी ने पूछा - 'कौन स्त्री है?' महरी ने कहा - 'सरकार, मुझे क्या मालूम? लेकिन है कोई भली मानुष रेशमी साड़ी पहने हुए। हाथ में सोने के कड़े हैं। पैरों में टाट के स्लीपर हैं। बड़े घर की स्त्री जान पड़ती हैं।' यों साधारणत: सेठजी पूजा के समय किसी से नहीं मिलते थे। चाहे कैसा ही आवश्यक काम क्यों न हो, ईश्वरोपासना में सामाजिक बाधाओं को घुसने नहीं देते थे। किंतु ऐसी दशा में, जब कि किसी बड़े घर की स्त्री मिलने के लिए आए, तो थोड़ी देर के लिए पूजा में विलम्ब करना निंदनीय कहीं कहा जा सकता, ऐसा विचार करके वे नौकर से बोले - 'उन्हें बुला लाओ।'

जब वह स्त्री आयी तो सेठजी स्वागत के लिए उठकर खड़े हो गए। तत्पश्चात् अत्यंत कोमल वचनों से कारुणिक शब्दों में बोले - 'माता, कहां से आना हुआ?' और जब यह उत्तर मिला कि वह अयोध्या से आयी हैं, तो आप ने फिर से दंडवत् किया और चीनी तथा मिश्री से भी अधिक मधुर और नवनीत से भी अधिक चिकने शब्दों में कहा - 'अच्छा, आप श्री अयोध्या जी से आ रही हैं? उस नगरी का क्या कहना। देवताओं की पुरी है। बड़े भाग्य थे कि आपके दर्शन हुए। यहां आपका आगमन कैसे हुआ?' स्त्री ने उत्तर दिया - 'घर तो मेरा यहीं है।' सेठजी का मुख पुन: मधुरम का चित्र बना। वे बोले - 'अच्छा, तो मकान आपका इसी शहर में है? तो आपने माया-जंजाल को त्याग दिया'। यह तो मैं पहले ही समझ गया था। ऐसी पवित्र आत्माएं संसार में बहुत थोड़ी हैं। ऐसी देवियों के दर्शन दुर्लभ होते हैं। आपने मुझे दर्शन दिया, बड़ी कृपा की। मैं इस योग्य नहीं, जो आप-जैसी विदूषियां की कुछ सेवा कर सकूं, किंतु जो काम मेरे योग्य हो - जो कुछ मेरे किये हो सकता है - उसके करने के लिए मैं सब भांति से तैयार हूं। यहां सेठ-साहूकारों ने मुझे खूब बदनाम कर रखा है, मैं सबकी आंखों में खटकता हूं। उसका कारण सिवा इसके और कुछ नहीं कि जहां वे लोग लाभ का ध्यान रखते है, वहां मैं भलाई पर रखता हूं। यदि कोई बड़ी अवस्था का वृद्ध मनुष्य मुझसे कुछ कहने-सुनने के लिए आता है, तो विश्वास मानो, मुझसे उसका वचन टाला नहीं जाता। कुछ बुढ़ापे का विचार, कुछ उसके दिल टूट जाने का डर, कुछ यह खयाल कि कहीं यह विश्वासघातियों के पंजे में न फंस जाय, मुझे उसकी इच्छाओं की

पूर्ति के लिए विवश कर देता है। मेरा यह सिद्धांत है कि अच्छी जायदाद और कम ब्याज। किन्तु इस प्रकार की बातें आपके सामने करना व्यर्थ है। आपसे तो घर का मामला है। मेरे योग्य जो कुछ काम हो, उसके लिए मैं सिर-आंखों से तैयार हूं।'

वृद्ध स्त्री - 'मेरा काम आप ही से हो सकता है।'

सेठजी - (प्रसन्न होकर) 'बहुत अच्छा, आज्ञा दो।'

स्त्री - 'मैं आपके सामने भिखारिन बनकर आयी हूं। आपको छोड़कर कोई मेरा सवाल पूरा नहीं कर सकता।'

सेठजी - 'कहिए, कहिए।'

स्त्री - 'आप रामरक्षा को छोड़ दीजिए।'

सेठजी के मुख का रंग उतर गया। सारे हवाई किले जो अभी-अभी तैयार हुए थे, गिर पड़े। वे बोले - 'उसने मेरी बहुत हानि की है। उसका घमंड तोड़ डालूंगा, तब छोड़ूंगा।' स्त्री - 'तो क्या कुछ मेरे बुढ़ापे का, मेरे हाथ फैलाने का, कुछ अपनी बड़ाई का विचार न करोगे बेटा, ममता बुरी होती है। संसार से नाता टूट जाय, धन जाय, धर्म जाय, किंतु लड़के का स्नेह हृदय से नहीं निकल सकता। इस पर हाकिम का, राज का, यहां तक कि ईश्वर का भी बस नहीं है। तुम मुझ पर तरस खाओ। मेरे लड़के की जान छोड़ दो, तुम्हें बड़ा यश मिलेगा। मैं जब तक जिऊंगी, तुम्हें आशीर्वाद देती रहूंगी।'

सेठजी का हृदय कुछ पसीजा। पत्थर की तह में पानी रहता है, किंतु तत्काल ही उन्हें मिसेज रामरक्षा के पत्र का ध्यान आ गया। वे बोले - 'मुझे रामरक्षा से कोई उतनी शत्रुता नहीं थी, यदि उन्होंने मुझे न छेड़ा होता, तो मैं न बोलता। आपके कहने से मैं अब भी उसका अपराध क्षमा कर सकता हूं। परन्तु उसकी बीवी साहिबा ने जो पत्र मेरे पास भेजा है, उसे देखकर शरीर में आग लग जाती है। दिखाऊं आपको?' रामरक्षा की मां ने पत्र लेकर पढ़ा तो उसकी आंखों में आंसू भर आए। वे बोली - 'बेटा, उस स्त्री ने मुझे बहुत दु:ख दिया है। उसने मुझे देश से निकाल दिया। उसका मिज़ाज और जबान उसके वश में नहीं, किंतु इस समय उसने जो गर्व दिखाया है, उसका तुम्हें खयाल नहीं करना चाहिए। तुम इसे भुला दो। तुम्हारा देश-देश में नाम है। यह नेकी तुम्हारे नाम को और फैला देगी। मैं तुमसे प्रण करती हूं कि सारा समाचार रामरक्षा से लिखवा कर किसी अच्छे समाचार-पत्र में छपवा दूंगी। रामरक्षा मेरा कहना नहीं टालेगा। तुम्हारे इस उपकार को वह कभी न भूलेगा। जिस समय ये समाचार संवाद पत्रों में छपेंगे, उस समय हजारों मनुष्यों को तुम्हारे दर्शन की अभिलाषा होगी। सरकार में तुम्हारी बड़ाई होगी और मैं सच्चे हृदय से कहती हूं कि शीघ्र ही तुम्हें कोई-न-कोई पदवी मिल जायेगी। रामरक्षा की अंग्रेजों से बहुत मित्रता है, वे उसकी बात कभी न टालेंगे।' सेठजी के हृदय में गुदगुदी पैदा हो गई। यदि इस व्यवहार से वह पवित्र और माननीय स्थान प्राप्त हो जाय - जिसके लिए हजारों खर्च किए, हजारों डालियां दी, हजारों अनुनय-विनय की, हजारों खानसामों की झिड़कियां सही, बंगलों के चक्कर लगाए - तो इस सफलता के लिए कोई ऐसे कई हजार मैं खर्च कर सकता हूं। नि:संदेह

मुझे इस काम में रामरक्षा से बहुत कुछ सहायता मिल सकती है, किन्तु इन विचारों को प्रकट करने से क्या लाभ? उन्होंने कहा - 'माता मुझे नाम-नमूद की बहुत चाह नहीं है। बड़ों ने कहा है, नेकी कर दरिया में डाल। मुझे तो आपकी बात का खयाल है। पदवी मिले तो लेने से इंकार नहीं, न मिले तो तृष्णा नहीं, परन्तु यह तो बताइए कि मेरे रुपयों का क्या प्रबन्ध होगा? आपको मालूम होगा कि मेरे दस हजार रुपये आते हैं।'

रामरक्षा की मां ने कहा - 'तुम्हारे रुपये की जमानत मैं करती हूं। यह देखो, बंगाल-बैंक की पास-बुक है। उसमें मेरा दस हजार रुपया जमा है। उस रुपये से तुम रामरक्षा का कोई व्यवसाय करा दो। तुम उस दुकान के मालिक रहोगे, रामरक्षा को उसका मैनेजर बना देना। जब तक वह तुम्हारे कहे पर चले, निभाना, नहीं तो दुकान तुम्हारी है। मुझे उसमें से कुछ नहीं चाहिए। मेरी खोज-खबर लेने वाला ईश्वर है। रामरक्षा अच्छी तरह रहे, इससे अधिक मुझे और न चाहिए।' यह कहकर पास-बुक सेठजी को दे दी। मां के इस अथाह प्रेम ने सेठजी को विह्वल कर दिया। पानी उबल पड़ा और पत्थर के नीचे ढंक गया। ऐसे पवित्र दृश्य देखने के लिए जीवन में कम अवसर मिलते है। सेठजी के हृदय में परोपकार की एक लहर-सी उठी उनकी आंखें डबडबा आई। जिस प्रकार पानी के बहाव से कभी-कभी बांध टूट जाता है, उसी प्रकार परोपकार की इस उमंग ने स्वार्थ और माया के बांध को तोड़ दिया। वे पास-बुक वृद्धा स्त्री को वापस देकर बोले - 'माता, यह अपनी किताब लो। मुझे अब अधिक लज्जित न करो। यह देखो, रामरक्षा का नाम बही से उड़ा देता हूं। मुझे कुछ नहीं चाहिए। मैंने अपना सब कुछ पा लिया। आज तुम्हारा रामरक्षा तुमको मिल जायेगा।'

इस घटना के दो वर्ष उपरांत टाउन हॉल में फिर एक बड़ा जलसा हुआ। बैंड बज रहा था, झड़ियां और ध्वजा वायु-मंडल में लहरा रही थी। नगर के सभी माननीय पुरुष उपस्थित थे। लैंड़ो, फिटन और मोटरों से सारा हाता भरा हुआ था। एकाएक मुश्की घोड़ों की एक फिटन ने अहाते में प्रवेश किया। सेठ गिरधारीलाल बहुमूल्य वस्त्रों से सजे हुए उसमें से उतरे। उनके साथ एक फैशनेबुल नवयुवक अंग्रेजी सूट पहने मुस्कुराता हुआ उतरा। ये मिस्टर रामरक्षा थे। वे सब सेठजी की एक खास दुकान के मैनेजर हैं। केवल मैनेजर ही नहीं, बल्कि उन्हें प्रोप्राइटर समझना चाहिए। दिल्ली-दरबार में सेठजी को रायबहादुर का पद मिला है। आज डिस्ट्रिक मजिस्ट्रेट नियमानुसार इसकी घोषणा करेंगे और सूचित करेंगे कि नगर में मानवीय पुरुषों की ओर से सेठजी को धन्यवाद देने के लिए यह बैठक हुई है। सेठजी की ओर से धन्यवाद का वक्तव्य मिस्टर रामरक्षा करेंगे। जिन लोगों ने उनकी वक्तृताएं सुनी हैं, वे बहुत उत्सुकता से उस अवसर की प्रतीक्षा कर रहे हैं।

बैठक समाप्त होने पर सेठजी रामरक्षा के साथ अपने भवन पर पहुंचे, तो मालूम हुआ कि आज वही वृद्धा स्त्री उनसे फिर मिलने आयी है। सेठजी दौड़कर रामरक्षा की मां के चरणों से लिपट गए। उनका हृदय इस समय नदी की भांति उमड़ा हुआ था।

'रामरक्षा ऐंड फ्रेंड्स' नामक चीनी बनाने का कारखाना बहुत उन्नति पर है। रामरक्षा अब भी उसी ठाट-बाट से जीवन व्यतीत कर रहे हैं, किंतु पार्टियां कम देते हैं और दिन भर में तीन से

अधिक सूट नहीं बदलते। वे अब उस पत्र को, जो उनकी स्त्री ने सेठजी को लिखा था, संसार की एक बहुत अमूल्य वस्तु समझते हैं और मिसेज रामरक्षा को भी अब सेठजी के नाम को मिटाने की अधिक चाह नहीं है। क्योंकि अभी हाल में जब लड़का पैदा हुआ था, मिसेज रामरक्षा ने अपना सुवर्ण-कंकण धाय को उपहार दिया था और मनों मिठाई बांटी थी।

यह सब हो गया, किंतु वह बात, जो अब होनी चाहिए थी न हुई। रामरक्षा की मां अब भी अयोध्या में रहती है और अपनी पुत्र-वधू की सूरत नहीं देखना चाहती।

* * *

मंत्र - 2

संध्या का समय था। डॉक्टर चड्ढा गोल्फ खेलने के लिए तैयार हो रहे थे। मोटर द्वार के सामने खड़ी थी कि दो कहार एक डोली लिये आते दिखाई दिए। डोली के पीछे एक बूढ़ा लाठी टेकता चला आता था। डोली औषधालय के सामने आकर रुक गई। बूढ़े ने धीरे-धीरे आकर द्वार पर पड़ी हुई चिक से झांका। ऐसी साफ-सुथरी जमीन पर पैर रखते हुए भय हो रहा था कि कोई घुड़क न बैठे। डॉक्टर साहब को मेज़ के सामने खड़े देखकर भी उसे कुछ कहने का साहस न हुआ।

डॉक्टर साहब ने चिक के अंदर से गरजकर कहा - 'कौन है? क्या चाहता है?'

बूढ़े ने हाथ जोड़कर कहा - 'हुजूर, बड़ा गरीब आदमी हूं। मेरा लड़का कई दिन से...' डॉक्टर साहब ने सिगार जलाकर कहा - 'कल सवेरे आओ, कल सवेरे। हम इस वक्त मरीजों को नहीं देखते।'

बूढ़े ने घुटने टेककर जमीन पर सिर रख दिया और बोला - 'दुहाई है सरकार की, लड़का मर जायेगा। हुजूर, चार दिन से आंखें नहीं...'

डॉक्टर चड्ढा ने कलाई पर नजर डाली। केवल दस मिनट समय और बाकी था। गोल्फ स्टिक खूंटी से उतारते हुए बोले - 'कल सवेरे आओ कल सवेरे। यह हमारे खेलने का समय है।'

बूढ़े ने पगड़ी उतारकर चौखट पर रख दी और रोकर बोला - 'हुजूर, एक निगाह देख लें बस, एक निगाह! लड़का हाथ से चला जायेगा। हुजूर। सात लड़कों में यही एक बचा है, हुजूर। हम दोनों आदमी रो-रोकर मर जायेंगे, सरकार! आपकी बढ़ती होय, दीनबंधु।'

ऐसे उजड्ड देहाती यहां प्राय: रोज आया करते थे। डॉक्टर साहब उनके स्वभाव से खूब परिचित थे। कोई कितना ही कुछ कहे, पर वे अपनी ही रट लगाते जाएंगे। किसी की सुनेंगे नहीं। धीरे से चिक उठायी और बाहर निकलकर मोटर की तरफ चले। बूढ़ा यह कहता हुआ उनके पीछे दौड़ा - 'सरकार, बड़ा धरम होगा। हुजूर दया कीजिए, बड़ा दीन-दुखी हूं संसार में कोई और नहीं है, बाबूजी।'

मगर डॉक्टर साहब ने उसकी ओर मुंह फेरकर देखा तक नहीं। मोटर पर बैठकर बोले - 'कल सवेरे आना।'

मोटर चली गई। बूढ़ा कई मिनट तक मूर्ति की भांति निश्चल खड़ा रहा। संसार में ऐसे मनुष्य भी होते है, जो अपने आमोद-प्रमोद के आगे किसी की जान की भी परवाह नहीं करते, शायद इसका उसे अब भी विश्वास न आता था। सभ्य संसार इतना निर्मम, इतना कठोर है, इसका ऐसा

मर्मभेदी अनुभव अब तक न हुआ था। वह उन पुराने जमाने के जीवों में था, जो लगी हुई आग को बुझाने, मुर्दे को कंधा देने, किसी के छप्पर को उठाने और किसी कलह को शान्त करने के लिए सदैव तैयार रहते थे। जब तक बूढ़े को मोटर दिखाई दी, वह खड़ा टकटकी लगाए उस ओर ताकता रहा। शायद उसे अब भी डॉक्टर साहब के लौट आने की आशा थी। फिर उसने कहारों से डोली उठाने को कहा। डोली जिधर से आयी थी, उधर ही चली गई। चारों ओर से निराश होकर वह डॉक्टर चड्ढा के पास आया था। इनकी बड़ी तारीफ सुनी थी। यहां से निराश होकर फिर वह किसी दूसरे डॉक्टर के पास न गया। किस्मत ठोंक ली।

उसी रात को उसका हंसता-खेलता सात साल का बालक अपनी बाल-लीला समाप्त करके इस संसार से सिधार गया। बूढ़े मां-बाप के जीवन का यही एक आधार था। इसी का मुंह देखकर जीते थे। इस दीपक के बुझते ही जीवन की अंधेरी रात भायं-भायं करने लगी। बुढ़ापे की विशाल ममता टूटे हुए हृदय से निकलकर उस अंधकार में आर्त-स्वर से रोने लगी।

2

कई साल गुजर गए। डॉक्टर चड्ढा ने खूब यश और धन कमाया लेकिन इसके साथ ही अपने स्वास्थ्य की रक्षा भी की, जो एक असाधारण बात थी। यह उनके नियमित जीवन का आशीर्वाद था कि 50 वर्ष की अवस्था में उनकी चुस्ती और फुर्ती युवकों को भी लज्जित करती थी। उनके हर एक काम का समय नियत था, इस नियत से वह जौ-भर भी न टलते थे। बहुधा लोग स्वास्थ्य के नियमों का पालन उस समय करते है, जब रोगी हो जाते है। डॉक्टर चड्ढा उपचार और संयम का रहस्य खूब समझते थे। उनकी संतान-संख्या भी इसी नियम के अधीन थी। उनके केवल दो बच्चे हुए - एक लड़का और एक लड़की। तीसरी संतान न हुई, इसलिए श्रीमती चड्ढा भी अभी जवान मालूम होती थी। लड़की का तो विवाह हो चुका था। लड़का कॉलेज में पढ़ता था। वही माता-पिता के जीवन का आधार था। शील और विनय का पुतला, बड़ा ही रसिक, बड़ा ही उदार, विद्यालय का गौरव, युवक-समाज की शोभा। मुख-मंडल से तेज की छटा-सी निकलती थी। आज उसी की बीसवीं सालगिरह थी।

संध्या का समय था। हरी-भरी घास पर कुर्सियां बिछी हुई थी। शहर के रईस और हुक्काम एक तरफ, कालेज के छात्र दूसरी तरफ बैठे भोजन कर रहे थे। बिजली के प्रकाश से सारा मैदान जगमगा रहा था। आमोद-प्रमोद का सामान भी जमा था। छोटा-सा प्रहसन खेलने की तैयारी थी। प्रहसन स्वयं कैलाशनाथ ने लिखा था। वही मुख्य ऐक्टर भी था। इस समय वह एक रेशमी -कमीज पहने, नंगे सिर, नंगे पांव, इधर-से-उधर मित्रों की आव-भगत में लगा हुआ था। कोई पुकारता - कैलाश, जरा इधर आना, कोई उधर से बुलाता - कैलाश, क्या उधर ही रहोगे? सभी उसे छेड़ते थे, चुहल करते थे। बेचारे को जरा दम मारने का भी अवकाश न मिलता था। सहसा एक रमणी ने उनके पास आकर कहा - 'क्यों कैलाश, तुम्हारे सांप कहां हैं? जरा मुझे दिखा दो।'

कैलाश ने उससे हाथ मिलाकर कहा - 'मृणालिनी, इस वक्त क्षमा करो, कल दिखा दूंगा।'

मृणालिनी ने आग्रह किया - 'जी नहीं, तुम्हें दिखाना पड़ेगा। मैं आज नहीं मानने की। तुम रोज कल-कल करते हो।'

मृणालिनी और कैलाश दोनों सहपाठी थे और एक दूसरे के प्रेम में पगे हुए। कैलाश को सांपों के पालने, खेलाने और नचाने का शौक था। तरह-तरह के सांप पाल रखे थे। उनके स्वभाव और चरित्र की परीक्षा करता रहता था। थोड़े दिन हुए, उसने विद्यालय में सांपों, पर एक मार्के का व्याख्यान दिया था। सांपों को नचा कर दिखाया भी था। प्राणि-शास्त्र के बड़े-बड़े पंडित भी यह व्याख्यान सुनकर दंग रह गए थे। वह विद्या उसने एक बूढ़े सपेरे से सीखी थी। सांपों की जड़ी-बूटियां जमा करने का उसे मर्ज था। इतना पता भर मिल जाय कि किसी व्यक्ति के पास अच्छी जड़ी है, फिर उसे चैन न आता था। उसे लेकर ही छोड़ता था। यही व्यसन था। इस पर हजारों रुपये फूंक चुका था। मृणालिनी कई बार आ चुकी थी, पर कभी सांपों, को देखने के लिए इतनी उत्सुक न हुई थी। कह नहीं सकते, आज उसकी उत्सुकता सचमुच जाग गई थी, या वह कैलाश पर अपने अधिकारों का प्रदर्शन करना चाहती थी, पर उसका आग्रह बेमौका था। उस पर कोठरी में कितनी भीड़ लग जायेगी, भीड़ को देखकर सांप कितने चौंकेगे और रात के समय उन्हें छेड़ा जाना कितना बुरा लगेगा, इन बातों का उसे जरा भी ध्यान न आया।

कैलाश ने कहा - 'नहीं, कल जरूर दिखा दूंगा। इस वक्त अच्छी तरह दिखा भी तो न सकूंगा, कमरे में तिल रखने को भी जगह न मिलेगी।'

एक महाशय ने छेड़ कर कहा - 'दिखा क्यों नहीं देता, जरा-सी बात के लिए इतना टाल-मटोल कर रहे हो? मिस गोविंद हरगिज न मानना। देखें, कैसे नहीं दिखाते?'

दूसरे महाशय ने और रद्दा चढ़ाया - 'मिस गोविंद इतनी सीधी और भोली हैं, तभी आपका दावा है कि मृणालिनी के लिए जान हाजिर है।'

मृणालिनी ने देखा कि ये शोहदे उसे रंग पर चढ़ा रहे हैं, तो बोली - 'आप लोग मेरी वकालत न करें, मैं खुद अपनी वकालत कर लूंगी। मैं इस वक्त सांपों का तमाशा नहीं देखना चाहती। चलो छुट्टी हुई।'

इस पर मित्रों ने ठहाका लगाया। एक साहब बोले - 'देखना तो आप सब कुछ चाहें, पर कोई दिखाए भी तो?'

कैलाश को मृणालिनी की झेंपी हुई सूरत देखकर मालूम हुआ कि इस वक्त उसका इनकार वास्तव में उसे बुरा लगा है। ज्यों ही प्रीतिभोज समाप्त हुआ और गाना शुरू हुआ, उसने मृणालिनी और अन्य मित्रों को सांपों के दड़बे के सामने ले जाकर महुअर बजाना शुरू किया। फिर एक-एक खाना खोलकर एक-एक सांप को निकालने लगा। वाह! क्या कमाल था! ऐसा जान पड़ता था कि वे कीड़े उसकी एक-एक बात, उसके मन का एक-एक भाव समझते हैं। किसी को उठा लिया, किसी को गर्दन में डाल लिया, किसी को हाथ में लपेट लिया। मृणालिनी बार-बार मना करती कि इन्हें गर्दन में न डालो, दूर ही से दिखा दो। बस, जरा नचा दो। कैलाश की गर्दन में सांपों को लिपटते देखकर उसकी जान निकल जाती थी। पछता रही थी कि मैंने

व्यर्थ ही उनसे सांप दिखाने को कहा, मगर कैलाश एक न सुनता था। प्रेमिका के सम्मुख अपने सर्प-कला प्रदर्शन का ऐसा अवसर पाकर वह कब चूकता। एक मित्र ने टीका की - 'दांत तोड़ डाले होंगे?'

कैलाश हंसकर बोला - 'दांत तोड़ना मदारियों का काम है। किसी के दांत नहीं तोड़े गए है। कहिए तो दिखा दूं?' कहकर उसने एक काले सांप को पकड़ लिया और बोला - 'मेरे पास इससे बड़ा और जहरीला सांप दूसरा नहीं है। अगर किसी को काट ले, तो आदमी आनन-फानन में मर जाय। लहर भी न आये। इसके काटे का मंत्र नहीं। इसके दांत दिखा दूं।'

मृणालिनी ने उसका हाथ पकड़कर कहा - 'नहीं-नहीं, कैलाश, ईश्वर के लिए इसे छोड़ दो। तुम्हारे पैरों पड़ती हूं।'

इस पर एक दूसरे मित्र बोले - 'मुझे तो विश्वास नहीं आता, लेकिन तुम कहते हो, तो मान लूंगा।'

कैलाश ने सर्प की गर्दन पकड़कर कहा - 'नहीं साहब, आप आंखों से देखकर मानिए। दांत तोड़कर वश में किया, तो क्या किया। सांप बड़ा समझदार होता है। अगर उसे विश्वास हो जाय कि इस आदमी से मुझे कोई हानि नहीं पहुंचेगी, तो वह उसे हरगिज न काटेगा।' मृणालिनी ने जब देखा कि कैलाश पर इस वक्त भूत सवार है, तो उसने यह तमाशा न करने के विचार से कहा - 'अच्छा भाई, अब यहां से चलो। देखो, गाना शुरू हो गया है। आज मैं भी कोई चीज सुनाऊंगी।' यह कहते हुए उसने कैलाश का कंधा पकड़कर चलने का इशारा किया और कमरे से निकल गयी, मगर कैलाश विरोधियों का शंका-समाधान करके ही दम लेना चाहता था। उसने सांप की गर्दन पकड़कर जोर से दबायी, इतनी जोर से दबायी कि उसका मुंह लाल हो गया-देह की सारे नसें तन गईं। सांप ने अब तक उसके हाथों ऐसा व्यवहार न देखा था। उसकी समझ में न आता था कि यह मुझसे क्या चाहते हैं। उसे शायद भ्रम हुआ कि यह मुझे मार डालना चाहते हैं, अतएव वह आत्म-रक्षा के लिए तैयार हो गया। कैलाश ने उसकी गर्दन खूब दबाकर मुंह खोल दिया और उसके जहरीले दांत दिखाते हुए बोला - 'जिन सज्जनों को शक हो, छूकर देख लें। आया विश्वास या अब भी कुछ शक है? मित्रों ने आकर उसके दांत देखा और चकित हो गए। प्रत्यक्ष प्रमाण के सामने संदेह का स्थान कहां? मित्रों की शंका-निवारण करके कैलाश ने सांप की गर्दन ढीली कर दी और उसे जमीन पर रखना चाहा, पर वह काला गेहुंअन क्रोध से पागल हो रहा था। गर्दन नरम पड़ते ही उसने सिर उठा कैलाश की उंगली में जोर से काटा और वहां से भागा। कैलाश की उंगली से टप-टप खून टपकने लगा। उसने जोर से उंगली दबा ली और अपने कमरे की तरफ दौड़ा। वहां मेज़ की दराज में एक जड़ी रखी हुई थी, जिसे पीसकर लगा देने से घातक विष भी रफू हो जाता था।

मित्रों में हलचल मच गई। बाहर महफिल में भी खबर हुई। डॉक्टर साहब घबराकर दौड़े। फौरन उंगली की जड़ कसकर बांधी गई और जड़ी पीसने के लिए दी गई। डॉक्टर साहब जड़ी के कायल न थे। वह उंगली का डसा भाग नश्तर से काट देना चाहते थे, मगर कैलाश को जड़ी पर पूर्ण विश्वास था। मृणालिनी प्यानों पर बैठी हुई थी। यह खबर सुनते ही दौड़ी और कैलाश

की उंगली से टपकते हुए खून को रूमाल से पोंछने लगी। जड़ी पीसी जाने लगी, पर उसी एक मिनट में कैलाश की आंखों झपकने लगी, आंखों पर पीलापन दौड़ने लगा। यहां तक कि वह खड़ा न रह सका। फर्श पर बैठ गया।

सारे मेहमान कमरे में जमा हो गए। कोई कुछ कहता था, कोई कुछ, इतने में जड़ी पीसकर आ गई। मृणालिनी ने उंगली पर लेप किया। एक मिनट और बीता। कैलाश की आंखें बंद हो गई। वह लेट गया और हाथ से पंखा झलने का इशारा किया। मां ने दौड़कर उसका सिर गोद में रख लिया और बिजली का टेबल-फेन लगा दिया।

डॉक्टर साहब ने झुककर पूछा - 'कैलाश, कैसी तबीयत है?'

कैलाश ने धीरे से हाथ उठा दिया पर कुछ बोल न सका। मृणालिनी ने करुण स्वर में कहा - 'क्या जड़ी कुछ असर न करेगी?' डॉक्टर साहब ने सिर पकड़कर कहा - 'क्या बताऊं, मैं इसकी बातों में आ गया। अब तो नश्तर से भी कुछ फायदा न होगा।'

आधा घंटे तक यही हाल रहा। कैलाश की दशा प्रतिक्षण बिगड़ती जाती थी। यहां तक कि उसकी आंखें पथरा गई, हाथ-पांव ठंडे हो गए, मुख की कांति मलिन पड़ गई, नाड़ी का कहीं पता नहीं, मौत के सारे लक्षण दिखाई देने लगे। घर में कुहराम मच गया। मृणालिनी एक ओर सिर पीटने लगी, मां अलग पछाड़े खाने लगी। डॉक्टर चड्ढा को मित्रों ने पकड़ लिया, नहीं तो वह नश्तर अपनी गर्दन पर मार लेते।

एक महाशय बोले - 'कोई मंत्र झाड़ने वाला मिले, तो सम्भव है, अब भी जान बच जाय।'

एक मुसलमान सज्जन ने इसका समर्थन किया - 'अरे साहब, कब्र में पड़ी हुई लाशें जिंदा हो गई हैं। ऐसे-ऐसे बाकमाल पड़े हुए हैं।'

डॉक्टर चड्ढा बोले - 'मेरी अक्ल पर पत्थर पड़ गया था कि इसकी बातों में आ गया। नश्तर लगा देता, तो यह नौबत क्यों आती? बार-बार समझाता रहा कि बेटा, सांप न पालो, मगर कौन सुनता था। बुलाइए, किसी झाड़फूंक करने वाले ही को बुलाइए। मेरा सब कुछ ले ले, मैं अपनी सारी जायदाद उसके पैरों पर रख दूंगा। लंगोटी बांधकर घर से निकल जाऊंगा। मगर मेरा कैलाश, मेरा प्यारा कैलाश उठ बैठे। ईश्वर के लिए किसी को बुलाइए।'

एक महाशय का किसी झाड़ने वाले से परिचय था। वह दौड़कर उसे बुला लाये, मगर कैलाश की सूरत देखकर उसे मंत्र चलाने की हिम्मत न पड़ी। बोला - 'अब क्या हो सकता है सरकार, जो कुछ होना था हो चुका।'

अरे मूर्ख, यह क्यों नहीं कहता कि जो कुछ न होना था, हो चुका। जो कुछ होना था, वह कहां हुआ? मां-बाप ने बेटे का सेहरा कहां देखा। मृणालिनी का कामना-तरू क्या पल्लव और पुष्प से रंजित हो उठा? मन के वह स्वर्ण-स्वप्न जिनसे जीवन-आनन्द का स्त्रोत बना हुआ था, क्या पूरे हो गए? जीवन के नृत्यमय तारिका-मंडित सागर में आमोद की बहार लूटते हुए क्या उनकी नौका जलमग्न नहीं हो गई? जो न होना था, वह हो गया।

वही हरा-भरा मैदान था, वही सुनहरी चांदनी एक नि:शब्द संगीत की भांति प्रकृति पर छायी हुई थी। वही मित्र-समाज था, वही मनोरंजन के सामान थे। मगर जहां हास्य की ध्वनि थी, वहां अब करुण क्रंदन और अश्रु-प्रवाह था।

3

शहर से कई मील दूर एक छोटे-से घर में एक बूढ़ा और बुढ़िया अंगीठी के सामने बैठे जाड़े की रात काट रहे थे। बूढ़ा नारियल पीता था और बीच-बीच में खांसता था। बुढ़िया दोनों घुटनों में सिर डाले आग की ओर ताक रही थी। एक मिट्टी के तेल की कुप्पी ताक पर जल रही थी। घर में न चारपाई थी, न बिछौना। एक किनारे थोड़ी-सी पुआल पड़ी हुई थी। इसी कोठरी में एक चूल्हा था। बुढ़िया दिन-भर उपले और सूखी लकड़ियां बटोरती थी। बूढ़ा रस्सी बटकर बाजार में बेच आता था। यही उनकी जीविका थी। उन्हें न किसी ने रोते देखा, व हंसते। उनका सारा समय जीवित रहने में कट जाता था। मौत द्वार पर खड़ी थी, रोने या हंसने की कहां फुर्सत। बुढ़िया ने पूछा - 'कल के लिए सन तो है नहीं, काम क्या करोगे?'

'जाकर झगडू साह से दस सेर सन उधार लाऊंगा।'

'उसके पहले के पैसे तो दिये ही नहीं, और उधार कैसे देगा?'

'न देगा, न सही। घास तो कहीं नहीं गई है। दोपहर तक क्या दो आने की भी न काटूंगा?'

इतने में एक आदमी ने द्वार पर आवाज दी - 'भगत, भगत, क्या सो गए? जरा किवाड़ खोलो।'

भगत ने उठकर किवाड़ खोल दिए। एक आदमी ने आकर कहा - 'कुछ सुना, डॉक्टर चड्ढा बाबू के लड़के को सांप ने काट लिया।'

भगत ने चौंक कर कहा - 'चड्ढा बाबू के लड़के को! वही चड्ढा बाबू है न, जो छावनी में बंगले में रहते हैं?'

'हां-हां वही। शहर में हल्ला मचा हुआ है। जाते हो तो जाओ, आदमी बन जाओगे?' बूढ़े ने कठोर भाव से सिर हिलाकर कहा - 'मैं नहीं जाता! मेरी बला जाय! वही चड्ढा है। खूब जानता हूं। भैया को लेकर उन्हीं के पास गया था। खेलने जा रहे थे। पैरों पर गिर पड़ा कि एक बार देख लीजिए, मगर सीधे मुंह से बात तक न की। भगवान बैठे सुन रहे थे। अब जान पड़ेगा कि बेटे का गम कैसा होता है। कई लड़के हैं?

'नहीं जी, यही तो एक लड़का था। सुना है, सबने जवाब दे दिया है'

'भगवान बड़ा कारसाज है। उस वक्त मेरी आंखों से आंसू निकल पड़े थे, पर उन्हें तनिक भी दया न आयी थी। मैं तो उनके द्वार पर होता, तो भी बात न पूछता।'

'तो न जाओगे? हमने जो सुना था, सो कह दिया।'

'अच्छा किया - अच्छा किया। कलेजा ठंडा हो गया, आंखें ठंडी हो गई।'

'लड़का भी ठंडा हो गया होगा! तुम जाओ। आज चैन की नींद सोऊंगा।' (बुढ़िया से) जरा तमाकू ले ले! एक चिलम और पीऊंगा। अब मालूम होगा लाला को! सारी साहबी निकल जायेगी, हमारा क्या बिगाड़ा? लड़के के मर जाने से कुछ राज जो नहीं चला गया? जहां छह चले गए थे, वहां एक और चला गया, तुम्हारा तो राज सूना हो जायेगा। उसी के वास्ते सबका गला दबा-दबाकर जोड़ा था न! अब क्या करोगे? एक बार देखने जाऊंगा, पर कुछ दिन बाद मिज़ाज का हाल पूछूंगा।

आदमी चला गया। भगत ने किवाड़ बंद कर लिए, तब चिलम पर तमाकू रखकर पीने लगा।

बुढ़िया ने कहा - 'इतनी रात गए जाड़े-पाले में कौन जायेगा?'

'अरे, दोपहर ही होता, तो मैं न जाता। सवारी दरवाजे पर लेने आती, तो भी न जाता। भूल नहीं गया हूं। मुन्ना की सूरत आज भी आंखों में फिर रही है। इस निर्दयी ने उसे एक नजर देखा तक नहीं। क्या मैं न जानता था कि वह न बचेगा? जानता था? चड्ढा भगवान नहीं थे कि उनके एक निगाह देख लेने से अमृत बरस जाता। नहीं, खाली मन की दौड़ थी। जरा तसल्ली हो जाती। बस, इसलिए उनके पास दौड़ा गया था। अब किसी दिन जाऊंगा और कहूंगा - 'क्यों साहब, कहिए, क्या रंग है दुनिया बुरा कहेगी कोई परवाह नहीं। छोटे आदमियों में तो सब ऐब होते हैं। बड़ों में कोई ऐब नहीं होता। देवता होते हैं।'

भगत के लिए जीवन में यह पहला अवसर था कि ऐसा समाचार पाकर वह बैठा रह गया हो। 80 वर्ष के जीवन में ऐसा कभी न हुआ था कि सांप की खबर पाकर वह दौड़ा न गया हो। माघ-पूस की अंधेरी रात, चैत-बैसाख की धूप और लू सावन-भादों की चढ़ी हुई नदी और नाले, किसी की उसने कभी परवाह न की। वह तुरन्त घर से निकल पड़ता था। निःस्वार्थ, निष्काम। लेने-देने का विचार कभी दिल में आया ही नहीं। यह ऐसा काम ही न था। जान का मूल्य कौन दे सकता है? यह एक पुण्य कार्य था। सैकड़ों निराशों को उसके मंत्रों ने जीवनदान दे दिया था, पर वह आज घर से कदम नहीं निकाल सका। यह खबर सुनकर सोने जा रहा है।

बुढ़िया ने कहा - 'तमाकू अंगीठी के पास रखी हुई है। उसके भी आज ढाई पैसे हो गए। देती ही न थी।'

बुढ़िया यह कहकर लेटी। बूढ़े ने कुप्पी बुझायी, कुछ देर खड़ा रहा। फिर बैठ गया। अंत को लेट गया, पर यह खबर उसके हृदय पर बोझ की भांति रखी हुई थी। उसे मालूम हो रहा था, उसकी कोई चीज खो गई है, जैसे सारे कपड़े गीले हो गए हैं या पैरों में कीचड़ लगा हुआ है, जैसे कोई उसके मन में बैठा हुआ उसे घर से निकलने के लिए कुरेद रहा है। बुढ़िया जरा देर में खर्राटे लेने लगी। बूढ़े बातें करते-करते सोते हैं और जरा-सा खटका होते ही जागते हैं। तब भगत उठा, अपनी लकड़ी उठा ली और धीरे से किवाड़ खोले।

बुढ़िया ने पूछ - 'कहां जाते हो?'

'कहीं नहीं, देखता था कि कितनी रात है।'

'अभी बहुत रात है, सो जाओ।'

'नींद नहीं आती।'

'नींद काहे को आवेगी? मन तो चड्ढा के घर पर लगा हुआ है।'

'चड्ढा ने मेरे साथ कौन-सी नेकी कर दी है, जो वहां जाऊं? वह आकर पैरों पड़े, तो भी न जाऊं।'

'उठे तो तुम इसी इरादे से हो?'

'नहीं री, ऐसा पागल नहीं हूं कि जो मुझे कांटे बोए, उसके लिए फूल बोता फिरूं।' बुढ़िया फिर सो गई। भगत ने किवाड़ लगा दिए और फिर आकर बैठा। पर उसके मन की कुछ ऐसी दशा थी, जो बाजे की आवाज कान में पड़ते ही उपदेश सुनने वालों की होती है। आंखें चाहे उपदेशक की ओर हो, पर कान बाजे ही की ओर होते हैं। दिल में भी बाजे की ध्वनि गूंजती रहती है। शर्म के मारे जगह से नहीं उठता। निर्दयी प्रतिघात का भाव जगत के लिए उपदेशक था, पर हृदय उस अभागे युवक की ओर था, जो इस समय मर रहा था, जिसके लिए एक एक पल का विलम्ब घातक था।

उसने फिर किवाड़ खोले, इतने धीरे से कि बुढ़िया को खबर भी न हुई। बाहर निकल आया। उसी वक्त गांव का चौकीदार गश्त लगा रहा था, बोला - 'कैसे उठे भगत? आज तो बड़ी सरदी है! कहीं जा रहो हो क्या?' भगत ने कहा - 'नहीं जी, जाऊंगा कहां? देखता था, अभी कितनी रात है। भला, कै बजे होंगे?'

चौकीदार बोला - 'एक बजा होगा, और क्या! अभी थाने से आ रहा था, तो डॉक्टर चड्ढा के बंगले पर बड़ी भीड़ लगी हुई उनके लड़के का हाल तो तुमने सुना होगा, कीड़े ने छू लिया है। चाहे मर भी गया हो। तुम चले जाओ, तो शायद बच जाये। सुना है, दस हजार देने को तैयार हैं।'

भगत - 'मैं तो न जाऊं, चाहे वह दस लाख भी दें। मुझे दस हजार या दस लाख लेकर करना क्या है? कल मर जाऊंगा, फिर कौन भोगने वाला बैठा हुआ है?'

चौकीदार चला गया। भगत ने आगे पैर बढ़ाया। जैसे नशे में आदमी की देह अपने काबू में नहीं रहती, पैर कहीं रखता है, पड़ता कहीं है, कहता कुछ है, जबान से निकलता कुछ है, वही हाल इस समय भगत का था। मन में प्रतिकार था, पर कर्म मन के अधीन न था। जिसने कभी तलवार नहीं चलाई, वह इरादा करने पर भी तलवार नहीं चला सकता। उसके हाथ कंपते हैं, उठते ही नहीं।

भगत लाठी-खट-खट करता लपका चला जाता था। चेतना रोकती थी, पर उपचेतना ठेलती थी। सेवक स्वामी पर हावी था।

आधी राह निकल जाने के बाद सहसा भगत रुक गया। हिंसा ने क्रिया पर विजय पायी मैं यों ही इतनी दूर चला आया। इस जाड़े-पाले में मरने की मुझे क्या पड़ी थी? आराम से सोया क्यों

नहीं? नींद न आती, न सही, दो-चार भजन ही गाता। व्यर्थ इतनी दूर दौड़ा आया। चड्ढा का लड़का रहे या मरे, मेरी बला से। मेरे साथ उन्होंने ऐसा कौन-सा सलूक किया था कि मैं उनके लिए मरूं? दुनिया में हजारों मरते हैं, हजारों जीते हैं। मुझे किसी के मरने-जीने से क्या मतलब।

मगर उपचेतना ने अब एक दूसरा रूप धारण किया, जो हिंसा से बहुत कुछ मिलता-जुलता था - वह झाड़-फूंक करने नहीं जा रहा है, वह देखेगा कि लोग क्या कर रहे हैं। डॉक्टर साहब का रोना-पीटना देखेगा कि किस तरह सिर पीटते हैं, किस तरह पछाड़े खाते हैं। यह देखेगा, बड़े लोग भी छोटों ही की भांति रोते रहते हैं, या सब्र कर जाते हैं। ये लोग तो विद्वान होते हैं, सब्र कर जाते होंगे! हिंसा- भाव को यों धीरज देता हुआ वह फिर आगे बढ़ा।

इतने में दो आदमी आते दिखाई दिए। दोनों बातें करते चले आ रहे थे। चड्ढा बाबू का घर उजड़ गया, वही तो एक लड़का था। भगत के कान में यह आवाज पड़ी। उसकी चाल और और भी तेज हो गई। थकान के मारे पांव न उठते थे। सिरोभाग इतना बढ़ा जाता था, मानो अब मुंह के बल गिर पड़ेगा। इस तरह वह कोई 10 मिनट चला होगा कि डॉक्टर साहब का बंगला नजर आया। बिजली की बत्तियां जल ली थी, मगर सन्नाटा छाया हुआ था। रोने-पीटने की आवाज भी न आती थी। भगत का कलेजा धक-धक करने लगा। कहीं मुझे बहुत देर तो नहीं हो गई? वह दौड़ने लगा। अपनी उम्र में वह इतना तेज कभी न दौड़ा था। बस, यही मालूम होता था, मानों उसके पीछे मौत दौड़ी आ रही है।

4

दो बज गए थे। मेहमान विदा हो गए। रोने वालों में केवल आकाश के तारे रह गए थे। और सभी रो-रोकर थक गए थे। बड़ी उत्सुकता के साथ लोग रह-रहकर आकाश की ओर देखते थे कि किसी तरह सुबह हो और लाश गंगा की गोद में दी जाये।

सहसा भगत ने द्वार पर पहुंचकर आवाज दी। डॉक्टर साहब समझे, कोई मरीज आया होगा। किसी और दिन उन्होंने उस आदमी को दुत्कार दिया होता, मगर आज बाहर निकल आए। देखा, एक बूढ़ा आदमी खड़ा है - कमर झुकी हुई, पोपला मुंह, भौहें तक सफेद हो गई थी। लड़की के सहारे कांप रहा था। बड़ी नम्रता से बोले - 'क्या है भई, आज तो हमारे ऊपर ऐसी मुसीबत पड़ गई है कि कुछ कहते नहीं बनता, फिर कभी आना। इधर एक महीना तक तो शायद मैं किसी मरीज को न देख सकूंगा।'

भगत ने कहा, 'सुन चुका हूं बाबूजी, इसीलिए आया हूं। भैया कहां हैं? जरा मुझे दिखा दीजिए। भगवान् बड़ा कारसाज है, मुरदे को भी जिला सकता है। कौन जाने, अब भी उसे दया आ जाये।'

चड्ढा ने व्यथित स्वर से कहा - 'चलो, देख लो, मगर तीन-चार घंटे हो गए। जो कुछ होना था, हो चुका। बहुतेरे झाड़ने-फूंकने वाले देख-देखकर चले गए।'

डॉक्टर साहब को आशा तो क्या होती। हां, बूढ़े पर दया आ गई। अंदर ले गए, भगत ने लाश को एक मिनट तक देखा। तब मुस्कराकर बोला - 'अभी कुछ नहीं बिगड़ा है, बाबूजी! वह नारायण चाहेंगे, तो आधा घंटे में भैया उठ बैठेंगे। आप नाहक दिल छोटा कर रहे हैं। जरा कहारों से कहिए, पानी तो भरें।'

कहारों ने पानी भर-भरकर कैलाश को नहलाना शुरू किया। पाइप बन्द हो गया था। कहारों की संख्या अधिक न थी, इसलिए मेहमानों ने अहाते के बाहर से कुंए से पानी भर-भरकर कहारों को दिया। मृणालिनी कलश लिये पानी ला रही थी। बूढ़ा भगत खड़ा मुस्करा-मुस्कराकर मंत्र पढ़ रहा था, मानो विजय उसके सामने खड़ी है। जब एक बार मंत्र समाप्त हो जाता, तब वह एक जड़ी कैलाश को सुंघा देता। इस तरह न-जाने कितने घड़े पानी कैलाश के सिर पर डाले गए और न-जाने कितनी बार भगत ने मंत्र पढ़ा। आखिर जब उषा ने अपनी आंखें खोली तो कैलाश की भी लाल-लाल आंखें खुल गई। एक क्षण में उसने अंगड़ाई ली और पानी पीने को मांगा। डॉक्टर चड्ढा ने दौड़कर नारायणी को गले लगा लिया। नारायणी भगत के पैरों पर गिर पड़ी और मृणालिनी कैलाश के सामने आंखों में आंसू-भरे पूछने लगी - अब कैसी तबियत है?

एक क्षण में चारों तरफ खबर फैल गई। मित्रगण मुबारक देने आने लगे। डॉक्टर साहब बड़े श्रद्धा-भाव से हर एक के सामने भगत का यश गाते फिरते थे। सभी लोग भगत के दर्शनों के लिए उत्सुक हो उठे, मगर अन्दर जाकर देखा, तो भगत का कहीं पता न था। नौकरों ने कहा - 'अभी तो यहीं बैठे चिलम पी रहे थे। हम लोग तमाकू देने लगे, तो नहीं ली, अपने पास से तमाकू निकाल कर भरी।'

अब तो भगत की चारों ओर तलाश होने लगी, और भगत लपका हुआ घर चला जा रहा था कि बुढ़िया के उठने से पहले पहुंच जाऊं!

नारायणी - 'मैंने तो सोचा था, इसे बड़ी रकम दूंगी।'

चड्ढा - 'रात को मैंने नहीं पहचाना, पर जरा साफ हो जाने पर पहचान गया। एक बार यह एक मरीज को लेकर आया था। मुझे अब याद आता है कि मैं खेलने जा रहा था और मरीज को देखने से साफ इंकार कर दिया था। आज उस दिन की बात याद करके मुझे कितनी ग्लानि हो रही है, उसे प्रकट नहीं कर सकता। मैं उसे खोज निकालूंगा और उसके पैरों पर गिरकर अपना अपराध क्षमा कराऊंगा। वह कुछ लेगा नहीं, यह जानता हूं उसका जन्म यश की वर्षा करने ही के लिए हुआ है। उसकी सज्जनता ने मुझे ऐसा आदर्श दिखा दिया है, जो अब से जीवन-पर्यन्त मेरे सामने रहेगा।'

* * *

प्रायश्चित्त

दफ्तर में जरा देर से आना अफसरों की शान है। जितना ही बड़ा अधिकारी होता है, उतनी ही देर में आता है, और उतने ही सबेरे जाता भी है। चपरासी की हाजिरी चौबीसों घंटे की। वह छुट्टी पर भी नहीं जा सकता। अपना एवज देना पड़ता है। खैर, जब बरेली जिला-बोर्ड के हेड क्लर्क बाबू मुरारीलाल ग्यारह बजे दफ्तर आये, तब मानो दफ्तर नींद से जाग उठा। चपरासी ने दौड़कर पैरगाड़ी ली, अरदली ने दौड़कर कमरे की चिक उठ दी और जमादार ने डाक की किश्त मेज़ पर लाकर रख दी। मुरारीलाल ने पहला ही सरकारी लिफाफा खोला था कि उनका रंग फक हो गया। वे कई मिनट तक आश्चर्यचकित हालत में खड़े रहे, मानो सारी ज्ञानेंद्रियां शिथिल हो गई हों। उन पर बड़े-बड़े आघात हो चुके थे? पर इतने बदहवास वे कभी न हुए थे। बात यह थी कि बोर्ड के सेक्रेट्री की जगह एक महीने से खाली थी, सरकार ने सुबोधचंद्र को यह जगह दी थी और सुबोधचंद्र, वह व्यक्ति था, जिसके नाम ही से मुरारीलाल को घृणा थी। वह सुबोधचंद्र जो उनका सहपाठी था, जिसे जक देने को उन्होंने कितनी ही चेष्टा की, पर कभी सफल न हुए थे। यही सुबोध आज उनका अफसर होकर आ रहा था। सुबोध की इधर कई सालों से कोई खबर न थी। इतना मालूम था कि वह फौज में भरती हो गया था। मुरारीलाल ने समझा था - मर गया होगा, पर आज वह मानो जी उठ और सेक्रेट्री होकर आ रहा था। मुरारीलाल को उसकी मातहती में काम करना पड़ेगा। इस अपमान से तो मर जाना कहीं अच्छा था। सुबोध को स्कूल और कॉलेज की सारी बातें अवश्य ही याद होंगी। मुरारीलाल ने उसे कॉलेज से निकलवा देने के लिए कई बार मन्त्र चलाए, झूठे आरोप लगाए, बदनाम किया। क्या सुबोध सब कुछ भूल गया होगा? नहीं, कभी नहीं। वह आते ही पुरानी कसर निकालेगा। मुरारी बाबू को अपनी प्राण-रक्षा का कोई उपाय न सूझता था। मदारी और सुबोध के ग्रहों में ही विरोध था। दोनों एक ही दिन, एक ही शाला में भरती हुए थे, और पहले ही दिन से दिल में ईर्ष्या और द्वेष की वह चिनगारी पड़ गई थी, जो आज बीस वर्ष बीतने पर भी न बुझी थी। सुबोध का अपराध यही था कि यह मुरारीलाल से हर एक बात में बढ़ा हुआ था। डील-डौल, रंग-रूप, रति-व्यवहार, विद्या-बुद्धि ये सारे मैदान उसके हाथ थे। मुरारीलाल ने उसका यह अपराध कभी क्षमा नहीं किया। सुबोध बीस वर्ष तक निरंतर उनके हृदय का कांटा बना रहा। जब सुबोध डिग्री लेकर अपने घर चला गया और मुरारी फेल होकर इस दफ्तर में नौकर हो गए तब उनका चित्त शांत हुआ। किन्तु जब यह मालूम हुआ कि सुबोध बसरे जा रहा है, तब तो मुरारीलाल का चेहरा खिल उठा। उनके दिल से वह पुरानी फांस निकल गई, पर हा हतभाग्य! आज वह पुराना नासूर शतगुण टीस और जलन के साथ खुल गया। आज उनकी किस्मत सुबोध के हाथ में थी। ईश्वर इतना अन्यायी है। विधि इतना कठोर।

जब जरा चित्त शांत हुआ, तब मुरारी ने दफ्तर के क्लर्क को सरकारी हुक्म सुनाते हुए कहा - 'अब आप लोग जरा हाथ-पांव संभालकर रहिए। सुबोधचंद्र वह आदमी नहीं है, जो भूलों को क्षमा कर दें।'

एक क्लर्क ने पूछा - 'क्या बहुत सख्त हैं?'

मुरारीलाल ने मुस्कुराकर कहा - 'वह तो आप लोगों को दो-चार दिन ही में मालूम हो जायेगा। मैं अपने मुंह से किसी की क्यों शिकायत करूं। बस, चेतावनी दे दी कि हाथ-पांव संभालकर रहिए। आदमी योग्य है, पर बड़ा ही क्रोधी, बड़े ही दंभी। गुस्सा तो उसकी नाक पर रहता है। खुद हजारों हजम कर जाय और डकार तक न ले, पर क्या मजाल कि मातहत एक कौड़ी भी हजम करने पाए। ऐसे आदमी से ईश्वर ही बचाए मैं तो सोच रहा हूं कि छुट्टी लेकर घर चला जाऊं। दोनों वक्त घर पर हाजिरी बजानी होगी। आप लोग आज सरकार के नौकर नहीं, सेक्रेट्री साहब के नौकर हैं। कोई उनके लड़के को पढ़ायेगा, कोई बाजार से सदा-सुलुफ लाएगा और कोई उन्हें अखबार सुनाएगा। और चपरासियों के तो शायद दफ्तर में दर्शन ही न हो।'

2

इस प्रकार सारे दफ्तर को सुबोधचंद्र की तरफ से भड़का कर मुरारीलाल ने अपना कलेजा ठंडा किया।

इसके एक सप्ताह बाद सुबोधचंद्र गाड़ी से उतरे, तब स्टेशन पर दफ्तर के सब कर्मचारियों को हाजिर पाया। सब उनका स्वागत करने आये थे। मुरारीलाल को देखते हुए सुबोध लपक कर उनके गले से लिपट गए और बोले - 'तुम खूब मिले भाई! यहां कैसे आये? ओह! आज एक युग के बाद भेंट हुई।'

मुरारीलाल बोले - 'यहां जिला-बोर्ड के दफ्तर में हेड हूं। आप तो कुशल से हैं?' सुबोध - 'भई, मेरी न पूछो। बसरा, फ्रांस, मिस्र और न-जाने कहां-कहां मारा-मारा फिरा। तुम दफ्तर में हो, यह बहुत ही अच्छा हुआ। मेरी तो समझ ही में न आता था कि कैसे काम चलेगा। मैं तो बिलकुल कोरा हूं, मगर जहां जाता हूं मेरा सौभाग्य ही मेरे साथ जाता है। बसरे में सभी अफसर खुश थे। फ्रांस में भी खूब चैन किए। दो साल में कोई पच्चीस हजार रुपये बना लाया और सब उड़ा दिया। वहां से आकर कुछ दिनों तक आपरेशन दफ्तर में मटरगश्ती करता रहा। यहां आया, तब तुम मिल गए। (क्लर्कों को देखकर) ये लोग कौन हैं?'

मुरारी के हृदय में बर्छी-सी चल रही थी। दुष्ट पच्चीस हजार रुपये बसरे से कमा लाया! यहां कलम घिसते-घिसते मर गए और पांच सौ भी न जमा कर सके। बोले - 'ये लोग बोर्ड के कर्मचारी हैं। सलाम करने आये हैं।'

सुबोध ने उन सब लोगों से बारी-बारी से हाथ मिलाया और बोला - 'आप लोगों ने व्यर्थ यह कष्ट किया। बहुत आभारी हूं। मुझे आशा है कि आप सब सज्जनों को मुझसे कोई शिकायत न

होगी। मुझे अपना अफसर नहीं, अपना भाई समझिए। आप सब लोग इस तरह काम कीजिए कि बोर्ड की नेकनामी हो और मैं भी सुर्खरू रहूं। आपके हेड क्लर्क साहब तो मेरे पुराने मित्र और लंगोटिया यार हैं।'

एक वाक्चतुर क्लर्क ने कहा - 'हम सब हुजूर के ताबेदार हैं। यथाशक्ति आपको संतुष्ट करेंगे लेकिन आदमी ही है, अगर कोई भूल हो भी जाए, तो हुजूर उसे क्षमा करेंगे।'

सुबोध ने जनता से कहा - 'यही मेरा सिद्धांत है और हमेशा से यही सिद्धांत रहा है। जहां, रहा, मातहतों से मित्रों का-सा बर्ताव किया। हम और आप दोनों ही किसी तीसरे के गुलाम हैं। फिर रौब कैसा और अफसरी कैसी? हां, हमें नेकनीयत के साथ अपना कर्तव्य-पालन करना चाहिए।'

जब सुबोध से विदा होकर कर्मचारी लोग चले, तब आपस में बातें होने लगी -

'आदमी तो अच्छा मालूम होता है।'

हैड क्लर्क के कहने से तो ऐसा मालूम होता था कि सबको कच्चा ही खा जायेगा।' 'पहले तो सभी ऐसी बातें करते हैं।'

'ये दिखाने के दांत हैं।'

3

सुबोध को आये एक महीना गुजर गया। बोर्ड के क्लर्क, अरदली, चपरासी सभी उसके बर्ताव से खुश हैं। वह इतना प्रसन्नचित्त हैं, इतना नम्र हैं कि जो उससे एक बार मिलता है, सदैव के लिए उसका मित्र हो जाता है। कठोर शब्द तो उनकी जुबान पर आता ही नहीं। इनकार को भी वह अप्रिय नहीं होने देता, लेकिन द्वेष की आंखों में गुण और भी भयंकर हो जाता है। सुबोध के ये सारे सद्गुण मुरारीलाल की आंखों में खटकते रहते हैं। उसके विरुद्ध कोई-न-कोई गुप्त षड्यंत्र रचते ही रहते हैं। पहले कर्मचारियों को भड़काना चाहा, सफल न हुए। बोर्ड के मेंबरों को भड़काना चाहा, मुंह की खायी। ठेकेदारों को उभारने का बीड़ा उठाया, लज्जित होना पड़ा। वे चाहते थे कि भूस में आग लगाकर दूर से तमाशा देखें। सुबोध से यों हंसकर मिलते, यों चिकनी-चुपड़ी बातें करते, मानो उसके सगे मित्र हैं, पर घात में लगे रहते। सुबोध में सब गुण थे, पर आदमी पहचानना न जानते थे। वे मुरारीलाल को अपना दोस्त समझते हैं।

एक दिन मुरारीलाल सेक्रेट्री साहब के कमरे में गये, तब कुरसी खाली देखी। वे किसी काम से बाहर चले गए थे। उनकी मेज़ पर पांच हजार के नोट पुलिंदों में बंधे हुए रखे थे। बोर्ड के मदरसों के लिए कुछ लकड़ी के सामान बनवाएं गए थे। उसी के दाम थे। ठेकेदार वसूली के लिए बुलाया गया था। आज ही सेक्रेट्री साहब ने चेक भेजकर खजाने से रुपये मंगवाए थे। मुरारीलाल ने बरामदे में झांककर देखा, सुबोध का कहीं पता नहीं। उसकी नीयत बदल गई। ईर्ष्या में लोभ का सम्मिश्रण हो गया। कांपते हुए हाथों से पुलिंदे उठाए, पतलून की दोनों जेबों में भरकर तुरन्त कमरे से निकले और चपरासी को पुकार कर बोले - 'बाबूजी भीतर हैं? चपरासी

आज ठेकेदार से कुछ वसूल करने की खुशी में फूला हुआ था। सामने वाले तमोली की दुकान से आकर बोला जी नहीं, कचहरी में किसी से बातें कर ये हैं। अभी-अभी तो गये हैं।'

मुरारीलाल ने दफ्तर में आकर एक क्लर्क से कहा - 'यह मिसिल ले जाकर सेक्रेट्री साहब को दिखाओ।'

क्लर्क मिसिल लेकर चला गया। जरा देर में लौटकर बोला - 'सेक्रेट्री साहब कमरे में न थे। फाइल मेज़ पर रख आया हूं।'

मुरारीलाल ने मुंह सिकोड़ कर कहा - 'कमरा छोड़कर कहां चले जाया करते हैं? किसी दिन धोखा उठाएंगे।'

क्लर्क ने कहा - 'उनके कमरे में दफ्तर वालों के सिवा और जाता ही कौन है?'

मुरारीलाल ने तीव्र स्वर में कहा - 'तो क्या दफ्तर वाले सब-के-सब देवता हैं? कब किसकी नीयत बदल जाए, कोई नहीं कह सकता। मैंने छोटी-छोटी रकमों पर अच्छे--अच्छे की नीयत बदलते देखी है। इस वक्त हम सभी साह हैं, लेकिन अवसर पाकर शायद ही कोई चूके। मनुष्य की यही प्रकृति है। आप जाकर उनके कमरे के दोनों दरवाजे बन्द कर दीजिए।'

क्लर्क ने टालकर कहा - 'चपरासी तो दरवाजे पर बैठ हुआ है।'

मुरारीलाल ने झुंझलाकर कहा - 'आपसे मैं जो कहता हूं वह कीजिए। कहने लगे, चपरासी बैठा हुआ है। चपरासी कोई ऋषि है, मुनि है? चपरासी ही कुछ उड़ा दे, तो आप उसका कर क्या लेंगे जमानत भी है, तो तीन सौ की। यहां एक-एक कागज लाखों का है। यह कहकर मुरारीलाल खुद उठे और दफ्तर के द्वार दोनों तरफ से बन्द कर दिए। जब चित्त शांत हुआ, तब बोर्ड के पुलिंदे जेब से निकालकर एक आलमारी में कागजों के पीछे छिपाकर रख दिए। फिर आकर अपने काम में व्यस्त हो गए।

सुबोधचंद्र कोई घंटे भर में लौटे। तब उनके कमरे का द्वार बंद था। दफ्तर में आकर मुस्कुराते हुए बोले - 'मेरा कमरा किसने बंद कर दिया है, भाई, क्या मेरी बेदखली हो गई?' मुरारीलाल ने खड़े होकर मृदु तिरस्कार दिखाते हुए कहा - 'साहब, गुस्ताख़ी माफ हो, आप जब कभी बाहर जायें, चाहे एक ही मिनट के लिए क्यों न हो, तब दरवाजा बंद कर दिया करें। आपकी मेज़ पर रुपये-पैसे और सरकारी कागज-पत्र बिखरे पड़े रहते हैं, न-जाने किस वक्त किसकी नीयत बदल जाय। मैंने अभी सुना कि आप कहीं बाहर गए हुए हैं, तब दरवाजे बन्द कर दिए।

सुबोधचंद्र द्वार खोलकर कमरे में गये, एक सिगार पीने लगे। मेज़ पर नोट रखे हुए हैं, इसकी खबर ही न थी।

सहसा ठेकेदार ने आकर सलाम किया। सुबोध कुरसी से उठ बैठे और बोले - 'तुमने बहुत देर कर दी, तुम्हारा ही इंतजार कर रहा था। दस ही बजे रुपये मंगवा लिये थे। रसीद का टिकट लाये हो न?'

ठेकेदार - 'हुज़ूर, रसीद लिखवा लाया हूं।'

सुबोध - 'तो अपने रुपये ले जाओ। तुम्हारे काम से मैं बहुत खुश नहीं हूं। लकड़ी तुमने अच्छी नहीं लगायी और काम में सफाई भी नहीं है। अगर ऐसा काम फिर करोगे, तो ठेकेदारों के रजिस्टर से तुम्हारा नाम निकाल दिया जायेगा।'

यह कहकर सुबोध ने मेज़ पर निगाह डाली, तब नोटों के पुलिंदे न थे। सोचा, शायद किसी फाइल के नीचे दब गए हों। कुरसी के समीप के सब कागज उलट-पलट डाले, मगर नोटों का कहीं पता नहीं। ऐं नोट कहां गये! अभी तो यही मैंने रख दिये थे। कहां जा सकते हैं? फिर फाइलों को उलटने-पलटने लगे। दिल में जरा-जरा धड़कन होने लगी। सारी मेज़ के कागज खोज डाले, पुलिंदों का पता नहीं। तब वे कुरसी पर बैठकर इस आधा घंटे में होनेवाली घटनाओं की मन में आलोचना करने लगे - चपरासी ने नोटों के पुलिंदे लाकर मुझे दिये, खूब याद है। भला, यह भी भूलने की बात है और इतनी जल्दी! मैंने नोटों को लेकर यही मेज़ पर रख दिया, गिना तक नहीं। फिर वकील साहब आ गए, पुराने मुलाकाती हैं। उनसे बातें करता जरा उस पेड़ तक चला गया। उन्होंने पान मंगवाए, बस इतनी ही देर हुई। जब गया हूं तब पुलिंदे रखे हुए थे। खूब अच्छी तरह याद है। तब ये नोट कहां गायब हो गए? मैंने किसी संदूक, दराज या आलमारी में नहीं रखे। फिर गये, तो कहां? शायद दफ्तर में किसी ने सावधानी के लिए उठाकर रख दिए हों। यही बात है। मैं व्यर्थ ही इतना घबरा गया। छि!

तुरन्त दफ्तर में आकर मुरारीलाल से बोले - 'आपने मेरी मेज़ पर से नोट तो उठाकर नहीं रख दिए?'

मुरारीलाल ने भौचक्के होकर कहा - 'क्या आपकी मेज़ पर नोट रखे हुए थे? मुझे तो खबर ही नहीं। अभी पंडित सोहन लाल एक प्रहसन लेकर गए थे तब आपको कमरे में न देखा। जब मालूम हुआ कि आप किसी से बात करने चले गए हैं, तब दरवाजे बंद कर दिए। क्या नोट नहीं मिल रहे हैं?'

सुबोध आंखें फैलाकर बोले - 'अरे साहब, पूरे पांच हजार के हैं! अभी-अभी चेक भुनाया है।'

मुरारीलाल ने सिर पीटकर कहा - 'पूरे पांच हजार! या भगवान्! आपने मेज़ पर खूब देख लिया है?'

'अजी, पंद्रह मिनट से तलाश कर रहा हूं।'

'चपरासी से पूछ लिया कि कौन-कौन आया था?'

'आइए, जरा आप लोग भी तलाश कीजिए। मेरे तो होश उड़ें हुए हैं।'

सारा दफ्तर सेक्रेट्री साहब के कमरे की तलाशी लेने लगा। मेज़, अलमारियां, संदूक सब देखे गए। रजिस्टरों के वर्क उलट-पलटकर देखे गये। मगर नोटों का कहीं पता नहीं। कोई उड़ा ले गया, अब इसमें कोई शुबहा न थी। सुबोध ने एक लम्बी सांस ली और कुरसी पर बैठ गए। चेहरे

का रंग फ्लू हो गया। जरा-सा मुंह निकल आया। इस समय कोई उन्हें देखता तो समझता कि महीनों से बीमार हैं।

मुरारीलाल ने सहानुभूति दिखाते हुए कहा - 'गजब हो गया और क्या! आज तक कभी ऐसा अंधेर न हुआ था। मुझे यहां काम करते दस साल हो गए, कभी थैले की चीज भी गायब न हुई। मैंने आपको पहले ही दिन सावधान कर देना चाहा था कि रुपये-पैसे के विषय में होशियार रहिए, मगर खयाल न रहा। जरूर बाहर से कोई आदमी आया और नोट उड़ाकर गायब हो गया। चपरासी का यही अपराध है कि उसने किसी को कमरे में जाने ही क्यों दिया। वह लाख कसम खाए कि बाहर से कोई नहीं आया, लेकिन मैं इसे मान नहीं सकता।' यहां से तो केवल पंडित सोहन लाल एक फाइल लेकर गए थे, मगर दरवाजे ही से झांककर चले आए।'

सोहन लाल ने सफाई दी - 'मैंने तो अंदर कदम नहीं रखा, साहब! अपने जवान बेटे की कसम खाता हूं, जो अंदर कदम भी रखा हो।'

मुरारीलाल ने माथा सिकोड़ कर कहा - 'आप व्यर्थ में कसम क्यों खाते है? कोई आपसे कुछ कहता है? (सुबोध के कान में) बैंक से कुछ रुपये ही तो निकालकर, ठेकेदार को दिये जायें, वरना बड़ी बदनामी होगी। नुकसान तो हो ही गया, अब उसके साथ अपमान क्यों हो।' सुबोध ने करुण स्वर में कहा - 'बैंक में मुश्किल से दो-चार सौ रुपये होंगे, भाईजान रुपये होते तो क्या चिंता थी? समझ लेता, जैसे पच्चीस हजार उड़ गए, वैसे तीस हजार भी उड़ गए। यहां तो कफ़न को भी कौड़ी नहीं।'

उसी रात को सुबोधचंद्र ने आत्महत्या कर ली। इतने रुपयों का प्रबन्ध करना उनके लिए कठिन था। मृत्यु के परदे के सिवा उन्हें अपनी वेदना, अपनी विवशता को छिपाने की और कोई आड़ न थी।

4

दूसरे दिन प्रात:काल चपरासी ने मुरारीलाल के घर पहुंचकर आवाज दी। मुरारी को रात-भर नींद न आयी थी। घबराकर बाहर आये। चपरासी उन्हें देखते ही बोला - 'हुजूर! बड़ा गजब हो गया, सेक्रेट्री साहब ने रात को अपनी गर्दन पर छुरी फेर ली।'

मुरारी की आंखें ऊपर चढ़ गई, मुंह फैल गया और सारी देह सिहर उठी, मानो उनका हाथ बिजली के तार पर पड़ गया हो।

'छुरी फेर ली।'

'जी हां, आज सबेरे मालूम हुआ। पुलिसवाले जमा हैं। आपको बुलाया है।'

'लाश अभी पड़ी हुई है?'

'जी हां, अभी डॉक्टरी होनेवाली है?'

'बहुत से लोग जमा हैं?'

'सब बड़े-बड़े अफसर जमा हैं। हुजूर, लाश की ओर ताकते नहीं बनता। कैसा भलामानुष हीरा आदमी था। सब लोग रो रहे हैं। छोटे-छोटे दो बच्चे हैं, एक सयानी लड़की है व्याहने लायक। बहूजी को लोग कितना रोक ले है पर बार-बार दौड़कर लाश के पास आ जाती हैं। कोई ऐसा नहीं है, जो रूमाल से- आंखें न पोंछ रहा हो। अभी कितने ही दिन आये हुए पर सबसे कितना मेल-जोल हो गया था। रुपये की तो कभी परवाह नहीं थी। दिल दरियाव था?' मुरारीलाल के सिर में चक्कर आने लगा? द्वार की चौखट पकड़कर अपने को संभाल न लेते, तो शायद गिर पड़ते। पूछा - 'बहूजी रो रही थीं?'

'कुछ न पूछिए, हुजूर। पेड़ की पत्तियां झड़ी जाती हैं। आंखें फूलकर गूलर हो गई हैं।' 'कितने लड़के बतलाए तुमने?'

'हुजूर,दो लड़के हैं और एक लड़की।'

'हां-हां, लड़कों को तो देख चुका हूं, लड़की सयानी होगी?'

'जी हां, ब्याहने लायक है। रोते-रोते बेचारी की आंखें सूज आई हैं।'

'नोटों के बारे में भी बातचीत हो रही होगी?'

'जी हां, सब लोग यही कहते हैं, दफ्तर के किसी आदमी का काम है। दारोगाजी तो सोहनलाल को गिरफ्तार करना चाहते थे, पर शायद आपसे सलाह लेकर करेंगे। सेक्रेट्री साहब तो लिख गए हैं कि मेरा किसी पर शक नहीं है।'

'क्या सेक्रेट्री साहब कोई खत लिखकर छोड़ गए।'

'हां, मालूम होता है, छुरी चलाते वक्त याद आई हो कि सुबह में दफ्तर के सब लोग पकड़ जायेंगे। बस, कलेक्टर साहब के नाम चिट्ठी लिख दी।'

'चिट्ठी में मेरे बारे में कुछ लिखा है?. ..तुम्हें यह क्या मालूम होगा?'

'हुजूर, अब मैं क्या जानूं, मुदा इतना सब लोग कहते थे कि आपकी बड़ी तारीफ लिखी है।'

मुरारी की सांस और तेज हो गई। आंखों से आंसू की दो बड़ी-बड़ी बूंदें गिर पड़ी। आंखें पोंछते हुए बोले - 'वे और मैं एक साथ के पढ़े थे, नन्दू। आठ-दस साल साथ रहा। साथ उठते-बैठते, साथ खाते, साथ खेलते। बस, इसी तरह रहते थे, जैसे दो सगे भाई रहते हों। अंत में मेरी क्या तारीफ लिखी है? मगर तुम्हें क्या मालूम होगा।'

'आप तो चल ही रहे हैं, देख लीजिएगा।'

'कफ़न का इंतजाम हो गया है?'

'नहीं हुजूर, कहा न कि अभी लाश की डॉक्टरी होगी। मुदा अब जल्दी चलिए। ऐसा न हो, कोई दूसरा आदमी बुलाने आता हो।'

'हमारे दफ्तर के सब लोग आ गए होंगे?'

'जी हां, इस मुहल्ले वाले तो सभी थे।'

'पुलिस ने मेरे बारे में तो उनसे कुछ पूछताछ नहीं की।'

'जी नहीं, किसी से भी नहीं।'

मुरारीलाल जब सुबोध के घर पहुंचे, तब उन्हें ऐसा मालूम हुआ कि सब लोग उनकी तरफ संदेह की आंखों से देख रहे हैं। पुलिस इंस्पेक्टर ने तुरंत उन्हें बुलाकर कहा - 'आप भी अपना बयान लिखा दें और सबके बयान तो लिख चुका हूं।' -

मुरारीलाल ने ऐसी सावधानी से अपना बयान लिखाया कि पुलिस के अफसर भी दंग रह गए। उन्हें मुरारीलाल पर शुबहा होता था, पर इस बयान ने उसका अंकुर भी निकाल डाला। इसी वक्त सुबोध के दोनों बालक रोते हुए मुरारीलाल के पास आये और कहा - 'चलिए, आपको अम्मा बुलाती हैं।' दोनों मुरारीलाल से परिचित थे। मुरारीलाल यहां तो रोज ही आते थे, पर घर में कभी नहीं गए थे। सुबोध की स्त्री उनसे पर्दा करती थी। यह बुलावा सुनकर उनका दिल धड़क उठा - कहीं इसका मुझ पर शुबहा न हो। कहीं सुबोध ने मेरे विषय में कोई संदेह न प्रकट किया हो। कुछ झिझकते हुए, कुछ डरते हुए भीतर गये, तब विधवा का करुण-विलाप सुनकर कलेजा कांप उठा। उन्हें देखते ही उस अबला के आंसुओं का कोई दूसरा सोता खुल गया। और लड़की तो दौड़कर इनके पैरों से लिपट गई। दोनों लड़कों ने भी घेर लिया। मुरारीलाल को उन तीनों की आंखों में ऐसी अथाह वेदना, ऐसी हृदय-विदारक याचना भरी हुई मालूम हुई कि वे उनकी ओर देख न सके। उनकी आत्मा उन्हें धिक्कारने लगी। जिन बेचारों को उन पर इतना विश्वास, इतना भरोसा, इतनी आत्मीयता, इतना स्नेह था, उन्हीं की गर्दन पर उन्होंने छुरी फेरी। उन्हीं के हाथों यह भरा-पूरा परिवार धूल में मिल गया। इन असहायों का अब क्या हाल होगा? लड़की का विवाह करना है, कौन करेगा? बच्चों के लालन-पालन का भार कौन उठाएगा मुरारीलाल को इतनी आत्मग्लानि हुई कि उनके मुंह से तसल्ली का एक शब्द भी न निकला। उन्हें ऐसा जान पड़ा कि मेरे सुख में कालिख पूति है, मेरा कद कुछ छोटा हो गया है। उन्होंने जिस वक्त नोट उड़ाए थे, उन्हें गुमान भी न था कि उसका यह हश्र होगा। केवल सुबोध की बेइज्जत करना चाहते थे। उनका सर्वनाश करने की इच्छा न थी।

शोकातुर विधवा ने सिसकते हुए कहा - 'भैयाजी, हम लोगों को वे मझधार में छोड़ गए। अगर मुझे मालूम होता कि मन में यह बात ठान चुके हैं तो अपने पास जो कुछ था, वह सब उनके चरणों पर रख देती। मुझसे तो वे यही कहते थे कि कोई-न-कोई उपाय हो जायेगा। आप ही के मार्फत वे कोई महाजन ठीक करना चाहते थे। आपके ऊपर उन्हें कितना भरोसा था कि कह नहीं सकती।'

मुरारीलाल को ऐसा मालूम हुआ कि कोई उनके हृदय- पर नश्तर चला रहा है। उन्हें अपने कंठ में कोई चीज फंसी हुई जान पड़ती थी।

रामेश्वरी ने फिर कहा - 'रात सोए, तब खूब हंस रहे थे। रोज की तरह दूध पिया, बच्चों को प्यार किया, थोड़ी देर हारमोनियम बजाया और तब कुल्ली करके लेटे। कोई ऐसी बात न थी

जिससे लेश-मात्र भी संदेह होता। मुझे चिंतित देखकर बोले - 'तुम व्यर्थ घबराती हो। बाबू मुरारीलाल से मेरी पुरानी दोस्ती है। आखिर वह किस काम आएंगे? मेरे साथ के खेले हुए हैं। इस नगर में उनका सबसे परिचय है। रुपयों का प्रबंध आसानी से हो जायेगा। फिर न-जाने कब मन में यह बात समायी। मैं नसीब-जली ऐसी सोयी कि रात को मिनकी तक नहीं। क्या जानती थी कि वे अपनी जान पर खेल जायेंगे?'

मुरारीलाल को सारा विश्व आंखों में तैरता हुआ मालूम हुआ। उन्होंने बहुत जब्त किया, मगर आंसुओं के प्रवाह को न रोक सके।

रामेश्वरी ने आंखें पोंछकर फिर कहा - 'भैयाजी, जो कुछ होना था, वह तो हो चुका, लेकिन आप उस दुष्ट का पता जरूर लगाइए, जिसने हमारा सर्वनाश कर दिया है। यह दफ्तर ही के किसी आदमी का काम है। वे तो देवता थे। मुझसे यही कहते रहे कि मेरा किसी पर संदेह नहीं है, पर है यह किसी दफ्तर वाले ही का काम। आपसे केवल इतनी विनती करती हूं कि उस पापी को बचकर न जाने दीजिएगा।' पुलिसवाले शायद कुछ रिश्वत लेकर उसे छोड़ दें। आपको देखकर उनका यह हौसला न होगा। अब हमारे सिर पर आपके सिवा और कौन है? किससे अपना दु:ख कहें? लाश की यह दुर्गति होनी भी लिखी थी।

मुरारीलाल के मन में एक बार ऐसा उबाल उठा कि सब कुछ खोल दें। साफ कह दें;,मैं ही वह दुष्ट, वह अधम, वह पामर हूं। विधवा के पैरों पर गिर पड़ें और कहें, वह छुरी इस हत्यारे की गर्दन पर फेर दो। पर जबान न खुली, इसी दशा में बैठे-बैठे उनके सिर में ऐसा चक्कर आया कि वे जमीन पर गिर पड़े।

5

तीसरे पहर लाश की परीक्षा समाप्त हुई। अर्थी जलाशय की ओर चली। सारा दफ्तर, सारे हुक्काम और हजारों आदमी साथ थे। दाह-संस्कार लड़कों को करना चाहिए था, पर लड़के नाबालिग थे इसलिए विधवा चलने को तैयार हो रही थी कि मुरारीलाल ने जाकर कहा - 'बहूजी, यह संस्कार मुझे करने दो। तुम क्रिया पर बैठ जाओगी, तो बच्चों को कौन संभालेगा? सुबोध मेरे भाई थे। जिंदगी में उनके साथ कुछ सलूक न कर सका, अब जिंदगी के बाद मुझे दोस्ती का कुछ हक अदा कर लेने दो। आखिर मेरा भी तो उन पर कुछ हक था। 'रामेश्वरी ने रोककर कहा - 'आपको भगवान् ने बड़ा उदार ह्रदय दिया है भैयाजी, नहीं तो मरने पर कौन किसको पूछता है? दफ्तर के और लोग, जो आधी-आधी रात तक हाथ बांधे खड़े रहते थे, झूठी बात पूछने न आये कि जरा ढाढस होता।'

मुरारीलाल ने दाह-संस्कार किया। तेरह दिन तक क्रिया पर बैठे रहे। तेरहवें दिन पिंडदान हुआ, ब्राह्मणों ने भोजन किया, भिखारियों को अन्नदान दिया गया, मित्रों की दावत हुई, और यह सब कुछ मुरारीलाल ने अपने खर्च से किया। रामेश्वरी ने बहुत कहा कि आपने जितना किया, उतना ही बहुत है। अब मैं आपको और जेरबार नहीं करनी चाहती। दोस्ती का हक इससे ज्यादा

और कोई क्या अदा करेगा, मगर मुरारीलाल ने एक न सुनी। सारे शहर में उनके यश की धूम मच गई, मित्र हो, तो ऐसा हो।

सोलहवें दिन विधवा ने मुरारीलाल से कहा - 'भैयाजी, आपने हमारे साथ जो उपकार का अनुग्रह किए हैं, उनसे हम मरते दम तक उऋण नहीं हो सकते। आपने हमारी पीठ पर हाथ न रखा होता, तो न-जाने हमारी क्या गति होती। कहीं रुख की भी छांह तो नहीं थी। अब हमें घर जाने दीजिए। वहां देहात में खर्च भी कम होगा और कुछ खेती-बारी का सिलसिला भी कर लूंगी। किसी-न-किसी तरह विपत्ति के दिन कट ही जायेंगे। इसी तरह हमारे ऊपर दया रखिएगा।'

मुरारीलाल ने पूछा - 'घर पर कितनी जायदाद है?'

रामेश्वरी - 'जायदाद क्या है, एक कच्चा मकान है और दस-बारह बीघे की काश्तकारी है। पक्का मकान बनवाना शुरू किया था, मगर रुपये पूरे न पड़े। अभी अधूरा पड़ा हुआ है। दस बारह हजार खर्च हो गए और अभी छत पड़ने की नौबत नहीं आयी।'

मुरारी - 'कुछ रुपये बैंक में जमा हैं, या बस खेती ही का सहारा है?'

विधवा - 'जमा तो एक पाई भी नहीं है भैयाजी, उनके हाथ में रुपये रहने ही नहीं पाते थे। बस, वही खेती का सहारा है।'

मुरारी - 'तो उन खेतों में इतनी पैदावार हो जायेगी कि लगान भी अदा हो जाय और तुम लोगों की गुजर-बसर भी हो?'

रामेश्वरी - 'और कर ही क्या सकते हैं, भैयाजी! किसी-न-किसी तरह जिंदगी तो काटनी ही है। बच्चे न होते, तो मैं जहर खा लेती।'

मुरारी - 'और अभी बेटी का विवाह भी तो करना है?'

विधवा उसके विवाह की अब कोई चिंता नहीं। किसानों में ऐसे बहुत से मिल जायेंगे, जो बिना कुछ लिये-दिये विवाह कर लेंगे।'

मुरारीलाल ने एक क्षण सोचकर कहा - 'अगर मैं कुछ सलाह दूं तो उसे मानेंगी आप?'
रामेश्वरी - 'भैयाजी, आपकी सलाह न मानूंगी तो किसकी सलाह मानूंगी। और दूसरा है ही कौन?'

मदारी - 'तो आप अपने घर जाने के बदले मेरे घर चलिए। जैसे मेरे बाल-बच्चे रहेंगे, वैसे ही आपके भी रहेंगे। आपको कष्ट न होगा। ईश्वर ने चाहा, तो कन्या का विवाह भी किसी अच्छे कुल में हो जायेगा।'

विधवा की आंखें सजल हो गई। बोली - 'मगर भैयाजी, सोचिए..'.

मुरारीलाल ने बात काटकर कहा - 'मैं कुछ न सोचूंगा और न कोई बहाना सुनूंगा। क्या दो भाइयों के परिवार एक साथ नहीं रहते? सुबोध को मैं अपना भाई समझता था और हमेशा समझूंगा।'

विधवा का कोई बहाना न सुना गया। मुरारीलाल सबको अपने साथ ले गए और आज दस साल से उनका पालन कर रहे हैं। दोनों बच्चे कॉलेज में पढ़ते हैं और कन्या का एक प्रतिष्ठित कुल में विवाह हो गया है। मुरारीलाल और उनकी स्त्री तब-मन से रामेश्वरी की सेवा करते हैं और उनके इशारों पर चलते हैं। मुरारीलाल सेवा से अपने पाप का प्रायश्चित कर रहे हैं।

* * *

कप्तान साहब

जगत सिंह को स्कूल जाना कुनैन खाने या मछली का तेल पीने से कम अप्रिय न था। वह सैलानी, आवारा, घुमक्कड़ युवक थां कभी अमरूद के बागों की ओर निकल जाता और अमरूदों के साथ माली की गालियाँ बड़े शौक से खाता। कभी दरिया की सैर करता और मल्लाहों को डोंगियों में बैठकर उस पार के देहातों में निकल जाता। गालियाँ खाने में उसे मजा आता था। गालियाँ खाने का कोई अवसर वह हाथ से न जाने देता। सवार के घोड़े के पीछे ताली बजाना, एक्को को पीछे से पकड़ कर अपनी ओर खींचना, बूढों की चाल की नकल करना, उसके मनोरंजन के विषय थे। आलसी काम तो नहीं करता; पर दुर्व्यसनों का दास होता है, और दुर्व्यसन धन के बिना पूरे नहीं होते। जगतसिंह को जब अवसर मिलता घर से रूपये उड़ा ले जात। नकद न मिले, तो बरतन और कपड़े उठा ले जाने में भी उसे संकोच न होता था। घर में शीशियाँ और बोतलें थीं, वह सब उसने एक-एक करके गुदड़ी बाजार पहुँचा दी। पुराने दिनों की कितनी चीजें घर में पड़ी थीं, उसके मारे एक भी न बची। इस कला में ऐसा दक्ष ओर निपुण था कि उसकी चतुराई और पटुता पर आश्चर्य होता था। एक बार बाहर ही बाहर, केवल कार्निसों के सहारे अपने दो-मंजिला मकान की छत पर चढ़ गया और ऊपर ही से पीतल की एक बड़ी थाली लेकर उतर आया। घर वालें को आहट तक न मिली।

उसके पिता ठाकुर भक्त सिहं अपने कस्बे के डाकखाने के मुंशी थे। अफसरों ने उन्हें शहर का डाकखाना बड़ी दौड़-धूप करने पर दिया था; किन्तु भक्त सिंह जिन इरादों से यहाँ आये थे, उनमें से एक भी पूरा न हुआ। उलटी हानि यह हुई कि देहातो में जो भाजी-साग, उपले-ईधन मुफ्त मिल जाते थे, वे सब यहाँ बंद हो गये। यहाँ सबसे पुराना घराँव थां न किसी को दबा सकते थे, न सता सकते थे। इस दुरवस्था में जगतसिंह की हथलपकियाँ बहुत अखरतीं। अन्होंने कितनी ही बार उसे बड़ी निर्दयता से पीटा। जगतसिंह भीमकाय होने पर भी चुपके में मार खा लिया करता थां अगर वह अपने पिता के हाथ पकड़ लेता, तो वह हल भी न सकते; पर जगतसिंह इतना सीनाजोर न था। हाँ, मार-पीट, घुड़की-धमकी किसी का भी उस पर असर न होता था।

जगतसिंह ज्यों ही घर में कदम रखता; चारों ओर से काँव-काँव मच जाती, माँ दुर-दुर करके दौड़ती, बहने गालियाँ देन लगती; मानो घर में कोई साँड़ घुस आया हो। घर ताले उसकी सूरत से जलते थे। इन तिरस्कारों ने उसे निर्लज्ज बना दिया थां कष्टों के ज्ञान से वह निर्द्वन्द्व-सा हो गया था। जहाँ नींद आ जाती, वहीं पड़ रहता; जो कुछ मिल जात, वही खा लेता।

ज्यों-ज्यों घर वालें को उसकी चोर-कला के गुप्त साधनों का ज्ञान होता जाता था, वे उससे चौकन्ने होते जाते थे। यहाँ तक कि एक बार पूरे महीने-भर तक उसकी दाल न गली। चरस वाले के कई रूपये ऊपर चढ़ गये। गाँजे वाले ने धुआँधार तकाजे करने शुरू किय। हलवाई कड़वी बातें सुनाने लगा। बेचारे जगत को निकलना मुश्किल हो गया। रात-दिन ताक-झाँक में रहता; पर घात न मिलत थी। आखिर एक दिन बिल्ली के भागों छींका टूटा। भक्तसिंह दोपहर को डाकखानें से चले, जो एक बीमा-रजिस्ट्री जेब में डाल ली। कौन जाने कोई हरकारा या डाकिया शरारत कर जाए; किंतु घर आये तो लिफाफे को अचकन की जेब से निकालने की सुधि न रही। जगतसिंह तो ताक लगाये हुए था ही। पेसे के लोभ से जेब टटोली, तो लिफाफा मिल गया। उस पर कई आने के टिकट लगे थे। वह कई बार टिकट चुरा कर आधे दामों पर बेच चुका था। चट लिफाफा उड़ा दिया। यदि उसे मालूम होता कि उसमें नोट हें, तो कदाचित वह न छूता; लेकिन जब उसने लिफाफा फाड़ डाला और उसमें से नोट निक पड़े तो वह बड़े संकट में पड़ गया। वह फटा हुआ लिफाफा गला-फाड़ कर उसके दुष्कृत्य को धिक्कारने लगा। उसकी दशा उस शिकारी की-सी हो गयी, जो चिड़ियों का शिकार करने जाए और अनजान में किसी आदमी पर निशाना मार दे। उसके मन में पश्चाताप था, लज्जा थी, दु:ख था, पर उसे भूल का दंड सहने की शक्ति न थी। उसने नोट लिफाफे में रख दिये और बाहर चला गया।

गरमी के दिन थे। दोपहर को सारा घर सो रहा था; पर जगत की आँखें में नींद न थी। आज उसकी बुरी तरह कुंदी होगी- इसमें संदेह न था। उसका घर पर रहना ठीक नहीं, दस-पाँच दिन के लिए उसे कहीं खिसक जाना चाहिए। तब तक लोगों का क्रोध शांत हो जाता। लेकिन कहीं दूर गये बिना काम न चलेगा। बस्ती में वह क्रोध दिन तक अज्ञातवास नहीं कर सकता। कोई न कोई जरूर ही उसका पता देगा ओर वह पकड़ लिया जायगा। दूर जाने केक लिए कुछ न कुछ खर्च तो पास होना ही चहिए। क्यों न वह लिफाफे में से एक नोट निकाल ले? यह तो मालूम ही हो जायगा कि उसी ने लिफाफा फाड़ा है, फिर एक नोट निकल लेने में क्या हानि है? दादा के पास रूपये तो हे ही, झक मार कर दे देंगे। यह सोचकर उसने दस रूपये का एक नोट उड़ा लिया; मगर उसी वक्त उसके मन में एक नयी कल्पना का प्रादुर्भाव हुआ। अगर ये सब रूपये लेकर किसी दूसरे शहर में कोई दूकान खोल ले, तो बड़ा मजा हो। फिर एक-एक पैसे के लिए उसे क्यों किसी की चोरी करनी पड़े! कुछ दिनों में वह बहुत-सा रूपया जमा करके घर आयेगा; तो लोग कितने चकित हो जाएंगें!

उसने लिफाफे को फिर निकाला। उसमें कुल दो सौ रूपए के नोट थे। दो सौ में दूध की दूकान खूब चल सकती है। आखिर मुरारी की दूकान में दो-चार कढ़ाव और दो-चार पीतल के थालों के सिवा और क्या है? लेकिन कितने ठाट से रहता हे! रूपयों की चरस उड़ा देता हे। एक-एक दाँव पर दस-दस रूपए रख देता है, नफा न होता, तो वह ठाट कहाँ से निभाता? इस आननद-कल्पना में वह इतना मग्न हुआ कि उसका मन उसके काबू से बाहर हो गया, जैसे प्रवाह में किसी के पाँव उखड़ जाऐं ओर वह लहरों में बह जाए।

उसी दिन शाम को वह बम्बई चल दिया। दूसरे ही दिन मुंशी भक्तसिंह पर गबन का मुकदमा दायर हो गया।

2

बम्बई के किले के मैदान में बैंड़ बज रहा था और राजपूत रेजिमेंट के सजीले सुंदर जवान कवायद कर रहे थे, जिस प्रकार हवा बादलों को नए-नए रूप में बनाती और बिगाड़ती है, उसी भाँति सेना नायक सैनिकों को नए-नए रूप में बनाती और बिगाड़ती है, उसी भाँति सेना नायक सैनिकों को नए-नए रूप में बना बिगाड़ रहा था।

जब कवायद खतम हो गयी, तो एक छरहरे डील का युवक नायक के सामने आकर खड़ा हो गया। नायक ने पूछा-क्या नाम है? सैनिक ने फौजी सलाम करके कहा-जगतसिंह?

'क्या चाहते हो।'

'फौज में भरती कर लीजिए।'

'मरने से तो नहीं डरते?'

'बिलकुल नहीं-राजपूत हूँ।'

'बहुत कड़ी मेहनत करनी पड़ेगी।'

'इसका भी डर नहीं।'

'अंदर जाना पड़ेगा।'

'खुशी से जाऊँगा।'

कप्तान ने देखा, बला का हाजिर-जवाब, मनचला, हिम्मत का धनी जवान है, तुरंत फौज में भरती कर लिया। तीसरे दिन रेजिमेंट अदन को रवाना हुआ। मगर ज्यों-ज्यों जहाज आगे चलता था, जगत का दिल पीछे रह जाता था। जब तक जमीन का किनारा नजर आता रहा, वह जहाज के डेक पर खड़ा अनुरक्त नेत्रों से उसे देखता रहा। जब वह भूमि-तट जल में विलीन हो गया तो उसने एक ठंडी साँस ली और मुँह ढाँप कर रोने लगा। आज जीवन में पहली बर उसे प्रियजानों की याद आयी। वह छोटा-सा कस्बा, वह गाँजे की दूकान, वह सैर-सपाटे, वह सुहृद-मित्रों के जमघट आँखों में फिरने लगे। कौन जाने, फिर कभी उनसे भेंट होगी या नहीं। एक बार वह इतना बेचैन हुआ कि जी में आय, पानी में कूद पड़े।

3

जगतसिंह को अदन में रहते तीन महीने गुजर गए। भाँति-भाँति की नवीनताओं ने कई दिन तक उसे मुग्ध किये रखा; लेकिनह पुराने संस्कार फिर जाग्रत होने लगे। अब कभी-कभी उसे स्नेहमयी माता की याद आने लगी, जो पिता के क्रोध, बहनों के धिक्कार और स्वजनों के तिरस्कार में भी उसकी रक्षा करती थी। उसे वह दिन याद आया, जब एक बार वह बीमार पड़ा

था। उसके बचने की कोई आशा न थी, पर न तो पिता को उसकी कुछ चिन्ता थी, न बहनों को। केवल माता थी, जो रात की रात उसके सिरहाने बैठी अपनी मधुर, स्नेहमयी बातों से उसकी पीड़ा शांत करती रही थी। उन दिनों कितनी बार उसने उस देवी को नीव रात्रि में रोते देखा था। वह स्वयं रोगों से जीर्झ हो रही थी; लेकिन उसकी सेवा-शुश्रूषा में वह अपनी व्यथा को ऐसी भूल गयी थी, मानो उसे कोई कष्ट ही नहीं। क्या उसे माता के दर्शन फिर होंगे? वह इसी क्षोभ ओर नेराश्य में समुद्र-तट पर चला जाता और घण्टों अनंत जल-प्रवाह को देखा करता। कई दिनों से उसे घर पर एक पत्र भेजने की इच्छा हो रही थी, किंतु लज्जा और ग्लानिक कके कारण वह टालता जाता था। आखिर एक दिन उससे न रहा गया। उसने पत्र लिखा और अपने अपराधों के लिए क्षमा माँग। पत्र आदि से अन्त तक भक्ति से भरा हुआ थां अंत में उसने इन शब्दों में अपनी माता को आश्वासन दिया था-माता जी, मैने बड़े-बड़े उत्पात किय हें, आप लेग मुझसे तंग आ गयी थी, मै उन सारी भूलों के लिए सच्चे हृदय से लज्जित हूँ और आपको विश्वास दिलाता हूँ कि जीता रहा, तो कुछ न कुछ करके दिखाऊँगा। तब कदाचित आपको मुझे अपना पुत्र कहने में संकोच न होगा। मुझे आर्शीवाद दीजिए कि अपनी प्रतिज्ञा का पालन कर सकूँ।'

यह पत्र लिखकर उसने डाकखाने में छोड़ा और उसी दिन से उत्तर की प्रतीक्षा करने लगा; किंतु एक महीना गुजर गया और कोई जवाब न आया। आसका जी घबड़ाने लगा। जवाब क्यों नहीं आता-कहीं माता जी बीमार तो नहीं हैं? शायद दादा ने क्रोध-वश जवाब न लिखा होगा? कोई और विपत्ति तो नहीं आ पड़ी? कैम्प में एक वृक्ष के नीचे कुछ सिपाहियों ने शालिग्राम की एक मूर्ति रख छोड़ी थी। कुछ श्रद्धालू सैनिक रोज उस प्रतिमा पर जल चढ़ाया करते थे। जगतसिंह उनकी हँसी उड़ाया करता; पर आप वह विक्षिप्तों की भाँति प्रतिमा के सम्मुख जाकर बड़ी देर तक मस्तक झुकाये बेठा रहा। वह इसी ध्यानावस्था में बैठा था कि किसी ने उसका नाम लेकर पुकार, यह दफ्तर का चपरासी था और उसके नाम की चिट्ठी लेकर आया थां जगतसिंह ने पत्र हाथ में लिया, तो उसकी सारी देह काँप उठी। ईश्वर की स्तुति करके उसने लिफाफा खोला ओर पत्र पढ़ा। लिखा था-'तुम्हारे दादा को गबन के अभियोग में पाँच वर्ष की सजा हो गई। तुम्हारी माता इस शोक में मरणासन्न है। छुट्टी मिले, तो घर चले आओ।'

जगतसिंह ने उसी वक्त कप्तान के पास जाकर कह -'हुजूर, मेरी माँ बीमार है, मुझे छुट्टी दे दीजिए।'

कप्तान ने कठोर आँखों से देखकर कहा-अभी छुट्टी नहीं मिल सकती।

'तो मेरा इस्तीफा ले लीजिए।'

'अभी इस्तीफा नहीं लिया जा सकता।' 'मै अब एक क्षण भी नहीं रह सकता।'

'रहना पड़ेगा। तुम लोगों को बहुत जल्द लाभ पर जाना पड़ेगा।'

'लड़ाई छिड़ गयी! आह, तब मैं घर नहीं जाऊँगा? हम लोग कब तक यहाँ से जाएंगें?'

'बहुत जल्द, दो ही चार दिनों में।'

4

चार वर्ष बीत गए। कैप्टन जगतसिंह का-सा योद्धा उस रेजीमेंट में नहीं हैं। कठिन अवस्थाओं में उसका साहस और भी उत्तेजित हो जाता है। जिस महिम में सबकी हिम्मते जवाब दे जाती है, उसे सर करना उसी का काम है। हल्ले और धावे में वह सदैव सबसे आगे रहता है, उसकी त्योरियों पर कभी मैल नहीं आता; उसके साथ ही वह इतना विनम्र, इतना गंभीर, इतना प्रसन्नचित है कि सारे अफसर ओर मातहत उसकी बड़ाई करते हैं, उसका पुनर्जीतन-सा हो गया। उस पर अफसरों को इतना विश्वास है कि अब वे प्रत्येक विषय में उससे परामर्श करते हें। जिससे पूछिए, वही वीर जगतसिंह की विरूदावली सुना देगा-कैसे उसने जर्मनों की मेगजीन में आग लगायी, कैसे अपने कप्तान को मशीनगनों की मार से निकाला, कैसे अपने एक मातहत सिपाही को कंधे पर लेकर निल आया। ऐसा जान पड़ता है, उसे अपने प्राणों का मोह नही, मानो वह काल को खोजता फिरता हो!

लेकिन नित्य रात्रि के समय, जब जगतसिंह को अवकाश मिलता है, वह अपनी छोलदारी में अकेले बैठकर घरवालों की याद कर लिया करता है-दो-चार आँसू की बँदे अवश्य गिरा देता हे। वह प्रतिमास अपने वेतन का बड़ा भाग घर भेज देता है, और ऐसा कोई सप्ताह नहीं जाता जब कि वह माता को पत्र न लिखता हो। सबसे बड़ी चिंता उसे अपने पिता की है, जो आज उसी के दुष्कर्मो के कारण कारावास की यातना झेल रहे हैं। हाय! वह कौन दिन होगा, जब कि वह उनके चरणों पर सिर रखकर अपना अपराध क्षमा करायेगा, और वह उसके सिर पर हाथ रखकर आर्शीवाद देंगे?

5

सवा चार वर्ष बीत गए। संध्या का समय है। नैनी जेल के द्वार पर भीड़ लगी हुई है। कितने ही कैदियों की मियाद पूरी हो गयी है। उन्हें लिवा जाने के लिए उनके घरवाले आये हुए है; किन्तु बूढ़ा भक्तसिंह अपनी अँधेरी कोठरी में सिर झुकाये उदास बैठा हुआ है। उसकी कमर झुक कर कमान हो गयी है। देह अस्थि-पंजर-मात्र रह गयी हे। ऐसा जान पड़ता हें, किसी चतुर शिल्पी ने एक अकाल- पीड़ित मनुष्य की मूर्ति बनाकर रख दी है। उसकी भी मीयाद पूरी हो गयी है; लेकिन उसके घर से कोई नहीं आया। आये कौन? आने वाल था ही कौन?

एक बूढ़ किन्तु हृष्ट-पुष्ट कैदी ने आकर उसक कंधा हिलाया और बोला-कहो भगत, कोई घर से आया?

भक्तसिंह ने कंपित कंठ-स्वर से कहा-घर पर है ही कौन?

'घर तो चलोगे ही?'

'मेरे घर कहाँ है?'

'तो क्या यही पड़े रहोंगे?'

'अगर ये लोग निकाल न देंगे, तो यहीं पड़ा रहूँगा।'

आज चार साल के बाद भगतसिंह को अपने प्रताड़ित, निर्वासित पुत्र की याद आ रही थी। जिसके कारण जीतन का सर्वनाश हो गया; आबरू मिट गयी; घर बरबाद हो गया, उसकी स्मृति भी असहय थी; किन्तु आज नैराश्य ओर दु:ख के अथाह सागर में डूबते हुए उन्होंने उसी तिनके का सहार लियां न-जाने उस बेचारे की क्या दख्शा हुई। लाख बुरा है, तो भी अपना लड़का हे। खानदान की निशानी तो हे। मरूँगा तो चार आँसू तो बहायेगा; दो चिल्लू पानी तो देगा। हाय! मैने उसके साथ कभी प्रेम का व्यवहार नहीं कियां जरा भी शरारत करता, तो यमदूत की भाँति उसकी गर्दन पर सवार हो जाता। एक बार रसोई में बिना पैर धोये चले जाने के दंड में मेने उसे उलटा लटका दिया था। कितनी बार केवल जोर से बोलने पर मैंने उस वमाचे लगाये थे। पुत्र-सा रत्न पाकर मैंने उसका आदर न कियां उसी का दंड है। जहाँ प्रेम का बन्धन शिथिल हो, वहाँ परिवार की रक्षा कैसे हो सकती है?

6

सबेरा हुआ। आशा की सूर्य निकला। आज उसकी रश्मियाँ कितनी कोमल और मधुर थीं, वायु कितनी सुखद, आकाश कितना मनोहर, वृक्ष कितने हरे-भरे, पक्षियों का कलरव कितना मीठा! सारी प्रकृति आश के रंग में रंगी हुई थी; पर भक्तसिंह के लिए चारों ओर धरे अंधकार था।

जेल का अफसर आया। कैदी एक पंक्ति में खड़े हुए। अफसर एक-एक का नाम लेकर रिहाई का परवाना देने लगा। कैदियों के चेहरे आशा से प्रफुलित थे। जिसका नाम आता, वह खुश-खुश अफसर के पास जात, परवाना लेता, झुककर सलाम करता और तब अपने विपत्तिकाल के संगियों से गले मिलकर बाहर निकल जाता। उसके घरवाले दौड़कर उससे लिपट जाते। कोई पैसे लुटा रहा था, कहीं मिठाइयाँ बाँटी जा रही थीं, कहीं जेल के कर्मचारियों को इनाम दिया जा रहा था। आज नरक के पुतले विनम्रता के देवता बने हुए थे।

अन्त में भक्तसिंह का नाम आया। वह सिर झुकाये आहिस्ता-आहिस्ता जेलर के पास गये और उदासीन भाव से परवाना लेकर जेल के द्वार की ओर चले, मानो सामने कोई समुद्र लहरें मार रहा है। द्वार से बाहर निकल कर वह जमीन पर बैठ गये। कहाँ जाएँ?

सहसा उन्होंने एक सैनिक अफसर को घोड़े पर सवार, जेल की ओर आते देखा। उसकी देह पर खाकी वरदी थी, सिर पर कारचोबी साफा। अजीब शान से घोड़े पर बैठा हुआ था। उसके पीछे-पीछे एक फिटन आ रही थी। जेल के सिपाहियों ने अफसर को देखते ही बन्दूकें सँभाली और लाइन में खड़े हाकर सलाम किया।

भक्तससिंह ने मन में कहा-एक भाग्यवान वह है, जिसके लिए फिटन आ रही है; ओर एक अभागा मै हूँ, जिसका कहीं ठिकाना नहीं।

फौजी अफसर ने इधर-उधर देखा और घोड़े से उतर कर सीधे भक्तसिंह के सामने आकर खड़ा हो गया।

भक्तसिंह ने उसे ध्यान से देखा और तब चौंककर उठ खड़े हुए और बोले-अरे! बेटा जगतसिंह!

जगतसिंह रोता हुआ उनके पैरों पर गिर पड़ा।

* * *

इस्तीफा

दफ्तर का बाबू एक बेजुबान जीव है। मजदूरों को आंखें दिखाओ तो वह त्यौरियां बदलकर खड़ा हो जायेगा। कुली को एक डांट बताओ, तो सिर से बोझ फेंककर अपनी राह लेगा। किसी भिखारी को दुत्कारो, तो तुम्हारी ओर गुस्से की निगाह से देखकर चला जायेगा। यहां तक कि गधा भी कभी-कभी तकलीफ पाकर दुलत्ती झाड़ने लगता है, मगर बेचारे दफ्तर के बाबू को आप चाहे आंखें दिखाएं, डांट बताएं, दुत्कारें या ठोकरें मारें, उसके माथे पर बल न आएगा। उसे अपने विकारों पर जो आधिपत्य होता है, वह शायद किसी संयमी साधु में भी न हो। संतोष का पुतला, सब्र की मूर्ति, सच्चा आज्ञाकारी, गरज, उसमें तमाम मानवी अच्छाईयां मौजूद होती हैं। खंडहर के भी एक दिन भाग्य जगते हैं। दीवाली के दिन उस पर भी रोशनी होती है, बरसात में उस पर हरियाली छाती है, प्रकृति की दिलचस्पियों में उसका भी हिस्सा है। मगर इस गरीब बाबू के नसीब कभी नहीं जागते। इसकी अंधेरी तकदीर में रोशनी का जलवा कभी नहीं दिखाई देता। इसके पीले चेहरे पर कभी मुस्कुराहट की रोशनी नजर नहीं आती। इसके लिए सूखा सावन है, कभी हरा भादों नहीं। लाला फतेहचंद ऐसे ही एक बेजुबान जीव थे।

कहते हैं, मनुष्य पर उसके नाम का भी कुछ असर पड़ता है। फतेहचंद की दशा में यह बात यथार्थ सिद्ध न हो सकी। यदि उन्हें 'हारचंद' कहा जाय, तो कदाचित् यह अत्युक्ति न होगी। दफ्तर में हार, जिन्दगी में हार, मित्रों में हार, जीवन में उनके लिए चारों ओर हार और निराशा ही थी। लड़का एक भी नहीं, लड़कियां तीन, भाई एक भी नहीं भौजाइयां दो, गांठ में कौड़ी नहीं, मगर दिल में दया और मुरव्वत। सच्चा मित्र एक भी नहीं - बत्तीस साल की अवस्था में बाल खिचड़ी हो गए थे। आंखों में ज्योति नहीं, हाजमा चौपट, चेहरा पीला, गाल पिचके, कमर झुकी हुई, न दिल में हिम्मत, न कलेजे में ताकत। नौ बजे दफ्तर जाते और छह बजे शाम को लौटकर घर आते। फिर घर से बाहर निकलने की हिम्मत न पड़ती। दुनिया में क्या होता है, इसकी उन्हें बिलकुल खबर न थी। उनकी दुनिया, लोक-परलोक जो कुछ था, दफ्तर था। नौकरी की खैर मनाते और जिन्दगी के दिन पूरे करते थे। न धर्म से वास्ता था न, दीन से नाता। न कोई मनोरंजन था, न खेल। ताश खेले हुए भी शायद एक मुद्दत गुजर गई थी।

2

जाड़ों के दिन थे। आकाश पर कुछ बादल थे। फतेहचंद साढ़े-पांच बजे दफ्तर से लौटे तो चिराग जल गए थे। दफ्तर से आकर वह किसी से कुछ न बोलते, चुपके से चारपाई पर लेट जाते और पंद्रह-बीस मिनट तक बिना हिले-डुले पड़े रहते। तब कहीं जाकर उनके मुंह से आवाज निकलती। आज भी प्रतिदिन की तरह वे चुपचाप पड़े थे कि एक ही मिनट में बाहर से

किसी ने पुकारा। छोटी लड़की ने जाकर पूछा, तो मालूम हुआ कि दफ्तर का चपरासी है। शारदा पति के मुंह-हाथ धोने के लिए लोटा-गिलास मांज रही थी। बोली - 'उससे कह दे, क्या काम है, अभी तो दफ्तर से आये ही हैं, और अभी फिर बुलावा आ गया।'

चपरासी ने कहा - 'साहब ने कहा है, अभी बुला लाओ। कोई बड़ा जरूरी काम है।' फतेहचंद को खामोशी छा गई। उन्होंने सिर उठकर पूछा - 'क्या बात है?'

शारदा - 'कोई नहीं, दफ्तर का चपरासी है।'

फतेहचंद ने सहमकर कहा - 'दफ्तर का चपरासी! क्या साहब ने बुलाया है?'

शारदा - 'हां, कहता है, साहब बुला रहे हैं। यह कैसा साहब है तुम्हारा, जब देखो, बुलाया करता है? सबेरे के गये-गये अभी मकान लौटे हो, फिर भी बुलावा आ गया।'

फतेहचंद ने संभल कर कहा - 'जरा सुन लूं किस लिए बुलाया है। मैंने सब काम खत्म कर दिया था, अभी आता हूं।'

शारदा - 'जरा जलपान तो करते जाओ, चपरासी से बातें करने लगोगे, तो तुम्हें अन्दर आने की याद भी न रहेगी।'

यह कहकर वह एक प्याली में थोड़ी-सी दालमोट और सेव लायी। फतेहचंद उठकर खड़े हो गए, किन्तु खाने की चीजें देखकर चारपाई पर बैठ गए और प्याली की ओर चाव से देखकर डरते हुए बोले - 'लड़कियों को दे दिया है न?'

शारदा ने आंखें चढ़ाकर कहा - 'हां-हां, दे दिया है, तुम तो खाओ।'

उतने में छोटी लड़की आकर सामने खड़ी हो गई। शारदा ने उसकी ओर क्रोध से देखकर कहा - 'तू क्यों आकर सिर पर सवार हो गई, जा बाहर खेल।'

फतेहचंद रहने दो, क्यों डांटती हो? यहां आओ चुन्नी, यह लो, दालमोट ले जाओ! चुन्नी मां की ओर देखकर डरती हुई बाहर भाग गई!

फतेहचंद ने कहा - 'क्यों बेचारी को भगा दिया? दो-चार दाने दे देता, तो खुश हो जाती।' इतने में चपरासी ने फिर पुकारा - 'बाबूजी, हमें बड़ी देर हो रही है।'

शारदा - 'कह क्यों नहीं देते कि इस वक्त न आएंगे।'

फतेहचंद - 'ऐसा कैसे कह दूं भाई, रोजी का मामला है।'

शारदा - 'तो क्या प्राण देकर काम करोगे? सूरत नहीं देखते अपनी? मालूम होता है, छह महीने के बीमार हो।'

फतेहचंद ने जल्दी-जल्दी दालमोट की दो-तीन फंकिया लगायी, एक गिलास पानी पिया और बाहर की तरफ दौड़े। शारदा पान बनाती ही रह गई।

चपरासी ने कहा - 'बाबूजी! अपने बड़ी देर कर दी। अब जरा लपके चलिए, नहीं तो जाते ही डांट बताएगा।'

फतेहचंद ने दो कदम दौड़कर कहा - 'चलेंगे तो भाई, आदमी ही की तरह, चाहे डांट बताएं या दांत दिखाए। हमसे दौड़ा नहीं जाता। बंगले ही पर है न?'

चपरासी - 'भला, वह दफ्तर क्यों आने लगा? बादशाह है कि दिल्लगी?

चपरासी तेज चलने का आदी था। बेचारे बाबू फतेहचंद धीरे-धीरे जाते थे। थोड़ी ही दूर चलकर हांफ उठे। मगर मर्द तो थे ही, यह कैसे कहते कि भाई जरा और धीरे चलो। हिम्मत करके कदम उठते जाते थे, यहां तक कि जांघों में दर्द होने लगा और आधा खत्म होते-होते पैरों ने उठने से इनकार कर दिया। सारा शरीर पसीने में तर हो गया। सिर में चक्कर आ गया। आंखों के सामने तितलियां उड़ने लगीं।

चपरासी ने ललकारा - 'जरा कदम बढ़ाए चलो, बाबू।'

फतेहचंद बड़ी मुश्किल से बोले - 'तुम जाओ, मैं आता हूं।'

वे सड़क के किनारे पटरी पर बैठ गए और सिर को दोनों हाथों से थाम कर दम मारने लगे। चपरासी ने इनकी यह दशा देखी, तो आगे बढ़ा। फतेहचंद डरे कि शैतान जाकर न जाने साहब से क्या कह दे, तो गजब ही हो जायेगा। जमीन पर हाथ टेककर उठे और फिर चले। मगर कमजोरी से शरीर हांफ रहा था। इस समय कोई बल्ला भी उन्हें जमीन पर गिरा सकता था। बेचारे किसी तरह गिरते-पड़ते साहब के बंगले पर पहुंचे। साहब बंगले पर टहल के थे। बार-बार फाटक की तरफ देखते थे और किसी को आते न देखकर मन-ही-मन में झल्लाते थे। चपरासी को देखते ही आंखें निकालकर बोले - 'इतनी देर कहा था।?

चपरासी ने बरामदे की सीढ़ी पर खड़े-खड़े कहा - 'हुजूर! जब वह आयें तब तो, मैं दौड़ा चला आ रहा हूं।'

साहब ने पैर फटक कर कहा - 'बाबू क्या बोला?'

इतने में फतेहचंद अहाते के तार के अंदर से निकलकर वहां पहुंचे और साहब को सिर झुकाकर सलाम किया।

साहब ने कड़ककर कहा - 'अब तक कहां था?'

चपरासी - 'आ रहे हैं हुजूर, घंटा-भर में तो घर में से निकले।'

फतेहचंद ने साहब का तमतमाया चेहरा देखा, तो उनका खून सूख गया। बोले - 'हुजूर, अभी-अभी तो दफ्तर से गया हूं। ज्यों ही चपरासी ने आवाज दी, हाजिर हुआ।'

साहब - 'झूठ बोलता है, हम घंटे भर से खड़ा है।'

फतेहचंद - 'हुजूर, मैं झूठ नहीं बोलता। आने में जितनी देर हो गई हो, मगर घर से चलने में मुझे बिलकुल देर नहीं हुई।'

साहब ने हाथ की छड़ी घुमाकर कहा - 'चुप रह सुअर, हम घंटा-भर से खड़ा है, अपना कान पकड़ो।'

फतेहचंद ने खून का घूंट पीकर कहा - 'हुजूर, मुझे दस साल काम करते हो गए, कभी...'

साहब - 'चुप रह, सुअर, हम कहता है कि अपना कान पकड़ो।'

फतेहचंद - 'जब मैंने कोई कसूर किया हो?'

साहब - 'चपरासी! इस सुअर का कान पकड़ो।'

चपरासी ने दबी जबान से कहा - 'हुजूर, यह मेरे अफसर हैं, मैं इनका कान कैसे पकड़ू?'

साहब - 'हम कहता है, इनका कान पकड़ो नहीं हम तुमको हंटरों से मारेगा।'

चपरासी - 'हुजूर, मैं यहां नौकरी करने आया हूं, मार खाने नहीं। मैं भी इज्जतदार आदमी हूं। हुजूर अपनी नौकरी ले लें। आप जो हुक्म दें, वह बजा लाने को हाजिर हूं लेकिन किसी की इज्जत नहीं बिगाड़ सकता। नौकरी तो चार दिन की है। चार दिन के लिए क्यों जमाने-भर से बिगाड़ करें?'

साहब अब क्रोध को बर्दाश्त न कर सके। हंटर लेकर दौड़े, चपरासी ने देखा, यहां खड़े रहने में खैरियत नहीं है, तो भाग खड़ा हुआ। फतेहचंद अभी तक चुपचाप खड़े थे। साहब, चपरासी को न पाकर उनके पास आया और उनके दोनों कान पकड़कर हिला दिए।

बोला - 'तुम सुअर, गुस्ताख़ी करता है? जाकर ऑफिस से फाइल लाओ।'

फतेहचंद ने कान हिलाते हुए कहा - 'कौन-सी फाइल लाऊं, हुजूर?'

साहब - 'फाइल-फाइल, और कौन-सी फाइल? तुम बहरा है, सुनता नहीं? हम फाइल मांगता है?'

फतेहचंद ने किसी तरह दिलेर होकर कहा - 'आप कौन-सा फाइल मांगते हैं?'

साहब - 'वही फाइल, जो हम मांगता है। वही फाइल लाओ। अभी लाओ।'

बेचारे फतेहचंद को अब कुछ पूछने की हिम्मत न हुई। साहब बहादुर एक तो यों ही तेज-मिज़ाज थे, इस पर हुकूमत का घमंड और सबसे बढ़कर शराब का नशा। हंटर लेकर पिल पड़ते, तो बेचारे क्या कर लेते? चुपके से दफ्तर की तरफ चल पड़े।

साहब ने कहा - 'दौड़कर जाओ.. दौड़ो।'

फतेहचंद ने कहा - 'हुजूर, मुझसे दौड़ा नहीं जाता।'

साहब - 'ओह, तुम बहुत सुस्त हो गया है। हम तुमको दौड़ना सिखाएगा। दौड़ो... (पीछे से धक्का देकर)... तुम अब भी नहीं दौड़ेगा।'

यह कहकर साहब हंटर लेने चले। फतेहचंद दफ्तर के बाबू होने पर भी मनुष्य ही थे। यदि वह बलवान् होते, तो उस बदमाश का खून पी जाते। अगर उनके पास कोई हथियार होता, तो उस पर जरूर चला देते, लेकिन उस हालत में तो मार खाना ही उनकी तकदीर में लिखा था। वे बेतहाशा भागे और फाटक से बाहर निकलकर सड़क पर आ गए।

3

फतेहचंद दफ्तर न गए। जाकर करते ही क्या! साहब ने फाइल का नाम तक न बताया। शायद नशे में भूल गया। धीरे-धीरे घर की ओर चले, मगर इस बेइज्जती ने पैरों में बेड़ियां-सी डाल दी थी। माना कि वह शारीरिक बल में साहब से कम थे, एक हाथ में कोई चीज भी न थी, लेकिन क्या वह उसकी बातों का जवाब न दे सकते थे? उनके पैरों में जूते तो थे। क्या वह जूते से काम न ले सकते थे? फिर क्यों उन्होंने इतनी जिल्लत बर्दाश्त की?

मगर इलाज ही क्या था? यदि वह क्रोध में उन्हें गोली मार देता, तो उसका क्या बिगाड़ता? शायद एक-दो महीने की सादी कैद हो जाती। सम्भव है, दो-चार सौ रुपये जुर्माना हो जाता। मगर इनका परिवार तो मिट्टी में मिल जाता। संसार में कौन था, जो इनके स्त्री-बच्चों की खबर लेता? वह किसके दरवाजे हाथ फैलाते? यदि उनके पास इतने रुपये होते, जिनसे उनके कुटुम्ब का पालन हो जाता, तो वह आज इतनी जिल्लत न सहते। या तो मर ही जाते, या उस शैतान को कुछ सबक ही दे देते। अपनी जान का इन्हें डर न था। जिंदगी में ऐसा कौन सुख था, जिसके लिए वह इस तरह डरते? खयाल था सिर्फ परिवार के बरबाद हो जाने का।

आज फतेहचंद को अपनी शारीरिक कमजोरी पर जितना दुःख हुआ, उतना और कभी न हुआ था। अगर उन्होंने शुरू ही से तंदुरुस्ती का ख्याल रखा होता, कुछ कसरत करते रहते, लकड़ी चलाना जानते होते, तो क्या इस शैतान की इतनी हिम्मत होती कि वह उसका कान पकड़ता? उसकी आंखें निकाल लेते। कम-से-कम इन्हें घर से एक छुरी लेकर चलना था! और न होता, तो दो-चार हाथ जमाते ही - पीछे देखा जाता, जेलखाना ही तो होता या और कुछ।

वे ज्यों-ज्यों आगे बढ़ते थे, त्यों-त्यों उनकी तबीयत अपनी कायरता और बांदेपन पर और भी झल्लाती थी। अगर वह उचक कर दो-चार थप्पड़ लगा देते, तो क्या होता - यही न कि साहब के खानसामा, बैरे सब उन पर पिल पड़ते और मारते-मारते बेदम कर देते। बाल-बच्चों के सिर पर जो कुछ पड़ती - पड़ती। साहब को इतना तो मालूम हो जाता कि किसी गरीब को बेगुनाह जलील करना आसान नहीं। आखिर, आज मैं मर जाऊं तो क्या हो? तब कौन मेरे बच्चों का पालन करेगा? तब उनके सिर जो कुछ पड़ेगी, वह आज ही पड़ जाती, तो क्या हर्ज था?

इस अंतिम विचार ने फतेहचंद के हृदय में इतना जोश भर दिया कि वह लौट पड़े और साहब से जिल्लत का बदला लेने के लिए दो-चार कदम चले, मगर फिर ख्याल आया, आखिर जो

कुछ जिल्लत होनी थी, वह तो हो ली। कौन जाने, बंगले पर हो या क्लब चला गया हो। उसी समय उन्हें शारदा की बेकसी और बच्चों को बिना बाप के हो जाने का खयाल भी आ गया। फिर लौटे और घर चले।

4

घर में जाते ही शारदा ने पूछा - 'किस लिए बुलाया था, बड़ी देर हो गई?'

फतेहचंद ने चारपाई पर लेटते हुए कहा - 'नशे की सनक थी, और क्या शैतान ने मुझे गालियां दी, जलील किया। बस, यही रट लगाए हुए था कि देर क्यों की? निर्दयी ने चपरासी से मेरा कान पकड़ने को कहा।'

शारदा ने गुस्से में आकर कहा - 'तुमने एक जूता उतारकर दिया नहीं सूअर को?' फतेहचंद - 'चपरासी बहुत शरीफ है। उसने साफ कह दिया, हुजूर, मुझसे यह काम न होगा। मैंने भले आदमियों की इज्जत उतारने के लिए नौकरी नहीं की थी। बस उसी वक्त सलाम करके चला गया।'

शारदा - 'यही बहादुरी है। तुमने उस साहब को क्यों नहीं फटकारा।'

फतेहचंद - 'फटकारा क्यों नहीं - मैंने भी खूब सुनायी। वह छड़ी लेकर दौड़ा, मैंने भी जूता संभाला। उसने मुझे कई छड़ियां जमाई, मैंने भी कई जूते लगाए।'

शारदा ने खुश होकर कहा - 'सच? इतना-सा मुंह हो गया होगा उसका।'

फतेहचंद - 'चेहरे पर झाड़ू-सी फिरी हुई थी।'

शारदा - 'बड़ा अच्छा किया तुमने। और मारना चाहिए था। मैं होती, तो बिना जान लिये न छोड़ती।'

फतेहचंद - 'मार तो आया हूं लेकिन अब खैरियत नहीं है। देखो, क्या नतीजा होता है? नौकरी तो जायेगी ही, शायद सजा भी काटनी पड़े।'

शारदा - 'सजा क्यों काटनी पड़ेगी? क्या कोई इंसाफ करने वाला नहीं है? उसने क्यों गालियां दी, क्यों झड़ी जमायी?'

फतेहचंद - 'उसके सामने मेरी कौन सुनेगा? अदालत भी उसी की तरफ हो जायेगी।'

शारदा - 'हो जायेगी, हो जाय, मगर देख लेना, अब किसी साहब की यह हिम्मत न होगी कि किसी बाबू को गालियां दे बैठे। तुम्हें चाहिए था कि ज्यों ही उसके मुंह से गालियां निकली, लपक कर एक जूता रसीद कर देते।'

फतेहचंद - 'तो फिर इस वक्त जिंदा भी न बच सकता। जरूर मुझे गोली मार देता।'

शारदा - 'देखी जाती।'

फतेहचंद ने मुस्कराकर कहा - 'फिर तुम लोग कहां जाती?'

शारदा - 'जहां ईश्वर की मर्जी होती। आदमी के लिए सबसे बड़ी चीज इज्जत है। इज्जत गंवाकर बाल-बलों की परवरिश नहीं की जाती। तुम उस शैतान को मारकर आये होते तो मैं गुरूर से फूली नहीं समाती। मार खाकर आते, तो शायद मैं तुम्हारी सूरत से भी घृणा करती। यों जबान से चाहे कुछ न कहती, मगर दिल से तुम्हारी इज्जत जाती रहती। अब जो कुछ सिर पर आएगी, खुशी से झेल लूंगी और अब कहां जाते हो, सुनो-सुनो, कहां जाते हो?' फतेहचंद दीवाने होकर जोश में घर से निकल पड़े। शारदा पुकारती रह गई। वह फिर साहब के बंगले की तरफ जा रहे थे। डर से सहमे हुए नहीं बल्कि गुरूर से गर्दन उठाए हुए। पक्का इरादा उनके चेहरे से झलक रहा था। उनके पैरों में वह कमजोरी, आंखों में वह बेकसी न थी। उनकी कायापलट-सी हो गयी थी। वह कमजोर बदन, पीला सुखता, दुबले बदन वाला, दफ्तर के बाबू की जगह अब मर्दाना चेहरा, हिम्मत से भरा हुआ, मजबूत गठा और जवान था। उन्होंने पहले एक दोस्त के घर जाकर उसका डंडा लिया और अकड़ते हुए साहब के बंगले पर जा पहुंचे।

इस वक्त नौ बजे थे। साहब खाने की मेज़ पर थे मगर फतेहचंद ने आज उनके मेज़ पर से उठ जाने का इन्तजार न किया। खानसामा कमरे से बाहर निकला और वह चिक उठाकर अन्दर गये। कमरा प्रकाश से जगमगा रहा था। जमीन पर ऐसी कालीन बिछी हुई थी, जैसी फतेहचंद की शादी में नहीं बिछी होगी। साहब बहादुर ने उसकी तरफ क्रोधित दृष्टि से देखकर कहा - 'तुम क्यों आया? बाहर जाओ, क्यों अंदर चला आया?'

फतेहचंद ने खड़े-खड़े डंडा सँभालकर कहा - 'तुमने अभी फाइल मांगा था, वहीं फाइल लेकर आया हूं। खाना खा लो, तो दिखाऊं। तब तक मैं बैठा हूं। इत्मीनान से खाओ, शायद यह तुम्हारा आखिरी खाना होगा। इसी कारण खूब पेट भर खा लो।'

साहब सन्नाटे में आ गए। फतेहचंद की तरफ डर और क्रोध की दृष्टि से देखकर कांप उठे। फतेहचंद के चेहरे पर पक्का इरादा झलक रहा था। साहब समझ गए, यह मनुष्य इस समय मरने-मारने के लिए तैयार होकर आया है। ताकत में फतेहचंद उनके पासंग भी नहीं था। लेकिन यह निश्चय था कि वह ईंट का जवाब पत्थर से नहीं, बल्कि लोहे से देने को तैयार हैं। यदि वह फतेहचंद को बुरा-भला कहते हैं, तो क्या आश्चर्य है कि वह डंडा लेकर पिल पड़े। हाथापाई करने में यद्यपि उन्हें जीतने में जरा भी संदेह नहीं था, लेकिन बैठे-बिठाए डंडे खाना भी तो कोई बुद्धिमानी नहीं है। कुत्ते को आप डंडे से मारिए, ठुकराए जो चाहे कीजिए, मगर उसी समय तक, जब तक वह गुर्राता नहीं। एक बार गुर्राकर दौड़ पड़े, तो फिर देखें, आपकी हिम्मत कहां जाती है? यही हाल उस वक्त साहब बहादुर का था। जब तक यकीन था कि फतेहचंद घुड़की, गाली, हंटर, ठोकर सब कुछ खामोशी से सह लेगा, तब तक आप शेर थे। अब वह त्यौरियां बदले, डंडा संभाले, बिल्ली की तरह घात लगाए खड़ा है। जबान से कोई कड़ा शब्द निकला और उसने डंडा चलाया। वह अधिक-से-अधिक उसे बरखास्त कर सकते हैं। अगर मारते हैं तो मार खाने का भी डर। उस पर फौजदारी में मुकदमा दायर हो जाने का अंदेशा - मजा कि वह अपने प्रभाव और ताकत से अंत में फतेहचंद को जेल में डलवा देंगे, परंतु परेशानी और बदनामी से किसी तरह न बच सकते थे। एक बुद्धिमान और दूरदर्शी आदमी की तरह उन्होंने कहा - 'ओह, हम

समझ गया, आप हमसे नाराज हैं। हमने क्या आपको कुछ कहा - है? आप क्यों हमसे नाराज है?'

फतेहचंद ने तनकर कहा - 'तुमने अभी आधा घंटा पहले मेरे कान पकड़ कर और मुझे सैकड़ों ऊलजलूल बातें कही थी। क्या इतनी जल्दी भूल गए?'

साहब - 'मैंने आपका कान पकड़ा, आ-हा-हा-हा क्या मजाक है? क्या मैं पागल हूं या दीवाना?'

फतेहचंद - 'तो क्या मैं झूठ बोल रहा हूं?' चपरासी गवाह है। आपके नौकर-चाकर भी देख रहे थे।

साहब - 'कब की बात है?'

फतह, - 'अभी-अभी, कोई आधा घंटा हुआ, आपने मुझे बुलवाया था और बिना कारण मेरे कान पकड़े और धक्के दिए थे।'

साहब - 'ओ बाबूजी, उस वक्त हम नशा में था। बैरा ने हमको बहुत दे दिया था। हमको कुछ खबर नहीं, क्या हुआ, माई गॉड? हमको कुछ खबर नहीं।'

फतेहचंद - 'नशा में अगर तुमने मुझे गोली मार दी होती, तो क्या मैं मर न जाता? अगर तुम्हें नशा था और नशा में सब कुछ माफ है, तो मैं भी नशे में हूं। सुनो मेरा फैसला, या तो अपने कान पकड़ो कि फिर कमी किसी भले आदमी के संग ऐसा बर्ताव न करोगे, या मैं उठकर तुम्हारे कान पकड़ेगा। समझ गए कि नहीं? इधर-उधर हिलो नहीं, तुमने जगह छोड़ी और मैंने डंडा चलाया। फिर खोपड़ी टूट जाय, तो मेरी खता नहीं। मैं जो कुछ कहता हूं वह करते चलो पकड़ो कान।'

साहब ने बनावटी हंसी-हंसकर कहा - 'वेल बाबूजी, बाप बहुत दिल्लगी करता है। अगर हमने आपको बुरा बात कहा है, तो हम आपसे माफी मांगता है।'

फतेहचंद - (डंडा तौलकर) नहीं, कान पकड़ो।

साहब आसानी से इतनी जिल्लत न सह सके। लपक कर उठे और चाहा कि फतेहचंद के हाथ से लकड़ी छीन लें लेकिन फतेहचंद गाफिल न थे। साहब मेज़ पर से उठने भी न पाए थे कि उन्होंने डंडे का भरपूर और तुला हुआ हाथ चलाया। साहब तो नंगे सिर थे ही, चोट सिर पर पड़ गई। खोपड़ी भन्ना गई। एक मिनट तक सिर को पकड़ने के बाद बोले - 'हम तुमको बरखास्त कर देगा।'

फतेहचंद - 'इसकी मुझे परवाह नहीं, मगर आज मैं तुमसे बिना कान पकड़वाए नहीं जाऊंगा। कान पकड़कर वादा करो कि फिर किसी भले आदमी के साथ ऐसी बेअदबी न करोगे, नहीं तो मेरा दूसरा हाथ पड़ना ही चाहता है।'

यह कहकर फतेहचंद ने फिर डंडा उठाया। साहब को अभी तक पहली चोट न भूली थी। अगर कहीं यह दूसरा हाथ पड़ गया, तो शायद खोपड़ी खुल जाय। गाल पर हाथ रखकर बोले - 'अब आप खुश हुआ?'

फिर तो कभी किसी को गाली न दोगे?'

'कभी नहीं।'

'अगर फिर कभी ऐसा किया, तो समझ लेना, मैं कहीं बहुत दूर नहीं हूं।'

'अब किसी को गाली न देगा।'

'अच्छी बात है, अब मैं जाता हूं, आज से मेरा इस्तीफा है। मैं कल इस्तीफा में यह लिखकर भेजूंगा कि तुमने मुझे गालियां दी, इसलिए मैं नौकरी नहीं करना चाहता, समझ गए?'

साहब - 'आप इस्तीफा क्यों देता है? हम तो बरखास्त नहीं करता।'

फतेहचंद - 'अब तुम जैसे पाजी आदमी की मातहती नहीं करूंगा।'

यह कहते हुए फतेहचंद कमरे से बाहर निकले और इत्मीनान से घर चले। आज उन्हें सच्ची विजय की प्रसन्नता का अनुभव हुआ। उन्हें ऐसी खुशी कभी नहीं प्राप्त हुई थी। यही उनके जीवन की पहली जीत थी।

* * *

www.ingramcontent.com/pod-product-compliance
Lightning Source LLC
LaVergne TN
LVHW101419051026
849519LV00005BC/1806

* 9 7 8 9 3 9 0 8 5 2 8 5 7 *